比翼鸟

树下野狐 著

中国華僑出版社
北京

图书在版编目（CIP）数据

搜神记. 4, 比翼鸟 / 树下野狐著. — 北京：中国华侨出版社，2017.12
ISBN 978-7-5113-7318-2

Ⅰ. ①搜… Ⅱ. ①树… Ⅲ. ①长篇小说—中国—当代
Ⅳ. ①I247.5

中国版本图书馆CIP数据核字（2017）第310055号

搜神记. 4　比翼鸟

著　　者：树下野狐
责任编辑：紫　夜
封面设计：VIOLET
排版制作：刘珍珍
经　　销：新华书店
开　　本：700mm×980mm　1/16　印张：21.5　字数：376千字
印　　刷：河北鹏润印刷有限公司
版　　次：2018年7月第1版　2018年7月第1次印刷
书　　号：ISBN 978-7-5113-7318-2
定　　价：42.00元

中国华侨出版社 北京市朝阳区静安里 26 号通成达大厦 3 层　邮编：100028
法律顾问：陈鹰律师事务所
发 行 部：（010）82068999 传真：（010）82069000
网　　址：www.oveaschin.com
E-mail：oveaschin@sina.com

如发现图书质量问题，可联系调换。质量投诉电话：010-82069336

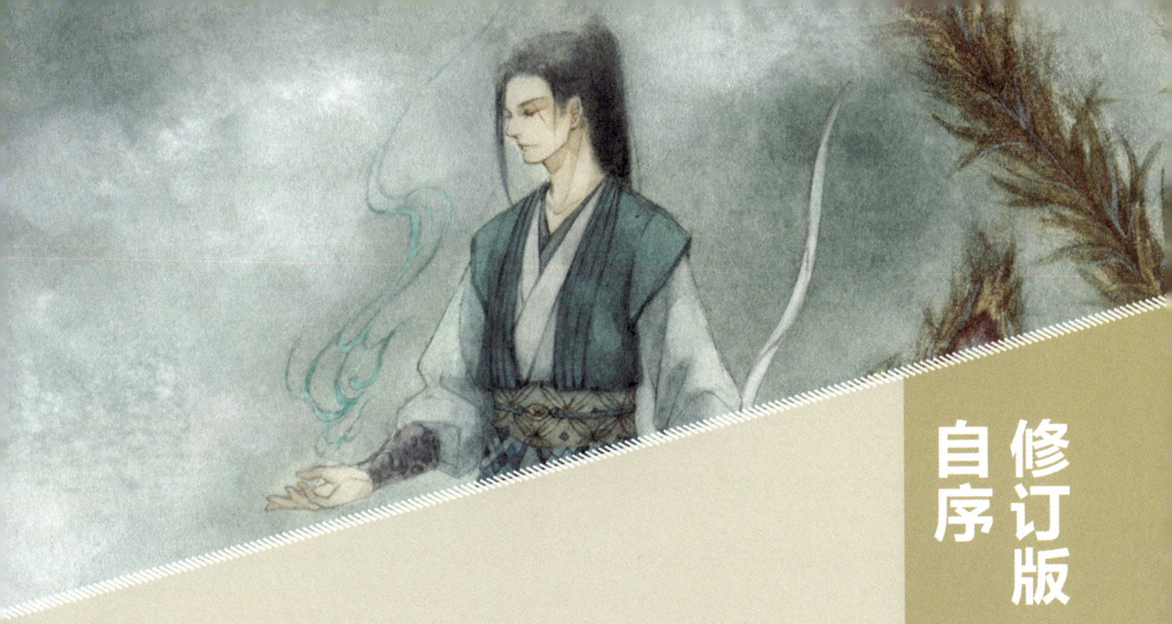

修订版自序

我创作的第一部“新神话主义奇幻小说”是《搜神记》，这部书的灵感来自2000年我所构想的一款网络卡牌游戏。从2001年3月开始创作到2012年修订这部作品，恰好相隔十一年。纳兰性德有句词，“十一年前梦一场”，可以代表我重新修订这套作品时的心情。

2001年刚开始创作《搜神记》时，少年心性，血气方刚。2012年修订时，难免会有许多不满意的地方，除了早期网络连载时，部分文字的随意、重复之外，还有些不必要或不合理的描写。这次修订，主要是修改文字，修正某些不符合人物设定及情感的细节，并删减了一些与人物、情节关系不大的、不必要的香艳描写。尤其《搜神记》的前三本，几乎是逐行逐字地修改，花费了不少精力。

修订作品是件吃力不讨好的事情，无论是对于作者，还是原先的读者，作品的原貌虽然有粗糙不完美的地方，却记录了读写双方的成长。我曾经想保持原样，仅仅修正一些错字和重复的词语，但或许是天性中有种文字洁癖，不疯魔，不成活，总想尽量呈现出趋向于完美的作品。

最后，感谢这些年一直喜欢并支持我的读者，你们是我创作的最大动力。感谢曾经的幻剑书盟、起点中文网、龙的天空等原创文学网站，给了我作品最初的舞台。感谢老友熊嵩、杨严，十四年前，正是你们果敢地在创刊不久的《奇幻》上连载《搜神记》，以及后来的《蛮荒记》《不周记》……开创了国内期刊的长篇连载记录，让这系列作品广为人知。还要感谢王传先、武晓勤，让我如愿以偿，将这《搜神记》《蛮荒记》以尽量完美的面貌再版呈现。

树下野狐

2017 年 8 月 上海

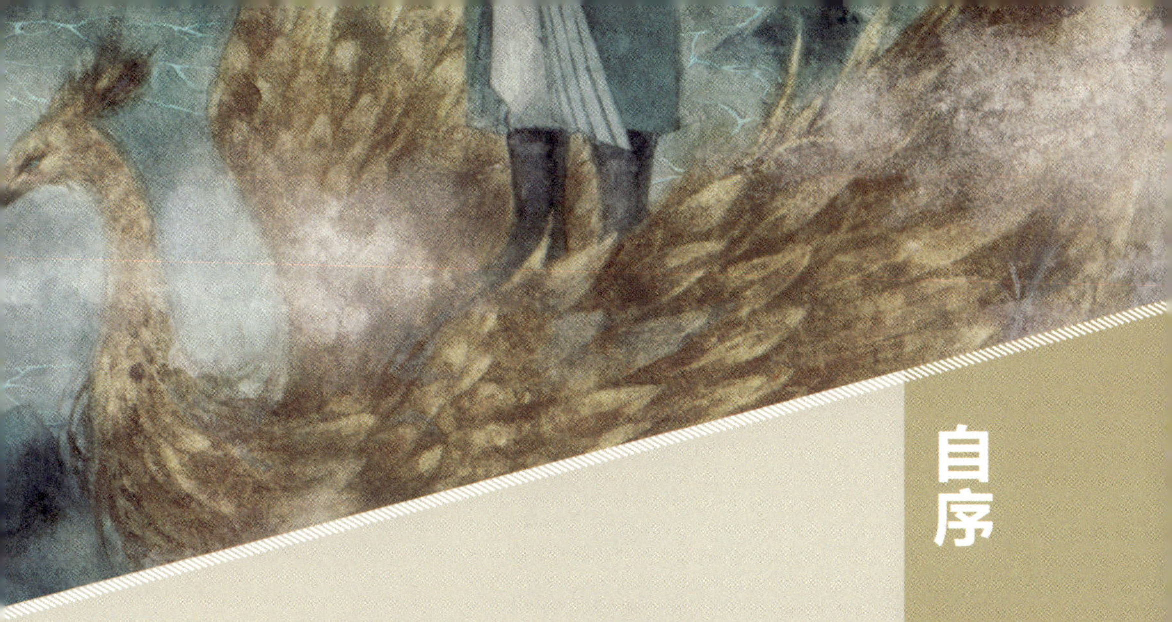

自序

当我们站在文明时代的山腰回首眺望，企图透过浩浩莽莽的岁月瞻仰人类的童年时，我们发现，仅仅依靠那残存的文字记录，是很难窥得全貌的。战火、灾难，以及太多的历史动荡湮没了文明和远古的记忆，只留下一些蛛丝马迹存在于另一种历史的延续方式中。

那就是千百年来，人类代代相传的神话与传说。

“包含在神话过程中的真理就是宇宙真理，无一例外。我们不能否认神话的历史真实性。因为它的产生所经历的过程，就是真实的历史。”谢林这句关于神话历史真实性的论断代表了很多哲学家与民俗学家对于神话的看法。

神话就像是上古的密码，它微妙地传递给我们关于遥远时代的信息，真实而又暧昧。唯其如此，世界各国的神话虽然不尽相同，却都有创世、洪水等惊人一致的几大母题。

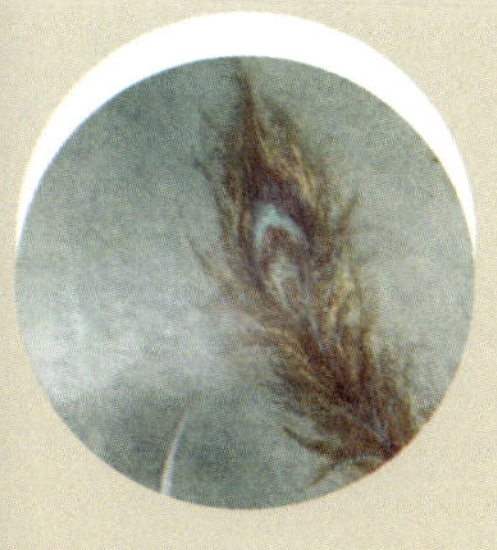

但神话的意义，绝不在于破译或还原历史，而在于提炼与升华。

比起成王败寇、弱肉强食的残酷历史来说，神话更加温情生动、瑰丽多姿。那是因为世代相传中，人们将遥远的记忆、时代的特征、浪漫的想象、美好的期盼……不断地杂糅在一起，共同缔造了一种更完美、更纯粹、更真实的历史。

那是一个真、善、美的童话世界，一个源于真实而又高于真实的美丽世界。对我来说，没有什么比这样的世界更让我神往、着迷的了。

当我少年时第一次翻开《山海经》，进入一个见所未见的瑰丽雄奇的蛮荒大陆，我突然发现，原来这本薄薄的地理书，竟是开启太古异世界的钥匙。

在这个充满奇花异草、珍禽怪兽的神奇大陆上，居然生活着这么多可歌可泣的英雄先贤，发生着这么多惊天动地的玄妙故事。

在这里，海阔凭鱼跃，天高任鸟飞。你可以不必顾及任何所谓的秩序，自由而惬意地生活。你可以纵横天南地北，追烈日，射九乌，斗神魔，搏狮虎；可以入水为鲲，展翅为鹏，翻江倒海，覆雨翻云，尽显蛮荒英雄本色。即使失败了、战死了，也可以撞断天柱，填平大海，化为不屈的灵禽猛兽，在天地间遨游啸歌。

那是一种怎样的自由和快乐！

我相信这样的世界是真实存在的。

我相信在九万里神州之外、浩瀚宇宙之外，还有一个平行的美丽世界。就像是刀光剑影、玄之又玄的江湖一样，它存在于我们的梦想与现实之间。我愿穷毕生之力，在这个梦幻国度里跋山涉水，记录下一路的瑰丽风景。如果我的三寸秃笔，能有幸成为你开启这个美丽新世界的钥匙，那将是我最大的快乐。

树下野狐

2005年 上海

目录 CONTENTS

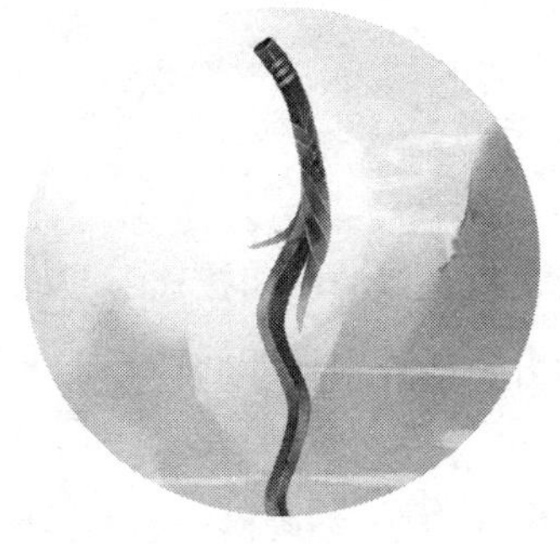

第一章 赤炎金猊

黑云翻滚，火光冲天，闷雷似的巨响接连不断地从那赤炎山口迸爆而出。滔滔发光的云依旧汹涌澎湃，沿着山坡四面冲将下来，但声势比之先前已经大为转小。

赤炎城内漫漫废墟，火光熊熊。城外漫山遍野，战鼓喧嚣，杀声震天。战神军被数倍于己的蛮军、叛军分割包围，浴血苦战。

七只太阳乌驮着拓拔野等人，在万丈高空嗷嗷盘旋。望着烈碧光晟驾驭赤炎金猊兽急速逼近，那凛冽的杀气如狂风卷席，众人周身汗毛不由得陡然竖起。

拓拔野心道："赤帝与赤松子两败俱伤，经脉错毁；祝火神牢中备受折磨，又新添重伤；鱿鱼也受了重伤。就连赤霞仙子为了打开琉璃金光塔，也真元大耗。眼下能全力一战的，怕只有我和烈侯爷了。"他心下明白，单凭两人之力，想要阻挡这千年妖兽的凶威绝无可能。目前唯一稳妥的方法，便是众人骑乘太阳乌飞速逃离此地，养精蓄锐之后再卷土重来。

却听祝融低声道："陛下，不如暂且退离此地，待伤势好转之后再做计议……"赤帝斜了他一眼，冷冷道："火神，你可糊涂了！我们这般退走，那不是认输吗？下面作战的将士们岂不是士气大损，一败涂地？寡人宁可战死，也绝不临阵脱逃！"语气坚定森冷，祝融微微摇头，不再说话。

拓拔野暗自叹息，赤帝果然如烈碧光晟所说，太过暴烈狂妄而好强，宁折不弯。机会稍纵即逝，此时不走，只怕再也脱身不得了。

烈碧光晟微笑道："暴君乱臣，还要做困兽之斗吗？"说着，他轻飘飘地从赤炎金猊兽的背上跃下，驭风凝立，嘴唇翕动，双盘霍霍飞转。赤炎金猊兽嘶声狂吼，周身红鳞亮起炫目的紫光，赤鬃迸炸，火尾摇摆，突然张开血盆大口，怒吼着如电扑来！

怪吼如轰雷贯耳，妖兽在空中红光暴涨，体形增大一倍有余。凶睛血红，獠牙森森，前爪猛扑，紫红色当头席卷。

紫光扑面，炽热炎风轰然鼓舞，三颗巨大的赤红火球“呜呜”呼啸着从它的巨口中喷射而出。

拓拔野抖擞精神，叫道：“乌兄，美味来了！”说着便驱鸟电冲。与此同时，烈炎与赤霞仙子也闪电般驭鸟冲出。三只太阳乌怪叫着交错飞舞，将那三颗巨大的火球迎面吞入。

“轰”的一声，火球入腹，三只太阳乌红光爆闪，惊鸣剧震，嗷嗷怪叫着朝后上方笔直倒撞飞去。拓拔野与烈炎被那火球夹带的狂猛真气陡然拍击，来不及反应，当胸如遭重锤，随着太阳乌朝后跌撞飞去。

赤霞仙子从鸟背上翩然飞起，驭风踏空，掌中流霞镜急速飞转，数十道绚丽霞光纵横交错，耀眼飞扬，刹那间如织锦巨网罩于半空之上。

“噗”的一声闷响，赤炎金猊兽当头撞入那绮丽霞光网中。霞光飞舞，缠绕盘旋，刹那间将它紧紧捆缚。赤炎金猊兽狂吼跳跃，挣脱不得。

众人大喜，赤霞仙子的流霞镜以柔克刚，一旦缠缚极难逃脱。拓拔野与烈炎大喝声中，驾驭太阳乌双双电冲。无锋剑铿然出鞘，碧光爆舞，剑气如虹，与烈炎的长枪红光一道朝着被困在网中的赤炎金猊兽攻去。

烈碧光晟微笑道：“米粒之珠，也敢与日月争辉？”赤铜盘与火玉盘铿然相击，妖丽紫光层叠绽放。

赤炎金猊兽闻声昂首咆哮，红光怒放，瞬息暴涨。“轰”的一声震天巨响，流霞镜冲天飞起，霞光带迸散碎舞，彩光流离，漫天缤纷。

赤霞仙子低叱一声，口角沁出血丝，脸色煞白，如风荷摇曳，水萍浮沉，悠悠荡荡朝下坠落。太阳乌怪叫着俯冲盘旋，将她稳稳接住。

妖兽巨头横甩，火鬃飞扬，一道赤红火球怒射而出，撞在烈炎的长枪上。“哧”的一声轻响，长枪突然变成纷扬粉末。火球继续轰然电射，径破而入。烈炎大骇之下闪身挥掌，赤火真气汹涌拍击。“砰”的一声，烈炎连人带鸟再次冲天飞去，所幸退避及时，并无大碍。

拓拔野叱喝声中，剑气急电刺射，倏地没入那妖兽右颈。妖兽怒吼狂啸，右爪横扫，红光及处，无锋剑碧翠真气登时崩断。

拓拔野只觉右手一沉，一股极大的力量将自己瞬间卷入。惊骇中立时聚意凝神，以定海神珠刹那反向运气，借着妖兽右爪拍击巨力霍然绕过太阳乌脖颈，重又翻身跃上鸟背，冲天飞起。

赤炎金猊兽跳跃狂吼，口中火球喷飞暴舞，朝着赤帝猛冲而去。

赤帝被赤松子的水玉柳刀毁伤周身经络，唯有手少阳三焦经无碍，当下奋力毕集真气，沿着天井、阳池、液门诸穴直贯无名指，“呼”的一声冲出汹涌紫气。那道紫气在掌心飞舞跳跃，陡然化为一道青紫色的火焰，大喝道：“三火铸兵！”掌心紫火神兵轰然爆射，化作一道赤红色的光火箭急冲向赤炎金猊兽。

祝融与赤霞仙子齐齐叱喝，奋力挥掌，两道紫火神兵左右流星飞舞，光芒炫目。刹那间并入赤帝的光火箭中。轰然爆响，三道紫火神兵并为一体，紫光怒放，化作极大的光火矛呼啸破风，朝着赤炎金猊兽的巨口雷霆般飞射而去。

风声怒吼，紫光电舞。

赤炎金猊兽张口狂吼，红舌卷舞，口涎横飞，竟然一口将那紫光火矛吞入肚中！

一道耀目紫光从它口喉直冲腰腹，通体红光闪耀，背上蓦地突起尖锐之物，似是那光火矛将要破身飞出。妖兽吃痛，跳跃甩舞，那道紫光霍然迸散，消失无形。

众人大骇，赤帝、祝火神与赤霞仙子乃是当今火族三大顶尖高手，任何一人的紫火神兵都足以称雄天下，罕逢敌手。虽然眼下俱身受重伤，但“三火铸兵”而成的紫火神兵也当威力无穷，岂料竟被这妖兽若无其事地一口吞入！

赤炎金猊兽原本就是火族神兽，凶厉无匹，因而当年才被列入大荒十大凶兽。以当时火族赤帝及三十余位高手之力，方能将其降伏，凶焰之炽远非寻常妖兽可以比拟。在这赤炎火山中封印千年，解印时又恰逢火山喷发，汲取颇多火灵，凶焰更厉。

众人惊骇瞠目，唯有赤松子哈哈大笑，岔了气，兀自喘息着干笑不已。

赤炎金猊兽巨舌舔了舔上唇，红目凶光大炽，怒吼一声，乘风闪电般奔跃，继续朝着赤帝猛扑而去。

赤帝扬眉狂笑道：“好畜生！”猛地推开祝融，大喝一声，红发扬舞，赤须戟张，周身经脉紫光暴闪，无数紫红色的细线在经络游走，汇集头顶，突然化为冲天紫光。

“断雨赤虹！”众人齐声惊呼，面色瞬间惨白。

这“断雨赤虹诀”乃是火族至为凶险的两伤法术。通常经脉受损，犹如河道崩坏，无法凝集调使真气。但这法术却可将浑身元神真气强行度过断损的经脉，毕集一处，并在刹那间倍增倍长，奋力出击。只不过真元崩爆时，对自己受损的经脉会有极大创伤，动辄有肉身毁灭之虞。赤帝狂怒之下，终于不顾一切，暗自立誓要将这妖兽彻底击败。

烈碧光晟淡然笑道：“蛮勇武夫，自取灭亡。”口念法诀，双盘飞舞，道道眩光从盘沿离心飞射。赤炎金猊兽狂吼声中，高高跃起，朝着赤帝猛扑而下，巨口张处，咆哮如雷，一道金红色的火柱爆舞怒射。

赤帝碧眼光芒爆射，大喝道：“紫光火龙曜！”七道赤紫红光突然从他头顶、四肢与前胸、后背冲涌盘旋，光芒绚丽，流离变幻。右拳冲天猛击，手指捏诀变幻。

“轰”的一声，赤红色真气如光环，层层叠叠绕着手臂飞舞毕集，刹那间从他拳上怒爆飞出，化为一条巨大的紫红色光火龙，咆哮着射向赤炎金猊兽！

“轰隆！”红光崩舞，紫光火龙闪电般破入金红色的光柱，呼啸着撞在赤炎金猊兽上。又是一声轰雷巨响，紫光火龙爆裂开来，化为几段紫光。赤炎金猊兽发出狂暴的痛吼，硬生生被打得冲天飞起。红鳞片片迸飞，带着漫漫血珠在风中碎裂飘舞。

烈碧光晟闷哼一声，险些倒栽下坠，猛地顿住身形，驭风凝立，将喷涌到嘴边的腥甜鲜血吞了回去，心中惊骇难以言表。

拓拔野、烈炎大喜，高声喝彩，但众人惊喜稍逝，忧虑又生。赤帝虽然奋起神威，将赤炎金猊兽一拳击退，反震之力必对他的经络也造成了极大的伤害。只是他好强自大，隐忍不发，但这等经络重伤越是硬挨便越是可怕。

赤帝哈哈狂笑声中，真气光拳轰雷连舞，紫气冲天变幻。日乌、月凤、金牛、木兕、水蛇、火龙、土象七种狂猛凶兽气芒急风暴雨般围攻赤炎金猊兽。真气狂猛霸冽，风雷滚滚，每一次劈出都犹如天崩地裂，比之先前与赤松子的激战竟似乎更强猛数倍！

赤炎金猊兽跳跃怒吼，横冲直撞，始终不得跳脱。片刻间鳞甲碎裂，鲜血激扬。众人骑鸟远远环绕，犹自感到四下冲涌而来的强烈冲击波。

巨大的紫光金牛低头咆哮，双角轰然顶入赤炎金猊兽的侧腹，血雾喷涌。妖兽痛吼声中，挥爪横扫，却被紫光巨蛇趁隙缠缚全身，瞬间动弹不得。

赤帝哈哈大笑，喝道："紫光七曜！"拳诀变幻，漫天赤红光芒突然崩爆开来，刺目闪耀，天地失色。

那七只紫光巨兽齐声咆哮，闪电般朝着赤炎金猊兽撞去！

赤炎金猊兽悲声狂吼，凶睛之中首次露出恐惧之意。烈碧光晟始终微笑的脸上也首次露出了惊惧与惶恐。众人惊喜交集，屏息凝神。漫山遍野混战的军士亦纷纷住手，紧张地抬头仰望。

风声呼啸，兽吼如狂。

那七只紫光巨兽即将撞到赤炎金猊兽时，突然齐齐顿住，作势欲扑。天地仿佛倏然静止。众人的心随之猛地抽紧，紧张观望。

拓拔野一凛，蓦地升起不祥之感，回头望去，只见赤帝面如金纸，右手微颤，碧眼涣散无神，心下大骇：难道他已经油尽灯枯了吗？

突听赤帝低喝一声，那七只巨大紫光凶兽忽如水纹一般荡漾开来，刹那间扭曲涣散，倏地化为七道紫光飘摇跌宕，既而迸裂离碎，漫天逸射！

众人大惊，回头望去。赤帝凝立不动，戟须震颤，嘴角牵起怪异的微笑，似乎想要大笑却发不出声来。

"轰"的一声闷响，赤帝红袍陡然碎为丝丝片缕，激射崩散。周身虬结的肌肉如微波起伏不定，紫光隐隐闪烁。接着"哧哧"连响，皮肤接连不断地绽破，再次喷出冲天血雨，笔直地朝后坠落。

祝融、赤霞仙子与烈炎大骇失声，猛地驭鸟飞去，将他接住。三人齐施法术，终于将其浑身伤口暂且封愈，齐齐对望，脸上又是悲戚又是忧惧。赤帝经脉尽毁，已永无修复的可能了！而且肉身崩坏，元神重损，动辄有形神俱灭之虞。

赤帝与赤松子对战之后，周身经络伤毁甚巨，好强之心使得他不顾一切地施放两伤法术，又使出至为强霸的紫光七曜，引火烧身，终于被自己崩爆的真元反震重创。

赤炎金猊兽惊魂甫定，昂首咆哮。烈碧光晟长笑道："独夫暴君，逆天行事，终于自取灭亡。"

群山遍谷的叛军与蛮军发出震耳欲聋的欢呼声，纷纷叫道："杀了他！杀了他！"声浪浩大，士气高涨。赤帝乃是叛军心中最为畏惧的人物，但他既已重伤完败，自然没有什么可顾忌的了。

战神军一时震骇愤怒，茫然无措，士气却已大为低迷。

烈碧光晟高声道：“烈碧光晟今日顺应民心天意，斩杀这无道暴君，以祭赤炎神灵！”双手一振，赤铜火玉盘铿然相击，彩光迸射。赤炎金猊兽嘶声狂吼，在震天欢呼声中，朝着赤帝飞奔而来。

拓拔野大惊，倘若赤帝当真被这妖兽所杀，那么叛军益加肆无忌惮，且不论他日能否拨乱反正，他们今夜逃出这赤炎城重围都了无可能！

正要抢身上前，忽听远处赤炎山顶轰雷滚滚，翻腾汹涌的黑云之中传来一声欢悦的哭泣，声音清冽婉转，透过宏声巨响清晰地传入每个人的耳中。

乌云忽然崩散开来，一道紫光破舞而出。光芒耀目，依稀可以看见一个红色的人影闪电般疾射而来，瞬间已到了赤炎金猊兽之前！

那人双掌翻飞，两道赤红色的汹涌真气轰然飞舞，在半空化为巨大的火凤凰，鸣啼振翅，重重地迎面撞在那狂奔而来的赤炎金猊兽巨头上。

“轰”的一声爆响，绚艳的七彩流光波动崩散，赤炎金猊兽头上血肉模糊，狂吼着倒飞而出。那人轻飘飘地退飞数丈，驭风回转，在赤帝与祝融等四人面前站定身形。

众人震骇，鸦雀无声。

那人红衣飘飞，肤如冰雪，淡绿色的眼珠如春水荡漾，嘴角挂着浅浅的微笑，分不清是欢喜，还是忧伤。赫然正是烈烟石！

“妹子！”烈炎猛地跳将起来，惊喜失声，大笑着张臂抱去，热泪汹涌而出。烈烟石淡淡一笑，避了开去。

众人尽皆惊喜交集，赤霞仙子缓缓站起身来，淡雅的脸上也不禁露出欢喜的笑容。拓拔野大喜，心中悬挂了半天的巨石终于落了下来。

蚩尤迷迷糊糊听见拓拔野喊“八郡主”，心中一震，猛地睁开眼睛，瞧见她俏立风中，安然无恙，大喜若狂，待要起身，真气乱窜，剧痛攻心，登时又迷糊倒下。隐隐有种奇怪的感觉，这烈烟石似是而非，眉目神态竟似有些陌生……

烈烟石对着赤霞仙子盈盈行礼，低声道：“师父！”赤霞仙子陡然一震，失声道：“是你！”烈烟石微微一笑，又朝着赤帝凌空拜倒，泪珠滚滚落下，颤声道：“爹爹！”

一言既出，众人大震，惊愕相觑。拓拔野失声叫道：“你是南阳仙子！”众人登时恍然。远处躺在太阳乌上的赤松子闻声剧震，面色突然变得紫红，强自支撑着立起身来，凝神眺望。

原来烈烟石与南阳元神皆是天生火灵，一旦置身烈火，周身上下就能自动形成火灵护体光罩，将外来的炎火隔绝开来。譬如，当年赤松子被南阳仙子施法焚烧全身而安然无恙，也是天生火灵的缘故。

加之南阳元神在赤帝女桑熊熊的三昧紫火中煎熬了百年，对于火焰的防御韧性可谓天下无双，除非有比她体内更猛烈的三昧紫火炙烧全身，否则不会有任何伤害。是以烈烟石抱着赤铜盘跳入滚滚岩浆，竟毫发无损。

在汹涌滚烫的岩浆内，赤炎山的强盛火灵与烈烟石体内的三昧紫火交相呼应，并为后者所吸引，丝丝脉脉地融入其经脉之中，其效力犹如有一个火灵真元极为强盛的超一流高手，将所有的真元输送入她体内一般。

短短的半个时辰里，她体内尚未消融的三昧紫火、情火都与滔滔而入的火山火灵真元尽相融合，导入奇经八脉。她体内沉埋的南阳元神亦被这汹涌而入的火灵真元逐渐唤醒，终于暂时取代了她昏厥的真身元神。

南阳元神完全苏醒之后，便御风高上，随着喷涌的岩浆一齐冲出火山口外。此时她体内真元之强，犹在祝融、赤霞仙子等人之上！

赤帝眯起碧眼，凝望着南阳仙子，想要抚摩她的头发，却抬不起手来，热泪盈眶，笑道："原来是你这无法无天的丫头！赤帝女桑和爹爹的封印诀也困不住你吗？嘿嘿，可惜爹爹再没法将你关回那赤帝女桑中了。"

南阳仙子泣声道："爹爹！"赤帝轻笑道："傻丫头，你哭什么？爹爹将你的孤魂困在赤帝女桑一百多年，你也不恨我吗？"

南阳仙子眼见他形神将灭，悲痛难抑，摇着头说不出话来。在她心中，赤帝与赤松子都是至为重要的、比自己生命还要珍贵的人。赤帝女桑中，备受煎熬的日子里，她也常常会切齿痛恨亲手将自己烧死受难的父亲，但这一刻，当她相隔百年之后重见赤帝，恰值他将死的边缘时刻，所有的苦恨都荡然无存，只剩下由衷的敬爱与无穷的悲痛。

众人黯然默立，心中都颇为难过。赤霞仙子心中格外苦涩难言，相隔百年的两个爱徒，此刻竟然同处一身，与她相距咫尺。而她们所倾心爱慕的两个男子，偏偏又都身受重伤，停驻在旁。命运无稽，竟将他们穿梭百年，交会在这个风雷怒吼的暗夜。

忽听烈碧光晟淡然笑道："我道是谁，原来是南阳仙子。乱伦叛族的赤家孽女。"笑声冷淡，充满了讥讽与轻蔑。

赤帝突然青筋暴起，怒吼道："住口！"愤怒如狂，面目尽赤，颤动着想要立起身来。

烈碧光晟哈哈笑道："父子成仇，兄妹乱伦。做出这等丑行，还想要掩蔽天下英雄的耳目吗？"

漫山军士无人知道当年往事，听到烈碧光晟此言，登时哗然。烈炎大怒，喝道："住口！"

赤帝狂怒之下，又大喝一声，喷出一口鲜血。众人大惊，祝融低声道："陛下，这奸贼故意激你动怒，你可别着了他的道。"赤帝心底岂会不知？但他素来心疼南阳，此时垂死之际与她重逢，懊悔愧疚，无以复加，听得烈碧光晟这般侮辱，登时怒不可遏。

南阳仙子缓缓起身，冷冷地望着烈碧光晟，碧眼中闪过凌厉的杀机。

烈碧光晟微笑道："南阳仙子，今夜倒真巧得很，你的哥哥刚刚找到你父亲寻仇，你又出现了。一家团圆，可喜可贺。"

拓拔野心道："他奶奶的紫菜鱼皮，这老贼好生奸诈，故意以此来扰乱南阳仙子的阵脚。"

南阳仙子果然一震，环身四顾，望见远处那盘旋飞舞的太阳乌上，赤松子正神情古怪地凝望着她，眼神中充满了狂喜，又充满了悲痛，嘴角依旧挂着那让她朝思暮想、生死难忘的满不在乎的笑容。

她脑中如春雷并奏、风雨齐鸣、呼吸顿止、心跳停息，就连周身的血液也似乎瞬间凝固，眼前空茫一片，无法思考。突然，一阵抽搐的疼痛加狂喜如火山崩爆，泪水倏地模糊了视线。这是她想了一百多年，从未有一刻淡忘的人啊……

众人屏息凝望，见她的脸色蓦地雪白，既而变得酡红一片，全身微微颤抖，眼波温柔，痴痴地望着赤松子，泪水倏然滑过脸颊，一道又一道，嘴唇翕动，低声喊道："赤郎……"声音沙哑，仿佛刹那间被体内烈火炙干。驭风踏步，缓缓地朝赤松子走去。

当是时，拓拔野忽见烈碧光晟面露冷笑，嘴唇翕动，心下大骇，惊叫道："小心！"话音未落，那赤炎金猊兽已如闪电般疾扑南阳仙子！

烈碧光晟老奸巨猾，眼下赤帝一方唯有这突然杀入的南阳仙子真元最强，况且南阳仙子是赤帝、赤松子、赤霞仙子至为关心之人，而她眼下所附着的躯体烈烟石，又是烈炎等人极为关爱的，倘若将她一举击杀，不仅除去大敌，还可彻底毁灭赤帝等人的士气。是以故意以赤松子扰乱南阳仙子心智，然后再驱使赤炎金猊兽予以突袭。

众人骇然惊呼，赤霞仙子与拓拔野、烈炎齐齐抢身冲上，流霞光、无锋剑气、赤火真气卷起数道红紫青绿的光芒，闪电般射向狂风般卷席的赤炎金猊兽。

“嗖嗖”连响，赤霞仙子的十数道霞光带瞬间卷住妖兽，但她真元大损，被妖兽奔跃一震登时崩散开来。

与此同时，拓拔野的剑气如青光霹雳倏然洞穿妖兽腰腹，鲜血喷飞。烈炎的赤火掌风也将它打得红鳞迸飞。但那妖兽毫不闪避，怒吼着径直扑向南阳仙子。

赤帝与赤松子不约而同地奋力起身，怒吼道：“小心！”南阳仙子这才如梦初醒，眼神依依不舍地望着赤松子，嘴角微笑，蓦地回身挥掌，依旧是那“赤炎火凤诀”。然而为时已晚。

红光爆舞，尚未化为巨大的火凤凰，赤炎金猊兽已经咆哮着扑入。巨口张处，七颗巨大的火球电冲而至，轰然破开南阳仙子双掌上怒放的赤火真气！

“哧哧”连响，眩光四射，七颗火球接连不断地撞在南阳仙子的胸上，刹那没入，她身上登时亮起耀眼的赤红光芒。这一瞬间，周身骨骼看得历历分明，体内纵横交错的紫红色经脉，被那七道肆虐乱撞的火球冲击得扭曲崩断。

众人惊声大叫，赤炎金猊兽狂吼着当头撞入，赤鬃飞舞，巨爪拍扫。轰然巨响，光芒崩爆，南阳仙子低哼一声，高高抛飞而起，体内的紫红色经脉如乱麻交缠，无数的赤色光晕在她经络内炸裂闪耀。

众人的心也随着她高高地抛起，重重地落下。赤帝与赤松子一齐发出撕心裂肺的悲吼声，父子二人在这一刻显得如此相似。

赤松子狂吼声中，双臂齐振，周身蓦地红亮，无数道紫光怒射开来。张口喷飞一道清冽白芒，如闪电一般没入赤炎金猊兽的背脊！

妖兽痛吼乱跳，高高立起身子。那道白芒忽然破肚飞出，穿过漫天血雾，“呜呜”旋转，蓦地回到赤松子的手上。妖兽嘶吼震天，继续朝着南阳仙子扑去。拓拔野心下暗叹，赤松子受伤太重，否则以他这水玉柳刀的惊天之威，这妖兽早已非死即残了。

南阳仙子空中悠然翻转，突然双手一张，掌心中跳起两团青紫色火焰，倏地化为一杆耀眼火枪，“呼”的一声当空急刺，迅雷急电般没入赤炎金猊兽的血盆大口。

“紫火神兵！”众人骇然惊呼，当今天下原本只有赤帝、祝融、赤霞仙子与刑天才会使出这紫火神兵来，岂料南阳仙子竟能在经脉错毁之下，轻而易举地使将出来。

她当年吞服情火丹后，真元强盛，今日又在赤炎山内汲取了众多火灵，元神真气都变得强霸无匹，丝毫不逊未受伤时的赤帝。虽猝不及防下被妖兽及其赤炎火球撞伤经脉，但由于她在赤帝女桑三昧紫火的烈焰中煎熬了百余年，火灵防御力超强，是以仍能借机反弹，刹那间将体内的三昧紫火与赤炎火灵化为紫火神兵，迎头痛击妖兽。

赤炎金猊兽惊吼立身，双爪乱拍，却已不及。血光冲天，紫火神兵轰然穿过它的獠牙血舌，从它后脑贯穿而出。

但那妖兽凶顽勇悍，剧痛之下狂怒益盛，猛地甩头挣脱，随着烈碧光晟赤铜火玉盘撞击的节奏与隐隐念诵的法诀，飞腾扑剪，朝着南阳仙子疯狂进攻。

当是时，又听远处空中传来此起彼伏的呼啸声。拓拔野等人扭头望去，心下大震，前后左右各有两三道人影驭风飞掠而来。

东面领先的那人骑乘烈焰麒麟，独臂挥舞火正尺，阴鸷如冰的脸上隐藏着阴冷的喜悦，正是火正仙吴回。其后两人俱是南荒蛮族打扮的大汉，骑着三头尸鹫，横握黑铜戈枪，满脸凶狂。

西面两人，一个矮矮胖胖，凌风踏步，手持淡紫色的螺角；一个高高瘦瘦，脚踏两条赤红色的巨蛇，手中挥舞一对长鞭，正是“南风大仙”因乎与“双蛟火神”不廷胡余。

南面两个红衣女子冷艳傲慢，骑乘白鹤，各持一柄七齿寒冰玉钩，乃是火族玉钩双真。

北面三个凶蛮男子，骑乘青色丑怪的飞兽，各持重金锤、混金棍与鬼头刀，呈品字形包抄飞来。

漫山叛军见状，士气更振，欢呼狂吼，鼓号破空，在令旗指挥下，潮水似的倾泻猛攻战神军，一时势如疯虎，将战神军冲击得溃乱离散。

拓拔野心下大凛，对方新添火族三仙、双真，再加上南荒五凶，以眼下己方实力，与之相去甚远。莫说反败为胜，能逃离此地已属不易。但赤帝又顽固好强，决计不肯逃离，岂不是只能坐而待毙吗?

赤帝哈哈大笑，喘着气道：“这群叛贼奸党以为寡人不行了，便大着胆子露脸了吗？嘿嘿，寡人让他们有来无回……”他突然招手叫烈炎过来，低声道：“烈小子，你很好。寡人要带你去一个地方。”烈炎茫然不解，恭声道：“是。”

身旁的祝融与赤霞仙子面色微变，低声道：“陛下！”赤帝微笑道：“你们在万千人中选中了这小子，不也是为了有今日吗？嘿嘿，早一些迟一些，也没有什么分别。”

祝融沉声道：“陛下，烈炎的经脉与真元只怕暂且还不足以承受……”赤帝微微摇头道：“没有时间了，唯有如此搏上一搏。”赤霞仙子与祝融对望一眼，满脸忧虑，但也唯有缓缓点头。

拓拔野与烈炎都颇为迷惑，不知他们所言何事。眼见吴回等人四面围来，南阳仙子又被赤炎金猊兽逼迫得险象环生，心下都大为焦急。

却听赤松子一声大喝，猛地站起身来，乱发飞舞，紫光冲天，乌金长袍片片飞扬，露出修长而肌肉虬结的躯体，神威凛凛。右手水玉柳刀轻轻一振，水光清辉摇曳波荡，哈哈笑道：“哪里来的这么多妖魔小丑，都给我滚回到鬼王殿去吧！”他踏空飞起，夜空中蓦地亮起无数道刺眼白芒。

众人眼前一花，只见无数道白芒如暴雨飞射，四下怒舞。急速围聚而来的吴回等人纷纷格挡，真气纵横飞舞。“轰隆”连声，除了火族三仙微微后移之外，其余七人都霍然倒卷，飞出十余丈外。

众人见他重伤未愈，竟以一人之力，将四面群雄瞬间逼退，无不大骇。

南阳仙子眼角视线一直牵绊在赤松子的身上，望着他大发神威，芳心大喜，笑吟吟地在妖兽扑剪之间曼妙穿梭，眼波温柔地凝视着他，眨也不眨，脸上放出柔和的光彩。

拓拔野又惊又喜，心道：“赤前辈既与赤帝势不两立，怎么又肯相助？是了，定是担心南阳仙子的安危，所以才出手相救。”他虽然明知赤松子与南阳仙子乃是兄妹，畸恋不容于世，但不知为何，却十分同情二人，隐隐之中倒希望他们能和好如初。忽然又想，赤松子被紫光七曜打成重伤，眼下以两伤法术强自硬撑，不知又能撑到几时？不由得又为赤松子暗暗担心。

因乎与不廷胡余吃过赤松子的亏，识得他的厉害，见他神威依旧，吓得肝胆欲裂，惧意横生，一时不敢上前。那五个南荒凶人素来蛮勇，不识好歹，恼羞成怒之下纷纷怒吼着交错扑来。

两个持黑铜戈枪的南荒凶人驾驭三头尸鹫当先冲至，黑铜戈枪轰然怒刺，两道乌光爆射而出。

赤松子哈哈大笑，瞧也不瞧他们一眼，左手凌空弹指，两道紫芒倏地飞射而出，登时粉碎乌光气芒，将那两个蛮汉打得冲天飞起。水玉柳刀横天虚劈，一道弧形白光呼啸卷舞，“当”的脆响，闪电般斩断北面攻来的重金锤，倏然破入。血光喷舞，一颗人头冲天飞起，发出半声凄厉的惨呼。

余下那两名南荒凶汉骇得魂飞魄散，混金棍失手掉落，瞠目结舌，不知进退。

拓拔野看得舒畅至极，大声叫好，胸中豪情激涌，笑道：“赤前辈，洞庭湖上没能和你一起斩妖除魔，这次万万不能错过了！”说着便取下珊瑚笛，横放唇边，悠然吹奏。笛声高峭险厉，正是《金石裂浪曲》。

赤松子哈哈笑道：“妙极妙极！拓拔小子，今日咱们便听着曲子，杀尽妖魔！”他仰天狂吼，紫气轰然爆舞。

赤帝微微一笑，眼中闪过悲伤苦痛之意，转头凝望南阳仙子，见她眼角眉梢柔情脉脉地望着赤松子，对周围一切视若无睹，即便是与赤炎金猊兽缠斗，竟也是心不在焉。

赤帝心中悲苦，摇头低叹道：“冤孽……”神情波动剧烈，又是难过又是欢喜又是悔恨，猛一收神，对祝融与赤霞仙子厉声喝道：“开始吧。”

赤霞仙子与祝融点点头，四掌相对，默念法诀。四道紫气交相缠绕，化作螺旋盘舞。琉璃金光塔从赤帝的袖中缓缓飞出，倏地被吸入螺旋紫气中，急剧盘旋，越来越大。

琉璃金光塔上旋飞舞，徐徐变大。烈炎抬头望去，看见塔底赤红彤紫，光芒变幻，深不可测。赤帝突然奋力抓住他的手，道：“小子，准备好了吗？一起去这塔中世界吧！”

烈炎还来不及回答，只觉眼花缭乱，无数彩光流离飞舞，从塔底逸散飞射，一股强大的吸引力似乎将自己蓦地拔起，朝塔中闪电般冲去。

光芒耀眼，眼不能视物。耳边风声呼呼，他隐隐听见拓拔野的笛声如雪峰崩炸，银河飞泻，又听见一声狂烈震天的凶兽怒吼，然后便晕眩空白，人事不知。

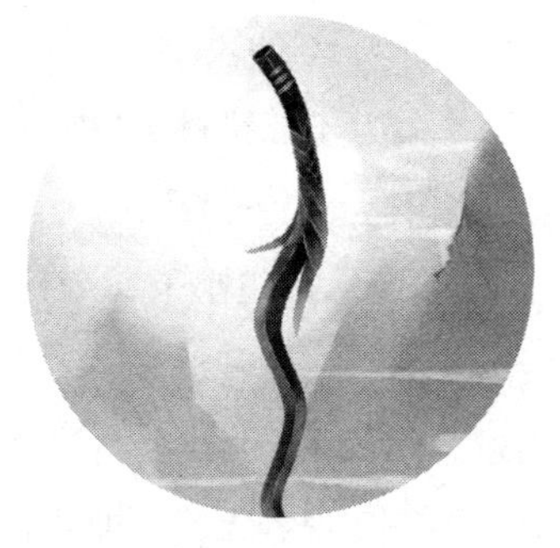

第二章 太乙火真

不知过了多久，烈炎只觉耳边一片宁静，心中说不出的安详澄明。微风轻轻地摩挲着脸颊，温柔得如同母亲的手，一种似曾相识的感觉从冥冥之中触及他心底最深处，让他莫名地想要笑，想要哭。他蓦地睁开眼睛，四下环顾。

明月当空，流萤飞舞。

他站在一条横亘于虚空中的无尽长廊上，那长廊看不见起始，看不见终结，透明如水晶的廊顶与栏杆闪烁变幻，仿佛有，又仿佛没有。俯视下方，透过那若有若无的长廊地板，可以看见深不可测的黑暗，仿佛随时要跌落下去一般。心中突然一阵寒悸，这场景好生熟悉！像是久违的梦境。刹那间森冷的恐惧爬遍全身，忍不住想要大声呐喊。

突然听见赤帝的声音从虚无缥缈间传出："你见过这里吗？"

烈炎急速转身，四下扫望，看见赤帝倚立于数步之外的栏杆之前，身体也如同那长廊一般，透明闪烁，似有似无。一蓬流萤从他身体内无声地穿过。心中又惊又怕，点头道："这里好生熟悉，像是梦里到过似的。"

赤帝道："梦里？人生虚渺，究竟何时是梦里，何时是梦外？"烈炎听他说话的声音无比苍凉，与先前那狂傲的姿态迥然两异，仿佛换了一个人，心中更觉诧异惊恐。他胆子素来颇大，刚直勇敢，但此时在这虚幻如梦的地方，如万里夜空中的一颗微尘，心中无依无傍，有说不出的害怕。

微风吹来，漫漫流萤闪闪飞舞，穿过那水晶透明的廊顶，在他身旁环绕盘旋，然后穿过他的身体，飞到外面那黑暗的虚空。他冷汗遍体，将手探入流萤飞过的身体，发现竟然轻而易举地伸了进去。自己竟与赤帝一样，化作了青烟薄雾一般的躯体。他猛地退了几步，失声道："这究竟是什么地方？这不是琉璃金光

塔内里吗？”

赤帝道：“这里是幻界，是传说中人间与仙界的交界处。嘿嘿，可是仙界在哪里呢？寡人在此修行几十年，却没有看见半扇通往仙界的大门。”

烈炎心中“咯噔”一响，幻界！据说人的肉身毁灭之时，元神便要通过幻界回归仙界。想不到琉璃金光塔竟是通往幻界的通道！但赤帝为何要带自己来此呢？

正疑惑间，听见赤帝淡淡道：“烈小子，你在想寡人为何要带你来此吧？”烈炎一凛，点头恭声称是。赤帝轻轻一笑，指着那天上的明月道：“那是什么？”烈炎心下疑惑，他既如此相问，答案必不是月亮，但想不出其他回答，当下依旧恭声道：“月亮。”

赤帝道：“小子，你再看清楚一些。”烈炎凝神眺望，忽见那洁白圆月水波般荡漾开来，“轰”的一声，突然成了一团紫红色的烈火！烈炎大吃一惊，猛地朝后退去。那紫火熊熊燃烧，越来越大。

赤帝道：“小子，这是赤火神识的本神——太乙火真。”

“太乙火真？”烈炎脑中轰然一响，似乎想起了什么，但又说不出来。

蓦地灵光一闪，是了！儿时曾经听烈碧光晟说过，传说创世之初，天地间分为混沌界、仙界、幻界、人界、鬼界。混沌界有五大元神，即白金神识、青木神识、黑水神识、赤火神识、黄土神识，又称为太乙金真、太乙木真、太乙水真、太乙火真、太乙土真。

这五大神识为天下万物元神魂魄的源主，如日月一般逸射发散出各自的元神，附着于天地万物之上，万物始有灵力。

人界万物，尤其人类，因自身体内附着的五大元神比重不同，而分为金、木、水、火、土五大种族。

肉身毁灭之后，弱小的元神回归混沌界五大神识，融合后重新分散逸出，强盛的元神则直接登入仙界，成为永恒的个体神识；而腐朽的元神则堕落于鬼界，难以返回混沌界，更无法登入仙界。

回归混沌界、融合逸散的元神重新附着人体，即为“来生”。仙界不灭神识重新进入人界，附着人体，即为“转世”。

这“五界五神说”，烈炎当年曾听烈碧光晟说过，心中也是将信将疑。想不到今日自己竟果真置身于幻界，目睹遥远而又临近的太乙火真。

赤帝道："小子，你可知祝火神与赤霞仙子为什么挑中你们兄妹作为徒弟吗？"

烈炎道："烈炎曾听师父齿及，我们二人天生火灵，颇为少见。"赤帝道："嘿嘿，岂止是颇为少见？简直是震古烁今。"

烈炎一震，赤帝向来自大狂傲，极少褒誉他人，如今他既然说出这般话，必有其道理，心中不由得一阵狂喜。

赤帝道："人体因经脉、心、脑、气海不同，所附着的五大神识也有所不同。我族中人的身体构造注定了附着的赤火神识要多于其他四神。但其中又有一些人天生火灵，附着的赤火神识远胜他人，生来便可以御火通神。这些人数百年也不过寥寥几个而已。这些人中又有些许赤火神识尤为强盛的，只需以太乙火真感应激化，就可以成为千古难逢的'火德之身'。"

他凝望着烈炎，赤须戟张，似笑非笑道："寡人便是一个。你们兄妹二人恰巧也是。"

"火德之身！"烈炎听他说得一半时已经猜到，但亲耳听他说出，仍不免心神大震。古往今来，有火德之身的，莫不是火族圣贤人物。除了当年的燧人氏与当今的赤飚怒之外，屈指数来也不过六人而已。即便以他师父火神祝融之真元神识，也不过是紫火真身，比之火德之身仍远有不如。想不到自己兄妹二人竟有如此福分。他又惊又喜，说不出话来。

赤帝缓缓道："从祝火神与赤霞仙子将你们兄妹收为徒弟的那一日起，就注定了你将是未来的赤帝，而你的妹妹将是未来的圣女。"

"什么？"烈炎大吃一惊。烈烟石将为圣女，他亦有耳闻，但他将为赤帝传人，却是今日首次听说，又是从赤帝口中说出，这震撼不可谓不大。一时间惊讶、狂喜、担忧、恐惧一齐在心头交杂翻涌。

赤帝微微一笑道："你很好。不仅天资奇佳，又刚直厚道。这次烈碧光晟叛乱，你宁死不从，临危不惧，果然没有辜负祝火神的期望。听说你平素也爱民如子，将来会是一个好君主。嘿嘿，寡人做了两百多年的赤帝，世人骂我黩武穷兵、狂妄自大，现在想来确实很有不对之处。将来这一百零六城的百姓幸福，就交付给你了。"

烈炎听他淡淡说来，又是欢喜又是凄凉，知道他明知形神将灭，在嘱托交接。一代威霸赤帝，终将登仙羽化。烈炎心中震撼，说不出的难过，低声道：

“陛下！”

赤帝抬头眺望那绚烂耀目的太乙火真，道：“不知今夜，寡人是要登入仙界呢，还是返回这一团烈火之中？”他的声音竟有些凄凉，指着那在漫漫虚空中无声飞舞的闪闪流萤，肃然道：“瞧见了吗？这些便是本族先辈残留于幻界的元神。千万不要小看这些荧光，他们是连接你与仙界、混沌界的唯一桥梁。”

赤帝转身凝望着烈炎，一字一句道：“寡人带你到此，就是要借助这太乙火真的神力，以及这些残留的先辈元神，唤醒你体内的赤火神识，让你脱胎换骨，成为火德之身！”

“轰”的一声爆响，光芒万丈。

吴回、因乎、不廷胡余齐齐翻腾倒退，赤松子微微一震，横刀哈哈大笑。众人见他又是随手一刀，便将三仙雷霆万钧的围攻刹那迫退，无不惊骇。

却不知赤松子心中正暗暗叫苦。他以“断续诀”两伤法术，勉强将周身经脉暂时接通，但重伤未愈，体内真元损耗极大，适才几次看似轻松的刀势已经耗费了极大的真元，眼下莫说将这火族五大高手打败，能支撑小半时辰已属奇迹。

祝融与赤霞仙子环绕着琉璃金光塔凝神施法，无暇他顾；拓拔野以狂浪险峰般的笛声阻挡玉钩双真与南荒四凶的围攻，护卫赤帝等四人，一时也无法相助。若不能将这三仙击退，他又怎能救出南阳仙子？

心中焦躁，眼角瞥去，看见南阳仙子虽被赤炎金猊兽逼得险象环生，但一双妙眼始终凝望着他。脸上淡淡的笑容，淡淡的泪痕。撞见他的目光，她嫣然一笑，双靥飞霞，喜洋洋的神情一如往昔。

赤松子心中痛如刀绞，泪水蓦地涌了上来。仰天哈哈狂笑，将那涌到眼眶的泪水重新压了下去，心中狂喜、悲凉、苦痛、无奈……翻江倒海。

相隔一百零七年又五日，他终于见到了她。

虽然面容全非，但那眼波神情却丝毫未改。当他听见拓拔野的叫声，望见烈烟石真身的时候，心中霍然明白，为什么今日下午在那瑶碧山谷中邂逅这女子时，会有强烈的似曾相识的感觉。

当时他只道是自己对南阳的强烈思念，让他故地重游时产生了幻觉。如果那一刻他已知道沉睡于这女子体内的，有他生死爱恋的元神，他还会不会怀着满腔悲愤怒火赶到这赤炎城中，与自己的父亲、自己铭心刻骨的仇人对决呢？

当他狂怒地与赤飚怒决斗之时，心中究竟是想着自己含冤死去的母亲多些呢，还是想着那被赤帝亲手烧死的妹子情人更多些呢？

在洞庭湖底暗无天日的一百多年里，让他痛不可抑的，不是压于身上的万丈高山，不是寸寸绞紧的混金锁链，而是那双烈火般炽热、春水般温柔的眼睛，那双在瑶姬房里那熊熊情火中悲苦凄绝的眼睛。

在他耳边，时时刻刻响彻的，是那昆仑山顶的星夜，她在耳畔哭泣的低语："我不要做月亮。如果你是流星，我也做一颗流星，和你一起坠落到没有其他人的地方去。"

那温柔的话语，曾经在昆仑山顶的夜色里粉碎了他充满仇恨的冰冷的心。他几乎便要放弃一切，放弃恩仇，与她一起做平行飞舞、永不分离的流星。但天意弄人，她竟成了他的亲生妹子。

当他在风啸楼看见赤飚怒拉着她的手，向众人宣布他的女儿将是下一任的圣女时，他几乎要窒息昏厥。对赤飚怒的仇恨从未有如那一瞬间那般炽烈。是他令母亲含冤而死，又是他令自己喜欢上了自己的妹子。

一百多年黑暗的炼狱，他怀着怎样深重的罪孽啊！但让他恐惧的是，明知是罪孽，却深陷沉沦，难以自拔。

瑶碧山里的相识，昆仑山顶的日夜，南阳在情火中含泪的欢喜的笑靥……每一刻的回忆都如千万座洞庭山压在他的头顶，让他喘不过气来，让他苦苦累积的防线瞬间崩溃。他知道自己再也不能欺骗自己了，纵然那是千夫所指、万世唾骂的沉沦。

在黑暗中，他无数次地默想：如果上苍让时间倒转，他可以重新选择，他会让时间在那昆仑山顶的朝雾中静止。然后与她一起乘空飞去，到没有人相识的天涯海角，哪怕那里荒无人烟、荆棘遍地……

在今夜之前，他本已了无生意。原想拼死杀了赤飚怒后，从此流浪天涯。但此刻，狂喜与强烈的求生意志却如烈火一般在他心中燃烧。嘿嘿，苍天有耳，竟能听见他心中的呐喊吗？这该死的老天原来也不是那么冷酷可恨。这次，他决计不能让南阳再受到一丝的伤害。

"好妹子，再没有人能将我们分开了。"赤松子心中自语，仰天大笑，泪水终于还是忍不住流了出来。眼下经脉毁伤，大敌环伺，不敢与她即刻接近，免得扰乱心志。

他凝神敛意，努力将南阳仙子的眼波从脑中抹去，想道："这一群兔崽子也忒可恶，等到老子经脉修复，将他们一个个大卸八块。"心中恨恨，计议道："罢了，先聚集余力，一刀杀了那狮子狗，再做打算。"

却听吴回冷冷道："原来大荒雨师也不过如此。吴火正半个时辰之内就可取你首级！"他阴骘深沉，不似因乎、不廷胡余被赤松子先前吓破了胆，始终战战兢兢。与赤松子交手中察觉他的真气一次比一次衰弱，跳脱游移，料想他重伤未愈，必挨不久。

倘若能将赤松子杀死，必可威震天下，做这火神之位众人也再无异议。当下趁着因乎与不廷胡余尚未察觉，口出狂言，抢先下手，以揽巨功。麒麟怒吼，奔踏飞来。红袖飞舞，暗红色的火正尺破空飞出，急电怒射。

赤松子大怒，哈哈笑道："小兔崽子，吃了洋葱吗？好大的口气！"傲气上涌，水玉柳刀霍然怒斩。白光耀眼，凛冽的气芒呼啸破空，如霹雳横扫。他这一刀殊无花哨，直来直去，真气狂霸惊人。

"哧"地轻响，火正尺突然半空反卷，朝后疾退。狂风随之倒卷，红光乱舞。

赤松子微微惊咦，只觉一刀劈空，一股强大的吸力猛地拖拽。自己这一刀力道猛烈，仿佛突然劈入旋涡，登时被倒吸卷溺。

倘若他未受内伤，丝毫不会畏惧，多半是大吼着不顾三七二十一，一刀劈入，直取这兔崽子性命。但眼下真元不过平素的十分之一，不敢太过托大，猛地凝神沉气，将刀气蓦地反卷收回。

吴回脸上闪过阴冷的狞笑，喝道："狂徒受死！"手掌一翻，火正尺呼啸翻转，猛地增大数倍，闪电般疾刺而入。红光爆舞，炙浪滔天，汹涌真气如霹雳飞虹。正是他最为霸冽的"天地一尺"。

赤松子微微一惊，哈哈大笑，水玉柳刀反撩而上。

"轰"的一声巨响，气浪崩爆，光芒怒射。

火正尺冲天飞起，"呜呜"乱转。烈焰麒麟惊吼跳跃，吴回仰头喷出一口鲜血。赤松子哈哈大笑，却突然朝后翻倒，向下坠落！

南阳仙子脸色大变，尖叫道："赤郎！"不顾一切地朝他驭风飞去。

吴回先以火正尺阴面吸引拖拽赤松子的水玉柳刀，然后趁着他将刀芒反卷收回时，将火正尺转为阳面，奋起全身真气使出"天地一尺"。赤松子原本已经真元大耗，收刀之后立时再行出刀，真气更加不逮。

吴回身为火族七仙之首，真气、念力都是火族翘楚，若在平时自然远不是赤松子的对手，但此刻力量悬殊，又施以奸计，这一交手，占了老大的便宜。

刀尺相交，赤松子余下的真元都被刹那打散，剧痛攻心，真气岔乱，经脉又崩断开来。虽然强自硬撑着大笑，却终于抵受不住，朝下坠落。

吴回大喜，收敛崩散的真气，冷笑道："瞧你如此嚣狂，原来连我一招也招架不住！"他驱策烈焰麒麟，朝赤松子冲去，火正尺呼呼飞旋，半空翻转，随着他的指尖电射而下。

众人大诧，因乎与不廷胡余更是惊异。那赤松子凶狂无匹，虽然受伤，但真气尚足，又怎会被吴回一尺打落？他们原本对吴回颇有轻视之心，以为不过凭借其兄祝融，才扬名天下，排列于他们之上，但此刻不由得起了凛然敬畏之意。

烈碧光晟哈哈长笑，赤铜火玉盘蓦地合二为一，彩光飞旋，铿然清鸣。赤炎金猊兽狂吼声中扭闪挪跃，朝着南阳仙子侧后方猛扑而去。

南阳仙子牵挂赤松子生死，心乱如麻，不及闪避，登时被那妖兽轰然撞中，巨头双爪齐齐拍在她的背上。

红光爆舞，一道气浪蓦地炸裂开来。南阳仙子闷哼一声，口喷鲜血，紫色元神霍然震出体外，险些破体崩散。反手一掌，赤气如电，将紧随而来的妖兽迫退。身形如落叶般悠然飘飞，猛地一沉，朝着赤松子飞去。红袖翻飞，将赤松子紧紧抱住。

太阳乌嗷嗷怪叫，交错飞行。两只太阳乌轰然齐撞，硬生生将吴回的火正尺震退，另一只展翅俯冲，将紧紧相拥的赤松子与南阳仙子稳稳接住。

叛军欢腾，士气高涨。战神军群龙无首，赤帝等人又连遭折败，士气大转低迷，逐渐有溃乱之势。

当是时，却听那笛声激扬高越，浩浩奔舞，忽然万山倾倒，千江沸腾。凭空蓦地一声狂雷崩爆般的怒吼，众人心中大震。

乌云崩散，狂风顿止，漫山遍野混战的军士心神为之震颤，蓦地住手罢战，纷纷仰天眺望。

但见拓拔野骑乘在太阳乌上，横吹珊瑚笛。笛声高昂奔泻，气势如虹。一只巨大的红色怪兽在他头顶昂然怒吼。

那怪兽如红色犀兕，头顶上一只弯月似的珊瑚角凛然傲立，幽蓝的凶睛在火光映衬下更显狰狞凶恶。深红色的厚褶皮如铜盔铁甲，巨尾如箭一般笔直竖起。

突然仰颈怒吼，一团青光从森森白牙之间喷射而出。

太乙火真刺眼闪耀，微风中带着奇异而温暖的香味，仿佛冬日里晒过太阳的棉被，将烈炎紧紧地包裹。那无尽的透明的长廊，四周黑暗的虚空，以及那闪烁飞舞的流萤元神，让他意识缥缈，似乎随着环绕的荧光缓缓飞起，在幻界的虚空中柳絮般飘浮。他耳中听到赤帝的声音，像是从另一个世界传来，遥远而清晰："烈小子，寡人要在赤火神识尚未逸散之前，进入你的体内，用灵犀法术唤醒你的赤火神识。不知道你眼下的经脉和真元能否经受得起？嘿嘿，也只有听天由命了。"

烈炎迷迷糊糊地回答，又听见赤帝说道："意守丹田，不要让我的元神冲散了你的意识。"眼前紫光红芒绚烂闪耀，突然头顶一热，仿佛有万道暖流汹涌注入，惊涛骇浪似的冲卷而下。

烈炎"啊"的一声呻吟，立时意守丹田，凝神聚念。

那滔滔暖流醍醐灌顶，在他周身经脉奔腾游走，汇集到丹田气海，波荡回旋。过了半晌，脑中听到赤帝的声音："睁开眼睛，凝视太乙火真，随我念法诀。"烈炎睁开双眼，朦胧中看见太乙火真如一团紫光，越来越大，越来越亮，似乎就在自己的身前，触手可及。

听到赤帝朗朗说道："混沌之界，五神之识，天地魂魄，尽出于此。太乙火真，我神之源，天道感应，魂魄导引，五界之门，幻界穿行……"

烈炎随着他朗声复述，凝神注视那太乙火真。突然，那无尽长廊之外的漫天流萤如银河飞旋，从他身边环绕汇集，无声无息地化为一条银光闪烁的荧光桥梁，朝着那熊熊燃烧的太乙火真蔓延伸展。

心中"咯噔"一响，似乎有春芽破土，花蕾绽放，一种奇妙的感觉随着赤帝声浪的每一次跌宕而生长蔓延。

忽然，他慢慢地飘起，沿着那流萤编织的虚空幻神桥徐徐飞向太乙火真。无数流萤在他脚下、在他头顶、在他周围环绕闪烁，眼花缭乱，引导着他朝那耀眼的紫色光球急速飞去。

疾风扑面，他飞行得越来越快，流萤元神犹如流星雨般在他四周飞掠而过。鼻息中满是奇异的香味，那似曾相识的感觉越来越强烈。心中充满了温暖幸福，仿佛将要回家的浪子。

紫光跳跃，赤帝的元神在他的体内随着那火焰跳跃的节奏而摇曳激撞。每一次跳跃、每一次撞击，他的体内仿佛都有什么迸裂开来。仿佛无数的春草争先恐后地穿透潮湿的大地，在惊雷与细雨中招摇生长。

突然"轰"的一声闷响，恍惚中觉得心中有什么东西崩爆开来，耳中蓦地听见无数的声音。像是风声、笑声，还有无数熟悉而陌生的说话声。彼此交织，混淆难辨，继而眼前突然一亮，在那流星般飞舞的流萤之后，那原本漆黑一片的虚空中，霍然出现了无数的幻象。

险峻奇峰、漫漫云海、落日大河、林中明月……无数瑰丽风景在四周变幻闪过，在这些生平见也未见的地方，站立着众多熟悉而又陌生的身影，无数的面容在他咫尺之距飞闪而过，错身的刹那，耳中还能清晰地听见他们的呼喊与话语。

那些人究竟是谁呢？似乎记得，又似乎遗忘。为什么他的心中突然充满了莫名的快乐、悲伤、狂喜与感动？烈炎苦苦地思索，在万千幻象中急电飞舞。

突然他明白了。

他是在飞往回归的路上。这些幻象都是他前生中难以忘怀的剪影，隐藏在他赤火神识的最深处。当此时，无限接近太乙火真的时刻，这些深埋的前生往事一一破土蜂拥而出。

紫光闪耀，天旋地转，无数个声音在他心中一齐轰响。赤帝的声音如惊雷般滚滚奔腾。突然心中一紧，眼前豁然开朗，光芒刺目，一种强烈的疼痛而又快意的感觉崩爆开来。他仰天大吼，似乎瞬间破体而出……

"珊瑚独角兽！"众人突然想起这不可一世的凶狂怪物，与传说中三百年前为害甚巨的、大荒十大凶兽之一的妖兽并无二致。没想到一夜之间，竟在这高空上出现了两大凶兽。众人心中均寒意陡生。

独角兽肆虐跳跃，吼声如狂，蓦地从拓拔野头上呼啸掠起，恣意咆哮冲撞。

拓拔野这《金石裂浪曲》也不过吹奏过几回，对驾驭这凶兽的法门仍然不甚明了，只能照着那曲子一路吹去，是以究竟能否完全控制这凶兽，又能让这凶兽发挥几成威力，心中也没有太大把握。

他心想："这《金石裂浪曲》既是封印之曲，主要在于封印解印，如何驾驭这妖兽，恐怕与这曲子也没有太大关系。倒不如依照那日在风雷海上与夔牛灵犀感应的法子，感应这独角兽的元神，然后恣意吹笛。"

拓拔野心中突然一凛，稍转踌躇。灵犀法术乃是感应彼此的意念元神，心智相通，辅以神器传达意念，遥相驾驭。但其凶险之处在于双方彼此绝无恶意，一旦一方突然反噬，另一方神识处于不设防状态，必深受其害，动辄有魂飞魄散之虞。这珊瑚独角兽凶狂不羁，未必就如当日夔牛，感恩之下，心智相通。倘若它突然发狂反噬，那岂不糟之极矣？

正寻思间，听见祝融在耳旁传音道：“小子，驭兽之道，在于心智相通。了解它的心思，才能加以诱导，随心驾驭。老朽眼下真元不足，无法降伏那赤炎金猊兽，传你‘心心相印诀’，能不能驾驭这独角兽，降伏赤炎金猊兽，就看你的造化了。”

拓拔野大喜，火神祝融与龙女雨师妾、水族百里春秋并称当今大荒三大驭兽高手，他独创的“心心相印诀”在五族灵犀法术别具一格，即便是神帝的《五行谱》上也不见记载。他既肯倾力传授，自是自己的大福气。

再者，祝融所言与神帝当日所说的伏兽根本之道完全一致，深得己心，远比百里春秋以念力镜控制猛兽的魂灵来得光明正大得多。当下传音拜谢。

火神祝融一面与赤霞仙子施法琉璃金光塔，一面传音授教“心心相印诀”。那法诀不过两百余字，文辞浅白，但每一字每一句都宛如楔子一般打入拓拔野的心中。所述精义便是如何感应凶兽元神，将心比心，以意策应。他每听一句，便在心中复述一句，欢喜不胜。片刻之间，便将“心心相印诀”烂熟于胸。

当下他默念法诀，凝神感应珊瑚独角兽的元神心智。他天资奇佳，又极富同情之心，对这灵犀法术可谓一点即通。当日在风雷海上收服夔牛，对于与凶兽的彼此感应，已颇有心得，此刻得了祝融真传，更是醍醐灌顶，了然于心。念力及处，对独角兽的精神全然洞悉。

他精神大振，笛声陡转急促汹泄，滔滔不绝。珊瑚独角兽震天狂吼，声浪如雷，口中青光连接爆舞，轰然击中那挥舞鬼头刀的南荒凶人。

那凶汉哼也未哼，头颅便如西瓜般炸裂开来，断颈上连皮带血，摇晃了刹那，直挺挺地掉落下万丈高空。

珊瑚独角兽闻见血腥，狂性更发，闪电奔跃，乘风飞冲。南荒众凶的飞兽坐骑惊叫怪吼，肝胆欲裂，发狂似的四下奔窜。那提着黑铜戈枪的凶汉转身迟了一步，立时被珊瑚独角兽的珊瑚角轰然刺入。

凶汉嘶声痛吼，被珊瑚独角兽贯穿拱起，珊瑚角透胸穿过四尺来长，鲜血喷射，汩汩四溢。在空中手舞足蹈，小鸡似的被那独角兽高高甩出，半空抽搐，早已殒命。其坐骑飞兽悲鸣哀叫，巨翅簌簌，不敢动弹。

笛声狂野恣肆，如奔雷锤击怒海，激起千层巨浪，万顷波涛。独角兽肆虐狂吼，刹那之间青光爆吐，又连杀数人，巨口森然，硬生生将两只飞兽撕扯成碎片。玉钩双真花容失色，双双后退。

烈碧光晟适才见祝融口唇翕动，拓拔野面带笑容，猜到多半火神传授这小子什么驭兽秘诀，心下愤怒。突然一凛，祝火神与赤霞仙子在那琉璃金光塔旁施的什么法？蓦地豁然醒悟，是了！定是在帮赤飚怒与烈炎借助塔中历代赤帝的元神灵力修复经脉，补充真元。

烈碧光晟寒意彻骨，冷汗爬遍全身。倘若被赤飚怒那老妖怪喘过气来，重新从塔中杀出，赤炎金猊兽也未必是他对手。惊骇之下，蓦地想出一个点子来。当下高声道："先将这一对无耻乱伦的狗男女杀了，祭奠赤炎神明！"

赤铜火玉盘呼呼旋转，赤炎金猊兽狂吼着甩鬃摆尾，拍开太阳乌，疾扑赤松子与南阳仙子。

腥风血雨，咫尺鼻息，赤炎金猊兽的森森獠牙眼看就要咬到。赤松子与南阳仙子躺在太阳乌上紧紧相拥，四眼相对，悲喜交集，对周遭一切熟视无睹。此时就算天崩地裂，他们也看不见、听不着了。

拓拔野哈哈笑道："烈老贼，咱们针尖对麦芒，乌龟碰鸭蛋。看看究竟是你的狮子狗厉害，还是我的独角兽威风！"笛声一转，如霹雳风雷，气势凌厉。独角兽轰然咆哮，蓦地转身俯冲，闪电似的撞向赤炎金猊兽。

迅雷不及掩耳，两只凶兽轰然撞在一处。

巨响狂震，气浪翻腾。众人惊呼声中，只见鲜血漫天喷射，独角兽的珊瑚巨角深深地扎入赤炎金猊兽的侧肋之间，牢牢卡住，不得挣脱。

赤炎金猊兽痛吼如狂，蓦地一爪横扫在独角兽的厚甲上。独角兽也是一声狂吼，猛地翻震开去，厚甲竟然裂开一个大口，血肉模糊。但它凶悍无比，依旧死死地顶着不放。

赤炎金猊兽剧痛之下，凶性大发，红睛喷火，巨头甩摆，张开血盆大口，猛地一口咬住独角兽的脖颈。数十只长刀一般锋锐的獠牙瞬息破开独角兽血红盾甲，深深地切入颈骨之中。鲜血如山洪暴发，喷飞到十余丈外。

拓拔野喝道："他奶奶的紫菜鱼皮，开你膛，破你肚！"笛声狂洌激越，独

角兽怒吼声中，猛地甩头扭颈，朝下一划，弯弯长长的珊瑚角蓦地将赤炎金猊兽的侧肋破开一道九尺来长、六尺余深的大口子，皮开肉绽，血如飞瀑。

赤炎金猊兽痛叫狂吼，猛地咬牙甩头，将独角兽的脖颈咬去一小半。两只凶兽剧痛狂怒之下，跳跃纠缠，厮斗一处。惊天震吼不绝于耳，皮肉纷飞，鲜血汹涌，一时间旗鼓相当，难分高下。

笛声激越高亢，崩云裂雾，赤铜火玉盘铿锵交击，风雷隐隐。两只旷古凶兽在高空上、炎风中咆哮相斗，声震天地。漫山遍野的军士只觉耳膜震痹，心跳如狂。

众人凝神屏息，紧张观望。只有赤松子与南阳仙子浑然不觉。

两人肢体交缠，咫尺相望。在这万丈高空之上，突然忘了一切，忘了生死。眼中看到的，只有对方百感交集、热泪盈眶的眼睛；耳中听到的，只有彼此急剧狂乱的心跳。那温暖而熟悉的气息，像春风一般渗入彼此的肌肤，震颤着传入各自的心里，所过之处，犹如春草蔓延，百花齐放。

百多年中，那日日夜夜所想要倾吐的千言万语，此刻突然不知从何说起。张开嘴，风刮在舌间口壁，热辣辣地生疼，一直痛至心里。汹涌的思绪，突然都化为滚烫的泪水，接连不断地划过脸颊。

过了半晌，南阳仙子方才颤声道："赤郎！赤郎！我又是在做梦吗？"赤松子心中悲苦，轻轻地擦去她滚滚落下的泪珠，微笑道："好妹子，不是梦。如果是个梦，我们就永不醒来。"

南阳仙子叹息一声，紧紧地抱住他，在他耳边嫣然道："适才我真担心是个梦，不敢叫你，不敢走近你。因为每次梦中将要触着你的时候，总是要突然醒来……"温热的眼泪流入赤松子的耳中，似乎是她在无声地倾诉百年的相思。

赤松子心中甜蜜、苦涩、欢悦、疼痛，直想将在这怀中的女子紧紧抱住，揉碎了，融化了，镶嵌一体，永不分离。体内剧痛，经脉火烧火燎，但心中却是说不出的欢畅。

远处火山喷爆，轰雷滚滚，那血红色的夜空、乌黑色的滚滚云层，还有那发光奔腾的巨浪似的云层，此时看起来，是如此美丽，如此动人。热泪突然模糊了视线，他要将这一刻、这一刻所有的美景，永志于心。

当是时，烈碧光晟默然微笑，眼神蓦地扫望吴回等人。吴回、因乎、不廷胡余微微点头，心领神会，突然朝着祝融、赤霞仙子，以及那不断转动的琉璃金光塔疾冲而去。数道红光气浪汹涌呼啸，瞬间崩爆。

拓拔野心中蓦地一凛：这老贼故意以赤炎金猊兽引开珊瑚独角兽，然后再趁我无力回顾之时，让三仙击杀毫无防备能力的祝融与赤霞仙子……大喝一声，珊瑚独角兽冲天飞起，狂吼着朝三仙冲去。

烈碧光晟笑道："乌龟鸭蛋还没碰完，阁下又岂能逃之夭夭？"赤炎金猊兽咆哮如雷，紫光爆舞，轰然扑到珊瑚独角兽的背上，一口咬住了它的另一半脖子。独角兽嘶声痛吼，甩舞跳跃，挣脱不得。

眼见三仙的赤火真气已经急电奔雷般朝着祝融与赤霞仙子围攻而至，拓拔野再也不及多想，猛地驭鸟转身，电冲而去。但为时已晚，他的心陡然沉到谷底。

忽听一声山崩地裂似的惊天爆响，琉璃金光塔蓦地急旋冲天，姹紫嫣红，溢光流彩。无数道炫目的霓光闪电四射，耀眼夺目。

一团赤紫红光从那霓彩绚芒中崩爆开来，蓦地化为一道十余丈长的弧形红光，犹如长刀一般迎风怒斩！

"轰！"空气波荡，夜穹如被霍然劈开。一股惊天动地的汹涌而凌厉的炙热气浪纵劈而下，那三道赤火红光应声炸碎，吴回三人闷哼一声，口喷鲜血，齐齐朝后翻退！

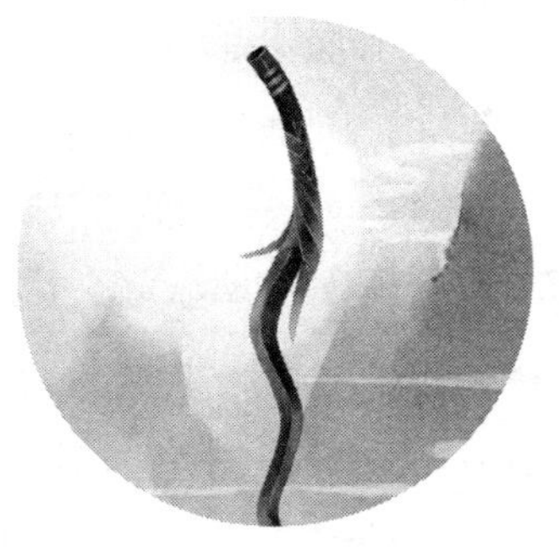

第三章

两两相忘

那无尽长廊上。短短的一盏茶的时间内，赤帝已将所有能传授的，都通过赤火神识传给了烈炎，包括那惊神泣鬼的太乙火真斩。

但赤火神识的完全苏醒并非一蹴而就，而需要长时间不断地修行，才能逐步地唤醒。终其一生，能将赤火神识唤醒三成，已是旷古绝今。以赤帝之神威，其体内神识眼下也就苏醒了不到三成而已。

因此，烈炎虽已成为火德之身，赤火神识开始萌苏，其真元的总体修为却远未大幅飙升。以他的赤火神识，虽已可以御使太乙火真斩，但要击溃叛贼与那赤炎金猊兽却殊无可能。

赤帝不甘于被这群叛党所乘，一心想要亲手复仇，斩杀这巨奸与凶兽；又想到单凭烈炎之力，尚难以击退群贼，因此他索性寄体烈炎，聚结自己残余的所有赤火神识，吸纳先前收入琉璃金光塔中的赤炎火山的狂冽灵力，使出太乙火真斩，务求一举灭敌。但他的神识终究虚弱了太多，否则以适才一刀之威，早将吴回三仙当场斩杀。

烈碧光晟心道："倘若这独夫当真恢复，我等再想要活命也断无可能，唯有放手一搏，赌上一赌。"当下微笑道："好一记'太乙火真斩'！烈某倒想好好领教领教。"

红衣猎猎，双手翻飞，赤铜火玉盘铿然回旋，在他两眼中间急速旋转。眼中光芒爆闪，赤铜火玉盘嗡然不绝，一道红光从他眉宇之间霍然闪过，周身突然闪耀起刺眼的光芒。

拓拔野见祝融、赤霞仙子面色微微一变，心道："这老贼不知使得什么妖法，看来也颇为不弱。"

烈碧光晟身为火族大长老，除了家世显赫、智谋百变，素有威望之外，亦是意气双修的绝顶高手。虽然平时深沉内敛，极少张扬，祝融等人却知其一身真元造诣，皆在吴回等人之上。他这"火眼金睛诀"乃是烈家独门的两伤法术，以双眼凝聚念力，感应神器，从而将神器法力与自身的念力激化到最大的限度。

祝融、赤霞仙子心中了然，此刻赤帝的神识已经大大减弱，烈碧光晟倘若当真以这两伤法术孤注一掷，御使赤炎金猊兽殊死而战，赤帝未必就能降伏那凶焰正炽的妖兽。

赤帝元神哈哈狂笑道："妙极，寡人也想领教你究竟有何能耐，竟敢有如此野心！"烈炎双手缓缓虚握一处，"轰"的一声闷响，一道数尺长的红光从他虚握的双手中爆射而起，吞吐闪耀。

拓拔野心中一动，忖道："这太乙火真斩似乎与紫火神兵不同，倒有些像科大哥的断浪气旋斩，都是以意念聚集真气、灵力，化为虚空的真气刀。"又想起当日在蜃楼城海滩上科汗淮所说的话来："意如日月，气如潮汐，以意御气，以气养意……断浪气旋斩的气旋出鞘，是因为我的意念力出鞘，它力量的强弱决定于我意念的坚定与集中……意守丹田，力量却可传达千里之外。"

他修行"潮汐流"已有数年之久，但气旋始终远远不及科汗淮的"断浪气旋斩"，此刻见着赤帝的"太乙火真斩"时，突然有了更加深刻的领悟。心道："原来天下武学之道，都是相通的。这太乙火真斩与断浪气旋斩虽然大有差异，却都以意御气，不同之处在于太乙火真斩还可以聚集身体之外的自然灵力……"

他突然又想："万法不离其宗。既然太乙火真斩可以集结火灵，为什么断浪气旋斩便不能感应水灵，甚至木灵、土灵、金灵呢？"灵光闪烁，从前想也未曾想到之处，此刻豁然开朗。

拓拔野正惊喜沉思，忽听号角激越，战鼓震天，西北面群山之中传来浪潮般的兽蹄声与隐隐的呐喊声。众人微微一凛，纷纷循声探望。

只见十余里外的山野之间，火光漫漫跳跃，旌旗猎猎飞卷，无数的军马交错汇集，整齐有序地朝着赤炎城奔来。凝神望去，少说也有三万之众，尽皆黄衣橙旗，竟是土族雄师。

众人大诧，火族与土族素来划界两立，井水不犯河水，何以今夜土军竟越境相犯？

又听得西北上空有人朗声道："阳虚城姬远玄，谨奉父王黄帝之旨，率军三万五千前来听候赤帝调遣，剿灭奸党……"拓拔野等人大喜，战神军发出雷鸣般的欢呼声。

叛军登时一阵骚动，烈碧光晟面色微变，纵声道："独夫，你竟然勾结土妖，里应外合，违逆族规，该当何罪！"

五族自大荒元年签订《大荒书》起，便约定彼此绝不干预内政，五族之事，唯有神帝有权统辖协调。外通异族与越境干预，都是《大荒书》中明令禁止之事，违者五族共讨之。

却听姬远玄朗声道："赤帝明鉴，本族日前所发生之叛乱，系本族内奸与贵族烈碧光晟长老阴谋所为。口供确凿，人证尽在。黄帝陛下听本族内奸招供，烈碧光晟长老有篡位弑君之心，残害忠良，党同伐异之实。陛下虑及五族同枝，唇亡齿寒，安能坐视不顾？特遣远玄到此听候赤帝调遣，倘若赤帝不许，远玄即刻率军北还。”话音未落，西北滚滚黑云之中，冲出数十道驾驭黄龙飞兽的人影。为首一人丰神玉朗，气宇轩昂，正是姬远玄。

赤帝元神哈哈大笑道：“黄帝如此情义，寡人岂能推却？多谢贤侄。今日土火义士，一起讨伐奸贼，还两族太平！”姬远玄朗声道：“远玄领命！”

拓拔野等人大喜，齐声长啸。战神军亦欢呼啸歌，与急速涌近的土族大军彼此呼应，士气大振。

烈碧光晟大怒，没想到土族内乱方定，竟敢多事插手，自己精心部署的局面眼看便要被这土族援军彻底打破，狂怒懊丧，无以复加。当下杀气灌顶，厉声道：“无道独夫，天怨人怒，竟敢勾结外贼，戕害族人。烈某今日替天行道，取你元神祭奠赤炎神明！”

火眼金睛红光大作，赤铜火玉盘彼此逆向飞旋，彩光绚芒激射飞舞。赤炎金猊兽赤鬃崩炸，红鳞闪耀，怒吼声中掀卷狂风，朝着赤帝电冲而来。

赤帝元神狂笑道：“赤飚怒天下无敌，岂惧这区区狮子狗！”突然天地轰雷，无数道赤红色光芒从赤炎火山喷涌的烈焰、滚滚翻腾的黑云、喧嚣澎湃的发光云、满城燃烧的烈火中一一冲天飞起，仿佛霞光万道，闪耀飞舞，划过漆黑彤红的天幕，滚滚汇集到烈炎紧握的双手中。

“轰”的一声，那道太乙火真刀突然爆涨为三十丈长的紫红光刀，跳跃着，吞吐着，绽放着夺目的绚丽光芒。光刀周围一圈圈地漾开姹紫嫣红、由浓转淡的光晕。远远望去，仿佛赤虹横空，流光溢彩。

那股凛冽的杀气径直从万丈高空汹涌冲落，炙热的真气在空气中熊熊燃烧，拓拔野等人头发、衣裳无不瞬间焦枯，纷纷远远地退开，心中震骇。千山万谷，万人仰目，忘了彼此间的厮斗，尽皆紧张眺望。

赤铜火玉盘“当”的一声冲天怒舞，无数道紫红色眩光离心飞旋。赤炎金猊兽紫光爆射，蓦地增大了十倍，化作三十丈高、四十丈长的庞然怪兽，仰天咆哮，刹那间猛冲至烈炎真身头顶，巨口森然，覆天盖地，朝着他当头咬下！

无数火球轰然喷舞，巨大的红色光柱急电般怒射而下，将烈炎瞬间吞没。

“轰隆！”下方的山坡被那红光照耀，登时崩炸开来，巨石怒舞、血肉飞溅，马兽惊嘶狂奔。

赤帝元神狂笑震天，就在那妖兽巨口即将吞没烈炎真身的刹那，那道太乙火真刀轰然倒卷，冲天反劈。红紫缤纷、光芒眩舞，刺眼的亮光如巨大的闪电陡然闪过夜幕。

众人睁不开眼，纷纷以手遮目，只听“哧”的一声轻响，那妖兽发出崩雷般的震天狂吼。

那狂吼声旋即仿佛断裂成了两半，刹那间又化为无数凄绝的颤音，在万里高空、千山万谷轰然回荡。

众人逆光凝神望去，只见漫天紫光中，那妖兽犹如碎裂的瓷器，突然片片迸飞，向四面八方爆炸开来。拓拔野火目凝神，隐隐看见妖兽炸裂处，一道淡淡的紫光倏然扭舞，无声无息地收入那急速旋转的琉璃金光塔中。

烈炎真身凝立半空，双手虚握，太乙火真刀如水波一般荡漾开来，波动着，闪耀着，终于消逝无形。赤帝元神哈哈长笑，声音雄浑浩荡，竟似犹有余勇。

过了片刻，众人才突然醒悟过来。战神军轰鸣欢呼，千山响彻。叛军则如泥塑木雕一般，瞠目结舌，动弹不得。

烈碧光晟全身微微一晃，嘴角突然不断地涌出鲜血。他缓缓地抬起手，将嘴角的血丝擦去，木无表情，淡淡道：“好刀。可惜你纵然天下无敌，还是一个蛮勇残暴的独夫。天下不是靠太乙火真刀来征服的。烈碧光晟纵然背负千古骂名，也决计不能让火族一百零六城百姓的前程断送在你这独夫之手！”转身驭风而行，徐徐向下飞去。

众人微微一怔，见他身受重伤，一败涂地，竟然仍不认输，不由得微有佩服之意。细细想来，他所说的那句话听来竟似也有些道理。

赤飚怒在位两百多年，屡兴刀兵，征服南荒，虽武功甚著，但百姓怨言不断。两百多年，火族疆土不断扩大，却不像土族、金族太平安乐，也远不如水族欣欣向荣。倒是他闭关修行的三十年间，烈碧光晟恩威并施，平定南荒，又大力治水，垦田拓荒，百姓安居乐业，族中太平兴盛。

刹那之间，众人心中都闪过一个古怪的念头：倘若当真由烈碧光晟做火族赤帝，究竟是好，还是不好呢？

烈炎猛地收敛心神，喝道：“叛贼站住！跪下受死！”踏空驭风，大步朝烈碧光晟追去。

烈碧光晟听若罔闻，依旧徐徐飞行。吴回等人纷纷随之逃逸。众叛军潮水般退却，在令旗指挥下，慌而不乱，朝着东南方向汹涌撤退。

烈炎正要提速追去，忽听赤帝叹道：“罢了，随他去吧。以我们现下兵力，也擒他不住。”嘿然而笑，喃喃道：“‘蛮勇残暴的独夫’？嘿嘿，赤飚怒纵横天下两百年，在世人心中原来便是如此的形象吗？”声音渐转虚弱。适才这一刀劈出，几已耗尽了他所有的神识，为了吓退叛军，又奋力大笑，此时早已油尽灯枯。

众人大惊，纷纷围上前去。南阳仙子大惊，叫道：“爹爹！”驭鸟飞去。

赤松子心中亦“咯噔”一响。赤飚怒是他这一生中最为深恨之人，从前也不知想象了多少次他临死的惨状，今日见他元神将灭，心中原本应当快意才是，但不知为何突然无限怅惘，莫名地感到一阵悲伤。

一团淡淡的紫光从烈炎体内溢出，在风中飘摇不定，隐隐化作赤帝的身形。众人在空中拜倒，叫道：“陛下！”拓拔野侧身让开。

赤帝元神微微而笑，道：“寡人此次出关，原想以‘紫光七曜’和‘太乙火真斩’无敌于天下，让火族在其他四族之前扬眉吐气。岂料竟只打败了一只小小的狮子狗，便成了孤魂野鬼。嘿嘿，当真令天下英雄笑话了。”

祝融道：“陛下击杀赤炎金猊兽，驱除乱党，那比天下无敌更为重要。”赤帝元神道：“是吗？”叹了口气，道：“寡人原以为自己这一世英雄无敌，死而无悔，但今日将死，才知道他奶奶的，先前所做的竟都是狗屁不如。”

众人低声道：“陛下！”

赤帝元神自嘲道：“难道不是吗？寡人征伐天下，惹得百姓怨怒，民心尽失，在他们心中，寡人竟不过是一介蛮勇独夫。”他微微顿了顿，道：“寡人自私暴虐，连累生平最爱的女子惨死，又亲手烧死最为疼爱的女儿，就连我的儿子，也成了我不共戴天的仇人。嘿嘿，我这一生，究竟想得到什么呢？”

南阳仙子心下难过，流泪道：“爹爹！”

拓拔野在一旁听得恻然，赤帝一世英雄，末了竟连什么是自己真正想要的，也不甚明了。突然想起当日与蚩尤在蜃洞中观赏蜃像的场景来。看了那迷糊半醒的蚩尤一眼，心道：“鱿鱼说那蜃珠所显示的幻景，是每人心中的梦想。但那梦想是不是就如蜃景一般虚幻呢？”心中突然生起莫名的悲凉之意。

赤帝元神在风中急速摇曳。众人大惊，将其团团围住。

赤帝叹道：“不必挡了，就随此风化为微尘吧。”随即又淡淡道：“寡人死后，赤帝之位便由烈炎接替。他仁厚刚直，远胜于我。祝火神、赤霞仙子，你们多多辅佑他吧。”

烈炎在幻界中知道此事早已注定，且正值族中大乱，也需有新任赤帝主持大事，当下不再推让，拜倒低声道：“多谢陛下。烈炎绝不辜负厚望。”

赤帝元神摇曳不定，凝望了南阳仙子与赤松子片刻，叹了口气，道：“你们好好的吧。”话音未落，元神飘忽闪耀，突然破碎开来，在风中飘散无踪。

南阳仙子失声大哭，众人惊骇沉痛，说不出话来。就连赤松子的脸上也突然闪过困惑苦痛的神色。号鼓顿止，战神军悄无声息，漫山遍野木然怔立。

拓拔野又想起灵山上的“刹那芳华”来，以赤帝之神识，竟也脆弱如那花草。心想：“人生聚散离合，上苍注定。竟连神帝、羽青帝、赤帝这样的高人也不能幸免。”心下黯然，暗自嗟叹。

忽听赤松子失声道：“妹子！”众人一凛，只见南阳仙子面色惨白，突然如玉山倾倒，绿柳折腰……

当是时，风声呼啸、惊雷滚滚，远处赤炎山的火焰狂肆地喷薄，漫天黑云茫然飞舞。夜将尽了，而黑暗却依旧久散不去。

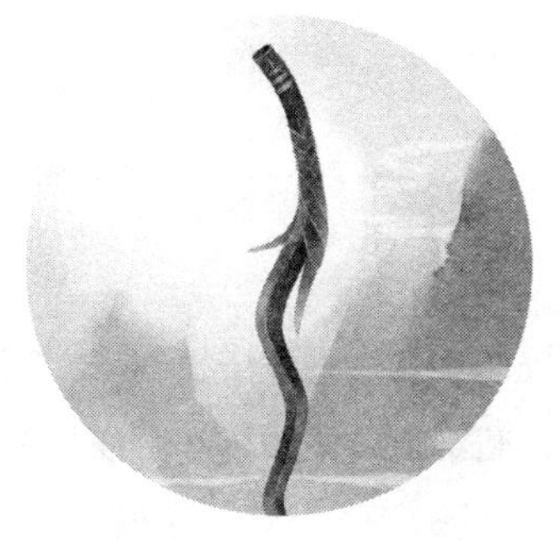

第四章 陌路萧郎

清辉如水，月满西楼。

夜风吹来，风铃叮当脆响。从这青木塔楼的二楼朝西眺望，凤尾树的百丈荫盖就如赤炎山的火焰一般，暗红色的层叠树叶翻涌如浪，在淡蓝的月光中闪着冷艳的光。

拓拔野推开窗子，果然看见蚩尤独自一人坐在长廊上，提了一葫芦的酒，边往喉中倒灌，边怔怔地出神。拓拔野翻过窗子，跃到他身旁，笑道："小子，又偷了什么好酒，躲着自个儿偷喝？"

蚩尤见是他，嘿然一笑，将酒葫芦抛给他，道："木易刀木胖子的酒，烈得很。"拓拔野"咕咕"喝了两口，赞道："好酒。"舒舒服服地在他身旁坐了下来。蚩尤道："纤纤睡着了吗？"

拓拔野目中闪过黯然之色，点头道："这两日她一直困得很，早早睡了，想来是那迷药太过霸道，要几日才能消尽。"瞥了蚩尤一眼，微笑道："这两日你怎么总是愁眉不展？每夜到这里来喝闷酒？"

蚩尤脸上微微一红，嘿然不语，半晌方含糊道："乌贼，你说此刻八郡主的元神苏醒了吗？"

拓拔野"咦"了一声，心中恍然：原来你小子也不全然是榆木疙瘩。微微一笑道："瑶碧山清风明月，她也该醒了。你就不用太担心了。"蚩尤面色蓦地微红，瞪眼道："他奶奶的紫菜鱼皮，我担心什么？"抢过拓拔野的酒葫芦，仰头连灌了几口酒。

拓拔野微笑不语，心中却泛起惆怅之意：八郡主元神苏醒之时，则是南阳仙子元神离散之日。赤前辈与南阳仙子之间，终究只能是有缘无分了。或许对于他们来说，这样的结局才是最好的吧！

那日在赤炎城的高空上，南阳仙子数番被赤炎金猊兽重创，元神早已如风烛飘摇。若不是因为与赤松子重逢，欣喜欢悦，强自苦撑，早已魂飞魄散。赤帝登仙，她意动神摇之下，元神更为虚弱，险些便要破体离散。幸而赤松子及时发现，强行将她的元神封回烈烟石体内，饶是如此，她亦只能强撑数日。

赤松子悲恸之下，决意将她带往瑶碧山两人最初见面的地方，静静度过最后的时光。待到南阳仙子登仙之后，再将烈烟石真身送回烈炎等人身旁。赤霞仙子等人虽不愿意，但烈炎既已同意，他们也无话可说。

烈碧光晟败北，率叛军连夜退往紫澜城。那里地势险要，储备丰富，又接近南荒，乃是他部署了几年的大本营。此夜之前，他亦已将诸多王亲贵侯、族中显要尽数迁往紫澜城中，早已计划在焚毁赤炎城之后，以此为都。

烈炎与姬远玄两军会合之后，整顿军队，解救伤兵。待到火山渐止，烈炎又亲自从赤炎大牢中请出安然无恙的战神刑天，以准赤帝之身份，赦免其罪，并念其勤王有功，加封为平南大将军。刑天领封，自此唯烈炎马首是瞻。

大军整顿完毕，众人商议之后，立即向凤尾城进发。凤尾城为火族圣城，城主木易刀与烈炎素有交情，位置又临近土族，以之为都城，最为适合眼下形势。拓拔野见蚩尤、纤纤昏迷不醒，无法西行，且火族形势尚不明朗，遂随同烈炎一道赶往凤尾城。

木易刀闻风远迎，又规劝与之交好的附近城主纷纷投诚。烈炎大军便在凤尾城内外驻扎。众人欲即刻奉烈炎为赤帝，但烈炎自知资历不足，尚难以服膺人心，因此坚决不肯立时登位，在众长老与战神军前，挥剑立誓，不灭烈碧光晟，绝不登赤帝之位。众人无奈，只有改称其为“炎帝”，并四遣令使，往火族一百零六城颁发炎帝旨谕，号令诸城主奉炎帝为尊，共同讨伐逆贼烈碧光晟，恢复火族和平。

但火族诸城之中，大多城主与烈碧光晟交情甚笃，加之审时度势，烈碧光晟羽翼广大，远占上风，因此十成中倒有六七成纷纷转向投靠烈碧光晟。余下的三四成中又有近半保持中立，因此支持烈炎的，不过是火族北面的十余城而已。

两日之后，烈碧光晟在紫澜城迫使长老会通过决议，推选他为新任赤帝，定紫澜城为圣都城，立吴回为火神，泠萝仙子为圣女。

水族、木族纷纷遣使紫澜城道贺，公然支持烈碧光晟。土族则以烈碧光晟策

动土族叛乱为由，支持凤尾城炎帝，并由太子姬远玄亲率大军，暂时驻守凤尾城援助。四族中唯有金族保持中立。

火族南北两立的格局由是形成。

几日内，紫澜城请战之声不断，好战将士均想一举剿灭炎帝，收揽巨功。但烈碧光晟素来谨慎，无完全把握之事，必不贸然而行。

烈炎兵力虽然不过七万，但刑天战神军骁勇善战，又有土族大军支持，绝非轻易可以击溃。他既定的战略方针乃是与木族句芒携手，出其不意，腹背夹击，闪电攻陷凤尾城。

然而句芒未登青帝之位，雷神势力犹在，族中动乱纷立，无暇南顾。况且连日来，东海龙族频频骚扰木族海岸，试图联络雷神，合力对抗句芒。值此重要关头，句芒自然不敢贸然南下。

因此烈碧光晟虽已集结叛军二十万、南荒蛮兵十二万，却始终按兵不动，静候良机。叛军中桀骜张狂的将士等得不耐，请缨不断，烈碧光晟始终不准，并下令私自出兵者立斩无赦。军令如山，诸将不敢有任何妄动。

而凤尾城内，烈炎方甫登炎帝之位，也忙于稳定局面，巩固人心，暂时无力南下讨贼。当下叔侄双方就此划界对峙，积蓄力量，各候时机。

过了几日，姬远玄见凤尾城暂无危险，而土族中仍有诸多事情尚未处理，便领兵辞行，留下大将常先率部两万协助镇守。那夜凤尾城中举城大宴，为姬远玄饯行，众人大醉方休。

烈炎、拓拔野等人一直将姬远玄送出数十里方归。一路上相谈甚欢，立誓共讨水妖，还复大荒和平。

拓拔野在凤尾城内为蚩尤疗伤，三日之后，蚩尤的经脉基本修复，已经可以自行运转真气疗复了。

吴回的祭神迷药甚为厉害，纤纤始终沉睡不醒。拓拔野极为担心，终日守候榻前，以真气念力，护守其神识。纤纤迷睡之中，偶有梦言呓语，多是呼喊科汗淮与拓拔野的名字。

拓拔野听了更觉难过。到了第三日夜里，纤纤终于从昏迷中醒转。拓拔野、蚩尤大喜，又寻了一些解毒药草煎熬之后喂其服下。如此过了两日，她的神志才渐转清明。

纤纤醒来之后，盖因余毒未清，连日怔怔不语，瞧见拓拔野、蚩尤，神态矜持漠然，仿佛殊不相识一般；尤其对拓拔野，始终冷若冰霜。过了两日，倒是与蚩尤偶有说笑，对拓拔野的态度越来越冷淡，让蚩尤有些受宠若惊，不明所以。

拓拔野料想她必是着恼当日自己没有将她从吴回等人手中救出，虽然当日情势紧急，敌众我寡，自己无力解救，但心中仍然颇为愧疚。累她受了这么多苦楚，他心中早已自责痛骂了不知几千几万回。

若在从前，他必定搜肠刮肚说笑话逗她开怀，或将她抱在怀中温言抚慰；但自从纤纤那夜为他自杀之后，两人之间的关系便变得微妙起来。单独相处之时，彼此都颇觉尴尬，难以恢复从前那无拘无束的兄妹似的关系。机智而巧辩的拓拔野，亦变得笨口结舌，不知该说些什么才好。

他却不知纤纤心中固然着恼，实则暗自期盼他能像从前那般抚慰自己，即便是轻轻抱住自己，说一些体贴温柔的话语，也能让她破涕为笑，阴霾尽散；但见他始终欲言又止，好不容易开口说的话，也是寡然无味的道歉之语，心中气苦，更加冷若冰霜。

拓拔野瞧她板着脸不理不睬，滑到嘴边的话便又吞了回去，一筹莫展，彷徨无计。纤纤见他如此，自是更为委屈悲苦，咬着牙暗暗怒骂："拓拔野，你这个无情无义的臭乌贼！"每骂一声，心中的气苦酸痛便加深一分。如此恶性循环，两人之间犹如隔起无形的冰墙一般。

每夜纤纤吃完晚饭，不愿面对众人，便早早地回房歇息。独自一人躺在床上，望着摇曳的灯火，想着从前在古浪屿上与拓拔野同床共枕、亲密无间的美好时光，悲苦难当。

月光从窗外斜斜地照入，虫声如织，隐隐地听见远处的欢声笑语，纤纤觉得自己仿佛被整个世界抛弃遗忘了一般，孤苦伶仃，自怜自艾，泪水浸湿了枕席。

有时她听见拓拔野的脚步声远远地从走道上传来，心中一紧，继而狂跳起来，连忙擦干眼泪，侧转身子装睡。心中期盼拓拔野能像从前那般将她拦腰抱起，揽在怀里，温言抚慰。

但拓拔野轻轻开门之后，每每驻足凝望片刻，便又吹灭灯火，轻轻锁门，将她独自一人关于黑暗之中。听着他的脚步声逐渐远去，她心中凄苦，泪如泉涌，忍不住将头蒙在被中呜呜咽咽、悲悲切切地抽泣起来。

拓拔野浑然不知她女儿心态，只道她一则余毒未清，脑中混沌不明；二则气怒未消，怨艾犹在，是以索性由得她去。倒是觉得蚩尤连日来闷闷不乐，心下颇

为诧异担忧。今夜从纤纤房中出来，又寻不着蚩尤，料想他定然又去了那青木塔楼的长廊上喝酒，当下一路寻来，果然在这里找到了蚩尤。

拓拔野听蚩尤适才这话，方知他在担忧烈烟石。想来这小子见烈烟石冒死相救，才知她情意深重，榆木疙瘩终于长出绿苗来。伸手从蚩尤手中夺过酒葫芦，仰头喝了一口酒，微笑道："瞧你这几日魂不守舍的，还不是在担心她吗？"

两人虽然是无话不谈的兄弟，但从前说起感情之事，多半是拓拔野滔滔叙述，蚩尤静静聆听。盖因蚩尤个性虽然桀骜狂野，对于男女感情之事却颇为腼腆，更不善于表达自己的情感。

从前他一心复城，对异性殊无兴趣，后来迷恋纤纤，也只暗暗放在心里。这几日回想烈烟石为了他竟然抱着赤铜火玉盘跳入滚滚岩浆，既震撼又迷惘。自己与她虽然也算一路风雨，但看不惯她自私冷漠，始终恶声恶气对之，想不到她竟然会为自己牺牲若此！

他素重情义，骇异之余，又颇为感动迷惑，不知她为何会做出这等举动来。心底深处，也不免对自己从前所为羞惭愧疚，担心她能否安然无恙。此时听见拓拔野突然一语道破他的心事，不禁面红耳烫，支吾不语。

拓拔野见他窘态，大感有趣，哈哈笑道："他奶奶的紫菜鱼皮，你小子也会不好意思吗？"

蚩尤扬眉欲语，又突然顿住。叹道："他奶奶的，我是在担心八郡主，却……却不是你小子想的那样。"

拓拔野笑道："我想的哪样？"

蚩尤也不禁笑了起来，道："他奶奶的紫菜鱼皮，你这乌贼脑中都是黑汁乌水，龌龊不堪。"说着便伸手抢过葫芦，喝将起来。拓拔野见他开怀，微笑道："八郡主对你好得很，你担心她也是应该的。"

蚩尤"扑哧"喷出一口酒，咳嗽着笑骂道："臭小子，你成心不让我喝酒是不是？"与拓拔野这般玩笑之后，闷闷不乐的心情大为转好。

拓拔野微笑道："我说的可都是实话。你从前没瞧出来吗？八郡主对旁人冷冰冰的，对你可是温柔得很。倘若当日换了是我在火山之中，她决计不会冒死相救。"

蚩尤面色涨红，默然不语。脑中突然想起烈烟石平素望着他时的眼神，从前丝毫没有留意，此时想起，果然觉得温柔如春水，与看着别人时大不相同。又想起烈烟石坠入岩浆前的含泪的眼睛，凄伤、温柔而甜蜜。他心神大震，如遭电击。难道果如拓拔野所说，八郡主是因为喜欢自己才这般舍命相救吗?

这几日蚩尤反复寻思，虽然隐隐之间也猜到一些大概，但总觉得这般猜想太过荒唐，他对烈烟石向来冷面白眼，她为何会对自己情有独钟呢? 怔怔半晌，摇头道："我与她素无瓜葛，她又怎会……嘿嘿，她多半是感激我当日在赤帝女桑中救了她，才会舍命救我。"

拓拔野笑道："那可未必。女人的心思难猜得很。她喜欢你，说不定只是因为一个在你看来无足轻重的理由。"

蚩尤对拓拔野素来信服，况且这拓拔磁石对女子又极有魅惑力，经验颇丰，听他这般说，心中又相信了几分。生平之中，首次有一个女子对自己情深如此，也不知是震撼、感动，还是愧疚，当下面红耳赤，抓起葫芦又是咕咕一通猛灌。

又听拓拔野道："你小子喜欢她吗?"

蚩尤一震，险些呛着，见拓拔野目光炯炯，不似在玩笑，正欲皱眉否认，想起她的深情厚意，又不禁怦然心动。饶是他铁石心肠，也不禁泛起一丝温柔之意。脑中忽然又掠过纤纤的俏丽姿影，心跳如撞、口干舌燥，烈烟石的脸容立时又转模糊。

拓拔野对他了如指掌，见他神情古怪，怔然不语，知道其心中必定还是喜欢纤纤，对烈烟石至多不过是感激、感动而已。将心比心，暗自叹道："这便如我对纤纤妹子一般，明知她一腔深情，但终究只当她是好妹子。娘说得不错，我们男人的心也当真难以琢磨得很。"想到纤纤这几日对自己冷若冰霜，心下一阵难过。

这时，忽然听见有人高声叫道："八郡主回来啦! 八郡主回来啦!"拓拔野与蚩尤一震，霍然起身，向远处眺望，均想：当真巧了，说到就到!

广场上灯火纷纷燃起，人声喧哗，无数人从附近涌出。烈炎与赤霞仙子等人也从凤留阁冲了出来。

城门次第打开，数十名龙兽侦骑急驰而入，沿途叫道："八郡主回来了!"见着烈炎、赤霞仙子等人，纷纷翻身跃下，拜倒道："八郡主已在三里之外，即将入城。"烈炎大喜，众人也纷纷欢呼起来。

蚩尤心中巨石落地，一阵欢喜，但突然又紧张起来，竟有些不知该如何与之面对，心道："他奶奶的紫菜鱼皮，男子汉大丈夫岂能这般扭捏作态，惹人笑话? 该如何便如何，顺其自然。即便她当真喜欢我，又与我何干? 救命之恩，日后相报便是。”当下昂然挺胸，不再多想。

过了片刻，果见一个红衣女子翩翩驭风飞行，从城楼上进来，轻飘飘地落在广场中心。月光斜照，她脸容莹白如冰雪，双眼淡绿，春水似的波荡；徐徐转身，四下扫望；眉目之间，似有一丝迷惘。正是八郡主烈烟石。

众人欢呼，烈炎大喜，抢身上前道：“妹子，你没事了吗？”

她微微一笑，摇头不语。抬头望见倚立塔楼栏杆的蚩尤，忽然顿住，妙目凝视，动也不动。

蚩尤骇了一跳，心“咯噔”一响，无端地乱跳起来。却见她怔然凝望了他片刻，目中闪过迷惘困惑之色，刹那之间似乎在追索什么，然后又恢复成冰雪般冷漠的神情，扫过拓拔野，朝其他人望去。

拓拔野、蚩尤微微一怔，她的眼神冷漠迷惘，与原来的温情脉脉大不相同，倒像是恢复为从前初识的八郡主。

拓拔野喃喃道：“奇怪，她竟像是认不得你了。”

蚩尤怔了半晌，仰头喝了一口酒，道：“那岂不更好吗？他奶奶的紫菜鱼皮，早说她对我没有什么了，都是你这小子在胡乱猜度。”紧绷的心情登时放松下来，但不知为何，心中又颇有些失落和酸苦，甘香的美酒喝在口中，突然有些不是滋味。

烈烟石与赤霞仙子、祝融等人见过，一一行礼，随着众人朝城南凤留阁走去，仪态举止果然又恢复如从前一般，冰冷淡漠，与数日之前判若两人。

拓拔野心下诧异，拉着蚩尤道：“走吧，救命恩人回来了，总得亲自拜谢才是。”蚩尤点头。当下两人跃下塔楼，尾随而去。

月光如水，纤纤伏在床上悲悲切切地抽泣了许久，泪眼蒙眬，瞧着被月光照得雪白的墙上，树影摇曳不停，极似拓拔野挺拔的侧影，心中更加悲苦难当。突然又想起了古浪屿上挂冠圣女的前夜，拓拔野所说的那句话来：“我对你的喜欢，绝不是那男女之爱。我只将你当作最为疼爱的妹子一般……”那寒冷彻骨的凄苦与悲痛，又如冰霜一般封冻全身，就连泪水也仿佛被瞬间凝固。

那夜她乘着雪羽鹤从古浪屿逃离之时，心中原已打定主意，今生今世再也不去想那无情无义的臭乌贼，但自从那日在凤尾楼上与他重逢，又如春水融雪，情难自已。

这些日子与他相处之时，虽然冷若冰霜，但心中每时每刻，无不在期盼着他能如往日一般，呵护疼爱自己。隐隐之中，甚至觉得，哪怕他依旧只是将自己当作最为疼爱的妹子一般宠溺，她也会欢喜不已。但是，那可恨的乌贼竟不知为何变得如此迟钝，仿佛连疼爱她的勇气也没有了。难道自己在他的心中，竟是这般的疏远陌生而惹人厌憎吗？想到此处，她心中如被万千尖锥刺扎，泪水瞬间解冻，不住地汹涌流淌。

纤纤颤抖着擦拭脸上滚滚的泪珠，从怀中取出那七窍海螺。橘红色的半透明的海螺在月光中散发着柔和的光晕，夜风吹来，海螺发出细微的声响，像是哭泣，又像是叹息。

她将海螺紧紧地贴在脸上，一阵惬意的冰凉，鼻息之中，仿佛闻着海浪的芬芳。想起拓拔野在夕阳海滩，乱发飞舞，吹奏海螺的情景，心痛如割，意乱情迷。

夜风吹窗，帐摇纱动。纤纤觉得浑身冰凉，蜷起身子，在月光中簌簌发抖。自己的影子在白壁上微微颤动，如此孤单。

她又想起从前与拓拔野同床而睡之时的情景来。午夜醒来，或睡不着时，她每每悄悄地逗弄拓拔野，或是用手扮作蛇兽，瞧着墙壁上那如毒蛇似的手影，伸缩着“咬噬”拓拔野的臀部，掩嘴咯咯低笑。或是强忍怦怦心跳，偷偷地亲吻墙壁上拓拔野脸颊的侧影，当自己的唇影轻轻地与拓拔野的脸影贴合之时，她的心仿佛要跳出嗓子眼来。那甜蜜、快乐而害羞的感觉，如今想来竟已如此遥远，今生今世，只怕再也不会有那样的日子了。

孤单人影，半壁月光。纤纤怔怔地在夜风中独坐半晌，自怜自伤，忽而心乱如麻，忽而万念俱灰。茫茫人世，竟是如此寂寞无依，心中凄苦，觉得世间之事了无兴味。泪水冰凉流淌，突然喃喃呜咽道：“臭乌贼，你当我稀罕你吗？我要找娘亲去。”

她心中为之一振，登时温暖起来。仿佛浓雾中的小船突然看见灯塔，沙漠中的行人蓦然望见绿洲。是了，在这纷扰尘世上，她并不是孤独一人。昆仑山西王母，那不正是她千里迢迢来这大荒的目的吗？

一时间心中重转振奋欢喜，恨不能立时便插翅飞往昆仑山去。她素来任性妄为，行事随心所欲，当下便欲连夜离开此地。转念又想：“这般一走，那臭乌贼多半又要担心着急了。也不知他还能不能找得着我？”这般想着不由得踌躇起来。

她又恨恨地“呸”了一声，喃喃道：“那没情没义的乌贼，就是要让他急得找不着东南西北才好呢！哼，倘若他当真记挂我，就算将大荒翻个底朝天，也要将我找着。”想到明日拓拔野发现自己再次不告而别，必定手足无措。“扑哧”一笑，心中快意无比。

忽听见窗外有人叫道：“八郡主回来啦！八郡主回来啦！”人声鼎沸，步履纷杂。纤纤跳下床来，朝外眺望，只见无数的人影从窗外掠过，朝着凤尾楼附近奔去。她心中一动：“浑水之中最易摸鱼，此时不走更待何时？”

当下她再不迟疑，收好海螺，推开窗子，轻飘飘地跃了出去。

庭院中月光疏淡，树影参差。她立在槐树之后，等得汹汹人流过往之后，方才跃出贵宾馆的篱墙，朝着城西奔去。

到了城西角楼之下，街巷寥落，四处无人，城楼的岗哨也只顾着朝外巡望。纤纤心下稍安，自发髻上拔下雪羽簪，默念解印诀，将雪羽鹤从簪中放出，轻轻跃上鹤背，驱之高飞。

鹤声清亮，雪羽如云。等到众哨兵发现之时，雪羽鹤早已一飞冲天，横掠皎皎明月、寥寥夜空，朝着西北方向倏然飞去。

凤留阁中，人头攒动。凤留阁虽名为阁，其实却是极大的宫殿。位于城南凤爪山之北，绵延数里。飞角流檐，纵横交错，极是雄伟。原是凤尾城主木易刀的府邸，自炎帝以凤尾城为都之后，这里便改为炎帝御宫与长老会大殿。

今夜炎帝在此宴请群臣，酒宴近半，便闻听八郡主归来，众人纷纷离席前往迎接。

见烈烟石平安回来，众长老都颇为欢喜。

烈烟石乃是圣女传人，人所共知，当日其真身被赤松子带往瑶碧山，众人都不免有些担心。那赤松子乃是火族巨仇，又正值与南阳仙子生离死别，倘若在南阳仙子元神离散之前，或有心或无意，发生什么苟且之事，破坏了烈烟石冰清玉洁之躯，岂不糟之极矣？所幸赤霞仙子传音告之众人，烈烟石臂上守宫砂鲜红依旧，众长老这才放下心来。

原来赤松子与南阳仙子在瑶碧山相伴数日之后，南阳神识逐渐逸散。今日清晨，烈烟石突然醒来，见卧睡在赤松子腿上，惊怒交集，竟将重伤未愈的赤松子再度打伤。赤松子见南阳已死，心如死灰，也不还手，只哈哈笑着将近日之事告之。烈烟石惊疑不定，撇下赤松子，朝凤尾城一路赶来。途中屡与叛军相遇，凭借体内强霸的赤炎真元大开杀戒，慑敌突围，时近深夜终于赶至。

蚩尤与拓拔野站在人群之外，隔着无数的人头，看着烈烟石冷淡地与众人一一行礼，突然觉得与她如此遥远。数天之前的诸多情景，现在想来竟然恍如隔世。

烈炎一眼瞥见拓拔野与蚩尤，招手喜道："拓拔兄弟，蚩尤兄弟，快快进来！寡人正遣人去找你们呢！"拓拔野、蚩尤微笑应诺，分花拂柳，从退让开的人群中大步走入。烈烟石转过身，碧翠眼波淡淡地望着蚩尤二人，微波不惊，仿佛毫不相识一般。

蚩尤心中忽然一阵莫名的酸苦，想道："也不知你是当真忘了呢？还是故意装作认不得我？"想起当日烈烟石舍命相救，心潮汹涌，热血灌顶，不顾众人环伺，突然单膝跪倒，昂然大声道："八郡主救命之恩，蚩尤永志不忘！"

众人大多不知当日烈烟石舍命相救蚩尤之事，见平素桀骜冷酷的蚩尤竟然大礼言谢，无不哗然。

烈炎也吃了一惊，突然一凛，难道当日烈烟石竟是为了解救蚩尤，才掉入岩浆之中的吗？他对自己妹子素来了解，性子冷漠极端，若非极为重要之人，决计不会丝毫理会，更不用说舍命相救了。心中"咯噔"一响，隐隐猜到大概，脸上不禁泛起惊喜的笑容。

蚩尤虽然桀骜不驯，但豪爽勇武，重情讲义，与自己亦颇为投缘，倘若素来冷漠的妹子对他倾心，美事玉成，他这做兄长的自然也替妹子欢喜。但他又想起烈烟石注定将是孤独一生的圣女命运，心下一沉，皱眉不语，担忧不已。

烈烟石凝望蚩尤，碧眼中茫然困惑的神色一闪而过，淡淡道："我救过你吗？"众人更加讶然，唯有赤霞仙子明眸流转，眼中闪过黯然而欢喜的神色。

她与烈烟石见面的刹那，念力横扫，便已探知八郡主的心锁已经消失。想必烈烟石在火山岩浆之中，煎熬沸烤，又被南阳仙子元神与火山灵力汹涌冲击，终于将心锁法力激化，令她提前遗忘了与蚩尤的情孽纠葛。

祸福相倚，烈烟石为了解救蚩尤，舍身跃入赤炎火山，却偏偏修炼成了强霸无比的赤炎真元，又彻底地将蚩尤遗忘。事态之发展，无不顺遂赤霞仙子的心意，让她欢喜莫名，但心底深处，又有着淡淡的愧疚与悲伤。

蚩尤一愣，难道她当真忘了吗？烈烟石淡然道：“我连你是谁也认不得，又怎会救你呢？阁下想必是认错人了。”声音淡雅而冰冷，宛如在蚩尤头顶浇下了一盆雪水。

蚩尤徐徐站起身来，心中惊疑，又想：“是了，难道是她脸皮薄，生怕旁人知道，所以才装作不识得我吗？”但见她目光冷如霜雪，神情不似作伪，心中一沉，与拓拔野面面相觑，狐疑惊诧。从烈烟石掉入岩浆的那一刻起，究竟发生了什么事呢？刹那间，两人的心中齐齐涌起这个疑问。

拓拔野心知有异，但眼下火族众长老皆在，纠缠于此未免不妥，轻轻捅了一下蚩尤的肘臂，微笑道：“八郡主施人大恩，不记于心，果然是仙子风度。”

赤霞仙子淡淡道：“拓拔太子与蚩尤公子黏合圣杯、救出赤帝，对敝族也有大恩，相形之下，小徒的所为算不得什么。这点小事，还是请蚩尤公子忘了吧。”

蚩尤、拓拔野微微一怔，觉得她话中似乎另有深意。

蚩尤心下恼怒，暗想：“他奶奶的紫菜鱼皮，蚩尤岂是知恩不报的人！”正要说话，被拓拔野轻轻拉住，听他笑道：“仙子说得是，大恩不言谢，他日必当竭力以报。”

众长老纷纷笑道：“拓拔太子客气了！太子的大恩，我们全族当铭记在心才是。”烈炎微笑道：“不错，拓拔兄弟、蚩尤兄弟，两位对我火族的大恩重于赤炎山。舍妹之事，就不必挂于心上了。”

众人微笑称是。烈炎拉着拓拔野与蚩尤二人入席，祝融、赤霞仙子、众长老也一一入席而坐。烈烟石与赤霞仙子坐在一处，恰好隔着大殿，坐在蚩尤的对面。

管弦声起，觥筹交错，众人言笑甚欢。唯有蚩尤皱眉不语，凝望着烈烟石，兀自心道：“难道是在岩浆中烧损元神，才将往日之事忘了吗？但倘若是失忆，又何以唯独记不得我呢？”心内七上八下，百味混杂。

自他得知烈烟石对他情深义重，死生相与，心中便大为震撼，对她亦不免有了一丝莫名的情愫。虽然远不如对纤纤那般神授魂与，但也有温柔感激之意。此时见她忽然判若两人，冷漠如此，竟似将从前之事尽数忘却，惊异之余不免微感失落。

烈烟石见他始终凝视着自己，目光动也不动，秀眉轻蹙，眼波中闪过微微的怒意。

蚩尤一凛，那眼神冷漠而厌恶，仿佛将他视为什么可厌憎的怪物一般。他素来狂傲自尊，心下登时也起了恼怒之意，转头不再看她。心想："难道那日在火山中，我昏迷之下出现了幻觉吗？这女人根本不曾冲下来救我？是了，这女人这般自私冷漠，又怎么可能舍命救我？什么对我有意思，多半是那乌贼胡说八道，乱自揣测。"

这般一想，登时释然。但是心中那失望苦涩之意，不知为何却更为强烈。自斟自饮，一连喝了十余杯烈酒，由喉入腹，犹如火烧刀割一般，心中却依旧空洞而酸涩。

突然之间，熊熊火光中，烈烟石那含泪而凄伤的笑容再次映入脑海之中。如兰花般渐渐曲张、渐渐闭拢的手，破碎而迅速蒸腾的泪水，温柔、甜蜜而凄苦的眼神……这一切如此真实，如此强烈，让他猛然震动，杯中的美酒险些泼将出来。

他心乱如麻，一时间此情彼景，似是而非，真幻难辨。蓦地忖道："罢了罢了！她救我性命乃是毋庸置疑之事，我岂能因她记不得我，就这般胡乱猜测？他奶奶的紫菜鱼皮，记不得我岂不是更好吗？都是那臭乌贼胡说八道，让我有这等莫名其妙的想法。"

当下打定主意，不管她究竟是否当真记不得自己，乐得与她保持眼下的距离。至于那救命之恩，日后自当竭力相报。一念及此，心下登时轻松起来，不再多想，只管仰头喝酒。

酒过三巡，突听殿外有嘈杂之声。龙兽长嘶，有人在殿外叫道："城北哨兵有要事相报！"

众人一惊："难道竟是叛军绕道北面杀来了吗？"管弦声止，鸦雀无声。

一个传信兵疾步而入，在殿外阶前拜倒道："适才城北十六岗哨兵望见一个女子骑着白鹤从城内飞出，朝西北而去。飞凤骑兵追往拦截，却已迟了一步。夜色中瞧不清楚，但像是纤纤圣女……"

"什么？"拓拔野与蚩尤大吃一惊，霍然起身。蚩尤足尖一点，闪电般越过众人头顶，朝外疾冲而去。拓拔野抱拳道："诸位请便，我去去就来！"话音未落，人影已在数十丈外。

拓拔野三人乃是火族贵宾，纤纤又因火族之故备受磨难，听闻她不告而别，烈炎等人哪里还坐得住？纷纷起身，随着拓拔野二人奔出大殿之外，朝城西的贵

宾馆疾奔而去。

数百人浩浩荡荡，如狂风般卷过青石长街，径直奔入贵宾馆中。守馆军士见炎帝、火神、圣女以及诸多长老同时奔来，无不惊诧骇然。

拓拔野与蚩尤焦急若狂，四下搜寻。门窗摇荡，半壁月光，屋中空空如也，哪有半个人影？

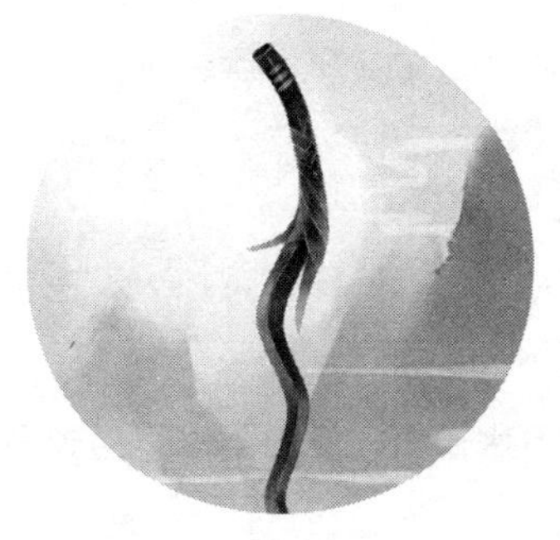

第五章 孤鹤万里

风声呼啸，缕缕云雾从眼前耳际穿梭飞掠。天地苍茫，夜色凄迷，纤纤心中又涌起孤寂惶恐之意。

此去昆仑天遥地远，万水千山，其间不知将遇到多少险恶风雨，她孤身一人能平安抵达吗?

当日从古浪屿孤身飞离之时，初生牛犊不怕虎，了无畏惧，但连续经历风波险阻之后，始知谨慎。远处怪云暗雾，离合变幻如妖魔乱舞。冷风刮来，心中忽然一阵寒冷惧意，直想立刻掉头回转，重新赶回凤尾城中，等到天明之后，再与拓拔野、蚩尤一道上路。

她心念方动，眼前便仿佛看见拓拔野嘲讽而不屑的神情，似乎听到他在耳旁笑道："傻丫头，早知你要回来啦。"心中一阵锥刺的凄苦，咬牙忖道："臭乌贼，你当我离开你便活不下去吗?我偏要独自一人找我娘亲去！"仰起头来，大声道："什么妖魔鬼怪，我才不怕呢！"但泪水却忍不住流了下来。

当下她赌气忍住恐惧之意，继续驱鹤高飞，迎风翔舞，一路西去。

过了一个多时辰，天色渐渐转亮。晨星寥落，淡月隐隐。回头望去，东方已经露出了鱼肚白。

又飞了片刻，万道霞光突然从她身后怒射而出，漫漫云层都被镀上黄金之色。阳光照在她的身上，暖洋洋、麻酥酥的，先前的寒冷畏惧之意顷刻烟消云散。

纤纤满心欢喜，透过飞扬云絮俯瞰大地，只见千山绵延，奇峰峭立，碧水如带，迤逦其间。万里江山，雄奇瑰丽，比之从前一路所见，别是一番光景。

阳光中，苍鹜纷飞，翼兽盘旋，尖叫怪鸣声崩云裂雾。雪羽鹤欢啼不已，在金山云海之间瞬息穿行。

雪羽鹤飞行极快，半日间便飞了数百里。晌午时分，阳光炎热，纤纤香汗淋漓，腹中饥饿，当下驱鹤低飞，到附近山林中寻觅野果果腹。

雪羽鹤盘旋飞舞，在一处溪流潺潺的山谷中降落。纤纤在山坡上寻了一些荔枝等野果，在溪边洗净，饱食一餐。阳光绚烂，空谷寂寂，清脆鸟鸣伴着汩汩流水，更觉幽静。

纤纤坐在草坡树影之中，望着一双蝴蝶翩翩飞舞，突然又是一阵难过，泪水无端地滴落下来，心道："小小蝴蝶，也这般快活。"雪羽鹤独脚傲立，见她突然落泪，白翅扑扇，在她背上轻轻拍拂，弯下长颈，清鸣不已。

纤纤破涕为笑，抚摩着雪羽鹤的长颈，柔声道："鹤姐姐，你在安慰我吗？"她与这雪羽鹤相伴数年，早已如闺中密友一般，无话不谈。当年白龙鹿还因此大吃其醋，对雪羽鹤颇怀敌意，每一见之，必咆哮追击。

雪羽鹤鸣叫数声，轻轻啄击她的脸颊。纤纤叹息道："你说我的脸皮太薄，难道还要我先给那臭乌贼低三下四吗？"雪羽鹤摇头鸣叫。纤纤心下一酸，低声道："鹤姐姐，倘若他有你说的一半好，我也不会赌气离开啦。"

蝴蝶翻飞，缠绵绕舞。纤纤怔怔地凝望着，泪水又扑簌簌地滚落下来。也不知那狠心短命的臭乌贼，此时寻来了没有？心下突然一阵后悔，应当在屋中留下一些线索，好让那乌贼、鱿鱼方便寻来。

正胡思乱想，忽听天上传来"嗷嗷"怪叫声，纤纤蓦地大喜，脱口道："太阳乌！"心中欢喜难抑，跳将起来，循声眺望。

密集枝叶参差环合，露出一角蓝天。蓝天之下，高峰险峻，黑岩突兀，叫声便是从那山峰后传来的。纤纤突然心想："倘若那臭乌贼从空中飞过，没有瞧见我，那该如何是好？哼，难道还要我挥手叫他吗？门儿都没有。"噘嘴又想："是了，我骑鹤从他身边飞过，他若是叫我，我便故意装作听不见，气也将他气死。"抿嘴微笑，凝神翘首。

嗷嗷叫声越来越近，突然几道黑影从高峰之后转折飞出，闪电般冲入这山谷之中。纤纤眼尖，立时瞧见那几道黑影乃是六只乌黑的怪鸟，巨喙如钩，红睛胜血，头顶一个巨大的肉瘤，双翼黑羽如钢，平展之时竟有四丈余宽。腹下四爪，前短后长，此时后爪微曲，前爪上则勾了一大团淡青色的丝囊，它正如蚕蛹一般微微颤动。

纤纤心中大为失望，喃喃道："臭乌贼，早知不是你了。"突然一阵委屈酸

苦，泪水又涌了出来。雪羽鹤独立侧头，低鸣不已，似乎甚是怜悯。

忽听那怪鸟嗷叫连声，抬头望去，一只怪鸟悲鸣怒吼，从半空笔直摔落，重重地砸在山谷溪流之中。水花四溅，怪鸟抽动了几下，不再动弹，血水迅速洇散开来。

余下的五只怪鸟俯冲而下，围绕着那只鸟尸盘旋片刻，后爪纷纷在它身上探扫，见它确已毙命，这才嗷嗷叫着冲天飞起，朝西边翱翔而去。

纤纤跃下山坡，走到那鸟尸旁，蹲下察看。那巨鸟横亘在溪流中，上游的清水汩汩冲刷，从两旁化为血水流下，腥臭难当。

纤纤蹙起眉头，捡了一根树枝，拨弄那鸟尸巨翅。“哧”的一声，树枝竟被鸟尸的翅羽倏然切断。

纤纤吃了一惊，凝神望去，见那巨翅之上，根根翎羽乌黑发亮，犹如匕首一般，方知这怪鸟羽翼犹如万刀齐攒，极是锋利。当下小心翼翼地拨开它的翅膀，瞧见怪鸟肋腹之间，插了一支长箭，直没箭羽。想来这怪鸟不知在何处中了一箭，强撑着飞到此处，终于不支坠毙。

纤纤心下好奇，这怪鸟瞧来力气极大，双翅又是天然利器，不知是谁竟有如此能耐，能一箭穿入其肋腹之中？当下小心地探手握住那箭羽，猛一用力，将之拔出，她也因此坐倒在地。箭长六尺，颇为沉重，箭镞为镔铁所制，箭身青铜，上刻“天箭”二字。

纤纤蹙眉道：“天箭？”她年幼时便听父亲叙述大荒名人掌故，大荒著名射手也历历可数，但从未听说过天箭之名，想来是荒乡僻壤中的无名箭手。当下也不在意，用那长箭挑拨怪鸟爪中紧抓的青丝囊。怪鸟巨爪抓得甚紧，勾拨了半晌方才将那丝囊挑开。

雪羽鹤突然大声鸣叫，尖喙勾拖纤纤衣领。纤纤微微一凛，知道这灵禽必是预感到什么不祥之事。难道这丝囊之中竟藏了什么可怕凶险之物吗？心中不由得害怕起来，但好奇心终究占了上风，用那长箭与树枝小心翼翼地勾开丝囊，定睛望去。

“啊！”纤纤惊叫一声，面色煞白，猛地丢开长箭与树枝，踉踉跄跄朝后疾退，蓦地坐倒在地。

那青丝囊中竟是一个一丝不挂的裸体女童！从高空摔下，头颅碎裂，肢体骨骼也断为数截，脑浆混合鲜血，溅得红白一片，双目圆睁，满是惊怖恐惧的神色，眼角泪珠未干。

纤纤倏地感到一阵恶心，腹内翻江倒海，弯腰干呕起来。呕了片刻，突然觉得莫名地恐惧害怕，悲从心来，低声颤动哭泣。雪羽鹤白翅扑扇，轻轻抚摩，低鸣不已。

哭了半晌，渐转平定，想到那女童惨状，心下恻然，突然暗想："是了！那余下的五只怪鸟也都抓了这么一个丝囊，难道其中都是孩童吗？"她虽然任性自我，但自小受父亲与拓拔野影响，颇有侠义之心，想到这些孩童被怪鸟掳走，死生难料，心中登时大凛。

不知这些怪鸟何以掳掠孩童？倘若是以之为食，又何以以丝囊包裹？囊中孩童又何以一丝不挂？一连串的疑问蓦然跳入脑海。

纤纤咬唇思虑半晌，理不出头绪，心烦意乱，猛一顿足，痛下决心，对雪羽鹤道："鹤姐姐，咱们追踪那些怪鸟，瞧瞧它们究竟要将那些小孩带到哪里去！"她心中担忧那些孩童生死，一时间将自己的安危与西行目的抛在脑后。

雪羽鹤摇头鸣叫。纤纤叉腰脆声道："鹤姐姐，你这就不对啦！咱们行走江湖，自当见义勇为，拔刀相助，怎能贪生怕死，坐视不理？"这番话说得豪气干云，连自己的面颊都滚烫起来。

雪羽鹤侧头独立，沉吟半晌，点头鸣叫。纤纤大喜，搂住雪羽鹤的脖颈，笑道："走吧！"翻身跃上鹤背，朝着西边天际急速飞去。

雪羽鹤往西疾速翱翔，空气逐渐转冷，竟似逐渐从盛夏进入初秋，又从初秋进入深秋、初冬、腊月一般。

地势越来越高，四下高山尽皆巍然高矗，如斧削刀劈，彼此之间竟毫不相连。山峰之上，树木渐少，白雪覆盖，偶有绵绵绿色，也是针叶寒木。越往西去，绿意越少，千山覆雪，如玉柱交错矗立。

半个时辰之后，终于看见了那五只怪鸟。纤纤匍匐在鹤背上，紧紧尾随其后。

又飞了半个多时辰，迎面吹来的狂风越来越冷，风沙交集，彻骨冰寒。太阳西斜，阳光虽然灿烂依旧，但却丝毫不能驱散寒意。纤纤真气稀疏平常，勉力聚气凝神，依旧冻得簌簌发抖。

俯瞰苍茫大地，尖崖林立、裂谷纵横、白雪厚积。青灰色的山峰断岩错层，枯木寥寥。万里荒寒，连飞鸟都似已绝迹。

寒风呼啸，纤纤牙齿“咯咯”乱撞，花瓣似的香唇已经冻为青紫色，手臂紧紧抱着鹤颈，似已冻僵，动弹不得。眼睫毛上竟也结了一层薄薄的白霜，交睫之时，冰消雪融，如泪水流淌。心中微微后悔，早知这五只怪鸟要飞到这等荒寒之地，她便不跟着飞来了。但转念想到那女童的惨状，登时热血如沸，振作精神，心中忽然一动：“哎呀！难道这里是西域寒荒国吗？”

她小时曾听父亲说起，大荒中最为寒冷荒凉的，除了北海之外，便是西域寒荒国。寒荒国绵绵万里，尽是犬牙尖山，树木稀少，一年四季都如冬天一般寒冷。当地凶兽众多，多以食人为生。

寒荒国八大蛮族，勇猛善战，比起南荒各族与北海夷蛮更为凶悍。寒荒八族与金族有宿怨，但三十年前金族白帝白招拒以赤诚之心换得八族酋长信赖，在西皇山上击掌为盟，八族臣服金族，永世交好，从此干戈息止，西域太平。

但寒荒国史上最为著名的却不是“西皇之盟”，而是“寒荒七兽”。大荒历代的“十大凶兽”中，必有寒荒妖兽。其中又以“冰甲角魔龙”“寒荒梼杌”等七只凶兽最为著名。

这七只凶兽的元神虽被大荒历代英雄封印于寒荒众山之中，但仍时而破印肆虐，危害苍生。相传这些凶兽都是远古寒荒大神的尸体所化，所以寒荒八族对这些凶兽又敬又惧又恨，奉彼等为族中圣兽，虽然凶兽元神已被封印，但仍恭敬有加，每年一祭祀，不敢有丝毫怠慢。

纤纤心道：“这五只怪鸟想来也是寒荒怪禽了。”只见那五只怪鸟嗷嗷乱叫，在万千险峰尖崖之间高低穿梭，朝着远处一座极为险峻的高峰飞去。那座高峰寸草不生，霜雪遍覆。万仞绝壁之上，尽是累累巨石、道道隙缝。唯有山顶雪地之中，一株青松如盖，傲然横空。

五只怪鸟在那高峰周侧环绕盘飞，怪叫半晌，排成一行飞入山峰西侧的凹陷巨缝之中。纤纤驱鹤飞翔，尾随而去。

霜风怒舞，砂石崩飞。无数灰蒙蒙的沙烟石雨、雪沫冰屑从那群峰险崖上随风卷舞，劈头盖脸地打来。纤纤用袖子遮住脸颜，眯眼望去，只见山崖凹陷处，有一道幽深漆黑的入口，狭长窄小。众怪鸟便是从这隙洞中飞入。

纤纤心中微有惧意，不知那幽黑之中是什么世界。但事已至此，岂能半途而废？当下硬着头皮，咬牙驱鹤飞去。

到那洞口之时，一股阴风从洞中呼啸而出，腥臭扑鼻。她身子一晃，险些被熏得摔下鹤背。连忙紧抱雪羽鹤，稳住身形。雪羽鹤避过那阵阴冷腥风，优雅地飞入洞隙之中。

眼花缭乱，突然一片黑暗，鼻息之间尽是血腥恶臭，烦闷欲呕。纤纤心中怦怦直跳，屏息凝神，从怀中掏出汤谷火族游侠所赠的“晶火石”，借着那跳跃的荧光，四下扫望。

两壁凹凸不平，地上深浅不一，正前方乃是一条幽深曲折的甬道。她深吸一口气，忖道：“这些怪鸟难缠得很，找到那些孩童之后，立刻带上他们逃出洞去。”强忍恐惧之意，将雪羽鹤封印入簪中，高举晶火石，深一脚浅一脚地朝里走去。

阴风呼号，恶臭逼人，纤纤三番五次几将呕吐起来，生怕呕吐之声在这通道中回音激荡，惊动那些怪鸟，唯有强自忍住，蹑手蹑脚地前行。影子在洞壁上拖曳跳跃，变幻无常，犹如鬼怪一般，洞中不断地传出隐隐约约的怪叫声，啫啫作响，鬼哭狼嚎。她心中越来越害怕，呼吸都不敢太过大声。

纤纤这一生都在父亲与拓拔野的庇护之下，从未孤身一人在如此凶险之地行走，忐忑恐惧，几次想要掉头跑出，举着晶火石的手更不住地颤抖起来。心中突然想起拓拔野的温暖笑容，宛如一道暖流流过全身，咬唇暗想，倘若拓拔大哥在此，握着他的手往里走，什么惧意都可以抛在脑后了。

又想起拓拔野对自己的疏远冷淡，泪水登时滚滚而落，忖想：“那臭乌贼对你这般无情无义，你还想他作甚？若不是他这般对你，你又怎会孤身一人跑到此处？都整整一日了，也不见他追来，想必又在那些歌女舞娘的怀中得意忘形了。只怕他连你长得什么样也记不得了……”心痛如绞，忍不住倚墙哽咽起来。

寒冷的洞壁，阴森的怪风，衣裙摆舞，周身侵寒。她孤单一人站在这山洞中，只觉得天下之大，自己竟是如此孤立无助。一时间从未有过的悲凉涌上心头，无声饮泣，分外伤心。

哭了半晌，又自心想：“这世上竟没有一个人关心我。我便是死在这里，又有谁会在乎？”更加悲苦难过，肝肠寸断，突然觉得倘若自己当真被这怪鸟吃了，无声无息地埋葬在这洞中，从此冥冥归去无人管，也是快意无比之事。

她自怜自伤地想：“不知那臭乌贼日后得知，会不会有伤心愧疚之意？”想象拓拔野到这山洞中，抚尸痛哭的情形，竟觉得说不出的快慰。抹干眼泪，胡思乱想一阵，心中那害怕之意倒大大减少。

当下深吸一口气，重新举起晶火石，朝里走去。

走了片刻，石洞渐宽，前方隐隐有亮光闪烁。纤纤吓了一跳，将晶火石收入怀中，凝神屏息，贴着洞壁，蹑手蹑脚地朝里移走。忽然前方传来“嗷嗷”的怪叫声，一股狂风扑面而来。

纤纤一惊，见前方正好有一处凹入的石洞，连忙拧腰侧身，躲入凹处。黑影扑闪，“嗷嗷”怪叫，那几只怪鸟飞也似的狂奔而过，硕大的身躯在这狭窄的洞内穿行奔掠，竟如游鱼一般轻巧自如。怪鸟奔跑极快，丝毫没有瞧见阴影中的纤纤，转眼之间似已出了洞外。

纤纤如释重负，正想大步奔入，突然又想：“不知洞中还有其他怪鸟吗？”猛然一凛，娇躯顿挫，悄移莲步，朝里走去。

绕过几个石壁，终于来到一个颇大的石洞中。石洞钟乳垂石，犬牙交错，四壁许多彩色晶石闪闪发光，将洞中照得光怪陆离。洞壁镂空，相邻许多稍小洞壁。数十个青丝囊被晶莹细丝吊在半空，微微蠕动。

纤纤吃了一惊：难道那些怪鸟竟抓了这么多孩童吗？当下奔上前去，从怀中取出金族游侠所赠的一寸长的“寸心折刀”，青光一闪，“哧”的一声低响，将丝囊轻轻划开。果不其然，一个十岁左右的裸体女童立时应声掉落，被她稳稳接住。

那女童似已受了过多惊吓，瞪大眼睛，直愣愣地看着她，竟连哭喊也发不出来。纤纤怜意大起，将她轻轻地平放在地，抚摩她的头发，见她眼中恐惧之意稍减，这才移身到其他丝囊旁，以折刀将之一一割开。

片刻之间，便从丝囊中取出二十余个裸体女童。这些女童个个眉目清秀，珠圆玉润，均是难得的美人胚子，但似乎都受了极大惊吓，张大嘴，始终发不出声音。

纤纤心道：“这里一共不下七十个女孩，怎能一次带走？倘若十日鸟在此就好了。”心下大为烦恼。又不知那些怪鸟何时回来，倘若不能及时将这些女童转移到洞外，遇到怪鸟，则前功尽弃，说不定自己当真也要搭上一条性命。

正蹙眉思虑，忽然发觉地上的二十几个女童惊怖地望着她身后，张大了嘴，哭喊不得。

就在同时，一阵阴风从背后刮来，脖颈森冷，仿佛一条黏滑冰冷的毒蛇从脊背往下爬行，汗毛直竖，周身鸡皮疙瘩立时泛起。她大吃一惊，猛地转身望去。

空空四壁，丝囊摇动，哪有半个人影?

纤纤嘘了口气，惊魂甫定。转过身来，却见那二十几个女童恐惧地凝视她的身后，有的竟小便失禁，尿水流淌了一地。耳旁蓦地阴风阵阵，竟似有人在耳边吹气一般，心中“咯噔”一响，登时升起森寒怖意。

她强忍恐惧，屏住呼吸，微微侧头，朝斜后方瞥去。光影一闪而逝。但那凹凸不平的地上，赫然竟有两个人影！一个长发摇曳，乃是自己；但另外一个飘移波荡，竟似鬼魂一般。

纤纤“啊”的一声大叫，心仿佛要从嗓子眼里蹦了出来，不顾一切地握紧那寸心折刀，朝身后猛然刺去！

手腕蓦地冰凉，仿佛被什么铁箍箍住，动弹不得。纤纤惊怖如狂，突然想起“青木法术”中的“移花接木”，默念法诀，手腕鬼魅翻转，闪电般抽离出来，蓦地掠出数丈之外，转身颤声斥道：“何方妖魔，竟敢放肆！”

那人似乎没料到她竟能突然脱身，“咦”了一声，怔然而立，呆呆地望着她，没有再躲藏闪避。

纤纤凝神望去，大吃一惊，尖叫一声，朝后退去，紧紧地靠在石壁上，倒抽一口凉气，恐惧得几将哭出声来。

那人宛如鬼魂，飘忽不定，阴风吹来，身形扭舞变形。绿幽幽的脸上，血污斑斑，呆滞的双眼尽是眼白，原本是鼻子的地方，只剩下黑黝黝的两个洞口，嘴唇被撕裂开来，舌头耷拉在外，牙齿森森，口涎不断地从豁嘴滴落。

那妖魔肚腹破裂，血肉模糊，一团绞扭的肠子拖曳其外，悠悠荡荡。两只手臂残缺不堪，白骨错落，正笔直地朝纤纤伸出，十指张舞。一双只剩下白骨的残腿轻飘飘地朝前移动，平直地朝纤纤飘来，口中发出沙哑而低沉的“嗬嗬”之声，像是喘息，又像是呻吟。

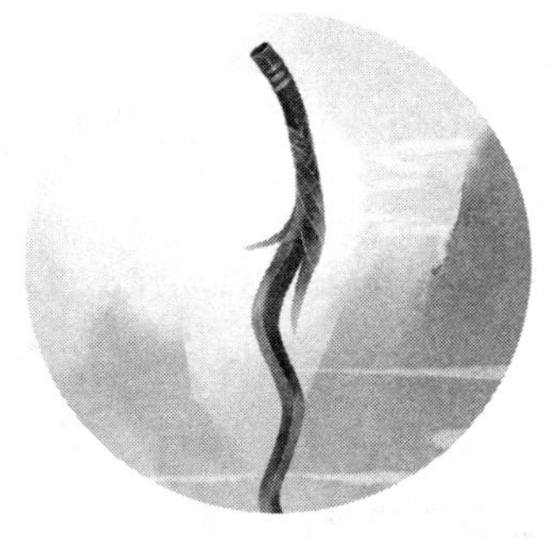

第六章 梼杌虎伥

纤纤又是惊惧又是恶心，泪水在眼眶中不住地打转，险些哭出声来，双手颤抖着紧握寸心折刀，两腿发软，几乎便要瘫坐在地。

那妖魔眼白翻动，凄凄惨惨地望着她，口中“嗬嗬”作响，口涎从豁嘴与舌头上不住地滴落，肠子悠荡摇摆，无声无息地朝她飘移而来，腥臭阴风随之扑面卷舞。

纤纤尖叫一声，厉喝道：“不要过来！”折刀乱舞，泪水扑簌簌滚落。

被她这般哭叫，那妖魔竟似吃了一惊，顿住身形，喉中发出低沉的嘶哑声响，白骨十指缓缓收拢下垂，畏缩不前。

纤纤心中惊怖狂乱，后悔害怕，茫然不知所措。忽然想起当年在古浪屿海域被一只虎皮鲨所追时，拓拔野所说的话来：“傻丫头，越是危险之时，你越需要镇定，切切不可自己慌了手脚。兴许它还更怕你呢！”当下强自镇定，凝神聚意，挺直了身子，动也不动，冷冷地凝望着那妖魔，但那妖魔实在太过丑怖，盯了片刻，忍不住又想要弯腰干呕。

那妖魔“嗬嗬”低鸣，似乎被她瞧得不好意思，缩起头来，眼白上翻，不敢直视纤纤。见纤纤妙目瞥向他的破肚，蹙眉嫌恶，掩嘴欲呕，他那白骨双爪连忙遮遮挡挡，仿佛想将那摇摆于体外的肠子收回去。

对峙半晌，那妖魔始终畏缩不敢上前，怯生生地望着纤纤。纤纤胆子稍壮，刁蛮淘气之心又起，心想：“这妖怪似乎也胆小得很。我且吓他一吓。”突然尖叫一声，挥刀疾冲上前。

那妖魔果然骇了一跳，倏地朝后退去，如绿风飘舞，在石笋岩洞之后飘忽游荡，眼白急速翻动，惊恐地打量着纤纤。

纤纤惧意大消，咯咯笑道："原来你是个胆小鬼！"正得意扬扬，忽听那妖魔发出一声"轰隆"怪吼，眼白崩爆，血舌飞探，蓦地增大数倍有余，狰狞可怖地如闪电扑来！

纤纤大骇，尖叫声中，胡乱一刀刺出。绿风扑面，腥臭难当，寸心折刀穿入那妖魔体内，竟如穿越一缕烟雾。妖魔怒吼着从她头上扑过，湿漉漉的口涎和绿色的黏液密雨般滴落。纤纤尖叫不已，瘫坐在地，险些晕厥。

那妖魔瞬息穿掠，在她身后发出凶狂的怒吼，"噼噗"之声大作，似乎在与什么怪物殊死搏斗。

纤纤蓦地回头望去，只见那妖魔狂暴吼叫，正与一条巨蟒缠斗，森森骨爪紧紧箍住那巨蟒的七寸，使之动弹不得。巨蟒亦与他死死纠缠，一口咬住妖魔体外的肠子，死命拖拽。

妖魔眼白翻滚，狂吼一声，猛地张开血盆大口，残缺不全的利齿如尖刀般瞬间没入巨蟒体腹！

巨蟒发出震耳痛吼，突然剧烈抖动起来。妖魔眯起双眼，"嘘嘘"有声，贪婪吮吸不止。那巨蟒的蛇皮蓦地皱起，如波浪般急速起伏，忽而鼓起，忽而塌瘪。刹那之后，巨蟒软绵绵地趴倒在地，只剩下扁扁的蛇皮。其中血肉，竟被那妖魔吸粥似的吸到体内。

妖魔眯着双眼，血污大口"吧嗒"有声，意犹未尽地从黑黝黝的鼻洞中喷出两道白烟，然后打了一个响嗝，腥臭夺人。巨蟒的血肉从他悬挂于体外的肠子裂口不断滴落，红白稀软，堆积一地。

纤纤再也忍不住，弯腰呕吐起来。妖魔听到声响，仿佛突然惊醒，猛然翻动眼白，探爪抓起那薄扁的巨蟒蛇皮，轻飘飘地朝纤纤移来，喉中"嗬嗬"怪响，似乎在同她说些什么。

那妖魔丑恶若此，纤纤惊怖交集，连忙朝后退去，泪水滚滚，闭着眼失声大叫："拓拔大哥！拓拔大哥！"一时恐惧悲苦，难过至极。

那妖魔连连摆手，"嗬嗬"嘶叫，甚是焦急。见纤纤哭得雨打梨花，玉箸纵横，他似乎也颇为颓然，放下双爪，垂头丧气，不敢上前。

纤纤所有的委屈、伤心、难过、恐惧似乎都在这一刻爆发出来，索性伏地大哭。满地的女童骇然讶异地望着她，泪水滚滚，却哭不出声。

纤纤哭了半晌，悲苦稍减，突然想起那妖怪怎么还没扑上前来，当下抬头望去。只见那妖魔怯怯地望着她，极是狼狈。见她抬头望来，连忙举起那软绵绵的蛇皮，咧嘴微笑。眼白翻动，森牙毕现，血盆大口咧到耳际，长舌耷拉摆舞，这一笑比哭还要可怖。

纤纤忍不住又是一声大叫，朝后退缩。

妖魔喉中“嗬嗬”半晌，探出白爪，在空中轻轻比画。爪尖划过之处，碧光闪烁，在空中形成一句话，赫然是“这条蛇想要吃你，所以我把它吃了”，写完之后，畏畏缩缩地望着纤纤，不再言语。

纤纤微微一愣，难道适才这妖魔暴怒扑来，竟是为了保护自己，而与这巨蟒搏斗吗？心下又是骇然又是难以置信，但那强烈的恐惧之意却已大大消散。咬唇片刻，道：“真的吗？”

妖魔见她不再害怕，喜色浮动，连连点头，表情却更显狰狞。

纤纤又奇又疑，慢慢地爬起身来，心道：“这怪物不知是什么妖魔，半人半鬼。”心中又想，既然这妖魔并无害己之心，赶紧带上这些女孩离开此地。

忽听洞外远远地传来怪鸟“嗷嗷”叫声，又听见一声似乎颇为痛苦的怒吼。纤纤一震，全身刹那凝固——那些怪鸟回来了！

妖魔也仿佛大感震骇，满脸恐惧，喉中“嗬嗬”连响，双爪突然急剧舞动。“哧”的连声轻响，纤纤身上的紫裳登时抽丝剥茧，瞬间迸散开来，光芒闪动，在她周身之外盘绕飞舞。

纤纤又惊又怒，喝道：“你干什么？”话音未落，那妖魔骨爪飞舞，一道碧光击中她的咽喉，只觉脖颈冰凉，仿佛突然被冰封凝固，说不出话来。那冰凉之意从喉咙瞬间弥漫全身，周身麻痹，动弹不得。

丝丝缕缕从衣裳剥离飞舞，顷刻之间，她只剩下贴身亵衣。而那紫裳抽离出的丝线则在她身外团团包裹，犹如春蚕结茧，将她紧紧缠缚其内。妖魔白爪一指，丝囊高高飞起，青丝缠绕顶壁，将她稳稳当当地吊在半空。

纤纤惊怒恐惧，这妖魔好生奸诈，竟乘着自己不备突施暗算。透过丝囊的交织空隙，看见那妖魔白爪不断舞动，地上的二十余个女童又纷纷被缠缚入业已破裂的青丝囊中。碧光闪动，丝囊接二连三地高高飞起，吊在半空，轻轻摇荡。

阴风阵阵，怪鸟叫声越来越近。妖魔将洞内收拾干净，见一切恢复如初，惊慌的神色方才安定下来，眼白滚动，瞟了纤纤一眼，忐忑不安，飘飘悠悠地到了甬道洞口，低头垂臂。

“嗷嗷”怪叫声中，几只巨大的黑鸟阔步奔入，前爪上都提了一个青丝囊。众鸟扑翅乱飞，丝囊横舞，一一悬挂在顶壁之下。怪鸟挂好丝囊后，纷纷收翅倒悬，后爪勾在岩壁凸石上，仿佛蝙蝠一般摇曳轻摆。

却听甬道中传来轻微的脚步声，带着一种妖异的节奏，若有若无，仿佛猫过横梁，雾锁大江。不知为何，纤纤的心突然抽紧，森寒恐惧之意油然而生，屏住呼吸，透过丝囊的空隙朝外凝望。

“呜呜”风号，一道森冷白气从洞口蓬然飞舞，那妖魔在洞口旁侧随风摇摆，战战兢兢，满脸惧意。阴风鼓舞，只见一个白衣男子摇摇晃晃地从甬道中走了进来，一股莫名的阴冷肃杀之气登时如浓雾一般弥漫于山洞中。

纤纤不由自主地打了个冷战。

那男子颀长高瘦，面目清秀，脸色苍白。斜长的双目，灰白的眼珠，顾盼之间眼神凌厉凶恶，又仿佛带着一种说不出的苦痛和厌倦。他冷冷地瞟了一眼那妖魔，径直走到山洞之中。妖魔眼白翻转，簌簌发抖，飘忽尾随。

白衣男子经过纤纤那丝囊时，突然凝身，鼻翼微微耸动，灰白的眼珠冷冷地瞥了纤纤一眼。纤纤大吃一惊，心跳瞬间停止，血液也仿佛突然凝固，大气不敢出，闭上眼睛，害怕得不敢朝外观望。那妖魔也骇然惊怖，骨爪微颤。

白衣男子徐徐扫望了其他丝囊一眼，冷冰冰地道：“今日就只有这些吗？”妖魔“啲啲”连声，似乎颇为畏惧。

白衣男子双眉一拧，灰白的眼珠中爆射出凶厉无匹的光芒，右手闪电般探出，猛地箍住那妖魔的咽喉，手掌上闪起一道耀眼白光。

妖魔嘶声惨叫，青烟缭绕，绿色的身形动荡不已。纤纤大骇，若非喉咙被那妖魔以法术封住，早已尖叫失声。见那妖魔痛苦难当，不知为何，竟颇为担忧同情。那些黑色怪鸟见状“嗷嗷”惊叫，纷纷扑翅冲出甬道，一路怪叫着朝外飞冲。

白衣男子突然大叫一声，松开右手，坐倒在地。妖魔“啲啲”叫着奔跃开去，惊惧匍匐于地。

白衣男子面容扭曲痛苦，嘶声狂吼，又像是在大声号哭，吼声悲郁、狂怒、痛苦、哀恸，在山洞中回荡如轰然巨钟。

纤纤心中狂跳，屏息而望，越看越是心惊，骇然怔忪。

那白衣男子悲吼声中，全身骨骼“嘎嘎”作响，剧烈耸动变形，皮肤皲裂，满脸长出银白色的绒毛，嘴唇瞬间裂为三瓣，牙齿迅速变长。“哧哧”连声，衣裳寸寸撕裂，全身仿佛灌气般地急速膨胀，片刻间便成了三丈余高、四丈多长的庞然怪物！与此同时，遍体错落长出银白、深黑的粗长毛发，如野草破土蔓延。尾骨飞速延长，白毛缭绕生长……

蓦地一声凄厉吼声，白衣男子爬起身来，碎衣迸飞，赫然成了一只巨大的人面虎身的怪兽！

昂首怒吼，虎步徐行，头颈几已碰到山洞顶壁。一双灰睛凶光爆闪，巨口张处，上獠牙竟长达一丈六尺，如森然长刀；刀牙交错，厚厚长长的舌头上，满布肉刺倒钩。全身银毛黑纹，斑斓华丽，毛长三尺有余，拖曳在地。两丈余长的白尾忽而蜷卷，忽而绷直，扫过之时如风雷电舞，岩石应声崩碎。

纤纤心中骇异，惊怖莫名。突然想起传说中的西荒凶兽，是了！这是梼杌！梼杌乃是兽中极恶，人面虎身，凶狂好斗，至死不休。其中又犹以寒荒梼杌最为凶暴，这种妖兽极为稀少，银毛黑纹，长牙钢尾，是自古以来的寒荒七大凶兽之一。但最后一只寒荒梼杌早在七十年前已被西荒群雄杀死，封印元神于众兽山上，今日又怎会在这洞中见着呢？

正惊疑不定，却见那寒荒梼杌悲声狂吼，长尾横扫，裂石崩壁，地动山摇。

洞中剧震，尘土弥漫，寒荒梼杌嘶吼连声，轰然倒地，偌大的怪物竟蜷缩在地上颤抖不休。皮毛波动，突然纷纷迸裂开细小的裂口，脓血流淌，疼痛如狂，不断地遍地打滚，巨尾胡乱扫舞，天崩地动声不绝于耳。

那妖魔在一旁看得簌簌发抖，白爪飞舞，将几个丝囊解下，徐徐横空，送往那妖兽身前。

妖兽颤抖着探出虎爪，将丝囊撕裂开来。囊中女童惊怖欲狂，张大嘴，无声地号哭。

寒荒梼杌灰睛中凶光闪动，张口狂吼，虎爪一分，竟将那赤裸女童刹那撕成两半！纤纤眼前一黑，险些昏厥。心中惊怒如狂，泪水滚滚而下。

却见那妖兽喉中“嗬嗬”闷响，眯眼大嚼，口涎流了满地。女童那细嫩的断肢残体被交错刀牙瞬间绞碎，鲜血喷溅。长舌翻卷，连骨带肉一点不剩地吞入腹中。

妖兽口中“吧嗒”作响，舌头一卷，将唇边残渣舔净，睁开凶睛，寒光闪烁。虎爪撕处，两个丝囊都被抓裂开来，两个女童在囊中瞧见适才惨状，都已惊吓得尿水失禁，一个女孩不过八岁大小，被妖兽狞厉的目光瞪视，登时骇得昏死过去。

寒荒梼杌眯起双眼，虎爪抓起另一个女童，将她送入口中。那女孩惧怖之下，竟然号哭出声，拼死挣扎。妖兽大怒，尖牙错落，将那女童的天灵盖硬生生咬切下来。

脑浆迸飞，鲜血激射，女童惨叫一声，全身抽搐，不再动弹。妖兽长舌探入女童脑中，贪婪吮吸，将白浆一一吸尽。然后虎爪一探，将半头女童整个塞入口中，眯起双眼大嚼。

纤纤骇怒交集，恨火熊熊，若非被那妖魔以法术封闭经脉，早已不顾一切地割开丝囊，冲出去与那妖兽拼命。见那妖魔战战兢兢地垂立一侧，心中更加恼恨愤懑。这妖魔适才对自己颇为留情，还道是他良心未泯，不想竟是如此助恶肆虐的卑劣小人。倘若自己一旦脱身，首先杀了那妖魔，再杀这妖兽，祭奠这几个女童亡灵。

正咬牙切齿，花容变色，突然想起自己真气稀疏平常，倘若当真与之相搏，只怕也是“咯噔”一响，被这妖兽咬得粉碎，成为它腹中美餐。又想到自己也如那些女童一样，被捆缚于丝囊之内，等着送命，不知下一个会不会是自己，那熊熊怒火登时又化为无穷无尽的惊惧。

惧怒之下，泪水簌簌，脑海中立时浮现出拓拔野的身影。这薄情寡义的臭乌贼，过了大半日了，竟然还不能找到自己！或许他此刻在火族女子的温柔帐里，美滋滋地销魂，丝毫不知自己身处险境……想到此处，纤纤更觉伤心痛楚，觉得还不如被这妖兽一口吃了来得干净。

那妖兽顷刻之间吃了十五六个女童，竟连骨头也没有剩下一根。凶睛光芒大作，精神熠熠，懒洋洋地直起身来，打了个呵欠，在洞中徘徊了数圈，蹲踞在地，耸动双耳，然后寂然不动。周身银毛油光发亮，闪起淡淡的白芒。

突然白芒大盛，光晕荡漾，妖兽倏地如水波幻化，重新变成一个裸身男子蜷伏于地。阴风四起，散落洞内各处的衣裳碎片纷飞沓来，在那男子周围环绕飞舞，一片片飘落拼合，转眼间又化作完整的白衣，将他紧紧包裹。

那男子躺在地上，动也不动，仿佛睡着了一般。妖魔在一旁垂手而立，大气也不敢出。

纤纤心道：“究竟是这男子化作了梼杌，还是梼杌化成了这男子？”她虽知大荒之中，会变幻兽身的人亦有不少，但今日亲眼见这男子变化，仍然颇为骇然惊讶。

她又想：“这妖孽此刻睡着，倘若现下能出得这丝囊，立刻将他一刀杀了！”但周身经脉被严实封闭，真气流动不畅，连手也抬不起来。心下沮丧，见那妖魔畏缩胆怯，恨恨忖道：“也不知这妖怪使了什么妖法，过得多久经脉才能通畅！”

默算时辰，此时当已是黄昏。那臭乌贼与笨鱿鱼也应当赶来了吧？心里好生后悔，没有在路上留下些什么蛛丝马迹，否则也好让他们顺藤摸瓜，一路寻来。又想到那臭乌贼诡计多端，倘若当真想要追寻自己，岂有找不到的道理?

纤纤心下大宽，牙根痒痒，盘算着等拓拔野来了之后，怎么给他脸色看。但转念又想，倘若那臭乌贼找不到此处呢?那妖孽醒来之后，腹中饥饿，万一拿自己果腹……寒意森森，又不自禁地害怕起来。

这般胡思乱想，她心中又是恐惧又是委屈又是难过，泪水涔涔而下，伤心不已。

如此又过了片刻，忽然听见洞口外传来巨鸟振翅之声，隐隐夹杂着呐喊呼啸。纤纤一振，又惊又喜，侧耳倾听，那叫声稍纵即逝，辨别不出究竟是不是拓拔野、蚩尤。

正忐忑不安，听见那声音越来越近，仿佛有巨鸟径直飞入石洞通道之中。巨翼扇动之声此起彼伏，“扑扑”连响，一只巨大的血红色蝙蝠从通道闪电般飞入，绕壁盘旋，倒悬在白衣男子头顶。

纤纤大失所望，蹙眉心想：“这不知又是哪里来的怪物。”她对蝙蝠、毒蛇之类丑怪禽兽均有莫名厌憎之心，见这血蝙蝠体长近丈，双翼完全张开时足有四丈宽，鼠头红肉，獠牙利爪，翼膜透明，丑恶至极。当下扭转头颈，不愿再看。

那血蝙蝠收起巨翼，微微抖动，红光炫目，刹那间竟化为一个瘦小结实的黑衣少年，背负暗红铁剑，轻飘飘地跃落在地。

纤纤大震，心念一动，只盼那黑衣少年是白衣男子的仇敌，追寻到此，与之残杀。但见那妖魔伫立一旁，木无表情，似是与之相识，心中一沉，侥幸之意荡然无存。

突然又是一凛，想起传说的寒荒七兽中，便有一只血蝙蝠，百余年前吸人鲜血、敲食脑髓，作恶无数。后来被寒荒群雄围剿，乱箭射死在雪山顶巅，元神亦被封印于山腹之中。难道这只血蝙蝠便是当年那只吗？

想不到今日在这山洞之内竟接连遭遇两大寒荒凶兽！但它们分明已被毁灭肉身、封印元神，又怎能复活呢？又为何躲藏在这山洞中？又何以抓了这些女童？难道仅仅是为了果腹吗？纤纤又是害怕又是惊疑，隐隐中觉得其间必有什么颇为可怕之事，当下凝神察看。

黑衣少年蓝眸长眉，满脸冷酷凶悍的神色，负手而立，低头望着白衣男子，嘴唇翕动，不知说了些什么。白衣男子微微一震，仿佛突然惊醒，缓缓地爬起身来，冷冰冰地道："金龟子？果然来了？"苍白的脸上浮现出阴冷而又欢悦的神情，一闪即逝。

黑衣少年点头不语。白衣男子又低声问了数句，黑衣少年只是点头或摇头，不发一声。纤纤凝神倾听，只听见"神女""祭祀""老祖"等词，其中夹杂许多暗语，语意听不连贯，无法揣测。心中好奇，不知这两人在说些什么。

白衣男子轻轻击掌，灰眼光芒大盛，冷冷道："妙极。受了这么多苦，等了这么多年，便是为了今日了。"衣裳鼓舞翻飞，心中激动，真气随之蓬然四溢。转身对那妖魔说道："这些娃儿已经分好了吗？"

妖魔"嗬嗬"连声，点头不已，骨爪比画一通。白衣男子袖袍飞舞，一个银白色的丝袋从掌心飞出，袋口翻卷，射出一道耀眼银光。阴风大作，洞中悬挂的丝囊急速摇摆，悬结的丝带纷纷断裂，"呼呼"连响，丝囊密雨般地飞向那银丝袋，瞬间没入。

顷刻之间，洞内只剩下十来个丝囊，轻轻摇晃。白衣男子目光徐徐环视，从这剩下的丝囊上一一扫过，纤纤心跳如狂，连忙闭上双眼，屏住呼吸，不敢与他对视。

过了片刻，听那白衣男子淡淡道："走吧。"周围"扑扑"连声，步履飘忽，终于复归一片宁静。

纤纤慢慢地睁开双眼，透过丝囊空隙朝外望去，见那妖魔在通道洞口悠荡，探头朝外张望，似乎如释重负。转头望了她一眼，倏然飘来，骨爪一张，纤纤所在的丝囊登时飘然落地，自动翻裂开来。

纤纤穿着亵衣，白玉玲珑地站在青丝囊中，见那妖魔直愣愣地望着自己，又羞又怒。

妖魔突然醒悟，"嗬嗬"叫了几声，转头不敢看她，指爪比画，"哧哧"作响，那丝囊青丝飞舞，绕着她盘旋穿梭，片刻之间又变为一件紫衣，翩翩飘然。

妖魔转过头来，爪尖一点，碧光闪烁，她“啊”的一声，喉咙的冰冷之意瞬间消融，全身麻痹感也随之消散。当下霍然起身，怒视妖魔，娇叱道：“你是人是鬼？”原想挥舞折刀，乘隙偷袭，但转念一想，这妖魔既将自己放出，似无恶意，便又隐忍不发。

妖魔舌头摆舞，“嗬嗬”作响，口涎飞溅，见纤纤满脸厌憎，登时一愣，眼白翻动，似乎颇为羞惭。忸怩片刻，朝后飘退，爪尖在空中比画。碧光连绵，形成“虎伥”二字。

纤纤“啊”地失声醒悟。

传闻被猛虎吞噬之人，他的神魂必将为虎役使，成为鬼奴虎伥，助虎为恶，替之觅食。除非此虎殒命，否则其灵魂永不能超脱。故世间有“为虎作伥”之说。这妖魔多半便是被那恶兽梼杌所吞杀的虎伥冤魂了。

那虎伥浑身血污，开膛破肚，手腿白骨森然，想必被梼杌吞杀时，死状凄惨。纤纤虽然任性妄为，却颇为善良，极富侠义心肠，见这虎伥惨状，心下恻然，厌憎之意逐渐转为同情之心，也不再害怕，柔声道：“你叫什么名字？”

虎伥畏缩羞怯，见她非但没有厌惧，神态反而转为温柔，登时大为欢喜，抓头挠耳，白爪比画，写道：“倪飞泠。”

纤纤心念转动，曾听父亲说过，寒荒八族中便有一族倪姓，以“六角牦牛”为圣兽，想来这虎伥倪飞泠便是此族中人。当下发言相问。那虎伥倪飞泠大喜，接连点头，似是没料到她竟也知道寒荒倪族。

一人一鬼这般交流了片刻，纤纤方知这虎伥身世。原来这倪飞泠乃是倪族长老倪岱之子，年仅十八，颇为勇武，又精通寒荒法术。数月前寒荒国凶兆横生，传闻妖兽将肆虐横行，倪飞泠与众少年见猎心喜，想要借此一战成名，当下瞒着父母结伴潜往众兽山。岂料到了众兽山下，恰逢雪崩，十六人中立时被压死了十一人，余下五人又相互失散。倪飞泠孤身入谷，夜半便遭遇这恶兽梼杌，惨遭戮噬，从此成为冤魂鬼奴。

纤纤心下怜悯，忽然想起一事，眨眼道：“既是虎伥，你为何不将我送给那梼杌充饥，还要将我从那巨蟒口下救出？”

倪飞泠眼白乱翻，忸怩不安，摇头不语。纤纤追问再三，他才比画道：“你像是天上的仙女，可不能让这些妖怪吃了。”

纤纤一怔，又是吃惊又是欢喜又是感激，嫣然道："谢谢你。"这一笑犹如春风徐来，牡丹盛开，俏丽不可方物。

倪飞泠眼白直愣愣地瞪视，豁嘴大张，痴痴凝望。若是平时，纤纤见着这等丑怪妖魔怔怔相望，早已恶向胆边生，将之大卸八块了，但此时一则同情这虎伥命运，二则感激他相救之恩，只是抿嘴一笑。

倪飞泠虽为虎伥，毕竟时日不久，良性尚未泯灭，爱美之心犹在。他生平从未见过这等俏丽的少女，初见纤纤，便为之神魂颠倒，震撼莫名。是以不自觉间，便拼死相救，并且甘冒被梼杌识破玄机、毁灭神识的危险，将纤纤藏入丝囊之中。此刻见她殊不嫌弃，渐转温柔，还笑若春花，觉得即使为她即刻神识消亡也心甘情愿。

纤纤想起那些女童，柳眉一蹙，道："你既是被梼杌所害，又怎能帮它害人？这些女孩岂不可怜！"

见她娇嗔满面，倪飞泠顿时蔫萎，喉中"嗬嗬"低响，极为羞惭。纤纤心想，他既为虎伥，神识已为梼杌控制，倒也不能全然怪他，当下道："那两个妖怪是什么人？抓这些女孩来做什么？"

倪飞泠全身一颤，簌簌发抖，只是摇头。眼见他如此恐惧害怕的猥琐之态，纤纤更加有气，怒道："你不敢说吗？"

忽听一个冰冷的声音淡淡地道："他自然不敢说。只要我伸出一个小指头，就可以让他灰飞烟灭。"

纤纤大震，猛地扭头望去，那白衣男子不知何时已经站在通道洞口，灰色的眼珠冷冷地望着自己，目光凶厉寒冷，如冰刀直刺纤纤心中。

纤纤恐慌骇异，不由得朝后退了两步，蓦地想起拓拔野所言，越是面临强敌，越是不可示弱，当下强忍惊惧，抬头挺胸，傲然相望。素手负背，紧握折刀，掌心满是汗水。

倪飞泠"嗬嗬"大叫，铜铃白眼几将凸出，满脸怖意，突然匍匐在地，不断叩头。

白衣男子嘴角一撇，冷冷笑道："要我放了这丫头？你道自己是阎王吗？小鬼奴，既然你喜欢这丫头，我便成全你，让她化作虎伥，终日与你相伴便是。"话语阴森，纤纤不寒而栗，握刀的手竟不住地颤抖起来。

倪飞泠大骇，"嗬嗬"狂叫，连连摇头，又连连叩首。

白衣男子灰眼寒芒爆射，冷冷道：“小丫头，到我肚子来做客吧！”右手一探，指爪如钩，森冷寒光瞬间爆放，纤纤只觉呼吸蓦地窒堵，一股强大的螺旋吸力猛地将自己拔地拉起，凭空拽去，惊骇欲狂，大声尖叫。

倪飞泠“嗬嗬”狂呼，猛地跳将起来，如绿风碧雾横扫而过，重重撞向白衣男子。此举突兀，快逾闪电，白衣男子亦未料想他竟胆大如此，猝不及防之下，右手已被倪飞泠一双白爪紧紧抓住，虎口一痛，这虎伥鬼奴竟然不顾一切地咬住他的手掌。

白衣男子剧痛攻心，掌中光芒登时收敛，惊怒交集，大喝一声，银光一闪，左手急电般扼住鬼奴咽喉，将他猛地拉扯开来。

倪飞泠眼白翻动，“嗬嗬”有声，咬得甚紧，虽被扯开，但那白衣男子的虎口竟被硬生生撕下一块肉来，鲜血直流。

白衣男子狂怒咆哮，飞起一脚，白光爆舞，踢在倪飞泠破裂的肚肠上，鬼奴凄厉惨叫，绿光涣散，倒飞而出，仿佛瞬间碎裂迸散，又刹那愈合如初。

纤纤重重摔在地上，骨骼犹如散架一般，惊惧迷茫，知道那虎伥少年再次冒死救了自己。泪眼迷糊中，瞧见倪飞泠朝着她翻转眼白，白爪比画，直指里侧山洞顶壁。心中一动：难道那里面竟有逃生出口吗？

却见那白衣男子昂首咆哮，脸目突然裂变开来，獠牙交错，周身膨胀，银毛破体蔓延，又将变成那凶暴可怖的妖兽梼杌。纤纤尖声大叫，想要爬起身，但两腿发软，站不起来。

此时那白衣男子已经幻化成巨大的人面恶虎，银毛黑纹，巨爪长尾，仰颈狂吼。蓦地扭头，灰睛凶芒怒射，朝纤纤望来。

纤纤用尽周身力气爬了起来，朝洞中奔去。寒荒梼杌狂吼声中，长尾如银鞭卷扫，闪电般划过一个圆弧，将纤纤拦腰缠住。纤纤尖叫一声，纤腰仿佛陡然折断，剧痛难忍，面色煞白，连气也喘不过来。

倪飞泠见状大吼，漆黑鼻洞中蓦地冒出森冷白气，猛地朝梼杌疾风冲去。

纤纤颤抖着双手齐齐抓起折刀，真气聚集，猛一咬牙，将那梼杌长尾瞬间铡断！

梼杌痛极狂吼，长尾登时朝后弹飞蜷缩。当是时，倪飞泠已经闪电般扑到，白爪张舞，将梼杌脖颈攀住，怒吼一声，张开血盆豁口，残缺尖牙猛地咬入妖兽颈中。

“嗷——呜！”梼杌发出惊天动地的咆哮声，虎爪横拍，千钧霹雳般扫中鬼奴脑袋，倪飞泠的怪头登时粉碎半边，绿浆横飞，连那耷拉的舌头也被一齐打飞。他却依旧死死咬住妖兽脖颈，死不松口。

纤纤大声惊叫，泪水汹涌，怔怔伫望。见倪飞泠颤抖着伸出白爪，指向洞中深处，似乎在催促她逃跑，更加悲伤难抑。想不到这萍水相逢的虎伥鬼奴，竟如此情深义重！突然明白，倘若自己再不乘机逃离，倪飞泠只会遭受更多折磨。当下抹去泪水，发足狂奔。

身后传来妖兽狂吼，继而是一阵惊天动地的裂响，整个山洞剧烈地震动起来，碎石簌簌。

纤纤不敢回头，含泪咬牙，奔入洞中深处，仰头四望，果然瞧见顶壁上有一处狭窄的裂缝，四尺来宽，直通山顶，炫目的亮光晃得她睁不开眼。

纤纤突然想起辛九姑给她的情丝，当下颤抖着在怀中胡乱探寻，抓出那情丝，在丝梢系上折刀刀柄，朝顶壁缝隙中抛去，但心中焦躁恐惧，丢了几回，都不能抛出山顶缝隙，急得顿足不已。

回头望去，轰然巨响，那半堵洞壁突然粉碎，乱石激飞，一声惊雷似的咆哮险些将她震得晕倒。烟尘碎土中，那银毛黑纹的凶兽狂风霹雳般怒吼奔来，所过之处，尖石岩笋无不迸散碎裂。

纤纤大骇，用尽周身真气，猛地将情丝高高抛起，白光一闪，折刀拖曳着情丝笔直地冲出山顶缝隙，“咄”的一声，牢牢钩住。凝神聚气，默念“移形换影诀”，猛一用力，尖叫着朝上电冲而去。

当是时，那妖兽堪堪冲到，咆哮声中，巨爪轰然拍击。山裂石崩，顶壁应声轰塌一块。

纤纤闪电上冲，尖叫不止，脚掌火辣辣得生疼。低头望去，见那妖兽暴躁彷徨，仰头怒吼，长尾倏地弹射而上，但恰好与她差了数寸，重又蜷缩收落。巨尾弹扫，山石迸裂坍塌，反而将她身下的裂缝严实堵住。

耳旁呼呼风啸，身体不住地撞到缝壁凸石上，剧痛攻心，眼前豁然一亮，狂风扑面，终于冲出了山顶。

穹苍似海，晚霞如火。万里群峰，如獠牙般将残阳吞没。四周荒寒漠漠，白雪皑皑。狂风吹来，身后雪松震动，雪沫纷飞扑面，清寒入骨。

纤纤挣扎着爬起身来，担心那妖兽追来，慌忙收拾情丝、折刀，从头上摘下雪羽簪，解印雪羽鹤。鹤声清明，灵禽从簪中闪电般飞出，绕着青松飞了一周，轻盈地落在雪地中，曲爪独立，扭颈扑翅。

纤纤跃上鹤背，叫道：“鹤姐姐，快走吧！”雪羽鹤鸣叫一声，白翅扇动，优雅滑翔，朝着西边飞去。

霜风劲舞，纤纤冻得簌簌发抖，想起那虎伥多半已被妖兽打得魂飞魄散，登时一阵难过。珠泪划过脸颊，立即凝冻为两行冰柱。

忽听身后传来“嗷嗷”怪叫，她回头望去，惧然色变。十余只黑色巨鸟高低起伏，正急速包抄追来。

那群怪鸟来得甚快，转眼之间便冲到周围。错落夹击，纷纷横撞、俯冲，想要将纤纤抓获。

眼见一只怪鸟闪电般从头顶冲下，四只怪爪张舞探来，纤纤大惊，掏出折刀，全力挥砍，砍中巨鸟长爪。折刀极为锐利，登时将鸟爪斩断。那怪鸟哀鸣一声，朝上冲去。

纤纤惊魂未定，又见两只巨鸟“嗷嗷”叫着左右夹击而来。当下故技重施，挥舞折刀劈斩怪鸟巨翅。突然想起那怪鸟巨翅如万刀攒集，甚是锋利，念头方甫闪过，便“当”的一声脆响，手臂酥麻，虎口震裂，险些从鹤背上翻落。折刀冲天飞起，高高地划过一道弧线，掉入万丈山崖之中。

纤纤暗呼糟糕，紧紧抱住雪羽鹤脖颈，催促飞行。雪羽鹤一声悲鸣，左翅洁白的长翎竟被一只怪鸟错身之际以锋锐巨翅斩断数尺。

雪羽鹤左右摇晃，失去平衡。纤纤尖叫一声，倏地从鹤背上滑落，双手紧紧地钩住鹤颈，双足悬空，迎风摇荡。

怪鸟“嗷嗷”大叫，交错俯冲，一只巨大的黑鸟短爪一探，抓住纤纤背心衣裳，将她猛地朝上拖去。

纤纤尖声大叫，费力抓住鹤颈，但终于抵受不住那怪鸟的惊人气力，眼看就要被它拖上半空。

当是时，忽听“咻”的一声轻响，仿佛有什么锐利之物破空怒射而来。

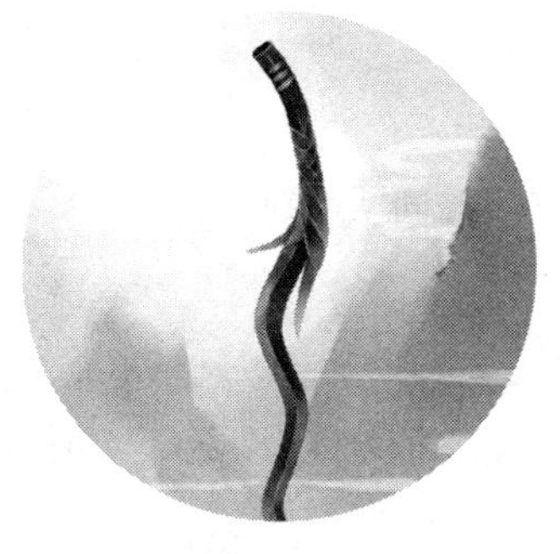

第七章 寒荒凶兽

寒风凛冽，自万丈高空极目远眺，千仞石崖，摩天雪峰，参差错落，漫漫无垠。群山之间，横云断雾，凄清落寞。唯有西边天际晚霞如飞，给这荒寒西域的黄昏点缀些许亮丽之色。

拓拔野、蚩尤分坐两只太阳乌，并肩齐飞，电眼四扫，追寻纤纤踪迹。太阳乌“嗷嗷”长鸣，对这寒冷西荒极为不喜。

纤纤此次再度不告而别，颇出二人意料之外。事先并未在她身上涂抹“千里子母香”，因此仅能依赖当日在雷泽城中涂抹其身的残留余香，由青蚨虫一路追踪到此。但那残香相隔甚久，原已颇为疏淡，纤纤乘鹤在高空中飞行一日，香气更加稀薄。青蚨虫飞到此处，茫然盘旋，再也找不出准确方位。

四下眺望，万里荒寒，千山如一，哪里去找她的踪迹？这寒荒之地，凶兽众多，纤纤孤身到此，极是凶险，需得尽快将她找到。想到此处，两人不免有些焦急。

拓拔野翻查《大荒经》，沉吟道：“此处往西百余里便是寒荒国松木寨，寨里有六个相邻的村落，咱们去那里打听打听。”蚩尤点头，咬牙道：“听说寒荒国有许多吸血蝙蝠，夜间出没，纤纤千万不要撞上了。”

两人心急火燎，驱鸟西飞。

穿越百里群山，果然看见荒凉的裂谷之中，有几处村寨，迤逦相连。两人大喜，驱鸟俯冲。蚩尤突然“咦”了一声，扬眉道：“那是什么？”

拓拔野顺着他的指尖望去，只见一片黑漆漆的乌云远远地横空掠过，由北而南，速度极快。凝神定睛，那团黑云竟是由数百只巨大的黑鸟组成，“嗷嗷”有声，朝着那松木寨俯冲低掠。

拓拔野自小流浪山林，熟知飞禽走兽习性，见那群黑鸟长相狞恶，成群结队，来势汹汹，多半是掠食凶禽，心中蓦地升起不祥之意，忧心道："只怕是一群空中强盗。咱们去看看。"

太阳乌"嗷嗷"怪叫，驮着二人急速飞翔，速度之快，远胜黑鸟十倍。

山崖交错，裂谷扑面。转眼间便到了那村寨上空。暮色苍茫，依稀看见村落屋舍之间，无数人影奔跑如飞。

突听有人喝道："放箭！"顿时"咻咻"破空之声大作，无数箭矢如暴雨倒灌，攒集飞射。拓拔野二人微吃一惊，护体真气蓬然爆放，碧光盘旋绕舞，箭雨纷纷错乱冲天。

"哧"的一声轻响，一支长箭竟然穿透护体真气，直射蚩尤胸肋！

蚩尤惊咦一声，叫道："好箭法！"手如闪电，双指一夹，蓦地将它钳住。但那箭来势凶猛，力大势沉，以他之威猛，亦觉得双指火辣辣的，险些夹之不住。心下微惊：想不到这寒荒小寨之中，竟也有如此英雄人物！低头望去，那长箭铜杆铁镞，上刻"天箭"二字。

拓拔野清啸一声，凝神聚意，运转定海神珠。真气纵横飞舞，将箭雨绵绵倒射拨落。太阳乌"嗷嗷"鸣叫，巨翅横扫，炎风卷舞，飞箭木杆纷纷焦枯。

惊呼四起，有人叫道："他爷爷的，吃我一锤！"轰的一声巨响，风声迸裂，一颗直径六尺的青铜流星锤呼啸撞来，直取蚩尤头颅。

蚩尤念力及处，计算出这铜锤之力凶猛霸烈，直可开山裂石，以护体真气不足以防范。当下哈哈笑道："好大一个西瓜！"左手化为掌刀，"呼"的一声，青光怒舞，一记"碧春奔雷刀"破空斩出。

"当"的一声脆响，气浪迸爆，嗡嗡龙吟。那青铜流星锤悠然飞起，突然裂为两半，竟如被劈裂的西瓜一般，坠落在地。那人失声惊叫，连喊了几声"他爷爷的！"说不出话来。

电光石火之间，两人已冲破箭雨刀戈。太阳乌"嗷嗷"怪叫，降落在地，昂首睥睨。众人惊惧，潮水般退让开去。

拓拔野环视四周，身在青石广场，周围石屋错落，小巷纵横，数百名汉子身穿毛皮劲装，背负铜盾，腰悬长刀，弯弓搭箭，又是惊惧又是佩服地望着他们。

一个漆黑壮实，如铁塔般的九尺大汉，手里拎着那裂为两半的流星锤，骇异地看看铜锤，又看看拓拔野。他的身旁，站了一个身着虎皮大衣、背负双刀的男子，面容清俊，气宇轩昂，神情中隐隐有倨傲之色，似是此中领袖。

虎衣男子右侧，昂然站立一个身着豹皮斜襟长衣的瘦削少年，斜挎一弓一弩，腰悬琥珀色野牛角，手上还握着奇形弯弓，弦如满月，箭镞瞄准蚩尤，动也不动。

蚩尤眼尖，瞧见他腰间箭筒上刻了“天箭”两个小字，不由得扬眉“咦”了一声。想不到射出那雷霆一箭的，竟是这样一个瘦削少年，大起怜才之意，对那少年微微一笑。

那少年冷冷地望着他，连睫毛也不颤动一下。

拓拔野见众人重重环伺，战斗一触即发，心想：“这些人严阵以待，不知在防范什么？难道是那些恶鸟吗？”抱拳微笑道：“各位英雄，在下拓拔野，与我兄弟蚩尤一道来自东海。路经寒荒国，只是为了寻找我们失散的妹子，绝无恶意。”

众人见他笑容亲切，言语诚挚，敌意稍稍消融。虎衣男子双眉稍展，正要说话，忽听空中“嗷嗷”怪叫，震耳欲聋。众人一凛，抬头望去，暮色苍穹中，黑压压的鸟群如乌云盖顶，呼啸卷席，朝着村寨猛冲下来。

虎衣男子喝道：“放箭！”众人纷纷昂首弯弓，弦如霹雳，箭似流星，“嗖嗖”怒响，千矢齐发。

群鸟雷鸣，如风卷电舞，漫漫黑翅竞相拍击横扫，“叮当”爆响，箭矢竟如被快刀斩断，纷纷断折四落。唯有那豹衣少年等寥寥数人的箭矢去如风雷，倏然贯穿几只黑鸟，将之半空射杀。

拓拔野心中一凛，想起适才在空中查看《大荒经》时，瞥见书中有云：“西皇山又西三百五十里，曰莱山，其鸟多罗罗，冠如血瘤，钩喙红睛，羽翅如刀，是食人恶鸟……”脱口道：“罗罗鸟！”

虎衣男子瞥了他一眼，沉声道：“不错。这些便是寒荒食人恶鸟。想不到你来自东海竟也认得。”弯弓怒射，一只罗罗鸟应声坠落。

罗罗鸟群怪叫着铺天盖地直冲下来，眼见便要冲到众人头顶。虎衣男子喝道：“盾牌！”众人纷纷伏地，蜷缩在青铜盾牌之下，仿佛海龟一般。唯有虎衣男子与豹衣少年，以及那使流星锤的铁塔壮汉傲立如故。

虎衣男子见拓拔野二人仰头张望，伸手抛给他们两只盾牌，沉声道：“罗罗鸟羽翼如快刀，你们还是暂时躲避一下吧。”对两人显然已无敌意。

蚩尤将盾牌抛开，笑道：“那你们为什么不伏在地上？”

虎衣男子傲然道："我拔祀汉双膝从不跪地，又怎能为这些恶鸟破例？"蚩尤大笑道："说得好！想不到这寒荒村寨，竟有不少英雄豪杰！"铿然拔出苗刀，纵声长啸，声如惊雷，千山响彻。

众人脑中一震，几乎晕倒，心下大骇，那铁塔似的黑汉对蚩尤极是敬佩，张大了口，骇然道："他爷爷的，敢情今日来的竟是雷公吗？"

拓拔野哈哈长笑，心中豪情大起，暂时将挂记纤纤的忧虑抛却开来，拔出腰间无锋剑，抬头仰望呼啸卷席的鸟群，凝神戒备。

松木寨众人适才目睹二人神威，早已颇为敬畏，此刻见他们拔刀相助，无不大喜。

当是时，群鸟如轰雷乱叫，层层叠叠猛扑而下，狂风卷舞，腥臭之气轰然扑鼻。黑压压的漫天翅膀如钢刀交错，叮当作响。

豹衣少年扬眉轻叱，箭如连珠，咄咄破空，三只罗罗鸟巨翅横扫不及，登时凄声惨叫，被长箭贯穿倒飞而起。

又听那黑塔汉子吼道："他爷爷的！"半只青铜流星锤"呜呜"飞扫，虎虎生威，在空中抡起无数道青色光圈。一只罗罗鸟扑入其中，登时被打得脑袋迸碎，肉瘤横飞，激溅出大量腥臭黏液。

众太阳乌"嗷嗷"怪叫声中，突然朝天冲起，炎风猎猎，瞬间破入漫漫鸟群。拓拔野、蚩尤齐声大喝，两道数丈长的碧翠光芒冲天爆舞，轰然声响，闪电般切入纷杂交错的黑色羽翅。

"叮当"脆响，群鸟惊啼，层叠巨翅被那两道碧光刹那绞碎！漫漫血雨激天喷爆，断羽残翎四射横飞，如利刃一般"咄咄"作响，没入村寨墙舍、树木之中。

刹那间，漫天鸟群崩炸开来，哀鸣悲啼，血肉飞舞。七道红影夹带炎热狂风穿透重围，冲天飞去。

二十余只巨大的鸟尸残体扑簌簌地掉落，砸在众人的背部盾牌上，如冰雹石雨，"当当"作响。

但那罗罗鸟极是凶悍，虽被拓拔野、蚩尤迎面重挫，毫无惧意，轰然盘旋，瞬间聚合，继续猛冲而下。

众人见无数恶鸟扑翅冲下，纷纷蜷缩铜盾之下，不敢探头。长爪漫漫，刀翅纵横，腥臭气浪轰然压卷，七八百只巨大恶鸟层叠俯冲，呼啸着袭击众人。

数百双黑色翎羽劈空斩斫，如万刀挥舞，接连砍劈在众人背部的铜盾上，“当当”激奏，如暴雨残荷，空谷瀑布。三四人手足未藏好，登时被群鸟刀翅瞬间斩断，凄声惨号，鲜血喷溅。

群鸟闻着血腥味，更加发狂，纷乱尖叫，四爪勾抓，试图将青铜盾牌掀起。但众人紧紧抓住，拉扯不得。

只有两人手足松动，登时被几只罗罗鸟猛地连人带盾拖到空中，还未来得及反应，刀翅缤纷乱斩，血肉横飞，已然毙命。恶鸟纷纷冲击抢食，扑翅探爪，喙如雨下，顷刻之间便将残尸瓜分得精光。

虎衣男子拔祀汉与豹衣少年、黑塔汉子背靠背围在一处，傲然而立。黑塔汉子大吼声中，半只流星锤轰然扫舞，在外围划起凛冽光弧，迫得众鸟不敢贸然迫近；拔祀汉、豹衣少年箭如飞雨，接连射杀六七只盘旋在外的恶鸟。

众恶鸟狂风暴雨般地扑向拔祀汉三人。“当当”连响，“嗷嗷”鸟鸣，黑塔汉子的流星锤打碎了两只恶鸟的脑浆之后，粗大的铁链蓦地被众鸟刀翅斩断。外围阻挡一失，恶鸟立刻从四面八方疾冲扑到。

拔祀汉大喝一声，双手闪电似的从背后拔出两柄乌黑的玄冰铁长刀，霍然飞舞，迎面将一只罗罗鸟斩成三段。

豹衣少年挥舞那奇形长弓，竟如长刀一般砍斫。原来那弯弓以混金所制，外翼锋锐尖利，远胜普通刀剑。

黑塔汉子虽失流星锤，却勇悍如故，嘶声大吼，挥动厚背铜刀，与扑击而来的恶鸟殊死相斗。

拓拔野与蚩尤在空中稍稍盘旋，立时驱鸟疾冲而下。身在半空，眼见拔祀汉三人在密集层叠的恶鸟围击之下，临危不乱，浴血而战，心中都起了敬佩之意。这三人虽然真气平平，但勇猛果敢，当真是一等一的好汉。

尤其那拔祀汉，激斗恶鸟之余，眼观八方，呼喝命令，颇有大将之风。藏在巨盾下的众村民，听他号令，忽然弹身跃起，挥刀斩杀恶鸟，然后又迅速伏身藏于盾下。如此反复，也杀了颇多罗罗鸟。

蚩尤呼啸声中，两人七鸟电冲而下，青光爆放，刀芒如虹，又将密集鸟群瞬间杀得溃散。众太阳乌巨翅横扫，炎风似火，硬生生拍死了许多罗罗鸟。十日鸟杀得兴起，索性喷出熊熊火球，将恶鸟烧得焦头烂额，七零八落。

暮色苍茫，村寨广场上血流成河，群鸟纷飞，刀光闪烁。遍地都是残肢

断体，与抽搐的鸟尸。拓拔野、蚩尤乘鸟反复冲杀，所到之处血肉横飞，断翎缤纷。

但罗罗鸟极是凶顽，殊无畏惧退缩之意，依旧层叠盘聚，潮水般进攻，攻势更加凶狠凌厉。拔祀汉等人浑身鲜血，都已多处受伤。

拓拔野心道："对于我和鱿鱼，这些恶鸟虽不足惧，但这些村民却大大不同。恶鸟凶悍，一时杀之不尽，相斗一久，村民难免多有伤亡。"突然心念一动，忖道："是了！群马之中必有头马，群鸟之中也必有头鸟，只需杀了头鸟，鸟群自然溃乱，便可速战速决。"

当下凝神扫望，果然发觉鸟群之中，有一只巨鸟格外庞大，顶上血瘤也足有其他恶鸟的肉瘤三倍之大，它叫声特异，虽然亦冲锋陷阵，但多盘旋其外，以翅膀扑扇的方向和叫声"指挥"众鸟冲击。

拓拔野大喜，笑道："就是你了！"他气如潮汐，青光迸舞，断剑呼啸脱手，如急电一般怒射而出。

"哧"的一声轻响，头鸟发出一声凄恻狂怒的哀啼，巨大的双翅寸寸碎裂，断羽纷扬。断剑倏地切入那头鸟脖颈，悠然旋转，划过一道圆弧碧光，又破空飞舞，稳稳地落到拓拔野的手中。

鲜血激射，头鸟的断头高高抛起，被周围狂乱众鸟的羽翅瞬间斩成粉末。群鸟悲啼，突然溃乱，纷纷冲天而起。

拔祀汉大喜，喝道："放箭！"众村民掀盾起身，弯弓怒射。矢雨急飞，众恶鸟惊乱之下，纷纷中箭摔落。众人大喜过望，箭如连珠暴雨，破空呼啸。转眼之间，就射杀了百余只罗罗鸟。

罗罗鸟惊声哀鸣，冲天飞舞，在空中集结成乌云，朝着西边急速飞去，片刻间便消失在浓黑的夜色中。

众村民惊喜若狂，振臂欢呼，声如雷鸣。他们与这些恶鸟交手许多次，从未有如今日这般大获全胜，欢愉狂喜，莫可言表。对这从天而降的两个天神似的少年，都不由得感激佩服。

村寨街舍纷纷亮起火炬明灯，石门洞开，妇孺老弱潮水似的涌出，围聚在广场上雀跃欢呼。几个拄杖老者是村寨德高望重的长老，在众人扶持之下，颤巍巍地向拓拔野、蚩尤二人道谢不止。

拓拔野二人连忙回礼，太阳乌却大剌剌地昂首睥睨，不屑一顾。村中巫师伏地拜天，感谢上苍与寒荒大神派来两个天神人物，解救此番大劫，众村民也纷纷下拜，极尽虔诚。

原来数月以来，寒荒中厄兆连生，无数早已绝迹的凶兽妖禽纷纷现身，肆虐作恶。这食人凶禽罗罗鸟原本早在数十年前便被围杀得不剩百只，不知何故，近来竟突然集结数千只，四处为恶，尤喜掳掠女童。

恶鸟一旦抓到女童，便以特异妖法将女童衣裳化为丝囊，然后将她捆缚其中，掳掠飞走。

近来附近村寨不知已被这些恶鸟劫掠了多少清秀童女，松木寨也接连失踪不下三十名女孩。仅仅今日，罗罗鸟群便攻击了松木寨三次。众村民迫不得已，只有坚壁清野，老弱妇孺尽数藏在石屋之中，由六村大长老拔祀蓼之子拔祀汉精挑细选出数百名勇猛壮士，在这村寨广场上严阵以待。

拔祀汉抱拳笑道：“两位恩公所骑的神鸟颇为特异，拔祀汉只道是寒荒凶禽，所以大为冒犯，还请恩公恕罪！”

拓拔野、蚩尤笑道：“恩公可不敢当。如不嫌弃，叫声兄弟便是。”拔祀汉大喜，当下拉了那豹衣少年与黑塔似的汉子，以及诸多好汉与二人认识。

原来那豹衣少年名唤天箭，乃是六百里外薰吴村寨长老之子，薰吴村寨善骑射，天箭更是其中翘楚。他与拔祀汉乃是好友，今日特来相助。那黑塔似的汉子叫作黑涯，亦是附近村寨的勇士，和拔祀汉私交甚笃。他对蚩尤极为佩服，当下便称蚩尤为大哥，喜不自胜。

村寨长老纷纷邀请拓拔野、蚩尤在村中盘桓，参加今夜的欢庆。拓拔野摇头笑道：“多谢长老美意，只是舍妹眼下生死不明，挂心不下，需得尽快将她找到。”

拔祀汉道：“拓拔兄弟，不知令妹长得什么模样？我们这些兄弟连日来在各处村寨奔波，路上或许见过也未可知。”

拓拔野将纤纤的形容外貌描述一番，众人交头接耳、七嘴八舌。天箭突然道：“今日在来这里的路上，我见到几只罗罗鸟抓了一个紫衣少女飞往众兽山，或许便是你的妹子。”

众人齐声惊呼，面色变得极为难看。

拓拔野、蚩尤又惊又喜，道：“众兽山？”拔祀汉知道他们不知，沉声道：“两位兄弟，众兽山乃是寒荒国各种凶兽毕集之地。传说中的寒荒七兽都是封印在那山脉之中。近来那里的妖兽越来越多，极为危险……”

蚩尤皱眉道：“那还等什么？拓拔野，快走吧！”

拓拔野抱拳道：“多谢了。各位朋友，救出舍妹之后，我们再来登门道谢。”当下便要驱鸟前往众兽山。

拔祀汉突然叫道：“且慢！”回身朝他父亲拜倒道：“这两位恩公对我们村寨有大恩，他们既有困难，岂能坐视不理？孩儿想随他们一同前往，听候他们调遣。”

众人轰然，那众兽山乃是极为凶险之地，若无通天之能，去那里不啻送死。拔祀蓼点头道：“去吧。不可堕了我寒荒男儿的威风。”众人鸦雀无声，拔祀汉乃是拔祀长老的独子，此去生死难料，他竟殊无劝挽，连眉头也不皱蹙丝毫，这份胸怀度量让人钦佩不已。

拔祀汉微微一笑，傲然道：“必不辱寒荒豪杰声名。”转身大步而去。天箭一言不发，紧随其后。黑涯叫道：“他爷爷的，黑涯是打猎高手，岂能少了我？”也追了上去。

拓拔野、蚩尤心下感激，虽然这三人未必能帮大忙，但这番心意又怎能推却？微笑道：“好兄弟。走吧。”

五人骑着太阳乌，在村寨上空徐徐盘旋几圈，在众人的呼喊声中冲天飞去。俯瞰下方，夜色迷茫，村寨屋舍模糊难辨，灯火点点，那呐喊之声越来越淡，终于弥散于呼啸的狂风中。

灰蓝色的夜空中，明月如钩，穿梭于乌云雾霭之间。万里荒寒，千山冰雪，在月光中泛着凄冷的光泽。七只太阳乌“嗷嗷”叫着，急速翱翔。

拔祀汉三人从未骑坐灵禽在如许高空飞翔，颇不适应，黑涯更是惊呼乱叫。飞了片刻，在拓拔野二人教授下，三人逐渐掌握驾驭之道，慌乱心情逐渐平定下来，反而大觉有趣过瘾。

向西疾飞，寒冷益甚。漠漠寒山交错高矗，霍然倒掠，瞬息千里。过了半个时辰，五人终于飞到众兽山脉。

众兽山脉由南而北，绵延数百里，其间险峰无数，如万仞刀齿，交错层叠，将寒荒隔绝东西两翼。众兽山往西，便是更为荒凉之地，八千里高原裂谷，终年冰雪，寸草不生，是名西寒极地。再西三千里，便到了大荒西涯，比邻西海。

五人盘旋远眺，见那众兽山群峰错落绵延，如万千怪兽参差蹲踞。山天交接处，彤红艳紫的妖云怪雾汹涌起伏，阴风惨淡，时有白光从黝黑山巅破云而出。突然响起一阵尖利怪异的吼声，继而千山沸腾、怪叫怒吼，此起彼伏。

拓拔野、蚩尤对望一眼，不约而同地想起中土灵山。灵山上虽有万千怪兽，但终究不过是几座山峰，远不如这数百里广袤山脉。心中忧虑，不知何处方能寻到纤纤踪迹。

拓拔野心想："大凡百兽聚居，必分族群。那些罗罗鸟必定是聚集于众兽山某处，若能找到罗罗鸟栖息之地，就不难找到纤纤了。"当下吩咐众人，驭鸟前行，注意寻找罗罗鸟。

天箭闻言，也不说话，取下琥珀野牛角，放在唇边，"嗷嗷"吹叫起来。拓拔野、蚩尤吃了一惊，那号角声洪亮高彻，极像罗罗鸟叫声。

黑涯笑道："他爷爷的，这是天箭兄弟的拿手绝活，能模仿各种鸟兽叫声。"拔祀汉笑道："岂止是模仿？他会许多种鸟兽语言。"

拓拔野二人大喜，道："那他现下在说些什么？"拔祀汉道："他在说：这里来了好多肥嫩女童，大家快来抢呀，迟了只剩骨头了。"拓拔野、蚩尤对望一眼，愕然而笑。

突听众兽山中传来震天巨响的"嗷嗷"声，果然是罗罗鸟！

拓拔野笑道："妙计妙计！当真来了！"对这瘦削少年更增好感。转头望去，只见西北一座险峰上，突然冲天飞起漫漫鸟群，在山顶盘旋积聚，怪叫着朝他们急速飞来。月光下瞧得分明，那些怪鸟黑羽红瘤，正是罗罗鸟。

蚩尤扬眉道："是那座山峰了，走吧！"众人驱鸟疾飞，纷纷拔出兵刃武器，凝神备战。

罗罗鸟群"嗷嗷"怪叫，越飞越近，放眼望去，少说也有千余只。拓拔野道："咱们不必恋战，冲过去便是。"众人点头。

片刻之间，那漫天鸟群已经轰然冲到。蚩尤迎风站立，大吼一声，一记神木刀诀，苗刀奔雷电舞，"呼"的一声，卷起三丈余长的耀眼青光，旋风似的朝着鸟群迎头斩落。

起初在山寨中，他生怕刀势余威伤及村民，所以未尽全力，但此刻在万丈高空，全无顾忌，这一刀的威力远胜之前十倍有余。

"轰！"鸟群迸炸开来，血肉飞舞。

与此同时，拓拔野的断剑也铿然出鞘，夹带惊天剑气，纵横飞舞，道道碧光如闪电破空。鸟声悲啼，不绝于耳。漫天中，都是翻飞纷扬的断羽残肉、喷飞激溅的鲜血浆液。

拔祀汉三人又惊又佩，始知两人神威已至于斯。豪情激涌，发箭挥刀，高歌猛进。鸟尸簌簌，密集如雨。

刹那间，七鸟五人便杀开一条空中血路，呼啸而去。罗罗鸟群虽然凶悍，亦被杀得溃乱不堪，在空中茫然飞舞，不敢追击。

寒风卷舞，空中的血腥之气急速弥漫。千山万壑响起狂暴喧嚣的吼叫鸣啼，无数黑影冲天飞起，遮天蔽月，振翅之声如惊涛骇浪。

漫天翅膀扑扇交错，朝着拓拔野等人汹涌冲来。蚩尤凝神望去，翼鸟龙、秃鹫、巨翼飞虎……数以万计的飞兽凶禽如层层巨浪一般，咆哮围涌，要将他们吞没其中。

拓拔野豁然醒悟，道："是了，我们这般冲杀，反倒弄巧成拙，血腥气味只会引来更多怪兽。"当下叫众人围集一处，与蚩尤合力施放"幻光镜诀"。

"哧"地轻响，五人周围蓦地闪起幻光镜气，由外望去，仿佛五人七鸟突然凭空消失了一般。

数万飞兽呼啸冲来，忽然不见目标，登时乱作一团，漫天乱舞。拓拔野二人的"幻光镜诀"并不圆熟，又要护罩住这么多人，只能支持片刻。当下再不迟疑，趁着群兽茫然慌乱之际，急速下沉，从万千鸟兽下方倏然穿过，闪电般朝着罗罗鸟栖息的山峰飞去。

月光雪亮地照在山峰东侧，峭壁陡峰，冰霜覆盖。

五人乘鸟在那座山峰周围环绕飞舞，寻找罗罗鸟栖息藏匿之处。蚩尤看见崖北凹陷处的阴影之中，尖峰兀石，白雪堆积，藏着一个巨大的山洞。凝神望去，那山洞洞口的积雪中散落了些许黑色长翎，当是罗罗鸟的刀羽无疑。众人大喜，驱鸟电冲。

洞口高六丈，宽五丈，尖石错落，仿佛巨口獠牙，择人而噬。腥臭阴风扑面狂舞，无数细碎之物纷扬飘忽，定睛凝望，竟是骨骼碎屑。众人一凛，登时升起强烈的不祥之意。蚩尤闪电似的朝里冲去。

拓拔野拍拍众太阳乌脖颈，道："乌兄，你们在这里等着，我们去去就来。"领着拔祀汉、天箭与黑涯朝洞中奔去。

山洞极大，黑漆漆的一片，拓拔野以火族法术“燃光诀”在指尖烧起一团火焰，带着三人紧追蚩尤。山壁上尽是黏滑腥臭的液体，空气中弥漫着难忍的恶臭。

山洞通道转折向下，极为陡峭。四人飞速冲下，又绕过转弯的甬洞，追上了蚩尤。一路狂奔，转眼间又奔了数里之距，算来当已到了山腹深处。沿途望去，高阔的洞中四壁黏滑，有暗绿色的液体徐徐流下，除此别无一物。

下行通道越来越陡，脚下黏滑，每一抬脚都能拖起许多暗绿色的黏液荧丝，黑涯不胜其烦，低骂不已。

转过一个狭窄的通道，眼前蓦地一亮，前方乃是一个极大的山洞，洞中飘浮着无数淡蓝色的珠子，如虫子一般轻轻颤抖蠕动。围绕着一根直径丈余、顶立正中的银白石柱团团飞舞，发出幽幽碧光，像是万千浮动的灯盏，将洞中照得青光碧影，颇为亮堂。

拔祀汉奇道：“西海碧光虫！这些怪虫怎么会跑到这众兽山里来了？”西海碧光虫乃是西海两栖怪虫，既可在海底最深处以海藻、浮游生物为生，也可在岛屿、陆地生存，甚至可以寄居于巨大海鱼、怪兽的体内，依靠其食物残渣生存。性喜群居，发出幽碧光芒，在深海每每引来无数鱼群。

黑涯突然大叫道：“他爷爷的，怎么……怎么那些女娃儿全在这里！”浓绿浅碧，幻光流离。山洞中高高悬挂着将近千只青色丝囊，轻轻摇晃。

众人又惊又喜，误打误撞，竟然在这些恶鸟的老巢中找到了数月来寒荒各族被掳掠走的女童。

拓拔野、蚩尤一边大叫“纤纤”一边挥舞手掌，真气纵横，将所有丝囊轻飘飘地切落下来，割裂察看。遍地丝囊中，尽是清秀圆润的裸体女童，最小的只有五六岁，最大的也不过十一二岁，个个圆睁双目、骇然惊恐，张大嘴说不出话来，显然是受了惊吓，又被人以妖法封住经脉，动弹不得。

拓拔野、蚩尤手如闪电，目如流星，割开了九百余只丝囊，始终没有瞧见纤纤，心中焦急忧惧，莫可言表。

忽听天箭说道：“就是她了！”

拓拔野二人大喜，叫道：“纤纤！”疾风掠进，俯身望去。一看之下，大失所望，那少女黑发凌乱，身着紫色亵衣，颈上悬挂白金项锁，丰腴洁白，脸容秀丽，一双淡蓝色的大眼中泪光隐隐。虽然有些惊慌怯惧，却掩不住一种与生俱来的高贵之气，但并非纤纤。

那少女看着众人，眉尖轻蹙，蓝眼中露出恐惧之色，但迅速又变成矜持、恼怒的神态。

拓拔野微微一笑道："姑娘莫怕，我们是来救你回家的。"他的笑容温暖亲切，天生有着让人安心信任的魔魅之力，那少女蓝眼中闪过害羞之色，娇靥嫣红，轻轻点头。

蚩尤皱眉道："天箭兄弟，你白日时见到的便是她吗？"

天箭点了点头。他箭法神准，眼力自然清晰锐利，既然如此肯定，当不会有错，拓拔野、蚩尤心中一沉，转身继续寻找。

但寻遍洞中九百七十多只丝囊，始终没有发现纤纤。拓拔野二人心中失望已极、沉重恐惧、思绪凌乱。当下将众女童经脉一一解开，登时哭声大作，响彻山洞。

拔祀汉三人在九百余女童中找到各自村寨失踪的女孩，极是欢喜。待到众女童恐惧稍减，哭声渐止，拓拔野等人逐一询问众女童身份。

年纪大些的纷纷说出自己姓名，家住何地，年幼女童则张口结舌，夹杂不清，唯有暂且作罢。众人依据众女童所述，在各自丝囊上写下记号，留待出洞之后一一返送回家。

当众人问到那位被天箭误以为纤纤的少女时，她瞥了拓拔野一眼，低声道："我叫楚芙丽叶，爹爹是寒荒国国主楚宗书。"

拔祀汉三人大吃一惊，脱口道："芙丽叶公主！"见她颈上白金项锁刻着"芙丽叶"三字，更无怀疑，纷纷弯腰行礼，道："寒荒族民拔祀汉、天箭、黑涯拜见公主殿下。"

寒荒国国主楚宗书，为人谦和慈祥，在八族中享有极高声望。以拔祀汉之倨傲不羁、天箭之冷峻骄傲，亦颇为折服尊敬。听说这少女竟是楚宗书的掌上明珠芙丽叶公主，登时肃然起敬，躬身行礼。

当是时，山洞外突然响起"嗷嗷"叫声、密集嘈杂的扑翅声，以及轰雷般的怒吼。

众人一惊，拓拔野道："走吧，那些怪兽要冲进来了。"蚩尤找寻不到纤纤，正自焦急气恼，眼中厉芒大盛，怒道："他奶奶的紫菜鱼皮，这些臭鱼烂虾倒是杀不尽！"

众女童见他瞬间仿佛变作另外一人，竖眉怒目，森然杀气破体而出，都吓得不敢哭叫。

拓拔野传音叹道："鱿鱼，你小子又来了。走吧，莫吓坏了这些小女孩。"当下让蚩尤取出那乾坤袋，施展法术，将众女孩一一吸入乾坤袋中。乾坤袋果然暗藏乾坤，收纳了九百余名女童竟干瘪如故，只是抓在手中极为沉重。

那芙丽叶公主说什么也不愿到那宝袋中去，众人想她以公主之尊，自然不愿屈驾蜷缩于小小丝袋，也不敢勉强。

拓拔野见她衣不蔽体，楚楚而立，当下默念"春茧诀"，十指跳动，将她脚下丝囊瞬间交织成紫色长裳，披覆其身。芙丽叶公主脸上红霞涌动，目中感激，低声道谢。

上方甬洞震响如狂，尖叫声、扑翅声、蹄掌声、怒吼声如惊涛骇浪，奔雷倾泻，轰然撞击洞壁，地动山摇，说不清到底有多少凶兽恶鸟冲袭而下。

众人微微色变，这洞中殊无回旋之处，任拓拔野等人有通天之能，也绝无可能在数万凶狂禽兽的冲击之下安然无恙，独善其身。若要朝上冲出洞口，更无可能。

蚩尤大喝一声，挥舞苗刀，崩雷闪电似的砍向洞壁，想要硬生生劈出一个出口来。岂料那洞壁竟极为坚硬，被他这般巨力猛砍，仅仅迸开一道寸许深的裂缝。

蚩尤惊怒，调聚真气，奋力劈斫十余刀，山壁震动，裂纹数道。众人一筹莫展，唯有四下探望，寻找其他出口。

眼见那万千恶兽凶禽即将奔泻冲至，拔祀汉突然发觉角落山石凹处，有直径丈余的隐秘甬洞，大喜过望，带着众人朝下疾奔。

那芙丽叶公主殊无武功根基，却矜持骄傲，不愿拔祀汉等人扶持，下冲时险状百出，几番险些跌倒，拓拔野也不多话，抢身上前，将她拦腰抱住，搂在怀中，朝下飞速冲去。

芙丽叶公主"啊"的一声，低声道："放我下来！"拓拔野只当没有听见，疾冲如飞。

芙丽叶公主自小金枝玉叶之体，从未在男人怀中待过，被拓拔野这般紧紧抱住，登时呼吸急促，心跳如狂，挣扎不得，终于软绵绵地蜷在他的怀里。淡蓝色的双眼盯着拓拔野侧面，长睫颤动，似羞似怒。

通道盘旋转折，斜陡光滑，众人奔行片刻，索性坐落在地，呼啸着冲滑而下，拐弯时则以手掌轻轻撩拨山壁，控制方向。如此滑行如飞，身后群兽巨响亦如浪潮汹涌相随。

过了一炷香的工夫，眼前突地一亮，赫然到了通道尽头。众人还未来得及反应过来，蓦地狂风扑面，身下一空，大叫着腾云驾雾，冲到半空之中！

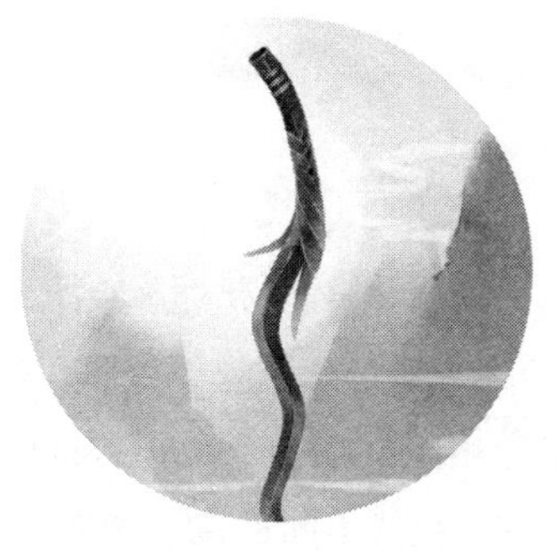

第八章 似曾相识

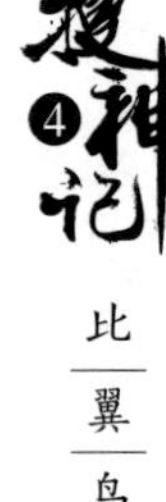

明月如钩，清辉普照。山影横斜，眼花缭乱。

耳旁寒风呼啸，脚下万丈虚空。众人失声大叫，朝下笔直坠落。仰头望去，黑洞幽然，他们便是从那悬空山崖的甬洞突然掉入这山谷深渊。

蚩尤大声呼啸，惊雷似的在群山间回荡。忽听上方"嗷嗷"怪叫，七只太阳乌倏地冲出顶崖山石，欢鸣着俯冲而下，有惊无险地将众人稳稳接住，滑翔飞舞。

黑涯瞪大双眼，俯瞰那凛凛深谷，拍胸叫道："他爷爷的，这些火鸟若是来迟半步，老子可就成了肉酱馅饼了！"

众人惊魂甫定，"哈哈"笑将起来。芙丽叶公主想要挣脱拓拔野，但看见下方雾霭缥缈，迷茫一片，登时一阵头晕目眩，闭眼不敢下望。冷风彻骨，衣单裳薄，簌簌发抖，更不自觉地往他怀中钻去。

拓拔野鼻息之间，尽是少女清幽体香，心中微微一荡。想起纤纤，不知她究竟在何处？大难逃生的欢愉登时大减。

忽听后上方轰然怪叫，仿佛天地崩塌。众人转身仰望，失声惊呼。无数鸟兽凶禽如同瀑布飞泻，从那山崖洞口冲涌而出，在空中纷乱展翅，盘旋飞舞，蓦地朝他们呼啸冲来。

蚩尤大怒，驭鸟反冲而上，苗刀电舞，大开大合，青光纵横飞旋，风雷怒吼。那冲涌而来的鸟兽撞到凌厉霸道的气旋刀芒，登时被绞得血肉横飞，碎羽纷扬。拓拔野恐他有失，大声呼唤，蚩尤又斩杀了数十只凶野飞兽，方才乘鸟追来。

天箭、拔祀汉飞箭如电，掩护蚩尤安然退回。

太阳乌飞行极快，转眼间便将洞中冲涌追击的飞兽凶禽遥遥抛在了数百丈外。偶有恶鸟狂龙嚎叫追来，便被殿后的蚩尤手起刀落，斩成数段。

但众兽山中猛禽妖兽俯仰皆是，闻着血腥气味与人类气息，纷纷出洞离巢，四面八方围涌而来。一时间，清寥夜空、朗朗明月被万千巨翅黑影层叠遮挡，狂乱叫声嘈杂骚躁，千山响彻。

众人调整阵形，由拓拔野、黑涯冲锋在前，拔祀汉、天箭护守两翼，蚩尤依旧殿后护卫。

剑气如虹，刀似奔雷，两翼弯弓霹雳弦惊，所到之处血雨淋漓，兽尸缤纷。太阳乌炎风狂舞，在漫天飞兽包击中迤逦穿梭，逐步突出重围，向东飞去。

飞兽越来越多，前仆后继，围追堵截。

拓拔野心下诧异，太阳乌乃是木族神禽，凶威炽厉，这些寒荒飞兽纵然凶狂，原当有所畏惧，辟易退让才是。但这些凶兽飞禽层叠阻击，对十日鸟竟似毫无惧意，实是咄咄怪事。

更为出奇的是，这些飞兽进攻包抄极富章法，错落有致，倒像是经受严格训练的精兵勇将。

“难道有人在暗中指挥这些妖兽吗？”拓拔野心中突然一凛，冒出这个奇怪的念头来，但凝神倾听，殊无号角等调度之音。

正四下探望，忽听远处空中传来一声惊天铜锣，群兽嘶吼，车轮滚滚。有人鼓掌叫道：“何方英雄如此了得！竟能在众兽山中来去自如。”

拓拔野等人循声望去，只见东北夜空，乌云暗雾之间，一列华丽的白金飞车，在三十六驾巨翼飞龙的牵引下，闪电般飞来。

转眼之间，那飞车距离众人不过数十丈之遥。

飞车长九丈，宽三丈，高三丈，形如弯月。车身雕花镂金，极尽奢华，纹刻成飞龙彩凤、祥云瑞雾的图案，无数宝石镶嵌其中，琳琅闪光，迷离炫目。两侧各有九个水晶大窗、三条斜长光滑的平衡铜翼和十八只巨大的青铜飞轮。一眼望去，虽然富丽堂皇、熠熠夺目，却显得太过庸俗招摇。

车首六名华服大汉并肩驾车，手持软玉龙筋鞭，霍霍飞舞，三十六只巨龙吃痛，咆哮怒飞。

六名大汉身后，乃是一个瑶玉栏台，一个身着白绫丝袍的胖子扶栏而立。那胖子眉目清秀，但脸上苍白浮肿，显得萎靡不振，仿佛惺忪未醒，看见拓拔野怀中的芙丽叶公主，目光突然一亮，痴痴相望。芙丽叶公主秀眉轻蹙，别过脸去。

那胖子身后站了两个白衣男子，一高一矮。矮的男子是一个干瘦老者，左手悬着一面巨大的混金铜锣，右手指尖玩转一根青铜棍。高的男子长了一张马脸，细眼长鼻，微笑负手而立。

数百只飞兽轰然怒舞，朝着那飞车狂风暴雨般冲去，被干瘦老者蓦一敲锣，震得“哇哇”乱叫，飞散开来。那锣声妖异奇特，仿佛含着某种至为恐怖的节奏，众人的心中都不由得有些发毛。层叠围涌的万千飞兽听到那锣声似乎更为惊恐，怪叫着盘旋纷飞，不敢再贸然突进。

黑涯怒目圆睁，“呸”了一声道：“我道是谁，又是这金妖小子，花花太岁。”拓拔野听他语气中满是鄙夷不屑，奇道：“这胖子是金族中的什么人？”

拔祀汉冷冷道：“他是当今白帝少子，名叫少昊。只好酒色作乐，极为没用。想必是到寒荒城安抚人心的。”拓拔野微微一惊，心道：“原来他竟是纤纤的表哥。”心念一动，正要细问，又听那胖子少昊笑道：“各位英雄，外面天寒地冻，如不嫌弃，到我车中小聚如何？”

拓拔野见拔祀汉等人满脸鄙薄厌恶，便要开口婉拒，忽听一个少女脆生生地怒道：“臭胖子，倘若他们进来，我便从这里跳下去！”那声音清脆婉转，极是熟悉。

拓拔野、蚩尤如五雷轰顶，全身大震，猛地起身叫道：“纤纤！”惊喜若狂，齐齐驭鸟飞冲，朝那飞车掠去。

飞车前门打开，一个披着白狐皮毛大衣的少女冲到瑶玉栏台之上，跺足怒道：“谁让你们过来了！臭乌贼，臭鱿鱼，都滚回东海去。”俏脸含嗔，珠泪盈盈，不是纤纤是谁？

拓拔野二人心惊胆跳了一日，现在方才放下心来，见她泪水不住地在眼眶中打转，委屈气苦，料想她必定受了什么折磨，心中都大为疼惜。拓拔野心下惭愧，苦笑着温言道：“好妹子，你……你没事吧？”

纤纤见他怀中竟又坐了一个陌生的秀丽少女，心中气苦更甚，泪水忍不住簌簌落下，哽咽道：“我才不要你们假惺惺地讨好呢！早干吗去啦！”

少昊讶然笑道：“原来你们竟是兄妹吗？那可真再巧不过了！诸位英雄，都请到车中说话吧。”

拓拔野微笑道：“多谢了。”正与蚩尤并肩飞去，却见纤纤足尖一点，果真朝着万丈深渊急跃而下。

拓拔野知她性子刚烈，言出必行，因此早有准备。见她身形方动，立时便驱鸟俯冲而下，将她接个正着。

纤纤被他蓦地拦腰搂在怀中，闻着那熟悉的气息，登时全身酥软，呼吸不畅。但瞥见身边那秀丽少女也斜倚在他怀中，心中一酸，咬牙哭道："你救我作甚？趁早让我跳下去，大家都干净。"

拓拔野怀中抱了两个女子，众目睽睽，纤纤又这般哭闹不止，大是尴尬。无奈之下，只有臂上微微使劲，将纤纤柔腰一紧，附耳低声道："好妹子，别闹啦。我们天南地北找你一日了，担心得很。这姑娘是无意间救得的寒荒国公主，和我没有什么干系。"

后半句话最为紧要有效，纤纤果然止住哭声，瞥见那公主淡蓝双眼正好奇地望着她，殊无敌意。眼角转处，拓拔野的手也不过轻轻挡住那少女的纤腰，防止她跌落，心中怒意稍减，冷冷道："我才管不着呢。没人问你，你急着解释干吗？做贼心虚吗？"语气已大转柔和。

拓拔野不加理会，手臂上又搂得更紧些，低声道："好妹子，我们以为你被怪鸟抓到山洞中，所以才赶到此处。你没事吧？"纤纤被他搂得喘不过气，软绵绵全身乏力，心中乱跳，听他温言抚慰，登时又流下泪来。但这泪水中既有委屈，又有甜蜜，比之先前的悲苦酸涩大大不同。

拓拔野见她气已消了大半，这才驭鸟飞到白金飞车旁侧，怀抱两女，与蚩尤一道跃上瑶玉栏台。

少昊哈哈笑道："阁下能在万兽围攻中回旋如意，已是大大的了不得；但能怀抱两女，周旋自如，那更是一等一的英雄人物。哈哈，吾道不孤！吾道不孤！"亲自拉开前门，恭请拓拔野等人进入。

拓拔野生怕这胖子胡言乱语，又惹怒纤纤或是蚩尤，连忙微笑称谢，招呼拔祀汉等人一同进入。

但拔祀汉三人似乎极为厌恶少昊，满脸嫌憎，摇头不前，依旧乘鸟在两侧盘旋。拓拔野心想寒荒八族多半与金族有宿怨罅隙，也就由得他们，当下与蚩尤四人一道进入飞车之中。

铜锣响彻，万兽辟易。六名大汉挥舞长鞭，驾驭三十六驾飞龙金车，呼啸而去。拔祀汉三人七鸟环绕飞车，紧紧相随。

车厢极为宽大，金玉绫罗，富丽堂皇，比之外观更甚。地上铺了厚厚的金牦牛地毯，四壁炉火熊熊，温暖而舒适。除了三十名精壮侍卫，车中竟还有三十六位男装美女，吹奏悠扬丝竹。无边春色，暖意融融，比之车外天寒地冻，相去万里。

少昊见拓拔野、蚩尤望着那诸位男装美人，满脸诧异，便哈哈笑道："见笑见笑！少昊奉旨巡抚民心，原本不能携带眷属美女，但路途凄冷寂寞，岂能没有佳人音乐？所以就女扮男装，权且当她们男人就是。"

拓拔野、蚩尤啼笑皆非，心道："此人果然荒唐得紧。"少昊领着众人在车中鲸皮软椅上坐下，特意将芙丽叶公主安排在自己身侧，然后又亲自为众人一一斟酒，举杯笑道："在这荒寒之地，竟能结识诸位英雄美女，诚少昊之幸！"色眯眯地望了一眼芙丽叶公主，一饮而尽。

众人也纷纷举杯浅啜。蚩尤舌尖方触到酒水，目中一亮，赞道："好酒！"仰头一饮而尽。少昊大喜，连忙唤来一个美女，专门为蚩尤斟酒。蚩尤毫不客气，酒到杯干。待到后来，嫌那女子斟酒太慢，索性自己抱起坛子痛饮。众人见他海量，无不惊服。

少昊笑道："惭愧，还未请教两位英雄大名？"拓拔野微笑道："不敢。在下拓拔野，这位乃是我兄弟蚩尤。"

少昊面色微变，那马脸男子和干瘦老者也齐齐一震。少昊道："莫非是龙神太子与蜃楼城少主？"

拓拔野笑道："正是。"少昊霍然起身，行礼叹道："果然百闻不如一见！近来大荒都在盛传两位震天动地的事迹，少昊正仰慕不已，不想竟能在此遇见，当真是三生有幸！"

拓拔野连忙也起身回礼。蚩尤则微一点头，依旧痛饮，他对这白帝少子无甚好感，不愿理会，又恰逢与纤纤相聚，微觉紧张尴尬，是以只管喝酒。

那马脸男子与干瘦老者也上前拜见。蚩尤听见二人名号大为震动，肃然起身回礼。原来这两人都是金族中位列金族仙级人物的顶级高手，成名极早。马脸男子名叫英招，干瘦老者叫江疑。

英招居槐江山上，人称"白马神"，盖因其变异兽身乃是插翅虎纹白马，所使的"韶华风轮"为金族神器之一。"风云神"江疑居符惕山上，所使"惊神锣"乃是闻名天下的驭兽神器，传说以盘古开天斧残铜制成，虽不及雨师妾"苍龙角"、百里春秋"念力镜"，但驭兽威力之强猛，在西荒罕有匹敌。

众人坐定，少昊笑道："出行之前，我请巫卜测算吉凶，他说此行必遇贵人，逢凶化吉，敢情便是指两位了！"

原来数月以来，西荒怪事不断，接连有妖兽横行，凶兆频传。寒荒国诸多绝迹的凶兽纷纷重现人世，四处为害。

又有谣言称，金族暴虐统治业已触怒寒荒大神，是以降下诸多凶兽妖魔。倘若寒荒八族仍不觉悟起义，则必将山崩地裂，水灾泛滥，封印的寒荒七兽也将苏醒，引领八族重夺往日自由。

随着妖兽越来越多，谣言甚嚣尘上。有人传言，已经看见寒荒七兽中的寒荒梼杌、血蝙蝠、狂鸟等踪迹。数月以来，又有成千罗罗鸟四处掳掠女童，引得人心惶惶，怨声载道。

个别寒荒村寨已经有人公然反叛，扬言要逼迫寒荒国国主楚宗书退位，由八族长老重新推选国主，与金族对抗。楚宗书不得已之下，决定提前举办大典，祭祀寒荒大神。

白帝、西王母颇为忧虑，便遣金族太子少昊代表白帝，前往寒荒城参加祭祀大典，沿途剿除妖兽，安定人心。但知道少昊素来荒唐胡闹，便又派遣英招、江疑两大稳重深沉的高手一路辅佐。江疑驭兽之术西荒第一，此次由他陪行再好不过。

少昊乘坐白金飞车，一路曲折而行，沿途击杀肆虐恶兽，解救寒荒百姓，倒也赢得不俗口碑。今日绕道众兽山时，在外围山峰撞见罗罗鸟攻击纤纤，当下英招飞舞"韶华风轮"，杀恶鸟，将纤纤救入飞车之中。

听到此处，拓拔野、蚩尤方知竟是少昊等人救了纤纤，心中感激不已，连忙起身道谢。

少昊哈哈笑道："两位客气了！杀兽救人原本就是我此行目的，应当的。再说纤纤姑娘这般美丽可爱，岂有不救之理？"纤纤翻了个白眼，却忍不住得意地笑将起来。

少昊笑道："不瞒两位，我与纤纤姑娘颇为投缘，倒像是从前见过一般。两位没来之前，我正想收她做妹妹呢！"

纤纤哼了一声，妙目凝视拓拔野，叹道："那倒不必了。我的哥哥已经够多啦。"

拓拔野知她所指，心中苦恼，佯做不知。又想，少昊与纤纤果然有血脉之

亲，是以才会如此投缘。但纤纤身世关系西王母荣辱，自然不能就此说穿。

少昊哈哈大笑，见芙丽叶公主始终不发一言，优雅跪坐，高贵而又楚楚动人，他不由得心痒难搔，笑道：“这位姑娘难道也是拓拔兄的妹子吗？”

拓拔野正要说话，芙丽叶公主已经淡然道：“小女子楚芙丽叶。父王尊号适才承蒙太子齿及。”

少昊等人大吃一惊，连忙行礼。纤纤轻蹙眉尖，心想：“哼，这可巧了。上回是鲛人国公主，这回是寒荒国公主。”

芙丽叶公主道：“父王听说太子将奉旨巡游八族，欢喜得很。国中臣民也都在翘首企盼太子来临。”她矜持文雅，言语不急不缓，颇为得体。少昊说话口气不由得随之恭谨起来，原本色眯眯的眼神也变得庄重严肃。

相谈片刻，众人得知寒荒城中近日正筹备欢迎少昊一行。但厄兆连连，有巫卜测算，少昊将为寒荒国带来空前浩劫。前日午后，芙丽叶公主在宫中午睡之时，突然飞来数百只罗罗鸟，将她瞬间掳走。辗转千里，囚入这众兽山山洞之中。若非拓拔野等人相救，不知何时方能重见天日。

少昊慨叹道：“冥冥之中自有天意。若非拓拔兄追寻纤纤姑娘，误入这众兽山中，又怎能救出公主？倘若公主出了什么差错，流言蜚语就更要甚嚣尘上了。”众人都深以为然。

众人饮酒倾谈，各述连日际遇，都觉其中怪异可疑之处颇多。那些罗罗鸟何以掳掠众多女童？又何以将这些女童集中在那山洞之内？纤纤所遇的白衣男子与黑衣少年究竟是何方神圣？又何以能化身为寒荒七兽中的两大凶兽？他们与那些罗罗鸟之间，又有什么神秘关联？……诸多疑问纷至沓来，始终不能参透。

英招沉吟道：“我看多半是什么妖人在幕后捣鬼，制造诸多事端，想要挑唆寒荒八族与金族重陷战乱。”拓拔野心中一动，与蚩尤对望一眼，两人心中同时冒出一个奇怪的念头：近来木族、土族、火族连连出现内乱，都由水妖挑起，难道此事也与水妖有关？

但此事关系甚大，金族在五族之中，又素来中立，与其他四族无甚摩擦。倘若没有足够证据，决计不能胡乱猜测。

江疑道：“所幸拓拔太子救得芙丽叶公主与九百女童，只要我们将这些孩子送回各自村寨，再将公主护送回寒荒城，自然就可以民心平定，谣言不攻自破。”众人纷纷点头。

少昊鼓掌道："好！就这么办吧！"转头望着拓拔野、蚩尤笑道："勇救公主与九百童女，两位此番可是寒荒国与金族的恩人贵宾了。"

翌日，白金龙车一路飞行，拓拔野等人将众女童从乾坤袋中一一抱出，送抵各自家中。村寨百姓既惊且喜，感恩莫名，对着拓拔野、少昊等人顶礼膜拜。飞车高空远去，犹可看见山谷中挥舞的万千手臂。

一日之间，拓拔野等人就送还了四百余名女童。第二日，众人又将余下的五百余名女童安全送抵家中。

寒荒村民原本对金族颇有敌意，对那荒唐疏懒、沉溺酒色的太子少昊更无好感，但这两日下来，两百多个村寨，数十万寒荒百姓，对少昊、金族印象大为改观，拓拔野、蚩尤的大名更是如雷贯耳，铭刻在心。

拔祀汉三人沿途相伴，见那少昊虽然荒唐放纵，但言语磊落、热情豪爽，倒不似传说中那么不堪，有时见识决断，都颇有可观之处，因此对他的恶感也逐渐消散。

起初少昊呼唤他们入车共饮美酒，他们置若罔闻，甚为不屑，到了后来也逐渐松动，经拓拔野与少昊再三邀请，终于也忍不住浓郁酒香的诱惑，到那飞车中与蚩尤并肩而坐，狂喝痛饮。

送走全部女童之后，拔祀汉三人请言辞退，却听芙丽叶公主柔声道："此次救出九百女童，三位勇士也有巨功。还请三位随我前往寒荒城，听候父王封赏。"拔祀汉三人虽非醉心功名利禄之辈，但闻言能得国主亲自接见，并赐以无上荣誉，都不由得心动，又想能与拓拔野、蚩尤二人这般痛饮美酒，同往寒荒城，也是人生一大乐事，当下答谢应允。

飞车继续西南而行，翌日黄昏到达寒荒城。寒荒城坐落于西皇山上，山势险峻，依山建城，高低错落，数峰相望，倒像是十余座毫不相连的雄伟城堡。但城堡之间，或有飞索吊车相连，或有山甬密道连接，往来密切。

西皇山上树木虽不茂密，但比之一路经过的寒荒各冰雪荒山，却是绿意盎然，直如桃源仙境。

时值盛夏，山顶冰雪皑皑，山下繁花似锦，绿草连天。雪水消融，从山上化为飞瀑，蜿蜒成山溪流至山下裂谷，奔腾为清澈大河。无数牦牛、羚羊、麋鹿遍布草坡河岸，俯头嚼草饮水，仰颈悠然长鸣，怡然自乐。

早有侦兵探子将数日之事传遍寒荒城，城中百姓俱极欢喜，与礼官一道，终日在城外夹道迎候。这日黄昏，城楼岗哨与山坡上的百姓瞧见等候多时的白金飞车腾云驾雾而来，纷纷欢呼雀跃，挥手致意。

飞车盘旋数圈，徐徐降落在西峰主城广场。臣民围涌欢呼，寒荒国国主楚宗书亲自率领长老、群臣到殿外相迎。

楚宗书身形矮胖，白发蓝眼，脸庞红润，满脸微笑，甚是和蔼。见少昊一行自车中步出，连忙拜倒行礼，群臣随之拜伏。

少昊疾步上前，将他扶起，笑道："国主乃是少昊前辈，这般大礼岂不是折煞少昊吗？"楚宗书摇头微笑道："太子代表白帝陛下，不远万里，平除恶兽，救出九百孩童，与之相比，寡人这点礼节又算得了什么？"群臣纷纷称是。

当下彼此引见介绍，寒荒君臣瞧见芙丽叶公主安然无恙，不胜欢喜，对拓拔野、蚩尤二人接连拜谢。

众人进了主城大殿，礼仪拜会之后，楚宗书命礼官将少昊、拓拔野等人各自接引到贵宾馆中歇息。君臣出殿，恭送拓拔野一行上了飞索吊车，目睹他们进了对峰迎春阁，方才遥遥行礼，退回殿中。

入夜之后，又有礼官将拓拔野、少昊等人引领到南峰大殿，参加盛大的酒宴。

峰高万仞，群峰环立，各有飞索相连。山风鼓舞，夜雾飞扬。南峰大殿在半山腰上，倚山临渊，气势巍峨。殿外篝火熊熊，亮如白昼，数十名厨子正在篝火上翻转烧烤各式野味，脂香浓郁，漫山可闻。

殿内贵侯满座，长老云集，见拓拔野、少昊一行步入，纷纷起身行礼。拓拔野等人也微笑还礼，在礼官引导下次第入座。

编钟铿然，丝竹齐奏，悠扬的乐曲声中，酒宴正式开始。

众人遥相举杯，各尽其欢。楚宗书似是颇为了解少昊秉性，席上美酒都是陈年佳酿，虽不及少昊飞车中携藏美酒那般甘醇，却也是天下罕见。席间翩翩起舞的数十名美女无一不是国色天香，虽然罗裳严实，但玉腿飞扬之间，仍是春光无限。少昊大喜，拍着桌子，附和那音律节奏，浅斟低唱，颇得其乐。

少昊原本还略有收敛，但酒过三巡，微有醉意，逐渐故态复萌，哈哈大笑，对着席间众贵夫人指手画脚。虽有英招、江疑悄悄拉扯，传音规劝，亦无济于事，放浪形骸，颇为失态。

拓拔野与蚩尤、拔祀汉等人觥筹交错，言笑甚欢。与芙丽叶公主坐在一处的几位贵族女子悄悄指点拓拔野等人，交头接耳，低声询问；时而哧哧低笑，眼波飘荡，不住地望来。

蚩尤、拔祀汉与天箭只管喝酒，熟视无睹。拓拔野微笑举杯，遥遥相敬。唯独黑涯被瞧得面红耳赤，热血沸腾，飘飘然分不清东南西北。

纤纤喝了几杯琼浆，觉得甘香清冽，不由得又多喝了几杯，不胜酒力，双靥桃红，浑身滚烫，软绵绵地斜靠在拓拔野身上，看着席间的舞蹈，“哧哧”直笑，仿佛轻飘飘地在云端一般。

拓拔野见她醉得脸如苹果，红得要滴出水来，心下怜爱疼惜，忍不住如当年一般，掐了掐她的俏脸，笑道：“快些醒来，想要赖在这里吗？”

纤纤双手挽住他的臂弯，小鸟依人，眼波水汪汪地流转，咯咯笑道：“拓拔大哥，你背我回去，我要睡在你身上。”

拓拔野微微一怔，黯然不语，知道她迷蒙之间，定然又时空错乱，只道犹是从前。

纤纤咯咯笑道：“你……可不许打呼噜，每次在我耳旁吹气，吵也……吵死啦。”口齿含糊，头枕在拓拔野腿上，心满意足地闭眼微笑，迷糊睡去。她这两日经历甚多，疲怠已极，现下喝了烈酒，头昏目眩，又在拓拔野身侧，再无担忧顾虑，登时沉沉睡着。

拓拔野心下又是怜惜又是酸苦，突然想起当年与她亲密无间的种种情状，想起夜半醒来，她搂着自己甜笑酣睡的幸福姿态；想起她趴在自己身上，吐气如兰，咯咯娇笑的容颜；想起她淘气时钻入自己怀中，耍赖撒娇的可怜巴巴的神情；想起她红着脸偷偷轻吻自己脸颊，发现自己睫毛颤动时，惊叫着翻身装睡的情景……那些甜蜜的往事瞬间一一闪过脑海，她的浓情蜜意如这杯中烈酒，入口甘醇酸甜，却又如热辣辣的刀子一般将他的五脏六腑生生搅乱。

蚩尤在一旁听得分明，心中黯然苦涩，仰头痛饮，不再多想。他对纤纤痴情一片，奈何在她的眼中，自己便犹如空气一般。今日重逢，纤纤的眼光自始至终，一直萦系于拓拔野身上，唯有三次望见自己，其中两次视若无睹，一次嫣然一笑。那嫣然一笑令他当即神魂颠倒，险些将酒水泼在身上。

纤纤凝望那乌贼的目光，温柔、甜蜜而忧伤……好像在哪里见过一般，是

了，果然有些像八郡主从前凝望自己的眼神……蚩尤一凛，蓦地又想起烈烟石来。纷乱景象，幕幕掠过。想起那夜烈烟石陌生冰冷的眼光，心中突然大痛。

当是时，突然有人高声叫道："寒荒国双神女女丑、女戚驾到！"丝竹顿止，舞女退列两旁，众人纷纷起身。拓拔野、蚩尤也各自从沉思中醒来，对望一眼，随之起身，心下大奇，从未听说哪一国、一族有两位圣女。

纤纤被拓拔野拉起身来，迷迷糊糊地说了几句呓语，依着他的手臂继续沉睡。

微风徐来，冷香扑面，众人均觉神识一醒，精神大振。铃铛脆响，两个黑衣女子携手而入。左边那女子高挑修长、黑发飞扬、凤眼樱唇、艳若桃李、冷如冰霜，额头与酥胸上，都绣了一朵美艳鲜丽的红梅，手腕、脚踝系了几颗银铃。

右边那女子俏丽绝伦，巧笑嫣然，一双桃花似的大眼徐徐扫过众人，每人都仿佛被闪电劈着，口干舌燥。与蚩尤目光相接之时，两人突然齐齐一震。蚩尤蓦地一阵晕眩，心中狂跳刺痛，一种强烈而奇异的感觉涌上心头：这女子好生熟悉！明明脸容陌生，却好像在哪里见过一般……

那女子嫣然而笑，眼波又从蚩尤脸上移过，向拔祀汉等人瞥去。

忽听"当"的一声，少昊手中的青铜酒彝摔在地上，目光直直地瞪着那两个女子，吞了口口水，醉醺醺地哈哈大笑道："谁说寒荒国没有美女？这两个可要胜过我嫔妃百倍了！"

厅中哗然，左侧那女子闪过凌厉的怒色，右边的女子却只掩嘴咯咯而笑。少昊更加神魂颠倒，跨过案桌，竟就想要扑上前去。

殿中众人轰然喧哗，寒荒国群臣的脸上都露出惊愕愤怒的神色。这女丑、女戚乃是八族圣女，冰清玉洁，不可亵渎，少昊竟敢这般公然调笑，还妄图动手动脚。侮辱之大，实是难以忍受。若非他是白帝之子，这两日又救了公主与九百童女，殿中众人只怕早已围涌上来与之拼命。

英招、江疑大惊，连忙双手挥舞，真气飞舞，将他缠绕拖回。少昊大怒，呼喝不止。

英招、江疑满脸尴尬，不得已指尖一点，白光闪耀，将他经脉封住。拓拔野、蚩尤等人站在少昊身旁，感受众人凌厉愤怒的目光，亦颇觉窘迫。

英招、江疑将少昊扶住，朝众人躬身道："太子殿下酒醉失态，并无冒犯之意，还望国主、神女、众长老恕罪。"

楚宗书咳嗽一声，微笑道：“太子连日奔波，太过辛苦，所以有些不胜酒力。快快扶他坐下休息吧。”

两大神女徐徐穿过大殿，在楚宗书左侧坐下。众人纷纷坐下。拓拔野见蚩尤呆呆地望着那神女，动也不动，连忙将他拉下，低声道：“怎么了？”蚩尤凝望那神女，皱眉苦苦沉思，哑声道：“奇怪，那神女我像是在哪里见过。”

拓拔野心下惊讶，正要相问，却听纤纤低声咕哝道：“我好口渴……”眼睛惺忪扑眨，悠悠醒转。拓拔野倒了一杯水，喂她喝下。

转头望去，那两个神女正低声对楚宗书说些什么，楚宗书满脸愕然，蹙眉不语。两个神女面色不悦，又接连说了一阵，楚宗书面色越发苍白，轻轻摇头，沉吟半晌终于大声道：“诸位请稍稍安静，女丑神女有要事宣禀。”

殿中寂然，众人目光齐齐凝聚在那冷艳的黑衣女子身上。女丑徐徐起身，冷冷道：“西皇山上来了不受欢迎的客人，寒荒大神发怒了。凫奚飞翔，朱厌横行，密山的冰雪融化了，丹水中流出可怕的鲜血，天镜湖水在沸腾。”众人哗然，目光纷纷转向少昊，又是厌憎又是惊恐。

拔祀汉见拓拔野与蚩尤满脸茫然，低声道：“神女一定是从北峰天镜湖中看见了这些可怕的厄兆。”当下稍稍解释。原来凫奚是寒荒人面鸡身的妖禽，朱厌是红脚白毛的猿形妖兽，它们一旦出现，就预示着可怕的战乱即将来临。密山是传说中寒荒大神归化之处，山上丹水是寒荒圣水，突然流出鲜血，则表示寒荒国将有血光之灾。

拓拔野心想：“这神女说的不受欢迎的客人，自然指的是少昊了。”英招、江疑泰然自若，扶着醉醺醺、嬉皮笑脸的少昊巍然而坐，对众人目光与低语置若罔闻。

当是时，忽然狂风呼啸，殿外惊呼连连。篝火摇曳纷灭，烧烤的牛羊鹿肉冲天飞起，几个厨子惨呼着被暴风卷下万丈深渊。

又是一股冰寒妖风迫面而来，殿中灯火昏暗跳跃。众人惊叫狂呼，玉案倾倒，杯盏狼藉。贵夫人们吓得花容失色，抱在一处簌簌发抖。只有少昊鼓掌大笑，发出嘶哑之声。

殿外妖云怪雾迷离飞舞，阴风怒吼。纤纤蓦地惊醒，抱紧拓拔野打了一个寒噤。又听见半空中传来清脆的“蛮蛮”怪叫声，由远而近，瞬间便到了大殿檐外。

有人惊叫道："蛮蛮鸟！"话音未落，两道黑影倏然冲入大殿之中。众人惊叫不迭，纷纷后退。那两道黑影"蛮蛮"脆叫，在横梁大柱之间盘旋飞舞。

灯火忽然转亮，众人瞧得分明，那两道黑影赫然是两只接连一处的怪鸟。三尺来长，形状如凫，青红色的羽毛光滑亮丽，每只鸟只有一只眼睛和一只翅膀，身体紧密契合，两只脚爪勾缠一处，比翼飞翔。

众人面色惨白，有人怖声叫道："水灾！果然要有水灾了！"

纤纤拍掌叫道："比翼鸟！"心中极是兴奋。当年父亲曾经说过，大荒中有一种奇异的蛮蛮鸟，必须结对才能比翼飞翔。这种怪鸟出现的地方，必定发生极为可怕的水灾。但除了水灾之外，它还能带来奇妙的姻缘。得到比翼鸟的男女，将像它们一样永结同心、比翼齐飞。因此它们又被叫作"姻缘鸟"。

难道它们出现于此，是预示着自己和拓拔大哥……她心中一动，狂喜难抑，推着拓拔野，叫道："拓拔大哥，快抓住它们！"话音未落，比翼鸟怪叫连声，倏地俯冲，朝着殿外闪电般飞去。

纤纤大急起身，拉着拓拔野顿足娇呼。见她满脸激动狂喜，殷殷期盼，拓拔野微微一笑，心中泛起温柔之意，好久没有看见她这般迫切地索要某物了，无法拒绝，当下拉着她朝外电冲疾追。

众人也纷纷起身，朝外奔去。殿外箭矢纷飞，想要将妖鸟射落，但那比翼鸟极是灵巧，在箭雨中比翼飞舞，安然无恙。

拓拔野拉着纤纤奔到山崖边上，冷风狂舞，夜雾凄迷。但见比翼鸟优雅地划过一道弧线，破空而去，又倏然北折，在云层下徘徊盘旋，鸣叫不已。

纤纤急道："拓拔大哥，快抓住它们，莫让它们逃走了！"拓拔野微笑道："你和蚩尤在这里等我。我马上回来。"伸手摘下她发髻上的雪羽簪，解印出雪羽鹤，翻身上了鹤背，一飞冲天，疾追而去。

众人哄然，仰头眺望。只见拓拔野骑乘白鹤，如仙人一般飘然洒落，转眼没入云层之中，不知所踪。半晌，众人方才陆续退回大殿，只有纤纤依旧站在崖顶，衣袂飞舞，脸上红霞汹涌，嘴角挂着甜蜜而期盼的笑容。

蚩尤叫了纤纤几声，纤纤头也不回，只是微笑道："我在这儿等拓拔大哥。"蚩尤无奈，心中又惴惴想着那神女女戚，总觉得有一种莫名的强烈不安翻腾汹涌。当下便让黑涯看住纤纤，莫让妖风将她卷落崖下，自己则与拔祀汉、天箭随众人回到殿中。

众人纷纷入座，蚩尤凝望着女戚，见她笑吟吟地望着自己，眼波荡漾，那似曾相识的感觉越发强烈，烦躁不安，苦苦回想。

忽听一人大声道："神女，你说这里来了不受欢迎的客人，究竟是谁？"众人纷纷凝望少昊，都觉这答案昭然若揭。不料那女丑玉臂舒展，手指突然指向皱眉苦想的蚩尤，冷冷道："就是他！来自东方的不速之客。"

寒风呼啸，冷意彻骨，拓拔野乘鹤飞翔。朔风吹来，冰霜结面，在他护体真气的激化下，迅速融化为雪水，蒸腾消散。

比翼鸟"蛮蛮"怪叫，穿云透雾，急速飞翔，雪羽鹤竟然始终追之不上。拓拔野微微惊诧，好胜心大起，又想起纤纤适才那惊喜期盼的眼神，决计无论如何，也要将这比翼鸟抓住，送给纤纤。

一路西北高飞，约莫过了一个时辰，霜风更冷，彤云厚积，沉甸甸地压在头顶。下方云海翻腾，滚滚汹涌。他竟如同被包夹在层层云雾之中。再过片刻，漫天纷纷扬扬地飘起鹅毛大雪。

雪羽鹤清鸣高啼，在漫漫雪絮中穿行飞舞。雪花扑面，悠扬卷舞，在拓拔野头发上、身上厚厚堆积，来不及消融，便又被急速覆盖，逐渐凝结为冰块。拓拔野每隔片刻，便运转真气，将肩肘、膝盖等处的冰块簌簌震落。

比翼鸟怪叫声中，突然俯冲。拓拔野驱鹤紧随，彤云破散，银光万点扑面。穿透漫漫云层，朝下方曲折冲去。

云雾离散，豁然开朗。雪花缤纷，冰晶飞扬，一座雄伟高峰迫面而来。险峰陡立，尖石如刀，虽然积盖着厚厚冰雪，依然如同出鞘利刃，棱角凌厉，突兀嶙峋。

比翼鸟环绕峰顶，怪叫盘旋，突然降落在一片纵横二十丈的淡绿色冰晶上。那片冰晶平整光滑，显是山顶天湖被冰雪凝结所成。

拓拔野心下暗喜，心道："只要这怪鸟停下，到了六丈之内，我便可以用凝冰诀将它们冻住。"当下驱鹤徐飞，不惊动那比翼鸟，缓缓降落在距离它们十丈开外的冰晶上。将雪羽鹤封印入簪，收入怀内，然后蹑手蹑脚地朝那比翼鸟靠近。

比翼鸟扑打翅膀，双爪勾缠，一齐用另外两只爪子跳动，在冰湖上笨拙地跳动，发出"蛮蛮"的叫声。大雪纷扬，怪鸟的身上顷刻间覆满白雪，宛如一只胖乎乎的双头雪鸟，在淡绿色的冰面上跳跃，时而两头相对，尖喙互啄，自得其乐。

拓拔野缓缓上前，屏息凝神，正准备要施放凝冰诀，那蛮蛮鸟突然尖叫几声，摇头抖落冰雪，倏地朝天上飞去。

拓拔野猛吃一惊，笑道："哪里走！"闪电般冲出，默念法诀，森森白气从双手指尖急电飞舞。

那比翼鸟尖叫一声，蓦地冻为冰鸟，笔直坠落。拓拔野生怕将它们摔坏，连忙驭风踏足，俯冲而下，双手一抄，将它们牢牢接住。

但这番转向疾冲，用力过猛，刹那间已经撞到冰面。"咔嚓"一声，冰屑迸飞，湖面虽未破裂，但脚下一滑，身不由己地朝前冲去。

天旋地转，嶙峋尖石迎面撞来，拓拔野轻叱一声，左掌拍出，想要借着反撞之力弹起身来，岂料一掌击出，青光到处，那突兀崖石突然迸裂开来，黑洞幽然，仿佛一张巨口，将他吞噬其中。

拓拔野猝不及防，急速冲去，眼前一黑，已经掉入深不见底的山腹之中。冰寒彻骨，四壁光滑，他头部朝下，飞速下滑，似乎是在一个狭窄的凝冰通道中斜直坠落，待到回过神时，至少已在百丈深处。

拓拔野正计算着如何顿住身形，在这狭窄通道中反转身体，以"水族游龙术"朝上冲出山腹，突然"咚"的一声，头部撞在坚冰上，眼冒金星，那冰石则倏然迸碎。蓦地一空，继续朝下冲落。

眼前一亮，彩光炫目，突然掉入一个空荡荡的山洞中。眼花缭乱，手足乱舞，猛然扑倒在一个软绵绵的东西上，一股熟悉而又陌生的清幽冷香倏地钻入鼻息之中。

唇齿及处，两片唇瓣柔软湿润，气如幽兰；耳畔低吟细碎，似怨似怒。拓拔野大吃一惊，蓦地明白自己正压在一个女子身上，忙低声道："对不住！"猛地撑起双臂，支起身来。

低头望去，"啊"的一声低呼，犹如轰雷贯顶，天旋地转，险些晕厥。

身下女子白衣胜雪，肤如凝脂，清丽脱俗的俏脸上，眉如淡柳笼烟，眼似明月清波，正又惊又诧又怒地望着他，赫然是当年在玉屏峰上的仙女姐姐！

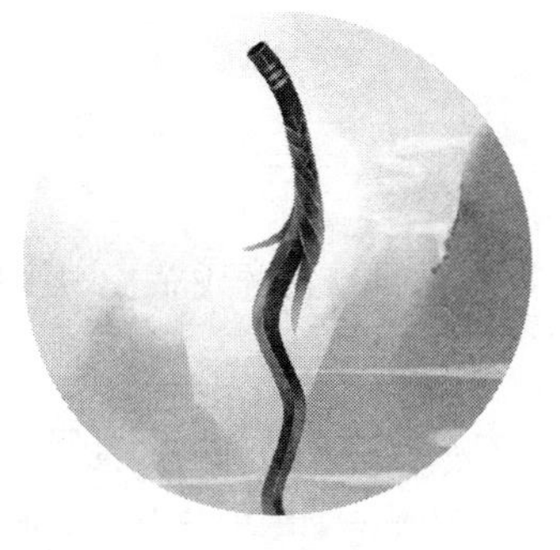

第九章 姑射仙子

洞中彩光流离变幻，数百只桃红色的飞萤交织飞舞，异香扑鼻，一切宛如梦境。

拓拔野脑中轰然作响，天旋地转，刹那之间呼吸不得，泥塑一般地冻结着，木愣愣地望着白衣女子的清丽容颜，脑中一片空白。心绪迷乱，口干舌燥，过了半晌才哑声叫道："仙女姐姐！"但那一声呐喊在他喉咙中窒堵，仅仅化为沙哑而低沉的呢喃。

白衣女子那双清澈妙目直直地凝视着他，既惊且羞，似怨似怒。洞壁诸多彩珠的眩光映射在她的脸容上，光晕绚然，如雪夜花树，碧海珊瑚。那清冷淡远的寒香丝丝脉脉钻入鼻息，如此悠远，又如此近。

淡淡的幽香在他的体内悠扬绕走，仿佛春风徐拂，海浪轻摇。突然之间，他仿佛又回到四年前的那个月夜，寒蟾似雪，竹影落落，玉人长立，低首垂眉，一管洞箫清寒寂寞……那淡雅寥落的箫声、悠远缥缈的冷香穿透了四年的时光，铭心刻骨，却从来不曾淡忘。

白衣女子蹙眉凝视，妙目中闪过奇异复杂的神情，羞怒交集，俏脸薄嗔，春葱素手颤抖地抵住他的胸膛，想将他推开来。

拓拔野大梦初醒，低头下望，见她衣襟半解，露出一抹如雪酥胸，顿时"啊"的一声，面红耳赤，热血灌顶。

软玉温香，春色满怀。他心跳如狂，连忙扭开头去，挺臂起身，想要立时离开。岂料慌张之下，手臂一软，右手竟压在了那白衣女子的胸口。

白衣女子玉靥晕红，花唇微启，发出一声低低的颤抖呻吟，冷月冰潭似的眼波忽然冰消雪融，春水般急剧波荡，身子往上拱起，双臂软绵绵地搂住拓拔野，双腿勾夹住他的腰腹，八爪鱼般将他紧紧缠住。

拓拔野大吃一惊，还未待回过神来，白衣女子十指交缠于他黑发之中，幽香扑面，柔软湿润的两片花瓣已经贴上了他的嘴唇。气如兰馨，丁香辗转，那柔软的舌尖如火苗一般将他的情焰瞬息点燃。

流萤飞舞，清寒幽香在身侧缭绕周转。拓拔野眼花缭乱，天旋地转，脑中犹如轰雷连奏，混混沌沌，狂喜、惊异、羞怯……层层迸爆开来，又如重重火焰狂肆跳跃，随着那沸扬情火焚烧全身。

他正值血气方刚的年纪，本就对她神魂颠倒、刻骨铭心；此时意外重逢，竟受佳人眷顾，如此温柔缠绵，心中迷狂快乐，不能自已。一时间再也无法呼吸、无法思考，迷迷糊糊地想："倘若是个梦，就让我永远也不醒来！"

琼津暗渡，唇齿留香。温软的肢体紧紧相贴，肌肤滑腻而又滚烫，这一切如此真实又如此虚幻。当她咬住他的嘴唇，吸吮流溢的鲜血，发出一声战栗似的叹息，他终于如赤炎山般崩爆。

桃红色的流萤漫漫飞过，眼前迷乱。拓拔野迷迷糊糊中觉得似有不妥："仙女姐姐为何……为何要如此待我？"温滑软玉，幽香袭人，这念头一闪即逝，又想："男欢女爱，原本就是天经地义，管他奶奶的紫菜鱼皮……"只欲顺水推舟，一解相思之苦。

当下长臂舒展，将她紧紧搂住，朝她脖颈上吻落。白衣女子嘤咛一声，在他怀中簌簌发抖，满脸飞红，懒洋洋地将臂弯勾住他的脖子，朝怀里钻去。

拓拔野眼角余光瞥去，看见她玉臂上那颗嫣红的守宫砂，如雪地红梅，娇艳夺目，心中陡然大震："是了！仙女姐姐端庄淡雅，冰清玉洁，就像……就像天上的仙子，怎么竟变得如此放浪？"一念及此，登时从神魂飘荡中清醒过来，细细回想当日与白衣女子相处的一夜，她直如雪山冷月，遥遥不可触及，何以今夜竟判若两人？

当下强自收敛心神，凝神观察，只见她眼波迷离涣散，双靥酡红，唇角似笑非笑，眉眼之间带着一种说不出的慵懒娇艳，更加大觉古怪。念力及处，发觉她丹田之内真气竟荡然全无，只有一股妖邪气浪在经脉汹汹游走，心下大骇。

思绪飞转，蓦地一动："难道她中了妖人暗算，神志不清，所以才变得如此妖冶放荡吗？"转头四顾，山洞四壁珠光眩然，地上铺了厚厚的白牦牛地毯。洞中四角各有一个鹿角香炉，异香袅袅。

南侧山壁有一个紧闭的石门。东侧岩壁上镶嵌一面水晶大镜，正映照出自己与白衣女子紧紧交缠，躺于一张象牙床上的模样。拓拔野心中一荡，俯身凝神望去，床沿竟刻满了男女交合的淫亵图纹。而四壁凹凸，纹理错落，透过粲然珠光，隐隐也可看出壁上雕刻的，也是极为淫猥的图案。

香炉袅袅，奇香缭绕。比翼鸟在白牦牛地毯上蹦蹦跳跳，互相啄击扑打，发出奇怪的呢喃声。拓拔野微吃一惊，心道："是了！难道这香炉中的香烟竟是催情之物吗？"

他轻轻一嗅，异香入脑，熏然欲醉，全身上下轻飘飘宛如在云端飘浮。

他谙识药草，登时分辨出这异香乃是迷幻香木，闻嗅久了必定出现美妙幻觉，飘飘欲仙。虽非催情之药，但亦远非正经之物。这洞穴中妖邪淫异，必定是什么邪魔外道的所在。心中更加确定仙女姐姐必是遭受妖人算计，才变得这般反常。

心中接着又是一凛：此处究竟是什么地方？仙女姐姐究竟是何人？她又是被什么妖人暗算？以她真气念力之强，又怎么会被这区区春毒所害？何以浑身真气荡然无存？诸多疑问接二连三地涌上心头。

白衣女子眉尖轻蹙，轻声低吟，迷迷糊糊地朝他脸上亲来。拓拔野"啊"的一声，神魂飘荡，几乎又要把持不住，蓦地咬牙凝神，心道："仙女姐姐被妖人所陷，倘若我此时抵受不住，玷辱了她的清誉，与算计她的淫邪妖魔又有什么区别？"

当下猛地一咬舌头，血腥味随着剧痛蔓延开来，神识大转清醒，猛地将她的纤手从自己身上拉扯开来，抽身后退，深吸一口气，低声道："仙女姐姐，得罪了。"将她双手反转背后，牢牢抓住。

她真气全失，动弹不得，挣扎片刻便无力地瘫软下来。弓起身子，紧紧贴着他的身体，咬着唇，脸红如霞，轻声低吟。

当是时，忽然听见洞门之外响起轻微的脚步声，由远而近，似有三人。拓拔野一凛，凝神倾听。

三人在洞外站定，一人"哧哧"笑道："洞房花烛，良辰美景，得了这梦寐以求的仙子，七郎你可别忘了我们的好处。"声音如银铃悦耳，带着轻佻淫邪之意，乃是一个女子。

又听一个雄厚的男子声音笑道："我怎敢忘了鹿仙姑的好处？钟山的六百童

子，你看上哪个只管带回鹿宫便是。”

拓拔野一凛，鹿仙姑？难道竟是“大荒十大妖女”之中的西海鹿女吗？西海鹿女位列西海九真之一，生性淫邪，极好男色，鹿宫男妃之多，尤甚龙女雨师妾。且喜新厌旧，心狠手辣，玩腻的男妃必定活生生地喂送西海鲸鲨。心中一动，当年在古浪屿上曾听金族游侠说起，西海鹿女研磨的催情药药性之烈，天下无双，就是石头吃了也要喷出岩浆来。难道仙女姐姐便是中了她的算计吗？

却听鹿女啐了一口，笑道：“没情没义的东西，这么快就忘了我啦，想要用黄毛小子打发我吗？”

那“七郎”哈哈笑道：“好姐姐，我怎能忘得了你？”突然低声说了几句，隔着洞壁听不真切。鹿女“咯咯”脆笑，啐道：“胡说八道。”

语调淫邪妖媚，听得拓拔野面红耳赤。他出神聆听，手上不由得放松了些，白衣女子顿时挣脱开来，抱着他滚落床下。“当”的一声，床角香炉被瞬息打翻，淫香弥漫。

洞外三人吃了一惊，那“七郎”试探着叫道：“仙子？”白衣女子嘤咛一声，像是哭泣又像是呻吟。

拓拔野怕她发出什么声响，引得外面三人冲将进来，不及多想，蓦地低头吻住她的唇瓣，将那一声低吟堵在丁香贝齿之间。

鹿女咯咯笑道：“你的仙子已经变成荡女娇娃啦。”七郎嘿嘿淫笑，道：“有了仙姑的灵丹妙药，石头也会开花。”三人哈哈大笑，极为淫猥。

拓拔野心下大怒：“仙女姐姐果然是被这淫妇陷害。却不知那两人又是什么妖魔鬼怪？”惊怒之余，心中松了一口长气。适才虽然猜到白衣女子是为催情药物乱性，但未得验证，始终无法释然。此刻得知白衣女子如此妖冶，果然不是出于本性，疑虑顿时消散。

却听第三人尖声笑道：“就算没变成荡女，她已经手无缚鸡之力，七郎想要她往东，她还能往西吗？”

七郎笑道：“童子此言差矣，我烛鼓之堂堂伟丈夫，岂能做这种强人所难之事？这种男女欢爱之事，需得两相情愿，才能得其妙处。”顿了顿又道：“再说仙子体内九十九种春毒一齐发作，若是七郎我不舍身相救，岂不是要累她香消玉殒吗？”三人又是一阵淫笑。

拓拔野越听越怒，直想踢开洞门，将门外三人砸成肉酱。但白衣女子听若罔

闻，只管揪着他的头发，低吟蜜吻。

西海鹿女哧哧笑道："现下时辰已到，你的心上人必定已经浑身酥软，欲火中烧，只等着你好好地疼惜啦！"

那童子尖声笑道："七郎岂是怜香惜玉之人？只怕明日我们再来时，已经认不出这娇滴滴的仙子哩。"七郎嘿嘿笑了几声，悠然道："我费尽心力才得到姑射仙子，岂能如此暴殄天物？"

拓拔野大吃一惊，全身蓦地僵硬。

姑射仙子！难道仙女姐姐竟是当今木族圣女姑射仙子蕾依丽娅吗？突然想起当日在玉屏峰上邂逅她的情景，诸多细节贯穿一处，豁然而通。是了！倘若她不是木族圣女，当日又岂敢贸然闯入青帝御苑？又何以会吹奏《刹那芳华曲》？大骂自己糊涂愚蠢，无以复加。

却见姑射仙子双眼紧闭，长睫颤动，双靥娇艳欲滴，楚楚动人之态令他又是震颤又是迷乱，心想："天可怜见，让我在这淫邪蠢物玷辱仙女姐姐之前，赶到此处。我拓拔野拼了性命不要，也决计不能让仙女姐姐的清白有丁点受损。"蓦地想起自己与姑射仙子如此交缠，已经大大污损了她的清白，脸上一阵烧烫，羞惭愧疚，想要挣脱开去。

但姑射仙子受那情药所激，意乱情迷，怎么也不松手。拓拔野被她这般紧紧缠抱，不免又有些心猿意马，好不容易闭上双眼，咬牙挣脱开去，姑射仙子又抓住他的双臂，低吟一声，叫道："你……你……"拓拔野大惊，生怕被外面三人听见，连忙重又低头将她樱唇封堵。

她那香甜柔嫩的舌尖扫过唇齿，带来酥麻的战栗。耳畔细碎娇吟，吐气如兰，更激得他情火如焚，一阵迷乱欢喜。想不到时隔四年，竟能与梦萦魂牵的仙女姐姐这般稀里糊涂地欢好缠绵。造物弄人，往往在意表之外。

忽听那两只比翼鸟连声低啼，踉跄扑翔，在白牦牛地毯上交颈欢好，拓拔野心中又是一动："世人都说比翼鸟乃是姻缘鸟，今日它们将我引到此处，难道……难道我和仙女姐姐之间……"心中狂跳，呼吸瞬间停顿。

四年前在玉屏峰上初见姑射仙子的刹那，他便已情根深种，铭心刻骨。四年来虽然际遇连连，跌宕历练，逐渐少有想起之时，但这份情感却如陈酒佳酿，埋入心底最深处，历久弥香。当此刻骤然开启，沉淀已久的相思爱慕登时令他醉意熏然。

却听那童子尖声道：“姑射仙子处子之躯，圣女真元，七郎若能将她体内真元吸尽，那就可列入十仙宝座了。”语气中隐隐有些妒羡。

西海鹿女咯咯笑道：“列入十仙宝座有什么了不得？烛真神他日坐了黑帝之位，七郎不就是太子吗？那可比什么十仙有趣得多啦。到了那时普天之下哪个美女不是囊中之物？这姑射仙子不要也罢。”

拓拔野正自意动神摇，闻言又是大惊，敢情这七郎烛鼓之竟是水妖烛龙的儿子吗？脑中灵光一闪，突然明白自己现下身在何处。

在西海与金族寒荒之间，有一处山脉名曰“钟山”，虽在金族境内，却是水妖领地。当年玄水真神烛龙便是这钟山山神。烛龙北迁之后，想来这钟山便由其子继承了。

又听烛鼓之嘿嘿笑道：“鹿仙姑是在吃醋吗？放心放心，他日烛鼓之登上太子之位，纳你入宫便是。”语气傲慢狂肆，颇有扬扬得意之态。西海鹿女“呸”了一声，竟似颇为喜悦。

拓拔野心下恼怒益甚，忖道：“他奶奶的紫菜鱼皮，寡廉鲜耻，当真是有其父必有其子。”杀机顿起，直想起身出洞，将他们尽数杀了。但转念又想，敌众我寡，未必就能讨得好去。自己败了倒也罢了，但若累得仙女姐姐重落他们掌心，那可是万劫不复的惨事。当下强忍怒意，寻思脱身之计。

眼光四扫，洞中除了那石门之外，别无缝隙。看来唯有从自己掉落下的那个通道返身冲出了。但那通道太过狭窄，又极为陡滑高长，想要抱着姑射仙子一起逃离，似乎有些难度。稍作计议，决定带着姑射仙子一前一后从通道中冲出。

却听那童子咳嗽道：“时辰差不多了，鹿仙姑，咱们走吧。可别搅了七郎的好事。”西海鹿女“咯咯”一笑，道：“是了，他都迫不及待啦。”与那童子一道告辞。烛鼓之也不挽留，待到脚步声远去，便转身朝洞门走来。

拓拔野听他脚步临近，心中一凛，既来不及抽身逃离，唯有凝神戒备。姑射仙子低声呢喃，一只手温柔地抚摩他的头发，另一只手抓着他的右手往自己滚烫的脸上摸去。拓拔野心旌摇荡，但强敌将至，连忙收敛心神。心念一动，蓦一咬牙，将她经脉尽数封住。

脚步声在洞门外顿住，烛鼓之徘徊数步，发出低沉淫亵的笑声，哑声喃喃道：“仙子，我的好仙子，今夜瞧你如何逃出我的手心窝。”声音中夹杂着急迫的渴切、阴暗的喜悦，说到最后几个字时，连声音也禁不住颤抖起来。

姑射仙子动弹不得，但体内躁动邪气仍在急速游走，满脸红潮，酥胸急剧起伏，水汪汪的大眼中满是诧异，似乎不明白何以将她突然封住。眼波荡漾，闪过哀怜、苦楚与炽热欲望交织的诸种神情。

拓拔野不敢多看，闭起眼，将她整理衣裳，抱在怀中。蹑手蹑脚走到洞门左侧，顺手一点，将地毯上打滚的那对比翼鸟凝为冰块，探手吸到掌中，藏入乾坤袋中。然后轻轻地拔出断剑，守在门侧。

“嘎”的一声，石门霍然打开，一个九尺高的黑衣男子大步冲了进来，喜滋滋地颤声道：“好仙子，七郎来了！想死我了！”作势欲扑，眼见洞中彩光眩然，象牙床上却空无一人，登时僵住。就在这一刹那，后脑一凉，一柄森寒断剑已经抵住了他的脖颈，听见一个少年笑道：“既然想死，那我成全你便是。”

拓拔野脚尖一踢，将石门瞬间关上，断剑刺入烛鼓之粗壮的脖颈，泅出几丝鲜血，笑道：“烛小妖，慢慢转过身来，转得快了，休怪我这断剑将你头颅切割下来。”

烛鼓之又惊又怒，不知究竟发生何事。但念力探扫，发觉那神秘少年真气极强，手中断剑又是木属神兵，当下不敢莽撞，乖乖转身。拓拔野断剑则依旧抵在他的脖子上，缓缓划过一道血痕。

那烛鼓之高大强壮，浑身黝黑的肌肉似乎要绽裂一般，头顶黑金冠，颧骨高耸，鹰钩大鼻，碧绿色的三角眼深陷两旁，满脸狂妄跋扈之色。额上左右各有一寸突起，仿佛一对犄角。乌金丝绸长衫上绣了许多暗金色的花纹，富丽堂皇，但穿在他的身上却显得颇为怪异突兀。腰间悬挂一柄镶满宝石的玄冰混金弯刀。

烛鼓之那双三角绿眼惊怒交集，恶狠狠地打量着拓拔野，仿佛想将他撕成碎片，冷冷道：“你是谁？竟敢私闯钟山，吃了猛犸胆了吗？”似是突然看清那断剑，面色骤变，叫道：“无锋剑！臭小子，你是那拓拔小贼！”目中凶光毕露，杀气大作。

拓拔野见他受制于己，竟然跋扈凶悍若此，心中怒意更盛，右手轻送，断剑又突入烛鼓之脖颈数分，将他抵得接连后退，鲜血长流，微笑道：“不错，我就是拳打水妖烛龙，脚踢朝阳天吴的拓拔野。你挟持木族圣女，意欲不轨，难道吃了龙鲸胆了吗？”

烛鼓之面色微变，三角眼中凶芒一闪而过，哈哈笑道：“姑射仙子乃是钟山贵客，什么挟持不挟持？分明是你这下三烂的东海淫贼妄图以春药迷惑仙子，想将她从钟山上挟持而走，被我发现之后，又想来胁迫我……”

拓拔野听他居然反咬一口，不由得怒极而笑，道：“是吗？既然你盛情邀请，那我就胁迫胁迫你吧！”碧光一闪，剑如游龙，真气蓬然飞舞，瞬息间将他周身经脉尽数封住。

心想：“需得先逼他交出仙女姐姐所中的春毒解药。”对这水妖厌憎之至，毫不客气，真气毕集，雷霆般飞起一腿，重重地踹在烛鼓之的小腹上。

“砰”的一声闷响，烛鼓之低吼一声，凭空飞起，倒撞在象牙床上，登时将象牙床撞得粉碎。他周身经脉被封，动弹不得，被拓拔野这般猛击，险些连五脏六腑都迸碎开来，面色青紫，险些晕厥。

但他素来凶悍跋扈，竟不服软，喘气恶狠狠道：“小子……老子非揭你的皮，抽你的筋……”话音未落，又被拓拔野当腹一脚踢得说不出话来。

拓拔野微笑道：“解药呢？”烛鼓之头上青筋暴起，犄角涨大了近寸，碧眼凶光闪动，哈哈狂笑道：“你迷倒了姑射仙子，却来向我讨解药，真是笑话……”拓拔野二话不说，青光一闪，将他右手小指闪电斩落。

鲜血激射。烛鼓之惨叫一声，惊疑、狂怒、恐惧、不可置信地盯着拓拔野。他仗着自己是烛龙之子，素来跋扈凶狂、横行霸道，从没人敢假以颜色，更莫说施以皮肉之苦了。孰料这陌生少年胆大若此，竟敢残伤他的肢体！

拓拔野性子温和，心慈手软，平时不到万不得已，断断不会下此辣手，但他奉姑射仙子为不可亵渎之神明，爱慕膜拜，眼见烛鼓之等人竟用如此卑劣之法妄图污其清白，早已怒不可遏；又听闻这烛鼓之乃是老贼烛龙之子，更加鄙夷厌憎。新恨旧怒一齐涌上心头，哪里还有手下留情之理？

拓拔野扬眉笑道：“我的耐心可没这般好，你的指头也没这么多吧？”烛鼓之剧痛攻心，汗珠涔涔滚落，咬牙狞声道：“小子，你斩我一根手指，我就斩你一只手臂……啊！”惨叫声中，又被剁去一根无名指。

拓拔野笑道：“哎哟，我只有两只手臂，岂不是大大吃亏？是了，只需将你十指尽数剁了，你又能拿什么来握刀砍我手臂？”断剑在烛鼓之右手中指上稍稍比画，微笑道：“解药呢？”

烛鼓之痛得几欲晕去，狂吼道：“奶奶的乌龟海胆！没解药！”拓拔野剑光一闪，又将他中指齐根斩落。鲜血喷射，白牦牛地毯上尽是斑斑红点，宛如雪地寒梅。

不想那烛鼓之虽然卑劣淫邪，却极是倔强傲慢，被砍去三根手指，犹自大骂不绝，倒令拓拔野颇为诧异，心下不由得起了些微佩服之意，也不愿继续折辱毫无反抗之力之人，便想带着姑射仙子离开。

但低头望见她双颊似火，眼波如醉，心下一凛："事关仙女姐姐清誉，决计不能对这淫魔留情。"当下剑锋一转，在他胯间摇摆比画，笑道："他奶奶的紫菜鱼皮，你手指太多，所以毫不吝惜吗？那我将这孽根剁了如何？"

烛鼓之面色大变，连汗水也仿佛瞬间凝结。森寒剑气迫在两腿之间，一股冷冷杀气直贯脑顶。他知道这少年虽然满脸亲切微笑，但下手却极是狠辣，言出必践。关系快乐之源、子孙大事，任他凶狂倔强，也不由得惧意横生。

拓拔野微笑道："解药呢？"断剑一送，立时将他裤裆撕裂。烛鼓之大骇，登时崩溃，叫道："没解药！西海鹿女的'九九极乐丹'无药可解！"

拓拔野厉声喝道："无药可解？天下哪有无解之毒！"剑锋一撩，"哧"的一声，烛鼓之腿上血丝横流。

烛鼓之惊惧欲狂，大吼道："只有男女交合，才能清除春毒！否则二十四个时辰之后，必定经脉寸断、热血迸爆而死！"

拓拔野见他惊怖恐惧，满头大汗，知道他此时必不敢说谎。又是失望又是愤怒，喝道："畜生！"一脚飞踢在他下颌上。

烛鼓之闷哼一声，险些将自己舌头咬断，直板板冲天飞起，撞在洞顶，鲜血四溅，重重摔落在地，昏迷不醒。

拓拔野怀抱姑射仙子，提剑而立，心中茫然，忖道："难道当真要以交合之法，才能解救仙女姐姐吗？"他心中狂跳，面红耳赤。看见姑射仙子玉臂上鲜红的守宫砂，大转羞惭，又想："他奶奶的紫菜鱼皮，我在胡思乱想什么？仙女姐姐乃是木族圣女，冰清玉洁之躯，断断不可玷辱。倘若我做出此事，与这淫魔又有什么区别？"旋即又想："但若不如此，岂不是眼睁睁地看着仙女姐姐登仙羽化？"心下混乱，踌躇不决。

当是时，突听背后"哧"的一声轻响，两道凌厉杀气闪电似的冲来！

拓拔野此时心乱如麻，丝毫没有防备，体内真气被杀意所激，蓦地破体而出，化为碧翠光弧，绕体飞舞。却听"哧哧"连声，似有无数锐气破入护体真气之中。

拓拔野大吃一惊，紧抱姑射仙子拔身前冲，断剑急电般回身飞舞。但为时晚矣，背心微痛，酥麻难当，似是瞬息之间中了数十种剧毒暗器。心下大骇，大喝一声，念力积聚，定海神珠霍霍飞舞，真气四冲。

“嗖嗖”之声大作，无数黑芒被激得缤纷乱舞，急速没入四壁之中。刺入背部的数十种毒器也被瞬间激弹射出。

只听一个女子脆笑道：“哎呀，好俊的小子，好俊的身手。”又一个尖厉的声音冷笑道：“俊个屁！中了我的‘寒蛛冰涎’，不消半个时辰就变成毛茸茸的黑蜘蛛了。”赫然竟是先前洞外的西海鹿女与那什么童子。

拓拔野大惊，不知这二人从何处进入。旋身落定，凝神望去，只见三丈开外，一男一女并肩而立。

那女子黑发似漆，身材高挑，雪白丰腴。笑吟吟的桃形俏脸上，彩眉弯弯，媚眼如丝，春意盎然。身着鹿皮大衣，酥胸半露。脚蹬鹿皮长靴，莹白的大腿上文绣了一朵海棠，娇艳夺目。腰间悬挂了一只小巧的鹿皮鼓，右手上横持鹿角七星管，当是大荒十大妖女之一的西海鹿女。

那男子乃是一个身高不过五尺的侏儒，眉清目秀，微有鸡胸驼背，仿佛一个稚嫩童子。但眼神凶狠凌厉，满脸暴戾神色。右手正撑着一柄九色丝绸伞，急速旋转。两人浑身上下，逸散出凶厉怪异的真气，抢占先机，气势凌人。

“寒蛛冰涎？”拓拔野心中一凛，突然想起《百草注》上曾提到此毒，乃西海寒蛛的剧毒冰涎，一旦见血，中毒者立即昏厥不醒，半个时辰之内皮黑肉烂，长出无数黑毛，犹如蜘蛛一般，长则一日，短则两个时辰，必定殒命。唯有以棘丝草混合南海朵萨叠花，吞服外敷方能解之。

他心中微起惧意，念力四扫，但除了背部微有酥麻刺痛之外，别无他感。惊诧疑惑，那寒蛛冰涎一旦入体，浑身瘙痒剧痛，绝不会殊无感觉。难道这侏儒是在恫吓自己吗？

西海鹿女眯起双眼，上上下下打量着拓拔野，啧啧有声，媚声道：“这般俊俏的小子，若是真成了黑蜘蛛那就可惜啦。”

拓拔野哈哈笑道：“就这么几根黄蜂似的小针，一丁点寒蛛冰涎，也能奈何我吗？”思绪飞转，寻思如何乘隙冲出，再以真气迫出奇毒。

侏儒冷笑道：“臭小子不知死活。你当我九毒童子的逍遥伞是挡雨遮阳的吗？他奶奶的，中了我四十八种奇毒，还敢口放狂言。”

拓拔野心中又是一凛，九毒童子？这名字倒像是在哪里听过一般。是了，

似乎也是西海九真之一，乃是西荒第一用毒高手。因豢养西海寒蛛、极冻银蛇、千足蜈蚣、五彩虫、镣甲蛈、珊瑚蝎子、杀鲸蜂、西海毒蚊、泪粉蛾九种西荒至毒恶虫，提其毒，制百药，故称“九毒童子”。其手中逍遥伞中更藏匿了万千毒器，杀人于无形之中。

拓拔野心中寒意更盛，但念力四扫，始终没有发现体内有何异状，惊疑不定，忖道：“怪了，难道他的奇毒如此特异，中毒之后也察辨不出吗？”

九毒童子见他眼中闪过困惑惊异之色，尖声冷笑道：“臭小子毒已攻心，逼不出来了。我数三声，你必倒地！”逍遥伞手中飞转，森然道：“一——二——三！”

话音未落，拓拔野面色果然骤变青紫，大叫一声，仰身跌倒，抽搐不已。银光飞闪，数十道寒蛛冰丝从逍遥伞中离心飞舞，将他与姑射仙子紧紧缠住。

九毒童子尖声笑道：“他奶奶的，都说拓拔小子厉害，原来也不过如此。想不到阴差阳错，竟让咱俩抓住了。”极是得意。

西海鹿女腰肢扭摆，到拓拔野身前，俯身下望。彩眉一挑，笑吟吟道：“小哥儿，姐姐真想好好疼疼你哩，可惜你砍了七郎三根手指，眼下便是神仙也保你不住啦。”

侏儒尖声怒道：“骚婆娘，啰唆什么？还不去救醒七郎！”

西海鹿女依依不舍地瞟了拓拔野一眼，走到烛鼓之身旁，柔荑推搡，将他经脉解开，腻声道：“七郎，七郎，你没事吧？”她又哧哧笑道：“我们昨日偷偷掘了这通道，本想看看你和姑射仙子颠鸾倒凤的模样，想不到竟派上了大用场，抓住了这小子。”

原来拓拔野无意间由山顶冲落这山洞的甬道，竟是西海鹿女与九毒童子为了偷窥烛鼓之迷奸姑射仙子而挖掘出的密道。适才两人等到烛鼓之进入洞内之后，立即赶往山顶，沿洞滑下，想要窥视春光，不料却恰好瞧见拓拔野制住烛鼓之的场景。当下趁着拓拔野背对通道，怔怔出神之机，齐齐出手，以逍遥伞和鹿角七星管发出诸多毒器，暗算成功。

烛鼓之大吼一声，猛地跳将起来，喝道：“奶奶的乌龟海胆！老子剁了你！”他被拓拔野这番折辱，狂怒已极，身形电冲，左手一闪，挥舞弯刀朝着拓拔野怒斩而下。

突然青光爆舞，蛛丝飞扬，拓拔野哈哈大笑，一跃而起。“轰”的一声巨响，烛鼓之大吼一声，高高飞起，再次撞在洞顶坚壁，喷出一大口鲜血，手中弯刀骤然断为两半。

原来拓拔野故意装作毒发倒地，等到烛鼓之毫无戒备，欺身进入时，猛地以断剑斩断寒蛛丝，闪电反击，将烛鼓之打成重伤。一击得手，大笑声中，气如潮汐，断剑似电，滔滔不绝地朝着烛鼓之疾攻而去。

西海鹿女与九毒童子大吃一惊，抢身冲上，鹿角七星管“呜呜”激响，逍遥伞旋起绚丽金光，万千毒芒密雨激射。拓拔野一声清啸，剑气如惊涛狂雷，碧光纵横迸爆，山洞内碎石四射飞舞。

“轰”的一声，三人齐齐后退。烛鼓之惨叫一声，跌落在地。九毒童子二人发出的毒针暗器被拓拔野的断剑气芒隔挡，纷纷反弹，不少竟射入烛鼓之体内。

拓拔野哈哈大笑道：“你们连烛龙之子也敢谋弑，敢情是不想活了！”九毒童子、西海鹿女又惊又怒，倘若烛鼓之当真因此而死，他们确实罪责难逃。

突然“嘭”的一声巨响，山洞石门崩炸开来，凭空一声惊雷爆吼。拓拔野只觉身后狂风卷舞，万钧之力当头压下！

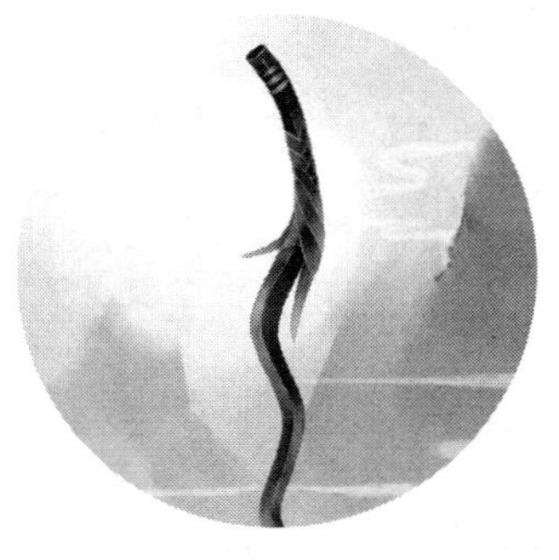

第十章 万兽围城

山风鼓舞，满殿灯火摇曳。

女丑黑衣飘飞，铃铛脆响，纤指笔直地指向蚩尤，冷冷道：“就是他！来自东方的不速之客！”此言一出，众人无不大惊，纷纷失声低呼。

满殿愕然，唯有蚩尤怔怔凝望女戚，兀自皱眉苦想，浑然不觉。突见众人目光突然齐齐集聚在自己身上，这才猛然惊醒，不知发生何事。正自诧异，又听女丑高声道：“今夜，我看见天镜湖水沸腾了，湖面的巨大涟漪便是他的脸容。这是寒荒大神的预示，这两个来自东方的男子，将为我们寒荒带来最为可怕的灾难！我以寒荒大神的名义，将他们赶出寒荒八族的疆域！越快越好！”

满殿骚然，众人惊怖低语，有人叫道：“将他赶出去！赶出寒荒国！”登时又有十几人附和，此起彼落。

蚩尤闻言大怒，便想拍案而起。拔祀汉连忙将他拉住，低声道：“蚩尤兄弟，对神女万万不可无礼！”

蚩尤强行忍住，默然不语，仰头痛饮坛中美酒。其实对于去留他丝毫不在意，只是听那女丑大放厥词，无中生有，方才震怒难抑。大怒之下，倒忘了与那女戚似曾相识之事，也没有瞧见女戚笑吟吟地望着他的奇怪眼波。

芙丽叶公主盈盈起身，淡然道：“女丑神女，倘若芙丽叶没有记错，去年三月十五，沸腾的天镜湖水中也出现了某人的脸容吧？”女丑冷艳的脸上微微变色，冷冷道：“不错。那是来自昆仑的白长老。”

芙丽叶公主道：“白长老当日为我们八族带来了诸多荣誉和财富，可是我们的贵客呢。”女丑勉强道：“不错。”

芙丽叶公主点头道：“既然两次情形相同，女丑神女又怎能断定此次蚩尤公子会带来极大的灾难呢？”

众人讶然低语，微微点头。女丑冷冷道：“公主殿下，是在质疑女丑的通神巫念吗？”芙丽叶公主摇头道：“芙丽叶怎敢对神女有不敬之心？只是蚩尤公子一行在众兽山中救出芙丽叶与九百童女，于我寒荒八族皆有大恩。倘若我寒荒国不予答谢，反倒将其贸然驱逐出境，岂不是让天下英雄耻笑我寒荒国忘恩负义吗？”

寒荒八族素重信义，知恩图报，听芙丽叶公主这般说，无不凛然，徐徐点头。

女丑凤眼中闪过恼怒的神色，冷冷道：“如此说来，公主殿下倒宁愿触怒寒荒大神了？”芙丽叶公主淡然一笑道：“芙丽叶岂敢？只是希望以贵宾之礼招待蚩尤公子一行，三日之后再将他们恭送出境。”

众人心下均觉此乃两全其美之良策，纷纷颔首。只有一个高瘦老者摇头道：“公主殿下此言差矣，蚩尤公子虽对我八族有大恩，但事关寒荒大神之喜怒，岂能因小失大？”

这老者乃是八族长老会中的三大长老之一倪岱，极有威望，平素缄默少言，但每出一言必定为人所重。众人原已倾向芙丽叶公主所言，听他这般说，又有些摇摆不定。

蚩尤心下早已不耐，哈哈狂笑，昂然起身道：“芙丽叶公主，多谢盛情款待。蚩尤不过路经此地，可没打算在这里赖着不走。既然有许多不便，等我兄弟回来之后，即刻告辞。”

被他这般一说，殿中众人反倒颇感羞惭，纷纷出声挽留。楚宗书叹道：“蚩尤少侠，这可真是对不住了。近来寒荒怪事迭迭，大神时有震怒之象。祭祀在即，我们不敢有大意之处。不如明日起，请诸位稍稍退避，等到祭祀大典之后，寡人焚香扫榻，恭迎大驾……”

话音未落，忽然狂风大作，飞沙走石。满殿灯火尽数熄灭，漆黑之中“乒乓”乱响，石案倾倒，酒肉淋漓。酒爵樽彝、鬲瓿簋盨叮当乱撞，四下横飞。众人惊叫迭声，乱作一团。

殿外天昏地暗，妖云滚滚飞舞，阴风怒号。尖叫声中，有人颤声叫道：“你们听见了吗？那……那是什么声音？”众人一凛，凝神倾听，隐隐听见呼啸的风声中传来崩雷似的怪异声响，越来越近。

蚩尤心中升起强烈的不祥之感，满殿寂然，鸦雀无声，众人遍体侵寒。

突听殿外哨兵尖声惊叫：“怪兽！好多怪兽朝这飞来了！”殿内殿外如沸鼎油锅般炸将开来，一片骚然。连日来，常有成千妖兽围袭寒荒城，杀人吸髓，掳掠童女，寒荒城中风声鹤唳，人人自危。是以听说又是怪兽来袭，无不神色张皇。

有人大叫道：“侍卫队！侍卫队快来护驾！”火炬闪耀，殿外数百军士持戈潮水似的涌入。

蚩尤想起纤纤还在崖边，心下大惊，蓦地跳将起来，闪电般朝外掠去。拔祀汉与天箭也随之奔出。

狂风呼啸，沙石枝叶扑面而来，夹带着冰冷的雨点以及浓重的腥臭之气。人流汹涌，崖上众人惊叫踉跄着朝殿中奔去。

蚩尤凝神四顾，黑云汹汹压顶，群山之间夜雾苍茫，依稀可以看见纤纤俏立在崖石上，紫衣翻飞鼓舞。黑涯在她身侧，呆呆地站立着，仿佛泥塑一般。蚩尤心中一宽，飞奔上前，叫道：“纤纤！快回来！”

纤纤听若罔闻，娇躯在狂风中摇摆如弱柳浮萍，仿佛随时要掉落山崖一般。蚩尤大急，闪电般冲去。拔祀汉叫道：“黑涯，快将纤纤姑娘拉回来！”黑涯身体摆了摆，突然笔直倒地，咽喉鲜血汩汩，手足抽搐，苍白的脸上满是狂怒苦痛的神情。

众人大吃一惊，却听一声凄厉狞恶的尖啼，一道红影从山崖下冲天飞起，腥风鼓舞，纤纤随之拔地飘摇飞去！

蚩尤青光眼瞧得分明，那红影竟是一只巨大的血红蝙蝠，双爪拎着纤纤，横空怒舞。蚩尤惊怒交集，便欲冲天追去，但见黑涯命在旦夕，连忙疾冲上前，默念“春叶诀”，将他咽喉伤口封住。

黑涯口中“嗬嗬”作响，瞪大眼睛，费尽力气，含糊道：“他爷爷的……是血蝙蝠……蚩尤兄弟，对不住……”话音未落，已自昏迷。

蚩尤拔身而起，目中闪过狂怒凶厉的光芒，吼道：“妖孽敢耳！”苗刀电舞，红光爆闪，七只太阳乌怒啼振翅，轰然破空。

他驭风冲天，稳稳地翻身坐在太阳乌背上，朝着那血蝙蝠闪电追去，刹那间便冲入滚滚黑云之中。

崖上众人惊骇莫名，纷纷拜倒，颤声叫道：“血蝙蝠！血蝙蝠苏醒啦！”血蝙蝠乃是传说中的寒荒七兽之一，被寒荒八族奉为族中圣兽。生性凶厉，极具魔力，以吸食人畜之鲜血脑髓为生，传闻其牙中含有邪魔妖毒，为其吸血者，必定蜕变为嗜血妖魔，任其驱使。昔年西荒群雄费尽周折，付出惨重代价方才将这妖兽射杀在雪山顶巅，并将其元神封印入众兽山。

近来寒荒怪事连连，多有人畜惨死，状如被血蝙蝠等凶兽所杀。四处纷纷流传盖因金族暴虐统治，寒荒大神极为震怒，故而解开寒荒七兽封印，引领八族举义。

不久之前，许多人皆声称见着血蝙蝠、寒荒梼杌等传说凶兽，谣言越传越烈，举国惶惶。今日，众人亲眼看见血蝙蝠现身南峰，心中恐惧骇异可想而知。

混乱中，女丑尖声叫道：“看吧！血蝙蝠抓走了那来自东方的妖女！这是寒荒大神的旨意！”众人无不凛然。

当是时，千山万壑迷雾之中响起震耳欲聋的狂吼声，如惊涛狂浪般四面八方冲击围涌，不知有多少凶禽飞兽汹涌而来！寒荒城众峰警钟长鸣，诸峰哨楼上的三昧真火接连燃起，在茫茫夜雾中闪闪跳跃，凄迷而诡异。众人惊骇难抑，奔走推搡，乱作一团。

一人大声叫道：“凶兽离南峰尚有数里，大家不要慌乱，快随着高将军从后殿通道下山！”声音镇定自如，正是那倪长老。众人稍稍安定，在众寒荒卫士的疏散下，朝着大殿之后涌去。

南峰大殿坐落山腰，倚山临渊，大殿之后便是巍巍险峰。殿后山崖有一通道，直通山腹，迤逦而下，可至山脚。

山腹中又凿有极大的厅堂密室，亦可用于躲藏避难。平素这通道并不经常开启使用，此时形势危急，正好派上用场。

拔祀汉与天箭抱起黑涯，对望一眼，也跟着人群朝殿后奔去。毕竟黑涯受伤甚重，保护其安全乃是现下最为紧要之事。

黑云澎湃，层叠压下。夜雾凄凄，茫茫缭绕。

人潮汹涌，那高将军率领数十名卫士狂奔在前，拥簇着楚宗书父女、两大神女、少昊、江疑、英招以及众长老、贵族匆匆忙忙朝通道入口奔去。绝壁峭平如斧削，纵横两丈的玄冰铁门紧紧闭拢，三道混金铜大锁岿然不动。高将军抢身上前，掏出巨钥开启，手指颤抖，半晌方才一一打开。

狂风怒吼，沙石飞舞，滔滔黑云在头顶奔腾滚卷。万兽咆哮声如惊雷，如海啸，如山崩，越来越近，惊天裂地。大殿似乎被震得簌簌发抖，几块巨大的铜石瓦突然迸裂。

拔祀汉抬头望去，黑茫茫一片，丝毫不见蚩尤与太阳乌的身影，心中焦虑，心道："难道蚩尤兄弟已经遭了那妖兽的毒手吗？"心中寒意凛然。

高将军喝道："开门！"十个卫士齐声大喝，涨红了脸，将那厚重的玄冰铁门徐徐拉开。

"嗷呜！"突听一声凶暴狂吼，众人耳中嗡然，险些晕倒。"砰"的一声巨响，玄冰铁门轰然震开，那十个卫士凄声惨叫，冲天飞起。白光爆闪，一股腥臭狂风从那绝壁通道之中呼啸而出！

高将军长刀还未拔出，只觉银光怒舞，眼前一花，突然脑顶热辣辣地生疼，"咔嚓"一声轻响，腥热的脑浆混着鲜血迸飞四溅。从头到腰，半身被击得模糊粉碎，哼也未哼，便已倒地身亡。

众人惊呼声中，又有五六个卫士悲呼抛飞，瞬间殒命。那白光风雷电舞，咆哮疾扑，朝着楚宗书凌空冲去！

众人大惊，叫道："护驾！护驾！"数十名卫士长戈尖矛交错纷刺，将楚宗书父女团团护住。

"轰"的一声巨响，一道银光如雷霆霹雳，当空怒扫。众卫士惨叫迭声，断戈四舞，血肉横飞，登时崩溃四散。

那道白光在半空发出撕裂人心的恐怖怪吼，卷起银光旋风，朝着楚宗书径直扑下。

突听"嗖"的一声，一支铜杆铁箭破空电舞，直没白光之中！血珠飞溅，那道白光发出凄厉的吼声，在空中稍稍一滞，蓦地舞动银光，朝着楚宗书轰然扫落。劲风如刀，楚宗书登时仰面摔倒。

芙丽叶公主花容失色，叫道："父王！"猛地扑在他的身上，以自己羸弱娇躯阻挡。众人大惊失声。

天箭低叱一声，霹雳弦惊，又是连珠三箭怒射而去。那道白光愤怒咆哮，眩光迸爆，三支长箭登时凌空断裂。

在他连珠箭的干扰下，那怪物身形微微扭转，银光有所偏差，轰然击打在楚宗书身侧。"砰"的一声，棱石迸飞，地上竟裂了一个三尺多宽，一丈余深的裂隙！

“哧”的一声，芙丽叶公主被那银光真气扫及，背上衣服寸寸撕裂，雪白的脊背上登时现出十数道紫红色的瘀痕，低吟一声，昏迷不醒。

那道白光狂声怒吼，在楚宗书身旁昂然落定。众人凝神望去，无不惨然变色，纷纷怖声惊呼，连滚带爬，踉跄后退。十几个胆小的，竟连腿脚也挪动不得，面色惨白，簌簌发抖，尿水淋漓而下。

英招与江疑低咦一声，大为惊诧，架住烂醉如泥的少昊，急速后退，与女丑、女戚以及诸多贵族一起，退缩到层层卫士组成的人墙之后。

那道白光赫然竟是一只三丈余高、四丈多长的人面虎身的怪兽！灰睛凶光爆放，巨口血盆，刀牙森森，两只上獠牙长达一丈六尺，银毛黑纹，长毛拖曳在地，两丈余长的银毛长尾如钢鞭直立。

那妖兽左侧肋上插了一支长箭，鲜血滴落。虎爪轻轻刨地，喉中发出低沉的嘶吼声，周身上下，蓄劲待发。一股凶厉恐怖的妖气如那黑云浓雾一般，压迫在众人头顶，让人喘不过气来。

拔祀汉与天箭心跳瞬间停止，倒抽了一口凉气，仿佛突然掉入深不见底的冰窖。这妖兽竟是寒荒七兽中极为暴戾可怖的寒荒梼杌！

不到一盏茶的时间内，南峰上竟先后出现了寒荒七兽中的两大凶兽！而这寒荒梼杌竟从封闭的通道中突然奔袭而出。难道此前的一切传闻都是真的吗？寒荒大神果然已经震怒了吗？

众人心中都说不出的惊疑害怕。女丑站在人群之中，冷艳的脸上殊无表情，红唇翕动，默默念诵着咒语。

众卫士远远地围成一圈，惊惶恐惧，手中戈矛不自觉地颤抖起来，眼睁睁地望着妖兽昂然站在昏迷的楚宗书父女身侧，此起彼伏地大声呼喝着，谁也不敢贸然上前。

寒荒梼杌灰睛冷冷地盯着拔祀汉与天箭，口涎丝丝滴落，突然怒目圆睁，狂声咆哮，周身闪起一道耀眼的银光。众卫士肝胆欲裂，情不自禁地朝后退去。

拔祀汉与天箭心中惊惧，身形却岿然不动，冷冷地瞪着那妖兽，掌心汗水淋漓。那妖兽眯起灰眼，又是一声惊雷似的狂吼，六七个卫士魂飞魄散，再也抵受不住，大叫着回身便跑。

天箭眉尖一蹙，突然拧身弯弓，“嗖嗖”连响，箭如流星，将那奔逃的六七个卫士瞬间射杀。拔祀汉厉声怒喝道：“寒荒男儿，岂有这等胆小怕死、不忠不义的懦夫！”

数百个卫士齐齐一震，脸上都闪过羞惭的神色。寒荒诸长老、贵族也不禁微感尴尬羞赧。想不到如此紧要关头，敢与妖兽对峙、解救国主的，竟是今日方甫到来的乡下小子。一时之间，众人对这清俊高大的虎衣男子与那瘦削缄默的豹衣少年都不由得起了敬佩之意。

拔祀汉从背上缓缓拔出那两柄玄冰铁长刀，大声喝道：“各位寒荒兄弟，今日正是我们为寒荒八族尽忠之时，一起同心协力，救出国主、公主，将这妖兽杀了！”纵声高歌，在天箭的连珠飞箭掩护之下，率先朝那妖兽扑去。

拔祀汉的歌声悲壮苍凉，高亢激越，正是寒荒八族的共同战歌，众卫士听得热血如沸，刹那间豪情激涌，将生死置之脑后，齐声高歌，潮水似的朝妖兽汹涌冲去。

寒荒中人性情多勇烈，极是彪悍。之所以对这些妖兽如此畏惧，乃是敬畏寒荒大神之故，隐隐之中觉得，这些妖兽既是由寒荒大神解印复活，倘若冒犯，则就是逆抗寒荒大神，万死不足赎之。

如此一来，心中已是胆怯，再见到妖兽凶威凛厉，更加惊惧难抑，是以不战而溃。但此刻目睹拔祀汉与天箭英勇无畏，一至如斯，心中羞惭之下，纷纷激起豪勇本性，决意殊死战斗，不辱寒荒男儿的声名。

寒荒梼杌大怒狂吼，长尾横扫，银光爆舞，登时将六七个卫士拦腰打断。众卫士怒吼着汹涌围上，前赴后继地挥斫刺砍。

长戈利矛闪电交错，被那妖兽迸放的白光一震，纷纷断裂激射，反弹没入诸多卫士的体内，惨叫之声此起彼伏。

拔祀汉三番五次被那妖兽震退，眼见妖兽拧身错步，刹那间无法回转，大喝一声，乘隙冲到，玄冰铁刀朝着妖兽侧腹双双怒斩而下。刀光如电，气势万钧。他臂力惊人，这两刀威猛霸冽至极，全力而击，志在必得。

妖兽突然扭头，怒吼若狂。气浪爆舞，拔祀汉脑中轰然一响，当胸仿佛被巨锤猛击，剧痛如狂，蓦地大喝一声，退也不退，硬生生怒斩而下。

“轰！”妖兽遍体绽爆耀目银光，拔祀汉大叫一声，被震得冲天而起，手中双刀挥洒两道血线。众人见那妖兽竟被拔祀汉所伤，无不大喜。

拔祀汉重重地摔落在人群中，接连喷出两口鲜血，强忍断肠剧痛，跳将起来，哈哈大笑道：“原来这畜生也不过如此！”

众卫士齐声欢呼，士气大振。高将军被妖兽瞬息所杀，军中无首，不免乱作一团，但此时见拔祀汉如此神勇，都情不自禁地将他视为长官一般。在他的率领下高歌猛进，层叠进攻。

妖兽暴怒已极，跳跃嘶吼，蓦一甩头，獠牙如刀，瞬间将数人咬为两段。虎爪横拍，钢尾卷舞，在人群中如狂风闪电，恣意肆虐。众卫士接连不断地被妖兽撕裂咬杀，四下抛飞。惨叫悲呼之声不绝于耳，那高亢激昂的战歌声越来越响，异常雄浑悲壮。

拔祀汉颇有大将之才，自小带着村中少年猎杀寒荒猛兽，极有狩猎经验。今日这凶兽虽然远非寻常猛兽可以比拟，但方法却是大同小异。眼见妖兽凶厉，己方伤亡惨重，寻思道："眼下当务之急乃是从这妖兽旁侧救出楚宗书父女，不必与之缠斗。"当下指挥若定，围而不攻，激怒妖兽徐徐朝南侧转移。

当那妖兽距离楚宗书有两丈距离时，拔祀汉一声大喝，北侧众兵立时围涌而上，架起楚宗书与芙丽叶公主朝后奔退。

岂料那妖兽竟似脑后长了眼睛，突然回身闪电奔跃，狂雷怒吼，一道炫目的白光气浪从它巨口中喷爆而出。众卫士惨叫声中，脸容仿佛被重锤砸碎，扭曲碎裂，鲜血激射，四下抛飞。

楚宗书身在半空，被那气浪扫中，"噗"的一声闷响，冲天飞起，喷出一大口鲜血，软绵绵地摔落，恰巧撞在一杆断戈上，"哧"的一声，戈尖直没腹中，身体抽动了刹那，再也没有动弹。

众人尽数惊呆，半晌才发出惊怒的吼声，蜂拥而上。

江疑、英招大吃一惊，身在异地，他们第一要职乃是保护少昊，不敢丝毫大意；是以虽目睹楚宗书危急，亦不敢贸然上前援手。眼见众兵即将救离楚宗书，正自暗暗松了口气，岂料奇变陡生，猝不及防，他们再想出手相救已丝毫来不及了。心中大凛，倘若在此非常之时，楚宗书暴毙身亡，只怕寒荒国不消三日便会陷于大乱！

此时大风呼卷，木石横飞，南峰上空阴云惨雾，鬼哭狼嚎，那震天怒吼之声铺天盖地，万千凶禽飞兽似乎近在咫尺。

寒荒诸贵族面面相觑，惊慌失措。

忽听南峰西侧陡斜的栈道上，传来整齐划一的呼喝声，千余名卫士在数位将领的率领下由山下赶来。与此同时，周围数峰之上，也各有数百名精兵经由山峰之间的飞索悬车，穿透茫茫迷雾汇集而来。

那寒荒梼杌银尾飞卷，光芒迸爆，众卫士断头折腰，歪斜倾倒，丝毫近身不得。妖兽灰睛凶光如电，昂首咆哮，獠牙如长刀森然夺目，巨大虎爪高高抬起，朝着楚宗书猛击而下！

众卫士失声惊叫，想要拼死相救却已不及。天箭的连珠飞矢还未到妖兽身侧，便被银光激得冲天迸断。

“哐啷”一声震天锣响，众人头晕目眩，踉跄跌倒。一道隐隐金光闪电般击中寒荒梼杌，妖兽全身一震，银光乱舞，发出一声狂吼，倏地跳将开去。

“惊神锣！”众卫士大喜欢呼。江疑右手疾舞，青铜棍密风急雨般敲击着惊神锣，发出轰然巨响，妖异而奇特的节奏，在这山崖狂风中听来，更加急促险恶，催人欲狂。

众人心惊肉跳，纷纷撕下布帛，塞住双耳。

眼尖之人隐隐可以看见，无数道淡淡的金光从惊神锣上飞舞怒射，将妖兽团团交织。梼杌狂吼奔跃，始终挣脱不得。

拔祀汉大喜，强忍剧痛，俯身急冲，在横七竖八的尸体中将楚宗书与芙丽叶公主双双夹起，急速冲回。妖兽目光瞥及，暴怒如狂，但被惊神锣真气所困，围困不得出，突然狂声怒吼，巨头倏地膨胀，一道圆形白光从口中怒爆而出，硬生生地突破惊神锣的金光真气，朝拔祀汉狂飙电射！

天箭低叱声中，又是接连三箭，电光石火之间尽数射在那圆形白光上。“扑扑”连响，箭矢突然凝为寒冰，铿然断折。那白光其势不减，“砰”的一声撞在拔祀汉后心，光芒一闪，拔祀汉大叫一声，重重摔下，全身僵直，转瞬间周身凝固一层厚厚的坚冰。

众卫士围拥而上，将他扶起，连声呼叫，拔祀汉面色青紫，昏迷不觉。几人将楚宗书、芙丽叶公主抬到一旁，检查楚宗书鼻息心跳，竟依旧在微弱活动，众人大喜，稍稍心定。

江疑惊怒交加，喝道：“好禽兽！”锣声密集，真气倍增，与那梼杌交缠恶斗，难解难分。

他手中惊神锣生平不知降伏了多少西荒恶兽，从未遇见过如此凶狂暴戾的妖兽，穷尽浑身解数，竟也不能将之降住。

当是时，妖风恣肆，腥臭逼人。黑云飞涌迸裂，白雾逸扬离散，突听狂吼如雷，震耳欲聋。无数飞兽突然破云怒舞，黑压压地漫天盘旋，放眼望去，少说也有数万之众。

众人大骇，环身四顾，恶鸟凶兽层叠飞翔，巨翅交叠纷织，尖叫怪吼，嘈杂刺耳。忽然如天河倒泻，轰然俯冲，怒吼着朝南峰上的众人汹汹猛攻。

众人大惊，纷纷弯弓射箭。如雨箭矢漫天激射，数十只凶禽悲鸣着簌簌跌落。但相较之下，伤亡鸟禽不过九牛一毛。转瞬间漫天飞兽便呼啸而至，如乌云一般轰然席卷，旋即冲天飞起。

悲呼惨叫被淹没于狂雷似的兽吼中，数百名卫士顷刻间便被扑杀了近一成，另有数十名卫士被漫漫飞兽拎抓半空，手足乱舞，又被周围鸟兽轰然争相撕扯啄食，刹那间只剩下森森白骨，被狂风吹得不知东西。

那群鸟兽方甫冲天而去，又有数千飞兽怪吼着层层扑击。如此循环，如滔滔狂浪，层叠汹涌。远远望去，南峰犹如笼罩于滚滚黑云之中，又如在惊涛骇浪中的一叶扁舟。

众卫士团团围集，护卫楚宗书与诸神女、长老，高唱战歌，挥舞戈矛，殊死相斗。每一次兽群俯冲扑击，便如风暴卷席，一片狼藉。断头破膛的卫士们仿佛风中麦秆，怆然断折，成片成片地倒下。

腥风血雨之中，战歌却越发嘹亮，悲壮雄浑，伴着惊天锣声，响彻这寒荒暗夜。

漫漫鸟兽，盘旋冲击，诸将接连战死，拔祀汉重伤昏迷，众兵失却号令，渐渐不知去向。

江疑虽是西荒驯兽第一高手，但与这梼杌苦苦缠斗，惊神锣真气萦系其身，稍稍分神，便有被妖兽瞬间反噬之虞，是以无暇他顾，空有惊神锣，却不能将万千鸟兽奈何。

众人心中都是雪亮：如此死守唯有死路一条。倪长老高声长呼道："大家围成方阵，冲到甬道中去！"众卫士齐声答应，朝着山壁甬道缓缓移动。

飞兽群鸟似是知道他们目的，纷纷尖啼震吼，滔滔冲击，万千翅膀在甬道入口之前簌簌交织，封住去路。秃鹫、翼鸟龙诸多凶禽盘旋飞舞，狂猛俯冲；巨翼飞虎、刀牙翼龙等凶兽索性盘旋立地，扑扇翅膀，跳跃扑击。众卫士招架不住，节节败退。

英招皱眉心想："倘若再不出手，众人都要命丧于此了。"喝道："风云神，我来对付这孽畜，你将这些鸟兽驱赶开来！”右手白袖蓬然卷舞，“呼呼”怒响，一道白色光轮呼啸盘旋，朝着梼杌疾撞而去。正是他的韶华风轮。

梼杌狂吼声中，巨尾如崩雪悬河，夹带耀眼银光，轰然怒击在韶华风轮上。“轰隆”巨响，韶华风轮“呜呜”，笔直破空，登时将上方飞舞的众恶鸟绞杀得断羽缤纷，血肉模糊。

梼杌被风轮与惊神锣齐齐一击，银尾飞扬，悲吼后退。

趁着这一刹那的空隙，英招与江疑相互交叠，由英招挥舞韶华风轮，压迫梼杌凶狂气焰，而江疑则抽身而退，对着漫天鸟兽轰然敲击惊神锣。

锣声高越激烈，破云裂雾，滚滚云层被那隐隐金光摩擦，登时亮起炫目的闪电。万千鸟兽悲啼如狂，轰然冲天。那凶暴的刀牙翼龙、巨翼飞虎被锣声所激，也纷纷悲吼溃散，朝着高空层层退却。刹那间，南峰大殿之后的空地上，只剩下那凶狂无匹的梼杌依旧在怒吼奔跃。

众人大喜，急速奔向山壁甬道。

突见一道绚丽金光破云而出，天地陡然一亮。狂风呼啸，震天的悲吼中，隐隐响起若有若无的弦琴之声。那声音含着说不出的杀伐暴戾之意，在这暗夜听来，更觉诡异凶残。

江疑面色突变，被那琴声侵扰，节奏登乱，青铜棍敲击在惊神锣上，竟然发出失调的噪音。琴声悠然低鸣，似乎淡不可闻，却又仿佛无处不在。越来越快，节奏跳跃急促，阴邪可怖。

遥遥望去，漫天鸟兽惊啼狂吼，纷乱交错，突然崩泻汹涌，仿佛天幕坍塌，不顾一切地冲涌而下，发狂似的朝着众人倾轧扑击。

江疑大喝一声，惊神锣激昂高越，千山响彻。漫漫飞兽发出凄厉的悲鸣，崩散开来，密雨似的簌簌陨落。在空中乱作一团，茫然交错。

黑云之中，那道绚丽的金光以一种妖异的韵律，跳跃闪烁。琴声森冷，如寒山夜雨，极地悲风。江疑蓦地大叫一声，虎口震裂，嘴角沁出一丝鲜血。锣声刹那间竟被琴声压倒！

众人惊呼，女丑尖声叫道：“寒荒大神！这是寒荒大神的冰甲龙筋筝！”

众人闻言大凛。传闻远古之时，寒荒大神归化密山，尸首化为诸多怪兽。其中最早出现、也是最为暴戾凶狂的，便是冰甲角魔龙。那妖龙周身冰甲，坚不可摧，头顶独角极具魔力，在寒荒危害极重。寒荒八族受其所累，苦不堪言。

神女祭祀，祈祷寒荒大神将此妖龙收服。寒荒大神遂转世为一个无名女子，在西荒群雄围猎妖龙之时，以缝衣骨针化作神器镇天杵，将妖龙封印于众兽山上。并剔其脊骨，凿为琴盒，抽其龙筋，以作琴弦，制成冰甲龙筋筝。

无名女子以这冰甲龙筋筝慑服寒荒诸兽，使得寒荒重归太平。而后将此琴赠予寒荒国主，作为镇国之宝，自己则乘云归去。

八百年前，八族大乱，寒荒国主被叛军所杀，藏于寒荒城的冰甲龙筋筝也随之不翼而飞，再也没有听闻下落。想不到竟然重现于此夜此地。众人心中震骇凛然之余，纷纷忖道："那弹奏筝琴的人又是谁？当真是寒荒大神吗？"

漫天鸟兽狂吼悲啼，顺从那妖异的节奏，仿佛万千急箭，倾盆暴雨，轰然冲袭。

众卫士猝不及防，惨叫四起。漫漫鸟群如黑云般发狂冲击，鲜血激射，断肢飞扬。

江疑惊怒若狂，他生平驱兽降魔，罕逢敌手，究竟那琴声是何人所奏，竟能将自己的惊神锣压倒，驱使鸟兽发狂似的攻击？难道果真是寒荒大神？心中升起强烈的不祥之感。

当下聚意凝神，施放两伤法术。一道白光从他手心没入青铜棍，又绽爆为一条耀眼白蛟，怒吼着撞击在惊神锣上。

"哐啷！"仿佛山崩地裂，鬼哭神泣。万道金光从锣上冲天怒射。漫漫鸟兽悲呼哀啼，炸将开来，万千双翅膀缤纷扑扇，朝着高空仓皇飞散。

众人惊魂甫定，倪长老大叫道："撤回大殿！"话音未落，那琴声急奏，如冰霜雪雨，迫面而来。漫天鸟兽呼啸盘旋，再次交相汇集，犹如几道黑色的龙卷风，朝着南峰急速冲来。

众人不敢恋战，急速后撤，退回大殿之中。

江疑白衣鼓舞，干瘦的脸上，皮肤竟如波浪一般急速起伏，细眼光芒大作，周身上下笼罩着一层白光。锣声崩雷裂电，浩荡雄浑。

黑云中的那道炫目金光突然笔直地照射在惊神锣上，"铿"的一声巨响，铜锣剧荡，江疑瘦小的身躯簌簌震动。

那琴声蓦然拔高，如飞瀑、如崩雪，凌厉凛冽，咄咄逼人。万千鸟兽发狂吼鸣，无数道黑影急电扑落。

江疑闷哼一声，平地飞起，倒撞在身后崖石上，鲜血狂喷。众人大惊，正要冲出大殿相救，漫天鸟群已然密集扑至。

兽吼如狂，大殿瓦顶“笃笃”爆响，仿佛无数冰雹急速击打。万千黑影扑朔迷离，四壁窗口的水晶石铿然碎裂，翅羽扑扇，恶鸟接二连三地俯冲而入，均被凝神戒备的卫士及时击杀。

江疑与英招尚在殿外，众人不敢关闭殿门，一面高声呼唤，一面以弩箭射杀意欲从殿门冲入的漫漫鸟兽。

江疑面色惨白，颤抖着爬将起来。眼前黑影漫漫，尖叫怪吼如密集雨声，突然头上一痛，竟被一只秃鹫悍然啄击，继而眼花缭乱，全身剧痛，鲜血四射。弥漫的血腥气令围击而来的鸟兽更加发狂，刹那之间已如血人一般。

他经脉伤毁，无力反击。想他一生驯兽无数，今日竟反被这些禽兽如此折辱。心中狂怒，哈哈大笑。

英招惊怒交集，大喝一声，韶华风轮轰然电舞，光芒迸爆，巨大的冲击气浪将梼杌硬生生迫退。趁势飞掠，韶华风轮风雷怒吼，将围击江疑的密集鸟兽打成肉酱血泥，悲鸣四逃。正要扶起气若游丝的江疑，撤回殿中，却听身后传来惊天狂吼，一股凛冽杀气汹汹冲来。英招心下大骇，猛地回转韶华风轮，毕集全力，呼啸飞舞。

寒荒梼杌闪电奔蹿，突然贴地俯冲，避过风轮的雷霆猛击，揉身飞扑，怒吼声中，银尾如霹雳一般当头劈向英招。

英招不及回避，唯有奋起神威，凝集周身真气，双拳朝上并击。岂料那妖兽极是奸诡，突然起身咆哮，巨大虎爪奔雷横扫。

英招大惊，再要变招却已不及。“轰”的一声，被那虎爪拍个正着，登时拔地横飞，重重撞在崖石上，浑身鲜血淋漓，徐徐滑落。

梼杌昂首狂吼，状如妖魔。万千鸟兽轰然电冲，如黑丝织茧，刹那间将英招与江疑紧紧包拢于内。

众人惊怒悲惧，为妖兽气焰所慑，竟不敢出殿相救。英招与江疑乃是金族仙级高手，两人之力，便远胜于殿中数百之众。两人尚且如此，何况他们?

倪长老沉声道：“关门吧！”

众人正要动手，突听空中传来一声惊雷怒吼，一个英伟彪悍的少年，驾驭七只火红的太阳乌闪电冲来。斜眉入鬓，目光如电，满脸桀骜狂野的神色，浑身鲜血，犹如凛凛天神，正是蚩尤。

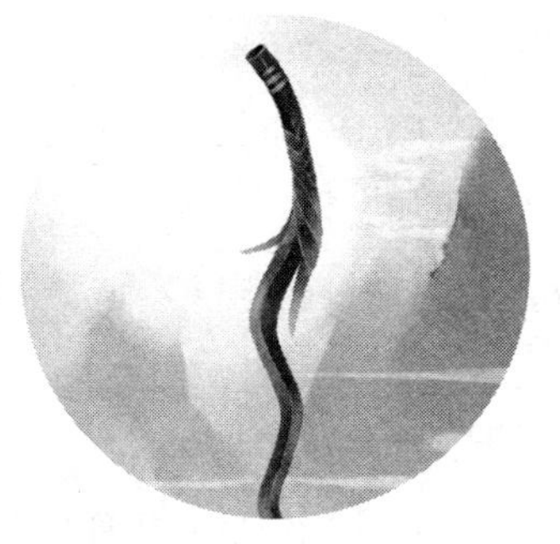

第十一章

冰心玉壶

“轰”的一声爆响，拓拔野闪电般地格挡，右臂酥麻，断剑几乎拿捏不住，喉中一甜，“哇”地喷出一口鲜血，踉跄前冲，紧紧将姑射仙子护在怀里，心中大骇：“究竟是什么妖魔，力道如此狂猛？”

身后狂吼如雷，扭头望去，竟是一个身高丈八的白毛巨兽，铜铃血眼狰狞无匹。身形如雪猿，长臂粗硕，巨掌似扇，四爪如虎，尽是钢钩铁趾。血盆巨口，一对獠牙颇为特异，如牛角般朝前交错翘立。

白毛巨兽咆哮声中，大步跳跃，双掌雷霆猛击，朝着拓拔野节节进逼。这畜生巨力惊人，白光卷舞，每一次拍击必定碎石裂壁；且钢筋铁骨坚不可摧，以拓拔野的滔滔真气与无锋剑之锋利，短时之内竟不能将其奈何，反倒被它迫得高蹿低伏，颇为狼狈。

九毒童子大喜，在拓拔野与那巨兽之间鬼魅游走，逍遥伞忽而旋转，忽而收拢，万千毒器神出鬼没，偷袭电射，逼得拓拔野更为险象环生。

西海鹿女将烛鼓之拉到一旁，以真气逼出体内毒器，接连不断地朝他口中喂服诸种解药，烛鼓之浑浑噩噩，转眼之间便吞下了数百颗丹丸，原本紫黑的面色逐渐恢复正常。

当是时，洞外大呼小叫，吼声不断，似乎又有众多人兽朝此处赶来。

拓拔野心下暗惊，瞄了一眼怀中脸如桃花、眼似春水的姑射仙子，忖道：“再不冲出此地，只怕要大大不妙。”纵跃跳脱，凝神察看，见那白毛巨兽虽然大步跳跃，但每一步必定是先跨左脚，而后再跟上右脚，并拢之后再跳以左脚，如此反复。心中一动，计算它的步伐，待它方甫跨出左腿时，猛地聚气涌泉，闪电似的从它左侧俯身冲过。

巨兽狂吼，长臂抡扫，堪堪从拓拔野头顶扫过。想要拧转硕大的身躯，追赶拓拔野，但步伐已乱，这般硬生生一拧登时失去重心，“轰”的一声重重倒在地上，如小山一般将九毒童子阻在一旁。

拓拔野哈哈大笑，抱着姑射仙子电冲而出。九毒童子大怒，尖叫一声，逍遥伞蓦地急旋飞转，骤然收缩，怒射而出。拓拔野头也不回，断剑回旋，青芒轰然电舞，“当”的一声挡个正着。

被剑气所激，逍遥伞倏地打开，五颜六色，缤纷飞舞。拓拔野小腿、背心忽然一痛，已经附上了三十余只大小各异的彩色虫子，吸附蠕动，震飞不得，瞬间没入拓拔野肌肤，在皮下鼓动扭舞，缓缓爬行。

拓拔野双腿、背心蓦地麻痹，全身乏力，登时仆然倒地。九毒童子尖声厉笑道：“我的九毒神虫如同附骨之疽，你就等着被吸干脑浆、骨髓吧！”

拓拔野心下大惊，却哈哈笑道：“区区小虫，何足道哉！我留着喂鸡去也！”咬牙聚气，起身朝外冲去。

九毒童子、西海鹿女齐齐一怔，想不到他被九毒神虫钻体噬咬，竟然还能聚气逃离，心中的惊异更盛，心中不由得都冒起一个念头：“这小子果然了得，竟有如此能耐！”猛一定神，背起烛鼓之朝外疾追，口中呼喝不已。

拓拔野双腿发软，眼前昏黑，豆大的汗珠簌簌滚落，几次便要摔倒在地，心中那念头却越发清晰：“决计不能让仙女姐姐落在他们手里！”聚意凝神，调集浑身真气，跌跌撞撞朝外冲去。

甬洞幽深，灯火炫目，许多甬道交错参差，不知哪条才是通往山外的捷径。洞壁火光摇曳，无数呐喊声、脚步声回音激荡，潮水般席卷而来。

眼见真气不畅，难以为继，体内那三十余只毒虫又已钻入血脉之中，朝着心脑游去，奔行越快，血流越速，这些毒虫将越快到达心脑之中，拓拔野不敢托大，念力积聚，默念解印诀，叫道：“鹿兄，出来吧！”

白光一闪，嘶鸣如雷。白龙鹿跃落在地，欢鸣跳跃，回身朝拓拔野奔来，龙须扬舞，撒欢磨蹭。突然发现拓拔野怀中的姑射仙子，火目一亮，张大了嘴，喉中“呜呜”鸣叫，摇尾欢嘶，极是兴奋。

拓拔野微微一笑，心道：“原来你也这般喜欢她吗？”翻身跃上白龙鹿背，叫道：“鹿兄，走吧！看到有人就冲他个落花流水！”

白龙鹿欢嘶一声，闪电般冲出。它久未出来，早已憋得不耐，又遇见久违的姑射仙子，欢愉激动，莫可言喻。

钟山在临近西海寒荒之地，气候苦寒，因此在山腹中凿壁穿洞，筑成行宫。甬道众多，错综复杂，犹如迷宫一般。

白龙鹿一路狂奔，蹄舞如飞。拓拔野怀抱姑射仙子，凝神调气，想要将体内的三十余只毒虫迫出。

迎面正好冲来数十名黑衣少年，弯刀闪闪，火炬跳跃。白龙鹿嘶吼一声，旋风般冲卷而入，刹那间便将众人撞得东倒西歪，披靡而去。

拓拔野强忍浑身麻痒痹痛，蓦地探手提起一个黑衣少年，喝道：“出口在哪里？”黑衣少年被他指掌掐得透不过气来，满脸惊惧，嗬嗬乱叫，手指朝斜前方的通道指去。拓拔野随手将他抛落，抱紧姑射仙子，伏在白龙鹿背上，疾冲而去。

奔行片刻，又遇见十余名黑衣少年，拓拔野再抓获一人，逼问出口，那少年惊慌失措，比画的方向与先前一人并无二致。当下拓拔野再不迟疑，催促白龙鹿急速狂奔。

三十余只毒虫在血脉中急速游动，被他真气所迫，时退时进，僵持不下。他半身越来越麻痹，手腿酸软，心中焦急不已。

姑射仙子软软地躺在他怀中，浑身滚烫，春毒炽烈，水汪汪的眼波春水迷乱，脸颊娇艳似火，若非经脉被封，必定已经缠绵而上。

身后传来九毒童子的尖利叫声以及烛鼓之的狂声咆哮，左右两侧的通道中又有汹汹真气夹涌而来，显是又有不少高手围追而至。

钟山是玄水真神烛龙的发迹之地，现下又是其子烛鼓之的行宫，是以高手云集。拓拔野念力扫探，便知两侧涌来的众人中，至少有几人真气极强，丝毫不在九毒童子等人之下，心中微凛。

若在平时，拓拔野单身独斗九毒童子或西海鹿女，决计不在话下；遭遇强敌断断不会就此逃之夭夭。但此时身中剧毒，全身乏力，怀中又抱着姑射仙子，诸多顾忌，不敢与彼等缠斗。当下轻拍白龙鹿脖颈，加速飞驰。

前方蓦地一亮，竟是一个颇大的洞口。洞外白雪纷扬，清光普照，狂风呼啸卷入。白龙鹿长声欢嘶，疾冲而去。

身后有人叫道：“他逃不了啦，前面便是断天崖！”众人欢呼，“嗖嗖”连声，无数箭石飞射而来。拓拔野浑身麻痹，真气不畅，无法以气反激，唯有凝神

聚气，奋力挥剑将箭石一一格挡开来。

奈何手臂酸软沉重，如悬千钧，终于有所不逮，“扑哧”一声，被一支玄冰铁箭贯入后背，直没箭羽。低呼一声，剧痛攻心，险些便从鹿背上翻身落下。

众人欢声长呼，有人叫道：“不许放箭！切莫伤了姑射仙子！”风声凛冽，似乎有四五个真人级高手同时奔跃蹿掠，朝着他疾追而来。法咒绵绵，念力滔滔，如海浪呼卷。

拓拔野体内真气突然奔岔四逸，如群蛇乱舞。双腿蓦地“咯咯”脆响，凝结一层坚硬寒冰。与此同时，热血沸涌，不住地冲击着血脉皮肤，将欲破体而出。

拓拔野大骇，知道必有数大高手同时施展妖法，念诵“凝冰诀”“海啸诀”与“开落花诀”，眼下自己念力涣散、真气岔乱，若要强行对抗，必定不是对手。眼见距离那洞口只有七八丈之遥，当下凝神聚意，默诵“潮汐诀”，猛地将浑身真气毕集于右臂，断剑青光激舞，回身疾刺而出，大喝道：“鹿兄！看你的啦！”

“轰隆！”三丈余长的碧光剑芒与身后缤纷涌来的念力真气霍然激撞，眩光爆舞，气浪崩飞。

洞内乱石怒射，块垒坍塌。白龙鹿长嘶声中，被那狂猛气浪推送，登时霹雳闪电一般平直飞蹿，刹那之间便已冲出洞外！

拓拔野奋起全身真气，使出火族的“崩天雷”，便是要借这反撞激爆之力，尽快逃出洞穴。但他此时真元衰竭，不比往常可以因势利导，从而不伤分毫，激爆中被巨力撞击，背上又遭石雨迸锤，登时痛不可抑，骨骼内脏仿佛都寸寸碎裂。大叫一声，紧紧曲身护住姑射仙子，随着白龙鹿破空冲出。

这洞口平素乃是钟山宫中抛丢废弃之物的甬道，洞口之外，便是钟山绝壁，万丈深渊。

寒风狂舞，冰霜雪屑缤纷缭乱，拓拔野两人一鹿蓦地随风冲天而起，又倏地朝下疾坠而去。

千山万谷，天旋地转。

拓拔野凝神念诀，突地一声大喝，雪羽鹤清鸣嘹亮，从簪中振翅怒舞，翔空盘旋，蓦然俯冲，将拓拔野二人稳稳接住。

拓拔野抱紧姑射仙子，强振精神，默念法诀，无锋剑青光闪舞，白龙鹿在半空发出一声嘶鸣，倏地被吸纳封印于断剑之中。

彤云压顶，滚滚奔腾。大雪茫茫，纷扬飘舞。雪羽鹤急速俯冲，忽然高翔，朝着万千冰山白崖之间的空隙，迤逦飞去。群山之间，尽是冰河水泽，倒影参差，越发显得山崖险峭，嶙峋突兀。

拓拔野适才重伤之下的解印、封印，已将费力凝集的神念尽数耗尽，此刻精疲力竭，真气涣散。那三十余只毒虫如鱼得水，在血脉内急速溯游。转瞬之间，他胸部以下已无知觉，双臂也酸软无力，唯有借助下巴之力，方能将姑射仙子紧抱怀中。

忽听后上方怪叫汹汹，扑翅声如狂风骤雨。回身望去，数百只奇形飞兽正怒吼追来。飞兽上骑乘的尽是钟山水妖，剑芒刀光，漫漫连成一片，在冰雪清辉的映照下耀耀夺目。

为首数人，除了烛鼓之、九毒童子与西海鹿女之外，还有三个长得颇为丑怪的汉子，真气凌厉逼人，想来也是西海九真中的人物。

拓拔野暗暗叫苦，此时身中奇毒，重伤无力，一旦被钟山水妖追上，唯有束手待毙。他素来乐观镇定，但此次关系姑射仙子贞洁生死，不免心旌大乱。深吸一口气，打定主意，倘若水妖追上，便以两伤法术激发周身真气，拼死护卫姑射仙子突围而去。

烛鼓之大声咆哮，在风雪中听来更觉刺耳之至。有人叫道："先杀了那只雪鹤！""嗖嗖"连响，几件奇形神兵破空飞舞，在真气驾驭之下朝着雪羽鹤包抄围攻而来。

雪羽鹤长声鸣叫，冲天电飞，瞬间没入厚积的云海。"扑扑"轻响，电光星火，一柄冰晶棱光剑和一只青铜半月环率先穿透云层，呼啸射来。继而猛犸牙斧、白铁弯刀……纷纷裂云穿雾，奔雷怒舞。

雪羽鹤在云浪雾海之中高翔低冲了片刻，终于躲避不开，被那青铜半月环蓦地错身击中翅膀，悲啼声中，倏地翻转，险些将拓拔野二人抛下背去。

那冰晶棱光剑亮起炫目无匹的白光，光芒如闪电般怒射而来，雪羽鹤登时被洞穿，鲜血喷射，刹那凝结为嫣红冰晶，纷纷铿然掉落。雪羽鹤苦苦强撑，哀鸣悲啼，奋力飞翔。

拓拔野又惊又怒，纵声笑道："无耻水妖，只敢对鸟儿下手，羞也不羞？"话音未落，那白铁弯刀与猛犸斧齐齐斩在雪羽鹤的侧腹，"咄"的一声，几已入骨。雪羽鹤再也抵受不住，扭颈望了拓拔野一眼，悲鸣着朝下急速摔落。

拓拔野脚下一空，登时随之坠入万丈虚空，心中恐慌惊怒，蓦地闪过一个念头：“难道上苍注定我要与仙女姐姐同葬于此吗？”一念及此，心绪竟倏然平定下来，隐隐中倒觉得颇为喜悦安乐。

他奋力凝神，默念封印诀，将重伤的雪羽鹤瞬间吸纳。低头望去，姑射仙子眼波如醉，红唇鲜艳湿润，饱满欲绽。想起适才与她赤裸缠绵的旖旎春光，心中激荡，忍不住俯首吻在她的唇上。

雪花片片飞舞，不断地落在拓拔野、姑射仙子的发鬓、脸颊，丝丝寒意沁入心脾，雪花融化了，泪水一般流淌而下。

两人紧紧相拥，急速坠落。风声迅猛，冰霜飞舞，刹那间便化为一对雪人。四唇交接，被寒冰冻住，就连呼吸也仿佛被瞬间凝固。

“轰”的一声巨响，拓拔野二人撞在一座巍峨雪山的斜坡上，雪屑迸飞，激起漫天白浪。冰寒彻骨，倏地陷入丈余厚的积雪中。

二人从如许高空急落激撞，斜坡上方的累累积雪登时剧震崩塌。轰然连声，整片雪坡滚滚塌落，惊雷迸奏，仿佛万千雪狮咆哮着席卷冲下。

烛鼓之等数百人御兽追至，遇此雪崩，不得不勒缰盘旋。

遥遥望去，只见漫山银蛇乱舞，崩云裂浪。隐隐看见拓拔野二人被激涌的雪浪高高抛起，又被后方更高更猛的白涛雪雾瞬间拍击掉落，刹那之间便被汹涌的滚滚雪浪吞没，再也瞧不见任何身影。

眼前漫漫白雪，目不视物。

拓拔野二人身不由己，被雪浪卷溺，跌宕奔泻，突然重重撞在一块巨石上，眼前一黑，几欲晕厥。迷迷糊糊中被巨力推送，高高飞起，突然身下一空，掉入一道狭长的缝隙中，“扑”地撞在寒冷的坚冰上，急速下滑。

大片大片的雪块当头落下，周围一片漆黑。两人紧紧抱着，朝下翻滚滑落，顷刻之间，接二连三地撞在巨石坚冰上，终于脑中嗡然，人事不知。

不知过了多久，拓拔野方才悠悠醒转，周身骨骼仿佛散裂开来，疼不可抑，经脉火辣辣地烧痛。睁开双眼，突见黑暗中一双惨碧色的巨眼阴森狞恶地瞪着自己，猛地大吃一惊，双手一撑，朝后疾退，继而本能地劈出一掌，碧光爆舞，那双巨眼登时迸碎开来。

拓拔野蓦地一惊，继而大喜：“怎么又恢复了强沛真气？”念力四扫，身上酥痹麻痒之感荡然无存，血脉内那三十余只毒虫也丝毫感觉不到了。虽然经脉有几处伤毁，体内亦有重伤，但丹田中真气充沛，比之先前可谓天壤之别。心下惊喜诧异，不知发生了何事。

殊不知当日流沙仙子为了令他能在灵山“药神之争”中击败灵山十巫，在他体内下了数百种罕见剧毒，以为疫苗。自那时起，他已是几近百毒不侵之身。九毒童子的奇毒虽然厉害，也只能暂时麻痹拓拔野的经脉气血，不能造成真正伤害。那三十余只九毒神虫抗争良久，业已不支，终反被他血中剧毒所杀，化为脓血，排出体外。

拓拔野想起姑射仙子，心中一凛，霍然起身，默念燃光诀，指尖上蹿起一道火光，将四周照得明亮。

环首四望，身在巨大的长形洞穴之中。四壁皆是坚冰，滑不留手。不远处躺了几具极大的尸骨，像是巨兽残骸。其中一具头骨粉碎，两只巨大的绿眼被打得残缺不全，当是适才自己所为。

他心下惊诧，不知这里又是什么所在，何以有许多猛兽尸骨？心中牵念姑射仙子，极是焦急，一边大声呼喊，一边借着指上火光，四下凝神扫望。绕过一个弯儿，终于发现了姑射仙子，心下大喜，连忙抢身上前。

她斜斜地倚靠在冰壁上，半身陷在冰雪里，双眼紧闭，双颊依旧艳如云霞。再过去数尺，白雪厚积，凝成坚硬冰块，将甬洞严严实实地封住。想来方才那场雪崩将二人冲卷到山谷缝隙内的甬洞之中，倾泻而下的冰雪堵住洞口，凝为冰壁，将二人封在这甬洞之内。

拓拔野此时最为关心的乃是姑射仙子的安危，一时间也不去想究竟身在何地、究竟如何才能离开此处。见她仅是昏迷，并无大碍，舒了一口长气。连忙将她掘出，脱下身上的衣裳，小心翼翼地裹在她身上，轻轻横放于身旁。将周围的巨兽尸骨一一拾来，搭架燃火，磷光火焰奔窜跳跃，洞中登时一片光明。

姑射仙子在冰雪中掩埋了许久，经脉又被封住，半身都已冻僵。拓拔野将她经脉尽数解开，与她双手掌心相抵，将浩然真气滔滔传入她体内，但她气海之内依旧空空荡荡，殊无真气，

十二经脉中那九九极乐丹所衍化的邪热之气仿佛被冰寒所镇，大大微弱，但余丝缭绕，缓缓游走，驱之不散。

再一留神，却令拓拔野大为惊诧。在她奇经八脉之中竟然隐隐蕴藏着极为强

沛的真气，只是奇经八脉似乎被什么妖术或是奇毒所制，宛如瘫痪一般；其中真气各自沉淀散落，始终不得凝合。这等情形诡异至极，见所未见。

拓拔野心下惊疑，猜想多半又是那九毒童子与西海鹿女使出什么卑劣方法所为。当下运气疏导，想要将她奇经八脉中的真气引入丹田之内，岂料那些真气被他所激，立即涣散迸飞，始终不能汇集输流。一时之间，也莫能奈何。

过了片刻，姑射仙子低吟一声，徐徐睁开双眼。

拓拔野大喜过望，叫道："仙女……"突然脸上滚烫，"姐姐"二字竟叫不出口。屏息凝视，心跳如狂，忖道："不知她还认不认得我？"掌心满是汗水，极是紧张。

姑射仙子目光迷离，徐徐移转，妙目凝视在拓拔野的脸上，双靥红霞在火光映衬下赤红欲流，嫣然一笑，笑容清丽之中又带着说不出的妖媚。

拓拔野不由得目眩心迷，意夺神摇。心下一凛，想起烛鼓之所言，知道她体内春毒果然尚未消除，神志依旧混沌不清。

还不等反应，姑射仙子已经环抱住他的脖子，嘤咛一声，吻住了他的嘴唇。这下来得又快又猛，拓拔野嘴唇上的伤口登时又迸裂开来，"啊"的一声，烧灼刺痛。她低声一笑，唇舌温柔卷扫，轻吮伤口。

拓拔野酥麻难耐，热血上涌，知她热情如火，不敢缠绵，当下强自收敛心神，奋力抬起头来，低声道："仙女姐姐，对不住了！"手掌轻拍，不得已又将她经脉重新封住。

心中一动，忖道："她体内邪气汹涌，必是春毒所激。倘若能将这邪气疏导出体外，或许便可解开春毒。"当下握住她的双手，绵绵不绝地将真气输入其体内。

拓拔野微微一震，只觉那邪气受自己真气所激，仿佛被狂风刮卷的山火，猛地高蹿蔓延，熊熊焚烧。

姑射仙子"啊"的一声呻吟，妩媚娇婉，脸上红艳更盛，水汪汪地瞟着他，娇喘吁吁，鼻尖额沿渗出细细香汗，越发娇艳动人。

拓拔野意守丹田，默念潮汐诀，真气分流运转，想将那邪气从她经脉间逐一导出，但适得其反，那邪气汹涌澎湃，溢出十二经脉，滔滔转入奇经八脉。奇经八脉中散落的真气随之蓬然乱舞，反倒使得邪气欲火气势更猛，在任督二脉四溢奔窜。

姑射仙子被激得情火炽烈，娇躯微颤，一声声低吟听在拓拔野耳中，直如魔魅仙音，心旌乱摇。

他心中一凛：是了！春毒乃是激发神识之中最为原始的欲望，从而诱发肉身之内气血异常流转。其源在心，而不在气。自己舍本逐末，反倒将春意邪气激得更为迅猛。非但无助，反倒有害。

一念及此，猛地将真气抽回，踉跄后退。

他思忖片刻，又以“灵犀法术”感应姑射仙子元神，想以念力安定其心，驱除躁动春念。岂料姑射仙子元神之强犹在他之上，不但不能奏效，而且险些反受其制，亏得反应极快，见势不妙立时撤回念力，凝神自护。

拓拔野束手无策，心道：“罢了，先寻出解除春毒的药石，出洞之后，或能解之。”当下抖擞精神，借助记事珠之力，在脑海中迅速查找《百草注》中所记载的可解春毒的花草虫石。

他粗粗忆寻，便有三百多种。但这些药石多是中下之品，多有剧毒；而自己丝毫不知西海鹿女的九九极乐丹由什么春草淫花所制，倘若不能对症下药，只怕春毒未解，反受其他剧毒所制。心下大为颓丧，后悔先前未能逼令西海鹿女说出极乐丹的秘方。

转念又想，既然那烛鼓之惊骇之下脱口说出此药无解，只怕即使逼问出方子，也不能破解之。再说即便有药方，此时困在山腹之中，又到哪里配去？

一时彷徨无计，回身望去，只见姑射仙子软绵绵地斜躺着，胸脯剧烈起伏。眼波迷离，勾魂摄魄地凝视着自己，嘴角眉梢尽是绵绵春意。

拓拔野心中怦怦乱跳，扭头不敢再看，忖道：“难道这春毒果真无药可解吗？”躁乱焦急，抽身而起。

他徘徊数步，心中一动，笑道：“他奶奶的紫菜鱼皮，我可真急昏了头啦！只要能出得这山洞，还怕没人能解出这方子吗？灵山上的十个老妖怪，还有那古灵精怪的流沙仙子，他们都欠了我人情，这等小忙又岂会不帮？”自顾自说了一通，心下喜悦，转身便往那洞穴甬口奔去。

岂料这山洞位于那山坡狭窄缝隙数百丈之下，洞口被雪崩卷落的层层冰雪严严实实地封堵，在这极寒的天气中，早已凝固为厚达两百余丈的坚冰，硬逾钢铁。拓拔野凝神聚气，奋力挥掌，冰雪四溅纷飞，但也不过迸开一尺来深。他鼓舞真气，接连不断地奋力劈斫了半个时辰，终于沮丧放弃。

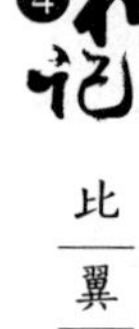

他心存侥幸，只盼那山洞之内尚有其他出口，当下又奔回洞中，在周围四壁仔仔细细、寸寸查寻，但念力真气所及，发现四壁竟然都是厚达百十丈的坚硬石壁。以他眼下真气，若想凿壁逃生，需花费八九日。纵使自己能坚持到那一刻，姑射仙子只怕早已爆血身亡了。

拓拔野茫然而立，乐观镇定如他，此时亦不免有些沮丧惊慌。凝神聚意，心念一动，忖想："倘若仙女姐姐真气无损，我们两人合力，凿穿这洞壁或许只需一两日即可。"想到此处，不由得苦笑起来。原本是为了解救姑射仙子，才急于寻找脱身之计，但眼下反循逆转，倒成了唯有先解救姑射仙子，才能离开此地。

思绪飞转，一时无计。他突然想起赤松子被压在洞庭山下百余年，竟能倾山倒海脱身而去，此刻想来更增敬佩之心。

他又想起烛鼓之所说，要解救姑射仙子，除了与之交合，别无他法，否则二十四个时辰之后，她必定经脉寸断、热血迸爆而死。

心中一紧：眼下身困冰窟，不知过了多少时辰了？倘若不能尽快救之，只怕……心中寒意大盛。

回头瞥望，正好撞见姑射仙子水汪汪的眼波，见她慵懒横陈，娇媚无限，不由得又是一阵目眩神迷，呆了一下，突然心想："难道冥冥之中自有天意？上天以比翼鸟引我救出仙女姐姐，又让她身中春毒，与我困在这冰窟之中，便是注定让我与她……"

一念及此，心中突突狂跳，拓拔野怔怔地凝望着姑射仙子，口干舌燥，呼吸忽然急促起来。视线缓缓下移，滑过她莹白优雅的脖颈、起伏的胸脯、纤柔的腰肢、白色裙裳下露出的那半截冰雪似的纤美小腿……心中仿佛有无数只蚂蚁爬过一般，麻痒难耐，忖想："既然天意如此，我又岂能违抗？"

他热血轰然冲顶，忍不住跨步朝姑射仙子走去。见他神情古怪地走来，姑射仙子似乎颇为欢喜，笑吟吟地凝视着他，红霞飞舞，娇媚难言。

拓拔野大步走到她身边，被她眼波凝视，登时又有些做贼心虚，面红耳赤，呼吸不得，张口结舌地道："仙女姐姐，我……你……形势如此，不得不……"脑中混乱，语无伦次，也不知自己说了些什么。

他心中紧张之至，不敢望她，定定神，想要弯腰解开她的衣襟，隔着衣帛，指尖触着她的锁骨，姑射仙子身子一颤，发出一声低低的呻吟，听在耳中，柔腻入骨。

拓拔野双手颤抖，笨拙地鼓捣了半晌，解不开一个纽扣，心跳如狂，大汗涔涔而出。突然看见她臂上的守宫砂，呆了一呆，羞赧难耐，猛地抽了自己一个耳光，回身便走，低声道："他奶奶的紫菜鱼皮，拓拔野，你这般乘人之危，与那龌龊无耻的烛淫贼又有什么分别？"

当下远远地走开，在冰窟中不住徘徊。眼见姑射仙子眼神迷乱，娇吟若渴，脸上红霞越发娇艳，仿佛要滴下水来，他心中剧跳，踌躇不决，又想："但……但这关系仙女姐姐生死，倘若再这般犹犹豫豫，仙女姐姐岂不是要爆血身亡吗？眼下最为紧要的，便是救下仙女姐姐……"遂又转身朝她走去。

将近她身旁之时，瞧见那晶莹玉臂上赤红鲜艳的守宫砂，登时又大为气馁，掉头急走，喃喃自语道："仙女姐姐乃是木族圣女，天仙似的人物。贞洁之躯至为重要。我这般污她清白，那不是比杀了她还要难受吗？即使能救得她的性命，也必不合她的本意……"

如此反复彷徨，来来回回了十余趟，始终不敢碰触她的肌肤。偶尔瞧见姑射仙子春波荡漾的娇媚目光，情欲如沸，忍不住便想上前；但到了她身前却又鼓不起勇气来，心中自责惭愧，逃之夭夭。

在他内心深处，姑射仙子便如天仙一般高贵圣洁，凛然不可侵犯。

从前思念雨师妾时，每每热血奔沸，甚至遐想与她如何亲热欢好，抵死缠绵。但想到姑射仙子时，却从来不曾夹杂任何邪念，至多有时傻愣愣地想道："倘若能握住她的纤手并肩驭风飞行，该有多好啊！"

今日阴差阳错，莫名其妙地掉入她的怀中，稀里糊涂之下，险些便酿成大错。缠绵之际，心中固然兴奋惊喜，更多的却是羞惭自责。然而他毕竟是血肉之躯，正值年少，这般肢体交缠，肌肤相亲，怀中佳人又是梦中仙子，难免情欲焚身。虽然强忍诱惑，不敢有过分之举，但对这一向敬如神明的姑射仙子，也不免有了从未有过的遐思绮想。

此时与她困守冰窟绝境，咫尺天地，生死难料，这欲望更加炽热如沸。何况姑射仙子身中春毒，无计可施，不交合则死，这更加成了绝大诱惑，以及他自我安慰、鼓舞勇气的借口。

但姑射仙子终究远非其他女子，一想到当年月夜，她低首垂眉，月下吹箫的飘飘若仙之态，看到她鲜红如梅的守宫砂，拓拔野便觉自己龌龊不堪，竟要玷污如此圣洁之物。终究不敢上前。

不知过了多久，巨兽骨架燃烧的火焰渐转暗淡，冰窟之中重归阴暗寒冷。冰壁映照着幽暗的火光，忽明忽暗地跳跃着，仿佛拓拔野此刻的心情。

姑射仙子软绵绵地斜躺着，娇艳慵懒，如春睡海棠，双眼直勾勾地凝视着拓拔野，胸脯急剧起伏。

拓拔野心驰神荡，转身抱头，苦恼已极，恨不能纵声大吼，从怀中乾坤袋里掏出那对冰冻的比翼鸟，苦笑道："鸟兄鸟嫂，是你们将我引到那山洞中的，你们倒是说说，该如何是好？"

心念一动，低声道："鸟儿啊鸟儿，倘若你们当真是上天派来的姻缘鸟，就再给我指点迷津吧！"默念法诀，将它们身上寒冰陡然融化，放到地上。暗暗忖道："若是果真要我与仙女姐姐合体，方能解救她的春毒，便往她那儿跳去。否则便指点一处，让我全力凿穿洞壁。"

比翼鸟僵冻已久，一时不能动弹，微微颤动，几将摔倒，过了片刻，方才簌簌震动翅膀，两脚勾缠着原地蹦跳起来。

拓拔野凝神屏息，心中怦怦直跳。比翼鸟扭颈四顾，"蛮蛮"脆叫着，相互对啄，始终没有移动。

他心下焦急，苦笑着喃喃道："鸟兄，你好歹走上一走呀。"比翼鸟似是听懂了他的言语，突然欢鸣着朝甬洞黑暗的一侧蹦蹦跳跳而去。

拓拔野"啊"的一声，心里一沉，百味交杂，竟觉得说不出的沮丧和失望，但隐隐之中，又有一些如释重负的轻松。

正迷茫怅惘，心中又是一紧，只见那两只比翼鸟驻足观望，探头探脑一阵，竟然转身朝着姑射仙子大步跳去，欢鸣不已。

拓拔野心中狂跳，倏然起身，紧张观望。比翼鸟奔了一半，又蓦地停顿下来。仿佛故意逗弄他一般，"蛮蛮"直叫，却不再移动分毫。

拓拔野心中剧烈忐忑，脑中也是一片混沌，不知究竟该盼望比翼鸟奔往姑射仙子身旁呢，还是期盼它们尽快回身转向。

但见比翼鸟相互嬉闹片刻，突然又蹦跳着朝姑射仙子奔去，这次毫无停顿，转眼便到了姑射仙子臂弯之间。

拓拔野全身一震，呼吸停顿，呆呆地凝视姑射仙子，心乱如麻，暗想："难道……难道这果真是上天的旨意吗？"

姑射仙子眼波横流，清丽的脸上酡红如醉，满是迷乱燥热的神情，湿润饱满的红唇宛如鲜花在风中簌簌颤动。唇瓣一颤，突然迸裂开来，涸出几道血丝，接着越来越多，不断滴落。

拓拔野大吃一惊，急忙上前抚在她的唇瓣，默念法诀，将伤口刹那愈合。念力及处，发觉她体内的邪气汹汹狂肆，在奇经八脉中惊涛骇浪般地胡乱奔走，热血奔沸，在诸多血脉脆弱处迅猛冲击，将欲喷薄。

他又惊又骇，突然明白："是了，她经脉被封，但体内春毒邪气却不受所控，反倒将沉淀的真气撩拨得四处乱撞，再不解开经脉，只怕立时便要爆血身亡！"他修行潮汐流久矣，知道经脉犹如河道，倘若河床封堵，又遇暴洪，则必定水灾泛滥。

当下再不迟疑，迅速解开她周身经脉。掌舞如飞，真气滔滔，将姑射仙子体内真气分流疏散。

姑射仙子体内邪气受他所激，犹如火上浇油，轰然倒卷，声势更猛，突然低吟一声，双腿勾缠，素手拖曳，将他猛地拉入怀中。

拓拔野吃了一惊，想要抽身离开，但她缠抱甚紧，挣脱不得。伸手推搡，触手及处，皆是滚烫滑腻的肌肤。心跳如狂，想要移开手掌，但那凝脂软玉却仿佛有巨大的魔力，将他的手掌紧紧吸住，不能移开分毫。

姑射仙子秋波如雪融化，颤声低吟道："你……你快些抱紧我……"拓拔野脑中嗡然一响，热血齐齐涌至头顶，千种顾虑、万般忌惮尽数抛到九霄云外，双臂猛地紧箍，仿佛要将她的腰肢生生折断。

姑射仙子簌簌发抖，手臂勾绕他的脖颈，发出温柔而甜蜜的叹息，指尖顺着拓拔野的背脊一路下滑，在他的后背划过几道血迹，那狂躁而疼痛的甜蜜，瞬间将他强捺已久的情火激燃到崩爆的境地……

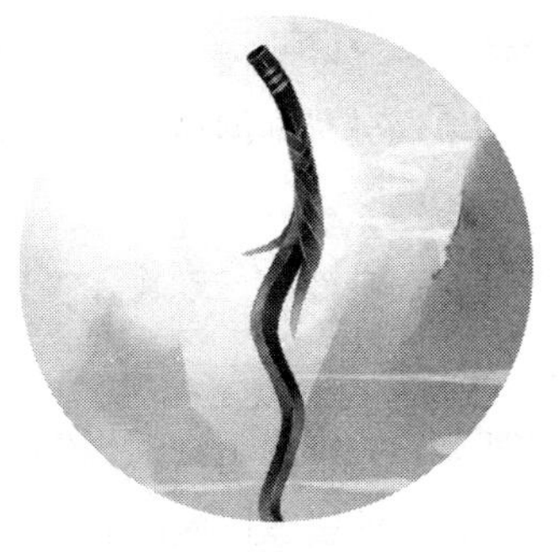

第十二章 寒荒暗夜

黑云离散，群鸟惊飞。

太阳乌欢鸣振翅，宛如七团烈火，从漫天乌云与飞兽之中破舞而出。蚩尤浑身鲜血，手中苗刀碧血斑斑，怀抱昏迷的纤纤，仿佛从地狱归来的天神。睁目怒吼，如惊雷霹雳，周围众飞兽无不惊慌辟易。

众人既惊且奇，先前见他尾追血蝙蝠而去，心中都笃定凶多吉少，不料他竟能从那妖兽爪中将纤纤救回，俱大出意料。四下探望，并不见血蝙蝠踪影，难道竟被这少年所杀了吗？心中更是大为震动。

两只太阳乌“嗷嗷”怪叫，如炎风炙浪，率先冲入英招、江疑周侧的鸟兽群中，巨翼横拍，将众鸟兽顷刻驱散。

梼杌大怒，狂吼高跃，猛扑太阳乌。红影扑扇，银光跳动，转瞬间杀到一处。那梼杌极是凶狂，以两只太阳乌之力竟亦不能将其奈何。众太阳乌“嗷嗷”乱叫，扑将下来，一齐围攻，方才将它硬生生迫退。

蚩尤大吼声中，驭鸟电冲，直扑梼杌。苗刀碧光电舞，猛劈妖兽头颅。妖兽被众太阳乌所困，发力不得，大怒之下甩头咆哮，巨头倏地急剧膨胀，周身白毛蓬然怒绽，红舌跳跃，一道圆形白光迸爆怒舞，激撞在苗刀青光上。

轰然巨响，白光波碎裂散，碧绿色的刀芒以雷霆之势继续怒斩而下！

梼杌惊吼声中，巨尾悍然横扫，银光如电，又是一声爆响，强光耀眼。狂风怒舞，一串血珠悠然飞洒，半截银毛断尾飘摇抛落。

太阳乌怪叫震飞，冲天盘旋。

那梼杌昂首立身，发出一声凄恻狂怒的悲吼，急速奔跃，突然高高跃出山崖，在苍茫迷雾之中划过一道淡淡的弧线，转瞬间消失得无影无踪，只有那声悲

吼回音犹在，于群山之间袅袅回旋。

众人瞧得目瞪口呆，说不出话来。想不到寒荒七兽中如此凶狂的梼杌，竟被这凶神恶煞似的少年一刀斩断巨尾，逼得跃入山壑崖底！

半晌，殿中众人才爆发出雷鸣似的欢呼声。只有那女丑面罩寒霜，冷艳的双眼中又是愤怒又是恐惧。

其实以蚩尤当下之力，决计不能将梼杌一刀杀伤逼退，只是那妖兽与江疑、英招两大仙级高手激战良久，业已损耗极大；又被太阳乌逼迫纠缠，不能尽发凶威，仓促间被他这么全力怒斩，登时败退。

滚滚黑云如海浪奔涌，琴声更急，渐转凄厉高亢，节节辗转，高攀而上。空中万兽随着那琴声层叠交错，如同巨涛一般一浪高过一浪，在空中形成滚滚攀升的黑色浪头。

琴声折转到至高处，突然急促崩散，滔滔而下。万兽轰然崩塌，汹汹俯冲，排山倒海直扑而下。

蚩尤纵声呼啸，驭鸟拎起江疑与英招，闪电似的冲入大殿之中。倪长老嘘了一口长气，叫道："关门！"众人哄然领命，将厚重的青铜殿门迅速关闭。

大门方甫闭拢，"嗵嗵"爆响，无数飞兽发狂似的撞击而来，前赴后继，似要将青铜门撞破方才罢休。殿顶、四壁亦"笃笃"激响，密集嘈杂，令人心烦意乱。众卫士剑拔弩张，死守四壁窗口。

万千飞兽怪叫怒吼，汹涌挤入，登时被恭候已久的箭雨戈林纷纷击杀，片刻间，窗口内外便堆积了厚厚的尸体。

如此对峙了一阵，众飞兽那风狂雨骤的攻势才逐渐减退下来。但依旧黑压压地盘旋在南峰上空，随着琴声节奏，时而发动猛烈攻击。殿中众卫士始终凝神戒备，不敢有丝毫大意。

蚩尤充耳不闻，盘膝坐在殿中为纤纤疏导真气。众太阳乌在他身侧昂首睥睨，扇动巨翅，交错阔步。此时众人对他颇有敬畏之心，见他面色凝重，都不敢上前，远远观望。

过了片刻，见纤纤无恙，蚩尤面色稍缓，吐了一口长气，站起身来，转而查看拔祀汉、英招、寒荒国主、芙丽叶公主等人伤势，一一以"春叶诀"愈合伤口，疏导真气。

再过片刻，拔祀汉第一个醒转，大叫一声，跳将起来，笑道："蚩尤兄弟，多谢了！”众卫士对他颇有好感，见他并无大碍，都是大喜。

天箭冰冷的脸上闪过欢喜的神色，大步上前，拍拍他的肩膀，又转身对着蚩尤猛一行礼，道：“谢！”他冷漠缄言，相识数日，这竟是蚩尤听他所说的第一句话，可惜只有一个字。

突见纤纤蜷起身子，低吟一声，猛地坐起身来，尖声叫道：“血蝙蝠！又是那只血蝙蝠！”花容失色，声音惊惶恐惧，转头四顾，才发觉自己乃是在大殿之中，众人正惊诧望来。

她撞见蚩尤那极是关切的眼光，想起适才为他所救，神色稍定，苍白的脸颊泛起一丝红晕，对着蚩尤嫣然一笑道：“蚩尤大哥，亏得你来得及时，要不然我就见不着你啦。”

蚩尤脸上烧烫，微觉忸怩，道：“可惜让那妖兽逃了。”他驾驭太阳乌在黑云中直追出数十里，方才拦截住那血蝙蝠，浴血奋战，重伤那妖兽，将她救下。心想：“倘若你有些许闪失，我上天入地也要将那蝙蝠剁成肉酱。”但这些话根本不敢说出口来。

念头未已，他心中突然一阵虫噬刀绞似的剧痛，继而仿佛听到一个女子淡淡地冷笑，陡然大凛，四下扫望，隐隐约约闪过一个奇怪的念头，一时却又说不分明。

却听纤纤蹙眉道：“也不知拓拔大哥遇见那些鸟兽没有？抓着蛮蛮鸟了吗？”拔祀汉笑道：“拓拔兄弟神功盖世，这些鸟兽遇见他多半也要溜之大吉。”纤纤嫣然道：“那倒也是。”眼波流转，仍有担忧之色。

此时芙丽叶公主也已醒转，见父王昏迷不醒，心下焦虑悲苦。但她性子外柔内刚，知道眼下形势危急，群龙无首，自己身为公主，决计不能失态慌张。当下不动声色，镇定自若地与诸长老低谈，商议脱身之计。众人见她镇静若此，不由得暗自敬佩。

蚩尤则与拔祀汉、天箭及众卫士并肩而战，阻击前赴后继、纷涌而来的万千鸟兽。寒荒卫士士气大振，高唱战歌，同心协力，原先残留的慌乱惧怯也渐渐烟消云散。

殿中诸贵侯慌乱的神色也稍稍安定，但见女丑、女戚冷笑不语，满脸不以为然，他们心中又不免直犯嘀咕。倘若传言当真，这些凶兽是寒荒大神以冰甲龙筋筝唤来惩罚八族的，他们这般抵抗岂不是更加触怒寒荒大神吗？

迷雾中，群峰之间的飞索急剧摇荡，无数寒荒卫士从其他诸峰赶来救援。万千飞兽凶禽嗜嗜怪叫着俯冲扑击飞索悬车，惨叫迭起，无数人影纷纷跌落茫茫白雾之中。

而西侧山崖，千余名卫士正沿着栈道向南峰大殿冲拥而来，齐声高歌，或张弓怒射，或执盾横戈，突破恶鸟飞兽的重围，欲与死死相守大殿的卫士会合。

苦战片刻，南峰上也不知堆积了多少鸟兽、卫士的尸体，血流成河，迤逦其间。山风狂舞，满是浓重的血腥之气，令人闻之欲呕。

琴声突然复转幽淡，似有似无，袅袅飘忽。万千鸟兽嘶吼怪叫，轰然冲天而起，环绕南峰盘旋飞舞了片刻，齐齐向南面天空飞去。

一番激战之后，这些恐怖的飞兽终于撤散了。

众人大喜，齐声欢呼。大殿铜门大开，援兵纷纷围守殿外。忽听一人叫道："那是什么？"

众人扭头望去，只见茫茫夜雾中，那万千鸟兽闪着淡淡的妖异蓝光，盘旋交错，组成一种奇怪的阵势，凝神细辨，竟是一行古怪的文字，继而又徐徐变幻阵形，组成另外一组文字，如此反复，周而复始。

女丑、女戚蓦地低声惊呼，花容惨淡。诸长老中也有几位年长者失声变色，纷纷拜倒。

众人惊诧，心中隐隐觉得不妙，虽不明白所以，也唯有随之拜倒。只有蚩尤、纤纤站立如故，那少昊则醉醺醺地指着鸟兽哈哈大笑。

过了片刻，字阵崩散，数以万计的鸟兽重新织成巨大的黑幕，掠过夜空，渐渐隐入迷雾之中。轰雷似的怪吼鸣啼逐渐远去，终于淡不可闻。

芙丽叶公主蹙眉道："倪长老，那文字究竟是什么？"倪长老满脸恐惧，沉声道："公主殿下，那……那是寒荒上古文字！说的是……说的是……"声音颤抖，竟然说不出话来。

"既然倪长老不敢说，那便由我来说吧。"女丑徐徐起身，冰寒的目光缓缓扫过众人，冷冷道："这些字是寒荒大神通过鸟兽传达给我们的神谕！"

众人哄然，随即鸦雀无声，伏地聆听。女丑道："寒荒大神震怒了。因为他的子孙已经忘记了当年寒荒八族在西荒寒漠上立下的八百虎盟约！"

蚩尤心中一动，突然记起昔年听段狂人所说的大荒掌故。自古以来，寒荒便是荒凉险恶之地，八族先祖在穷山恶水之中顽强生存，磨炼出彪悍勇猛、自由团结的精神。

一千多年前，八族族长在西荒寒漠以八百只西荒恶虎的头颅和鲜血，立下万世盟约，永远团结如兄弟，自立自由，做寒荒的主人。因此被称为“八百虎盟”。

千年来，八族便是以这盟约紧紧团结，共同对抗外族，即便是强大如金族，也始终无法令之臣服。一直到三十年前，白帝白招拒以赤诚之心，化解金族与八族的恩怨，友好共处，方才使得八族心悦诚服地归附金族。

众人凛然，心道：“难道寒荒大神当真是要我们撕毁西皇之盟，反抗金族，重新谋求独立吗？”寒荒八族素讲信义，当年八族族长一诺千金，与白帝化干戈为玉帛，臣服金族，乃是铁板钉钉之事。

三十年来双方虽偶有摩擦，但总算相安无事。何况白帝素以神帝所授的“无为大治”为安邦之策，给予八族极大的自由与自立，遇灾年天难，也每每供给八族诸多食粮，颇得民心。倘若要突然撕毁盟约，公然造反，于情于理都颇为不合，因此心下都大觉为难。

见众人面面相觑，均有难色，女丑目中闪过愤怒的神色，冷冷地道：“寒荒大神的神谕已经明示了，如果寒荒八族忘记了先辈的祖训，甘愿做失去尊严和自由的奴隶，他将让密山的大水冲卷大地，唤醒寒荒所有的妖魔凶灵，将八族彻底毁灭！”

众人大骇，望了望那醉醺醺的少昊，又纷纷望向倪长老等人。芙丽叶公主缓缓道：“神女明鉴，倘若这些妖魔凶兽是大神派遣的，为何又会掳掠八族的童女？”众人一凛，却听女丑冷笑道：“倪长老，你说吧。”

倪长老沉声道：“神谕中提及，要化解眼前大劫，除了遵从‘八百虎盟’之外，八族必须以九百九十九个腊月出生的童女为祭品，在密山祭祀寒荒大神的神灵。”

众人纷纷惊咦，女丑冷冰冰地瞥了蚩尤一眼，道：“现下你们都知道了吧？寒荒大神让罗罗神鸟进献祭品，却被一些心怀叵测的不祥之人阻止，震怒之下，才会御使万千神兽到此，发出神谕警告。”

蚩尤听她这般说来，自己几人反倒成了有意冒犯寒荒大神，为八族带来灾难的罪魁祸首，心中不由得大怒，若非被拔祀汉死死拽住衣袖，只怕立时便要发作。

纤纤“咯咯”笑道：“原来你们的大神这般有趣，养了一大群的怪兽来祸害自己的百姓，妙极，妙极。”见众人变色，怒目相向，吐了吐舌头，笑道：“哎呀，我说错话了吗？依我看哪，这样的大神不供也罢。”

女丑厉声道：“住口！大神天威，岂容你黄毛丫头放肆冒渎！”纤纤笑吟吟地便要反唇相讥，却听芙丽叶公主道：“此事相关重大，需得由长老会商议，并经国主同意才行。”

眼下事态危急，楚宗书偏生昏迷不醒，危在旦夕，众人都不由得暗暗担心。女丑冷冷道：“那是自然。”转身对着诸长老道：“今夜我们将在北峰神殿彻夜祷告，以期平息寒荒大神的怒意。但明日太阳升起之时，一切必须要有所定夺。”说完不再理会众人，款款朝外走去。

女戚瞥了蚩尤与纤纤一眼，似笑非笑，翩翩随行。

大殿中众人交头接耳、议论纷纷。倪长老沉声道：“众位长老在此即时商议。”转身喝道：“御医怎么还没到？”一时间满山卫士长呼：“传御医！”

蚩尤心中不祥的预感愈加强烈，转头朝外眺望，黑云渐散，一弯明月正在中天。不知此时此刻，拓拔野怎么样了？

午夜时分，南峰大殿内外已被清理干净。众寒荒长老在大殿中激烈争议，而御医便在大殿一角为楚宗书、英招、江疑等重伤者熬药及施放巫术。蚩尤一行则随礼官回到东峰贵宾馆各自歇息。

蚩尤在床上翻来覆去，始终不能入寐，脑海中满是女戚似曾相识的盈盈笑容，心中忐忑，不知过了多久，方才迷迷糊糊地进入梦乡。

朦胧之中，自己四处寻找纤纤心急如焚，见到拓拔野，大喜追询。拓拔野漫不经心地指着悬崖道：“不是在那儿吗？”果然瞧见纤纤站在崖边，伤心欲绝，似乎随时要跳落。心中惊怖，大叫追去，纤纤只是不理。

将近三丈时，纤纤突然朝下坠落。蚩尤惊悲如狂，大声吼叫，不顾一切地跳了下去，奇迹般地抓住纤纤的手臂。纤纤抬头望她，笑容温柔，泪眼滢滢，竟突然变成了八郡主烈烟石的脸容。

蚩尤登时怔住，忽然间，烈烟石的脸又如水波一般荡漾开来，蓦地化为九尾狐晏紫苏妖媚娇俏的容颜，笑吟吟地眨眼道：“认不出来了吧？今后你瞧见我时只怕再也认不出来啦！”

蚩尤心中剧震，蓦地大叫一声，惊醒坐起，浑身大汗淋漓，惊怒恐惧之中，不知为何竟似又夹杂了莫名的欢喜。

月光如水，将他的身影投射在霜雪白壁上，满室寂寥冷落。蚩尤愣愣地坐了片刻，想起梦中情景，突然醒悟，失声叫道："是了，果然是你！"方才那"女戚"虽然脸容陌生，但眉目神情，分明就是九尾狐晏紫苏！

这妖女所到之处必有水妖之阴谋灾祸，此次化身女戚，难道当真又与水妖有关吗？他心中大凛，寒意遍体，跳下床来，便欲将隔壁的拔祀汉等人唤醒，但转念又想："罢了，越多人知道，越容易打草惊蛇，等乌贼回来再说。先去看看那妖女有何阴谋！"

当下悄然跃出贵宾馆，穿行纵跃，到了悬崖边上。解印太阳乌，乘鸟飞翔，悄无声息地穿云透雾，绕过群峰，朝北峰神女殿飞去。

北峰虽非寒荒城中最高之山，但山势峭直险峻，却是诸峰翘楚。山顶天镜湖，淼淼清澈，乃是两神女通灵神明、请示圣意的神水。

神女殿依湖临渊，大殿之后就是万仞绝壁，在这凄迷夜雾中远远望去，仿佛悬空楼阁，仙人居所。北峰半山，琼楼玉宇，倚山蜿蜒，是寒荒国的王宫。国主楚宗书平素便居住其中。此次少昊来访，为表尊贵之心，楚宗书也特将他安排在王宫的别院之中。

蚩尤知此处戒备最是森严，当下施放"幻光诀"以幻光镜气隐身，朝着峰顶神女殿飞翔而去。

山风凛冽，明月仿佛就在头顶薄雾中穿梭。蚩尤轻飘飘地落在神女殿外的凸出的崖石边缘，恰好可以透过水晶石窗，望见殿内情形。

他封印太阳乌，凝神探望。神女殿内空空荡荡，并无一人。神殿内冰砖玉石，雕梁画栋，银灯流火，富丽堂皇。梁上悬挂了八十一只冷香玉风铃，叮当作响，清香随风飘散。九只巨大的翡翠香炉各置一角，异香缭绕。天蚕丝幔张罗拖曳，绮罗织锦，交叠其间。

神殿正中，有一九角水晶方台，其上昂然蹲踞着七兽白铜鼎，赫然以寒荒七兽为鼎纹，七只兽头趴伏在鼎沿，栩栩如生。鼎中水波荡漾，白汽蒸腾，想来便是盛自天镜湖的神水。白铜鼎周围，放置了八十一个冰蚕丝铺垫。除此之外，别无他物。

蚩尤心下诧异，那女丑既说要在神殿中彻夜祷告，怎么空无一人？突然看见大殿东角丝幔轻拂，一双穿着薄丝鞋的纤美秀足隐藏其后，心中一动：那不是

"女戚"的脚吗？喜怒交集，心底恨恨道："妖女，此次决计不能让你逃脱！"这般想着，他轻轻地打开窗子，翻身而入。

他凝神敛气，急速滑行到那丝幔之侧，蓦地拉开幔帘，手如闪电将她脖颈扼住，低声喝道："妖女，看你往哪里走！"突然"啊"的一声惊呼，蓦然松开手，朝后退了几步。

丝幔之后，一个赤裸女子软绵绵地应声瘫倒，身上布满青痕瘀紫，血迹斑斑，俏丽的脸容苍白如冰雪，双眼圆睁，愤怒悲苦，泪珠犹在，早已死去多时。

蚩尤木立当场，脑中一片晕眩。难道这妖女当真就这样死了吗？究竟是谁杀了她？惊骇难过，心绪狂乱。

心底突然闪起一个念头，忽然觉得此情此景似曾相识，蓦地一凛，心中暗呼："他奶奶的紫菜鱼皮！险些又中了这妖女的奸计！"当日在无尘湖底，初见宁姬尸体，他也道是晏紫苏香消玉殒，震骇难过，结果被那妖女所陷，险些成了奸杀宁姬的替罪冤鬼。

当下弯腰俯探女戚的脸容，真气流转，无隙可入，果然不是易容变身。心中大石登时落地，暗自舒了一口长气。

他脑中飞转，恨恨道："是了，这妖女必是故技重施，又想设套害人……"一念及此，怒气冲冲。忽然又想："为什么我得知死的不是那妖女时，却反倒一阵欢喜？难道……"蚩尤心中一凛，耳根滚烫如烧。

蓦地又想："是了，这妖女作恶多端，我一心要亲手将她擒住，为雷神、火神两位前辈，以及纤纤妹子出气雪恨，自然不希望她轻易便死了。"但心底隐隐觉得自己这种说辞太过牵强，不敢多想，转移念头道："不知这妖女这次想要陷害的又是谁呢？"

当是时，忽然听见神殿大门"哐啷"一声，徐徐打开。

蚩尤吃了一惊，突然冷汗遍体，暗呼糟糕。眼下自己站在女戚尸体身旁，若是让寒荒国人瞧见，那可是跳进黄河也洗不清了！难道这妖女早已算准自己要来此地，故意安排好了陷阱让自己往里跳吗？

惊怒交加，不及多想，轻轻将女戚尸体扶起，自己飘身跃上横梁，施放幻光镜气，隐身藏匿。

大门开处，一个黑衣女子翩然而入，姿容俏丽，顾盼生辉，正是晏紫苏易容所变的女戚。她在门口站定，朝着殿外柔声道："难得太子殿下如此诚心，要与我们共同祷告大神。快快请进吧。”

又听见一个含糊的声音笑嘻嘻道：“那……那是一定的。神女的大神，不就是我的大神吗？嘻嘻……分……分什么彼此？”熏天酒气，遥遥可闻。正是那极好酒色的金族太子少昊。

蚩尤心中一凛，登时明白：“他奶奶的紫菜鱼皮，原来她要栽赃嫁祸的，乃是这金族太子！”他虽然桀骜粗犷，却绝非粗枝大叶之辈，此时电光石火，登时想得分明。

寒荒国人倘若“亲眼看见”本族两大神女之一的女戚，被这好色的金族太子在神殿中奸杀，必定群情激愤，怒不可遏。再加上今夜的“万兽神谕”作祟，稍经撩拨，必定揭竿而起，与金族重燃战火。不用多想，也可断定这必是水妖的又一阴谋，意欲挑唆金族境内内乱，削其实力。

却听晏紫苏微笑道：“太子说得是。寒荒八族与金族本是一家，何分彼此？”她语笑嫣然，与少昊一同走了进来。守在殿外的卫士轰然呼喝，神殿青铜大门徐徐关闭。

少昊原本白脸上此时犹如猪肝色，显是酒醉未消，眼睛色眯眯地盯着晏紫苏，涎着脸笑道：“姐姐找我到这殿中，究竟有什么事？现在没有旁人，可以说了吧？”动手动脚，就欲将她抱住。

蚩尤大怒，原本对这酒色太子无甚好感，此刻见他身处陷阱，浑然不觉，犹自这般急色，不由得更添厌憎之心，隐隐中倒觉得倘若他当真因此而死，也是咎由自取。心中一动，突然明白今夜的万千飞兽，何以会竭力攻击江疑与英招二人。

这两人头脑清醒冷静，修为高强，若有他们在，决计不能轻易地将少昊诱入圈套之中。此时二人重伤之下昏迷不醒，再无障碍，这少昊醉意醺醺，引他入局，实是易如反掌。

晏紫苏“咯咯”一笑，从他臂下钻了过去，嫣然道：“你猜呢？”娇媚入骨，瞧得少昊浑身骨头酥了大半，踉跄着探手抓去，口齿含糊，笑道：“我猜姐姐是喜欢上我了，要找我说悄悄话吧？”

晏紫苏“哧哧”而笑，穿花舞蝶般地闪避，将少昊逐渐引到隐藏女戚尸体的丝幔前方。少昊心痒难搔，笑道：“好姐姐，你……你逃不走啦！”张臂扑去，登时“哧”的一声，将丝幔撕裂，正好将女戚尸身压于身下。

少昊头昏眼花，只道已将晏紫苏压住，“咦”了一声，喘气笑道：“你倒脱得快！让哥哥好好抱抱。”他正上下其手，忽然觉得有异，伸出手掌，见手上满是淋漓鲜血，讶然咕哝道：“还……还没怎么着呢，怎么就沾了一身血？”

晏紫苏笑道：“你好大的胆子，连神女也敢亵渎！”突然纤手闪动，银光飞舞。少昊“啊”的一声，轰然倒地，登时昏迷不醒。

蚩尤青光眼瞧得分明，晏紫苏适才刹那之间射出数十枚冰针，入体消融。也不知针上有什么毒物，瞧少昊呼吸浊重，应当尚无大碍。

晏紫苏突然转头朝横梁上望来，叉着腰，笑吟吟地道：“呆子，看也看够啦，还躲在上面做什么？还想偷看姐姐洗澡吗？”

蚩尤一凛，想起这妖女在自己心中下了“两心知”蛊虫，岂能不知自己身在此地？但他原本也无意继续藏匿，当下绽破幻光镜气，一跃而下，厉声道：“妖女，又想用这奸计害人吗？”

晏紫苏也不回答，水汪汪的桃花眼凝视着蚩尤，摇头叹了口气，笑道：“呆子，过了这么久才认出我吗？姐姐真是白疼你啦。”眼波温柔，俏丽难言。

蚩尤心下怦然，猛一敛神，冷冷道：“嘿嘿，倘若先前认出，你还有命在吗？”但不知为何，怒意却消散了许多。

晏紫苏抿嘴笑道：“原来男人比女人更口是心非呢。嘴上说得这般凶巴巴的，心里……”突然晕生双颊，似笑非笑地道：“呆子，刚才这胖子要来抱我时，你心里在想什么呢？”

当时蚩尤心中怒极，恨不能将少昊一脚踢飞出神殿窗口，此刻被她揪出提及，不免有些恼羞成怒，面上一红，说不出话来。他与这妖女周旋之时，每每处于下风，空有一身神功，却无处使将出来。反倒常常被她牵着鼻子走，喜怒哀乐，仿佛全操纵在她的手心一般。

晏紫苏见他面红耳赤，气急败坏，似乎颇觉有趣，“扑哧”一笑，柔声道：“呆子！”语气温婉，颇有缠绵之意。

蚩尤心中恼怒，忖道：“他奶奶的紫菜鱼皮，我与这妖女胡搅蛮缠什么？将她抓了去见寒荒长老会就是。”闪电探手，抓向晏紫苏，喝道：“妖女，乖乖地随我来吧！”

晏紫苏避也不避，“嘤咛”一声，任由他抓住皓腕，软绵绵地往他怀里倒来，轻声笑道：“呆子，你想带我去哪儿？”

蚩尤见她毫不闪避，倒颇为意外，想起当日被她这般欺身暗算，蓦地一凛，不敢大意，将她另一只手腕也瞬间扣住，反扭身后。

晏紫苏“哎哟”一声，咬着唇，柳眉微蹙，似乎颇为吃痛。蚩尤心中一紧，情不自禁地松了几分。

晏紫苏喘了一口气，回眸笑道：“臭小子，总算还知道心疼姐姐。”蚩尤大怒，蓦地一使劲，将她紧紧箍住，动弹不得。她脸色顿转雪白，鼻尖上沁出细微的汗珠，微微喘气，说不出话来。

蚩尤冷冷道：“妖女，倘若再胡说八道，我就将你的经脉震碎。”正要发力封住她的经脉，心中剧痛，那“两心知”突然疯狂咬噬，眼前一黑，全身登时酸软，险些摔倒。

晏紫苏趁势轻巧脱身，素手飞舞，将他周身经脉尽数封住。

蚩尤三番五次栽在她这“两心知”之下，心中狂怒懊丧，无以复加。悔不该心慈手软，未将这妖女一招制住。想要大声怒吼呼喊，却发不出声来。只能僵直地躺在地上，郁怒如狂。

晏紫苏蹲下身来，朝着蚩尤怒意勃发的脸容吹了一口气，“咯咯”笑道：“呆子，这些日子不见，你还是这般愣头愣脑的，当真可爱得紧。”

蚩尤一听，更是急怒攻心。他虽然性情暴烈，但自小勇武果决，颇有大将之风，数年来更以领袖群伦，打败水妖，重建蜃楼城为己任。岂料壮志未酬，却被这水族妖狐屡屡玩弄于股掌之间，动辄称之“呆子”“愣头愣脑”，焉能不气炸了心肺！

晏紫苏笑道：“怎么？说你呆子，你不高兴吗？”玉葱指尖轻轻地在他脸上划过，顺着他的鼻梁缓缓而下，在他嘴唇处停住，微微一颤抖，叹息道：“你和那拓拔小子当真不知天高地厚，凭你们微薄之力，也想与烛真神抗衡吗？那不是呆子又是什么？”

蚩尤一凛，此事果然与烛水妖有关！想到这妖女屡屡为虎作伥，心下愤怒，怒目相向。

晏紫苏嫣然道：“呆子，你还在生我的气吗？那夜在雷泽城无尘阁上，我可是用琴声提醒过你和那色鬼六侯爷啦！原以为你们会知难而退，岂料竟然傻头傻脑地闯将上来……你说说，你是不是一个大呆子？”

顿了顿，她又笑道：“今夜见着你时，我给你使了那么多个眼色，你这呆子也瞧不出来吗？我让女丑将你们赶走，那也是让你别搅这趟浑水、自找麻烦。你这大呆子，怎么连这也猜想不到？”她突然面色一沉，冷笑一声，道：“是了，我险些忘啦。你旁边坐着你的亲亲好妹子，又怎会注意到其他之事？”突然站起身来，重重踢了蚩尤一脚。

这一脚刁钻力大，踢在蚩尤经脉交接处，剧痛攻心，险些岔气。

晏紫苏恨恨地瞪了蚩尤半晌，又幽幽叹了口气，歪着头凝视着他，怔忪半晌，喃喃道：“不识好歹的臭小子，姐姐该拿你怎么办才好呢？放了你吗？只怕多半还要和我捣乱。是了，还是将你交给烛真神吧……”

蚩尤心中怒极，忖道：“他奶奶的紫菜鱼皮，臭妖女，惺惺作态什么？要杀便杀，要剐便剐，蚩尤难道还怕你吗？”

晏紫苏哼了一声道：“臭小子，当真落到烛真神手里，哪有杀剐那么容易？”目中突然露出恐惧之色，一闪而过。脸色阴晴不定，怔怔出神，又叹了口气，自言自语道：“呆子，呆子。非要这么一头撞将进来，现在我就是想要放了你也不成啦！”

当是时，殿中九角水晶方台突然“喀”的一声轻响，徐徐转动。晏紫苏花容微变，眼波中刹那间闪过诸多神色，似乎有些犹豫不决。蓦一咬牙，从腰间取下乾坤袋，以迅雷不及掩耳之势，将蚩尤装入袋中，悬挂腰间。

水晶台移转开一个巨大的黑洞，三个人影从洞中跃了出来。蚩尤在乾坤袋中凝神观望，为首一个黑衣女子高挑冷艳，形容傲慢，正是女丑。

身旁乃是一个白衣男子，脸色苍白，双目斜长，灰白的眼珠，闪烁着凌厉凶恶的光芒，又仿佛带着一种说不出的苦痛和厌倦。身后一个瘦小结实的黑衣少年，背负红色铁剑，冷冰冰的脸上满是杀气。

蚩尤心中一凛，不知何以，总觉得那白衣男子与黑衣少年似乎在哪里见过一般。

那三人见了晏紫苏，纷纷行礼道：“晏国主。”

晏紫苏笑道：“楚神祝、夜将，伤势都不打紧吧？”白衣男子和黑衣少年道：“有劳晏国主挂心。眼下已无大碍。”晏紫苏笑道：“那蚩尤下手好生狠辣，两位辛苦了。”

蚩尤心下诧异，难道这二人竟是为自己所伤？却听那黑衣少年冷冷道：“若非晏国主只吩咐夜血将他引开，夜血又怎会留他活命？”白衣男子淡然道：“晏国主放心，这断尾之恨，楚宁他日定当十倍相报。”

蚩尤心中剧震，蓦地明白：这白衣男子与黑衣少年原来竟是寒荒梼杌与那血蝙蝠！敢情那血蝙蝠突然掳走纤纤，也是晏紫苏调虎离山之计了，心中更为愤怒。

晏紫苏“咯咯”笑道：“也许这一天无须等太久啦。”这句话竟似是说与蚩尤听的。蚩尤大怒，心中怒骂了万千遍“他奶奶的紫菜鱼皮”，暗自打定主意，只要那妖女将他从乾坤袋中取出，他就以两伤法术冲开经脉，拼着性命不要，也要将这些妖女、魔怪杀个干净。

女丑瞥了一眼压在女戚裸尸上的少昊，冷笑道：“这淫虫果然自投罗网来了。西海鹿女的忘情酒果真厉害，让他在众长老前大大地出乖露丑。现下谁也不会相信他是清白之身了。”

蚩尤闻言恍然大悟，方知少昊在南峰大殿时之所以酒醉忘形，一至于斯，原来也是中了他们的圈套。想那少昊虽然荒唐，原本也不至如此。

楚宁冷冷道：“金族以这等货色为太子，竟还想统治西荒。也只有楚宗书那等懦弱的老糊涂才会甘愿受他欺压。”晏紫苏“咯咯”笑道：“再过几日，这一切就完全转变啦。”

女丑与楚宁对望一眼，冷艳的脸上第一次露出欢喜的笑容，眼波中竟满是温柔之意。

楚宁灰白的眼珠中闪动着欢悦的神色，徐徐道：“烛真神大恩，寒荒八族没齿难忘。”

晏紫苏嫣然道：“那倒不必，只盼楚神祝做了国主之后，别忘了当日金族带来的屈辱和辛苦，也别忘了水族乃是贵国的朋友。这就成啦！”楚宁三人肃然道：“决计不敢！”

蚩尤大凛，原来这兽身为梼杌的楚宁，竟想取楚宗书而代之！今夜他埋伏在那南峰甬道中，突袭楚宗书，想必也是筹谋良久了。眼下楚宗书生死一线，国中无主，他与女丑等人里应外合，制造一连串事端，煽动叛乱，自当可以借所谓寒荒大神的神谕，顺理成章地篡位夺权。

有了这楚宁，水妖就有了打入金族疆域的楔子，遥遥操纵，令金族疲于应付。寒荒八族自古便令金族头疼不已，好不容易有了三十年的和平时光，现下又要永无宁日了。虽然蚩尤早已猜到水妖的险恶用心，但此时听来仍倍觉惊怒。

晏紫苏转头望了望窗外，笑道："楚神祝、夜将，咱们走吧，时候也已不早啦。"

楚宁与夜血点头应从。晏紫苏踢了一脚少昊，笑道："可惜赶着去见老祖，看不成好戏啦！否则倒真想看看这淫虫中了西海鹿女给我的欲炎冰针，醒来之后会变成怎生模样。"

女丑冷笑道："醒来之后会变成什么模样不敢猜度，但他最终会变成什么模样，女丑倒是极有把握。"

晏紫苏"咯咯"一笑，道："走吧。"翩翩飞起，朝窗外掠去。夜血红光爆闪，化作那巨大的血蝙蝠，瞬息之间已在殿外绝壁盘旋。晏紫苏与楚宁翻身跃上蝠背，朝着南面的茫茫夜雾飞去。

寒风彻骨，白雾弥散，群峰飞速闪过。远远地，从那神女殿中传来女丑凄厉的惊惶呐喊。

晏紫苏嘴角牵起一丝淡淡的微笑，低头望了望腰间的乾坤袋，眼波在凄迷的月光中，显得如此莫测。

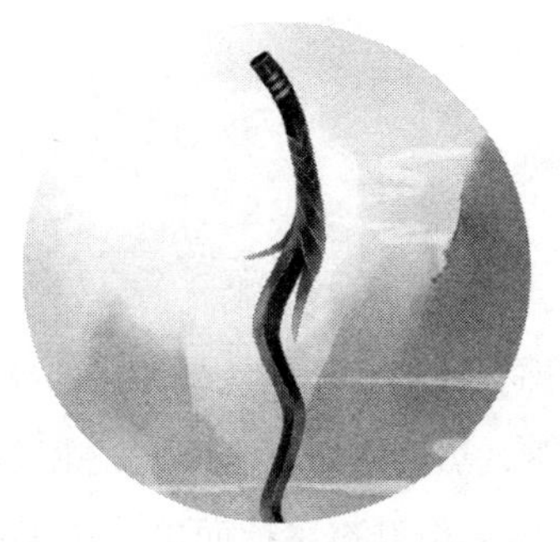

第十三章 西海老祖

夜雾凄冷，月光暗淡，血蝙蝠一路南飞。

忽然听见兽吼鸟啼之声，铺天盖地地从乾坤袋的冰蚕丝缝间筛落。蚩尤朝外眺望，险峰怪崖，参差错落，黑漆漆如万兽蹲踞，竟又回到了众兽山。

怪叫震天，无数黑影从千山万壑飞掠而出，遮天蔽月，浩荡飞来。蚩尤一凛，隐隐听见琴声铿然，破空袅袅，赫然便是今夜在寒荒城驱使万兽围攻南峰的冰甲龙筋筝！

血蝙蝠穿过漫天鸟兽，笔直地朝西北的一座险峰飞去。数千只罗罗鸟从那山峰蓬然炸飞，于夜空"嗷嗷"怪叫，盘旋翔舞，仿佛在迎接他们一般。蚩尤认得那山峰正是前几日与拓拔野、拔祀汉五人一齐救出九百童女的地方。心中更觉诧异，不知晏紫苏等人来此处作甚。

琴声越来越近，蚩尤远远地看见在那山崖洞口，满地冰雪中，端然坐着一个仙风道骨的老者，正自低头抚琴。白发飘飘，须眉共舞，就连衣袂也似乎随着琴声韵律起伏。

那白发老者见晏紫苏等人飞至，推琴起身，"哈哈"笑道："晏国主，好久不见，风姿更胜从前。老朽聊奏一曲，恭迎芳驾。"

晏紫苏"咯咯"笑道："万兽无缰，我瞧你是想炫耀这新到手的冰甲龙筋筝吧？"那白发老者哈哈而笑，脚尖将那古筝轻轻一挑，古筝稳稳地贴在他的背上。那古筝莹白如冰雪，在月光下闪着冷冷的光泽，五根琴弦光芒闪烁，极是耀眼。

楚宁从血蝙蝠背上轻飘飘地掠到山崖洞口，微笑道："万兽无缰百里仙人的驭兽之法果然天下无双，若非百里仙人相助，今夜绝难大获全胜。"

这老者赫然便是当日在东海上被拓拔野打得大败的水族十仙之一的“万兽无缰”百里春秋。蚩尤恍然大悟：“他奶奶的紫菜鱼皮，原来竟是这老妖。难怪以江疑的惊神锣亦不是其对手。”

百里春秋位列水族十仙，念力极强，精擅驭兽之道，与龙女雨师妾、火神祝融并称大荒三绝。当日在风雷海上，只因与夔牛相斗良久，真元损耗不少，又过于托大自负，对拓拔野不放在眼中，否则决计不会被他轻易击败，蒙受奇耻大辱。

百里春秋捋须笑道：“楚神祝过誉了。那江疑也是个厉害角色，若不是你与女丑神女相助，让老朽得了这宝筝，要想如此顺利也非易事。”哈哈而笑，眉目之间，却难掩得意之态。

突听一声狂吼，众人只觉得耳边爆起连串惊雷，险些站立不稳。腥风狂舞，从洞中呼啸冲出。地动山摇，四壁剧烈震动，脚下的山石竟如波浪般颠覆，“轰”的一声闷响，洞口周沿的如牙尖石突然交错叠合，高六丈、宽五丈的山洞竟蓦然闭拢！

楚宁大喜，颤声道：“冰甲角魔龙！”晏紫苏拍手笑道：“冰甲角魔龙解印复活，老祖也该出来啦！”

蚩尤登时醒悟，原来这座奇形险峰竟然就是寒荒第一凶兽冰甲角魔龙被封印而成的兽山！这山洞想必就是那妖龙的巨口了。前几日自己数人竟是在妖龙的肠胃之内救出九百童女，又是从那妖龙的肠道冲出险境。又想，难怪当日自己倾尽全力，以苗刀神力亦不能凿壁而出。

百里春秋道：“老祖早已出来了，正大发雷霆呢。”楚宁“啊”了一声，颇为紧张，问道：“是……是因为九百童女之事吗？”

百里春秋道：“不错。适才老祖怒不可遏，极是吓人。我刚回来，便命我即刻驱使罗罗鸟为他找些童女应急。”

四人一边谈说，一边沿着那陡峭狭窄的甬道向下行走。石壁上黏滑腥臭的绿色液体徐徐流淌，恶臭逼人。

晏紫苏蹙起眉头，素手掩鼻，说道：“老祖这几日接连施法，真元大损，难怪要找些童女补补。以他的脾气，倘若不发怒那才叫可怕呢。”

蚩尤听他们说起九百童女，心中凛然，凝神倾听。又暗自揣测，不知那“老祖”究竟是谁。

楚宁恨恨道："都是那两个小贼，多管闲事，将我们辛辛苦苦搜罗来的童女尽数劫走。"顿了顿，又道："好在晏国主随机应变，假借神谕，让八族长老会替我们搜罗童女。眼下一切顺利，应当不会延误老祖大事。"

百里春秋微笑道："老朽已经禀告过老祖了，他听了甚是欢喜，直夸晏国主聪明机智。"晏紫苏"咯咯"一笑，道："是吗？那可多谢百里仙人啦。"楚宁与夜血似乎也舒了一口气。

蚩尤心道："不知那老祖要九百九十九个童女作甚？"突然想起纤纤前日所说，梼杌凶兽吞噬童女的凶残惨状，心下大寒，怒意横生。

过了片刻，绿光幽然飞舞，万千西海碧光虫从甬道中团团飞出，照得百里春秋须眉皆碧。有人叫道："晏国主和楚神祝来了！"

晏紫苏"咯咯"娇笑，大声道："青丘国晏紫苏拜见西海老祖。"远远地听见一个圆润的声音笑道："古灵精怪的晏丫头，什么时候变得这般知规知矩啦？"悦耳动听，竟似是一个孩童。

蚩尤心下大震，才知这老祖竟是大荒十神之一的西海老祖弇兹！

水族四大水神中，除了黑水真神烛龙之外，便以西海老祖最为了得。此人生性凶暴乖戾，生平绝少踏入大荒，是以威名虽著，见过他真面目的人却是寥寥无几，可称大荒十神中最为神秘的人物之一。

据说生有三眼，额上一目号为"夺魂眼"，可勾神摄魄。手中一丈八尺长的斩妖刀号称"天下第三"名刀，仅排在羽青帝的苗刀与黄龙真神应龙的金光交错刀之下。生平最为出名的一战，便是与神农的西海之战。

传言一百六十年前，他因犯下大恶，引得神农震怒，追至西海，大战九百回合后，方才将其斩去右耳，逼迫他立誓此生永不踏入昆仑以东的大荒疆土。但他当年所犯的重罪究竟是什么，大荒中却无人得知。自那以后，大荒中再也没人见过他的踪影。

晏紫苏笑道："见了老祖，还有谁敢放肆？借我一千个胆也不敢呢！"稍一迟疑，纤手突然在脸上一抹，登时变作一个姿容平淡的女子，与百里春秋等人步入冰甲角魔龙的胃洞之中。

巨大的石洞内翠光流动，无数西海碧光虫荧荧飞舞。洞中立了六人，俱是黑衣男子，瞧那装束，当是水妖无疑。其中一个枯瘦的麻脸男子瞧见晏紫苏，登时眯起双眼，光芒闪烁，失魂落魄地移转不开视线。晏紫苏化身变作的平庸女子，对他而言竟仍是绝世美女。

蚩尤撞见这男子的目光，登时起了嫌恶愤恨之心，竟有一种将他双眼剜出的冲动，心道：“西海老祖既然在此，这几人便应当是西海九真中的人物了。”当下凛然戒备。

西海九真传闻乃是西海老祖亲自调教的门生，个个都是意气双修的真人级高手。其中虎爪鹗神、西海鹿女、九毒童子等人尤为著名。

那顶立正中、直径丈余的银白石柱荧光闪烁，宛如透明。石柱之中，一个肉球徐徐转动。

蚩尤定睛一看，方才发现那团肉球竟是一个蜷缩一团、抱膝绕转的童子。那童子全身莹白透明，皮肤光洁，青色血管纵横遍布。两眼紧闭，手臂脚足肥短如婴儿。

楚宁、夜血疾步上前，朝着那石柱中的童子拜倒，恭声道：“寒荒国楚宁、夜血拜见西海老祖。”

蚩尤吃了一惊，方知眼前这童子竟然就是西海老祖。但瞧他模样，分明只是个七八岁的胖童子，怎么竟有两百余岁的年龄？

那西海老祖光洁圆阔的额头突然裂开，绽出一只幽蓝色的眼睛，寒芒闪烁。蚩尤心中一凛，只觉得那只眼凌厉如电，仿佛瞬息穿透了自己一般，突然有些头晕目眩，真气翻涌。

西海老祖的夺魂眼徐徐转向，凝视楚宁、夜血。两人如芒刺在背，伏在地上，大气不敢出，冷汗浃背。过了片刻，方听西海老祖淡淡道：“很好。你们都是有勇有谋的寒荒志士，将来寒荒八族可就要靠你们了。快快请起吧。”声音甜润，但此刻蚩尤听来，却觉得有一种说不出的诡异森寒之意。

楚宁、夜血恭声称谢，缓缓起身。

晏紫苏轻移莲步，“咯咯”笑道：“几年不见，老祖更加年轻啦。下次见着老祖，岂不是要我抱着你吗？”众人莞尔，却板着脸不敢笑出声来。

蚩尤心道：“这妖女果然胆大包天，竟敢取笑西海老祖。是了，听段叔叔说过，这西海老祖修炼的冥天大法，可以驻容养颜，想不到竟然可以返老还童。”

西海老祖哈哈笑道：“小丫头，胡说八道。”但声音极是欢悦，殊无不喜之意。此时，那双紧闭的眼睛方才徐徐张开，银白色的眼珠转动几圈，盯着晏紫苏上上下下打量，道：“晏丫头，每次见你都是不同的模样。今日若不是先打了招

呼，嘿嘿，我这只夺魂眼只怕也认你不出。”

晏紫苏笑道：“我这等庸花俗柳，哪进得了老祖法眼？”

西海老祖哈哈笑道：“千面美人晏紫苏，什么时候成了庸花俗柳了？”银白色的眼珠凝视着她枯淡的脸容，点头道：“小丫头，你乖巧得很，老夫今天真元大耗，急需滋补。要是你依旧千娇百媚，老夫欲火中烧之下，多半就顾不得过往交情，不客气地拿你采补了。”

蚩尤心头大震，难道这老妖修炼的竟是攫取女阴真元的淫邪妖法？脑中轰然，突然明白他们何以要搜罗近千童女了，敢情是供这老妖淫乐采补！

原本对这位列大荒十神的西海水妖还有敬畏之心，此时立即荡然无存，转为强烈的厌恨鄙夷之意。心中一沉，倘若寒荒八族误信那所谓的万兽神谕，将九百九十九名童女作为祭品，岂不是……心中更是惊惧狂怒。

蚩尤又听西海老祖、晏紫苏等人说了片刻，越听越是心惊。零零落落，交相叠合，终于将此事的前因后果拼出了个大概。

原来那楚宁乃是寒荒国主楚宗书的堂弟，原本是寒荒八族的祭天神祝，与女丑、女戚并列为寒荒三大祭司。但他生性偏执，与女丑、夜血等人自视为寒荒志士，认为寒荒国与金族缔结盟约，臣服后者，乃是违背了“八百虎盟”的不义之举，自甘为奴。对此深恶痛绝，引以为恨。

为了推翻楚宗书，将八族重新从金族中分裂，楚宁等人暗自广结党羽，组成“冰龙教”。蓄养凶兽，四处肆虐，进而挑拨离间，造谣生事，无所不用其极。但因金族怀柔安抚，始终不能得逞。

某次行动失败，长老会查出驱使凶兽为恶的主谋竟是楚宁，大为震怒，将其驱逐。无奈之下，楚宁等人转而勾结西海水妖，妄图借其力谋取八族独立。

与水妖勾结之后，百经商议，定下“借尸还魂”的诡计，即借助寒荒大神的威名与寒荒七兽的恐怖震慑力，造谣挑唆，引得八族与金族决裂。

楚宁、女丑盗来当年封印七大凶兽的封印诀，再由西海老祖施法，解开诸兽封印。西海老祖将寒荒梼杌、血蝙蝠等凶兽的魂灵转而封印入楚宁、夜血以及西海九真等人的体内，使得他们具备了极为可怖的兽身，变化自如，肆虐害人。

同时，百里春秋在众兽山豢养凶兽，四处为虐。而冰龙教在八族各大村寨散布谣言，声称寒荒大神不满八族违背“八百虎盟”，屈从金族暴虐统治，将要解印七大凶兽，引发大洪水，毁灭八族。一时人心惶惶，将信将疑。

他们算准金族必定会派遣重臣安抚八族民心，是以计划当金族安抚使到达寒荒城时，驱使解印开来的寒荒七兽与其他诸多凶兽将楚宗书、金族安抚使等一并击杀，将八族与金族推向分裂的边缘，然后再通过祭祀，假借寒荒大神的名义，鼓吹八族以楚宁为国主，举义反抗金族。

但当他们得知所来的金族安抚使竟是极好酒色的少昊时，大喜过望，稍稍更改计划。楚宁、女丑将不想合作的女戚作为大礼，送与西海老祖凌辱奸杀，然后让晏紫苏化身于她。

待到百里春秋驭使的万千飞兽将楚宗书、英招等人重伤之后，隐藏于长老会中的冰龙教成员便大肆鼓噪奉承寒荒大神之命，即时举义。

同时，晏紫苏则以摄魂术勾引那已被西海鹿女的春毒迷药弄得迷迷糊糊的少昊，将他诱入神女殿，伪造他奸杀女戚的现场。然后再让女丑大声呼救，将八族对金族的仇恨不满燃至顶点。

一切都按照既定计划顺利进行。唯一意想不到的岔子，便是从天而降的拓拔野与蚩尤。他们竟然阴差阳错地救走了近千童女，又在不自觉间搅入了这场西荒暗斗之中。

原来解印七大凶兽，尤其是解印冰甲角魔龙，需耗损极大的真元，那西海老祖修炼的冥天妖法虽然厉害，却必须以腊月出生的纯阴童女的真元修补。因此，楚宁、百里春秋等人御使罗罗鸟四处掳掠童女，送抵西海老祖盘驻的冰甲角魔龙山内，供其淫辱，攫取真元。

眼下洞中的那根银白石柱就是当年无名女子封印魔龙的镇天杵。那日拓拔野、蚩尤等人误入冰甲角魔龙山洞时，西海老祖正在其中闭关施展解印妖法，不能破柱而出。当他今日终于解印妖龙，从镇天杵冲出关时，才发现近千童女都已不翼而飞，登时怒发如狂。

蚩尤听得惊怒交集，心中暗自懊悔："他奶奶的紫菜鱼皮，倘若那日知道这老妖在石柱内闭关，便将他斩个乌泥海胆稀巴烂！"

众水妖嘀嘀咕咕了片刻，西海老祖不耐烦道："钦毗，七郎怎么还没来？"一个鹰钩鼻的银发男子驱前一步，似笑非笑道："老祖，七郎今夜在钟山招待姑射仙子，想必也该赶来了。"

蚩尤心中一凛，忖想："原来他便是虎爪鹗神。"虎爪鹗神钦毗是西海九真中最为臭名昭著的人物，狡诈凶残，其兽身乃是西海上的至恶凶禽虎爪鹗。

西海老祖夺魂眼光芒一闪，瞥了晏紫苏一眼："是了，我险些忘了。七郎夙愿得偿，还亏得晏丫头帮忙。"晏紫苏微笑不语。

蚩尤心念一动："姑射仙子？难道竟是那木族圣女吗？"见西海老祖银眼邪光闪动，语气暧昧，登知不是好事。心中恨恨道："不知这妖狐又做了什么恶事。"

忽听洞外传来"嗷嗷"怪叫声，众人相互使了几个眼色，面色突转轻松。百里春秋微笑道："老祖，罗罗鸟回来了。"过了片刻，十几只罗罗鸟扑翔冲入，爪上各抓了一只青丝囊。绕着银白石柱飞了一圈，将丝囊抛落，又怪叫着朝外飞去，一刻也不敢停留。

西海老祖目中光芒爆闪，一道蓝光闪电似的从那夺魂眼中射向地上的丝囊，"哧"的一声，青丝飞扬，缕缕迸散，露出藏匿其中的粉嫩女童。那十几个女童大多八九岁年纪，个个秀丽可爱，泪光滢滢，惊惧欲狂。

钦毗喉结滚动，笑道："恭喜老祖，这十几个双足小鼎果然都是上品。"

西海老祖"哼"了一声，突然从那银白石柱中蹦了出来，走到一个女童身旁，夺魂眼冷冷斜睨，狰狞可怖。那女童骇得面色煞白，几欲晕厥，泪水滚滚涌落，张口号哭却发不出声来。

百里春秋低咳一声，众人纷纷转身，只有钦毗紧紧盯着，眼睛眨也不眨，极是兴奋。蚩尤心中惊怒骇异，不敢相信眼前将要发生之事。难道这老妖当真淫邪无耻，一至于斯，竟忍心摧残如此幼小的女童吗？

西海老祖喉中发出低沉的咆哮，突然探手抓起女童，压在身下，女童发出一声撕裂人心的尖叫，立时晕厥。众人均有黯然不忍之色，晏紫苏闭起双眼，扭过头去。

蚩尤脑中嗡然，险些晕厥。眼前一片血红，那麻痒难耐的杀意从心肺沿着咽喉，直贯脑顶。从未有过的悲愤狂怒宛如烈火一般熊熊燃烧，将他炙烤得仿佛要爆炸开来，真气汹涌地撞击着经脉，要将封闭阻碍之处尽数冲开。

西海老祖银眼充血，面目狰狞，状如妖魔。那女童昏迷不醒，簌簌颤抖，全身突然僵直，闪过一道光芒，很快转为青白，软绵绵地再不动弹。

蚩尤悲怒欲狂，泪血夺眶而出。自蜃楼城破以来，他还从未有如今日这般愤怒。钢牙紧咬，几欲碎裂。

西海老祖丹田内红光隐隐，脸上焕发出淡淡的光彩，哼了一声，将那女童的尸体丢开，转身朝第二个女童走去。

那女童目睹惨状，早已骇得肝胆欲裂，见他走来，浑身哆嗦，泪水纵横，突然双眼翻白，张大了嘴动也不动，竟自生生吓死。西海老祖冷冷道：“真不济事。”径直朝下一个女童走去。

眼睁睁看着西海老祖片刻摧残了四名女童，攫取真元，蚩尤怒发如狂，再也按捺不住，当下便欲以“翻石草诀”，调用奇经八脉中的真气，强行冲开经脉，冒着经络重伤的危险，与这老淫妖殊死相搏。

突然，晏紫苏的纤指隔着乾坤袋急速飞点，将他奇经八脉完完全全封住，令他刚刚冲涌而起的真气又立时僵凝，想是通过“两心知”得悉他的心思，连忙先下手为强。蚩尤郁怒益甚，心中怒骂不已。

当是时，站在钦毗身侧的一个大耳男子，耳郭蓦地转动，恭声道：“老祖，鹿女和九毒童子来了。”话音未落，果然听见甬道中有个妖媚的声音和尖细的嗓音同时叫道：“鹿女、童子拜见老祖。”

西海老祖“哼”了一声，也不应答，只顾攫取女童真元。

西海碧光虫幽然飞舞，环绕着一男一女从甬道走了进来。那女子身着鹿皮大衣，身材高挑丰腴，桃形俏脸上媚眼流转，春意盎然。腰间悬挂了一只小巧的鹿皮鼓，右手横持鹿角七星管，正是大荒十大妖女之一的西海鹿女。九毒童子尾随其后，眼神凶狠凌厉，满脸暴戾神色，逍遥伞斜插背后。

两人对西海老祖的暴行似是习以为常，也不再说话，只管以眼神与众人一一招呼。

过了一会儿，才听西海老祖淡淡道：“七郎呢？舍不得下床吗？”鹿女与九毒童子一齐拜伏在地，媚声道：“老祖，钟山上出事了。那东海拓拔小子将七郎打成重伤，又将姑射仙子抢去了！”

众人大惊，纷纷失声道：“又是那个拓拔野？！”

鹿女道：“可不是吗？也不知他从哪里冒将出来！”当下将拓拔野如何凭空出现，制住烛鼓之，她与九毒童子又如何及时赶到，与之大战，又如何让他瞅了空子，抱着姑射仙子逃之夭夭，被雪崩埋没之事一一讲述。

众人听得耸然动容，百里春秋面色铁青，眼中直欲喷出火来，颤声道：“那小贼……又是那该死的小贼！”他在东海上被拓拔野反夺夔牛，英名尽扫，对这少年可谓切齿痛恨，听闻他在钟山出现，惊怒交加，恨不能立时将其擒杀。

蚩尤一边聆听，一边惊喜难抑，直想哈哈大笑，适才的狂怒稍稍缓解。但是又颇为疑惑，不知拓拔野何以会到了钟山之上，救出姑射仙子。但听到拓拔二人受困雪崩，不免又大为担心。转念心想：“乌贼胆大心细，即便埋在雪山下，也必然能寻隙逃离。”他对拓拔野极有信心，忧虑稍减。

西海老祖眯起双眼，缓缓道：“那小子中了你们的剧毒，竟然还能在你二人与狼牙雪猿的夹击下逃走？难道他年纪轻轻，竟已炼成了百毒不侵之身了吗？”沉吟道：“七郎伤势如何？”

鹿女道：“被那小子斩了三根手指，又打乱了经脉，只怕要调理两三个月才能缓过来呢。”众人大凛，烛鼓之乃是烛真神的爱子，受此重创，烛龙必将震怒。倘若迁怒他们护卫不周，那就惨之极矣了。

鹿女与九毒童子见西海老祖凝视自己，目光闪烁不定，心中发虚，只怕他一怒之下要向自己问罪。来此途中，二人早已商议妥当，一旦形势不妙，索性乖觉请罪，争取从轻发落，当下颤声道：“属下护卫不力，请老祖赐罪。”

西海老祖“哼”了一声道：“你们及时赶到，才救了七郎一命，居功甚伟，何来罪过？起来吧。”鹿女与九毒童子大喜，齐齐道：“多谢老祖。”慢慢地爬起身来，冷汗涔涔。

西海老祖道：“这么说来，那拓拔野被雪崩困在密山中了？”九毒童子道：“正是。钟山六怪正调集人手，遍山搜寻。”

鹿女笑道：“那小子受了重伤，姑射仙子又中了我的春毒，两人都没多少真气，被困在冰雪下，多半早已冻死了。”西海老祖冷冷道：“是吗？倘若他们侥幸不死呢？”众人心中凛然。

西海老祖道：“那拓拔野倒也罢了，姑射仙子，嘿嘿，她若回到木族，还有你们的好果子吃吗？”

鹿女与九毒童子听他语意阴冷森寒，心中惊惧，面色惨白，连忙拜伏道：“是。属下立即赶回密山，倾力寻找。”

西海老祖冷冷道：“眼下到了关键时刻，容不得一点大意。既然七郎重伤不能来此，老夫便迁就迁就他，去钟山会合便是。”顿了顿，夺魂眼寒光怒放，森然道：“顺便会一会那个无所不能的拓拔野。”

众人精神大振，齐声道：“老祖亲临，必定手到擒来！”蚩尤心中怒骂不已。

西海老祖的夺魂眼突然朝晏紫苏腰间的乾坤袋瞧来："晏丫头，你这乾坤袋里装了什么东西，怎么有如此凛冽的杀气？"众人目光纷纷望来。

蚩尤心中大凛，旋即升起冲天怒意，凝神聚意，默念"翻石草诀"，决计拼死一击。

晏紫苏娇躯微微一震，笑道："老祖眼神好尖，这也让你瞧出来啦。"将乾坤袋轻轻一抖，蚩尤应声掉落，重重摔在地上。

众人看见他背上所负的苗刀，吃惊道："苗刀！这小子……这小子是蜃楼城乔羽的儿子，和那拓拔野一道惹是生非的蚩尤！"

晏紫苏笑道："不错。他就是咱们全族上下通缉了四年的要犯。我原想悄悄地带到北海，献给烛真神邀功请赏，没想到还是没能瞒过老祖的法眼。"

众人哄然，想不到本族第一等通缉要犯竟无声无息地落在九尾狐的手里，都大为妒羡。

楚宁、夜血面色微变，他们深知这少年彪悍神勇，心下暗自诧异，不知晏紫苏何时将他一举收服。

蚩尤怒目圆睁，冷冷地瞪着晏紫苏，心中竟是说不出的惊怒、悲苦、难过，周身寒冷，仿佛置身冰窖。这一刻他才发觉内心深处，竟一直不相信这妖女当真会出卖自己。被她从袋中抖落的瞬间，惊异远远大于愤怒。突然之间，觉得自己的想法好生滑稽，这妖女奸狡毒辣，冷酷无情，又怎会真对自己网开一面？心中莫名一阵剧痛，张大嘴，纵声狂笑。

晏紫苏眼波中闪过黯然苦痛的神色，不敢触及他的目光，扭过头去。

西海老祖道："原来他就是木族乔愧水的子孙吗？晏丫头，倘若你能将那拓拔野也一齐捆了去北海，那可当真是奇功一件。烛真神欢喜之下，必会赐你'本真丹'。"

晏紫苏双颊晕红，极是欢喜，但瞥了蚩尤一眼，瞬间又转苍白黯然。

钦毗大踏步走来，笑道："原来这便是木族的第一神器苗刀吗？今日倒得好好见识见识。"探手去抓苗刀。

蚩尤虎目圆睁，大吼一声，握住刀柄，碧气从头顶轰然冲起，刹那间奋起神威，以两伤法术将封闭的经脉霍然贯通。汹涌真气蓬勃呼啸，从气海滔滔滚卷，直没苗刀，青铜刀锋亮起炫目无匹的青光，铿然长吟。

刹那之间，蚩尤业已人刀合一，狂吼着一跃而起，强忍经脉灼烧裂痛，朝着

钦毗狂飙怒斩!

众人骇然惊呼。钦毗大吃一惊，措手不及，十指指尖倏地爆放出十道乌黑色的真气，交错如虎爪，轰然下击，撩格扑挡。

“扑哧”一声，钦毗的气爪应声破碎，血光迸现，惨叫着朝后摔出。胸膛上已被刀气劈出一道三寸来深的长条伤口。猝不及防之下，想以赤手真气阻挡苗刀，实是无异螳臂当车。但他甚是乖滑，眼见不妙，立时借助反撞巨力全力后撤，是以虽然狼狈，却无性命之虞。

众人大骇，西海老祖蓝目之中闪过惊诧的神色。钦毗乃是西海九真中最为厉害的一个，竟被这小子一刀杀得如此大败!

蚩尤厉声喝道：“无耻老妖，吃爷爷一刀!”苗刀旋转狂舞，卷起龙卷风似的碧光，风雷狂吼，一式“天下万物”朝着西海老祖当头劈下。

“天下万物”乃是神木刀诀中极为霸冽的刀法，对于自身真元的损耗极大，若非两人对决的生死关头，不可轻易用之。但此刻蚩尤以两伤法术冲开自身经脉，原本已身负重伤，无法久支；而他面对的又是大荒十神之一的西海老祖，只能毕其功于一役，务求将他一举击倒。

刀光炫目，气芒裂舞。洞中漫漫西海碧光虫被刀气所激，登时缭乱迸射，光芒闪烁，簌簌满地。“轰”的一声，几块巨石化为烟尘，弥漫扬舞。

西海老祖男童般的肥短身躯站在碧绿的刀光中，动也不动，嘴角牵起一丝微笑，道：“这就是天下第一名刀吗？”额上夺魂眼怒射出一道刺目蓝光，如剑一般破入蚩尤霸冽凌厉的刀芒。

蚩尤只觉神迷意夺，念力涣散，狂霸刀芒登时收敛消逝。西海老祖哈哈大笑，笑声凛冽妖异，震耳欲聋。

蚩尤神识恍惚，仿佛看见无数道黑光四面八方怒射而来，如暴雨闪电般破入自己体内，周身撕裂一般地疼痛，大叫一声，被那巨大的冲击力推得高高飞起，撞在石壁上，眼前艳红，血腥味急速弥散开来。

众人齐声赞道：“老祖大法，天下无双!”西海老祖得意，哈哈大笑。晏紫苏面色苍白，身形微晃，眼中竟似有滢滢泪光。

蚩尤摇摇晃晃爬了起来，虎目斜睨，哈哈狂笑道：“我还道西海老妖的夺魂眼和‘海神笑’有什么了不得，原来不过如此。”

众人微诧，想不到在西海老祖这般重击之下，他竟能如此迅速地站起身来。

西海老祖嘿然笑道："是吗？这么说来，老夫可不能让你失望喽。"夺魂眼凶芒爆放。

蚩尤刚刚聚敛的念力登时又粉碎迸散，耳中轰然一响，一片空茫，一股妖邪真气汹汹冲入，排山倒海，恣意奔腾，烈火狂飙似的冲卷周身经脉。体内连珠爆响，原已伤毁的经脉瞬息土崩瓦解，错乱碎断，灼痛如狂。

蚩尤痛不可抑，狂吼一声，轰然倒地。众人笑道："都说这小子颇有能耐，到了老祖手上，原来不过是一根废柴。"

蚩尤周身仿佛寸寸碎裂，真气岔乱奔走，火烧火燎。意识迷糊，恍恍惚惚瞧见人群里晏紫苏的脸容，摇晃波荡如水纹一般，心中突然说不出的愤怒悲苦，也不知道哪里来的巨大力量，突然强撑着站了起来，喘息着笑道："废柴？我瞧这老柴刀也不过是块废铜烂铁……"

众人见他居然还能爬起，不由得大惊。

西海老祖笑道："老夫倒要瞧瞧是你的嘴硬，还是骨头硬。"右手轻轻一弹，黑光如电飞舞，直没蚩尤右腿膝盖。"咔嚓！"脆响，膝盖骨登时粉碎，蚩尤闷哼一声，晃了晃，单膝轰然着地。

西海老祖笑道："原来你的骨头不过像豆腐，一捏就碎。"众人纵声大笑。

笑声轰然回荡，众人的脸容在眼前摇晃变形，宛如妖魔。蚩尤剧痛如焚，脑中昏沉，心中狂怒，那念头却越来越清晰："就算是死在这里，也要站着死！"左腿强撑，用尽周身力量，缓缓站起，勉力大笑道："无耻老妖，除了对手无寸铁的小女孩下手，也就只敢夹夹豆腐了！你奶奶的紫菜鱼……"

话音未落，西海老祖冷笑着，十指如飞，黑光纵横飞舞。蚩尤衣裳寸寸碎裂，周身骨骼"嘎嘎"作响，刹那之间，他双膝、双踝、琵琶骨……尽数碎裂，再也支撑不住，轰然倒地。钢牙紧咬，不发出一声疼痛的呻吟。

蚩尤心中又惊又怒，眼前一切仿佛噩梦一般。他的大半经脉已被震碎，真气虚弱游移，颤抖着想要爬起身来，但两踝、两膝骨骼都已碎裂，软绵绵地拖曳在地。突然之间，第一次觉得自己是如此孤单而虚弱，仿佛荒寒极地的一根秋草，在狂风中独自飘摇。

心中悲凉苦涩，突然想起了拓拔野，想起了他温暖的笑容。想起了和他、和纤纤一起，在蜃楼城、古浪屿度过的春秋岁月。想起了那蓝天白云，碧海银沙，沙滩上的日落，月夜掉落海中的椰子，沙滩上熊熊的篝火，纤纤的笑声，拓拔野

从海中高高跃出时手中提着的海龟，联床夜话时跳跃的灯火……

恍惚之中，似乎闻着了那咸咸的海风，潮湿而又温热，仿佛听见纤纤银铃似的笑声、拓拔野悠扬的笛子……那些时光仿佛触手可及，但却隔得如此遥远。

突然，他仿佛听见拓拔野在耳旁大声叫道："鱿鱼，站起来！不要倒在这些恶贼的脚下！"他蓦地振奋精神，喃喃低笑道："臭乌贼，我怎么会向这种货色低头？"

洞中鸦雀无声。众人瞧着蚩尤浑身血污，喘息着以两肘之力，试图从地上支撑爬起，心中不由得都起了异样的震惊惧怕之意。人群中，晏紫苏面色煞白，指尖不住地颤抖。

蚩尤蓦地大吼一声，以苗刀斜斜抵住地上的岩隙，用尽全力站了起来，乜斜着眼睛，冷冷地望着众人，想要大笑，却发不出声，喘息着"呸"了一口，冷笑道："一群卑劣无耻的没胆小人！就算爷爷的厉鬼不来收拾你，我兄弟……兄弟也要提着你们的头颅，给老子倒酒……"

西海老祖银眼凶光怒放，大喝一声："找死！"右掌轰然拍舞，一道汹汹黑光狂奔飞卷，朝着摇摇欲坠的蚩尤直撞而去。

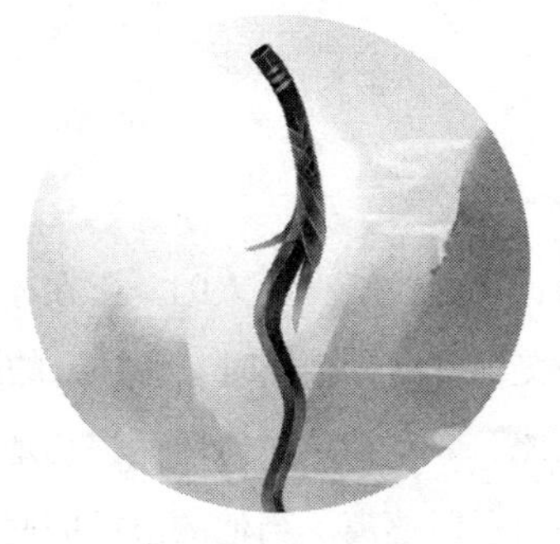

第十四章 柳暗花明

蛮蛮鸟欢悦地鸣叫着，火光跳跃，两人的身影在冰壁上迷离变幻。呼吸声、低吟声、衣帛窸窣声……交缠着巨骨燃烧时“噼扑”的脆响。

拓拔野的喉咙火烧火燎，意乱情迷，恣肆而渴切地吸吮她的唇瓣与耳垂。姑射仙子弓起身子，仰起头，星眼迷离。当他的滚烫的唇舌扫过她的脖颈，她突然绷紧身子，仿佛被痉挛的狂潮所吞噬。

她仿佛被抽离了所有的气力，像飘浮在蓝天的云朵，像跌宕在溪流中的落英，任由他的指尖挑拨她生命的琴弦，弹奏甜蜜而痛楚的旋律。她的身体仿佛崩爆了，融化了，又燃烧为熊熊的烈火，只想和这陌生而又熟悉的少年男子一起进入那赤红狂野的炼狱……

“蛮蛮！蛮蛮！”突然听见几声清脆的怪叫声，几滴冰冷的雪水接连不断地滴落在拓拔野的脖颈上。

拓拔野微微一震，仿佛当头被浇了一盆冷水。低头望去，见姑射仙子衣裳缭乱，纤细的脖颈上布满了紫红的吻痕……所幸雪臂之上，那颗守宫砂依旧鲜红夺目，大错尚未铸成。

他悔疚羞惭，面红耳赤，猛地抽身后退，重重地抽了自己一个耳光，低声道：“仙女姐姐，我……我……”连话也说不出来了。

头顶冰凉，又是一串的雪水接连滴落。抬头望去，只见比翼鸟盘旋飞舞，不断啄击着顶壁的一角，“蛮蛮”怪叫，极是兴奋。它们啄击之处，冰雪消融，断线珍珠般滴洒飘落。

拓拔野心中一动，大喜道：“仙女姐姐，我们可以出去了！”姑射仙子蹙眉道：“为什么要出去？你……你过来吧。”声音娇媚入骨，抓住他的手腕，一把拽了过去。

拓拔野此时已经大为清醒，竭力收敛心神，歉然道：“仙女姐姐，对不住了。”手指疾点，重新将她经脉封住。

比翼鸟尖叫欢啼，低飞缭绕。忽听“轰”的一声，冰雪簌簌崩落，将拓拔野二人埋在雪堆之中。顶壁上露出一个三尺余宽的黑漆漆的洞口。

原来拓拔野先前仔细查寻四壁，却独独忘了顶壁。那顶壁上的洞口被两尺余厚的冰层封堵，兽骨火焰燃烧了这么久，冰窟内温度逐渐升高，再加上拓拔野与姑射仙子体内的躁热情火与逸散真气，使得那洞口的冰层渐渐融化。被比翼鸟这般轮番猛啄，登时迸裂开来，连带着顶壁上的冰雪一齐掉落。

拓拔野抱着姑射仙子跳将起来，大喜道：“鸟兄鸟嫂，多谢两位了！”见那比翼鸟啄击顶壁之时，便已猜到其后必有出口，岂料还不必自己动手，蛮蛮鸟便已经代劳开出一条路来。惊喜之余，心中突然觉得，这两只怪鸟或许真是冥冥上苍派来相助的神鸟。

比翼鸟傲然鸣叫，绕飞一圈，落在拓拔野的肩膀上。相互啄击，梳理羽毛，一副怡然自得、恩爱欢好之状。

虽不知那洞口究竟通往何处，但纵有凶险，也远胜于在此束手待毙。拓拔野低声道：“仙女姐姐，再忍上一忍，只要出了这山腹，定然有法子可解你体内之毒。”默念凝冰诀，姑射仙子身上登时凝结一层三寸余厚的寒冰。她体内热血奔沸，这般冻结之后虽然仍会涌动，但流速甚缓，支持上大半日当无问题。

当下拓拔野再不迟疑，抱紧姑射仙子轻飘飘地跃入那黑洞之中。四面漆黑，寒气森冷，他左手指尖以真气燃光，指引在前，凝神戒备，一步步往前走去。

狭窄的甬洞倾陡上斜，迤逦曲折。四壁光滑，尽是寒冰。顶壁冰柱如犬牙交错，在火光映射下变幻着幽冷而炫目的光泽。

洞窟之中，飘浮着森森白汽，如大雾一般弥散聚合。越往上行越是寒冷，拓拔野头发皮肤之上，逐渐凝结了一层薄薄的冰霜。比翼鸟冻得簌簌发抖，不住地扇动翅膀，抖落冰屑，“蛮蛮”的叫声也开始颤抖起来，再过了片刻，索性振翅飞舞，在拓拔野身前身后盘旋缭绕。

忽然一阵阴风吹来，冷雾离散，拓拔野打了个寒噤，心中却是一阵惊喜：既有冷风，则必有出口。精神大振，聚气涌泉，朝上急速滑行。

半个时辰之后，甬道越来越宽，但那白汽冷雾也越来越重，五步之外便是一片苍茫，虽有真气燃光，亦不能远视。

拓拔野飞速滑行，突然脚下一绊，险些摔倒。心下微凛，凝神望去，竟是森森白骨。以那骨架结构来看，当是鱼龙之类的巨型海兽。心下大奇，不知何以在这山腹冰窟之中竟能遇见海兽尸骨。

再往上行，所遇的尸骨越来越多，无一不是海中巨鱼怪兽，尸骨尽皆完好无损，有些竟连皮肉犹自尚存。拓拔野心中惊异更甚，不知自己究竟身在何处。当下转动记事珠，思绪飞转，查找《大荒经》中相关记述。

他突然一凛，当是这里了："钟山东南四百二十里，曰'密山'。其间尽泽也。是多奇鸟、怪兽、奇鱼，皆异物焉。密山千仞，冰雪其覆。中空浩荡，状如玉壶，故又名'玉壶山'。传此山通西海，水汤汤而出，如自天上来。故昔年寒荒诸族备受水患之苦，寒荒大神昊天氏以魂炼石，归化于此，水乃止焉……"

拓拔野心下大震，洞窟中多海兽尸骨，难道这密山当年果真通达西海吗？此山去西海尚有遥遥数千里，倘若当真如此，那也太匪夷所思了。又想，此山既名玉壶山，又有大水出处，想必山上必有出口。振作精神，继续前行。

这般上行许久，森冷益甚，以他体内真气之浩然，亦觉得刻骨侵寒。气温越低，途中横陈的鱼兽尸骨保存得越完好，待到后来，竟是皮肉鳞介丝毫无损，栩栩如生。

雾气茫茫，甬道逐渐转小，盖因水汽附着四壁，长年累月冰壁雪柱越积越厚之故。某些转折之处尤为狭窄，拓拔野不得不蓄气挥掌，硬生生劈出一条道路来。

洞中愈冷，拓拔野反倒愈加放心。盖因姑射仙子体内燥热汹汹的春毒邪气，在这冰寒森冷之中逐渐镇定，流速甚缓，仿佛进入冬眠一般。

不知走了多久，腹中饥肠辘辘，"咕咕"的叫声在这空空荡荡的冰洞中听来更觉格外清晰刺耳。

拓拔野自从当年遇见神帝之后，已没有尝过这般饥寒交加的滋味，此刻颇有重温旧梦之感，自觉有趣，不禁莞尔。比翼鸟"蛮蛮"尖叫，有气无力地扑翔，停落在他的肩膀上，再也不愿挪动。

低头望去，姑射仙子凝结于冰柱之中，长睫闭拢，脸颊嫣红，娇媚动人，仿佛在做着慵懒甜蜜的美梦。拓拔野神魂震荡，目光不能移转，想道："倘若能与仙女姐姐终生厮守，就算出不得这密山，又有什么打紧？"

回想起那肌肤相亲、唇齿相依的销魂滋味，不禁又有些神魂颠倒，心中怦怦乱跳，真想将她冰霜解开，偷偷地亲上一亲。但心下明了，自己能自控一次、两次，第三次却绝无把握了。当下转移念头，不敢多想。

比翼鸟在他耳旁不住地叫唤，他心中一动，想起纤纤。这丫头此刻只怕还站在那悬崖顶上，迎风等待吧？

想到她缠着要这怪鸟的脸容姿态，嘴角不由得露出一丝微笑。笑容忽然凝结，蓦地明白了当时她索要这比翼鸟的缘由和那痴情心意。心中黯然，暗自叹息："倘若……倘若这丫头喜欢的是鱿鱼，那便两全其美了。"但心中却明白，以纤纤顽固的性子，要她改而喜欢别人，断无可能。

从前在古浪屿上，他将一只极为可爱的珊瑚绿毛龟送与纤纤。纤纤喜欢至极，偷偷在它壳上刻了一个"野"字，养在水晶柜里，每日亲自抓了虾米喂它。空暇之时，常常拉了他一道在沙滩上逗弄珊瑚龟，一玩便是一个下午。

某日，那珊瑚龟不知何以竟从水晶柜中逃逸，拓拔野翻山倒海也寻它不回。纤纤伤心欲绝，赌气几日不吃东西。

无奈之下，拓拔野又寻了一只大小形状差不多的珊瑚龟，哄骗纤纤。岂料纤纤见那龟壳上没有"野"字，立时将它抛到海里，哭着说，她要的只是那只逃走的乌龟，即便是金龟玉龟，也是无法替代。

拓拔野一面向上滑行，一面胡思乱想，腹中倒不觉得那么饥饿了。颈上的泪珠坠冰冷地贴着皮肤，令他又突然想起雨师妾来。心中怦然，一阵甜蜜酸苦，忖道："不知雨师姐姐现下究竟怎样了？"想到龙女生死不知，自己竟然与姑射仙子恣意缠绵，并将她忘得一干二净，更是羞愧内疚，无以复加。

他心中倏地闪过一个念头：雨师妾与姑射仙子，自己喜欢的究竟是哪个呢？暗自一阵迷惘。

当是时，比翼鸟忽然拍翅尖叫，极为兴奋。拓拔野回过神，蓦地闻到一股淡淡的清甜果香，登时勾起辘辘饥肠。心下大喜，难道这山洞即将到头，其外便有蔬果吗？

比翼鸟尖叫着扑翼腾空，在冷雾中笨拙地飞舞，急不可待地朝着前上方飞去。拓拔野紧紧相随。

滑行片刻，却见比翼鸟欢啼着扑落，在甬洞边侧的地上不住啄击。拓拔野抢身上前，阵阵异香扑鼻而来。凝神望去，却见一道两尺来宽、三寸余厚的黑色膏石沿着洞壁迤逦蜿蜒，仿佛一条巨大的冬眠的玄蛇。

比翼鸟跳跃其上，欢声啄食，仰颈吞咽。拓拔野心中惊奇，莫非这膏石竟可以吞食？弯腰掰下一块，放到鼻前轻轻嗅了嗅，一股清甜甘香钻入鼻息，如醍醐灌顶，神清气爽。又惊又喜，放入口中咀嚼，“咔嚓”脆响，那膏石坚硬无匹，极是难嚼。

拓拔野心中一动，真气聚集掌心，碧光流转旋舞，那膏石登时融化开来，仿佛黑色豆腐一般在掌心巍巍颤动。张口吸食，“咻”地轻响，立时滑入肚中，瞬息之间，一股异香自腹中轰然直灌脑顶，如午后热浪，懒洋洋、暖熏熏地在周身经脉中流转，说不出的惬意舒服。

拓拔野大喜，当下依法炮制，以掌心真气将黑色膏石化为软膏之后吸食吞服，顷刻间便吃了许多，登觉精神熠熠，浑身上下仿佛充满了无穷无尽的力量，伤毁的几处经脉也不再那般烧灼生疼了。心中惊喜，不知这黑色膏石究竟是什么宝物。

比翼鸟怪叫着跳到他的掌心，密雨般地啄食。拓拔野掌心被啄得发痒，忍不住哈哈大笑。

他将姑射仙子的冰霜解开，小心翼翼地将柔软膏石喂入她的口中，以真气输送入腹。她柔媚眼波凝视着拓拔野，兰馨之气吹在他的掌心，酥麻瘙痒，令他忍不住又有些神魂飘荡，几次三番想要亲亲那娇艳鲜嫩的红唇，唯有强行忍住。

喂服之后，为了避免自己受她所诱，心中绮思欲念不能自抑，便又将她重新凝冰封冻，抱着她与那比翼鸟继续向前滑行。

冷雾凄迷，森寒入骨，鱼兽尸身参差林立。拓拔野沿着那黑色膏石迤逦而上，走了约莫两个多时辰，疲倦之时便掰下膏石，融化吞服；同时亦解冻姑射仙子，给她喂服膏石。

他越往上行，越发觉得隐隐之中仿佛有一种奇异的巨大压力，无形地笼罩着，越来越沉重，越来越令人透不过气，艰于呼吸。

拓拔野体内真气受其所激，不断地翻腾汹涌，但血液的流速却越来越缓慢，头发、皮肤上凝结的寒霜急速增厚，过了小半个时辰，竟成了雪人一般。比翼鸟的鸣叫声越来越低，终于细不可闻，在他肩上化为一对冰鸟。他微微一笑，将比翼鸟放入怀中的乾坤袋，全速滑行。

峰回路转，柳暗花明。上方突然亮起炫目的白光。拓拔野大喜，聚气涌泉，电冲而起。

漫漫白光，眼花缭乱。突然闪起绚丽无匹的五彩光芒，一股巨大的森冷压力如三山五岳当头骤然盖下。他上冲之速过快，这般蓦一冲撞，还来不及调整真气，便觉脑中轰然，眼前一黑，重重地朝下摔去，人事不省。

蚩尤只觉心中狂痛，“两心知”发疯似的朝心底钻去，大叫一声，仰身跌倒。“呼”的一声，黑光怒卷，西海老祖的掌风堪堪从他头顶轰然掠过。

“轰！”石壁迸裂，碎石激舞。蚩尤被那迸爆的狂风冲卷，倏然飞起，横撞在石壁上，满身鲜血，犹自喘息狂笑。

接着又听见一声惊天狂吼，天摇地动，土石簌簌陨落。原来这冰甲角魔龙虽已解印，但仍自沉睡之中，被西海老祖这般一掌击中，登时吃痛惊醒。

妖龙咆哮摇摆，洞内天旋地转，众人踉跄。蚩尤被震得高高飞起，不偏不倚，朝西海老祖飞撞而来。身在半空，心念一动，蓦地调集残余真气，怒吼一声，奋力挥舞苗刀，借势怒斩！

众人齐声惊呼，想不到这小子垂死之人，竟然彪悍若此。晏紫苏柳眉一蹙，娇叱道：“臭小子，当真是不想活啦！”纤手闪动，万千银光蓬然飞舞。“嗖嗖！”漫漫光芒缤纷错乱。

蚩尤只觉周身突地一阵冰凉，麻痹沉重，身不由己地重重摔落。周身皮肤须臾间转为乌黑色，麻痹冰冷，剧烈颤抖，愤怒地瞪视着晏紫苏，想说什么却再也发不出声来。

视线如雾笼纱掩，迷蒙一片。依稀看见众人的身影，摇曳不定。脑中嗡然震响，听见西海老祖嘿然笑道：“晏丫头，你这针上涂了几味剧毒？瞧他都快成了焦炭了。”

又听见那妖女“咯咯”笑道：“焦炭？哪能这般便宜他？不出三个时辰，他连一根骨头也剩不下啦。”

蚩尤意识渐转模糊，心中迷乱，迷迷糊糊地想道：“我要死了吗？”忽然一阵害怕。他生平从不怕死，但这一刻，如此接近死亡，那股森冷的惧意还是游蛇般爬上心头。

人影纷乱，声音嘈杂。朦胧中看见一只手探了过来，将他手中苗刀硬生生拽走。他奋力想要抓住刀柄，却无丝毫力气，被那人猛踹一脚，登时松开手指，眼睁睁地看着刀柄从自己的手心滑走。

他周身冰冷僵硬，渐渐失神，浑浑噩噩之间，听见有人笑道：“将他丢到山

下去，瞧瞧能毒死几只秃鹫。”迷糊中仿佛被人抬起，摇摇荡荡，过了片刻，天旋地转，终于再也没有任何知觉。

又不知过了多久，蚩尤迷迷蒙蒙地醒转，浑身冰冷僵硬，毫无知觉，喉中却犹如烈火燃烧一般。耳边狂风呼啸，鬼哭狼嚎之声悠长飘荡。心中一凛：“我已经死了吗？这是在幽冥鬼界吗？”

费力睁眼，眼前漆黑一片。过了片刻，才隐隐看见上方暗影交错，似乎是尖崖利石。远远地，几点幽蓝的火光淡淡地跳跃，在虚无缥缈中静静燃烧。寒风吹来，自己似乎在悠悠飘荡，落叶卷舞，贴伏于他的脸颊，又倏然飘飞而去。一群黑影从上方忽地急速掠过，腥臭逼人。

他睁眼看了片刻，便觉晕眩难忍，又闭上双眼。心里迷糊忖想：“这里又黑又冷，浑身上下没有丁点知觉，难道果真是死了吗？”蓦地一阵悲凉。混沌之中无法多加思考，又自沉沉昏迷。

再次醒来之时，浑身剧痛，仿佛所有骨骼、肢体都已寸寸断裂，又如万千火焰在体内炙烤焚烧，疼不可抑。蚩尤低声痛吟，心中一动，转而狂喜：既然身体如此剧痛，那便是没死！

他猛地睁开眼睛，阳光灿烂，炫目刺眼。他想要抬起手掌遮挡阳光，但琵琶骨剧痛难忍，手臂软绵绵地移动不得，这才想起自己几大关节骨骼已经被那西海老妖敲碎。当下唯有眯起眼睛，费力地移转视线。

过了片刻，蚩尤方才逐渐适应这强烈的光线。徐徐四望，白日当空，应是正午。蓝天如海，万仞峭壁四周环合，冰山雪崖，摩云参天，自己宛如在井底一般。

山风吹来，脊背生凉。他侧头往下望去，猛吃一惊，身下万丈深渊，自己竟是悬空而卧！一张巨大的银光丝网纵横交错，牢牢地萦系在周围的峭壁山岩上，将他稳稳托住。心中一阵迷惑，想起昏迷之前发生的事情来。难道自己被诸水妖从那冰甲角魔龙体内抛落，竟这般凑巧，掉到这奇异的巨网上吗？

蚩尤死里逃生，说不出的欢愉喜悦，一时也不及多想，纵声高呼。回音激荡，袅袅不绝。

方喊了几声，周身便疼痛得如同要迸散一般，喘息不已。想要调息聚气，但经络大都碎断，真气无以为继，只得作罢。

忽听头顶传来尖利的怪叫声，几只巨大的秃鹫与食尸鸟在高空盘旋，想来是被他那几声高呼招来的。

众鸟见猎心喜，猛地疾冲而下，朝他俯冲抓来。蚩尤一凛，下意识地想要运气挥掌，方甫用力，断骨锥刺，体内真气在碎裂的经脉间岔乱奔走，剧痛攻心，大叫一声，险些晕去。

劲风鼓舞，腥臭扑面，那几双巨大的翅膀扑扇着从头顶掠过。众鸟突然纷纷惊啼，盘旋环绕，冲天飞去，头也不回地逃之夭夭。蚩尤心下愕然，蓦地想起昏迷前所听见的话来——“将他丢到山下去，瞧瞧能毒死几只秃鹫”。

蚩尤恍然大悟。是了，自己身中妖狐剧毒，竟连贪婪的秃鹫与食尸鸟也要退避三舍。大觉滑稽，忍不住哈哈大笑。

突然又想起那妖狐说的话来——“焦炭？哪能这般便宜他？不出三个时辰，他连一根骨头也剩不下啦。”不知自己业已昏迷多久？即便中毒之时，是昨夜三更，此时已是正午，其间也远不止三个时辰。何以自己竟依旧毫发无损？

心中狐疑，难道那妖女下手之时竟估错了分量？之前周身麻痹冰冷，殊无知觉，当是中毒无疑，但何以眼下竟殊无麻痹僵冷的感觉呢？难道那剧毒到了自己体内，竟因为某种缘由自动消散了吗？越想越是迷惑。胡思乱想了片刻，头脑逐渐昏沉起来，重又迷糊昏睡。

再度醒来时，已是黄昏。夕阳斜斜地照在西侧峰顶，在冰雪的反射下闪烁着耀眼的光芒。

淡蓝色的天空已经隐隐可以看见星辰，鸟群横掠，哑哑鸣啼。山风凄冷，寒意彻骨，他躺在深崖下的巨网中，随风摇荡，仿佛被整个世界遗忘了一般。

蚩尤周身剧痛难忍，口干舌燥，喉中烈火熊熊燃烧，腹中“咕咕”直叫，舔了舔干裂的嘴唇，这才想起已经许久没有进食了。看着鸟群从上空掠过，仿佛都成了烤得皮焦肉嫩的飞鹅，饥肠辘辘，不能动弹，徒呼奈何。喃喃道：“他奶奶的紫菜鱼皮，早知昨晚在南峰上就多吃几块鱼肉了。”想起昨夜宴席上的酒肉，更觉饥渴难耐。

蓦地一凛，不知眼下寒荒国的局势如何了。纤纤等人尚在寒荒城内，乌贼也不知回去了没有？倘若局势一旦为水妖与冰龙教所控制，他们处境必将极为危险。以乌贼之力，似乎也不是那西海老妖的对手……越想越是焦躁，恨不能立时插上翅膀飞回寒荒城。但眼下全身几无一处可以动弹，倘若苗刀未失，十日鸟在此，那就好了。想起被水妖抢走的苗刀，更加愤恨难平。

“蚩尤——蚩尤——”突然听见远处传来似有似无的呼喊。蚩尤一凛，全身僵直。心中狂跳，凝神倾听。依稀听见群峰之间有一个女子的声音，由远而近，在不住焦急地呼唤他的名字。

蚩尤狂喜，心道：“难道是纤纤和乌贼找到此处来了吗？”挣扎着奋尽全力，纵声高呼应答。岂料他方甫呼喊，那声音登时止住，再无声响。

山风凛冽，鸟叫“嗷嗷”。苍白的夕阳斜照在荒寒群山，四下一片寂然。

蚩尤等了半晌，再也听不见那声音，心下焦急，忍不住又大声呼喊。但除了那悠然激荡的回声，并无任何回答。蚩尤心中不由得一阵狐疑，难道适才竟是自己耳中错觉吗？又或是自己果真已经到了幽冥鬼界，这声音乃是女鬼招魂之声？心中突起寒意。

过了片刻，忽然又听见山顶传来惊喜焦急的叫声：“蚩尤！蚩尤！”蚩尤原本狂喜之心却蓦地沉了下去，一股无名怒火熊熊蹿将上来。此次相隔极近，听得分明，那声音娇媚悦耳，赫然竟是九尾狐晏紫苏！

一道妖娆的黑影倏地从蓝空掠过，朝他闪电般地驭风俯冲。来势太快，狂风鼓舞，从那山峰峭崖穿掠过时，积雪凝冰瞬间迸散，漫天簌簌飘落。

那人黑衣鼓舞，青丝飞扬，眉眼盈盈，满是欢喜欣悦的神色。虽然脸容素昧平生，但从适才的声音与眼神，蚩尤便可断定确是晏紫苏无疑。

蚩尤心中狂怒，料想这妖女定是借助“两心知”之力，得知自己尚存人世，此番追来，多半是想将自己擒往北海邀功请赏。

晏紫苏轻飘飘地落在丝网上，眼圈一红，拍拍胸脯，咯咯笑道：“臭小子，早知你死不了。害我白担心了一场。”

蚩尤心中更怒，这妖女将自己害得生死两难，竟还惺惺作态，哈哈狂笑道：“你担心什么？担心蚩尤死了，你拿不到封赏吗？”

晏紫苏双颊一红，继而变得苍白，妙目中闪过愧疚羞怒之色，迅即脆笑道：“呆子，怎么变得聪明了？一猜就着。”

不知何以，蚩尤一见着她便觉得说不出的愤恨，这种恨意之深切，竟比对那西海老妖还要强烈，双眼瞪视着她，仿佛要喷出火来。若不是因为她是个女子，必定早已破口怒骂。

晏紫苏不以为意，笑吟吟道：“这般咬牙切齿，想要吃了我吗？可惜你连咬我的力气也没啦。”蹲下身，柔软的素手在他身上轻轻摸索。蚩尤面红耳赤，怒道："妖女，滚开！"

晏紫苏啐道："一身糙皮臭肉，你当我喜欢摸吗？"蚩尤怒极，再也忍耐不住，大声喝骂，晏紫苏只是不理。蚩尤被她柔腻冰冷的手指摸得浑身汗毛直乍，又是舒服又是难受，忽然心中一动，知道她在检查自己的伤势。

晏紫苏脸色越来越苍白，恨恨道："死老鬼！"倏地站起身来，蹙眉瞪了蚩尤半天，咬唇道："呆子，明明打不过人家，非要那般逞强！现下好啦，你的奇经八脉、十二经络都差不多被震断啦，关节骨头也被敲得粉碎。瞧你还能不能神气！"

蚩尤听她话中语气又是伤心又是嗔怪，颇为奇特，心下纳闷，冷冷道："那不是正合你意吗？半死不活的，想逃也逃不走，只能随你摆布。"

晏紫苏眼圈一红，突然流下泪来，恨恨地瞪着他，蓦地飞起一脚，正中他腰腹。蚩尤登时疼入骨髓，仿佛要迸爆开来一般，咬牙苦苦忍住。

晏紫苏见他龇牙咧嘴的模样，竟似觉得颇为有趣，破涕为笑，嫣然道："你说得不错，从今天起，你就要乖乖地听我摆布，否则就休怪姐姐手下不留情。"

蚩尤疼得说不出话，汗水涔涔，心中暗骂："他奶奶的紫菜鱼皮，你这妖女什么时候手下留情过？"

晏紫苏仿佛没有听见他心中所想，转头四望，怔怔出神。此时夕阳将落，最后一缕霞光照耀着山顶冰雪，反射在她的脸颊，莹光润玉，熠熠生辉。寒风吹来，黑衣飘飘，皓腕如雪，赤足似玉，倒像是寒荒中的仙子。

蚩尤一呆，忘了身上的疼痛。心中一荡，忖想："这妖女千变万化，也不知她的真实脸容究竟是什么模样？"立时对自己这般想法起了羞惭之意，心道："他奶奶的紫菜鱼皮，这妖女长得什么模样干你何事？就算貌比天仙，也是个蛇蝎毒妇。"

晏紫苏怔然出神，眼波中犹疑不决，过了半晌，似乎下定决心，转身笑道："走吧！"弯腰将他抱起。

蚩尤只觉那股销魂蚀骨的异香轰然扑面，蓦地已在佳人怀抱之中。头脸倚处，正是那柔软丰满的胸丘，一种异样的感觉登时袭上心头。心跳加剧，呼吸窒堵，怒道："放我下来！"

晏紫苏指尖一点，脚下丝网登时冰消雪融，无影无踪。如玉赤足，驭风凝立，笑道："呆子，这里高达万丈，若要放你下去，就成了鱿鱼肉泥饼啦。"翩翩踏舞，驭风飞行。

险崖扑面，风声呼呼。晏紫苏抱着蚩尤在冰雪山壑之间急速穿行，将众多飞翔的巨鸟瞬间抛到身后。

蚩尤动弹不得，只有让她抱住，心中羞恼气恨，无可奈何。那妖异的幽香在鼻息绕走，万千发丝在他脸上轻轻拂扫，相隔薄裳，软玉温香……令他禁不住血脉贲张，浮思绮想。心下更觉羞惭恼恨，暗自怒道："这妖女何不将我放入乾坤袋中？"

晏紫苏脸上一红，只不搭理，双臂稍稍用力，将他夹得更紧。她驭风术极是高明，怀抱魁伟蚩尤，竟依旧轻飘如飞鸟，飘舞飞掠，瞬间穿过万重山去。

明月初上，千山冰雪，万里荒寒。晏紫苏脸色嫣红，鼻尖上沁出细小的汗珠，速度逐渐慢了下来。忽然踏空俯冲，朝一座巍峨雪山掠去。

月光雪亮，照在半山一处凹陷处，竟是一个洞口。两只雪鹫从洞中阔步而出，扑翅睥睨，警觉地朝他们望来。眼见晏紫苏闪电般冲到山洞边缘，那两只雪鹫大怒，左右夹击，巨翅横扫。

晏紫苏"咯咯"笑道："这般不好客的主人，不要也罢。"银光一闪，那两只雪鹫登时摇晃倒地，稍稍抽搐，不再动弹。

晏紫苏将蚩尤斜靠在洞壁，笑道："我也累啦，先在这里歇上一夜，明日再上路吧。"蚩尤冷冷道："上路？去哪儿？"

晏紫苏眨了眨眼，嫣然道："不是说了吗？将你擒到北海邀功请赏。"这一路西行，少说已有三五百里，决计不是飞往北海。蚩尤知她胡说，也不多问，"哼"了一声，不再言语。

这山洞是雪鹫的窝巢，外小内大，葫芦形状，洞中铺了许多枯草羽毛，虽然腥臭，却颇为温暖。晏紫苏想将两只雪鹫踢下山崖，心念一动，转头笑道："呆子，想不想变作一只呆鸟？"

蚩尤伤势极重，一路飞行，早已颇为疲惫，饥寒交迫之下，更加没精打采，也不理会，径自闭目养神。忽听"扑扑"连响，碎声不绝。忍不住睁眼望去，只见那两只雪鹫光秃秃地横卧在地，粉红色的皮肉上寸毛不剩。

晏紫苏"嗵"的一脚将那两只秃鸟踢落山崖，手中赫然已多了一件宽大的雪羽长衣，"咯咯"笑道："穿上这件羽衣，你就是一个不折不扣的呆鸟啦！"说着便将那羽衣披在他的身上。

蚩尤惊愕之下，颇觉好笑，正要回答，忽听洞中黑暗处传来“啾啾”的悲鸣声，凝神望去，洞中角落竟有几只小雪鹫畏畏缩缩地探头探脑。想来是那对雪鹫的子女，目睹父母被杀，惊骇哀鸣。

晏紫苏“咦”了一声，走上前去，将那几只小雪鹫抓在手心，凝视片刻，叹息道：“真是可怜。”随手将它们抛出了洞外。凛冽寒风中传来淡淡的哀啼。

蚩尤大吃一惊，怒道：“你这是干吗？”晏紫苏奇道：“它们既无父母，迟早也得饿死。说不定还会让其他雪鹫吃了。这般摔死，岂不是落个干净？”蚩尤听她振振有词地说出这番歪理，一时语塞。心中气恼，心想，与这心狠手辣的妖女多说也是无益，当下怒气冲冲地闭上眼睛。

忽听晏紫苏喜滋滋地叫道：“哎哟，这里还有雪鹫蛋呢！呆子，想吃一个吗？”蚩尤怒道：“不吃！”但腹中却偏偏“咕咕”乱叫起来，他整整一日未曾进食，早已饿得肚皮紧贴脊梁骨了。

晏紫苏笑道：“呆子，天下就你爱逞强。”从乾坤袋中掏出一个翡翠玉瓶，纤手将蛋壳敲破，将那蛋清蛋黄一并倒入瓶中，转眼间便将鸟巢中的十几个雪鹫蛋尽数敲破倒入。轻轻摇晃玉瓶。那翡翠玉瓶不知是什么宝贝，小小一支，竟容得下许多东西，丝毫没有溢出。

过了片刻，她又从乾坤袋中取出一个碧玉方形格盒，将翡翠玉瓶中的蛋液轻轻地倾注在格盒中。月光下望去，那碧玉格盒中，十二块方形蛋液凝固为颤巍巍的透明方膏，颜色如琥珀，煞是好看。蚩尤看了一眼，肚中叫得更响。

晏紫苏托着那碧玉格盒送到蚩尤身旁，笑道：“吃吧！”脂香扑鼻，勾人馋涎。蚩尤想到她转眼间霸占鸟巢，杀其一家，心中有气，扭头不吃。

晏紫苏“哼”了一声，叹道：“当真是呆子。这世界原本就是弱肉强食，你不吃它，自有人吃。再说，你杀的鸟兽还嫌少吗？与我又有什么区别？”蚩尤一愣，无言以对。

晏紫苏趁此当儿，将他脸颊一捏，挤开口来，右手轻抖，将格盒中的方膏尽数滑入他的口喉之中，拍手“咯咯”脆笑。

蚩尤惊怒之中，觉得一股腥脂浓香瞬间滑入，颊齿之间犹留甘美余味，腹中大觉好转。

晏紫苏手指将他唇角残余的膏迹拭去，笑道：“好吃吗？”蚩尤气恼不答。晏紫苏微微一笑，又从乾坤袋中掏出诸多琉璃纸包装的膏块，剥开来亲手喂他。

蚩尤腹中饥饿，再难忍耐，又怕她依法炮制，强行硬灌，便不再抗拒，自己咀嚼吞食。

那些膏块或清甜，或甘香，有肉脂，亦有蔬果，花样翻新，滋味鲜美。想来是这妖女以适才制作蛋膏的法子，将诸多食物做成这美味膏块。蚩尤一连吃了五十余块，腹中饥饿感方始少减，眼见所剩无几，而那妖女尚未进食，心下不好意思，摇头不吃。

晏紫苏笑吟吟地甚是欢喜，又捧了一掌冰雪，以真气化为清水，送到蚩尤唇边喂服。

雪水清凉甘洌，从她玉葱似的指间流下，隐隐带着她身上的芬芳，流过蚩尤干渴的咽喉，汩汩而下。透过那水流与指掌，可以看见她娇媚温柔的目光。蚩尤心中莫名一荡，闭上眼睛，不敢再看。

心中忽想，这妖女昨日使诈将自己擒住，献给西海老祖，又亲手发出万千毒针，险些将自己毒杀……但今日却似乎并无恶意，眉眼之间颇为温柔友善。一日之隔，判若两人，这妖女之瞬息万变，远远不止那张容颜。想了片刻，身上疼痛疲惫，困乏不已，眼皮不住交叠。

晏紫苏喂他吃完，自己也吃了几块方膏，喝了些雪水，剩下的膏块依旧包起，放入乾坤袋中。见蚩尤困顿，迷糊欲睡，推了他一把，道："呆子，先别睡，将体内的寒蛛赶出来再说。"

蚩尤迷迷糊糊地道："什么寒蛛？"晏紫苏也不答话，从怀中掏出一个小玉瓶，轻轻抖动，登时掉出几只金色的小蚕，在月光下徐徐蠕动。晏紫苏素手轻扇，一股又似浓香又似恶臭的气味迅速弥漫开来。

蚩尤顿时清醒了几分，正自皱眉诧异，忽然鼻中发痒，接着喉咙、耳朵麻痒难耐，心中蓦地一凛，险些大叫出声。只见二十余只拇指大小的银白色蜘蛛闪电般从自己口鼻、双耳爬出，飞也似的朝那几只金蚕冲去。晏紫苏眼疾手快，皓腕一抖，那小玉瓶又立时将金蚕与诸多蜘蛛尽数纳入。

蚩尤骇然，醒了大半，怒道："这是什么怪物？怎会从我体内爬出？"晏紫苏横了他一眼，浅笑道："若没这些北海寒蛛，你早就没命啦！"

蚩尤凛然道："北海寒蛛？"蓦地明白了几分。

北海寒蛛乃是北海的一种两栖怪虫，性喜寄居，身具奇毒。一旦进入寄生体，所寄生的人、兽必中毒昏迷，一两个时辰内心跳呼吸尽数停止，全身发黑，宛如死了一般。但再过两个时辰，毒素消散，人、兽便可渐渐恢复正常。那寒蛛还有一种殊为奇特的本事，只要遇见极为迅疾的寒风或是狂猛的海潮，便会立时吐丝结网，牢牢地巩固在附近的礁石或是其他阻挡物上，进行自我保护。

晏紫苏道："昨夜我射到你体内的冰针上，涂的都是这寒蛛毒与寒蛛卵。要不是这些寒蛛，你早被西海老祖打成鱿鱼泥啦！"

蚩尤心下恍然。昨夜那群水妖必定以为自己已死，于是将他从冰甲角魔龙上抛落。而寄居于他体内的寒蛛卵急速孵化之后，在下落时扑面狂风的刺激下，立即吐出寒蛛丝，结成巨大的丝网，将自己牢牢托住。

蚩尤一直不明白何以能死里逃生，此刻方知真相，心中惊疑、困惑、感激……百感交集，怔然半晌，沉声道："你……为什么要救我？"

晏紫苏笑道："你当我想救你吗？如果你死了，我得的奖赏岂不是要大打折扣吗？那些老混蛋小混蛋眼红嫉妒，想要让我赏赐泡汤，哪有那么容易？"

蚩尤闻言大怒，心道："这妖女果然不怀好意！"正自忿忿，心中突然一动，又觉得这妖女倘若当真要捆着自己往北海领赏，断然不会将自己带往这西寒荒凉之地，更不会这般小心地照顾自己，生怕自己挨饥受寒。

晏紫苏脸上忽然一红，"呸"了一声，道："臭小子，你可别胡思乱想。你这般病恹恹的废人一个，即使送到北海，也显不出我的能耐。等你伤势好转，我自然就提着你领功请赏去啦。"

蚩尤听她说得勉强，殊无道理，心中更加糊涂。但他素来知恩图报，重情讲义，这妖女不管什么目的，总是将他从那西海老妖手中救了出来，即便要将自己擒往北海也无话可说。当下"哼"了一声，道："大恩不言谢，容我以后相报了。"

晏紫苏脸颊又是一红，别开头去，轻声道："呆子。"这一声叫得颇为轻柔狎昵，缠绵刻骨。蚩尤心中一荡，连忙移念他想。

一时间两人无话，各坐一处。洞外寒风呼啸，蚩尤身上的羽衣轻轻飘舞，心中浮想连连。冰雪荧光，照得洞内亮堂。晏紫苏黑衣起伏，侧脸如冰雕玉凿，脸颊晕红，长睫颤动，仿佛也在想着心事。

月光斜斜地照入洞中，将晏紫苏与蚩尤的身影交叠一处。蚩尤望着那雪白洞壁上，两人重叠变幻的身影，心中竟突然闪起一个奇怪而可怕的预感：这一生一世，他怕是要与这妖女紧紧交缠一处，不能分离了。

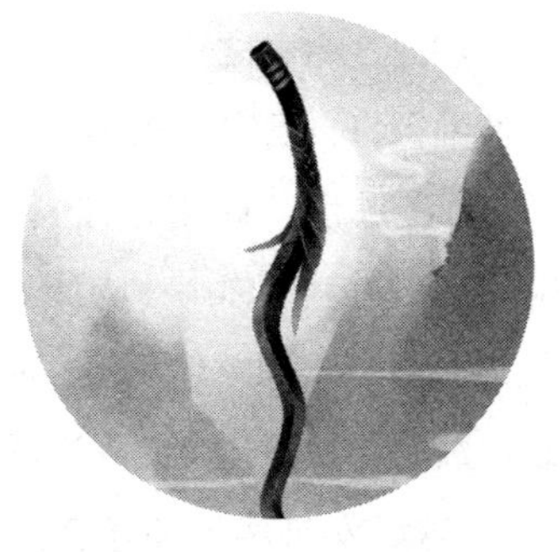

第十五章 天涯海角

翌日清晨，蚩尤尚在沉睡，便被晏紫苏凶巴巴地一脚踢醒，疼得钻心入骨，忍不住叫出声来。心下恨恨，这妖女忽而温柔，忽而凶狠，比六月天还要无常。

晏紫苏面罩寒霜，又换了一张陌生的俏脸，冷冷道："臭小子，快些上路！还做什么美梦呢？"被她这般一喝，蚩尤蓦地想起适才梦中，正与纤纤、拓拔野于东海古浪屿上嬉闹，阳光煦暖，绿浪轻摇，心中喜乐无匹。那般光景，当真恍如隔世了。

晏紫苏面色越发阴沉，冷冰冰地也不与他说话，一言不发地抖开乾坤袋，将蚩尤硬生生地塞入袋中。蚩尤重伤之下，被她这般鼓捣，登时痛不可抑，心下怒骂不止。

晏紫苏"咯咯"笑了一阵，面色稍霁，将乾坤袋挂在腰间，想了想，似是担心飞行时不慎掉落，当下将袋子塞入怀中，笑道："臭小子，好好待着，不许胡思乱想！"说着便轻飘飘地跃出洞口，在灿烂的阳光中冲天而起，驭风飞行。

蚩尤挤在那乾坤袋内，紧贴她那柔软滑腻的胸脯，异香绵绵，岂能不有些许遐想？透过丝袋缝隙，清楚分明地看见那凝脂软玉的肌肤，更是心跳如狂，唯有闭目凝神而已。

每逢他稍稍神魂飘荡，晏紫苏立时隔着衣裳打了他一个栗暴，似笑非笑地喝道："臭小子，又在想些什么！"蚩尤尴尬恼怒，强自敛神，苦恼不已。

虽在乾坤袋中，但根据光影方向，蚩尤亦可判断晏紫苏一路朝西飞行。风声凛冽，偶有漫天鸟啼瞬间交错。心下凛然，方知这妖女的驭风之术如此高强，竟可在高空定向飞掠，殊不疲惫，直与仙人无异。

想起当日自己与她初逢之时，用尽全力，穷追不舍，方才勉强追上。今日想来，那时多半是她故意逗弄自己，这才不曾摆脱。否则若无十日鸟相助，单凭一己之力，绝难将她追上。

如此飞行了半日，正午时分，晏紫苏徐徐降落，将蚩尤从乾坤袋中抖落。他眼前一亮，转头四顾，心下凛然。

天高地远，恶寒入骨，他真气涣散，虽穿着雪羽长衣，仍不免簌簌发抖。漫漫冰原裂谷，一望无垠。寸草不生，冰雪积覆，视线所及，都是死寂的银白。

身旁数丈之遥，一条宽达八九丈的巨大裂缝自西而东，迤逦缭绕。其下冰层坚厚，隐隐可以看见淡青色的河水缓缓流动。几只极地鱼鹰在冰河上跳跃，仰颈鸣啼，以长喙啄击冰层，试图进而啄食冰下游鱼。

白色的太阳悬挂正空，殊无暖意。几只雪白的怪鸟高高盘旋，远远地去了。忽然一阵狂风吹来，漫天冰霜雪屑，错乱缤纷。晏紫苏飞扬的青丝与黑发上，瞬间沾满了银白的冰屑，被她轻轻甩头，立时飞花碎玉似的飘落。

蚩尤心下茫然，道："这里是西寒极地吗？"晏紫苏回头嫣然道："不错，再往西六千里，就是海角天涯了。"

蚩尤心中一动，道："海角天涯？我们便是去那里吗？去那里作甚？"蓦地想起寒荒国剑拔弩张的局势，想起拓拔野、纤纤的安危，心下不由得大为焦躁。

晏紫苏又是嫣然一笑，狡黠地眨了眨道："到了那里，你自然便知道啦！"

蚩尤满心狐疑，但此时身如废人，无可奈何，只有走一步是一步了。心中郁闷恼怒，暗自期盼拓拔野早些回到寒荒城，将纤纤等人救离险境。至于寒荒国存亡，一时间也顾不得许多了。想到自己与这妖女独在万里荒寒之地，也不知何去何从，更是一阵从未有过的凄凉悲苦。

晏紫苏见他在霜风中冻得面色发青，不住地颤抖，笑道："真是个没用的呆子，这般弱不禁风。"突然拍手笑道："算你运气好！那里有一只西寒极地熊！"飘然跃起，穿过一阵冰风雪雨，朝着冰河裂缝的北岸飞去。

蚩尤周身血液仿佛都凝固了一般，牙齿格格作响，关节碎骨剧痛难耐。他这一生中从未有如这几日这般狼狈颓唐。经脉尽断，骨头粉碎，即便不死，也是一个废物。

昨日死里逃生，庆幸欢悦，还未想到此层；此时在这寒荒极地，形只影单，天地同悲，突然觉得万念俱灰。冷风刮来，眼睛被雪屑钻入，刺痛难忍，热泪登时涌将出来。

彻骨侵寒，心下一阵悲凉。觉得从前的万千豪情，面对蜃景时的梦想，此刻竟距离自己这般遥远。天遥地远，他不过是这风霜雪雨中的一粒微尘罢了！越想越觉得万事了无兴味，倒不如死在此处，被风雪掩埋，从此冷月斜照，冥冥归去无人管。

他虽性情桀骜坚韧，屡遭挫折，败而不馁。但此次打击非同小可，形如废人，又被水族妖女操纵于掌心，可谓生平最为脆弱之时。身处绝境，茫然之下，那钢铁似的意志也不禁将临崩溃。

突然听见晏紫苏在远处“咯咯”脆笑，拖着一只肥硕的白熊跃了过来，“轰”的一声，将那白熊丢在蚩尤的面前，笑道：“我还道极地熊是什么了不得的猛兽，原来和你一样，是一个经不起半点挫折的废物。”

蚩尤一怔，怒道：“你说什么？”晏紫苏笑道：“我说错了吗？这只呆熊也不知怎么疏忽大意，竟将后腿脚掌夹在裂缝里，挣脱不得。大概受了几夜风雪之苦，冻着了脏腑。见我来抓他，竟老老实实不做反抗，难道不像你这垂头丧气的孬种模样？”

蚩尤听她语气中极是鄙夷，面红耳赤，羞恼无已，怒喝道：“他奶奶的紫菜鱼皮，谁说我是孬种了？”他狂怒之下，竟欲起身争辩，结果脚踝剧痛，登时又坐落在地。想起自己骨骼断碎，竟连站立也不能够，心中一阵沮丧，颓唐不语。

晏紫苏冷笑道：“瞧瞧你，我没说错吧？断了几处关节骨，便如断了脊梁骨一样，连头也抬不起来啦？”

蚩尤心下悲怒，被她这般挖苦，竟是说不出地难受，惨然大笑，笑声凄厉凶狠，冰河上的鱼鹰纷纷惊飞逃逸。

晏紫苏冷笑几声，轻轻一掌击在极地熊的脖颈上，那熊闷哼了一声，再不动弹。她指尖“哧”地冒出气芒光刀，沿着极地熊的脖颈割开，一路下滑，切开一个大口子，轻轻巧巧地将熊皮剥了下来。口中悠然道：“我从青丘国来大荒时，听好些人说，近来大荒上出了几个了不得的年轻高手，把丁蟹、百里春秋尽数打败了。说什么其中一个便是当年蜃楼城主乔羽的儿子，又说这小子得了羽青帝的真传，十分厉害。我还以为当真出了什么绝顶人物呢。心想，哎呀，若是将这小子擒到北海，那不是天大的功劳吗？”

蚩尤听她提到父亲名讳，登时一震。

晏紫苏瞟了他一眼，冷笑道：“哪知道竟是这样一个软骨头的废物，被西海

老祖笑了几声，打了几招，断了骨头不说，连志气骨气都没啦！这样的不入流货色，烛真神真是太过高估了！”

她那鄙夷不屑的话语如尖针般刺入蚩尤的心底，痛不可抑。蓦地想起父亲的教诲，想起城亡当日的嘱托，又想起在古浪屿上，意志消沉时受羽青帝所激，所发出的豪言壮誓。心中剧震，愧疚羞惭，脸面如火滚烫，心底一声大喝：“蚩尤！你是响当当的乔家男儿，羽青帝的传人，岂能如此意志薄弱？连这妖女也瞧你不起！”

晏紫苏嘴角泛起一丝微笑，口中却叹气道：“原本还指望将这什么了不得的人物擒回北海，讨个赏赐，现在看来，这等货色要当真擒了回去，只怕还要遭人笑话哩！”

蚩尤大怒，昂然喝道：“妖女！谁说我蚩尤没了志气骨气？不就是断了经脉、碎了骨头吗？就算是没了性命，也要化做厉鬼找烛老妖和那西海老贼算账！”

晏紫苏眉梢一挑，妙目水汪汪地凝视着他，笑吟吟地道：“是吗？你可别骗我哦！我的赏赐官爵，可全系在你身上啦！”说着素手一抖，将那张熊皮披在蚩尤身上，上下打量，笑道：“还真合适。”

蚩尤一愣，全身大为温暖，心道：“难道这妖女竟是在故意激我吗？”恍惚迷惑，咳嗽一声，低声道：“多谢了。这张熊皮……很暖和。”

晏紫苏也不理他，微微一笑，径自在雪地上挖了一个深坑，将那极地熊的油脂丢入，以真气摩擦燃着，“轰”的一声，火焰蹿起老高。然后将极地熊四掌掌心之肉，以及他处嫩肉剜出，放在坑中炙烤。过了片刻，脂香浓郁，惹得远处的怪鸟纷纷飞来盘旋，鸣啼不已。

两人围着火堆吃了一顿熊掌熊肉。晏紫苏见他不能大力咀嚼，双手也艰于活动，便将熊肉撕成丝条，喂他服下。

蚩尤面红耳赤，大是尴尬，但见她落落大方，心想：“男子汉大丈夫，若是这般拘泥小气，岂不是连这妖女也不如了？”当下道了声谢，由她喂服。接连几次，唇舌不小心碰触到晏紫苏滑腻柔软的手指，两人都是一震，脸上飞红，转开头去。

吃完之后，晏紫苏又剜了一些幼嫩的熊肉，以琉璃纸包好，藏在乾坤袋中。这一路朝西，越发荒凉，食物自是益少，格外珍贵。蚩尤身着厚绒熊皮，又刚刚饱餐一顿，周身上下大为暖和。见晏紫苏衣裳单薄，在风中如细柳招摇，心下不忍，便想解下熊皮披在她的身上。

他心念方动，晏紫苏便脸上一红，逃了开去，笑道："呆子，我才不要这熊皮呢。"眼波流转，在他身上瞟过，"咯咯"笑将起来。

蚩尤一呆，愕然道："你笑什么？"晏紫苏嫣然道："你呆头呆脑的，真像一只大笨熊。"

蚩尤听她话语妩媚，心中蓦地又是一荡。低头望去，冰上映照出自己的身影，毛茸茸、圆滚滚地坐着，笨拙古怪，果然颇为逗趣，忍不住哈哈大笑起来。这一笑之下，心情大转舒畅，又恢复了许多精神。

歇息片刻，晏紫苏重又将他装入乾坤袋，塞入怀中，腾空而起，朝西驭风疾行。他们方甫离开，盘旋于上空的雪鹫等怪鸟便纷纷疾冲而下，怪叫迭声，扑翅跳跃，争抢那残余的熊肉尸骸。

霜风鼓舞，天地苍茫，冰雪铺天盖地。一路西去，天气越发苦寒难耐。

日落时分，他们到了西寒冰原大裂谷。银白色的大地上，巨大的裂缝纵横交错，宛如田陌。他们在一条冰河裂谷下歇息。

暮色苍茫，晚霞绚丽，艳红的夕阳在雪地冰原上悬挂着，殊无暖意。澄蓝的天空纯净而明亮，但当狂风卷着冰雪从头上掠过，登时便成了白蒙蒙的一片。寒鸟哀嚎，远远地听见不知名的怪兽嘶吼的声音，苍凉入骨。

晏紫苏在裂谷西壁上凿了一个小洞，可供两人盘膝坐下，躲风避寒。当她去冰河上凿冰捕鱼时，蚩尤便坐在那洞中，远远眺望。

冰风呼啸，雪屑纷飞。隔着那漫漫碎玉珍珠，看着晏紫苏黑衣飘舞，在冰河上或跳跃，或蹲踞，忽然拎起一条银白的鳞鱼，朝他挥手，发出欢愉的叫声……蚩尤的心中突然仿佛冰雪融化，那森冷戒备的敌意也一点一点地消逝散去。

当夜，晏紫苏将捕到的西寒冰鱼制成鱼冻，喂服蚩尤。两人紧紧相依着坐在洞中，听着洞外霜风鼓舞，寒兽悲吼，都有一种恍若隔世之感。

离开大荒越远，两人之间的隔阂、壁垒便仿佛越发淡薄，在这荒无人烟的西寒极地，天底下似乎只剩下他们两个人了。苍凉的寂寞和茫然的恐惧，无边无际地包拢着。无形之中，竟觉得彼此像是相识了多年的故交一般，熟稔而日渐亲密。

尤其在这窄小的洞中，两人相隔数寸，肌肤相贴，呼吸互闻，就连彼此的心跳也清晰可闻。那感觉如此奇特，又如此动人，仿佛彼此倚靠，相依为命。

睡到半夜，蚩尤发起烧来。全身滚烫，但体内却是说不出的寒冷冰凉，不住地颤抖，迷迷糊糊说起胡话。朦胧中依稀觉得，晏紫苏以手掌化了许多温热的雪水，灌到他的口中；温暖光滑的身体游蛇般钻入熊衣，将他紧紧抱住。

那滑腻香软的肢体，滚烫而温柔，奇异的幽香让他忘了寒冷和疼痛。她似乎在他耳边迷迷糊糊地低声说些什么，听不分明，只觉得仿佛春风吹过，花语呢喃，耳中温热麻痒，又是舒服又是难受。

他的心渐渐地平静下来，仿佛又回到了东海柔软的沙滩上，海风摩挲，阳光普照，波涛声声，绿浪轻摇……依稀中觉得如此安全，如此宁静，再也不必去思索什么，终于微笑着沉沉睡去。

第二日醒来之时，晏紫苏已变幻了一张容颜，在冰河上巡回捕鱼。想起昨夜之事，蚩尤恍惚若梦，似真似幻，但见晏紫苏若无其事，与他说话时神态语气毫无两异，心下虽然疑惑，也不好意思开口相问。两人吃了些鱼冻之后，继续西行赶路。

如此过了两日，离大荒已越来越远。四处冰天雪地，寸草不长，连冰河也越来越难寻到。好在晏紫苏当日储存了不少鱼冻，聊以充饥。有时偶尔撞见雪兔、掘地鼠、极地熊等西寒野兽，便一一猎杀烤食。

蚩尤经脉、碎骨虽然未见好转，依旧不能动弹，但气血通畅，也已能自己嚼食，但有些兽肉太过硬韧，依旧由晏紫苏撕烂了，用手喂他吞下。

白日正午时，稍稍停顿，吃完午餐之后便又匆匆赶路。夜里则在裂谷等挡风处，挖掘洞穴过夜。

到了第三日夜里，冰原上寻不着裂谷，晏紫苏便掘了一个深坑，又以凝冰诀在顶上筑起弧型冰盖，只留几个透气孔。夜里风霜雪雨，咄咄有声，两人藏在其下，倒也喜乐安平。

途中蚩尤数次相问究竟去往何处，晏紫苏只是笑道“天涯海角”。蚩尤心下更加茫然。身负重伤，在这西寒极地上飞行了数千里，心中隐隐地早已不抱希望能尽快赶回大荒，只是不知这妖女究竟意欲何为。但瞧这光景，她又似乎并无恶意。女人之心，实在难以猜度。

狂风酷寒里，蚩尤每每想起拓拔野、纤纤等人，便觉焦躁忧虑，但身在万里之外，手无缚鸡之力，又能如何？

再往西去，酷寒难耐，晏紫苏也有些不支，所幸当日遇见几只西寒银毛羊，捕杀之后，剥其皮制成大衣，切其肉以为肉膏。

蚩尤见她穿上银毛羊衣之后，银装素裹，妩媚俏丽，不由得呆了一呆，笑道："他奶奶的紫菜鱼皮，西寒的野兽们瞧见咱们，只道是一只熊和一只羊走在一起，心底一定大叫古怪。"

见他开起玩笑，晏紫苏甚是欢喜，笑吟吟地更加娇媚动人，啐道："它们若是看见你这只大笨熊只会坐倒在地，还要我这小绵羊抱来抱去，就更觉得古怪啦。"

蚩尤面上一红，颇为尴尬。他桀骜不驯，自恃狂野丈夫，但现下非但不能动弹，还要这娇娇弱弱的妖女照顾，确是颇为荒唐古怪之事。晏紫苏见他神色突转黯然，心下微微后悔，当下笑着岔开话题。

西风狂猛，晏紫苏逆风飞行几日，逐渐疲惫不支。这日在空中恰好撞见几只朝南飞来的雪鸟禽龙，当下抓住一只，以蛊虫控制其脑，骑乘禽龙继续西飞。

一路西去，虽然荒凉苦寒，但两人说说笑笑，倒也不寂寞。在这浩瀚无边的冰雪高原，远离大荒，远离了彼此的阵营，那些过往恩怨都变得缥缈淡薄起来，如此微不足道、轻如云烟。如此死一般沉寂的世界里，没有什么比此刻身边的这个人更加真实，更加重要了。

天气渐转恶劣，风雪交加，蚩尤的心情却逐渐地好转起来，焦躁狂野的杂念，仿佛也如同冰雪一样沉淀下来，只是周身断骨在极寒之中越来越疼痛。

晏紫苏似乎也判若两人，虽然依旧每日变幻脸颜，但态度却越来越发温柔。蚩尤生平之中，从未有一个女孩如此细心而体贴地照料过他，想不到这第一个，便是几次三番将自己害得生死两难的女魔头。有时蚩尤常常会想，在这妖女变幻的容颜下，究竟是一张怎样的脸？

但花无百日红，月有盈缺时，晏紫苏隔三岔五仍会莫名其妙地大发脾气。尤其当蚩尤沉思，回想某些往事时，晏紫苏便会突然嗔怒，一脚朝他断骨伤痛的地方踢去。

正当他痛不可抑，惊诧恼怒之时，她常常又会"咯咯"脆笑，回嗔作喜，满脸春花似的替他按摩。那温柔甜蜜之意倒令他受宠若惊、面红耳赤，心下纳闷不已。那被强掳来作为坐骑的雪鸟禽龙见状，则每每眯起双眼摇头晃脑，"嗷嗷"乱叫，也不知是幸灾乐祸呢，还是与蚩尤一齐感叹女人之心？

这日风和日丽，晴空万里，虽然仍是彻骨冰寒，但比起前几日已大为好转，

两人继续朝西飞行。

高空中吹来的狂风，竟带着微微的咸意，隐隐听见似有若无的涛声。蚩尤在晏紫苏怀里的乾坤袋中，正自打盹，迷迷糊糊以为自己又做起东海的美梦，忽然听见晏紫苏叫道："呆子！咱们到啦！"声音极是喜悦。

在雪鸟禽龙的欢鸣声中，蚩尤被晏紫苏从袋中拉将出来，放眼望去，大吃一惊。

蓝天红日之下，渺渺碧海，无边无际。远处海天交接处，白云翻涌，急速飞扬。时值正午，漫海金光耀眼，照得蚩尤头晕目眩，心中却是说不出的惊奇欢喜。

低头扫望，脚下大地冰雪斑驳，绿意隐隐。起伏的土丘上，矮矮的灌木寥落生长。岸边黑礁错落，海鸥飞翔。道道白色的浪花层层叠叠地涌向灰白色的泥滩，呼啸着，冲刷着，瞬息倒退；后面的雪浪飞速冲涌，将先前的泡沫刹那淹没。

晏紫苏俏脸上光彩飞扬，笑道："这里便是天涯海角了。"

蚩尤登时明白，此处竟就是传说中的西海之涯。突然一凛，难道这妖女竟是要将自己擒给西海老妖吗？

晏紫苏叹息道："呆子，若要将你送与老祖，前几日直接往密山去便是，何苦兜这么一个大圈子？"

蚩尤被她点破，登时不好意思，嘿然而笑道："眼下已到了海角，究竟要做些什么，总可以说了吧？"

晏紫苏抿嘴笑道："你随我来便知道啦！"驱鸟向下冲去，在海边礁石下落定。抱起蚩尤，跳落到泥滩上，将他轻轻放下。突然伸手剥他的衣服。

蚩尤吃了一惊，叫道："你干什么？"

晏紫苏"咯咯"笑道："想瞧瞧你的裸体，不成吗？"纤手灵动，转眼便将熊皮衣从他身上剥离。蚩尤惊怒交集，挣扎着想要将她推开，但方一用力，全身疼痛欲碎，瘫软无力。

晏紫苏脸蛋嫣红，柔声笑道："乖乖地别动。"双手轻轻一扯，果真将他身上衣裤褪了个干净。

蚩尤惊怒欲狂，险些晕去。心中大骂，口中却是气得连话也说不出来。一阵海风吹来，透骨清寒。

晏紫苏眼波流转，极快地偷瞥了一眼，脸颊酡红，哧哧笑道：“臭小子，今日才算扯平了。那日在山上树林里，你可没少偷看姐姐洗澡。”

蚩尤一愣，突地想起当日初见她时，尾追到林中，无意窥视到她洗浴的情形，脑中忽然闪过她在月色中雪白妖娆的身影，登时脸红心跳，血脉贲张。

晏紫苏“啊”地尖声惊叫，猛地闭上眼睛扭过头去，抓起他的衣衫，胡乱地盖在他身上，惊惶之下，指尖不小心碰到他的肚子，两人又是齐声大叫。

晏紫苏脸蛋红透，胸脯剧烈起伏，别着头恨恨道：“瞧你平时故作老实，原来也是个轻薄无赖之徒。”

蚩尤羞惭尴尬，满嘴苦水，心道：“他奶奶的紫菜鱼皮，若不是你要剥我衣服，又怎会如此？”

晏紫苏脸上又是一红，“呸”了一声道：“你以为我想看吗？美得紧呢！”羞恼之下，便想一脚踢去，但脚风方动，覆盖在他身上的衣裳便摇摇欲飞，吃惊尖叫，连忙顿住。猛一顿足，走了开去。

蚩尤面红耳赤，恨不能挖个地洞将自己埋进去。却听晏紫苏恨恨道：“呆子，你莫急，我这就给你挖个大洞。”果然弯腰蹲下，在他身旁的泥滩上挖掘起来。

过了片刻，便挖了一个八尺来长、四尺来深的长形泥洞，底部前高后低。站起身来，拍拍手，似嗔似喜地看着他，道：“你不是要找个洞钻进去吗？那就来吧。”小心翼翼地将他拉扯过来，斜斜地推到那泥洞中，头上脚下斜靠其中。

然后忙不迭地将掘出的烂泥尽数倒回，又在上面来回踩踏，压得严严实实。泥滩说不出的柔软温暖，身子陷在其中，极是舒服。

晏紫苏瞧他全身埋没泥中，只有脑袋露在泥滩之外，神情煞是有趣，不由得“扑哧”一笑，弯下腰，面对面地凝视着他，嫣然道：“你这个大呆鸟，大笨熊，现在又成了埋在泥里的大呆瓜！”

蚩尤不知是该笑还是该恼，索性闭上眼睛不理她。心下直犯嘀咕：这妖女千里迢迢将他带到海角天涯，竟就只是为了将他埋入泥中吗？

忽然额上一凉，麻痒无比。睁眼望去，只见晏紫苏沾满烂泥的纤纤玉指正在他脸上乱画，春花似的“咯咯”脆笑：“既是个呆瓜，总得有些瓜蒂、瓜蔓才是。”龙飞凤舞片刻，左右端详，咯咯直笑，甚是得意。笑道：“好啦，呆瓜，我不陪你玩啦。”将手指上的烂泥在他脖子上胡乱地蹭擦了一通，起身翩然而去。

蚩尤吃了一惊，大叫道："妖女！你去哪里？"

晏紫苏笑而不答，掠到他身后，似是往南面海岸而去，远远地听见她的歌声，越来越淡，终于细不可闻。

蚩尤埋在这海滩之中，周身不能动弹，连头颅也不能转动，心中惊怒交集，又带着一丝惊惶。这几日他一直与这妖女在一起，彼此相依，但此时突然不见她的身影，心中竟然蓦地升起一种异样的感觉，又像是恐惧，又像是失落，说不出的难过。

他情急之下，大声呼喊，但海风呼啸，波浪声声，却听不见那妖女的应答。心下更急，嘶声狂吼，继而怒骂。但任他如何高呼大叫，也无回应。到了后来，喉咙干渴嘶哑，如火烧一般，所发出的声音连自己听了也觉得难听。

他心中空空荡荡，浑无着落，蓦地一阵悲凉恐惧，难道自己当真被这妖女丢弃在这天涯海角了吗？看着雪白的浪花从左前方不住地翻涌奔腾，层层逼近，心中测算，不过一个时辰，那潮水必定便要淹没自己。他水性虽好，却无拓拔野的"鱼息法"，在水下至多能支撑两个时辰，等到潮水退却时，多半已被溺死。

心下悲苦，忖想："想不到我蚩尤堂堂东海男儿，竟会被海水淹死！传了出去，岂不让人笑掉大牙？"突觉滑稽，仰天哈哈狂笑，笑声沙哑，在海风中弱不可闻。

太阳西移，白云飞扬。海水涨高了许多，离他已不过十丈之遥。

滚滚海浪奔腾飞涌，溅起的腥咸浪花溅落在他的脸容唇角，倒给他带来殊为熟悉的感觉，心道："是了，我生于东海，难道上苍便让我死于大海吗？"他极爱海洋，心中忽觉倘若溺死于海中，倒是远比其他死法来得美妙多了。想到此处，抑郁的心情竟突然放松开来。

阳光灿烂，海上金光耀眼。清凉的海风摩挲着他的脸颊，不知何以，竟让他想起那妖女的手来。想起这几日同行，那妖女对自己温柔照顾，心中怦然。

正自胡思乱想，忽然看见一只半尺来长的刀角蟹从远处礁石下杀气腾腾地冲将出来，飞速横行。又有一只斑点刀角蟹倏地从另一侧冲出，与它撞在一处，登时你来我往，刀钳飞舞，在沙滩上杀将起来。

蚩尤在海岛生活已久，素知刀角蟹与那蛐蛐儿一般，彼此之间极是好斗，稍加挑拨便要你死我活。他小时候，常常与阿虎、单家兄弟等玩伴抓了刀角蟹，饲养相斗，极是有趣。今日在这垂死之时，竟然瞧见如此熟悉的一幕，不由得心下温暖，微笑着入神观望。

那斑点刀角蟹似是不敌对手，刀钳忽地被那只刀角蟹的巨钳夹住，莫一绞扭，险些断折，就此败下阵来，拖曳着那将断未断的刀钳一路溃逃。那得胜者也不追赶，耀武扬威地将刀钳高高举起，然后一溜烟往北面礁石底下钻去。

那只败走的斑点刀角蟹逃到距离蚩尤几尺处，也不怕他，径直以另一只刀钳在泥滩上乱掘，然后小心翼翼地将自己埋了进去。

蚩尤看得大奇，笑道："他奶奶的紫菜鱼皮，难道你打输了竟没脸见人了吗？"那刀角蟹不理他，埋在泥中，长长的眼珠四下乱转。蚩尤看了片刻，正觉无趣，却见那斑点刀角蟹突然跳将出来，急速挥舞着两只刀角钳，朝着那只刀角蟹藏身的礁石杀去。

蚩尤惊咦一声，那刀角蟹的断钳竟然愈合如初！心中蓦地一凛，又是一跳，继而一阵掩抑不住的狂喜。突然之间，明白何以晏紫苏要带他来到此地，将他掩埋在这烂泥之中了！

敢情这西海海滩的烂泥竟有神奇之效，可以将断骨愈合如初！

原来这妖女不远千里将自己带到此处，竟是为了医治自己的重伤。一念及此，他忽然怔住，百感交集，心绪混乱。只是这妖女为何要救治自己呢？隐隐之中，似乎想到一个答案，但这答案实在太过匪夷所思，刚一触及，立时面红耳赤，喃喃道："他奶奶的紫菜鱼皮，我在胡思乱想什么？"

当是时，听见远处传来晏紫苏欢愉的歌声，悠扬飘荡，如仙乐一般钻进蚩尤的耳中。她果然没走！蚩尤心中狂喜，忍不住便要高声呐喊，脸上忽然一阵滚烫，即将脱口的狂呼又硬生生地吞咽回去。

晏紫苏翩翩从他头顶越过，俏生生地落在他的身前，手中提了一串绿藻海草和那支翡翠玉瓶，脸上红扑扑的，嫣然道："呆瓜，适才叫姐姐干吗？才走开便想我了吗？"

蚩尤心中升起一股温柔之意，想要开口却支吾难言，猛地大声道："多谢你……你……"但剩下的话却不知如何说才好。

晏紫苏脸上一红，"哼"了一声道："呆瓜，你谢得太早啦。我早说过了，要将你的伤治好了再送到北海领赏。你当我是可怜你吗？"蚩尤虽然脾气暴烈，却不是呆子，听出她不过是故意以此为托词。心下感激，直愣愣地看着她，却说

不出话来。

晏紫苏"扑哧"一笑，低声道："傻瓜。"突然看见海水漫将过来，吃了一惊，叫道："哎哟，幸好回来得及时。"当下又在更远些的泥滩挖掘了个坑洞，将蚩尤从那洞中抱出，移转到彼处去。

她转身又在泥滩上掘了个坑洞，从乾坤袋中取出一个青铜瓮，将那些绿藻海草一一放入，然后又从那翡翠玉瓶中倒出百余只色彩斑斓的毒虫，大多蚩尤见所未见，想来是她适才在海中采集的罕见毒物。

众毒虫在泥滩上缓缓蠕动，相互交叠，状极丑恶。晏紫苏将这些毒虫一一捉了丢进青铜瓮中，然后又抓了烂泥填入。末了，又从乾坤袋中取出十几个瓶子，一一倒了些汁水到那青铜瓮中，然后将盖子旋紧，埋入泥滩深坑。

蚩尤瞧得诧异，忍不住问道："这是什么东西？"

晏紫苏笑道："是吃光你五脏六腑的蛊虫！"蚩尤知她胡说，但见适才这工序，又的确像是制作蛊虫，心下犯疑。

黄昏时，晏紫苏到海中捕了十几只巨大的西海飞鱼，做成鱼冻，喂蚩尤吃了，然后自己又吃了些，合着银毛羊衣，在蚩尤身旁躺下休息。两人说了一会儿话，晏紫苏的声音便越来越小，逐渐不再回答。她这一日似是颇为疲惫困乏，明月初升之时便已沉沉睡去。

蚩尤心绪纷乱，难以入眠，睁着眼睛，头颅露在泥滩之外，仰望苍穹，想到经脉、碎骨终于可治，心中又是激动又是欢悦。

灰蓝色的夜空中，星辰淡淡寥落，半轮明月雪亮地照在这天涯海角，仿佛冰雪敷盖。夜鸟从海上飞来，慢慢地掠过夜空，怪叫着朝东面的土丘灌木飞去。

涛声响彻，浪花飞溅。湿漉漉的泥滩映照着明月、星辰的倒影，突然被白浪卷没，然后又摇摇晃晃地波荡重现。

夜风寒冷，海水卷不到的泥滩上，结了薄薄的冰霜。咫尺之距，晏紫苏沉睡的脸上、长长的睫毛上、乌黑柔顺的长发上，也凝结了淡白的薄霜。在月光下看来，她的睡姿如此无邪美丽，纯净得仿佛是一个漂浮于海上的梦。一阵风吹来，冰屑簌簌，掉落在她的脸颊，融化成清水，缓缓流下。

蚩尤心底忽然泛起汹涌的柔情，喉咙中仿佛被什么堵住了一般，直想伸手将她脸颊、秀发上的冰霜掸去。但是他不能动弹。

远远的，似乎有什么海鸟在波涛中鸣叫，婉转悦耳，虚无缥缈，伴着涛声，伴着夜风，伴着月色。不知什么时候，他睡着了。

这一夜，他没有梦见纤纤，却梦见了他和晏紫苏在那冰原裂谷的壁洞中，紧紧相依。洞外大雪纷扬，覆盖了整个世界。

此后几日，蚩尤依旧天天掩埋于泥滩之内。每隔六个时辰，晏紫苏便要将他转移一个地方，因原来海泥中的药力已经耗光。如此三日之后，蚩尤的琵琶骨已经大为好转，双臂略可抬动，甚至已经可以抓取食物，自己进食。但晏紫苏却不让他多加动弹，依旧亲手喂他。

西海中怪鱼甚多，味颇鲜美，而且多半有助伤势恢复。由此制成的鱼冻滑爽鲜香，极富弹性，蚩尤吃得大为开怀。

但经脉的恢复却迟迟未见进展，想来这西海海泥虽然可以愈合骨伤，但对经络却并无关键疗效。

蚩尤却并不沮丧，因为只要能恢复行动，便可以逐步调息运功，慢慢修复经脉。即便是要花费数年时光，也在所不惜。

到了第七日夜间，吃过鱼冻后，晏紫苏将那深埋的青铜瓮挖将出来，旋开盖子，探手其中，徐徐拖出一条似蛇非蛇、似蝎非蝎的怪物，仰颈吐信，獠牙交错，暗红色的甲鳞，散布着点点蓝斑，蛇一般的身体上竟有蜈蚣百足，尾后一根蝎螯如金钩倒悬，左右颤动。

晏紫苏喜道：“成啦！”将它托在掌心，送到蚩尤面前，笑道：“呆瓜，张开嘴。”蚩尤吃了一惊，正讶然欲问：“难道你要我将它吞下去？”嘴方张开，晏紫苏的素手已经闪电般地盖到他的嘴上。

口中一滑，一个冰冷的东西蓦然穿入，瞬间滑入肚中。蚩尤瞠目结舌，张开大嘴，惊怒交集地瞪着晏紫苏。晏紫苏妙目凝视着他，脸上似笑非笑。

突然腹中一阵剧痛，仿佛肝胆肠胃瞬间被咬断吞噬一般。蚩尤大叫一声，面色红紫，既而惨白，汗水如雨，涔涔滚落。那穿肚断肠的剧痛烈不可挡，蚩尤几欲发狂，怒吼嘶喊，直想破土而出。

见他剧痛若此，晏紫苏的脸色也变得微微苍白，素手紧紧将他按住，不住地柔声道：“忍一忍，再忍一忍吧！”但那剧痛越来越烈，翻江倒海，蚩尤疼得喘不过气来，牙齿咬得“咯咯”直响，狂吼一声，险些晕倒。

晏紫苏的手温柔地擦拭着他涌落的汗珠，轻轻地捧着他的脸，眼波中也有些害怕，颤声道：“乖乖地再忍一会儿，马上便好啦！”

当是时，忽然听见一个人笑道：“想不到九尾狐晏紫苏也会这般温柔，这小子当真是艳福不浅。”笑声阴冷，又带着邪恶的喜悦。

“谁？”晏紫苏花容失色，蓦然起身。

蚩尤心中大骇，狂痛中奋力凝神，转头望去。只见月光下的泥滩上，一个枯瘦的黑衣男子鬼魅般飘忽站立，麻脸上满是诡异的邪笑，手中月牙弯刀闪烁着耀眼的白芒。正是当日在众兽山中，所遇见的西海九真中的人物。

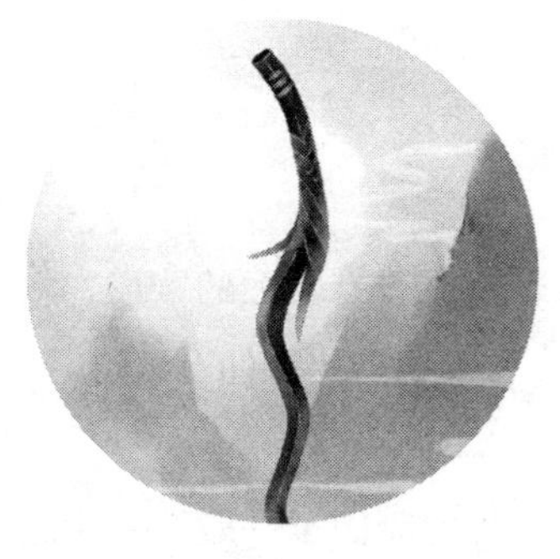

第十六章 地河乾坤

迷迷糊糊之中，拓拔野听见若有若无的箫声，寂寥淡远，刻骨苍凉，心中蓦地一阵欢喜，喃喃道：“仙女姐姐……仙女姐姐……”突然惊醒，大声叫道：“仙女姐姐！”

他周身麻痹僵硬，血液仿佛凝固了一般，一时之间就连脖颈也无法转动。凝神察探，心中大喜，周身经脉竟已痊愈完好，只是经络气血似是被极为冰寒之气镇住，暂时不能运转。当下一边气随意转，缓缓调息，一边叫道：“仙女姐姐！”

箫声顿止，万籁俱寂。明月当空，星辰寥寥，两侧雪崖冰壁高矗峭立，耀射着清冷的光芒。竟是在一个寂静而狭窄的冰山雪谷之中。拓拔野心中忽地一阵迷惑，依稀记得自己从那山腹甬道跃出之时，四周乃是山腹内壁，怎么竟到了这露天的山壑中？

“你……你醒啦？”耳畔突然响起一个清雅温柔的声音，既而一张清丽绝世的脸容扑入眼帘。一时明月失色，冰雪无光。

拓拔野见她安然无恙，心中大喜，叫道：“仙女姐姐！”

姑射仙子“啊”的一声，一双澄净秋水中，满是欢悦欣喜之意，低声道：“你叫我仙女姐姐？你认得我吗？”

拓拔野一呆，旋即恍然，暗自忖道：“是了，隔了四年，我变化如许之大，她自然认不出我了。”但不知为何，心中仍然一阵失望，微笑道：“我……在下拓拔野……四年前曾经在玉屏峰上见过仙子一面。”心中紧张，只盼她能立时想起。

姑射仙子低声道：“拓拔野？玉屏峰？”俏脸上一片茫然。拓拔野心中如遭重锤，蓦地一阵失望酸苦：“原来她竟连一丁点也记不得了。在她心底，我原不过是一粒微尘罢了！”

姑射仙子微微摇头，怅然道：“对不住，我什么也记不起来啦。”明眸凝视拓拔野，又道：“公子既然识得我，能告诉我，我究竟是谁吗？为什么会与公子在一起？这里又是何处？”

拓拔野又是一愣，脑中嗡然一响：“是了！难道她竟然失忆了吗？”心中凛然惊骇，思绪飞转，心道：“难道又是那些水妖施了什么妖术，让她记不得从前之事？”忽然一阵欢喜：“原来她并非单单记不得我，实是中了妖法失忆的缘故！”

见他脸上闪过惊诧、愤怒、欢喜诸般神情，怔然不语，姑射仙子心下诧异，又低声呼唤了他几声，拓拔野方才如梦初醒，沉吟道：“从前之事，仙子当真一点也记不得了吗？”

姑射仙子轻摇螓首，低声道：“不错。我什么也想不起来了。”

拓拔野呆呆地望着她，心中怦怦乱跳，口干舌燥。突然冒起一个古怪的念头：“难道仙女姐姐失忆，也是上苍冥冥中安排的吗？她记不得自己的身份，便不再是木族圣女，也不必守身独处……既然如此，我又何必定要让她恢复记忆？带着她到谁也找不到的地方，做一对神仙眷侣，岂不逍遥自在？”

姑射仙子站起身来，白衣飘飘若飞，叹息道：“原来你也不知道。”月光照着她的脸容，迷茫凄婉，楚楚动人，身影孤单落寞，仿佛要随风飘去。

拓拔野忽然一凛：“拓拔野，你这般自私卑劣，岂是大丈夫所为？”脸颊如烧，收敛心神，道：“你是当今木族圣女、姑射仙子蕾依丽雅！”

姑射仙子娇躯微微震动，低声道：“木族圣女？姑射仙子？”眉尖轻蹙，秋水波荡，反复低吟了数十遍，失望烦恼，摇头叹息道：“我记不起来啦。”

拓拔野心中一动，喜道：“仙子，我怀中有一个玛瑙香炉，是当年在玉屏峰上你留下的……”姑射仙子冰雪透明的指尖轻轻一点，拓拔野的衣领登时翻开，玛瑙香炉从乾坤袋中徐徐飞出，落到她兰花般的掌心。

莹白剔透的玛瑙香炉在她掌心缓缓旋转。月光折射，眩光流舞。姑射仙子的容颜在折光照耀下变幻不定，还是黯然摇头，指尖轻弹，将香炉徐徐送回拓拔野怀中。

拓拔野心下失望，体内真气越转越快，终于将冰封的经脉尽数冲开，“啊”的一声，跳了起来，周身冰屑簌簌掉落。从腰间拔出无锋剑，倒递与她，说道：

“这剑乃是木族神器，那夜你曾让我好好保存，你还记得吗？”

姑射仙子握住剑柄，妙目凝视良久，摇头道：“是无锋剑吗？但为何又断为半截？”

见她依旧浑然不觉，拓拔野心下一阵难过怅惘，想起那时月夜，她手握断剑，黯然神伤的情形，更是心潮汹涌，低声道：“人有情，剑无锋。此剑原是当年贵族圣女空桑仙子送与神帝的定情之物。空桑仙子因情得罪，被流放东海汤谷，神帝伤心欲绝，将此剑抛入龙潭，因缘际会，被我得到……”

姑射仙子微微一颤，秋波荡漾，沉吟道：“空桑仙子？”

拓拔野见她似是想起某事，心中一喜，但见她目光渐转迷茫，心又不由得沉了下去。忽然心念一动，从腰间取出珊瑚笛子，悠扬横吹。

笛声清越婉转，如幽泉呜咽，空林风语，说不出的苍凉凄伤。月光如水，一阵寒风吹来，冰屑纷飞，随着笛声节奏，韵律飞舞。

姑射仙子怔然而立，出神倾听，白衣翻涌，黑发飞扬，竟似是痴了。不知何时，妙目中滢光点点，一颗泪珠倏然滴落，低声呢喃道：“朝露昙花，咫尺天涯，人道是，黄河十曲，毕竟东流去。八千年玉老，一夜枯荣，问苍天此生何必？昨夜风吹处，落英听谁细数。九万里苍穹，驭风弄影，谁人与共？千秋北斗，瑶宫寒苦，不若神仙眷侣，百年江湖。”

素手一颤，断剑铿然没入坚冰石岩。继而柔荑舒展，五指如花开落，掌心突然凝聚起莹白光气，滚滚卷舞，倏然化为一支玛瑙洞箫。斜倚于唇，十指跳动，合着拓拔野的笛声，一起吹奏那《刹那芳华曲》。

笛声清幽激越，洞箫苍凉悠远，交相跌宕，缠绵刻骨。两人四目凝视，突然悲喜交集，心中不约而同地生出一种奇怪的感觉，似乎在很远很远的从前，两人就曾经这般临风齐奏……

山风鼓舞，万千冰晶银魄在姑射仙子、拓拔野四周萦绕飞舞，在月光中闪着点点银光，仿佛流萤，仿佛飞雪。

一曲吹罢，余音袅袅不绝。漫天冰屑悠然飞舞，缓缓落地。半晌，两人两两相望，仿佛被冰雪凝铸一般。

姑射仙子玉靥泛起淡淡的嫣红，低声道：“这曲子好生熟悉，听了让人莫名地伤心。”拓拔野道：“仙子，你记起些什么了吗？”姑射仙子蹙眉思忖片刻，摇头道：“我记得这曲子的词，却记不得在哪里听过了。”

拓拔野心下失望，心道："他奶奶的紫菜鱼皮，不知那些水妖使了什么妖法，竟然这等霸道！"

姑射仙子道："公子说我是木族圣女姑射仙子，却不知公子又是谁？和我又有什么关系吗？我们为何会在此处？"虽然心中殷切，这一连串的问题依旧问得淡雅而从容，殊无急促之态。

当下拓拔野将四年前自己如何邂逅神帝，如何在玉屏峰与之相遇，又是如何从蜃楼城流亡东海以及之后的事，择其要点一一道来。至于纤纤身世，则略过不提。说到自己追踪比翼鸟，到了钟山，遭遇身中春毒的姑射仙子时，拓拔野不由得大感尴尬，面红耳赤。

见姑射仙子晕生双颊，妙目中微有愠意，连忙咳嗽道："仙子放心，拓拔野虽非君子，却绝非浮浪狂徒，并未对仙子有……有不敬之举。"他与姑射仙子狎昵良久，虽未污其处子之身，却已有肌肤之亲，"无不敬之举"可谓含糊之至。心中暗自羞惭，脸烫得仿佛烧焦一般。

姑射仙子秋波流转，瞥见臂上守宫砂鲜艳依旧，羞恼神色一闪即逝。脸上忽然又是微微一红，低声道："比翼鸟？"

拓拔野道："正是。"突然想起它们尚在乾坤袋中，连忙探手入怀，将它们小心翼翼地掏出。

比翼鸟簌簌发抖，脖颈四下扭转，"蛮蛮"低叫。突然扑扇翅膀，抖落片片冰屑，一只朝着拓拔野，一只朝着姑射仙子，欢快地鸣叫起来，极是兴奋。

拓拔野吃了一惊，忖道："比翼鸟如此激动，难道当真表示我和仙女姐姐……"心中狂跳，瞥望姑射仙子，却见她俏脸嫣红，眼中满是羞嗔之色，两人目光对撞，齐齐扭开头去。

拓拔野定了定神，又继续往下述说。姑射仙子蹙眉道："公子说我中了西海鹿女的极乐丹，除了……除了男女交合之外断无可解，那么为何我现下安然无恙？说我中了奇毒，经脉内全无真气，为何我现下真气充沛，经络丝毫无损？"

拓拔野心中一凛，适才他见姑射仙子醒来，极是激动，一时间竟没有想到此节，被她这般质询，登时说不出话来。思绪飞转，亦是迷惑不解。

姑射仙子见他张口结舌，又道："你说我们被雪崩困在山腹之内，为何又突然到了这山壑之中？"语气渐转冷淡，似已有怀疑之意。

拓拔野叹了口气，苦笑道："仙子，此中奥妙，拓拔野实是不知。"见她秋

水明眸深深地凝视着自己的双眼，似乎想要看到他内心深处，心中一跳，凝神坦然相迎。

姑射仙子凝望他半晌，眼中疑虑之意稍稍消散，轻轻点了点头，道：“倘若你说的都是真话，我要多谢你啦。”

拓拔野松了口气，心中忽地一阵委屈。在这清丽绝世、素雅端庄的姑射仙子身前，他竟仿佛又变作了当年那个意乱情迷、忐忑不安的少年。心中紧张，患得患失。

两人默然无语，各自沉吟。

拓拔野四下扫望，这冰壑极是狭窄，最阔处不过六丈来宽，两壁陡立千仞，险峻至极。地势倾斜，北高南低。回首上望，北边远处又是一座高峻险峰，冰雪其覆，崖顶至高处有一凸出的巨石，其中黑黝黝状如洞穴。

拓拔野凝神细望，险些笑出声来。那山高大浑圆，果真如玉壶一般，凸出的洞石便像是玉壶的壶嘴。心中一动，想起《大荒经》所述，忖道：“是了！此山既是玉壶山，想来我们便是从那壶嘴中掉出来的！”

忽听比翼鸟“蛮蛮”乱叫，极是欣悦。拓拔野扭头望去，见那对怪鸟簌簌振翅，摇摇摆摆地朝下方飞去。拓拔野与姑射仙子对望一眼，一齐飘然追去。

比翼鸟欢声鸣叫，绕过横亘的冰崖，朝右飞去。冷风鼓舞，拓拔野二人忽地闻到一股奇异的幽香，腹中登时一齐“咕咕”乱叫起来，方感饥饿难耐。

拓拔野忍不住莞尔而笑，见姑射仙子玉靥飞红，知她脸薄，连忙运转真气，将腹内叫声弹压住。

雪地之中，冰壁之侧，几株矮矮的红树参差而立。那红树高不过六尺，赤干丹叶，开满了五色奇花，异香扑鼻。那花儿共分五瓣，各为红白蓝紫黄，斑斓炫目。树梢上悬挂了灯笼似的红果子，光滑红润，轻轻摇曳。

比翼鸟扑翅飞到那丹树枝头，脆啼欢鸣，啄食红果。

拓拔野笑道：“你们倒真是觅食的一流好手。”伸手将红果摘下，以掌心真气擦净，便欲递与姑射仙子。

姑射仙子微微摇头，纤手屈伸，“哧哧”轻响，枝头五色花缤纷飞舞，轻飘飘地落在她的掌心。一道浅绿色的真气螺旋飞舞，五色花登时化为颤巍巍的花冻玉膏，晶莹剔透。

见拓拔野讶异地凝视着自己，她脸上微红，转过身去，掩袖将花冻送入口中。她饮食之时，姿态极是优雅，左手衣袖遮挡口唇，右手指间真气夹取花冻，低首垂眉，目不斜视。

拓拔野心道："原来神仙姐姐吃的竟是鲜花蜜冻。"稍一定神，咬了一口红果。唇齿清香缭绕，果肉又酸又甜，略带着一丝淡淡的青涩，竟似五味俱全，美不可言。入喉之时清凉甘甜，如山泉汩汩，五脏六腑暖洋洋说不出的舒服。

拓拔野精神大振，心中欢喜："不知这是什么仙果？"当下又接连吃了十余个。腹中饥饿稍减，神清气爽。

姑射仙子又吃了几朵五色花，便不再进食。妙目凝视拓拔野，见他狼吞虎咽之状，嘴角微微牵出一丝笑意，别转头去，心中又升起那奇异的似曾相识的感觉。

她虽已记不得从前之事，但不知何以，先前醒来见着这少年时，竟觉得十分熟悉，似乎早就认识一般。凝视他双眼、与他说话时，这种感觉尤为强烈。是以虽然他所说的事情太过匪夷所思，她仍是情不自禁地颇为相信。隐隐中总觉得，这少年似乎与自己有着极为重要的关联，他断然不会欺骗自己。

比翼鸟突然尖声鸣叫，从枝头俯冲而下，在冰地上"咄咄"啄击。拓拔野笑道："你们又发现什么了？"虚空劈掌，真气蓬舞。

"轰"的一声震响，冰块四射，一股黑色浆液冲天喷涌激射，蒸汽腾腾。异香弥漫，黑浆在半空急速凝固，化为无数玉膏抛洒掉落。拓拔野吃了一惊，蓦然认出这黑色玉膏竟与玉壶山腹中的玄黑膏石并无二致。

密山冰壑气候苦寒，那黑色浆液喷涌了片刻，便凝固冰结，将冰层破裂处重新封堵住。仿佛一株黑色的珊瑚树，伫立在雪地中。

拓拔野伸手掰下一块，以真气化为玉膏，送入口中。奇香贯脑，暖流遍体，果然是那山腹中的奇妙膏石，大喜道："仙子，这便是我所说的膏石了！"

姑射仙子浅尝一口，轻"咦"一声，颇为诧异，低声道："难道……这竟是玄玉荣英吗？"

拓拔野讶然道："玄玉荣英？那是什么东西？"腹中记事珠飞转，也记不得《百草注》中有这么一种膏石。

姑射仙子淡淡道："传说当年寒荒大神化魄为石，镇住密山大水。他的毛发化成了这丹树，血液化成了玄玉荣英，人若是服了这丹树花果、玄玉膏液，便可以修补气血，受益无穷。"

拓拔野恍然道："是了，我的经脉之伤必定是吃了这玉膏方才痊愈得如此神速！"心中一跳，忖想："莫非仙女姐姐体内的毒素也是由这膏石化解的吗？"

姑射仙子道："但这不过是大荒传说，见过丹树与玄玉荣英的人少之又少。想不到……想不到今日竟让我们遇见了。"

拓拔野笑道："既然上苍如此眷顾，那我们可不能辜负了他的美意了。"当下将玄玉荣英一一化开，饱餐一顿。姑射仙子微微一笑，也低头服食。

当是时，忽听一阵"轰隆"巨响，狂风大作，漫漫冰雪从两壁高崖滚滚而下，崩塌冲泻。两人吃了一惊，真气蓬然飞舞，形成碧绿色的光罩气弧，将飞瀑狂浪似的雪石冰屑一一震飞，顺着冰壑朝南边汹汹冲落。

姑射仙子妙目瞥望拓拔野，俏脸上闪过讶异的神色，似是没有想到他的真气竟然如此充沛。

两人朝北望去，只见密山峰顶一道五彩眩光冲天飞起，扩散为道道眩艳光弧，在夜空中如涟漪一般荡漾开来。密山忽然剧烈地震动起来，巨响连连，两壁的冰雪也应声崩塌，喧嚣奔泻。

狂风咆哮，冰壑中更为森寒，五彩光弧从密山顶上荡漾到冰壑上空，一股无形的巨大压力铺天盖地倾覆而下，竟如山岳压顶，将拓拔野迫得有些呼吸困难。比翼鸟在两人的护体光罩中上蹿下冲，尖叫跳跃，倏然钻入他的怀中。

姑射仙子花容微变，蓦地低声道："翻天印！"拓拔野心中一动。按《大荒经》所言，当年寒荒大神为了镇住密山大水，以魂魄化为翻天石印，盖在密山顶上，大水乃消。难道这密山的震动果真是由翻天印引起？这可怕的巨大压力竟是源自于斯？

心中又是一动，想起当时与姑射仙子一起从山腹通道高高跃起时，依稀看见一个巨大的五色巨石，耀射出层层叠叠的眩光。自己便是被那眩光中心所发出的强猛森冷的压力击昏的……难道那五色巨石便是翻天印吗？却不知自己与姑射仙子，何以能从那翻天石印下逃出？

正思忖间，雪崩滚滚，来势汹汹，合着那神秘的巨大压力更加气势万钧，饶是他们真气强沛，亦觉得有些摇摆不定。

如此僵持了片刻，密山的震动逐渐转弱，夜空中那涟漪般扩散的道道五彩眩光也逐渐收缩。笼罩于两人头顶的迫在眉睫的可怕压力亦随之骤减。

两人正自暗舒长气，忽听一声惊天爆响，地动山摇。密山峰顶乱石飞舞，彩光冲天，无数道眩光倏然扩散。那巨大的压力又如山岳崩塌，水银泻地，轰然拍下！

万仞冰壑仿佛被瞬间压碎，峭壁蓬然炸舞，冰雪巨石漫天错落飞扬，白蒙蒙的一片，不见天，不见地，只听见狂暴的轰然怒响。

拓拔野凝神聚气，奋力抵御，犹觉那压力寸寸逼迫，仿佛要将他硬生生挤入冰地之中。“咔嚓”脆响，脚下的冰岩迅速裂开。冰壑中雪流汹涌，从他与姑射仙子的四周喧嚣奔腾，万千巨石当头砸下，被他的真气反撞弹起，又被那巨大的重压当空拍得四下乱撞，发疯似的撞在两侧冰壁，惊雷暴响。

“轰！”拓拔野二人脚下突然一空，地上冰岩蓦地坍塌开一个巨大的裂缝。惊叫声中，被那重压轰然拍撞，朝下摔落。

匆忙间拓拔野心念一动：“不管下面是什么地方，决计不能和仙女姐姐失散！”热血上涌，猛地伸手抓住姑射仙子的皓腕。姑射仙子微微一震，想要甩开，却又忽然作罢。

两人手拉着手急速掉落，无数冰石白雪汹汹压下，眼前倏地一片黑暗。想来冰岩裂缝已被随后冲落的冰石封堵凝结。“咕咚！”一声，掉入寒冷彻骨的涡流中，口鼻双耳登时灌入无数冰冷的水，朝下倏然沉去。这冰壑之下，竟是汹涌奔腾的地河激流。

拓拔野下意识地施展“鱼息法”，周身万千毛孔齐齐张开，水中的空气源源不息地涌入，随着真气在周身经脉恣意流转，渗入血脉，流入心肺。他自从真珠学得这鱼息法后，在水中直如游鱼一般逍遥自在。这地河虽然湍急汹涌，比起东海汪洋实是相去万里，刹那间他已惬意舒展开来。

忽然发觉姑射仙子手臂轻颤，体内真气乱走，冷水倒灌。心中一凛，明白她不谙水性，仍自闭气强自苦撑。但纵有通天本领，在这冰寒水里也是一筹莫展。当下紧抓她的手腕，朝上浮去。

岂料那地河涡流中有一股极为强大的旋涡吸力，将他们猛地沉溺其中，螺旋飞舞，朝前顺流急冲。拓拔野奋起神力，跌宕沉浮了许久，竟始终不能突破周围的涡流，甩脱吸力冲出水面。

眼见姑射仙子手臂越来越发绵软，体内真气岔乱，渐渐不支，拓拔野心中大骇，下意识地将她抱入怀中，将口唇压在姑射仙子的唇瓣上，经脉间的空气如江河入海，尽数经喉到口，逸散而出，再滔滔不绝地输入她的口中。

姑射仙子微一颤动，倏然睁开双眼，脸颊绯红，又羞又怒，便欲将他推开。拓拔野被她这般愠怒地一瞥，面红耳赤，连忙松开。心中一动，突然想出一个法子，右手拍在她后心，真气流转，夹带着清新空气涌到掌心，又没入她的体内，直抵心肺。

姑射仙子蓦一震动，方知他适才冒犯之举乃是为此，舒了一口长气，妙目凝视拓拔野，歉然传音道："公子，对不住。我错怪你啦。"

拓拔野微笑摇头，想起与她温存缠绵的旖旎春光，心中忽地一阵酸苦："倘若当时仙女姐姐神志清醒，定然宁死也不会让我碰触。"其实这答案他早已知晓，但此时想来仍是情不自禁地失望落寞。

涡流湍急，吸力强猛，两人身不由已地顺流螺旋而去。

拓拔野掌心始终如磁石附铁，紧紧贴在姑射仙子的后心，将空气源源输入，心道："不知这地河流水为何这等古怪？难道也是因为那翻天印的神力吗？不知要将我们带到哪里去？"

突然想起寒荒城中，蚩尤、纤纤等人仍在守候自己，心中一凛："在密山山腹中耽搁了许久，不知现下是什么时候了？"蓦地想起自己到达寒荒城的前夜，空中尚是一弯钩月，而适才所见的明月，竟是一轮圆月！难道转眼间竟已过了十几日？心中寒意大盛，冷汗遍体。

不知过了多久，涡流越来越急。拓拔野心道："倘若在这地河涡旋中随波逐流，不知什么时候才能回到寒荒城。需得设法离开此地才是。"心念一动，精神大振，暗骂自己好生愚蠢，传音道："仙子，我腹内有定海神珠，咱们可借神珠之力，冲出涡流！"

姑射仙子"咦"了一声，颇为诧异，传音道："妙极。"又沉吟道："只是这涡流好生古怪，多半是受翻天印神力的左右。也不知定海珠能不能胜过翻天印？"

拓拔野道："权且试试便知。"当下凝神聚意，辨查涡流的旋转之势，蓦地倒转定海神珠，周身真气如陀螺般急旋飞舞，激爆而出。

"轰！"涡流崩乱，旋力骤减。两人低喝一声，借着定海神珠的反旋之力，朝上急冲。

水花四下激舞，两人倏地冲脱湍急涡流，险些撞上坚硬的石壁。真气蓬然，贴着石壁滑出十余丈，方才将那旋冲的剧力消殆干净。

水声轰隆，回声如雷。

拓拔野火目凝神，四下扫望，蓦地吃了一惊。此处乃空荡山腹，两人此刻竟是站在山腹内壁的悬崖上。山腹正中，那滚滚涡流拔地飞涌，仿佛巨大的玉柱，笔直地朝上方旋转冲去。

拓拔野昂首上望，水雾茫茫，看不清究底。涡流水花离心飞甩，四壁湿漉漉的甚是滑腻。

侧头望去，姑射仙子白衣飞舞，翩翩若仙。在水中如许之久，竟不沾一颗水珠。拓拔野心中怦然，将手掌从她背心收回。

姑射仙子嫣然一笑道："多谢公子。"那笑容如月夜莲花，清丽夺目。拓拔野心眩神迷，热血涌动，只觉得若能天天见到她的笑靥，即便是刀山火海也甘之如饴，收敛心神，道："能为仙子效犬马之劳，乃是拓拔野之幸。"

姑射仙子微微一笑，眼波流转，凝视着对面石壁，道："那处山壁最为薄弱，我们便从那里出去吧。"拓拔野突然忖想："一旦离开此地，仙女姐姐必定要离我而去！"心中登时大痛，险些连呼吸也岔乱。

见他凝视自己怔怔不语，神情迷乱，姑射仙子玉靥微微一红，低声道："公子？"拓拔野蓦地醒悟，胡乱回应一声，面红耳赤，终于忍不住道："出了此地，不知仙子将去哪里？"

姑射仙子沉吟不语，半晌方低声叹道："我也不知道呢。"出神片刻，又道："公子说我是木族圣女姑射仙子，又有许多奇怪遭遇……可惜我全都记不得了。我想……我想去往西荒方山，寻找三生石，或许能记起从前之事。"

拓拔野一震："方山？是日月山吗？"传闻昆仑以西，西荒苍凉之地，有巍峨高山，四四方方，故名方山。其山乃日月降落之处，因而又名日月山。又称巨山、常阳山。

山有玉门、天门两大险峰，传说为天界门户。玉门峰与天门峰之间的山壑，即是禺谷，又称禺渊。据说当年木族青帝羽卓丞就是在这禺谷之中降伏十日鸟，封印入苗刀中。

姑射仙子点头道："正是。方山玉门峰顶的柜格松下，有无忧泉和三生石。据说喝了无忧泉水，能将此生所有难过之事悉数忘记；在三生石上枕卧而眠，却可以将三生之事尽数记起。"

拓拔野突然记起，当年在东海古浪屿沙滩上观望日落时，蚩尤体内的羽青

帝元神曾经慨然低叹："烂木奶奶的，老子漱泉枕石，却不能忘喜忘悲，超然物外……"想来那所谓的"漱泉枕石"说的便是这无忧泉和三生石了。遥想羽青帝当年，枕卧三生石上，了悟前生来世，漱饮无忧泉水，忘却情仇恩怨，不禁悠然神往，大觉快哉。

灵机一动，脱口道："仙子，我正要往昆仑山去，昆仑、方山都在西荒，不如携行同往？"姑射仙子妙目凝视着他，淡淡道："公子要务缠身，不必了。"

拓拔野急道："此去方山，路途遥远，多有风险。仙子孤身前往，又失却记忆，倘若遇到心怀叵测的旧仇故恨，岂不危险？拓拔野横竖同路，送仙子一程又有何妨？"

姑射仙子沉吟片刻，微笑道："即是如此，我就先行道谢了。"

拓拔野大喜，忍不住纵声长呼。山腹内登时如焦雷连奏，嗡嗡震鸣。见姑射仙子诧异地凝视自己，不由得略感尴尬，哈哈笑道："仙子，咱们先出了这儿再说吧。"

此时满心欢喜，精神大振，足尖一点，飞也似的踩着湿滑的山壁冲到对面。反手拔出无锋剑，轻轻一刺，立时没入山壁之中。真气灌注，手腕微抖，顷刻间便切下老大一块。

过了片刻，断剑一空，一道光线霍然射入。拓拔野大喜，笑道："成了。"剑锋劈斫，凿开大洞，揉身跃入。

"嗖！"身形方动，突然脖颈一凉，一道锐利无比的刀光疾劈而来！

拓拔野心下一惊，身形电舞，从刀光下瞬息绕过，指尖在那人手腕脉门上一扣，轻而易举地将其手臂反转。那人闷哼一声，立时晕厥。

忽听身后传来一个娇柔的声音："拓拔太子，是你！"又是惊讶又是欢喜。拓拔野立时辨出那声音，也是一阵讶异，笑道："原来是芙丽叶公主！"转头望去，一个华服玉冠的美丽少女优雅而立，淡蓝色的大眼中满是欣悦的神色，正是寒荒国公主。

此处灯光绚丽，高堂大厅，富丽堂皇；地上铺着厚厚的地毯，墙角炉火熊熊，极是温暖，竟似是芙丽叶公主的香闺。却不知顺着涡流冲卷，何以竟会到了此地？拓拔野心下大为惊异，惑然不解。

芙丽叶公主惊喜稍逝，又恢复矜持之态，正要开口相询，瞧见从洞中又翩然飞出一个清丽如仙的白衣女子，登时吃了一惊，低呼失声。

拓拔野笑道："公主，这是木族圣女姑射仙子。"

姑射仙子凝身而立，淡淡一笑。

芙丽叶公主见她清丽脱俗，果然如不食人间烟火的仙子，心中登时起了仰慕钦羡之意，盈盈行礼。心下好奇更盛，不知拓拔野何以竟带了这么一个仙子，破墙而入。

忽然"啊"了一声，道："难道太子已知寒荒城中情势，这才……这才另辟蹊径，从这里悄悄进来吗？"

拓拔野奇道："寒荒城中什么情势？"又笑道："我这可不是另辟蹊径，实是误打误撞，唐突佳人，还请公主不要见怪。"

芙丽叶公主失望道："原来太子还不知道吗？"

拓拔野见她神色言语有异，心中一凛，道："难道我走了之后，寒荒城中出了什么大事吗？"

芙丽叶公主面色雪白，蓝眼中泪光滢然，忽地盈盈下拜，泫然颤声道："寒荒国将有覆国大难，恳请拓拔太子仗义相助！"

拓拔野大吃一惊，她矜持高贵，突然含泪行此大礼，必有隐情。连忙将她扶起，温言道："公主放心，凡是拓拔能力所及，必定全力相助。"

芙丽叶公主眼波中露出感激羞怯的神情，低声道："太子大恩，芙丽叶永铭在心。"拓拔野收敛心神，微笑道："公主请细细说来。"

他笑容温暖，自有令人镇定的神奇力量。芙丽叶公主急剧波动的情绪渐转平定，道："太子走了十几日，城中局势大变。现在寒荒国可谓风雨飘摇，危在旦夕。那夜你骑鹤走后，突然来了数万只凶禽飞兽，围攻南峰大殿，父王……父王被妖兽梼杌打成重伤……"

拓拔野吃惊道："国主眼下没事吧？"

芙丽叶公主眼圈一红，轻轻摇了摇头："他受伤极重，眼下仍在昏迷之中。"继续道："金族使者英招、江疑两位仙人为了救父王，也被打得生死难料。多亏蚩尤公子及时赶回，和拔祀汉等义士一道将众兽赶退。"

拓拔野心中一沉，脱口道："蚩尤受伤了吗？"他深知这小子打起架来，最是凶狂不要命，当时情形凶险，只怕两败俱伤。芙丽叶公主摇头道："没有。只是……"迟疑片刻，低声道："只是那夜之后他忽然失踪了，再也没有出现过。"

拓拔野大吃一惊，心中寒意凛冽，失声道："什么？"见芙丽叶公主面有愧疚之色，忙收敛心神，忖想："鱿鱼本领不小，应当不会有事。我这般失态，反倒惊吓了公主。"当下微笑道："这小子多半藏在别处，等候时机。公主不必担心，继续往下说吧。"

芙丽叶公主低声道："那数万只飞兽临退之时，在空中组成寒荒大神的神谕，说寒荒八族忘了祖辈的八百虎盟约，自甘为奴，大神要引发密山大水，召集寒荒凶兽，将八族毁灭。

"神谕说道，若要平息大神怒意，必须遵照八百虎盟约，独立于金族之外，并且……并且收罗九百九十九个腊月出生的童女，送往密山作为祭礼。"

拓拔野皱眉道："密山？"与姑射仙子对望一眼，心中升起强烈的不祥预感。

芙丽叶公主道："父王重伤，无人能够做主。众长老便在南峰大殿中召开长老会讨论。两位神女则在神殿中祷告。到了半夜，发生了一件可怕祸事……"

她声音微微颤抖，顿了顿，低声道："北峰神女殿外众卫士亲眼瞧见，金族太子少昊纠缠着女戚，一路走进神女殿，说要与她一起祷告。过了片刻，殿中突然传出女丑神女的惨叫与呼救声。殿外卫士冲入查看，发觉……发觉少昊太子赤着身子，满身鲜血，而女戚赤身躺在地上，已被……已被玷辱杀害……"说到最后，红霞似火，又羞又怒，蓝眼中泪珠已在不住地打转。

拓拔野骇然失声，皱眉道："少昊太子虽然好色，但是断然不会这么糊涂吧？"隐隐中觉得此情此景似曾相识，心中那不祥不安之意越发强烈，蓦地失声道："是了，雷神！"突然之间，种种疑惑仿佛冰消雪融，此事多半又与水妖有关！

芙丽叶公主见他又怒又喜，神情古怪，便道："拓拔太子，此事确有颇多古怪可疑之处，你……想到什么了吗？"拓拔野摇头道："你先说吧。"

芙丽叶公主点点头，又道："神女被少昊太子凌辱杀害，大伙儿都义愤填膺，吵嚷着要将他杀了祭奠大神。但他是白帝之子，倘若当真将他杀了，只怕立时便要引起大战。众长老争论不休，一时也没有讨论出个结果来，便先将少昊太子关押在密牢之中。"

拓拔野道："纤纤、拔祀汉他们呢？"

芙丽叶公主叹道："女丑说太子一行乃是不祥之人，惹怒大神，所以将纤纤姑娘、拔祀汉等义士都关入密牢之中。”拓拔野虽然业已猜到，但心中仍不免有些担忧恼怒，点头道：“公主请继续说吧。”

芙丽叶公主道：“那夜天镜湖水沸腾不息，空中又来了万千怪鸟凶兽，发疯似的攻击寒荒城。百姓们都害怕得紧，躲进山腹甬道。女丑警告长老会说，这是寒荒大神动怒的征兆，必须尽快将冒犯神威的少昊太子杀了，引领八族起义。”

她蹙眉道：“但是这些年来，金族对我们颇为照顾，每逢灾年，更源源补给，八族百姓都无造反之意。这般逆乱，未免师出无名。况且金族实力远胜于寒荒八族，当真要打起仗来，八族必定生灵涂炭，苦不堪言。长老会中，许多人不敢答应。赞成的人与反对的人比起来，仍是少数。因此决议始终不得通过。

“这般僵持了三日，凶兽越来越多，不仅寒荒城遭灾，八族诸多村寨都备受妖兽侵害。眼见妖兽越来越多，快要支撑不住，派往金族求救的使者又都被凶兽吃了，大家心里都害怕起来。倪长老提议以天镜湖水寻找寒荒大神的转世之身，带领大伙儿渡过难关。

“岂料天镜湖水中出现的影像竟是当年寒荒三大祭司之一的祭天神祝楚宁，也是我的堂叔，他早年便是为了挑事对抗金族被驱逐出寒荒城。众人无法，只好请女丑以法力将他招来。

“楚宁到了之后，召集了城中数百名壮士，施展法术，血战了一天，将妖兽尽数赶跑。大家都对他极为敬服，都说他无所不能。长老会当日便奉他为大巫祝，恢复爵位俸禄。”

拓拔野脑中思绪飞转，已经粗略地猜出大概。听她话语中对这楚宁隐隐有不屑之意，问道：“公主认为此人如何？”

芙丽叶公主迟疑道：“父王对他曾有评价，认为有雄才大略，但是太过偏激暴戾，喜欢走旁门左道。我只是觉得，他此时突然出现，实在……实在太过凑巧。”似是觉得如此评人是非，颇为不该，面上一红，不再往下说。

拓拔野点头道：“那么他登上大巫祝之位后，又做了什么事？”

芙丽叶公主道：“他与女丑一道向长老会施压，说若要平息寒荒大神怒气，永得平安，必须遵照万兽神谕，立即将九百九十九名童女送往密山，并且斩杀少昊太子，尽快举兵，分疆裂土。此时他已颇有威望，长老会中不少人转而支持他。但仍是主张保持现状的人更多一些。最后，长老会同意将九百九十九名童女先送往密山，少昊之事，再另外议定。”

拓拔野面色微变，皱眉道："长老会竟答应将千名童女送入虎口？"苦笑摇头，沉吟道："那么现在局势如何？"

芙丽叶公主道："楚宁说，倘若不在明日决定，寒荒七兽将会尽数复活，冰甲角魔龙会随着密山大水一起肆虐寒荒。城里人心惶惶，都害怕得紧。楚宁从城中挑选了两千名卫士作为'神卫兵'，直接听从他的指挥。派遣这些卫士软禁那些倾向金族的长老们，监控他们的一言一行。"指了指那昏厥在地的卫士，说道："这卫士便是他遣来看守我的。"

拓拔野微微一笑道："既是如此，那就不必对他客气了。"飞起几脚，踢中他的腰肋，将其经脉尽数封住。脚尖一勾，踢入床底。

芙丽叶公主忍俊不禁，微笑道："不知太子又怎会与仙子从这墙里破洞而出？"

拓拔野望了姑射仙子一眼，脸上微微一红，笑道："说来话长……"忽听屋外嘈杂声大作，有人"哐哐"猛敲铜门，叫道："公主，不好了！金族大军兵临城下，已经将我们团团包围了！"

拓拔野等人大吃一惊，几乎不敢相信自己的耳朵。芙丽叶公主高声道："你说什么？"

门外卫士惊惶喊道："金族大军已经将我们团团包围了！各长老都已赶往神女殿，请公主殿下移驾前往！"

拓拔野与芙丽叶公主对望一眼，心潮翻腾汹涌，也不知是喜是悲。

眼下寒荒国人心惶惶，乞和求战者，大致相抵，形势极为微妙。金族大军压境，则令局势如箭在弦。长老会要么立时释放少昊，大开城门，捆缚楚宁等人请罪；要么拥立楚宁为首，以少昊为人质，当即举兵造反。倘若是后者，今夜寒荒城必定血流成河……

门外卫兵见公主不应答，接连大声催促。芙丽叶公主蓝眼凝视着拓拔野，似乎在等他定夺一般。

拓拔野心念微动，已有了计议，微微一笑道："公主，走吧。咱们去会会那无所不能的大巫祝楚宁。"

芙丽叶公主对他颇为信赖，见他轻松自如，成竹在胸，登时放下心来，嫣然一笑，蓝眼中却情不自禁地掉下泪来，再次盈盈行礼，低声道："多谢太子，多谢仙子。"

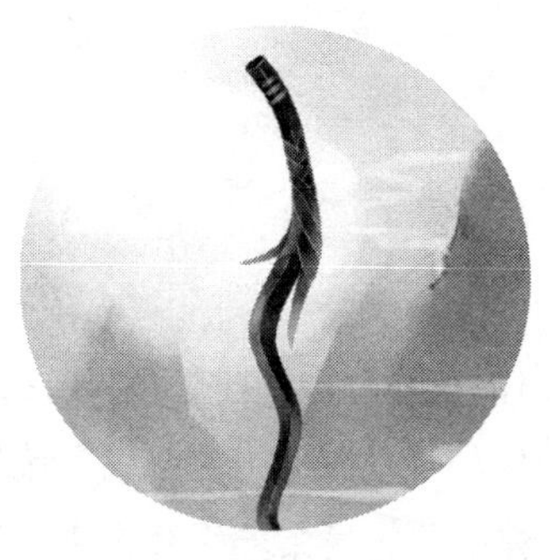

第十七章 沧海月明

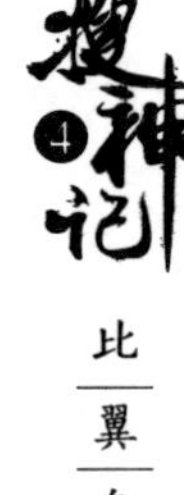

圆月皎皎，清辉漾漾。

西海波涛汹涌，层层白浪轰鸣奔腾，冲卷着灰白色的泥滩。

那黑衣男子怪异地笑着，弯刀在手中“呜呜”旋转，亮起一道道炫目的白芒，身形如鬼魅飘忽，朝着蚩尤、晏紫苏缓缓走来。所过之处，泥滩上竟浑无足迹。

晏紫苏仿佛突然舒了一口气，拍着胸脯笑道：“我道是谁，原来是‘眉刀羽真’鸠扈。”探头四望，笑道：“老祖呢？没随你一道来吗？”

鸠扈嘿然笑道：“晏国主只管放心，老祖他们都在万里之外呢。”晏紫苏笑道：“鸠真人这话说得好生古怪，老祖没来，我为什么要放心？”她巧笑倩兮，音容妩媚，瞧得那鸠扈有些魂不守舍，一味嘿然怪笑。

此时蚩尤腹中如绞，肝肠寸断，恨不能立即从泥滩中冲出，跃入冰冷的海中减消这炽烈的痛楚。身上痛不可抑，心中却是历历分明。眼下西海水妖为了寒荒国之事，几已倾巢而出，这等紧要关头，这眉刀羽真竟突然出现于此，绝非偶然。

倘若当真是由西海老祖指使，则岂不意味着诸水妖已怀疑晏紫苏了吗？眼下被这水妖抓个正着，她处境之凶险，可以想见。一念及此，蚩尤心中蓦地一阵惊怒担忧。

鸠扈盯着蚩尤，凶光闪烁，故作讶然道：“咦？这小子不是被晏国主神针打得死透了吗？怎么又活过来了？难不成是我眼花了？”

晏紫苏瞟了蚩尤一眼，“咯咯”笑道：“鸠真人电眼如炬，怎会瞧错？他就是那蚩尤小子。那日我回到众兽山时，发现这小子竟然没死，活蹦乱跳地在山里奔走，料想他必定是有什么辟毒宝物，诈死逃生，于是就一路追拿他去啦。费了老大的气力，才在这西海边上将他擒住。眼下正要给他下蛊，绑回北海呢。”

鸠鷇哈哈怪笑道：“是吗？想不到竟有人能在老祖与晏国主的合击之下逃生，这可有趣得紧了。”

晏紫苏翩然转身，有意无意地挡在蚩尤的前面，笑道：“是啊，我也纳闷得很呢，想不到这小子瞧来呆头呆脑的，竟有这般能耐。”眼波流转，嫣然道：“是了，鸠真人怎么也回到西海来啦？难道寒荒国之事已经彻底平定了吗？”

鸠鷇嘿嘿笑道：“巧得很，晏国主那日前脚刚走，鸠鷇就奉老祖之命，后脚跟去了。”晏紫苏若无其事地笑道：“是吗？那可真巧啦。”

鸠鷇缓缓移近，弯刀有韵律地旋转，杀气凛冽，逼人而来。他嘿嘿笑道：“还有更巧的哩。那日在众兽山中，鸠鷇恰巧看见晏国主飞到天井崖下，救起了一个快死了的小子，又恰巧看见晏国主带着这小子驭风飞舞，一路朝西海而去。鸠鷇眼神不好，依稀看出那小子像是死透了的蚩尤，心中老大的奇怪，所以就忍不住一路跟来了。”声音阴冷，似笑非笑，绿豆似的小眼死死地盯着晏紫苏的俏脸，仿佛要洞穿她的内心一般。

蚩尤心中大凛，这水妖一路跟踪，必定瞧得分明，任由晏紫苏如何狡赖也是无济于事了。突然想到连日来，自己与晏紫苏说话相处的诸般情状都落入这水妖的眼中去，心中一阵莫名的狂怒，大吼一声，强忍剧痛，便想不顾一切地冲出泥滩，将其撕为万段！

晏紫苏突然回身，纤巧秀足闪电般压在蚩尤的肩膀上，登时让他动弹不得，笑吟吟道：“臭小子，又想胡闹吗？”传音叹道：“呆子，你能斗得过他吗？现在蛊虫发作，正是最为凶险关键的时刻，千万不要乱动。否则我可不管你啦。”

蚩尤正剧痛焦躁，怒发欲狂，听了她的娇媚话语，顿时如清水浇顶，瞬间冷静下来，心道：“是了，眼下我连蚂蚁也踩不死一只，又怎么与这狗贼相斗？重伤未愈，这般冒失地跳将出来，非但无益，反倒给她增添顾忌。她机灵得很，定有法子对付这水妖。”当下意守丹田，强自忍住。

晏紫苏回眸笑道：“原来鸠真人早就瞧见我啦！既是如此，为什么不和我打个招呼呢？岂不是太过生分了吗？”

叹了口气，嫣然道：“既然被你瞧见，那我就说实话吧。不错，是我将这小子救活了。我早就说过啦，要靠他向真神领赏，讨那本真丹呢。要是被老祖这般

一掌打死，我的封赏岂不是泡汤了吗？”

鸠鹿道：“原来如此。难怪，难怪。”忽地又皱眉道：“是了，鸠鹿这一路上瞧见晏国主似乎对这小子关心得很，抱在怀里嘘寒问暖，亲手做羹汤。嘿嘿，想不到杀人如麻的晏国主对囚犯竟是这般温柔体贴吗？奇怪，奇怪，有趣，有趣。”他嘿嘿干笑，竟似大有妒恨之意。

蚩尤又是一阵大怒，面红耳赤，便要大吼怒骂，突然看见月光下，晏紫苏俏脸酡红，娇嗔羞怒，美艳不可方物，心中“咯噔”一响，竟似看得呆了。心中一阵乱跳，想到一路上的温柔旖旎，呼吸窒堵，那羞恼愤怒竟突然变为说不出的甜蜜之意。

晏紫苏“咯咯”笑道：“原来鸠真人竟是在吃这小子的醋吗？既然如此，你也乖乖做我的囚犯便是。”

鸠鹿那张麻脸蓦地涨为紫红色，在夜色中说不出的丑陋险恶，干笑不语。在距离晏紫苏六丈处站定，咳嗽一声：“晏国主，咱们已经兜了万里路了，现下就不必再兜圈子了吧？”

晏紫苏嫣然道：“既然鸠真人有话要说，只管开口便是。”

鸠鹿“嘿嘿”干笑数声，沉吟不语，一双绿豆眼在她的身上不住地打转儿，过了片刻，方才咽了口口水，涎着脸道：“晏国主是明白人，难道还不明白鸠鹿的心思吗？”

晏紫苏妙目中倏地闪过羞怒神色，凌厉杀气稍纵即逝。

蚩尤听得又是愤怒又是纳闷，心道：“这狗贼不知想要挟什么？”腹内又是一阵撕裂似的剧痛，汗水涔涔。

眼见晏紫苏俏立风中，笑吟吟低头不语，黑衣翻飞，玲珑毕露，鸠鹿麻脸上闪过怪异的神色，整张脸仿佛都因激动而扭曲了一般，往前走了一步，嘎声道：“晏国主，你只要答应了我，今日之事，我便忘得一干二净，决计不向旁人提起……”

晏紫苏侧头笑道：“倘若我不答应呢？”

鸠鹿一愣，目光陡然森冷，怪笑道：“那也无妨。鸠鹿他日拜见老祖之时，自会将近日所见所闻，一一如实禀报。”晏紫苏“咯咯”笑道：“是吗？也不知老祖是信你多些呢，还是信我多些？”

鸠鹿阴冷地笑了几声，左手从怀中掏出一只银白色的四翅怪虫，道：“老祖即便不信鸠鴖，也应当相信这‘泪影虫’吧？这一路上，它可是哭个不停哩！”

晏紫苏花容瞬间惨白，笑容也突然凝住了一般。

蚩尤剧痛欲狂，迷糊中觉得这“泪影虫”的名字好生熟悉。蓦地一凛，突然想起大荒中有一种罕见的奇虫，传闻它流泪之时，可以将当时所见的情景影印入泪珠之中。泪珠滚落泪囊，凝结为内有影像的珍珠，因而这种奇虫名为“泪影虫”。

蚩尤惊怒之下，清醒大半。这水妖倘若已将自己二人一路情形影印于那怪虫的泪珠中，晏紫苏纵有千张嘴，也辩不分明了。

涛声阵阵，海浪层层汹涌。潮水倏然淹没了晏紫苏的赤足，又倏然退却。晏紫苏低头望着自己雪白的脚趾，微笑不语，似乎在思量着什么。

鸠鴖转头望望天空那轮明月，道：“晏国主，我跟了你们足有十日了，你可知我为什么偏偏挑了今晚现身吗？”晏紫苏脸色雪白，依旧笑而不答。

鸠鴖怪笑道：“嘿嘿，今夜是月圆之夜，再过几个时辰，晏国主再神通广大，也要变成一只九尾狐狸。鸠鴖虽然没什么本事，但要抓住一只狐狸，总不是什么难事吧？”

突然他语锋一变，厉声狞笑道：“晏紫苏，若是识相，就乖乖地脱光了衣服让老子玩个痛快！要是敬酒不吃吃罚酒，老子就将你先奸后杀，连带着这臭小子一起剁成肉泥！”说着面目突转狰狞凶怖，周身黑衣蓬然鼓舞。

蚩尤此时方知这鸠鴖竟是妄图以此要挟，玷辱晏紫苏，熊熊怒火轰然灌顶，气得险些爆炸开来，双目尽赤，狂吼道：“狗贼敢耳！”

鸠鴖大怒，右手一抖，那弯刀“呼”的一声，破空飞出一道雪亮的刀芒，闪电般斩入蚩尤头侧的泥滩。“砰”的巨响，泥浆迸溅，蚩尤只觉一股锐痛直刺骨髓，与体内蛊虫裂痛相激，险些晕去。

他这一刀只是虚晃，倘若当真发力，蚩尤眼下避无可避，早已被劈为两半。饶是如此，其气芒锋锐，也令现下的蚩尤大吃不消。

晏紫苏突然“咯咯”脆笑，道：“鸠真人为何对紫苏这般不依不饶？”

鸠鴖听她温言软语，面上的煞气不由得又淡了下来：“晏国主，谁让你这般撩人？那日鸠鴖在北海潜龙宫见了你，连魂魄都找不回来了。嘿嘿，那时我便下定决心，无论如何也要尝尝你的滋味。”说到最后几个字，竟连声音也颤抖起来。

晏紫苏嫣然笑道："是吗？那你便过来吧。"她俏脸高仰，水汪汪的眼睛勾魂摄魄地望着鸠鹿，浅笑吟吟。

鸠鹿摇头道："嘿嘿，晏国主身上少说藏了千儿八百只蛊虫，鸠鹿就算长了一千个胆也不敢靠近。"

晏紫苏"哧哧"笑道："胆小鬼，又想摘花，又怕刺扎。"眼波流转，柔声道："鸠真人，你究竟想怎样呢？"

鸠鹿咽了口口水，干笑道："晏国主，你乖乖儿地脱光衣服，丢得远远的，千万别要什么花招。"手中弯刀虚晃，对准蚩尤的头颅。

晏紫苏笑道："咱们可把话先说清楚啦。这小子是我的聚宝盆呢，你若是伤了他一根汗毛，我可就不客气啦。"一边说着，一边轻解罗衫，黑色长袍倏然滑落，仅穿着一件薄如蝉翼的桃红色亵衣站在浪花中。

蚩尤脑中嗡然一响，心中悲郁狂怒，想要怒吼制止，却痛得发不出声来，经脉断裂处，如刀割火焚，仿佛可以听见无数块垒崩散粉碎的声音。

海风吹拂，亵衣翻飞，浮凸曲线隐隐若现。鸠鹿全身僵硬，木愣愣地张大了嘴，说不出话来，血红的小眼紧紧地盯在晏紫苏身上，欲焰熊狂，喉中发出低沉的怪响。

潮水倏然涌至，浪花飞卷，那桃红色的亵衣倏然浸湿，紧紧地贴在晏紫苏的身上，在那淡淡的月色里，仿佛一树梨花，簌簌风中，美得令人窒息。

蚩尤怒不可抑，发出一声凄厉的嘶吼。那熟悉的凛冽杀意在他喉中、脑顶熊熊焚烧，让他喘不过气，化作越来越强烈的仇怒冲动，恨不得挖出鸠鹿的双眼，将这无耻狗贼碎尸万段！

鸠鹿颤声道："妙极！妙极！"左手连弹，黑光飞舞，接连不断地打在晏紫苏的身上。晏紫苏低哼几声，动弹不得，周身经脉已被他尽数封住。

晏紫苏"咯咯"笑道："胆小鬼，将我经脉封住作甚？难道你喜欢抱着一个木头吗？"

鸠鹿喘息着怪笑道："你太过狡猾，还是小心为好。抱着木头就抱着木头吧，老子也管不得了！"手中弯刀忽然旋转，贴在背上，形如鬼魅，闪电般朝晏紫苏飘去。

蚩尤吼道："狗贼，你敢动她一根汗毛，蚩尤爷爷就将你撕成碎片！"鸠鹿理也不理，倏地掠到晏紫苏身旁。徐徐绕走，喘息着瞪眼上上下下地凝视，手指颤抖地搭上了她雪白滑腻的肩头。

晏紫苏咬着唇，挣脱不得，眼波凝望着蚩尤，酡红双颊瞬间变得苍白，别转头去。

蚩尤震天怒吼，眼角迸出血丝，整张脸扭曲可怖，狰狞如凶神妖魔，哑着喉咙厉声大骂。一阵海涛汹汹卷过，登时将他和他的喊声一齐淹没。

那冰冷咸涩的海水瞬间拍来，砸在蚩尤的脸上，却浇灭不了熊熊恨火，海水在他舌根徐徐泛开，说不出的咸涩。浪花朦胧中，看见那鸠鹰的手爪战栗着在晏紫苏莹白的肩膀上摩挲，心中苦怒悲愤，恨不能生啖其肉，渴饮其血，狂怒之下，蓦地一声大喝，也不知从哪里生出的力量，竟从泥滩中跳将出来！

"啊！"晏紫苏惊叫一声，鸠鹰也猛吃一惊，住手凝神戒备。

蚩尤惊怒狂喜，一齐袭上心头："难道自己的伤势竟已好了吗？"刚一念及，体内狂裂剧痛，几将晕厥，踉跄着摔倒在地。

鸠鹰松了一口气，阴冷怪笑道："小子，你嫌离得太远看不清楚吗？老子就让你看个明白。"猛地伸出乌黑的手爪，捏住晏紫苏的脸颊，便欲吻落。晏紫苏"啊"的一声，扭过头，羞怒之色一闪而过。

就在这一刹那，蚩尤怒吼着强自撑起，朝鸠鹰冲去，侧面浪涛飞卷，轰然一声，将他重新掀翻在地。

鸠鹰吃了一惊，旋即哈哈大笑，斜睨着晏紫苏，道："晏国主，这小子不是你的囚犯吗？怎么看见你和我亲热，竟连性命也不要了？"

晏紫苏咬着嘴唇，眼波温柔地凝视着蚩尤，悲喜交集。

涛声悲奏，浪潮怒涌。蚩尤咬紧牙关，喷火双目盯着鸠鹰，一言不发，缓缓地爬起身来。那目光中充满了狂肆的恨意与杀气，令人不寒而栗。

鸠鹰明知他眼下形同废人，却还是忍不住感到一股森冷彻骨的惧意。惧意瞬间又变成了羞恼妒怒，怪笑道："小子，你给我乖乖地躺着看吧！"右手凌空疾劈，黑光破舞，当头击在蚩尤额顶，蚩尤闷哼一声，鲜血长流，身形微晃，再次摔倒在地。

海浪倏然卷过，迅速洇开猩红之色。

晏紫苏大惊，俏脸"唰"地惨白，连声呼叫，蚩尤昏迷不醒。鸠鹰妒意横生，冷笑道："晏国主对这小子倒关心得很……"

晏紫苏扭过头来，妙目森冷地凝视着鸠鹰，笑了笑，道："鸠真人，我可是

说过啦，若是他少了一根汗毛，就别怪我不客气……”

鸠鳸大怒，重重一个耳光将晏紫苏击倒在地，喝道：“贱人！老子忍你够久了！你以为自己了不得吗？有烛真神撑腰就谁也不放在眼里？他奶奶的，勾结外贼，还敢这般气焰嚣张，老子今日倒要看看你怎么神气！”

晏紫苏脸颊潮红，胸脯急剧起伏，“咯咯”笑道：“那咱们就走着瞧吧。”鸠鳸狞笑道：“想吓唬我？老子一不做二不休，将你先奸后杀！嘿嘿，横竖有这臭小子做替死鬼。”拉着她的手臂在海水泥滩中急速拖行，到了蚩尤身前数尺之处停下，飞起一脚踢在蚩尤的肚腹上，喝道：“他奶奶的，起来！”

蚩尤猛一颤动，徐徐睁开眼睛。鸠鳸蓦地揪住他的头发，硬生生提了起来，指着晏紫苏狞笑道：“你不是喜欢这贱人吗？好好看看老子怎么弄死你的女人！”狠狠地将他的头摔在泥滩上，又猛踹了他一脚。蚩尤弓起身子，疼得龇牙咧嘴，泪水也禁不住冒将出来，怒火狂沸欲炸。

鸠鳸喘息着瞪视着晏紫苏，狞笑道：“贱人，看我怎么收拾你！”掐住她的脖颈，低头便往她嘴上亲去。

蚩尤悲怒狂吼，喉中一甜，数百紫黑色的血块迸飞而出，体内忽觉空空荡荡，剧痛全消。刹那之间，任督二脉竟似霍然贯通，继而阴阳二脉也突然畅通……

就在鸠鳸即将触及晏紫苏花唇的那一刹那，晏紫苏突然盈盈一笑，目光中闪过怨毒、欢喜、愤怒的神情。鸠鳸心中一惊，视线所及，突然看见一只幽绿色的怪虫闪电似的从她的两瓣花唇间飞出，倏地没入自己口中！

鸠鳸大骇，突觉喉中一疼，宛如刀割剑剐，声带竟瞬间断裂，继而一团毒辣烈火轰然卷下，直冲肠腹。

晏紫苏银铃似的笑道：“这‘美人舌’味道如何？”鸠鳸惊怒如狂，嘶声怪叫，奋力一掌朝着她春花似的笑靥拍去。

突听蚩尤一声大吼，闪电似的跳将起来，左手如钢钳铁爪，一把掐住鸠鳸的脖颈，将他硬生生提起，右手双指如流星飞舞，迅雷不及掩耳之势插入鸠鳸双眼之中！

“哧！”血箭飞射。鸠鳸嘶声惨叫，双掌轰然猛击，黑光爆舞，激撞在蚩尤胸腹。蚩尤闷哼一声，口喷血雨，冲天倒飞，口中却哈哈长笑：“他奶奶的紫菜鱼皮，好痛快！”

鸠鳸双目黑洞幽然，满脸血痕，手爪乱抓，发出鬼哭狼嚎似的悲吼，反手拔出弯刀，朝着半空中的蚩尤飞旋怒斩！

晏紫苏失声惊叫，连忙默念蛊诀。鸠鸱惨叫一声，立时仰天跌倒。

但那弯刀已脱手飞出，破空怒舞，在月光下闪起银轮眩光。刀势如风雷，“哧”的一声，不偏不倚，霍然劈中蚩尤脸额，入骨三分，镶嵌着震动不已。

鲜血喷溅，蚩尤眼前一片血红，头颅犹如迸裂开来一般，大吼一声，奋力将那弯刀生生拔出，想要朝那鸠鸱掷去，但体内方甫通畅的几道经脉又蓦然断裂，真气瞬息荡然全无，重重摔倒在浪花之中。鲜血汩汩，将潮水急剧染红。

冰冷的海水四面波荡包围，蚩尤剧痛欲死，混沌中听见晏紫苏尖叫道：“呆子，快将头埋到泥滩中！”当下竭尽余力，将脸额紧紧贴在柔软的泥滩上。细腻柔软的泥滩，温柔得如同晏紫苏的手，伤口的剧痛登时消减。

那鸠鸱厉声痛吼，在海潮中茫然旋转，散发血污，形如妖魔，突然怪叫一声，周身肌肉急剧波动，骨骼蜕变，灰色毛羽纷纷破肤而出。瞬息间化为一只人面灰鸠，冲天飞起，在海风中胡乱飞舞，怪叫迭声。

晏紫苏娇叱道：“哪里走！”口中念念有词。鸠鸱在半空张开巨翼，发出凄厉的悲啼，通体血红透明，剧烈搏动。突然“砰”的一声巨响，那只幽绿色的怪虫从他背脊破撞而出，直冲霄汉。

鸠鸱戛然惨啼，毛羽迸飞，血肉激溅，四下迸炸爆舞。刹那之间，只余下一具森森白骨。白骨依旧保持着舒展飞扬的姿势，在夜风中停顿片刻，蓦地化为纷扬的粉末。

晏紫苏躺在海潮中，“咯咯”脆笑，心下大快，忽然看见漫天横飞撒落的血肉之中，竟有一只银白色的四翅怪虫低低掠过，发出“嗡嗡”的叫声，朝着东边飞去。赫然是鸠鸱的“泪影虫”！

她面色骤变，心仿佛突然停止跳动一般，失声道：“糟糕！”想不到鸠鸱临死之际竟提前将这怪虫放飞逃离！倘若这怪虫按他指使，飞回西海老祖等人的手中……心下惊怒惶急，不敢再往下想。但此时她周身动弹不得，只能眼睁睁地看着那泪影虫从头顶飞过，消失在苍茫的夜色中。

冰魄似的圆月、疏淡的星辰，在深不可测的夜空中耀射着冷冷的光。她僵直地躺在寒冷的海水里，潮水已经淹没到她的耳际，满头黑发在海涛中迷乱地漂浮荡漾。周身冰凉，恐惧懊悔，脑中一片空茫。

突然心想：“是了，我真是吓傻啦！这里到众兽山，途中万里冰雪寒荒，泪

影虫这般弱小，又怎能飞到？即使不被风雪冻死，也必定成为雪鹫冰鸟的腹中之物。”一念及此，心中大宽，但隐隐仍有一丝顾忌担忧。

蓦地想起蚩尤生死不知，方甫放下的心又立时高悬起来。寒意凛冽，她转头大声呼喊，接连喊了数十声，四下浑无应答，只有海浪声声，鸥鸟鸣啼。凝神聚意，竟连他内心的两心知也感应不到了。

晏紫苏越发焦急恐惧，脑中闪过一个可怕的念头：“难道那呆子吃了鸠扈一刀，已经……已经死了吗？”心中突如尖刀刺扎，痛不可抑，险些透不过气来，尖声大叫：“蚩尤！呆子！你……你可别吓我！快些回话呀！”

如此又叫了数十声，仍是一无回应，她心里更加慌张害怕，一面大叫，泪水一面接连不断地涌将出来。

风声呼啸，浪涛层叠铺卷。水花迷蒙中，星辰摇摇欲坠，夜幕仿佛要崩塌下来一般。她竭尽全力大声呼喊着，一声接着一声，越来越嘶哑，终于连自己也听不分明了。周身在寒冷的海水里颤抖，无边的黑暗的恐惧，空茫地包拢着，仿佛那越涨越高的潮水，要将她彻底吞噬。

海潮汹涌，一阵大浪冲来，将她朝岸上推送，继而又蓦然回卷，将她浮萍般拖曳着朝海中漾去。正跌宕沉浮，突然臂上一紧，竟被人牢牢抓住。晏紫苏吃了一惊，转头望去，“啊”的一声，哭出声来。

那人眉目英挺，面色苍白，正是蚩尤。自右额头到左颊，被鸠扈的弯刀斜斜地砍了极深极长的一道口子，伤口虽已被泥滩愈合，但皮肉翻卷，歪歪扭扭，连挺拔的鼻梁也断了一个缺口，说不出的难看可怖。

晏紫苏心中大痛，想要伸手抚摩他脸上伤口，却动弹不得，恨恨道：“杀千刀的鸠扈，早知如此，便不让你死得这般痛快啦！”心下难过，泪水滚滚，柔声道：“呆子，还疼不疼？”

蚩尤费力地摇摇头，哑声嘿然而笑，想说话却发不出声来。此时他体内经脉重归断裂混乱之态，真气岔乱奔走，酸软无力。唯有右手紧抓晏紫苏的手臂，牢牢钳握，不知何处来的力气。

晏紫苏破涕为笑道：“呆子，谁让你这般莽撞地与他拼命？”听见他心中所思，忽然脸上酡红一片，又是欢喜又是忸怩，低声道：“傻瓜，他哪能占得了……占得了我的便宜？”

蚩尤呆呆地凝视着她湿漉漉的身子，苍白的脸上突地赤红。想到那鸠扈竟敢触摸她的肌肤，怒火又熊熊跳窜，忖想：“他奶奶的紫菜鱼皮，若不是那时突然没了气力，定要将那狗贼的爪子砍下，再一刀刀剁成肉酱。”

晏紫苏脸上更红，娇艳欲滴，啐了他一口，道：“大呆瓜，你这般生气作什么？难不成觉得自己吃了什么亏吗？”语带娇嗔，眼角眉梢却带着温柔的笑意。

蚩尤心中一震，忽然一阵惊惶迷乱，忖想：“是了，那狗贼想要轻薄妖女，我为何这般狂怒？那狗贼未能得逞，我又为何这般庆幸？难道……难道……”自与晏紫苏重逢以来，这念头他便一直隐隐地藏于心底深处，偶有想到，也觉得荒谬可笑，立时移念他想。

若在从前，他素来不知、不想男女之事，一心叱咤大荒，重建蜃楼城，即便有今日际遇，即便当真喜欢上这水族妖女，多半也是懵然不觉。但暗恋纤纤之后，初知其中甘苦；与八郡主一段无由而始、无疾而终的因缘，更加让他逐渐懂得深究反思。

此刻，被她一语点醒，登时如五雷轰顶，怔怔呆住。想到这一路八千里寒荒绝地，想到这些日子以来的种种情景，想到鸠扈纠缠她时自己不惜以命相搏的狂怒心情……那念头越来越发鲜明，心中的惊惑惶恐也越来越盛。

正自慌乱惊恐，体内蓦地又是一阵剧痛，暴涨欲呕，难受至极，喉中腥甜，“哇”的一声，猛地又喷出数十块紫黑色的瘀血来，漂浮于潮水上，跌宕摇漾。

晏紫苏不忧反喜，笑道：“好啦，好啦！我给你喂的那‘西海蝎蛇蛊’还当真有效呢。”蚩尤心中一凛，那西海蝎蛇蛊乃是传说中极为可怖的蛊毒，一旦进入人体，便顺着气血经脉四处疯狂咬噬，最后沿着脊柱钻入脑中，吸食脑髓，令人疯魔而死。

晏紫苏笑道：“呆子，我要害你只需那‘两心知’便绰绰有余啦。这蝎蛇蛊虽然可怕，却刚好能救你的命呢。你体内经脉被西海老祖打得断裂混乱，一塌糊涂，四处都是瘀血，倘若不能将这些血块取将出来，纵有神丹妙药，也不能将你的经脉修复。”

顿了顿，道：“而这蝎蛇蛊到了你体内，恰好替你将混乱的经脉一一缕顺归位，又可将你的瘀血尽数吞吃干净，岂不是妙得很吗？”

蚩尤又惊又喜，心道：“原来先前任督诸脉霍然贯通，竟是这蝎蛇蛊虫的功劳！”

晏紫苏道：“是啊，你的任督二脉虽有损伤，却幸亏没被老祖震断。蝎蛇蛊吃尽二脉中的瘀血后，这两脉自然便贯通啦。只是你太过心急，非要与鸠扈拼命，结果反而将这几处经脉又震伤啦。”妙目凝视着蚩尤，嘴角微笑，不住地叹气。月光下瞧来，说不出的妩媚俏丽。

蚩尤怔怔地望着她，想着这妖女对他的绵绵情意，心底里仿佛有什么慢慢地融化开来，先前的困惑惊慌逐渐转为温柔之意。热血上涌，忖道：“他奶奶的紫菜鱼皮，即便我当真喜欢这妖女，又有什么了不得的？又有什么见不得人吗？”如此一想，心头大快，豁然开朗。

但突然之间，脑中又掠过纤纤的如花俏脸，心中又是一震。他吸了口气，暗自忖道：“罢了，罢了！我想纤纤妹子作甚？她喜欢的始终是乌贼。即便不能与乌贼一起，也断然不会将我看在眼里。他奶奶的紫菜鱼皮，男子汉大丈夫，当断即断，岂能这般黏黏糊糊，分不清明？没的让人笑话！”心中一阵酸苦，又想：“此生此世，我只将她当作好妹子便是……”

这时一阵大浪卷来，晏紫苏“啊”的一声大叫，险些从蚩尤手中甩脱。蚩尤大惊，探出左手，奋力抓住晏紫苏的另一只手臂。两人登时被汹汹波涛荡起，随波逐流，朝海中漂去。

波涛澎湃，几次三番险将两人分开。

蚩尤精疲力竭，已有些不支。但想到身在茫茫西海之上，一旦分开，只怕永不能相会了，唯有咬牙紧握双手。

晏紫苏嫣然道：“呆子，你抓得我疼死啦。”凝神聚意，默念法诀。“哧哧”连响，蚩尤身上的衣裳登时抽丝化缕，破空穿海，缭绕飞舞，刹那间将二人紧紧缠绕住。

万里明月，星汉无声。海上风声呼啸，粼光波荡。

他们四目对望，忍不住笑了起来。这么近的距离，肌肤相贴，呼吸相闻，听不见周围的风浪，只听见彼此怦然的心跳。

“两心知”在蚩尤的心里轻轻噬咬着，那麻痒而甜蜜的疼痛，第一次带给他难以名状的幸福。晏紫苏温柔的眼波，嫣然的笑容，仿佛成了比西海风浪还要凶猛的漩涡，让他沉溺其中，忘了呼吸，忘了思考。

这一刻，他们似乎忘了西海汪洋风波险恶，忘了前途茫茫祸福难测，两人在此起彼伏的巨浪中跌宕沉浮，高一潮，低一潮，不知要漂到什么时候，也不知要漂到什么地方去……

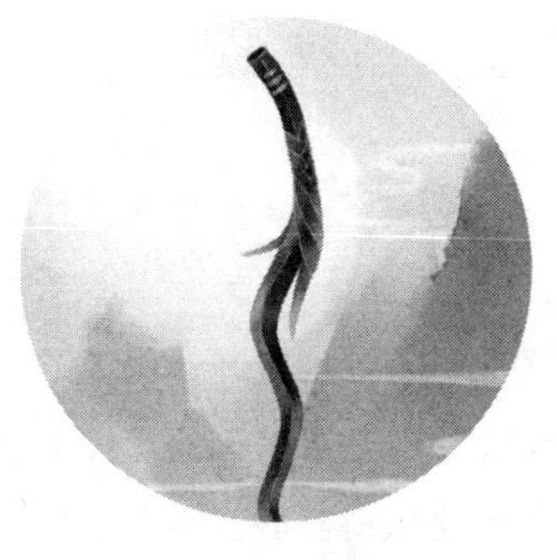

第十八章 釜底抽薪

大风鼓舞，檐铃乱响。

“铿锵”一声，公主阁的铜门蓦地打开，门外卫士纷纷后退。拓拔野身着寒荒狼毛长衣，头戴宽檐毡帽，化身为看护芙丽叶公主的卫士，昂首而出。他的身材与那晕厥的卫士相近，帽檐又压得甚低，将半个脸遮挡在阴影之中，乍看之下分辨不出真假。

众卫士不疑有他，纷纷行礼道：“云卫长！”拓拔野大剌剌也不还礼，微微一笑，心道：“原来你姓云，难怪要晕倒了。”侧身让开，芙丽叶公主与姑射仙子款款而出。众卫士又纷纷行礼，齐声高呼。

姑射仙子一袭白衣，翩然飘舞，只是面上蒙了寒荒贵族女子特有的蚕丝面纱，看不清脸颜。饶是如此，犹觉容光清丽，不可逼视。情势紧急，众卫士只道是某贵族女子，心中也不起疑，拥簇着芙丽叶三人，沿着回廊朝宫殿东门外的广场走去。

寒荒王宫依山临渊，坐落北峰半山险崖之上。宫殿外沿九里长的回廊飞檐流瓦，如玉龙蜿蜒，迤逦延伸至峰顶。在这回廊之上，一览众山小，可以将南面万里风光尽收眼底。

拓拔野凝神远眺，圆月高悬，清辉万里，远远地可以看见不计其数的金族大军西面八方向寒荒城包涌而来。寒荒城群山脚下，火光点点，漫山遍野，如星海奔泻，瞬息百里。

万千旌旗猎猎卷舞，仿佛浪潮一般翻涌前进。刀林戈海在月光与火光映衬下，闪烁着漫漫眩光。马兽嘶鸣声、军号声、战鼓声，大军整齐行进时所发出的闷雷似的响声，在群山之间激荡缭绕，声势惊人。

西皇山群峰诸堡灯火通明，人影幢幢。各峰之间的飞索急剧摇荡，吊车交错，万千卫士征遣调度，各赴城堡戍守。

拓拔野凝神倾听，透过诸多喧闹嘈杂的声响，隐隐可以听见从寒荒城各个角落传出的尖叫声、呼喊声以及孩童惊恐的哭声。

回廊之外便是万丈悬崖，崖边均以西荒白铜铸以栏杆飞索，层叠防护。栏杆与回廊之间，凿有一条宽达两丈的栈道，环绕山势，盘转迂回，直抵天镜湖。但这栈道极为陡峭，乃是宫殿卫兵与神殿卫士的上下之道。

此时漫山狂风呼啸，人影纷乱。栈道上密密麻麻地站满了手持长戈弯刀的卫士，呼喝呐喊，声如鼎沸，见到芙丽叶一行，纷纷躬身行礼，状极虔诚。楚宗书极受寒荒国众人爱戴，这秀丽矜持的公主也深受众人敬爱。

前方人潮纷纷辟易，拓拔野等人出了回廊牌门，朝宫殿东门外的广场上走去。

广场上有一纵横各八丈的白玉楼台，雄伟华丽，是名“登仙台”。登仙台所倚背的峭崖山壁上，有三十六个巨大的滑轮，吊动六辆铜车，直达崖顶。寒荒贵族、长老如欲上北峰峰顶，必须先由其他山峰坐飞索吊车到这北峰登仙台，再由滑轮铜车送至峰顶。

此刻广场上四处都是凝神戒备的戎装卫士。数十名长老、贵族正在众卫士的护卫下，次第从各峰飞索吊车中走下，随着人流涌上登仙台，进入滑轮铜车。

当拓拔野三人进入最后一辆铜车，众卫士奋力将铜门关闭，迅速后退，大声朝上方呼喊。

“哐啷”一声，铜车蓦地震动起来，徐徐悬空上升。越来越高，很快越过了宫殿屋檐，将密密麻麻的卫士们远远地抛在下方。

从铜车中向外眺望，可以瞧见西皇群山之间，蚂蚁似的金族大军里三层外三层，将寒荒城分割、包围得水泄不通。阵形井井有条，纹丝不乱。

过了片刻，战鼓军号齐齐顿止，星河似的火炬渐渐熄灭，万千旌旗在黑暗中汹涌舞动，仿佛江河暗流涌动，静静地等待着最后进攻的时机。一场血腥大战迫在眉睫。

拓拔野心想：“奇怪，金族大军既已包围寒荒城，为何不派遣使者入城招降？又为何不调遣高手营救少昊等人？反倒偃旗息鼓，这般静悄悄地在城外等候？难道要等着寒荒城自动投降吗？”许多疑问从脑中接连闪过，隐隐觉得有些不妥。

狂风呼卷，寒意森森。芙丽叶公主心里忽地一阵害怕，忍不住闭目暗暗祷告，脸上却依旧是微波不惊。

拓拔野微微一笑，心道："这姑娘瞧起来娇娇弱弱，却如此坚强勇敢，倒有些像纤纤妹子。"想起被囚禁于密牢中的纤纤等人，又想起下落不明的蚩尤，心中不由得泛起忧虑之意。强自收敛心神，转而忖想眼下局势，以及解脱之道。

正自沉吟，转身望去，却见姑射仙子倚窗而立，发丝飞舞，薄纱下的脸容在月光中迷茫而神秘，那双澄净秋水眨也不眨地凝望着他，似有所思。拓拔野心中剧跳，一时竟不敢迎视。忖道："只要有仙女姐姐做伴，便是火海刀山也不足惧。"嘴角微微露出一丝微笑。

"哐"的一声巨响，铜车又是一阵剧烈震荡。芙丽叶公主蓦地睁开眼睛，低声道："到了！"

铜门蓦地打开，几名身着白狼毛长衣，腰悬弯刀的神卫兵躬身道："公主请入殿！"小心翼翼地将芙丽叶搀扶出，领着三人朝神女殿走去。

北峰顶上颇为辽阔，草地上灌木连绵，高树参差错落。松间明月，叶梢风声，花香浓郁袭人。在这北峰顶巅，只能隐隐地听见群山间的喧哗声，仿佛远离尘世的仙山，缥缈而静谧。

众长老、贵族在数十名神卫兵的护卫下，神色凝重，各怀心事，默默地穿过松树林，沿着天镜湖朝神女殿行去。

天镜湖水光潋滟，湖心汹涌沸腾，白浪如花，层叠盛放。水声汩汩，流离彩气从浪花中袅袅波荡，变幻不定。湖畔每隔三丈便站了一个持戈的神卫兵，昂然而立，目不斜视，见了众长老也不行礼。

芙丽叶公主低声道："镇守北峰神殿的一千五百名神卫兵都是楚宁亲自挑选出来的，只听命于他，即便是长老会也调度不得。"

拓拔野点头，心中微微一凛，忖道："他奶奶的紫菜鱼皮，这厮封堵北峰栈道，将众长老请入神卫兵的重围，多半是想倘若不成，便以武力震慑了。"

九十九名女子身着九色鹿皮长袍，头戴鹿角，脸上画了诸多古怪的图案，正手提冰石灯笼，低声吟唱着奇怪的歌谣，在湖边一块高凸的巨石上顶礼膜拜。月光下望去，说不出的凄迷诡异。

芙丽叶公主又道："这是神女的仆从，正在通灵祷拜寒荒大神。"拓拔野四下扫望，心念一动，忖道："这天镜湖在北峰峰顶，难道先前那涡流竟是一直通往这湖底的吗？”念力积聚，探扫湖底，果然发觉有一股强大的涡流急速飞旋。他又惊又喜，脑中倏地闪过一个念头。

众人绕过天镜湖，沿着玉石大道步入神殿。

殿内银灯粲然，流火绚亮。山风穿殿鼓舞，梁上八十一只泠香玉风铃叮当作响，清香悠扬。九只巨大的翡翠香炉异香袅袅，天蚕丝幔轻舞飘扬。

神殿正中九角水晶方台上，七兽白铜鼎中白汽蒸腾，幻化出人形图案。白铜鼎周围，放置了八十一个冰蚕丝铺垫。一个颀长高瘦的白衣男子正拜伏在丝垫上，对着白铜鼎念念有词。神女女丑黑衣飘舞，冷冰冰地绕着七兽白铜鼎行走，手如兰花，不断地将紫色的粉末弹入鼎中，“哧哧”连响，激起一阵阵青烟。

大殿四周，环立了五个服色各异的男子，低首垂眉，默然不语。拓拔野心中一凛，念力所及，察觉他们身上真气澎湃汹涌，颇为惊人。这五人瞧来普通平常，却都有接近真人级的实力。

芙丽叶公主低声道：“白衣人便是大巫祝楚宁。另外五人是他挑选出来的神卫首领。”

听见众人的脚步声，那白衣男子楚宁缓缓站起，平举双臂，衣袖鼓舞，斜长的双目陡然睁开，灰白的眼珠寒芒怒放，冷冰冰地道：“以大神的名义，欢迎你们。寒荒八族的命运，将在今夜此地，由你们决定。”他苍白而清秀的脸上，突然泛起奇异的桃红。

众长老纷纷行礼，步入殿中，次第盘膝而坐在那冰蚕丝垫上。八族三大长老倪岱、笥思长邪、安维坐在最前，芙丽叶公主故意挑了偏僻的角落处坐下，拓拔野与姑射仙子则坐在她的身后。

楚宁轻轻拍了拍手掌，神殿大门徐徐关闭。百余名神卫兵绕着神殿内壁整齐奔跑，沿壁一一站定。丝幔缓缓地拉开，将众长老与神卫兵隔绝开来。

楚宁灰白的眼珠冷冷地扫视众人，森然道：“在今夜长老会开始之前，我要奉大神的旨意，诛灭三个背叛寒荒八族、向金妖通风报信的叛贼！”

众人哗然。倪长老沉声道：“十日之前，少昊太子奸杀女戚神女的当夜，我们已经下令全城封锁，不许走漏一点风声。岂料今夜金族大军竟然还是兵临城下……”摇了摇头道：“此去昆仑四千余里，穷山恶水。金族大军日夜兼程，也需七八日方能到达。若非内奸通风报信，金族行动断然不会如此神速。”

楚宁冷冷道：“倪长老说得不错，漏风的墙向来都是从里凿的洞。这几日，我借助大神伟力，在寒荒国境内布下十道明关，十道暗卡。空中飞鸟，林中走兽，都是我的耳目。寒荒国内每一个角落的动静，都清晰无遗地显示在这七兽白铜鼎的水光之内。”

他顿了顿，目光厉芒大作，一字一顿道：“仅仅三日之内，我便截到了十八封发往昆仑的密信。这十八封密信竟都是来自三位赫赫有名的寒荒长老！”

众人又是一阵哗然。拓拔野心道：“这厮当真胡说八道。即便当真有通天法力，有千里眼、顺风耳，也不可能将数千里境地上发生的事情，锱铢记下。他奶奶的紫菜鱼皮，多半是故弄玄虚，作势恐吓。”

楚宁冷冷道：“倘若诸位不信，我便请这七兽白铜鼎显现叛贼的真容。”双手轻拍，两道白光照射在白铜鼎上。铜鼎嗡然长响，闪起柔和的光晕。水汽缭绕，逐渐变幻成一个人的脸容，细眼钩鼻，长须飘飘。

众人大惊，失声道：“岚长老！”

一个老者愤然起身，怒道：“楚宁小子，你这般陷害我意欲何为？”细眼圆睁，长须倒立，狂怒已极。正是那铜鼎水汽显现之人。

楚宁冷冷道：“岚长老，七兽白铜鼎乃八族沟通天界的神器，你还想狡辩什么？”灰眼凶光一闪，喝道：“杀！”

丝幔飞舞，几个神卫兵闪电似的冲出，弯刀电光错舞。“哧哧”轻响，几道血箭迸射飞舞。殿中数名贵族女子尖声惊叫，登时晕厥。

岚长老身形微晃，哼也未哼一声，怒目凝立，突然“咔嚓”一声裂成几块，迸落在地。头颅骨碌碌地转动，径直滚到楚宁脚下，艳红的鲜血迅速洇散开来。神卫兵拾起断裂的尸首，迅速退下，丝幔倏然合上。

刹那之间，岚长老竟已身首异处。

众人震慑骇异，面面相觑，心中都升起森森寒意。不知另外两人又是谁？芙丽叶公主柳眉紧蹙，愤怒已极，低声道：“岚长老稳健诚实，决计不会违背长老会约定，私自通风报信……”

楚宁将岚长老的头颅提了起来，抛入铜鼎之中，蒸腾的水汽瞬间都成了桃红色。冷冷地扫望众人，淡淡道：“另外两个人，还需要我用七兽白铜鼎显现出来吗？”

十几个长老突然齐齐跳了起来，怒吼大叫，朝殿外冲去。

楚宁嘴角闪过阴冷的笑意，霍然起身，厉声喝道：“原来你们都有份吗？杀无赦！”丝幔飞扬，神卫兵交错闪掠，刀光雪练般飞舞。

人影交合，惨叫声此起彼伏。鲜血冲天激射，四下飞溅，瞬间将大殿横梁屋顶染得斑斑血红。神女殿竟似突然成了屠场。

拓拔野又惊又怒：“是了！这厮好生奸狡！必定不知是谁通风报信，是以故意装腔作势，以幻法术陷害岚长老，诱使报信的长老自动现身。在长老会开始之前，假借寒荒大神之名杀一儆百，自然逼得其余长老对他言听计从。”但此时局势未明，不能打草惊蛇，只能眼睁睁看着而救之不得。

厅中鸦雀无声，冰砖玉石上血水横流，梁顶鲜血不住滴落，殿中弥漫着腥臭欲呕的气息。众神卫兵拖着尸首残肢，从众人中穿行退却，拖曳出道道血迹。转眼间，七十余名长老、贵侯只剩下五十来人。

丝幔围合，香炉烟雾袅袅，却除不去血腥恶臭的杀气。楚宁淡淡道：“奸贼已除，我们开始吧。”众长老惊怖互望，颤抖着将自己衣服上沾染的鲜血揩去，冷汗遍体，说不出话来。

女丑冷艳的脸上露出淡淡的嘲讽之色，冷冰冰地道：“当日大神降下神谕，斩杀淫凶少昊，举兵反抗暴政，各位长老争论激烈得很。眼下金妖大军压境，各位长老反倒没有话要说了吗？”

芙丽叶面色雪白，又气又怒，肩膀微微颤抖，忍不住便要起身说话。拓拔野连忙将她手腕轻轻拉住，传音道：“公主少安毋躁。且瞧瞧他们要耍出什么花样，再做反击不迟。”

芙丽叶深吸一口气，定下心来，脸上晕红，将小手轻轻抽出。

拓拔野浑然不觉，心道：“以我和仙女姐姐之力，要想制服楚宁等人，应当不是难事。只是眼下最为紧要的，乃是洗清少昊冤屈，查明并拆穿楚宁的奸谋。否则即便杀了楚宁，这一场糊涂仗还是非打起来不可。”

楚宁凝视着倪长老道：“倪长老，你是八族大长老，这等紧要关头，不知你有什么想法？”

众人纷纷屏息凝望倪岱。他是国中极有威望的长老，一言一行，对长老会乃至国人，都有不可言喻的影响。尤其此刻，国主昏迷，局势风雨飘摇，他的声望与影响力便越发彰显出来。

倪长老沉吟道：“老夫这几日夜不能寐，日不能食，左思右想，觉得此事好生为难。”众人一凛，纷纷凝神倾听。

楚宁不动声色，“哦”了一声，点头道：“这等大事，自当细细权衡。但现在金妖兵临城下，诸位长老还是尽快做个决断为好。”

倪长老道：“眼下金族数万大军将寒荒城团团围住，而我城内兵力，却不过一万八千人。前些日子与怪兽激战，又折了两三千壮士，伤了六七千人。算来算去，眼下当真能上阵作战的，不过是八九千人而已。以这区区八九千残兵，要与金族数万虎狼之师对阵，岂不是以卵击石吗？”

众长老交头接耳，点头称是。芙丽叶大喜，低声道：“倪长老终究是八族大长老，坦直敢言。有他出面，事情便有转机啦。”

楚宁淡然道：“我们难道不能固守城池吗？”倪长老摇头道：“眼下正值盛夏，城中储存的陈粮只够支持三个月。金族大军现下围而不攻，多半是想逼迫我们耗尽粮食之后，乖乖开门投降。”

众长老纷纷点头，笥思长邪缓缓道：“倪长老说得不错，金族大军无须攻城，只需困守此地，不出三个月，我们便支持不住了。”

倪长老又道：“倘若这一战败了，金族大军杀进城来，必定要大肆屠城，那时全城百姓必定不能幸免。”摇头叹息。众人面色惨白，黯然无语。

楚宁冷冷道：“原来你们是打算开门揖盗，就此投降了？”

倪长老摇头道：“那倒不是。少昊太子奸杀女戚神女，此乃寒荒八族奇耻大辱。即便我们忍气吞声，想要息事宁人，金族多半也会担心丑闻传达天下，败坏昆仑声誉。以西王母的性子，只怕即使我们开门投降，金族大军仍然会大肆屠城。”他顿了顿，叹息道：“到了那时，只怕不仅寒荒城变为荒坟，八族所有村寨也都会被金族大军烧杀干净。”

众人骇然，但转念一想，也觉得不无道理。拓拔野心下诧异：“这倪长老兜来转去，不知打的是什么主意。”一个胖长老忍不住道：“依倪长老之见，难道我们战也死，不战也死吗？”

倪长老听若不闻，径自沉吟道：“这些日子我想来想去，左也不是，右也不是，总觉情势凶险莫测，非我辈凡人所能猜度。但是，那夜在飞云阁眺望密山之时，我忽然想到一事，登时豁然开朗，放下心来，当晚便睡得从未有过的香甜。”

众人齐声道：“不知长老想到了什么？”

倪长老微微一笑，朗声道：“我突然想，冥冥之中，自有寒荒大神为我辈凡人安排一切。我们想到的，他早已想到；我们想不到的，他也已想到。既是如此，我们这般徒自胡思乱想又有何益？只需照着大神的旨意，团结一心地去做，自然便可以逢凶化吉，遇难呈祥！”

众人一愣，心中一阵迷糊，方知他兜了这么一大圈，竟是站在楚宁一边，支持举兵反抗。

芙丽叶公主花容惨白，眼中突然涌出热泪，心里说不出的难过失望。拓拔野适才听倪岱说话口气，已渐觉不妙，但听他最后陡然折转，仍是忍不住吃了一惊，心道：“这老狐狸好生奸猾，这么一来，众长老想要反驳也不成了。”

满殿之中，只有姑射仙子心如古井微波不惊，超然局外。

安维微笑道：“倪长老说得不错，寒荒大神无所不知，天下万事尽在他掌控之内。他既然几次三番降授神谕与神女、大巫祝，要我们反抗金妖暴政，必定已为我们安排了极好的局势。我们只需照神谕而作，必可打败金妖，重夺自由。”

楚宁冷冰冰的脸上露出一丝微笑，众神卫齐声大呼：“打败金妖，重夺自由！打败金妖，重夺自由！”大殿中回声激荡，震得几个年老体弱的长老不由得颤抖起来。

众长老见八族三大长老中，竟有两位转而支持楚宁，大感骇讶。那些原本便鼓噪着要与金族对抗的长老则喜动声色，大声呼叫附和。眼见大势已定，众长老也不再言语，只是眉宇之间，都是惨然忧惧之色。

楚宁道：“妙极。大神瞧见我们万众一心，必定欢喜得很。”他霍然起身，大声道：“既然大家主意已决，我们这就去将那淫凶少昊杀了，祭告女戚在天之灵！用那狗贼的血祭祀八族战旗，向金妖宣战！”

众人大吃一惊，寂然不语。倘若少昊被斩，则寒荒八族与金族之间的血恨必将无法化解，你死我活，别无他路。一旦战败，寒荒八族必将被屠戮干净。

见众人踌躇不决，楚宁蓦地沉下脸，冷笑道：“怎么？你们还想留着那狗贼的性命，给自己留条后路吗？”

拓拔野皱眉心道：“这厮也忒阴毒，杀了少昊，便是将八族逼上绝境。那时八族想不拼命都不成了。”

安维道：“大巫祝明鉴，那淫徒罪大恶极，万死莫赎。我们恨不能生啖其肉，渴饮其血。但眼下金妖大军压境，有这淫徒在手作为人质，他们便投鼠忌器，不敢放肆。我们打起仗来，自然也大占便宜。因此，依我之见，倒不如先留着他的狗命，等打退了金妖再将他凌迟处死……”

众人纷纷点头，却听女丑冷冰冰地道：“安长老，你不是说了吗，我们只要照神谕而作，必可打败金妖。神谕上说得分分明明，必须将这凶狂淫徒处死，祭奠女戚的亡灵。”

安维苦笑道：“这个……这个……神谕上的确说过，要将这淫贼处死。但并未说明何时处死，我们根据形势作些变通，也无不可。”众人纷纷附和。

拓拔野心中一动，突然冒出一个大胆的念头，当下传音芙丽叶，如此这般地说了一通。

芙丽叶公主全身一震，秀目疑惑地凝视着拓拔野，见他微笑点头，这才心怀纳闷地站起身来，依照他的授意，大声道：“安长老此言差矣。那淫贼少昊必须立即处死！”

众人一惊，纷纷扭头望来，见说话的竟是芙丽叶公主，更为讶异。楚宁与女丑对望一眼，惊异狐疑，不知这小妮子何以会一改初衷，站到他们这一边。

芙丽叶公主道：“这淫贼罪不可赦，不杀他不足以平民愤，不杀他不足以定军心。眼下正是与金妖生死大战之际，倘若不杀这淫贼，难免有些战士怀有侥幸之心，想要借这淫贼的狗命换取短暂的和平。军心不定，民心不定，这场战不打也已经输啦。”

楚宁灰眼光芒闪烁，突然击掌叹道：“说得妙极！想不到公主殿下竟有如此精辟见解。”

众人面面相觑，暗自苦笑。

芙丽叶又道：“现在金妖兵临城下，情势危急，最为紧要之事，便是鼓舞士气，团结军心。楚芙丽叶恳请大巫祝，将那淫贼立即押往天镜湖，进行大祭，在大神的见证下，用这淫贼的头颅和鲜血祭祀八族战旗！”

楚宁徐徐扫视众人，道：“众长老还有什么高见吗？”众人相顾无语，见他眼中杀气凌厉，知道倘若再驳斥推脱，只怕立时有血光之灾，当下纷纷道：“公主所言极是。”

楚宁苍白的脸上泛起红潮，缓缓起身道：“既是如此，咱们便立即前往密牢，将那淫贼押出，举行祭旗大典。”

北峰密牢在天镜湖北面玄鼎岩之下的山腹之中。密牢参照蚁穴而建，四通八达，犹如迷宫。牢中四壁都是由玄冰铁所制，极为坚固，水渗不入，火烧不化。一旦进入这密牢，便如进入坟墓，与世隔绝，终日只能与死寂和黑暗相伴。

玄鼎岩桀然横空，如巨兽欲扑。四周怪树参差交错，月光斑点筛落，幽暗而静谧。众长老随着楚宁等人到了密牢之前，女丑以咒语念力将那玄鼎岩挪移开来，露出一个一丈见方的甬道。

一路下行，一连开了九道混金铜门，方才真正进入密牢之中。甬道黑暗潮湿，逐级而下，迂回陡峭。空气中满是霉臭腐烂的气息，闻之欲呕。相隔十丈方有一盏微弱的灯光，幽然跳跃。

芙丽叶公主掩住口鼻，在拓拔野耳旁细如蚊吟地道："拓拔太子，你想强行劫狱吗？"

拓拔野微微一笑，传音道："劫狱？那不过是莽夫行径。即便救出少昊，也洗脱不了他的清白，化解不得两族干戈。我自有法子，公主放心便是。"

芙丽叶心中好奇，但周围耳目众多，不好再细问。

众长老在神卫兵的夹护下，鱼贯而行。他们从未来过这地府鬼狱似的幽暗密牢，心中不由得忐忑惊惶。恶臭熏人，那些华服贵妇面色苍白，掩鼻蹙眉，在神卫的搀扶下战战兢兢地行进。

唯有姑射仙子白衣如雪，冰清玉洁，在这幽暗浊臭的甬道中默默而行，仿佛雪莲出淤泥而不染。那清丽淡雅的风姿让拓拔野望之顿生宁静祥和之意，心中倾慕敬爱更盛，心道："同是圣女，与仙女姐姐的风姿相比，赤霞仙子、武罗仙子、乌丝兰玛全都差得远啦。"

众人在黑暗中行了一阵，前方的灯光逐渐亮了起来。转折处乃是一道石拱门，四个狱卒见众人来到，连忙起身行礼，领着楚宁朝里走去。

远远地听见嘶哑凄厉的怒吼叫骂声，此起彼伏，在甬道中回声激荡。众人又走了片刻，那甬道越来越宽，灯光渐亮。隐隐看见两壁凿了许多山洞，以玄冰铁柱围隔成囚室，许多浑身血污的重囚被困在山洞中，朝着众人嘶声怒骂，狂乱地挥舞着手臂。

众长老心惊胆战地从囚室间的通道走过。诸囚犯哑声吼骂，从铁栅后探出万千手臂，张舞着抓向众人，被狱卒的鞭子抽中，纷纷惨叫缩手。诸囚骂骂咧咧一阵，忽然唾沫喷飞，朝着众长老如雨射来。

众长老惊叫声中，或狼狈格挡，或愤恼怒斥。诸囚哈哈狂笑，越发张狂。有

些人甚至跳上栅栏，解开裤子，对着长老们肆无忌惮地乱撒尿液。众贵妇失声尖叫，羞愤难当。

楚宁似乎无意阻止，回头瞥望，灰白的眼珠闪过嘲讽与得意的神色。

拓拔野心想："这厮知道众长老金枝玉叶，最怕吃苦，是以故意带他们到这密牢中来，杀鸡骇猴，又借这些凶狂囚徒恣意羞辱他们，让他们今后乖乖听话。"念及"金枝玉叶"，登时想起纤纤已被关押在这地底密牢多日，不知她又受了什么委屈？心中怜惜愧疚，恨不能立时见着她的身影。

当下凝神扫望，仔细搜索两侧囚洞，突然一凛，惊喜难抑，险些便要叫出声来。前方右侧昏黑的囚洞内，一个紫衣少女盘腿坐在大石上，冷冷地望着众人，娇嗔薄怒，俏丽动人，正是纤纤。

拓拔野见她安然无恙，似乎未吃什么苦头，心中暗自悬挂了半天的巨石终于落地。当下传音道："好妹子！好妹子！我来救你出去！"

纤纤一震，俏脸上露出惊喜之色，跳下大石，奔到铁栅旁朝外眺望搜索。蓦地望见拓拔野顶开毡帽，对她眨了眨眼，嘴角微笑，纤纤大喜，春花似的笑容一闪即逝，眼圈一红，恨恨地瞪了他一眼，泪水忍不住簌簌滚落。

拓拔野知她着恼自己再次救护来迟，见她掉泪，心中大痛，忽然想起怀中比翼鸟，连忙探手将那怪鸟的脑袋轻轻地提了出来，传音笑道："好妹子，你瞧这是什么？"

纤纤眼睛一亮，破涕为笑，俏脸上光彩横溢，秋波流转，望见昂然而过的楚宁，面色大变，倏地朝后退了几步。

拓拔野吃了一惊，急忙传音道："怎么了，妹子？"

纤纤似乎突然想起拓拔野就在身旁，惊惶稍减，柳眉一蹙，嗔怒勃发，以唇语说道："拓拔大哥，这臭小子就是那只怪兽梼杌！那日在众兽山上想要吃我的就是他！"

拓拔野一惊，继而忍不住笑将起来，传音道："妙极。好妹子，今日我便替你教训这畜生。瞧我怎生将他打回原形。"

纤纤大喜，突然瞥见拓拔野身后的姑射仙子，心中"咯噔"一响，笑容突地僵住。一种莫名的强烈的不安和恐惧，瞬息从心头爆炸开来，仿佛巨大的阴影刹那笼罩了她的世界。呼吸急促，脑中一片混乱。

不知何以，这陌生而清丽如仙子的女子，竟比这幽黑阴暗的地道，比那人面虎身的怪兽，比世间所有的一切……都要令她害怕。仿佛倏然掉入万丈冰谷，悬浮而无着落……

拓拔野见她愣愣地凝望着姑射仙子，俏脸上阴云密布，心下不由得一凛，传音呼唤了她几声，也无应答。眼见众神卫兵催促前行，不能停留，遂温言传音道：“好妹子，你只管放心，我很快便救你出去。”

纤纤听若罔闻，面色雪白地凝视着姑射仙子，眼中闪过害怕、厌憎、敌视、迷惘诸多奇怪的神情。拓拔野等人远远地绕过石柱，即将消失在八角石门时，仍可看见她石像似的凝立不动，微微颤抖。

姑射仙子传音道：“公子，那是你的妹子吗？她认得我吗？那眼神好生古怪。”拓拔野心下猜到大概，却不敢明言，唯有苦笑传音道：“她多半将仙子认作其他人了。”

忽听楚宁道：“各位长老，那淫贼便是关在此处。”拓拔野转头望去，只见前方石壁上镶嵌了一个黝黑的玄冰铁门，门上悬了六道混金铜锁，八个彪形大汉手持戈枪站在门旁。

这密牢通体由玄冰铁所制，深嵌在山洞之中。唯有玄冰铁门上，留了一个长宽仅为两寸的方洞，乃是递送食物饮水的所在，也是密牢唯一的通风口。

楚宁喝道：“打开！”六个彪形大汉连忙各掏出一枚青铜钥匙，将混金铜锁一一打开。女丑飘然上前，铃铛脆响，法诀吟唱。

过了片刻，“哐啷”一声，那玄冰铁门自动震开。众大汉吃力地拉拽铜门，涨红了脸，将之徐徐拉开。

铜门寸寸移转，众神卫兵高举火炬，亮光跳跃，斜斜照耀着黑暗而幽深的密牢。“哐”的一声，铜门尽开。众人突然怔住，瞠目结舌，冷汗涔涔流淌。

灯火明亮，偌大的密牢中空空如也，哪里有少昊的身影？

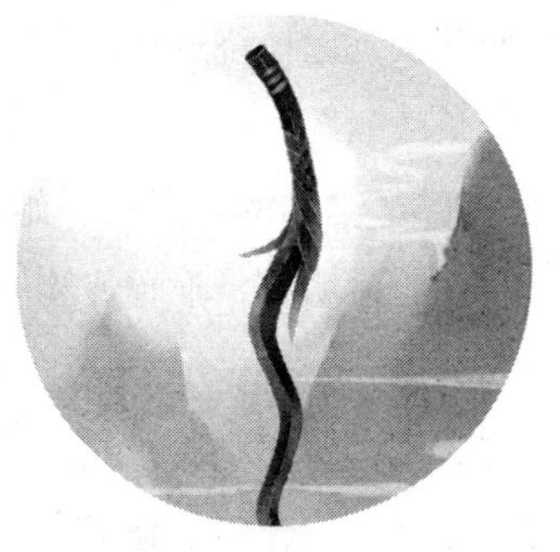

第十九章 脉脉此情

黄昏时候，落日熔金，晚霞织锦。沧海上万里灿灿金光，迷离炫目。万千白鸥如流云飞舞，脆声鸣叫着从晏紫苏的头顶掠过。

她站在黑色的礁岩上，淡蓝色的浪花接连不断地涌过雪白赤足，沾湿了飘飞的紫色衣裙。冰凉潮湿的海风吹动一头黑发，如海浪般起伏。

晏紫苏徐徐转身，朝西南眺望。阳光照射她的杏眼秋波，闪烁着变幻不定的光芒。突然，她的眉尖轻轻蹙起，瞳孔收缩，目中闪过一丝惊惧之色。

只见西南海面，风起云涌，一道淡淡的白光破浪而出，在半空划过圆弧，消逝不见。

晏紫苏的俏脸蓦地雪白，咬了咬嘴唇，跃下礁石，翩翩飞舞，掠过金黄色的沙滩、野花纷摇的草地，穿入矮矮的树林中。

分花拂柳，行去如风。转瞬间晏紫苏便到了几座石屋前。几个孩童在门前地上玩耍，瞧见她翩然奔来，纷纷起身叫道："姐姐！"晏紫苏嫣然一笑，轻轻摸了摸他们的头发，闪入一座石屋中。

夕阳从一方石窗斜斜射入，微尘飞舞。蚩尤坐在石床上，正自凝神调息，听见声响，立即睁开眼睛。他脸上疤痕斜斜歪扭，伤口虽然已平整许多，仍是颇为显眼可怖。见晏紫苏神色张皇，奇道："怎么了？"

晏紫苏花容惨淡，蹙眉道："他们果然来了！"蚩尤吃了一惊，跳下床来，沉声道："当真是那冰甲角魔龙吗？"晏紫苏螓首轻点，顿足恨恨道："那该死的鸠扈！都是我太过大意，竟让他将泪影虫放走，这下……这下可好啦！"心中害怕，声音竟轻轻颤抖起来。

两人在这西海小岛上已四日了。

那日二人在西海上随波逐流，被海水冲到这白石岛上。岛上渔民是西海水族人，淳朴善良，只道两人是其他岛上的渔民，出海遇难，便将他们救起。

醒来之后，晏紫苏为了掩饰身份，便信口胡诌，说自己乃是西海女儿国臣民，而蚩尤则是丈夫国的壮士，两人彼此倾心，却受双方族国嫉恨，因此将蚩尤脸容毁伤，又将二人捆绑一起，抛入海中喂鱼云云。

其时西海确有女儿国与丈夫国，传闻两国始祖原是一对兄妹，遭遇海难，被海浪抛到孤岛之上。天神恐二人无后，便令之婚配繁衍。但兄长死活不肯，无奈之下，那妹子便想出了一个法子，让兄长将其精液封入冰雪覆盖的石瓶中，然后妹子再将那石瓶置入体内，由此受孕。

兄妹二人便以此得了两男两女。既有后代，兄长生怕与其妹日夜相处，终于会忍不住做出禽兽之举，因此便带上两个男孩乘舟去了相隔十余海里的岛屿，与其妹其女不相往来。

此后兄妹各自建国，号称“女儿国”“丈夫国”。女儿国中尽是女子，丈夫国里皆是男儿。兄妹立下国训，两国国民永生永世不可婚配交媾。

丈夫国臣民如欲得子，便将自己的精液封入冰雪石瓶，做上标志，由专门的“性使”以轻舟送往女儿国北岸石洞，然后由守候彼处的女儿国臣民将石瓶送往成年女子家中。十月之后，若得女婴，则留在女儿国由其母抚养；若得男婴，则依旧放在北岸石洞中，等候丈夫国性使领取。

盖因此故，淳朴的小岛渔民听完晏紫苏叙述，都信以为真，啧啧摇头，大为同情。晏紫苏趁势请求岛民，万万不可泄露二人行迹，否则被女儿国、丈夫国抓回，再无生还之机。众渔民纷纷称是，尽皆守诺不言，并将二人安排在渔民老丘儿家里养伤。

老丘儿将自己夫妻二人所住的石屋空出，让与蚩尤、晏紫苏居住。孤男寡女，共处一室，蚩尤不由得有些腼腆尴尬。

好在那石床极大，两人并躺，中间尚空了数尺。蚩尤方甫躺下，便斜倚床沿，鼾声立起。晏紫苏在床内翻来覆去，胡思乱想，听他酣睡之声，又是恼恨又是欢喜，想着与他这番莫名其妙、阴差阳错的因缘际遇，心中悲喜忐忑，如屋外潮声翻涌不息。

此后接连数日，晏紫苏以“西海蝎蛇蛊”将蚩尤体内残留的瘀血尽数清除干净，又借蛊虫之力疏通经脉，将错乱的经络归位。然后为他逐步疏导真气，修复经脉。到了第三日，蚩尤已可以自己运气调理了。虽然十二经脉断裂伤毁之处甚多，但幸而奇经八脉大多完好，且在那西海烂泥中调养了七日，颇有疗效。只要认真运气调息，不出三个月也可尽数痊愈。

蚩尤念及拓拔野等人，每每心焦如焚，一心想要尽快恢复，赶回寒荒国与他们会合，因而足不出户，全力修复经络。

晏紫苏见他无碍，极是欢喜。但他脸上伤口因未能及时以“春叶诀”等法术愈合，留下了颇为难看的疤痕，蚩尤毫不在意，晏紫苏却郁郁不乐，每日寻些海草海泥，合着稀奇古怪的蛊虫，想要将伤口愈复，但虽有好转，依旧不甚理想。晏紫苏嗔怒之下不免又要将那鸠扈怒骂一番。

这岛上极少来客，因而众人对这对殉情落难的爱侣都极是热情。那老丘儿一家更是好客，竭尽地主之谊。面对这些质朴岛民，蚩尤忽然想起从前在蜃楼城的快乐时光来，心中难过，更加下定决心，尽快恢复经脉，寻找拓拔野，筹谋蜃楼城复城大业。

昨日傍晚，众渔民归来时纷纷谈论海上遭遇的怪事，皆称在西南海面瞧见一只巨大的怪龙，独角如金铜灿然，周身银甲仿佛冰雪巨石，兴风作浪，蔽日遮天，一口便吞了两只六丈余长的龙鲸。说到可怕处，竟皆汗出如浆，战栗不敢言。

晏紫苏与蚩尤闻言大惊，倘若真如他们所述，那妖龙必是冰甲角魔龙无疑！难道西海老祖诸水妖竟已见着泪影虫的泪珠，知道来龙去脉，这才派遣寒荒七兽中最为凶烈的冰甲角魔龙追至西海吗？

蚩尤虽然吃惊，但他胆子素大，又桀骜不驯，倒并不如何害怕，只是觉得水妖行动忒也迅捷，远在自己估算之上。

晏紫苏乃水族中人，深知西海老祖手段，亦深知背叛水族的下场，因此不由得忐忑不安。今日一早，便忍不住到海边逡巡观望，岂料守候一天，果真看见那妖龙的身影，一时惊骇恐惧，张皇失措。

见她如此害怕，肩头犹在微微颤抖，蚩尤心生怜惜，笨拙地抚了抚她的后背，道：“你也别想得太多啦，说不定那妖龙并非来找我们的……”晏紫苏怒道：“呆子，眼下寒荒国一片混乱，老祖正是要用这妖兽之际，若非追拿我们，又怎会将这妖龙遣至西海？”

蚩尤道：“即便如此，这西海上岛屿何止万千，它寻着此处时，我们早已回到寒荒国了。”

晏紫苏叹道："傻瓜，老祖称霸西海两百年，莫说找人，便是当真要在海底捞起一根针，也是眨眼间的事。"忧心忡忡，眼波中又是害怕又是紧张。

蚩尤与她相识以来，从未见过她这般慌乱恐惧过，心中怜惜之余，隐隐又有些生气，狂傲之气油然而生。皱起眉头，心底暗想："他奶奶的紫菜鱼皮，那妖龙来了又如何？我虽然伤势未好，也可将它抽筋扒皮……"

晏紫苏"扑哧"一笑，白他一眼道："臭小子，你道妖龙是泥鳅吗？这般轻易抽筋扒皮？"

忽然听见屋外一片嘈杂，人声鼎沸，有人哭喊道："姜长老死啦！被那怪龙吃到肚里去啦！"

蚩尤、晏紫苏大吃一惊，那姜长老为人谦和，德高望重，虽不过五十，却已是岛上的族长，对他们二人百般照顾，乃是大大的好人，难道果真被妖龙吃了？蚩尤又惊又怒，立时冲出门去。

屋外已经聚集了数十老弱妇孺，个个面色苍白，将一个浑身湿漉漉的汉子团团围住，你一言我一语地不住追问。那汉子抹着袖子哭道："快别问我，都去海滩上看看吧。"

众人闻言纷纷朝海滩上奔去，十几个小孩远远地跑在前头，大呼小叫。蚩尤与晏紫苏高飞低掠，绕过众人，眨眼间便到了海边沙滩。

海滩上早已围了两百多人，号哭怒骂之声远远可闻。蚩尤、晏紫苏挤开人群，朝里望去，只见早晨出海的三十余艘渔船，眼下只有七八艘歪歪斜斜地泊在岸礁之下，二十几个汉子精疲力竭地躺在沙滩上，不住地大口喘气，满脸惊骇，身上血污斑斑，连说话也变得不利索。

周围的岛民悲不可抑，抹泪不止。从他们的怒骂与议论中，蚩尤得知，今日出海的六十余人满载而归时，在南面海上遭遇冰甲角魔龙。那妖龙大发淫威，当下便兴起狂风巨浪，掀翻了十余艘渔船。姜长老等人被抛到半空，径直落入那妖龙口中，连骨头也未吐出一根。这幸存的众人，若非当时相隔甚远，见势不妙及早回头，只怕也早已成了妖龙的腹中之物了。

一个青年怒道："他奶奶的，海神宫平时收纳赋税时遍海都是他们的钩牙船，今日妖怪一来，却一个人影也见不着了！"众人亦纷纷怒骂。

一个老者喝道："休要胡说！让老祖听见了，那还了得！"众人面上俱闪过惊恐之色，默然不语。几个血气方刚的青年虽愤愤不平，但也不敢再多嘴。

晏紫苏听到“老祖”二字，脸上也不由得煞白，似乎不胜海风的凉意，往蚩尤身上靠去。

那老者乃是岛上另一个极有威望的路长老，见众人无语，又道：“一得到消息，长老会已经派了小四、六元他们赶往海神宫请援去了。如果一切顺利，明日海神宫应当有真人来此降伏妖怪……”

那几个青年愤愤道：“海神宫人一来，不知又要勒索些什么了！”“要珍宝鱼虾那也罢了，只怕又掳掠女人、孩童。”“他奶奶的，这些混账比妖怪还要贪狠！”

路长老顿着拐杖，又是一声大喝，怒道：“住口！还想惹祸吗？”悲怒之下，连白须也翘立起来。半晌，叹了口气道：“大家都别在这儿待着了，快扶他们回家，热些酒压压惊吧。明日海神宫来人时，都将家里的女人、孩子藏起来，别让那些家伙瞧见了。”

蚩尤心下怒极，忖想：“想不到水妖如此可恨，对自己的族民也这般压迫！倘若他们知道这妖龙便是西海老妖支使来的，还不知要怎生害怕！”

众人默默地扶起海滩上横七竖八躺着的汉子，各自散去。

路长老见蚩尤咬牙怒目，犹自凝立当地，不由得微微摇头，拍拍蚩尤的脊背道：“年轻人，回去吧。生气也没有用，普天之下，哪里不一样呢？只要能平平安安地过日子，受些委屈也就罢了。”

蚩尤怒极之下脱口道：“长老，你放心，明日我去将那妖龙杀了，祭奠姜长老的亡灵！”

“什么？”晏紫苏与路长老齐齐失声。蚩尤待要说话，却被晏紫苏蓦地一拉衣襟，甜声笑道：“路长老，你别见笑。他这人就是这般莽撞。”

路长老微微一笑，拄杖慢慢离去。

残阳将落，艳红色的火烧云在蔚蓝的海面熊熊跳跃，朝着海岛急速飞来。海风冰冷，寒意森森。暮色苍茫，黑暗即将笼罩西海。

当夜，岛上众人心情郁郁，各自闭门在家，默默地吃了晚饭，早早歇息。

老丘儿一家的四个孩子原本极是爱闹，吃饭之时，非要纠缠一起，花样百出，但今日见父母面色阴沉，也不敢多说话，低头扒饭，偶尔对蚩尤两人做个鬼脸，低头偷笑。

晏紫苏心事重重，视若无睹，倒是蚩尤与平时无异，时不时瞪上那些孩子几眼，逗得他们越发来劲。

吃完饭后，老丘儿将众人带到屋中，费力掀开一块厚重的地板，露出黑黝黝的地道入口，对晏紫苏道："姑娘，明日一早，你就和我屋里的，还有这几个小龟崽子，一起躲到这地道里去。等那些海神宫人全走了，你们再出来吧。"

晏紫苏嫣然称谢，眼中忽然闪过极为古怪的神色。蚩尤一凛，无缘无由地感到一阵寒意。

众人相对无语，坐了一会儿，各自歇息。

是夜寒风鼓舞，气温骤冷。蚩尤将石窗用巨石堵上，狂风从缝隙刮入，呼啸若狂，仿佛万千个婴儿的号哭之声，让人听得不寒而栗。

晏紫苏呆呆地倚墙坐在石床内侧，入神地想着心事。蚩尤极少见她如此缄默，知晓她必定仍在忧惧那冰甲角魔龙之事，温言道："不必多想了，明日咱们离开这里便是。"

晏紫苏眼睛一亮，又倏然暗淡下来，摇头道："呆子，也不知那妖龙现下在哪里出没，倘若被它撞上，那就自投罗网啦。"蚩尤心想："撞上正好，我便抽他筋……"忽然想起她能听见他的心语，连忙移念他想。

晏紫苏勉强一笑，道："罢了，先睡吧。"侧身躺下，面壁和衣而睡。蚩尤指风弹灭灯火，将被子盖在她的身上，在石床上仰面躺下。

屋中一片漆黑，狂风呼号声、海浪肆虐声、远处隐隐约约的孩童哭泣声清晰地传入他的耳中，交织成急促而不安的旋律。想到今日之事，他心中忽而愤怒，忽而感慨，思绪万千。

忽然想起路长老那句悲凉的话来："普天之下，哪里不一样呢？只要能平平安安地过日子，受些委屈也就罢了。"心中一阵难过愤慨。遥想这些日子横穿大荒，一路所见景象，不论是木族、土族还是火族，抑或是金族寒荒与这西海水族，百姓的日子大多艰难困苦。战乱来时，更加苦不堪言。

五族虽然体制各有不同，水族、木族乃城邦、小国以及诸部落的联合；土族、火族帝权相对较大，统治井井有条；金族无为而治……但都已远离从前大荒盛世时，不分贵贱、众人平等友爱、自由无拘的情景。眼下五帝、族中显贵、长老、小国主、城主等人的特权日益明显，动辄压迫族民，奴役驱使。各族百姓但求平安，忍辱负重，过着日益凄惨而悲苦的日子。

这些远离大荒的西海小岛上的水族渔民，淳朴善良，与世无争，除了面对风波险恶、妖兽魔怪，竟还要忍受本族如此的压榨和欺压……

蚩尤越想越是愤慨，越想越是不平。又想起从前蜃楼城中，人人友爱互助，亲如手足的情形，此刻更觉那是何等不易，也越发了解何以父亲、蜃楼城竟成了五族显贵的眼中钉、肉中刺。他心道："他奶奶的紫菜鱼皮，等我重建蜃楼城，便将这岛上的百姓一起迁去。"

他胡思乱想一阵，脑中越发清醒，睡不着觉。斜眼望去，见晏紫苏蜷身背对自己，娇躯竟在微微颤抖。他心中一震，她竟是这般害怕西海老祖吗？想到她为了救自己，冒叛族之嫌，杀同族高手，终于招惹来大祸，心中不由得大为歉疚。

他心生温柔，突地一阵冲动，想要将她抱紧。当下假意睡着，打了几声呼噜，故意朝里翻滚，就势将手臂搭在她的肩头。晏紫苏周身蓦地僵硬。

蚩尤心中怦怦直跳，怕她听见心语，凝神不想，只是装睡。晏紫苏轻轻地动了动，翻转身体，似乎在偷偷瞟他。

蚩尤鼾声震响，又朝里侧翻，将她紧紧揽住。晏紫苏"啊"的一声，想要挣脱，却被他抱得甚紧，动弹不得。

蚩尤触手柔软，突然醒悟竟是她的胸脯，心中狂跳。他生平从未这般主动搂抱过女子，适才也不知何以，见她楚楚可怜，一时激情如沸，鬼使神差地做出这等举动。面上滚烫，尴尬不已，但势成骑虎，唯有装傻到底。

却听晏紫苏低声叫道："呆子！呆子！"蚩尤凝神聚意，呼噜大作。晏紫苏一连叫了十几声，见他殊无反应，便不再呼唤，轻轻地将他的手从胸口移开。

过了片刻，蚩尤见她再无动静，便悄悄地睁开左眼，恰好撞见她凝视自己的眼光。吃了一惊，正慌不迭地想要闭上，忽地想起这石屋中光线极暗，她没有青光眼，瞧得远不如自己分明。当下左眼眯起细缝，悄悄打量。

晏紫苏怔怔地望着他，略有所思，眼波中苦痛、慌乱、犹疑不决，神色极是古怪，突然伸手轻轻地抚摩他脸额上的疤痕。蚩尤心中愈发狂跳起来，连忙闭上眼睛。只觉那冰凉的指尖沿着伤疤从上往下，又自下往上反复滑过，麻麻痒痒，险些要笑出声来。

那指尖蓦地一顿，柔软滑腻的小手徐徐覆盖在他的脸颊上，轻轻地摩挲着，那感觉如此温柔，如此惬意，仿佛春风，仿佛海浪。蚩尤全身都随之放松，过了片刻，竟觉得困意重重，迷迷糊糊地便要睡去。

忽然脸上一空，晏紫苏将手抽了回去，继而他抱着她的手也骤然变空。蚩尤迷蒙中吃了一惊，睁开左眼。只见晏紫苏屈膝抱腿坐在石床上，满脸悲伤迷乱，簌簌发抖，大口大口地喘着气，眼角竟有一颗泪珠无声地滴落。

蚩尤大惊，正要起身相问，却见她擦去眼泪，调整呼吸，徐徐躺下身来，翻来覆去，浑身颤抖依旧，忽然抓起他的手紧紧地压在自己急剧起伏的胸脯上，仿佛要借他之力压住什么一般。

蚩尤面红耳赤，只好继续装睡。

晏紫苏蜷起身，颤抖得越发厉害，又猛地坐起身来，以一双桃子似的红肿的眼怔怔地凝视着他，神色变幻不定。蚩尤心下纳闷，大起怜意，但却不知该如何安慰才好。

过了片刻，晏紫苏又自躺下，辗转反侧了一会儿，又坐起身来。如此反复，足有六七回。瞧她神色不定，颤抖不停，似是想到什么可怕之事，难以安定平静。

末了，她蜷着身，移到他咫尺之侧，紧紧抱着他的手臂，紧贴脸颊，秋波直直地凝视着。相隔太近，蚩尤不敢睁眼。突然觉得手臂一阵冰凉，竟是她的眼泪扑簌簌地滴落洇散。心中大痛，怜意难抑，忍不住便要睁眼。

突然心中一阵空前撕裂的剧痛，宛如要迸爆一般。蚩尤低叫一声，汗水滚滚，睁开眼，晏紫苏不知何时已退到角落，蜷身而坐，俏脸上玉珠纵横，秋波悲痛狂乱，扭头不敢瞧他。

蚩尤心中裂痛欲死，喘不过气来，想要呼唤她，却发不出声。那“两心知”虽然发作过许多次，但从无一次有如今夜这般狂肆，仿佛心已被它咬成碎片。

撕心裂肺，几欲昏厥。他脑中一阵茫然，不知晏紫苏何以不加援手？却见晏紫苏摇摇晃晃地站起身来，花容惨淡，泪水涟涟，手中多了一柄六寸长的尖刀，明晃晃地闪耀着，朝他走来。

突然之间，他豁然明白了：她要杀他！只有杀了他，她才能免于受叛族的重罚。

蚩尤惊怒交集，蓦地感到一阵比那“两心知”还要狂肆千倍万倍的剧痛！心似乎瞬间迸散了，碎裂了，又被三山五岳压成粉末……惊愕、悲凉、寒冷、苦痛，交织成从未有过的悲苦裂痛。

晏紫苏居高临下地站着，周身不住地颤抖，手中的尖刀也随之不住颤抖，泪水如断珠檐雨，滚滚滴落。

冰凉的泪水击打在蚩尤的手上，迅速地化开，丝丝清凉，沁入心脾。蚩尤撕痛沸裂的心忽然奇异地平静下来。大丈夫死则死矣，有何怨艾？若不是这妖女相救，自己早已死了不下三次了，即便今夜死在她的手中，又有何妨？倘若自己一死，当真能换得她的性命，又有何妨？不知何以，想到自己一死能换她生命，心里竟是说不出的快意。

剧痛迷蒙之中，视线如水波一般荡漾，她也仿佛水中花、雾中月，瞧不见她的脸容。但是即便看得清，所见的也不过是她的易容罢了。他的心里忽然升起一个奇怪的念头：多么想好好地看一眼她的真实容貌啊。在这变幻莫测的化身之下，究竟藏着怎样的真身呢？

“当”的一声脆响，晏紫苏手中的尖刀铿然掉在石床上。她蓦地跪倒，伏在蚩尤的身上悲切痛哭，泣声道：“我下不了手！我下不了手……”蚩尤心中剧痛戛然而止。

她伏在他的胸膛上，抽泣恸哭。滚烫的泪水烧灼着他的皮肤，耳旁听着她哽咽地呢喃，蚩尤亦真亦幻，一阵迷糊恍惚，心中悲喜不定，缓缓张开手臂将她紧紧抱住。他抱得那么紧，仿佛要将她勒入臂弯，仿佛要与她并为一体。

晏紫苏剧烈地颤抖着，“嘤咛”一声，软绵绵地贴伏在他的身上，双臂勾缠住他的脖颈，将螓首低埋在他下颌，一任泪水汹汹流逝。

两人就这般紧紧相抱，也不知过了多久，晏紫苏的身体不再颤抖了，却变得滚烫而柔软，仿佛要融化开来一般，不知想到了什么，突然满脸飞红，“扑哧”一笑。蚩尤面红耳赤，想要推她下来。晏紫苏却低吟一声，红着脸蛋勾缠双腿，贴得越发紧了。

蚩尤心中怦怦乱跳，被她香软滑腻的身体压得心猿意马，热血贲张，想要将她强行推离，却又舍不得分开半寸。脑中迷糊混沌，不知为何她突然下不得手，不知为何两人竟忽然变得如此如胶似漆的亲热，只觉得心中说不出的欢悦甜蜜，身下的石床冰冷坚硬，却让他仿佛置身绵软飘忽的云端。

晏紫苏在他耳边软绵绵地道：“呆子，你……你当真想看我的脸吗？”秋波似羞似喜地凝视着蚩尤。蚩尤心跳加快，蓦地紧张起来，嘎声笑道：“你可别拿假的蒙我。”

晏紫苏盈盈一笑，柔声道：“我长得丑得很，怕吓坏了旁人，所以才天天易

容呢。呆子，你还想看吗？”

蚩尤指了指自己脸上的疤痕，微笑道：“有我这般丑吗？”晏紫苏嫣然一笑，跪起身来，指尖一弹，将灯火点亮。

满室光明，平添暖意。晏紫苏脸上突然一红，有些害羞，笑道：“呆子，你将眼睛闭上，我叫你看时再睁开来。”又加了一句，道：“不许偷看。要不姐姐我就不睬你了。”

蚩尤笑着闭上眼睛，又是紧张又是期待，过了片刻，听见她低如蚊吟地说道：“呆子，好啦。”当下徐徐睁开眼睛，心跳顿止，呼吸停滞，半晌才回过神来。

她全身赤裸地立在灯光里，仿佛初生的婴儿，莹白而娇嫩。

乌黑的长发瀑布一般倾泻而下，在雪白晶莹的肌肤上流动着。尖尖的瓜子脸如莹玉温润，略显苍白，弯弯的斜挑眉，杏眼清澈动人，花唇吹弹欲破。笑起来的时候，酒窝也仿佛旋转起来。

清澈而明艳，仿佛雪山寒梅，冰河红叶，与平素谈笑杀人的姿态迥然两异。与蚩尤那夜初窥她沐浴之时的模样倒有几分相似，但仔细一看，却又大大不同。

蚩尤轻轻地吐了一口气，目光再往下移去，热血全都涌上了头顶，脸烫如烧，心仿佛从嗓子眼里跳出来一般，脑中一片空白。

晏紫苏低声道：“普天之下，除了我娘亲，就只有你瞧过我的真身啦。”晕生双颊，更加娇艳动人。

蚩尤一愣，心中欢喜得直欲爆炸开来，张口结舌不知该说些什么才好，讷讷道：“是吗？很好，很好。”

晏紫苏忍俊不禁，嫣然道：“好什么？你真是个呆子。”屋外狂风怒吼，从石窗缝隙间挤入，“呜呜”号哭。灯火不住地跳跃，映得她俏脸酡红如醉，眼波也仿佛春水波荡，带着三分羞涩，七分温柔。

蚩尤欢喜难言，与她四目对望，心跳越来越快，半晌又挤出一句话，道：“你……你冷不冷？”

晏紫苏“扑哧”笑道：“呆子，你说呢？”见他局促不知所措，大觉有趣，翻身躺在他身侧，斜撂起左腿，勾缠在他的身上，手臂软软地搭在他的胸膛，直勾勾地凝视着他，柔声道：“乔公子，天寒地冻，该如何是好？”

蚩尤耳根烧烫，知她故意逗弄自己，笑道：“北风吹，腊月到，狗熊还不挖洞睡大觉！”蓦地伸手抖开被子，朝她当头罩下。

晏紫苏“咯咯”笑道：“你才是大呆熊呢！”泥鳅般往他怀里钻去，与他在被中滚作一团。嬉闹片刻，忽然抱紧蚩尤，重重地吻在他的唇上。

蚩尤脑中轰然一响，天旋地转，瞬息之间，魂魄仿佛从躯壳中破体而出，随风飘摇，轻飘飘地在空中飞翔。那柔软香甜的舌尖轻轻地叩开他紧闭的牙齿，像火苗一般跳动着，舔舐着，燃起他体内的熊熊烈火，带给他一种从未体验过的迸爆的幸福、恣肆的甜蜜……

突然，滚烫的泪水汹涌地流淌到他的脸上，流入他们辗转交抵的唇舌中，温热而咸涩。蚩尤猛吃一惊，正要相问，晏紫苏抱着他的脖颈，哭道：“呆子，对不住，对不住！我……我方才竟想要杀你！”

蚩尤听她竟是为此自责伤心，心中温暖，想不出安慰的话语，只是紧紧地将她抱住，笨拙地拍抚她赤裸的背脊。

晏紫苏哭了半晌，渐渐平定下来，有些不好意思，抬眼望他，红着脸道：“我这般又哭又笑又闹的，可真像个疯子啦。”蚩尤连连摇头。

晏紫苏破涕为笑，捶了捶他的胸膛，笑道：“呆子！咱们一个疯子，一个傻瓜，倒真是一对呢。”脸上又是一红。蚩尤心中酸甜，蓦地一阵恍惚，忖道：“当日与这妖女初逢之时，又怎会想到有今日？”

晏紫苏软软地躺在他的怀中，低声道：“呆子，对不住。今日我也不知是怎么鬼迷心窍啦，想到那妖龙、老祖和真神，就害怕得紧，所以……所以……”蚩尤见她又开始簌簌颤抖，心下激荡，将她紧紧搂住，道：“好妹子，有我在，你再不用害怕了。”

晏紫苏一怔，嫣然道：“呆子，你叫我什么？”蚩尤适才心情激荡之下脱口而出，刚一出口，便觉得面红耳烫，听她笑着相问，登时有些羞赧，默然不语。

晏紫苏笑靥如花，低声道：“好哥哥，我喜欢听你这般叫我。”她喊出“好哥哥”三个字，俏脸上亦是一阵酡红，仿佛要洇出水来。

两人心中均是怦怦乱跳，说不出的甜蜜欢喜。

晏紫苏定了定神，低声道：“呆子，其实我最过害怕的，不是烛真神、老祖取我性命，而是再也拿不到本真丹了。”

蚩尤皱眉道：“本真丹？”突然想起在众兽山中，似曾听西海老祖提起，却不知是什么东西。

晏紫苏道："那是烛真神特制的奇异丹药，服了之后，可以解除兽身封印，真真正正地变回常人。"

晏紫苏低声道："九百年前，我祖上因为犯了水族重罪，整族人被黑帝封印于九尾狐身，流放到东海青丘。如果没有黑帝的赦免解印，我们世世代代都要做这半人半妖的下贱怪物，做这让天下人瞧不起的兽身罪人……"她瞟了蚩尤一眼，凄然笑道："你别瞧我是青丘国主，但在族人眼里，却是连猪狗也不如的罪民。若不是烛真神护着我，又有谁会瞧得起我？"

蚩尤听得难过，但大荒中鄙视兽身罪民却是事实，即便是他，也觉得那不过是连禽兽也不如的怪物而已。想要安抚她，一时却找不着该说的话，又听她颤声道："做了这兽身罪人，终日受人轻贱，隔三岔五忍受体内痛楚，实是……实是生不如死。但这些都也罢了，真正可怕的，却是你的元神被封印在兽身中，永不能逃逸出来，当兽身消亡时，你的元神也要随之毁灭！"

蚩尤心下凛然，元神封于物，物灭则神灭，不能超脱逃出。封印法术最为可怕之处，便在于此。大荒兽身罪人，若死前不得解印，必定形神俱灭；倘若五百年内不得解印，则其族群永不能恢复人身。

晏紫苏道："所以从那时起，我们家族中的每一个人都盼着能将功折过，变回人身。大家都拼死为黑帝效力，希望能得赦免。可是转眼过了五百年，三代黑帝却始终没有解开我们的兽身封印。"

她泫然道："五百年过去了，这兽身封印再也解不开啦。我们虽能依仗变化法术，保持常人形状，甚至变成各种模样，但是一旦肉身毁灭，便元神迸散，就连孤魂野鬼也做不得了！"她心中害怕，又情不自禁地发起抖来。

蚩尤将她紧紧抱着，听她颤声说道："老人们都说宇宙五界，元神循环不休。死了之后，不管是去混沌界演化来生，还是去仙界转世，甚至是堕入鬼界之中，都有神识知觉。但是我们却在五界循环之外，一旦死了，就什么也没了……"泪水滚滚，抱住蚩尤哽咽道："我不是怕死，但我真的好怕死了之后什么也没有！"

蚩尤心中剧震，他虽然时常幻想自己死时的壮烈情状，但极少想到死后情形，听她这般说来，心中也不由得闪过一丝森冷惧意。

晏紫苏颤声道："六十年前，烛真神以诸多神物仙草制成了'本真丹'。只要服了这神丹，就可以解除封印，重复人身，死了之后，元神也可以回归混沌界中。我十岁那年，娘亲累积功劳，终于从烛真神那里得到了这神丹，化作人形。那天夜里，我亲眼看着她赤身裸体地在月下蜕变，就像鲜花层层叠叠地绽开，好生美丽。她又哭又笑，欢喜得像要发疯一般。我的心里，又是快乐又是羡慕，打定主意，总有一天也要和娘亲一样，做回真正的女人。

“这些年，为了讨烛龙欢喜，取得本真丹，我也不知做了多少恶事，有些时候，连我自己也瞧不起自己。但是一想到本真丹，一想到能恢复人身，重得不灭的元神，我就什么也顾不得了……

“那日在众兽山里，我好生犹豫，不知是否该将你献给老祖。可是那老鬼眼尖，竟然瞧了出来，我一时糊涂，就将你抖出来了。呆子，你……你恨我吗？”

见蚩尤摇头，她嫣然一笑，又叹道：“但当那老鬼要将你打死时，我的心里竟是从未有过的伤心难过，突然下定决心，无论如何也要将你救转过来……”

蚩尤心潮澎湃，回想这些日子与她横穿万里荒寒的情景，竟觉得已是许久之前的往事了，与她之间，竟似有一种沧海桑田的奇异感觉，仿佛彼此间早已相识，早已相知。

晏紫苏道：“昨日听说冰甲角魔龙追至这里，我的心里说不出的害怕。心想，即便能在老鬼手下逃生，今生今世，只怕再也不能得到本真丹，恢复人身了！”秋波中珠泪滚滚，望着蚩尤凄然笑道：“我……我反反复复想了许多遍，终于决定拿你的人头去见烛真神。可是……可是我终于还是下不了手。”

蚩尤热血涌上喉头，将她紧紧抱住，戛然道：“蚩尤这条性命本就是你救回来的。你什么时候改变主意了，只管拿去便是。”

晏紫苏摇摇头，泪水不住地落下，低声道：“我杀人如草菅，为什么偏偏对你下不了手？难道……你当真是我命中注定的魔星吗？”

蚩尤生平之中，从未与一个女子这般耳鬓厮磨，肌肤相贴，从未有过这般两情相悦的幸福与喜悦，听她情意绵绵的话语，闻着她兰馨芬芳的气息，飘忽不定，若在梦中，心中又是感动又是迷惘，忖道：“却不知她究竟喜欢我什么？难不成这一切果真是命中注定的吗？”

晏紫苏脸上一红，破涕为笑，呸道：“臭小子，谁说我喜欢你啦？你这呆头呆脑、又臭又硬、一点就着的臭木头……”突然眼圈一红，纤指轻轻地抚摩蚩尤脸上的疤痕，低声道：“呆子，现在天下之大，再没我容身之地。我只能和你这烂木头绑在一处，载沉载浮了。你……你可不能撇下我不管……”说到最后几字，她娇靥红艳似火，声音柔软如绵。

蚩尤心中激荡，忖想："她几次三番救我，不惜叛族亡命，不惜形神俱灭……这等情深义重的女子，蚩尤岂能负她？她是人也罢，是妖也罢，蚩尤今后必定真心以待，绝不相弃！"

晏紫苏听见他的心语，全身微颤，极是欢喜，杏眼眨也不眨地凝视着他，颤声道："呆子，你可别骗我。"蚩尤微微一笑，脸上有些发烫。

晏紫苏大喜，笑吟吟地咬了一口蚩尤的耳朵，腻声道："臭木头，你可别骗我。若是今后反悔，我就将你劈成木条当柴烧！"

蚩尤喜忧交杂，想不到自己竟会在此时此地对这样一个妖女做出如许承诺。人生无常，又有谁能料想？突然之间，脑海中闪电般掠过纤纤的身影，继而又掠过八郡主含泪的笑脸，心中微震，怅然若失。

晏紫苏突然翻身骑到他的身上，娇嗔满面，喝道："臭小子，你在想谁？"蚩尤暗呼糟糕，皱眉道："想想也不成吗？"

晏紫苏怒道："自然不成！从今往后，你的心里只许想我一个人。刚说完的话，你便想要反悔吗？"

蚩尤傲然道："谁说我要反悔？乔蚩尤说过的话几曾更改？"晏紫苏面色稍缓，妩媚的大眼恨恨地凝视着他，怒道："那你还想那些臭女人作甚？"

她柳眉凝怨，杏眼含嗔，说不出的娇媚动人。蚩尤心中一荡，目光再往下一瞥，脑中轰然如炸，血脉贲张。

晏紫苏"啊"的一声惊呼，伏贴在他的身上，红着脸"哧哧"笑起来，软绵绵温驯如羔羊，柔声道："呆子，你想要做什么？"

蚩尤狂野的血液瞬间沸腾，猛地将她翻身压倒，双手抓起被子，覆盖其上。被子不断剧烈地颤动着，从中传出含糊的呢喃声，分不清究竟是低吟还是喘息，是轻笑还是哭泣……

屋内春意融融，灯光跳跃；屋外狂风呼号，彻夜不息。

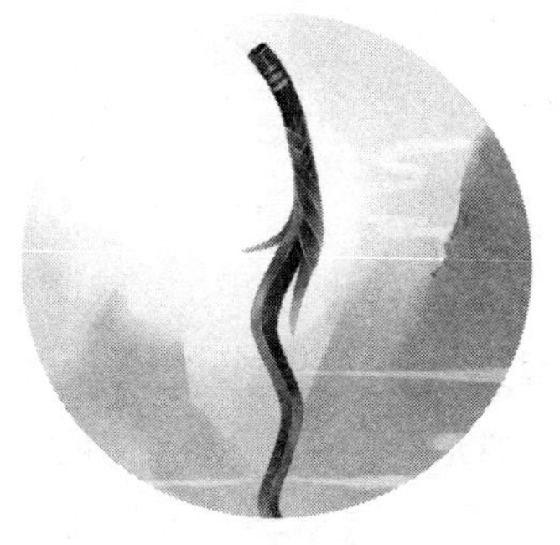

第二十章

以牙还牙

众人目瞪口呆地望着那空空荡荡的密牢，半晌说不出话来。

拓拔野与芙丽叶公主对望一眼，心中又惊又奇又喜，这密牢坚不可破，戒备森严，少昊如何逃了出去？难道有什么高人在他们之前赶到此处，神不知鬼不觉地将他救走了吗？

楚宁泥塑似的呆立门外，突然颤抖起来，大吼一声，手如闪电，将一个密牢门卫的脖颈掐住，悬空拎起，厉声喝道："人呢？那淫贼跑到哪儿去了？"

他面目扭曲颤动，灰眼凶光爆射，形如妖魔，说不出的狰狞可怖。众长老心生惧意，忍不住朝后退了几步。

那门卫惊怖骇异，极力摇头。楚宁暴怒已极，白衣鼓舞，大喝一声，手指蓦地并拢，硬生生将他脖子掐断。血箭怒射，断头冲天，那庞大的身躯轰然倒地，鲜血横流。

众人惊骇，纷纷后退。楚宁伸出那沾满鲜血的手指，徐徐指向余下的七个门卫，冷冷道："你们说，那淫贼藏到哪儿去了？"那七个大汉惊惧欲死，簌簌发抖，想要挪步却迈不开脚，尿水涔涔流下。

一个大汉鼓足勇气，颤声道："大巫祝明鉴，我们兄弟镇守此处，从未离开半步，片刻前刚刚给那淫贼送了酒饭，当时他还直嚷酒水太淡……"

楚宁冷冷地瞟了他一眼，大步走入密牢内，将石案上的酒杯与鬲、甗一一抓起，凝神察看，面色惊疑不定，蓦地将酒杯、食器摔掷于地，厉声道："难道那小子竟化成了轻烟，从我们眼皮底下飞走了吗？"

众人面面相觑，战栗不敢回答。

拓拔野心中大快，但亦猜不透少昊究竟如何逃离此地。传说大荒中有一种至高无上的法术，叫作“咫尺天涯诀”，元神念力极高者，若参透此诀，则可以瞬间转移千里，不留痕迹。但这法术不过传说中事，从未有人当真修炼成功。少昊沉溺酒色，念力稀疏平常，决计不会这通天神法。

正自诧异猜想，忽听姑射仙子淡然传音：“那人还在这密牢之中。”拓拔野吃了一惊，回头望她。

她淡淡一笑，妙目凝视着密牢右上角，传音道：“这里必定有某位高人，以法术将少昊悬空角落，又用高强的障眼法术将他藏了起来。”

拓拔野火目凝神，仔细查探那角落，心中猛地一跳，果然发觉彼处光影有些异常。念力如织，细细辨查，终于隐隐看出一个淡淡的人影。

他研习《五行谱》数载，对大荒五族的障眼法均有所了解，金族的“幻光镜诀”、水族的“镜花水月”、土族的“移山填石”、木族的“一叶蔽目”……都是各有所长的法术，其特征自然也不尽相同。以此刻那光影的变化来看，似乎是土族的“移山填石”。

拓拔野正自诧异，忽听一人传音笑道：“拓拔兄弟好强的念力，这也逃不过你的眼睛！”那声音温文尔雅，颇为欢悦，听来极为熟悉。

拓拔野又惊又喜，循声望去，只见一个佝偻驼背的黄发老者正在朝他微笑。那人虽貌不惊人，但目光如电，从容不迫，赫然是黄帝少子姬远玄所化！

拓拔野大喜，传音道：“姬兄，你怎么会在这里？”一言既出，已知答案。果听姬远玄微笑道：“说来话长。简言之，便是来救少昊太子的。”

他身边站了一个贵族女子，蒙着轻纱，看不清脸容，但肤如冰雪，腰肢纤细，当是美人无疑。一双新月明眸正凝视密牢，樱唇翕动，显然是在念诀施法。

拓拔野心中一动，肃然传音道：“敢问那位是圣女武罗仙子吗？”姬远玄传音道：“正是。若不是仙子出手，以我的念力，又怎能将少昊太子瞬间藏起？”目光炯炯，凝视着姑射仙子，恭声传音道：“不知这位仙子是否木族圣女姑射仙子？”

拓拔野微笑传音道：“正是。姬兄的眼力好生锐利。”

姬远玄道：“拓拔兄弟取笑了。天下能一眼看穿武罗仙子的障眼法，又清丽若此的仙子，便只有木族圣女了。”

其时大荒盛传五大圣女之中，西王母法力最为高强，其次便是水族圣女乌丝兰玛与木族圣女姑射仙子。相较之下，武罗仙子与赤霞仙子稍弱一些。是以姬远玄方有如此推断。

拓拔野正要说话，却听一长老颤声道："大巫祝，少昊太子定然是被金族高手抢先救走了！我们……我们……"楚宁转身冷冷地望着他，那长老骇惧难抑，情不自禁地朝后退去。

楚宁苍白的脸上艳红如血，突然哈哈大笑，手指蓦地一指，厉声喝道："你们瞧瞧那是谁！"

众人转身望去，惊呼失声。人群之外，一个身着白绫丝袍的胖子委顿在地，正是少昊！

芙丽叶公主惊"咦"一声，俏脸上满是失望的神情。拓拔野与姬远玄忍不住便想转头，查看少昊是否仍在密牢之中。却听武罗仙子传音道："切莫回头观望。那是假的，是这巫祝的障眼法。"

拓拔野登时恍然，暗呼险些上当。这楚宁好生奸猾，猜度解救少昊之人必定在场，故意以此扰其心智，诱之露出破绽。即便无效，也可装傻充愣，将这冒牌的少昊祭旗，逼迫不明究底的寒荒国民退无可退，舍命相战。

果然，楚宁灰眼光芒大作，瞬间四下扫探，未见异动，脸上闪过失望愤怒的神色，与女丑对望一眼，厉声道："众神卫兵听令！"众兵轰然应诺。

楚宁道："将这淫凶奸贼，连带那日与他同来的一干贼党，一同押往天镜湖畔，祭旗拜天！"

拓拔野大凛："这厮难道猜到我在此处？想以纤纤妹子、拔祀汉等人将我逼出来。"惊怒稍纵即逝，嘴角微笑，心道："他奶奶的紫菜鱼皮，且瞧瞧谁先将谁逼出原形来！"

众兵得令，高高扛起"少昊"，呼喝而行。众长老神色各异，满腹心事，无语随行。

武罗仙子纤手轻舞，密牢顶上那道淡不可见的光影徐徐滑落，倏然移到姬远玄脚下。姬远玄长袖轻摆，将少昊神不知鬼不觉地收入"炼神鼎"中，然后疾步赶上拓拔野，与之并肩而行。

拓拔野悄然传音，将姬远玄与武罗仙子介绍给姑射仙子与芙丽叶公主。芙丽叶听说少昊已经被救，心中大喜，但脸上却丝毫不露声色。

楚宁缓步而行，灰眼冷冰冰地扫望众人。拓拔野等人凝神敛气，装作愁眉苦脸之状。

姬远玄传音道："此人奸狡凶厉，乃是寒荒国冰龙教的首脑，惹是生非，挑拨离间，极是难缠。”拓拔野一凛，诧道：“姬兄何以了解得这般清楚？”

姬远玄道：“前些年，寒荒冰龙教妄图挑拨昆仑山与本族的仇隙，被本族的专司情报收集的风后查了出来，顺藤摸瓜，将这群恶徒的底细查了清楚。但此乃金族内务，无根无据，不敢轻率呈报白帝，所以父王一直隐忍未发，命我暗暗关注彼等举动。”

拓拔野心道：“风后？难道便是鱿鱼那日所说，在风伯山上与风伯大战，引得狂风肆虐的神秘女子吗？”

姬远玄传音道：“前几日我与圣女仙子一行前往昆仑山，参加今夏的‘蟠桃会’时，风后八百里加急密信，传报冰龙教正勾结西海水妖，在寒荒国作怪，将少昊太子囚禁，准备起兵叛乱……”

拓拔野心想：“果然不出所料，又与水妖有关。”姬远玄道：“我与少昊太子略有浅交，知他虽然风流，却断不是这般荒唐之人，必是奸人陷害。于是令风后立即赶往昆仑山送信，我与圣女仙子当即转折此处，化身为寒荒长老，伺机救出少昊太子，却不想在神女殿中先瞧见了拓拔兄弟……”

两人边走边传音交谈，拓拔野也将连日遭遇择其大概，告诉姬远玄。姬远玄听他说到与姑射仙子误入地河，竟顺着涡流到了西皇山时，微微一怔，恍然道：“是了！这定是大荒中传说的‘女娲之肠’！”

拓拔野讶然道：“女娲之肠？”姬远玄见他不知，当下传音解释。

传说远古之时，大神女娲归化之后，身体化为大地，其肠绵延地下，成为四通八达的地河。这纵横交错的地河颇为神秘，河中涡流旋力极强，一旦溺入，极难脱身。

数百年前，金族三万大军入侵寒荒，突然不知所踪。两年之后，金族侦兵方才在西寒极地的裂谷暗河中，发现漂浮的三万具尸体。此事当年震动极大，世人都说金族大军必是出师不义，惹恼了女娲大神，这才掉落“女娲之肠”尽数淹死。八族闻讯大喜欢庆，金族则足有百年不敢发兵西进。

拓拔野点头道：“原来如此。”姬远玄微笑传音道：“拓拔兄弟，当日在灵山上，咱们便是借助伏羲之肠逃出王亥大军的包围，想不到你今日又做了一回穿肠之事。”两人莞尔。

拓拔野突然想起那千名童女之事，心下疑虑，问道：“是了，姬兄可知西海老祖要千名童女做什么？”姬远玄脸上闪过愤怒的神色，传音道：“那老贼解印寒荒七兽，真元耗损，要以童女纯阴真元滋补……”

拓拔野摇头道：“不对。倘若只是如此，又何必将千名童女送往密山？”想起今夜在密山所见的奇异景象，心中那莫名的不祥预感越发强烈，隐隐之中，总觉得还有一桩极大的阴谋没有被参透。

众人正行走间，忽听上方甬道传来厮杀、呐喊与惊叫声，有人狂呼道：“金妖来啦！金妖来啦！”众人大惊，登时尖叫乱奔，一片混乱。

姬远玄微笑传音道：“这八个丫头怎么现在方才动手？”原来他早已安排八个孪生侍女潜伏于北峰顶上，算准时间制造混乱，武罗仙子便可乘乱将少昊收入“炼神鼎”中。

拓拔野大喜：“眼下情势混乱，正好依计而行。”传音道：“妙极，我和姑射仙子先行一步！姬兄，你与武罗仙子、公主随那楚宁只管参加祭旗大典，瞧我怎么以牙还牙，以眼还眼！”

姬远玄与芙丽叶心下诧异，正待相问，拓拔野已经紧抓姑射仙子的手腕，大呼小叫，状极惊恐地随着人流朝上方飞速狂奔，转眼便不知踪影。

明月如盘，青松横斜。北峰顶上风声呼啸，人影纷乱。无数神卫兵持戈横刀，朝着玄鼎岩围涌而来。

拓拔野与姑射仙子跃出密牢甬道，乘乱冲出人流，朝着玄鼎岩后的峭崖奔去。姑射仙子轻轻一挣，抽脱手腕，低声道：“公子要去哪里？”

拓拔野微笑道：“仙子随我来了便知。”身如闪电，转瞬间便到了崖边。姑射仙子略一迟疑，翩然随行。

山风凛冽，仿佛随时要将人吹落崖下。拓拔野突然一跃而下，足尖飞点，在峭壁上如履平地，朝下急速飞掠。姑射仙子翩翩乘风追随。

两人绕着山崖斜斜抄掠，转瞬间便到了北峰南面。拓拔野蓦地在一块凸出的尖石上站定，迎风远眺。

南崖半山上，寒荒王宫琼楼玉宇，迤逦盘旋，回廊空空荡荡，寒风吹彻。数千卫兵沿着栈道层叠布防，紧张地向山下守望，却无一人回身顾盼。

拓拔野笑道：“妙极。仙子，走吧。”两人驭风直下，无声无息地从众卫兵身后掠过，飘然隐入宫殿之中。迎风穿过空荡回廊，绕了两个弯儿，便到了芙丽叶公主阁门前。拓拔野双手轻送，铜门无声开启。

姑射仙子心下更为诧异。但她对这少年有着一种莫名的奇异信任，知他一言一行，必有其道理，当下也不再相问，随着他一道闪入房中。

拓拔野将那墙上封好的裂洞重新震破，轰隆水声登时响彻房中。姑射仙子大奇，心道：“难道他要重回涡流中吗？”拓拔野似是听见她的心语，笑道：“不错，我们正是要顺流而上，到一个极为有趣的地方去。”

两人掠出洞口，重回山腹。水珠飞溅离甩，扑面而来。拓拔野在那湿漉漉的山腹洞壁上站定，正待跃入旋转澎湃的急流中，忽然手上一凉，竟是姑射仙子轻轻握住他的手掌。

那素手柔若无骨，滑腻冰凉，拓拔野心中怦然狂跳，险些便要摇晃掉下。却听姑射仙子淡淡一笑，低声道：“又得劳烦公子了。”

拓拔野心中一震，方知她是要自己在涡流中时，将空气从手掌传入她的经脉与心肺之中。惊喜之意登时消减，微感失望，微微一笑，抓紧她的小手，叫道：“走吧！”

两人破空疾冲而出，“轰”的一声没入那巨大的涡旋水柱，随着滚滚洪流朝上方螺旋飞舞。

两人手掌紧紧相握，气泡串串逸散而出，缤纷乱舞。淡蓝色的涡流中，姑射仙子黑发飞扬，白衣飘飘，不沾一颗水珠，仿佛在空中翩然飞行。妙目微眯，长睫颤动，清丽的脸容上挂着淡淡的笑意。

即使在这样湍急的涡流中，她依旧如此从容淡雅，仿佛不食人间烟火的仙子，美得令人窒息。

拓拔野喉咙仿佛被谁扼住一般，心中百感交集，突然想起怀中那凝冰封冻的蛮蛮鸟，想起它们在茫茫风雪中比翼齐飞，交颈欢鸣的情景，竟觉得眼下二人在水中牵手并舞的情形参差仿佛。但何时能与那比翼鸟一般，心手相连，在万里长天恣意翱翔呢？

胡思乱想中，涡流越急，猛地将他们高高抛起，朝上方冲去，已到了一片广阔的水域中。拓拔野一凛，凝神聚意，蓦地反旋腹中定海神珠，冲脱急流吸力，游鱼似的翩翩舞动，朝着斜上方飘去。

碧水透彻，白龙玉柱似的涡流旋转飞舞，将无数泡沫水流朝四周离心甩脱。两人远离中心，舒展随意地朝上方漂浮。

姑射仙子仰头望去，透过淡蓝水波，瞧见波荡晃动的夜空、明月，闪闪的

星子，仿佛温柔而美丽的梦境，心中惊奇欢喜，不知身在何地。再往上悬浮了片刻，依稀看见周围模糊的密树巨石、交错纷乱的人影，突然一凛，明白自己竟是在天镜湖里！

明月高悬，四周银灯流火，彩光绚亮。

天镜湖水滚滚沸腾，闪动着妖艳而炫目的粼粼波光。千余名神卫兵环绕湖畔，凝神戒备。神女殿与天镜湖之间的平地上，数十名长老、贵族匍匐在地，凛然敬畏地凝望着湖边那块高凸巨石。

三十六名黑衣巫师一边吹奏牛角，一边环绕湖边那高凸的巨石，跳着一种奇异的舞蹈。巨石之上，一杆青铜大旗猎猎招展，纹绣了八种怪兽，正是寒荒八族的“八神兽战旗”。九十九名鹿衣巫女手提冰石灯笼，围着战旗不断地膜拜叩首，发出咿咿呀呀的奇怪叫声。

巨石之下，“少昊”、纤纤等十余人被混金铜链锁在湖畔，刀斧手逐一站立旁侧。“少昊”委顿不醒，拔祀汉与黑涯等人高声大骂，天箭冷然不语，只有纤纤神情古怪，忽而微笑，忽而蹙眉，也不知在怔怔地想些什么。

突然号角长吹，神卫兵列队夹道，肃然举戈。楚宁、女丑昂然从殿中步出，穿过卫兵戈阵，白衣鼓舞，黑袍飘飘，并肩缓缓走上巨石。湖边千余名神卫兵一齐发出震耳欲聋的呐喊声。

楚宁高举右手，轻轻一摆，喧哗立止。角声悠扬，楚宁、女丑二人缓缓跪伏，对着天镜湖顶礼膜拜。众女巫、巫师、长老纷纷随之拜伏叩首，口中念念有词。

“轰！”一声震耳欲聋的巨响，地动山摇。

湖心忽然爆炸开来，狂浪旋卷，掀飞到数十丈高，在半空蓦地炸将开来。浪水如暴雨倾盆，瞬间将众人浇淋得如同落汤鸡一般。众人骇然变色，失声惊叫：“大神！大神发怒了！”

湖面沸腾，接连爆响，巨浪滔天迸射。站在湖畔的神卫兵被怒浪飞卷，避之不及，纷纷惨叫落水，转眼不见身影。众人大骇惊叫，纷纷朝后退却。

楚宁与女丑对望一眼，惊讶莫名，突然闪过一丝喜色，高声叫道：“你们都瞧见了？大神在震怒，他要我们杀了这淫贼，杀光山下的万千金妖……”

众神卫兵狂呼道：“杀了这淫贼！杀光所有金妖！”呼喊声远远地传了出

去，在群山之间激荡。寒荒城中众人听了，也不由自主地随之呐喊起来，响声越来越大，如轰雷滚滚。

芙丽叶公主拜伏在人群中，娇躯微颤，眼光所及，始终不见拓拔野的身影，不由得焦急起来。在她身旁的姬远玄微微一笑，传音道："公主放心，拓拔兄弟定有法子。"芙丽叶公主脸色煞白，蹙眉不语。

楚宁嘴角露出阴冷的笑意，高高举手，示意众人安静，大声叫道："我，大神的奴仆，代表大神的意旨……"

话音未落，"轰隆"巨响，湖心忽然又迸爆开来，一个焦雷似的声音大喝道："奸贼住口！"竟是从湖心狂浪中传出！

众人登时愕然，继而惊骇狂喜，拜伏在地，齐呼："大神显灵了！大神显灵了！"

这天镜湖是寒荒国圣湖，传说与密山相连，是寒荒大神死后，鲜血流聚所化。巫祝神女可从天镜湖中聆听大神意旨，窥知世间万事。但众人亲耳听见大神的声音，却是千年来头一遭，岂能不惊喜欲狂?

楚宁与女丑大吃一惊，森冷恐惧如浓雾一般笼罩全身。二人假借寒荒大神神谕，难免做贼心虚，惴惴不安，此刻听见这声狂雷怒喝，心中登时升起一个至为害怕的念头："寒荒大神终于震怒了！"一时间，手腿酸软，连呼吸也不畅起来。

那声音厉声喝道："大胆楚宁、女丑，假矫我之神谕，挑拨离间，陷害忠良，欲置八族子弟于水深火热之中，良心安在！"

众人大惊，纷纷朝巨石上的楚宁、女丑望去。楚宁心中惊怖，冷汗涔涔而下，想要狡辩却发不出声。

那声音又喝道："你集结叛党，勾结西海水妖，假借我的名义，解印七大凶兽，为害百姓，其心可诛！你与女丑狼狈为奸，党同伐异，凌辱杀害神女女戚，栽赃金族太子，意欲挑动干戈，更是罪不可赦……"

楚宁、女丑惊惶恐惧，面如死灰，听着那声音历数自己的奸谋罪行，脑中一片空白。众人见他们在台上拜伏不起，微微颤抖，心中更加起疑，越来越相信寒荒大神的灵明所说的每一句话都是事实真相。

寒荒大神的声音雄浑浩荡，在群山回响，清清楚楚地传到每一个人的耳中。夜风呼啸，西皇山上一片寂静。众人凝神倾听，那声音每说一句，众人心中的疑

虑便陡消一分，而心中的怒火却越来越炽烈。

寒荒大神喝道："你为了取悦水妖，竟残虐本族百姓，假借我的旨意，奉送千名童女任由西海老妖蹂躏！当真丧心病狂，连禽兽也不如！"

纤纤蓦然狂喜，倏地抬起头来。这次她听得分明，那声音阳刚而略带磁性，正是拓拔野的嗓音！心中惊喜难抑，忍不住"咯咯"笑出声来。拔祀汉、天箭等人也俱是一愣，惊愕莫名。

人群中，芙丽叶公主、姬远玄等人也听出其中玄机，尽皆大喜，心中又暗自诧异，不知拓拔野何以能在千余名神卫兵的戒备下，神鬼不觉地潜入天镜湖中。

天镜湖畔，众人惊慑愤怒，大气也不敢出，纤纤那银铃似的笑声显得格外清晰突兀。楚宁蓦地一凛，隐隐觉得不妙。

拓拔野又喝道："倪长老，你身为八族三大长老之一，竟不分忠奸善恶，助其为虐，忒也糊涂。"

倪长老颤抖拜伏道："小臣知罪！"拓拔野又道："倪长老，你可知你的幼子倪飞泠是怎么死的吗？"

倪长老听他提及爱子，登时老泪纵横，颤声道："他……他数月前私自前往众兽山狩猎，遭遇雪崩……"

拓拔野道："错了！他是被这楚宁所化的妖兽梼杌生吞活吃，化作虎伥，做人不得，做鬼不能！"

众人哗然。倪长老对寒荒大神深信不疑，又惊又怒，颤抖着站起身来，嘶声叫道："楚宁！你……你这恶贼！"

楚宁脑中灵光一闪，想到纤纤当日在众兽山目睹倪飞泠伥鬼冤魂，想到她适才得意欢喜的笑声，恍然醒悟。心中惧意登时烟消云散，暴怒欲狂，起身哈哈狂笑道："倪长老，你好生糊涂！你道他当真是寒荒大神吗？这奸贼潜伏水中，胡言乱语一番，你们便信以为真吗？"

拓拔野毫不理会，厉声道："倪长老，你不过死了一个儿子，便这般痛心。你可曾想过那千名童女的父母？想过这几个月来寒荒百姓所受的万千苦痛？可曾想过一旦稀里糊涂地与金族开战，又要枉送多少性命？身为寒荒长老，你便是八族百姓的父母。你这般对得起自己的万千子女吗？"

他字字如惊雷，震得倪长老脸上白一阵，红一阵，又是羞愧又是悲痛，恨不能一头撞死。诸长老中，有受楚宁等人利诱胁迫的，听了这一席话，也大觉惭愧，齐齐惨然道：“大神圣明！”一时间众人拜伏，齐声高呼。

芙丽叶公主惊喜难抑，忍不住轻声叹道：“拓拔太子，好生……好生了得！”

姬远玄目光闪动，微笑道：“不错。率领大军攻城略地不算什么，能化干戈为玉帛才是本事。若能兵不血刃，平定乱局，那才更加了得。”武罗仙子眼波流转，瞟了他一眼，露出浅浅的微笑。

倪长老蓦然跪倒，颤声道：“大神圣明！小臣明知女丑、楚宁狼子野心，却受其蛊惑，甘为爪牙，眼见他们勾结外贼，戕害忠良，却昧心不闻不问，甚至助之为虐，引得天怨人怒，大劫卷至……小臣……小臣实在罪该万死！”

众人见他自认罪孽，无不哄然。与楚宁、女丑有染的诸位长老也纷纷拜倒，战栗请罪。

楚宁狂怒已极，厉声长笑道：“你们这一群老糊涂，当真蠢如顽石！”突然面目狰狞，大喝道：“来呀！将这些老鬼尽数拿下！”

众神卫兵中大多是冰龙教徒，齐声应诺，刀戈晃动，潮水似的朝神女殿前的众长老拥去。惊呼尖叫声登时迸爆，众长老愤愤大骂。

拓拔野哈哈笑道：“奸贼，被拆穿阴谋，恼羞成怒了吗？”楚宁闪电似的冲到纤纤身旁，手掌飞舞，抵在她的后心，厉声道：“狗贼，再不出来，我就将她打成肉酱！”

众长老此时见他凶相毕露，心中再无怀疑，恼恨愤慨，高声喝骂。众神卫兵齐声喝止，将刀戈架在众人脖颈。芙丽叶公主蹙眉欲语，见姬远玄微笑摇头，便止住不说。

却听拓拔野哈哈笑道：“奸贼，我便让你见见我的法身！”湖面轰然冲涌，白浪旋转翻飞，如雪莲层层绽放，一个白衣女子冲天而起，衣魅飘飘，殊不沾水。

众人登时寂然，鸦雀无声。

月光下，碧浪翻涌，那女子翩然驭风，清丽不可逼视。雪衣鼓舞，周身上下仿佛笼罩着淡淡的光晕，柔和静谧，光彩夺目。

众人脑中空茫，紧绷的心弦突然放松下来，有种说不出的恬静愉悦，心中都升起一个念头：“世间竟有这等美丽的女子！”

“叮叮当当”之声大作，众神卫兵瞧得痴迷，杀气尽消，手中兵器纷纷落地。

楚宁蓦地清醒，厉声喝道："你们疯了吗？快将兵器捡起来……"话音未落，身旁湖面忽然迸炸溅射，一道青光轰然怒舞，霍然击中他的肩膀。楚宁痛吼一声，鲜血喷射，瞬间冲天倒掠。女丑尖叫声中，驭风踏行，紧追而去。

一道人影从湖中电冲而起，哈哈笑道："不错，我不是寒荒大神，我不过是路经此地的过客。"翩然站在巨石之上，将纤纤轻轻横放。

那人青衣飘舞，神采飞扬，右手悠然旋转，将断剑插入腰间竹鞘。

"龙神太子！"众人无不讶然。纤纤笑靥如花，正自欢喜，瞥见踏浪飞来的姑射仙子，脸色一沉，又突然如阴云笼罩。

楚宁站在神殿飞檐上，以法术愈合伤口，厉声道："你们瞧见了吧？这小贼冒充大神，挑拨离间，罪该万死！"

拓拔野哈哈笑道："冒充大神？却不知是谁几次三番假借大神旨意，犯下累累罪行？我这不过是以牙还牙，以眼还眼罢了。"面容一整，肃然道："寒荒大神不在这天镜湖内，也不在那密山之上，而在诸位的心里。大家扪心自问，便可知道大神的神谕。"

众长老面露羞愧之色，低头不语，倪岱等人纷纷掉头，对着楚宁、女丑怒目而视。

楚宁放声狂笑，苍白的脸通红扭曲，厉声道："老糊涂！现在金妖大军压境，你们以为立地投降，金妖便会放过你们吗？金妖一旦进城，便会将寒荒城内的人畜花草，毁灭得一干二净！"

忽然"轰"的一声巨响，围住众长老的数十名神卫兵惨叫跌飞。姬远玄昂然振臂，恢复原身，微笑道："大巫祝此言未免小人之心度君子之腹。各位长老，请再看看山下。"

众人惊疑，不知这轩昂少年又是何方神圣，但听他语含玄机，纷纷奔行数步，朝崖下眺望。

明月清辉朗朗，薄雾消散，群山历历，谷壑了了。众人瞠目结舌，木然怔立。先前漫山遍野的金族大军竟突然踪影全无，仿佛刹那间蒸发得一干二净！

拓拔野心念一动，已明所以。

姬远玄微笑道："众位长老，多有得罪了。在下土族姬远玄，今日与圣女武罗仙子一起……"众长老齐齐惊呼，纷纷恭敬行礼。

姬远玄躬身回礼，继续道："……一起参加蟠桃会，路过宝地，听闻贵国有奸人作祟，挑唆干戈，不得已之下，想到一个唐突之举，借助‘炼神鼎’之力，以幻法术造出千军万马的声光影像，逼迫这奸人楚宁就范。”

众人登时恍然，这才知道那惊天动地的万千军马，竟是他们以神器施放的障眼法，又是敬佩又是惭愧。

武罗仙子的法术虽然高明，但要以一人之力瞒过万千双眼睛，实非易事，全仗炼神鼎通天威力，加之夜色昏暗，相隔甚远，观之闻之，栩栩如生。但最为重要的，却是寒荒国众人都极为担心金族大军到来，是以一见这等景象，登时便慌乱失措，不及细想。便连拓拔野与姑射仙子，也一并被瞒了过去。

拓拔野心道：“姬兄果然稳健缜密，即便在密牢之中，也不急于告诉我那金族大军亦是障眼法。他这一招实在高明，略施小计，便占尽先机。”想起当日他在阳虚城内，面对险恶逆境，从容不迫，诱敌入瓮的情形，心中更起敬佩之意，忖想：“若论智谋，他实在我之上。”

姬远玄道：“不想这奸人孤注一掷，竟想杀害少昊太子，妄图借此逼得两族势同水火，永无化解之日。姬某无奈之下，方与仙子乔化为长老，潜入密牢，将少昊太子救出。”

众长老听说少昊已被救出，无不哗然，又惊又喜。

倪长老朝着拓拔野与姬远玄伏倒在地，大声道：“多谢两位少年英雄、武罗仙子慨然相助，将我等糊涂老朽点醒，使得八族黎民免受无妄之灾！”众长老纷纷拜倒，齐声道谢。

拓拔野、姬远玄等人连忙回礼，一一搀扶而起。

群山之间，突然响起雷鸣般的欢呼声。想来是寒荒士卒、百姓听见之后，欢腾雀跃。众长老心下惭愧，均想：“老百姓日子过得好好的，谁也不想造反。倘若当真中了那些奸贼圈套，生灵涂炭，那这罪责可就大了。”

楚宁、女丑站在檐顶，眺望那空荡群山，方知被姬远玄戏耍得团团乱转，心中惊怒欲狂，又见众人视他为无物，殊不理会，心中更加怒不可遏，蓦地哈哈狂笑道：“好！好！好小子！你们当这般便能赢了我吗？”

拓拔野扬眉道：“阁下此言好生奇怪，难道你竟要以万千人命作为输赢的赌注吗？”

楚宁冷冷道：“性命？倘若是忘祖忘宗，像牛羊一样苟活着，这样的性命又有何足惜？我正是要让八族百姓知道，如何才真正是珍惜自己的性命！”

他灰眼凶厉闪光，傲然道："拓拔野，我听说你与那蚩尤带领汤谷群囚造反，发誓打败水族，要重建自由之城，心里还以为是多么了不起的英雄，将你视为有胆有识的同道中人。今日一见，才知也不过是奴性十足的猥琐匹夫！"

拓拔野一怔，又是滑稽又是恼怒，哈哈笑道："不错，我们的确立誓重建蜃楼城，建立一个自由和平的荒外世界。但我们光明正大，从不用卑鄙无耻的阴谋诡计，更不会牺牲自己兄弟姐妹的性命来达成目的。你这般自私无耻，将本族百姓的万千性命视如草芥，由你创建出来的世界又岂会是自由平等的世界？况且，即便当真脱离了金族而自立，你以为便不会陷入水妖的摆布之中吗？"

芙丽叶公主淡然道："拓拔太子说得极是。阁下口口声声说要建立自由平等的寒荒国，但你不问寒荒八族百姓愿不愿意脱离金族臣邦，不问八族百姓愿不愿意卷入战端，就自以为是、独断专行地牺牲万千百姓的性命与幸福，来达成你一人的目的。请问，这便是阁下所要谋求的自由与平等吗？"

众长老纷纷点头，眼中均露出赞许之色。

芙丽叶公主又道："你听见适才城里的欢呼声了吗？眼下八族百姓安居乐业，谁想要卷入战乱之中？你既然奉求平等自由，便当尊重他们的意愿才是。倘若有一日，金族当真压迫得百姓们怨言四起了，长老会自当商讨是否分立。那时即便是刀山火海，八族百姓齐心协力，又有什么怨艾？以民心为我心，那才是真正的平等。"

她不紧不慢，淡淡说来，但条理明晰，均在要害，众人听得大点其头。拓拔野微笑不语，心道："想不到她矜持害羞，关键时候却如此勇敢果决，颇有大将之风。"

姬远玄鼓掌笑道："好一句'以民心为我心'，说得妙极！果然是虎父无犬女。"

众人欢呼附应。倪岱等长老心下更加惭愧，想不到自己英明一世，竟还不如一个黄毛丫头的识断胆略。

楚宁大怒，厉声狂笑道："黄毛丫头竟敢教训我？当真可笑！这些愚钝山民，他们又知道什么是真正的自由平等？便如一群绵羊一般，终须有一只头羊，方能带着他们走到该去的地方……"

拓拔野朗声道："或许如此。但可惜阁下并非那只头羊。你别忘了，头羊是需由群羊公认挑选出来的。"

这时，峰顶栈道上的呼喝、呐喊与兵器交错声越来越响，不计其数的寒荒卫兵在卫长的带领下，冲涌而上，将封守栈道的神卫兵冲得落花流水，节节后退。众神卫兵眼见大势已去，纷纷丢下兵器，跪地投降。唯有几十个汉子翻身跃上大殿檐顶，与楚宁一起作困兽之斗。

眼见辛苦数年部署的大好局面一朝破灭，所有努力付诸流水，楚宁与女丑愤恨交集，恨不能将峰顶众人碎尸万段，敲骨吸髓。

楚宁怒火欲喷，厉声道："拓拔野，我是不是寒荒的头羊，咱们且走着瞧。但你那兄弟蚩尤却已经成了一只死羊！"

拓拔野大吃一惊，叫道："你说什么？"

楚宁狂笑道："那小贼不识好歹，十日前在众兽山里，已经被西海老祖和九尾狐打成了剧毒肉酱！今日想来都好生痛快！"

拓拔野脑中嗡然一响，胸口如遭重击，险些便要摔倒。纤纤怒道："白骨精，你胡说什么！蚩尤哥哥厉害得紧，岂会被人打死！"

众长老纷纷叫道："休听他胡言乱语，将这叛贼拿下！"无数卫士潮水般涌至，箭如飞雨，朝着大殿檐顶怒射而去。拓拔野猛一定神，心道："是了，一定是这奸贼想以此扰乱我的心智……"

楚宁白衣鼓舞，狞声大笑，用足真气，一字字地朗声说道："妙极！既然你们愚顽不化，甘愿做金妖奴隶，那我便让寒荒大神降落神河天水，将你们尽数消灭干净！"声音阴寒凶厉，众人听得不寒而栗。

拓拔野一凛，似乎领悟到什么不祥之意，正思绪飞转，忽听天镜湖面发出震耳欲聋的爆响，一道滚滚水柱如白龙出海，呼啸腾空，直冲出数十丈高！

楚宁哈哈狂笑道："妙极妙极！冰龙说到就到！看看咱们谁笑到最后！"轰然巨响，神女大殿的玉石瓦顶突然坍塌，烟尘滚滚，楚宁等人瞬间消失。

众人蜂拥而至，推开殿门朝里冲去。青铜大门刚刚打开，澎湃巨浪便如万千白马怒吼冲出，登时将众人卷溺抛飞。

又是一阵轰然巨响，断木迸飞，顷刻之间，整个神女大殿便被道道水柱巨浪冲得四炸飞舞，土崩瓦解。九只翡翠香炉悠然飞舞，破浪而出，在月光下相互撞击，发出铿然长鸣。

天镜湖仿佛发狂一般，掀起冲天狂浪，滔滔不绝地朝天喷涌，四下盖落。不过片刻，北峰顶上已是水流滚滚，仿佛江河交错。众人惊呼乱喊，掩护着长老们

朝下退却，不断有人怖声长呼："寒荒大神发怒啦！"

拓拔野站在漫漫水雾之中，想着楚宁的那一番话，心中的不安越来越强烈。姑射仙子、纤纤、拔祀汉、芙丽叶、姬远玄等人纷纷围涌而来，连声催促他撤离。

"嘭嘭！"连声爆响，峰顶土地蓦地炸裂开来，一道裂缝如游蛇急速乱走，接着"哧哧"之声大作，无数道水柱从裂缝喷涌怒舞。片刻之间，峰顶上水浪四处喷飞，竟如万千银蛇腾空乱舞。众多卫士登时被大浪倏然卷飞，惨呼声中，直落下万丈深渊。

水龙冲天，浪涛滚滚，神女殿已成一片汪洋。大水汹汹奔腾，从崖顶轰然冲落，形成巨瀑飞河，朝着山下喧嚣肆虐。

拓拔野想起《大荒经》上描述密山时说道："中空浩荡，状如玉壶，故又名玉壶山。传此山通西海，水汤汤而出，如自天上来。故昔年寒荒诸族备受水患之苦，寒荒大神昊天氏以魂炼石，归化于此，水乃止焉……"

他又想起今夜在密山时，所见到翻天印震动的奇异景象；想起自己从那密山掉入那"女娲之肠"，竟随着涡流到了西皇北峰；想起楚宁将千名童女送往密山，又想起适才楚宁所说的怨恨之语……刹那间，万千疑点豁然贯通，一个模糊但却极为可怕的阴谋浮出水面。

他突然灵光一闪，失声大叫道："翻天印！是了，他们要解开密山翻天印，打通西海与寒荒国的水道，借助女娲之肠，淹没寒荒！"

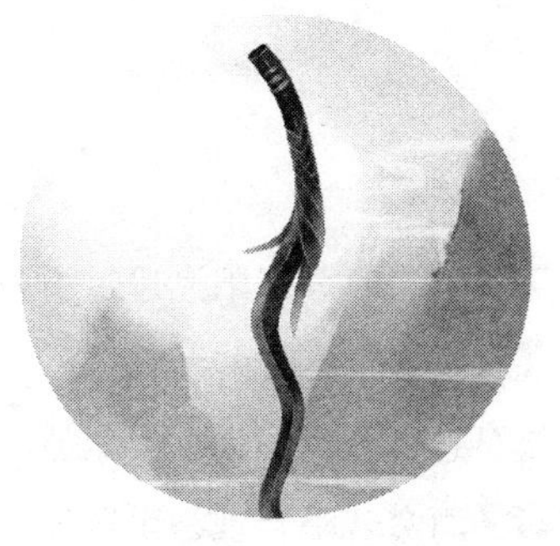

第二十一章 西海狂龙

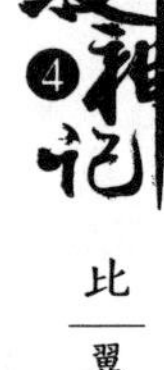

蚩尤醒来之时，已近翌日晌午时分。阳光透过石窗的缝隙，在地上投射出几道眩光，风声依旧在呼号，但比起昨夜已大大减弱。

甜蜜而芬芳的气息萦绕鼻息，侧头望去，晏紫苏的俏脸埋在他的臂弯，黑发凌乱，樱唇挂着浅浅的笑意，酒窝若隐若现，手臂软软地横亘在他的胸膛上，右腿曲横在他的腰上，仿佛在睡梦中仍要将他紧紧勾缠。

想起昨夜风雨，蚩尤心中又是一阵狂跳，又是怅惘又是欢喜。忽然觉得身下冰凉，凝神望去，床单上一小摊殷红，接近床沿处已凝结为薄薄的红冰。

蚩尤一愣：“难道她竟是处子之身？”惊诧之中，又带着莫名的欢喜与怜惜。蓦地想起今日水妖将至，心中一凛，猛地坐起身来。晏紫苏迷迷糊糊地腻声咕哝了几句，又将头枕在他的腿上，含笑甜睡。

见她脸如海棠，娇媚慵懒，蚩尤心中怦然，忍不住俯身轻吻她的脸颊。岂知刚触到她的肌肤，晏紫苏便忽然睁开杏眼，低声笑道：“臭小子，你想偷占便宜吗？”

蚩尤心中一荡，笑道：“既是我的女人，何必偷占？”低头吻在她的唇上。晏紫苏全身酥软，“嘤咛”一声，软绵绵地任他轻薄。蚩尤情热如火，缠绵片刻，想起水妖冰龙之事，连忙收敛心神，与她分开，说道：“咱们起来吧，也不知那些水妖什么时候来到。”

晏紫苏双颊火红，水汪汪的眼中满是柔情蜜意，腻声道：“呆子，水妖来了，老丘儿夫妇自会来叫醒咱们……”

蚩尤突然一凛，皱眉道：“是了，眼下已是正午，老丘儿怎么还没有敲门？”晏紫苏一怔，眼中闪过不安的神色，蓦地直起身来。

当下两人穿了衣裳，推门而出。厅堂中空空荡荡，石桌上殊无往日备好的食物。连声呼唤，却了无应答。两人对望一眼，心中不祥之意越发强烈，直奔老丘儿夫妇的石屋。

石门半掩，轻轻一推，晏紫苏登时发出一声惊呼，朝后退去。只见老丘儿一家六口，横七竖八地躺在石床上、地上，个个面色黑紫，瞪眼张口，神情惊怖，鲜血从七窍流出，凝为赤红的冰柱，死去已有多时。

蚩尤面色铁青，惊怒欲狂，怔立片刻，大步上前，颤抖着将那小男孩从地上抱起。那孩子死时恐惧痛楚，脸颊上还有一颗冰冻的泪水，将化未化。想起这几日他调皮可爱的笑容、四处蹦跳奔跑的身影，蚩尤的喉咙仿佛被谁扼住了一般，脑中空茫狂怒。

晏紫苏颤声道："一定是水妖来过了！"蚩尤陡然一震，轻轻放下那男孩的尸首，朝外狂奔。

屋外阳光灿烂，碧绿的树林在海风中倾摇摆舞，蝉声如雷。长草摇曳，野花绚烂，远处坡势起伏，石屋错落。时值正午，偌大的海岛上竟悄无人声，除了风声蝉语，便是可怕的死寂。

蚩尤朝着停泊渔船的港湾奔去。海浪奔卷，白沫飞扬，数十只渔船安静地停泊在港内，随着波浪飘摇起伏。晏紫苏翩然追来，俏脸煞白，低声道："没人出海……"两人心中恐惧越来越盛，一面回身朝着村里疾掠而去，一面大声呼喊。

风声呼号，蝉声密集。渔村街巷冷落，石屋寂然，空无人语。正午的阳光照在青石板上，闪耀着惨碧的冷光。

两人在长巷中站定，恐惧森冷，隐隐带着一分侥幸之意。蚩尤推开一道石门，冲进屋中，登时僵住。地上躺着六七具尸首，尽皆七窍流血，惊怖惨死。蚩尤又怒又惧，浑身颤抖，蓦地一掌将石门击得粉碎。

当下大步流星，逐门逐户地搜寻。每看一户，心中便冰冷一分，待到推开最后一个石屋的大门时，更是悲痛暴怒，直欲发狂。全岛一百一十六户人家、六百八十一人一夜之间竟全部死绝！老人、小孩、妇女……死状相同，七窍流血，满脸都是惊怖狂乱的神情，死时显是痛楚已极。

蚩尤想到这几日以来，岛上村民的热心相待，想到他们温暖而真挚的笑颜，全身剧颤，悲不可抑，突然仰天发出嘶哑的狂吼。声如惊雷，木叶乱飞。

晏紫苏见他昂身怒吼，刀疤扭曲，说不出的狰狞可怖，心下害怕，忍不住朝

后退了一步，低声叫道："呆子，你……你这般好生吓人。"

蚩尤听若不闻，只是嘶声悲吼，心中那悲怒仇恨越来越炽热，如同火山一般汹涌喷薄，蓦地转身朝海边飞掠而去。

晏紫苏失声道："呆子，你去哪里？"蚩尤厉声喝道："我要先杀了那妖龙，再去海神宫找那老贼算账！"

晏紫苏脸色苍白，眼中满是惊惶恐惧之色，大声呼喊阻止，蚩尤只是不听。晏紫苏蓦一顿足，咬牙追去。

海风呼啸，巨浪滔天。蚩尤掠入港湾，解下一艘铁木船的缆绳，收锚起桨，便欲出海。晏紫苏飞也似的追到，将缆绳紧紧拽住，叫道："呆子，你疯了吗！你经脉尚未痊愈，真气不畅，那妖龙又远非普通凶兽，你……你这般莽撞，不是自寻死路吗？"

蚩尤目眦欲裂，喝道："大丈夫言出必践，有所必为！我昨日答应了路长老，岂能自食其言？就算粉身碎骨，也要先将这妖龙碎尸万段！"

晏紫苏道："那好。但终需养好了伤再说吧？若是你出了意外……又有谁给这些乡亲报仇？"

蚩尤厉声道："等我养好伤势，那妖龙说不定便找不着了，这血海深仇又要等到何时能报？"

晏紫苏顿足道："呆子，君子报仇，十年不晚。蜃楼城被攻灭，你不也忍到现在了吗？"

蚩尤怒道："蜃楼城是我自己之事，自然可急可缓。但这些村民为了救我，惨遭横祸，我若是顾忌自己性命，畏头缩脑，又怎对得起六百八十一条人命！"厉声道："况且水妖与我不共戴天，我今日正要直捣海神宫，将这些臭鱼烂虾杀个干净！"

晏紫苏又气又急，万般苦劝，蚩尤只是不听。晏紫苏急得泪珠打转，怒道："呆子，海神宫中高手众多，又有许多凶厉的妖兽，你……"眼圈一红，哭道："你若是出了意外，我……我也不想活啦！"

蚩尤闻言心中"咯噔"一响，登时软了下来，但想到全村老少横死的惨状，恨炎怒火立时又直贯脑顶，满脸暴戾杀气，喝道："放开！"

晏紫苏紧抓不放，珠泪滚滚而下，哭道："呆子，你怎么就不明白我的心思？我不要你去送死！我不要你死！"

蚩尤狠下心不看她，沉声道："你若不随我出海，便在这岛上等我。待我杀了妖龙，捣了海神宫，自会回到岛上找你。"双臂一震，碧绿色的真气蓬然鼓舞，将缆绳瞬间震断。

大浪冲来，铁木船轰然荡起，随着波涛朝海外漾去。晏紫苏顿足哭道："站住！"蚩尤充耳不闻，奋力划桨，破浪穿涛而去。

蓝空白云飞舞，漫海碧浪狂涛。铁木船在风浪中如电穿行，瞬时间便冲出百丈之遥。蚩尤远远地听见身后传来晏紫苏的哭叫声，被潮湿而迅猛的狂风撕裂得淡不可闻。心中绞痛，深知今日一去，或许永无相见之时，热泪险些便要夺眶而出，忍不住扭头望去。

却见滔天巨浪中，晏紫苏紫衣飘舞，驭风踏浪，如落叶飘摇飞卷，跌宕追来。俏脸雪白，玉箸纵横，咬牙哭道："呆子，你非要逼我说出来吗？岛上村民不是海神宫人所杀，都是……都是我用蛊毒杀死的！"

"轰隆！"当是时，晴空中突然响起一声惊雷，狂风悲吼，大浪怒啸。

蚩尤仿佛蓦地被雷电劈着，周身倏然僵硬，直愣愣地回头望去，惊怒、疑惑、悲痛、伤心……交相杂陈，哑声道："你说什么？"

晏紫苏脸色煞白，忽地一阵害怕后悔，但话已出口，索性大声喊道："他们都是我杀的！不干海神宫的事。今日海神宫来人，我怕他们将我们供了出来，所以就趁着黎明你睡熟的时候，将他们全部杀了！"

蚩尤泥塑一般地站着，不可置信地望着晏紫苏，双目中突然燃烧起熊熊怒火，面目扭曲狰狞，双拳紧握，周身骨骼"啪啦啦"爆响，咬牙切齿道："妖女，他们……他们救了我们，待我们直如亲人，恩德如此深厚，你……你竟然恩将仇报……"悲怒之下，他浑身颤抖，语无伦次，眼角竟沁出两行血泪，沿着刀疤扭曲地流过脸颊，显得说不出的凶恶狞厉。

晏紫苏站在浪尖上东摇西摆，仰头颤声道："不错，我是恩将仇报。但在这世界上，我在乎的，只有你我两个人的性命。你说我自私也罢，冷血也罢，我决计不能让任何人威胁到我们……"

蚩尤大吼道："住口！"眼中凶芒大盛，脖颈青筋暴起，森然道："我当真是瞎了眼，竟会和你这样冷血无情的妖女同流合污！我要杀了你，给六百多个冤魂磕头谢罪！"暴吼声中从铁木船上冲天飞起，如青龙绕舞，雷厉风行。

晏紫苏眼前一花，突觉杀气迫面，心中大惊，想要避让却已不及，脑中瞬间

闪过一个念头“召唤两心知将他杀死”，但脑海中闪出他惨死的情景，登时心如刀绞，娇躯剧颤。泪水潸潸而下，闭眼仰头，凄然笑道：“你杀了我吧。”

蚩尤如遭电击，大吼一声：“罢了罢了！”旋转着冲天飞起，掌中螺旋真气轰然电冲，将席卷翻腾的巨浪击得碎沫飞扬。翻身跃回铁木船头，仰天狂吼，如滚滚惊雷，波涛辟易，飓风失声。

蚩尤连吼了十几声，心中悲怒稍解，在船头跪倒，对着白石岛的方向磕了三个响头，大声道：“各位父老乡亲在天之灵，这妖女于我有数次救命之恩，倘若我杀了她，便是忘恩负义。乔某不能亲手取这妖女头颅向你们谢罪，但我定当杀了那妖龙，为所有死难的乡亲报仇雪恨！”

愤然起身，全力划桨。忽然心中剧痛，“两心知”狂肆咬噬起来，如万箭齐攒，险些晕厥。只听晏紫苏颤声道：“我绝不让你平白去送死！”

蚩尤心中狂怒登时燃至沸点，蓦地将真气调聚右手，大喝一声，不顾一切地化手为爪，径直插入自己的胸膛！

晏紫苏失声惊呼，险些被巨浪掀翻。

鲜血喷射，蚩尤大汗滚滚，咬牙又是一声大喝，血丝飞扬，硬生生将自己的心脏掏了出来！左手颤抖着插入扩张跳动的心房，闪电似的将那七彩甲蛊“两心知”从中夹出，陡然夹为粉碎！

晏紫苏心中抽搐剧痛，大叫一声，真气陡然迸散，被狂浪卷入波涛之中。泪眼迷糊，心中悲伤、恐惧、后悔、担忧……仿佛这海上的八面狂风，将她吹得不知西东。

恍惚中，看见蚩尤嘶声怒吼，将心脏倏然送入胸膛血洞，以法术封住，又将那“两心知”重重抛入怒海惊涛。迎着风浪，站在船头冷冷地乜斜望她，厉声喝道：“从今日起，蚩尤与你恩断情绝，再无任何瓜葛！”

晏紫苏“啊”的一声低吟，心中绞痛，泪水汹涌而出，周身仿佛被掏空了一般，空荡而剧痛……

大浪奔腾，她什么力气都没了，像柳絮，像落花，随波沉跌宕浮。眼睁睁地看着蚩尤驾船消失在碧波白浪中，听着涛声悲奏，海鸟长哭，脑中空茫，只是在重复地想着一个烧灼而冰冷的念头：从今往后，她又将是孤单单的一个人了……

白日当空，蓝天无云。西海上风浪渐小，水天一色，碧波苍茫。

蚩尤划行许久，嫌那铁木船破浪太过缓慢，索性将它扛在肩头，驭风踏浪飞行。他一怒之下，将心挖出，受伤极重，虽然以法术愈合伤口，但气血依旧不很通畅，如此踏浪奔行了半个多时辰，早已过了村民所说的妖龙出没之地，伤口剧痛，疲惫不堪。当下将那铁木船放下，跳入舱中稍作休息。

他四下极目远眺，风平浪静，海鸟飞翔，偶尔有龙鲸喷水，飞鱼滑行，此外再无动静。

蚩尤心下失望，忖道："那妖龙不在此地，究竟会去哪里？是了，倘若当真是来寻找我们的，多半会到附近岛屿一一查寻。"突然一凛："难道那妖龙当真已去了白石岛？"想到晏紫苏仍在岛上，心中寒意大盛，直欲返身冲回，转念又想："那妖女咎由自取，我已与她殊无瓜葛，替她担心作甚？"心下恨恨，又坐下身来。

但蚩尤脑海中满是晏紫苏娇媚俏皮的笑靥，挥之不去，越发心烦意乱，心脏伤口更是痛不可抑。他吐了口气，收敛心神，喃喃自语道："他奶奶的紫菜鱼皮，妖孽，我就不信你不现身。"当下仰天躺在船舱之中，双臂后枕，决意在此相候。

阳光灿烂，暖暖地照在他的身上。微风吹来，潮湿咸涩，带着熟悉的海洋的气息。蚩尤重伤未愈，又自添新创，在海上踏浪奔行许久，早已不支。此刻漂浮海上，仰望蓝天，困乏之意立时涌将上来，过了片刻便沉沉睡去。

迷糊之中，仿佛已追回到白石岛上。放眼望去，岛上人流如梭，喧闹欲沸，所有村民竟都活转了过来。正自欢喜，忽然瞧见众村民愤怒地瞪着他喊道："就是他！杀了这浑小子！"一齐挥舞着渔叉砍刀追了过来。心中惊诧，但不愿与众人动手，回身狂奔。

忽然瞧见晏紫苏被绑缚在海边巨石上，西海老祖、九真围在身旁，哈哈狂笑。那鸠邑竟然未死，淫笑着捏住晏紫苏的脸颊，朝着他叫道："小子，你的女人在我们手里，老子想捏成方的、圆的、扁的，都不干你什么事……"

蚩尤心中大怒，吼叫着冲去。西海老祖等人狂笑声中，突然变为巨大的冰甲角魔龙，咆哮甩尾，将晏紫苏打得粉碎！

蚩尤惊怖悲痛，大叫一声，蓦地坐起身来。阳光灿烂，满海金光，一只停在船舷上的鸥鸟吃了一惊，鸣啼振翅，仓皇逃离。蚩尤惊悸未定，想起梦中晏紫苏哀哭呼喊的情景，心如针扎，冷汗遍体。

晏紫苏为了救自己，叛族杀鸠扈，早已走上不归路。倘若当真被妖龙及群魔抓住，必定求生不得求死不能！若是落在那淫魔西海老祖的手中……蚩尤心中森冷，猛地站起身来。

又想到昨夜自己心中立誓，对晏紫苏永不离弃，而仅一夜，便将她孤身丢弃在孤岛之上，心中登时起了羞惭愧疚之意。蓦地一阵冲动，便欲扛起铁木船赶回白石岛。

但想到白石岛上六百多个村民横死的惨状，不由得又怒意勃发，恨恨忖道："那妖女作孽多端，万死难赎其罪！"思忖再三，心道："罢了，我先将她送到安全之处，从此便不再管她生死！"

计较已定，翻身踏浪，他将铁木船扛于肩上，驭气急速飞奔。

绿浪起伏，金光闪闪。万千飞鱼从他身边倏然掠过，在阳光下闪耀着无数道银亮的弧线，遥遥破入碧浪之中，绽开朵朵雪白的浪花。不知名的巨大海兽钻出海面，引颈长啸，灰色的鸟群在它头顶盘旋。

蚩尤心下焦急，丝毫不顾海上逍遥美景，驭风急速飞奔。忽听远远地传来女子惊惧的叫声："救命！救命！"心中一凛，循声望去。却见北面海上，白浪滚滚，迤逦而去。凝神再听，那叫声婉转悦耳，却非晏紫苏。蚩尤心道："难道是什么海兽害人吗？"当下毫不迟疑，立时折转，疾追而去。

海浪轰然炸开，一个怪物冲天飞起，竟是一个纵横四丈有余的巨蟹。蟹壳上斑纹点点，长眼乱转，双钳张舞，口中喷出白沫。八脚在海浪上飞速横行，朝西逃去。

蚩尤眼尖，瞧见那巨蟹左钳上分明夹了一个三尺余长的海螺，色彩斑斓绚丽，但海螺壳中却非螺肉，而是一个极为美艳的小人女子！那女子瞧见蚩尤登时大喜，挥手呼喊不已。

蚩尤高高掠起，将铁木船往空中一抛，翻身跃上。足尖一点，借势疾冲，转瞬间跃到那巨蟹背壳上。巨蟹团团乱转，脚爪齐挥，却够触不着。蚩尤心道："经络初好，正好拿你活动活动筋骨！"大喝一声，蓦地一掌化为手刀凌空怒斩。

青光轰然飞舞，如弯刀疾砍在巨蟹硬壳上。"咔嚓"一声闷响，那巨蟹的厚壳登时迸碎开来，白花花的蟹肉如落英飞舞。那巨蟹怪叫一声，朝海里沉去。

蚩尤抄身飞掠，左手一弹，碧光如电，将那巨钳瞬间击断。反手接住海螺，一气呵成，稳稳地落在漂浮旋转的铁木船上。

那小女子瞧着巨蟹沉入海底，拍手笑道：“活该！”凝视蚩尤，脸蛋红扑扑地笑道：“小女子寄居人族海梦，多谢公子救命之恩！”蚩尤心中一凛，原来她竟是传闻中的西海寄居人。

西海寄居人身高不过三尺，喜欢寄居于西海大螺或蟹壳之内，适应生存能力极强。勇敢团结，遇到攻击之时，群体作战，极为凶猛。

寄居人手上有吸盘，可牢牢吸附于任何物体之上；背脊上三只触角，可以喷射出剧烈的毒液，熔化一切硬物，麻痹敌人神经。一旦钻入敌人体内，据之不去。是以虽然外表娇小柔弱，却是极为难缠可怕的族群。这寄居人女子若非落单，被巨蟹紧紧钳住，动弹不得，多半无须蚩尤相救。

蚩尤心中记挂晏紫苏，不愿盘桓，说道：“既然姑娘已经没事，我便告辞了。”海梦叫道：“公子且慢！”见蚩尤诧异望来，嫣然一笑，道：“不知公子将欲何往？”

蚩尤指了指东北方向。海梦“哎呀”失声，摇头道：“那里危险得紧，公子切莫过去！”

蚩尤一凛，脱口道：“难道妖龙在那里吗？”海梦奇道：“妖龙？是了！西海上的许多怪龙海兽都被吸到大漩涡里去了。若不是我们逃得快，这次也要完蛋啦！”心有余悸，忍不住拍了拍胸脯。

蚩尤皱眉道：“漩涡？”海梦道：“是啊，那里突然出现了一个大漩涡，把鲸鱼鲨鱼、小虾小米全部都吸进去了。我们逃得快，不过偏生遇上那群该死的斑点蟹，险些要了我的小命呢。”

蚩尤心下大奇，自己从白石岛过来之时，虽然风浪甚大，但绝无涡流海漩，难道又是那妖龙使的怪吗？当下精神大振，便要前往。海梦听他要去彼处，俏脸煞白，连连劝阻。

正说话间，忽听鸟声如雷，轰鸣阵阵。转头望去，只见蓝空中突然乌云弥漫，急速飞移，定睛望去，竟是黑压压的鸟群，惊慌失措，汹汹飞掠。

东北海面上白浪滚滚，无数龙鱼高飞低掠，在海面上滑翔撞击，乱冲而来。既而是无数飞鱼、翼海兽，成群结队破空穿舞。过了片刻，波涛越发汹涌，突然之间海面上又多了无数的海兽巨鱼，在海面飞速穿行，发出此起彼伏的怪叫声，乘风破浪而来。

海梦花容失色，叫道："公子，瞧见了吗？它们定然都是逃避那漩涡而来的。"突听许多人迭声叫道："海梦！海梦！"却见一只巨大的虎皮鲸喷吐着冲天水柱，急速游来。斑纹糙皮上附着了万千彩螺、贝壳，壳内尽是身高不及三尺的寄居人，男女老少一齐不住地挥手，极是欢喜。

海梦大喜，对蚩尤笑道："公子，我的族人来啦！"

突听一声"轰隆"巨响，海面突然掀起数十丈高的浪墙，无数鱼兽怪叫声中，被抛飞而起，相互撞在一处，血肉横飞，簌簌掉落。

蚩尤大喝一声，右手抓起铁木船，左手抓握海梦寄身的彩螺，借着那惊天海浪狂嚣之势，穿过缤纷交错的鱼兽尸体，朝后上方疾冲而去。

海梦失声惊叫，只见那虎皮鲸被高高抛摔，凌空翻滚，无数寄居人纷纷尖叫掉落。

突然，凭空响起一声震天裂云的狂吼，令人肝胆尽裂。浪墙坍塌，海面陡然迸炸，冲涌起数十丈高浪花。漫天白沫中，一条巨大的独角怪龙腾身甩尾，张牙舞爪，冲天飞起。

巨浪滔天，海兽悲呼辟易。那怪龙身长六十余丈，周身冰甲，寒光闪闪，如轮血眼，獠牙森森。独角如冰月弯刀，隐隐带着淡淡的血色，张口狂吼，长舌跳跃，狰狞凶厉。

"冰甲角魔龙！"蚩尤惊喜狂怒，脱口而出。

妖龙狂吼声中，翻腾电冲，巨口突然变大数倍，将虎皮鲸一口吞入。"哧哧"轻响，獠牙没入斑纹鲸皮，鲜血激射数丈来高。虎皮鲸剧烈挣扎，附着其上的寄居人纷纷摔飞落海，仍有不少苦苦吸附其上，状极惊险。

妖龙咆哮，仰颈甩身，巨口撕咬，虎皮鲸悲鸣声中被倏然吞入。附着鲸皮的数百名寄居人也随之消失在那血盆巨口中。海梦掩口惊呼，泪水蓦地流了出来。

那妖龙意犹未矣，飞舞怒吼，蓦然朝身在半空的蚩尤电冲而至，巨尾轰然横甩，惊涛狂浪飞卷高射。

蚩尤只觉一股无法想象的巨力铺天盖地地猛撞而来，避无可避，唯有奋尽全力抵挡，借势后退。但真气方甫激生，胸膛便如被万钧重击，大叫一声，喷出一股鲜血，冲天摔飞。

妖龙狂吼声中，巨尾接连飞甩。方圆十里之内，万千水柱冲天喷涌，碧浪如道道巨墙倾摇崩塌，鱼兽被旋风激浪掀带，破空乱舞，血肉迸飞。

蚩尤麦秆似的飘摇悬浮，险象环生。海梦更是惊叫迭声，手盘紧紧吸住蚩尤的左臂不放。

蚩尤苦撑片刻，方知晏紫苏所言非虚，在这妖龙面前，他唯有逃避，殊无反击之力，心中暗惊："他奶奶的紫菜鱼皮，难怪这妖孽是十大凶兽之一，竟和那赤炎金猊不相上下？！"热血上涌，斗志被激得越发昂扬，心道："这妖龙独角之下、两眼之间的那块软肉必是其要害，老子将它剜出来！"

他蓦地怒吼，背负铁木船，踏风穿掠。从妖龙巨尾下卷舞翻过，冲天而起，怒箭似的电射到妖龙额头，右手真气鼓舞，五道青光从指尖爆射飞舞，朝着妖龙两眼间的软肉全力击下。

妖龙如雷咆哮，那巨大的独角突然绽出一道汹涌的银光，霹雳似的怒射在蚩尤身上。蚩尤"啊"的惨叫一声，周身仿佛被利刃突然劈开，迸飞碎裂，身不由己地朝后飘荡飞去。

妖龙怪啸声中，曲身腾舞，巨尾当头砸下！

蚩尤此时任督二脉灼烧似裂，剧痛欲死，丝毫不能调集真气闪避，眼睁睁地看着那银光白弧夹带凶厉狂风劈头击来，却徒呼奈何。正暗呼糟糕，忽听海梦吹出一声清亮的口哨，海浪飞溅，无数寄居人驮着彩螺贝壳，倒射冲天，"咄咄"连声，紧紧地吸附在妖龙冰甲上。

众寄居人一齐发出清亮口哨，如蝉声密集，三只触角纷纷从壳内弹出，绿浆喷射。妖龙发出凄厉狂怒的嚎叫，周身陡然抽紧，银白色的冰甲上冒出万千道青烟，这至为坚硬、连苗刀无锋也只能伤之毫厘的冰甲，竟被万千寄居人的毒液灼穿出无数小洞！

妖龙痛极号啸，顾不得蚩尤，在空中发疯似的乱舞，巨尾击在海面，狂浪冲天，将蚩尤卷得朝后翻滚。

妖龙曲弹腾舞，竭力将众寄居人甩脱，但这万千小人紧紧吸附，只有少数被簌簌震落。妖龙狂吼声中，忽然一头栽入西海，波涛汹涌，消逝无踪。

蚩尤在波浪上疾冲出数百步，方才调整过来，体内剧痛稍消，但任督二脉又受重伤，绝非一时可以修复，低头对海梦道："多谢！"

海梦"咯咯"笑道："你先救了我一命，这下算是扯平啦！"

当是时，惊涛飞涌，绿浪摩云，妖龙笔直冲天飞去，在空中忽然一震，逸射出万道金光。众寄居人惊叫声中，纷纷被金光弹射抛落，只有百余名勇悍小人依旧苦苦吸附在冰甲上，再次喷出烧灼毒液。

妖龙怒号，利箭似的俯冲而下，堪堪朝蚩尤扑来。

腥臭寒风轰然鼓舞，妖龙巨口暴张，如纵横十丈的血红大洞般迎头罩下！密集獠牙仿佛万刀交错，红信如赤蛇拍卷，恶臭涎水更仿佛暴雨洒落。

蚩尤不怒反喜，大喝："来得正好！"右手抡舞铁木船，倏地卡在它巨口之间。

"当！"铁木船极是结实，被妖龙上下颚夹击，竟仍坚韧地支持了刹那。电光石火，獠牙交错，就在铁木船即将弯曲迸碎的瞬间，蚩尤夹抱海梦，奋起周身真气，闪电般冲入妖龙口内。

蚩尤当年在东海，与拓拔野一道不知降伏了多少恶龙凶兽，经验颇为老道。与这等凶兽相斗，最为危险的便是在其体外之时，若能顺利进入其口腔之中，反倒大大安全；倘若能进得凶兽肝脏，取其灵珠，无论它有多么凶狂，也立时变得服服帖帖。

冰甲角魔龙的独角凶威极烈，周身冰甲坚不可摧，长牙锐利可破钢铁，巨尾又有开山裂地之神力。他眼下重伤未愈，若在妖龙体外恶斗，不出三十回合，必定非死即伤，是以见它狂乱中张口咬来，反倒大喜，趁势冲入其口中，寻机入其肝脏，取其灵珠。

这妖龙被众寄居人所制，剧痛难忍，威力大减，被他瞅空从牙隙倏然穿过。蚩尤凝身站定，长舒一口气，凝神聚气，右手挥舞"奔雷刀"，碧光呼啸，怒斩在挥卷而来的妖龙长舌上。

"嘭！"长舌断裂，血光喷舞。

那妖龙痛极狂吼，声浪从喉中轰然冲出，如狂风澎湃，登时将蚩尤冲得重重撞在上颚。妖龙体内除了那舌头之外，无一处不是坚硬逾钢。蚩尤在它口中东飞西撞，痛得骨架仿佛要震散一般。

当下运转真气，收住身形，在妖龙口颚上贴滑游走，趁着妖龙嘶吼方毕的刹那，倏然冲入它的咽喉，朝下径直飞掠。

妖龙剧痛摆舞，时而上天，时而入海。蚩尤在它体内奔窜，亦是东摇西撞，若非护体真气极强，早已撞成了残肢断体。海梦吸附在他臂膀，尖叫不断。

蚩尤青光眼碧芒绽放，洞悉毫厘，奔行片刻，终于到了妖龙肝脏处，远远地便瞧见一颗直径两尺的银色龙珠在肝脏中韵律跳动，闪耀着柔和的光晕。蚩尤大喜，笑道：“他奶奶的紫菜鱼皮，瞧你现在还能如何猖狂！”

正飞身掠去，突然汗毛直乍，心中一凛，前方、左右，三股可怕的锐利杀气轰然冲到！

蚩尤念力及处，发觉右侧敌人最为脆弱，大喝一声，朝右电冲，双掌翻飞，两道翠绿光弧从掌心交错飞舞，合掌旋斫，倏地化为一道凛冽光刀，向那人呼啸怒斩。

“轰”的一声闷响，蚩尤全身剧震，任督二脉有如迸裂一般。那人大叫一声，朝后败退。

蚩尤强忍剧痛，急旋转身，将海梦推送到安全的角落，真气鼓舞，气刀如奔雷海啸，猛地将左侧那人砍得踉跄奔退。

最后那人嘿嘿笑道：“好小子，难怪老祖杀你不死！”突然金光怒放，蚩尤眼前一花，神识倏地溃散，剧痛攻心，全身仿佛炸将开来一般。

天旋地转，仿佛被那金光连地拔起，陷入耀眼的旋涡，朝着金光中心冲去。那金光耀眼迷乱，恍惚之中，似乎听见无数凶厉的猛兽嘶吼，瞧见无数狞厉凶兽从金光中狂奔而出，咆哮着向他扑来。

无数血盆大口当头噬下，森然獠牙如万刀交错，利爪尖角西面八方围攻而来。刹那间，他仿佛被撕成了碎片，痛得连知觉也迟钝起来。

迷迷糊糊中他忽地想起：这是春秋镜！是百里春秋驭兽吸魂的念力妖镜！心中大凛，倘若被这金光吸入镜中，只怕再也没有生还余地！神志陡然一醒。

海梦从彩螺中探出头来，却见黑暗中，一个仙风道骨的白发老者微笑而立，手中一面青铜镜耀射绚丽金光。蚩尤翻卷摇摆，在那道金光中苦苦挣扎，一点一点地朝青铜镜中飞去。两个黑衣男子怪笑着袖手旁观。

海梦心中暗暗担心，突然想出一个主意，悄悄地绕过众人身后，无声无息地爬去。

蚩尤大喝一声，摒除所有杂念，凝神朝后方飞退。但那金光犹如无形而坚韧的铁索，将他紧紧缠缚。他站在金光中剧烈震动，周身衣袂翻飞，突然“哧”的撕裂开来，断布碎帛纷乱狂舞，倏然吸卷入春秋镜中。

大荒中高手相争，最为忌讳的便是念力的直接对决。盖因念力相近者，如此缠斗必定两败俱伤，而若是念力弱于对方，稍有不慎，元神为之所控，便有魂飞魄散之虞，极为凶险。

百里春秋自恃念力高强，借助神镜威力，其念力更是倍增倍长，是以毫无顾忌，妄图将蚩尤一举收入镜中。

却不知蚩尤天生木灵，意志又极是坚定，念力之强犹在拓拔野之上，此刻经络虽有多处重伤，但斗志昂扬，念力积聚，反倒比平素更加鼎盛。

百里春秋一时之间也不能将他封印纳入，心中讶异恼怒，想起当日败给拓拔野的羞辱，不敢大意，聚精会神，全力以赴。

那两个黑衣男子瞧得老大不耐，但深知百里春秋脾气，不敢上前相助。一人笑道："百里神上，眼下正事要紧，不必与这小子较劲斗狠。"另一人笑道："蚩尤小子，你看看她是谁？还不乖乖投降？"

蚩尤心中一寒，忍不住转头望去，脑中轰然一响，遍体森冷，如坠万丈冰崖之中。只见那两个黑衣男子之间，绑了一个紫衣女子，黑发凌乱，衣裳破碎褴褛，雪白的肌肤上尽是道道血痕，也不知吃了多少苦头，受了多少折磨。俏脸上瘀紫了一块，脸颊高高隆起，一双盈盈泪眼，哀伤、欢喜、凄凉、担忧地凝望着他，经脉被封，想说什么却发不出声来——正是九尾狐晏紫苏。

百里春秋蓦地一声清啸，金光震动，蚩尤闷哼一声朝后摔飞。

百里春秋大袖飘飘，将神镜收纳其中，哈哈笑道："说得不错，有晏国主在手，我又何必动用神镜？"

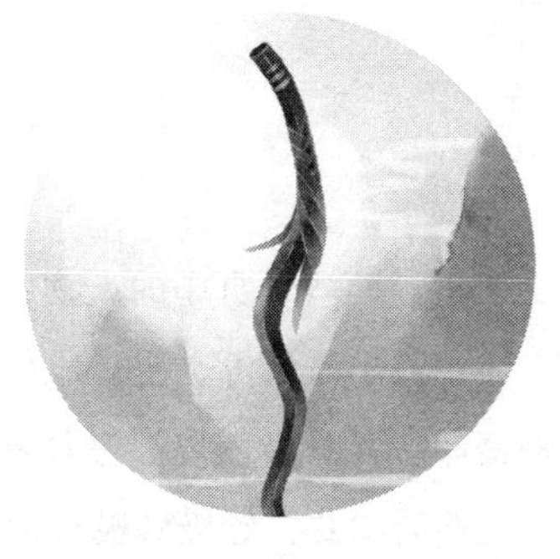

第二十二章 翻天神印

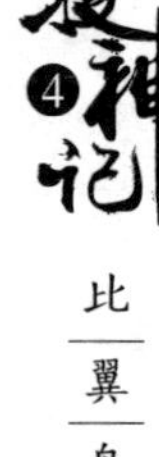

蚩尤识得那两个黑衣男子正是西海九真中的人物，以此二人，再加上百里春秋，自己决计讨不得好去。要想救出晏紫苏，更是难如登天。思绪飞转，哈哈狂笑道："这妖女害得我几乎丧命，我日日夜夜都想着要剜她的心，吸她的血，没想到她也有今日，竟被自己人整治如此，妙极妙极！大快我心！"

晏紫苏嘴角挂着淡不可察的微笑，妙目凝视着他，满是赞许的神色，眼角却忍不住流下一颗泪来。

百里春秋摇头微笑道："晏国主，你听见了吗？你为了这小子，连性命也不要，他竟然如此薄情寡义。我见了都替你难过。"

那略显高瘦的黑衣男子阴森森地笑道："百里神上此言差矣，这小子既然不是晏国主的姘头，那我们就更加不必客气了。这一路征途遥远，单调乏味，不如让晏国主陪我们解解闷吧……"

那矮胖一些的黑衣男子拍掌淫笑道："白卮真人说得是。冬青久闻青丘九尾狐骚媚入骨，颠倒众生。可惜被真神护着，连老祖都只能暗吞馋涎。现在她成了阶下囚，咱们再不尝鲜便没机会了。"说着轻浮地捏了一把晏紫苏的脸颊，与白卮真人一起哈哈淫笑起来。

蚩尤大怒，双目尽赤，那股麻痒之意又从心肺缓缓地爬过咽喉，一点一点直贯脑顶，恨不能将那脑满肠肥的胖子冬青一掌拍成肉酱。

百里春秋微笑不语，嘲讽而挑衅地盯着他，长袖鼓舞，念力镜在袖中"呜呜"旋转，伺机而发。

蚩尤强忍怒意，哈哈笑道："他奶奶的紫菜鱼皮，西海九真果然色胆包天，连浑身蛊毒的九尾狐都敢轻薄无礼，蚩尤甘拜下风。"

白庑真人与冬青真人对望一眼，哈哈大笑。冬青真人斜眼淫笑道：“小子，多谢关心。要摘花儿，哪能不拔刺？这骚狐狸全身上下，里里外外，早被我们震得一干二净，担保连一只蚂蚁也剩不下了。”

白庑真人抓住绳索，陡然一拽，登时将晏紫苏吊了起来。她周身紧缚，衣不蔽体，这般高高吊起，更加凹凸浮现，令人血脉贲张。

冬青真人摇头笑道：“妙极妙极！”双手一振，真气飞舞，晏紫苏身上残破的衣裳登时簌簌掉落，露出雪白圆润的肩头。

蚩尤再也按捺不住，怒吼道：“住手！”

白庑真人阴笑道：“怎么？小子，你也想尝尝味道吗？”冬青真人笑道：“那有何难？不过只怕要排在我们两兄弟后头了！”哈哈狂笑着伸手朝晏紫苏的脸上摸去。晏紫苏恍然不觉，只是怔怔凝望着蚩尤，泪水接连不断地滑过脸颊。

蚩尤暴怒已极，那麻痒之意在头顶轰然炸开，狂吼声中，便欲出手。

当是时，妖龙突然发出一声凄切恐惧的哀号，腔壁剧震，疯狂甩动摆舞。

众人一惊，只见冰甲角魔龙肝脏间的龙珠竟被一个寄居族女子以触角急速切下，藏入彩螺之内。那女子瞟了众人一眼，“咯咯”笑道：“好大的珠子，海梦正好研磨成珠粉，护肤养颜。”说罢飞也似的逃离。

三水妖又惊又怒，此行他们怀着极为重要的任务，这冰甲角魔龙乃是关键，若被那寄生女子取去龙珠，误了正事，后果不堪设想。

百里春秋沉声道：“抓住她！”白庑真人与冬青真人倏然交错，朝着海梦消失之处闪电追去。

蚩尤大喝一声，闪电飞掠，真气轰然鼓舞，化为气旋光刀，朝着百里春秋当头斩下。

百里春秋长袖挥舞，春秋镜脱手飞旋，金光汹涌迸爆，登时将蚩尤气刀震得粉碎。蚩尤当胸被金光劈中，鲜血狂喷，却借着那撞击的巨大冲力，螺旋飞舞，趁势一把抱住晏紫苏，哈哈狂笑道：“多谢了！”急电穿掠，转瞬间便冲出了百余丈远。

他紧抱晏紫苏，高蹿低掠，忍住经脉震伤的剧痛，左手翻飞，将她经络一一解开。晏紫苏“啊”的一声，双手双脚如八爪鱼般，紧紧将他勾缠抱住，滚烫的泪水潸然流淌，悲悲切切泣不成声，哭道：“呆子，我以为你不会管我啦。”

蚩尤心中大软，但想到白石岛村民的死状，又硬起心肠，将她硬生生拉开，

冷冷道：“晏国主，我与你再无瓜葛，请你自重。”

晏紫苏低声道：“你还在生我的气吗？”见蚩尤冷冰冰地不理她，自顾驭气狂奔，便又搂住他的脖颈，柔声道：“好哥哥，我……我做得不对，我错啦，从今往后，我再也不敢啦，你就原谅我吧？”

见她怯生生地望着自己，软语哀求，泪汪汪的眼中满是可怜巴巴的神色，蚩尤心中登时又软了下来，忍不住便要出口答应，旋即又想：“这妖女生性自私凶残，杀人不眨眼，随口应承之事岂能相信？”他怒上心头，当下冷冷地“哼”了一声，任她如何哀怜乞求，只是不理。

晏紫苏见他冷若冰霜，面无表情，也不知心里在想些什么，心道：“倘若那‘两心知’还在他心中便好了。”想起他午时硬生生剜出自己心脏，疾言厉色所说的那句决裂话语，心下难过，泪水扑簌簌掉落，黯然低声道：“你当真不愿再理我了吗？”

蚩尤青光眼凝神探望，见百里春秋尚未追来，忖道：“是了，那老贼必是忌惮我们两人携手，不敢追来。”心下稍宽。

晏紫苏见他始终不理自己，又是伤心，又是失望，突然之间觉得万事了无兴味，心道：“你既然不愿理我，方才又何苦来救我？倒不如让我死了干净！”悲苦难抑，泪水汹涌而出。

蚩尤奔行片刻，想起海梦，蓦地顿住，心道：“那小丫头若是落到水妖手里，必定生不如死。她冒死救我，我岂能置她不顾？”当下又转身飞速奔掠。

晏紫苏见他忽然回头，大感诧异，蓦地明白他必定是为那三尺美人而去，心中登时升起强烈的妒意，忍不住便想喝问蚩尤与那三尺美人有何瓜葛，竟使得她甘愿以死相救，但知道倘若相问，蚩尤必定更加怒不可遏。

她心道：“他已经和我恩断情绝，再找任何女子也与我不相干了。”一念及此，心底更如万针齐扎，竟忍不住大声哭了起来。

当是时，妖龙狂肆翻腾，天旋地转，忽然听见澎湃的水声，轰雷作响，似有极为猛烈的涡流从妖龙口中涌入。

蚩尤一凛，猛地将晏紫苏紧紧抱住，喝道：“屏住呼吸！”话音未落，轰然震响，滔滔狂流飞旋冲卷，如天河恣肆，将二人瞬间卷溺，朝着妖龙肚腹疾冲而下。

那涡流来势凶猛，两人螺旋跌宕，身不由己，转瞬间便被冲卷到妖龙胃部，高高抛落。

恶臭熏人，妖龙胃囊中黄浆沸腾，气泡滚滚，白汽蒸腾，无数鱼兽尸首骨骸翻涌沉浮。

蚩尤知道这妖龙胃液必定有极为可怕的腐蚀力，一旦落下，必被烧灼重伤。看见那顶立正中的巨大银白石柱，蓦然大喝一声，与晏紫苏一齐踏空抄步，扑到那石柱上。不料身体方触石柱，陡然一空，竟被吸了进去，跌坐其中。

蚩尤又惊又喜，起身环顾，突然明白这银白石柱便是当年寒荒大神镇伏妖龙的神针。石柱中空透明，上方幽深，不知通往何处。

隔着石柱朝外望去，只见滚滚涡流如瀑布一般倾泻而下，无数的鱼兽如雨坠落，在妖龙胃液中蹦跳了片刻，便化为森然白骨。

晏紫苏惊魂未定，一时竟忘了哭泣。蚩尤见她怔然不语，脸上泪珠半悬，赤身半裸，血痕满布，心中怜意顿起，“哼”了一声，将自己衣裳脱下，丢给她，皱眉道：“你怎会遇上这妖龙？”

晏紫苏见他终于关心自己，心中更觉悲苦委屈，抓着衣服又哭了起来，哽咽道：“你……你终于舍得理我了吗？”她抹着眼泪，抽抽噎噎地说道：“你走了之后，我一个人在海里漂浮，孤苦伶仃，恨不能立即死了，心想，倘若现下妖龙来了，那才好呢……”

蚩尤心中一阵羞愧，忖想：“她虽然有千般不对，但终究是个女子，又于我有大恩。我这般将她独自丢弃在险境，实在也不该了。”

晏紫苏道：“我在海里漂了许久，想着你孤身去找妖龙，凶多吉少，心底说不出的害怕，于是就一路追来。心底打定主意，倘若你见了面要赶我走，我便远远地跟着就是。到了此处，远远地便瞧见这妖龙，瞧见它将一艘铁木船吞了进去。那船上的一个男子，身形和你极像，我只道是你，心里又是害怕又是恐惧，险些……险些……”

她眼圈又是一红，刚止住的泪水又忍不住流了下来，低声道：“险些便晕了过去。想到今生今世再也见不着你，仿佛天地突然坍塌了。那一刻，我什么也顾不得了，只想着要从那妖龙的肚子里将你救出来……

“我发了疯似的冲进妖龙的肚子，四处寻找你。迎面却撞见了百里老怪和西海三真。他们见了我极为诧异，笑着问我到这里作甚，是不是来找他们的。我心里发虚，只道他们早已瞧见了鸠扈的泪影虫，所以才故意这般发问。又担心你的生死，着急之下，脑袋也糊涂啦，想着先发制人，不问青红皂白就对他们突然出了手。”

蚩尤一凛，心道：“难道他们驾驭妖龙到西海，竟不是来找我们的吗？”

晏紫苏道：“那四角真人最为差劲，被我立时杀了。但百里老怪奸狡得很，见势不妙就使出了春秋镜。我打他不过，又正心浮气躁，便被他们抓住了。百里老怪气急败坏，逼问我为何下此毒手。那时我才知道他们根本没有瞧见那泪影虫，回到西海也并非为了追缉我们。心里好生后悔，只怪自己太过鲁莽。”

蚩尤心中大震，百味夹陈。这妖女狡黠多变，心细如发，若不是记挂自己生死，慌了手脚，又怎会如此莽撞失态？

“百里老怪见逼问不出，便以摄魂大法套我说出了真相。”晏紫苏嘴角泛起苦涩的笑意，低声道：“想不到……想不到这些日子我千般忧虑，万般担心，这个秘密竟还是从我自己的口中说了出来。世间之事，有时真是滑稽呢。”

蚩尤默然不语，心道：“从今往后，她当真只能流亡天下了。”

当是时，轰然巨响，连绵不断。那妖龙又开始剧烈震动，急速旋转。涡流滔滔喷涌，胃液翻腾，四处飞溅喷涌。

蓦地天旋地转，那石柱底朝上，整个翻转过来。蚩尤与晏紫苏惊呼一声，朝着那石柱幽森的另一端口翻滚落去。

朝阳破晓，红霞似火，天蓝如海。

万里荒寒大地，也被染上了淡淡的金红色。冰山雪峰闪耀着七彩光泽，玲珑剔透。群山之间，鸟群鸣啼，横掠长空，与流霞共舞。

拓拔野与姑射仙子骑乘雪羽鹤，高空翱翔，寒风鼓舞，衣袂翻飞，似乎要出尘登仙一般。姬远玄与武罗仙子骑乘在豹羽凤凰上，紧紧相随。

四人穿云驭风，急速朝西北方向的密山飞去，远远地听见群山中传来闷雷巨响，滚滚不断。

众人极目远眺，只见西北地动山摇，雪峰摇摇欲坠，狭长的冰壑突然崩裂，乱石冰块冲天炸舞，无数道白色水柱喷涌激射，犹如万千白蛇破土而出。

姬远玄面色微变，沉声道：“糟糕，咱们来得迟了！”话音未落，那山崩地裂之势蓦然扩大，冰壑崩炸，急速绵延，两翼雪山纷纷坍塌，水龙冲天怒舞。远远望去，仿佛一条巨大的银龙咆哮怒吼，迤逦冲来。

武罗仙子蹙眉道："那也未必。倘若翻天印被解开，只怕远不只这般声势。"众人凛然。

拓拔野心中忧惧，心道："不知眼下纤纤、公主等人已经撤到皇人山了吗？"

昨夜在西皇山北峰峰顶，天镜湖水突然汹涌喷薄，大有淹没寒荒城的汹汹之势。拓拔野福至心灵，猜出水妖的阴谋，敢情竟是要解开翻天印，贯通西海到密山的通道，将西海之水引入女娲之肠，水淹寒荒。

他一语道破之后，众人竟皆震骇，深以为然。

一旦这西海通道贯通，即便寒荒八族逃出生天，方圆千里也必成汪洋，重现当年寒荒水灾的惨状。八族中人不明究底，必定以为乃寒荒大神降怒之故，恐惧之下，多半听从冰龙教蛊惑，从此与金族为敌。但这些倒还罢了，最为重要的，是西海水妖从此多了一条直抵金族国境的地底捷道，他日若起干戈，水妖从此暗道浩荡杀来，当真是防不胜防。

寒荒八族众长老始知西海水妖与冰龙教的险恶用心，无不愤慨震怒，誓死与之敌对。当下众长老推举倪长老与芙丽叶公主为临时大长老与临时国主，全权调遣寒荒军民。

拓拔野遍查《大荒经》，标出女娲之肠大致的分布图，与姬远玄、武罗仙子稍作计议，决定立即飞往密山，全力阻止西海老祖等水妖。

而芙丽叶等人则立即带领寒荒军民朝东撤退，到远离"女娲之肠"、极为坚固雄伟的皇人山辟易水灾。

拓拔野原本担心纤纤缠着同去，岂料她竟一反常态，乖巧听话，只是在众人面前，笑吟吟地搂着拓拔野的脖颈做出十分亲昵甜蜜的情状，让他大感尴尬。尤其在姑射仙子面前，更让他慌乱失措。

分别之际，当他轻轻将纤纤从怀里推开时，分明看见她眼中闪过凄楚欲绝的神色，仿佛春水吹皱，精瓷破碎。拓拔野心中惊讶，待要细查时，她却已笑着跳了开去，若无其事地甜笑挥手。

回想纤纤反常的情状，又想起身后飘飘如仙的姑射仙子，拓拔野心乱如麻，忽然听见姑射仙子淡然说道："公子，大敌在前，需得心如古井，微波不惊，切不可心猿意马。"

拓拔野一凛，肃然道："仙子说得是。"当下凝神聚意，调息真气。

一路行去，山崩地裂之声越来越震耳欲聋，高空下望，千山之间水龙乱舞，

大河澎湃，恣肆奔流。以此冰寒天气，竟不能使得滚滚流水冰冻凝结。

终于远远地瞧见密山，巍然而立，冰雪晶莹，如剔透玉壶。忽然一阵惊天巨响，密山峰顶冲起道道五彩光弧，盘旋绕舞，如涟漪扩散，眩光夺目。

密山蓦地剧烈震动起来，巨石迸飞，冰雪滚滚，山顶似乎朝上掀起了刹那，又轰然落下。上空五彩眩光陡然变亮，急速荡漾扩散，仿佛无数道彩色光浪从碧空中呼啸奔卷，四周高山登时迸裂坍塌，雪崩阵阵。

四人呼吸一窒，只觉得一股巨大的压力轰然拍来，森寒入骨，衣袖鼓舞不息。众人大凛，相隔如许之远，竟仍能感觉这翻天印的巨大神力。武罗仙子蹙眉道："姬公子，只怕需得借你的'炼神鼎'一用啦。"

姬远玄恭声道："是。"从怀中掏出一个高二寸，直径一寸的青铜小鼎，恭恭敬敬地双手奉给武罗仙子。

武罗仙子樱唇翕动，默念法诀，纤指一点，那炼神鼎悠然飞起，翻转倒立，在她指尖之上旋转绕舞。

武罗仙子豹斑长裳猎猎鼓舞，双耳的金石耳环"叮当"激撞，发出悦耳声响。道道黄光从她指尖环绕逸飞，陀螺似的交织缠绕，将那炼神鼎包拢其中，急速飞旋。

过了片刻，炼神鼎发出铿然清鸣，徐徐上升，越来越大，终于变作直径三丈的巨鼎，在四人头顶缓速盘旋。

淡淡的黄光从鼎沿离心飞甩，将四人笼罩其中。"哧哧"连声，黄光飞舞处，寒气凝为冰霜，簌簌掉落，密山的五彩眩光冲卷而来的冰寒巨压登时烟消云散。

拓拔野微微一凛，心道："原来这炼神鼎如此厉害，竟可以与翻天印抗衡。"他曾经瞧见姬远玄使过这神鼎，虽知此乃神器，却不曾想到威力一至于斯。

炼神鼎"呜呜"旋转，如影随形。四人振奋精神，骑鸟疾掠而去。

到了密山周围，雪崩山裂的巨响轰然不断，冰晶雪雾茫茫一片。山顶五彩眩光流离变幻，瑰丽雄奇。

那重逾山岳的森冷压力不住地激撞炼神鼎，发出"嗡嗡"长鸣，冰霜凝结，簌簌陨落，从鼎下四望，犹如冰雪纷扬。

拓拔野道："水妖若要解开翻天印，必藏在山腹之中。我们从玉壶的壶嘴进去。"四人驱鸟绕飞，盘旋直上山顶。

那密山壶嘴石高凸峭立，斜斜横空，洞口幽森，冷气蒸腾。

姬远玄低声道：“也不知里面有多少水妖。咱们藏在这鼎里直冲进去。”众人点头，封印神鸟，贴身站在鼎中。武罗仙子默念法诀，炼神鼎倏然飞转，陀螺似的冲天飞去，陡然折转，怒箭般疾射入密山壶嘴之中。

陡然一片漆黑。铜鼎铿然长吟，“叮当”激响，仿佛有无数金属巨物迎面猛撞。四人在鼎中，真气亦被震得蓬然鼓舞，破体逸射。

又听轰然雷鸣，铜鼎忽地剧震，硬生生朝后挫退。四人大惊，齐声叱呵，四道猛烈真气嗡嗡鼓舞，将铜鼎陡然前推，继续流星疾进。

四下陡然明亮，终于冲入密山山腹。森冷刺骨，血腥恶臭之气扑鼻而来。炼神鼎冲天而起，呼呼旋转，罩着四人徐徐下落。

这山腹极为广阔，纵横各约二十丈，四壁冰雪其覆，凹凸不平。地上是淡绿色的坚冰，犹如一个巨大冰潭，冷气森森。隐隐可以看见冰潭中凝结的诸多鱼兽海怪，参差错落。想来此处便是通往西海的暗道。

冰潭上凝结了斑斑血点，映射着五彩眩光，耀目迷离。冰潭北侧，有一个纵横两丈的幽森黑洞，应当便是当日拓拔野与姑射仙子跃出的通甬口了。

拓拔野四人抬头扫望，齐齐惊怒失声。

在他们头顶，一个纵横各三丈的五彩巨石悬浮半空，急速旋转，离心飞甩出道道绚丽的光弧。炼神鼎被那眩光巨力所压，铿鸣不止。

一个周身赤裸、莹白肥润的男童正两眼紧闭，环绕着五彩巨石旋转飞舞。手足肥短，嘴唇微微翕动。皮肤光洁透明，内脏血脉历历可见。

一道淡黑色的光芒从他体内爆射而出，贯穿入与之相连的女童体内，又从那女童穿入第二个女童的身体……如此循环，首尾串联，将九百九十九个女童悬空贯穿一线，绕着五彩巨石螺旋环转。

九百九十九个女童周身苍白，满脸痛楚惊怖，瞪着双眼簌簌发抖，道道红光从她们身上滚滚涌出，沿着那淡黑色的光芒连绵不绝地涌入男童体内，在他经脉间奔腾游走，闪耀为妖异的紫黑光晕。

那紫黑光芒自他经络汇入白肥的双臂，又从掌心迸爆鼓舞而出，仿佛两道乌黑的蛟龙，盘旋绕舞，将那五彩巨石紧紧绞扭，一寸寸地往上螺旋拔去。

山腹顶壁四周，六只凶兽团团飞转，寒荒梼杌、血蝙蝠、金角铜兕、神罗鸟、寒荒蜘蛛、雪角暴牛组成奇怪的图阵，环绕着五彩巨石跌宕飞舞。六道颜色各异的光芒从众凶兽体内发出，投射在冰潭之上，形成一个特异的图案，耀耀夺目。

这情景瞧来说不出的诡异可怖，众女童如行尸走肉的凄惨惊怖之状更令众人骇怒交集。

拓拔野怒得浑身颤抖，心想："难道这男童便是西海老妖吗？"忍不住便想要拔出无锋剑，冲将过去直取其性命。想起姑射仙子所说的"心如古井，微波不惊"，心中一震，强按怒火，凝神聚意。

姑射仙子凝视着他，淡淡一笑，转过头去。

拓拔野念力如织，寸寸扫探山腹中的细微情形，蓄势待发，但稍一扫探，心中更是骇然。

那翻天印冰寒压力之强盛，超乎想象。常人若在石印之下，定被压为冰块碎屑。而那老妖位居大荒十神，体内的念力真气果然极是惊人，相隔甚远，却激得自己体内真气乱窜奔走，其双掌中的黑光真气直可移山平壑。以自己眼下之力，绝非其对手。何况顶壁六大妖兽凶焰狂炽，一旦肆虐，也是极为可怖的威胁。

武罗仙子柳眉轻蹙，新月似的眼波中闪烁着罕见的杀意，冷冷道："这老妖果然要吸纳九百九十九名童女的纯阴真元，助长他冥天妖法的法力，解开翻天印。"

当是时，滔滔黑光从西海老妖的掌心澎湃激舞，光芒越来越强，将那翻天印激得飞速旋转，缓缓上移，距离顶壁已不过三丈之遥。彩光流离甩脱，越来越快，狂肆地飞撞在洞壁上，山腹剧震，冰块乱迸，顶上的山壁"咔嚓"一声，蓦地裂开一个长长的缝隙。

姬远玄沉声道："此时再不动手，只怕来不及了。"众人心中凛然，若被那老妖将翻天印拔起，冲出密山顶壁，那冰潭必定立时迸裂化解，滔滔海水也将汹涌喷薄。到了那时，想要再将密山封住便难如登天了。

武罗仙子传音道："当务之急，是先逼迫老妖中止解印，决计不能让他贯通西海水道。姬公子，你与拓拔太子一道干扰那老妖，我和姑射仙子尽力以炼神鼎镇压住翻天印。只要老妖真气一断，翻天印归位，我们四人立即全力围击老妖。"众人点头称善。

四人一齐低声叱呵，武罗仙子与姑射仙子携手翩然飞起，各用一只手掌凌空抵住青铜鼎内壁。

那炼神鼎蓦地发出清越长鸣，霍然急旋，冲天而起。与此同时，拓拔野与姬远玄从鼎下闪电掠出，交错飞舞，朝西海老祖急速冲去。

方甫冲出，眩光耀目，拓拔野立时便感觉到一股山岳般的森冷压力当头盖下，脑中嗡然，周身血液仿佛瞬间凝结。这感觉果然与那日从密山山腹跃出之时极为相似！

所幸此次有备而来，自不会被这巨压陡然拍晕。当下凝神聚气，腹中定海神珠逆向飞旋，奋力朝上冲去。岂料那翻天印的压力亦蓦地加强，硬生生将他压了下去。刹那间顿在半空，时高时低，跌宕不定。

炼神鼎冲到翻天印上方时，忽地反转正立，横亘于翻天印与山腹顶壁之间，被翻天印眩光激震，嗡然鸣响，黄光轮转，四周冰屑簌簌纷飞。“当”的一声脆响，翻天印蓦地止住上升之势。

姬远玄悬浮半空，黄光笼罩全身，突然清啸一声，怀抱钧天剑笔直冲起，陡然折转，箭也似的破入五彩眩光之中，喝道：“老妖受死！”钧天剑尖蓦地暴涨炫目黄光，轰然电舞，直冲西海老祖。

那老妖哈哈大笑，声音圆润如婴童：“姬少典的家教忒也差劲，小小娃儿，竟敢对长辈这么说话吗？”光洁滑润的额头突然裂开，幽蓝的夺魂眼怒爆寒光。

姬远玄心志溃乱，眼前一片迷糊，又听一声轰雷震喝，当胸如遭千钧铜杵，喷血后退，重重摔在冰壁上，冰霜凝结，动弹不得。

众人失声惊呼，奈何此刻情势危急，牵一发而动全身，不敢援手。

武罗仙子淡淡道：“弇兹，你若敢伤了姬公子，土族势必填平西海。”

西海老祖笑道：“武罗丫头，你倒当真霸道，只许这小子伤我，便不许我教训教训他吗？嘿嘿，西海九百万里汪洋，只怕你土族没这么多息壤！”黑光冲涌，如怒龙咆哮。

翻天印陡然一亮，彩光爆射，无数道光弧四下狂啸冲撞。山腹中光芒炫目，“轰”地爆响，冰石炸飞，四壁崩开无数裂缝。

拓拔野只觉眼前一黑，被一股螺旋巨力狠狠地摔了出去，重撞在凹凸不平的冰壁上，周身僵硬，痛彻心扉，继而又被那狂肆的螺旋压力猛一推送，沿着冰壁朝右边离心飞出。

翻天印倏地上旋，眩光撞在炼神鼎上，震耳欲聋。那青铜鼎摇摇晃晃，朝上冲起。山腹顶壁“喀拉拉”闷响，又裂开极大的缝隙。

武罗仙子与姑射仙子在鼎中飘飘旋舞，真气滔滔不绝地输入炼神鼎中，铜鼎黄光更盛，一寸寸将那翻天印重又压了下去。

拓拔野被那螺旋巨力撞得四处奔走，气息翻涌，难受已极。凝神感受那巨力的螺旋方向，心中一动："难道那日我和仙女姐姐到了此处时，便是被这螺旋压力推出山腹之外的吗？"

念力探扫，暗自计算。果不其然，倘若从那幽森的甬道裂口跃出，正好被翻天印打落，沿着山腹内壁螺旋飞舞，到了那"壶嘴"出口时，恰好会撞着一块凸出的巨大冰石，反弹折转入"壶嘴"之中，而后再被山腹中的压力挤出密山，滚落山壑之中。

拓拔野心中恍然，方知昨夜自己何以会在那冰壑中醒来，又想："但仙女姐姐那日分明身中春毒，全无真气，怎么从这儿掉落之后，反倒变得安然无恙，真气充沛呢？"

却不知姑射仙子当日受西海群妖暗算，最为关键的却非体内所中的诸种剧毒。以她之念力真气，单纯春毒又焉能奏效？只是中了奸计，被水妖以妖法封堵，辅以奇效剧毒，封锁其念力，并分流疏散其经络真气，令之形如废人。

而这翻天印神力惊人，连数千里滔滔海流都可以瞬间镇压冰封，何况区区妖法毒药？当拓拔野抱着她从甬道跃出之时，被翻天印迎面激撞，姑射仙子所中的妖法封印登时荡然无存，血液中的剧毒也被森寒压力冻结沉淀。

妖法既解，姑射仙子滚落冰壑之中，念力真气逐渐回复，犹如冰河解冻，自动流转。而在那甬道中，拓拔野喂她吞服的许多玄玉荣英，恰恰又是修补气血、驱邪化毒的神药，对其恢复、排毒极为有效。诸多因素交掺一处，使得她昏迷不醒的十日之内，真气回转充沛，剧毒尽消。

此间巧合之处甚多，拓拔野一时间又怎能参透？当下凝神敛意，不再多想，转而苦思如何破入翻天印气压中，阻止西海老祖。

他忽然想起当日与火族吴回激斗时，险些被他那忽阴忽阳的火正尺击得大败，心中一动："是了！这螺旋巨力乃是以翻天印为中心，旋转飞舞。若能使它这朝外的压力化为朝内的吸力，逆向绕转，岂不是刹那间便到了中心吗？只是如何才能使这压力转化为吸力呢？"

他心道："翻天印五行属金，金克木。我适才以碧木真气相抗，自然被排斥推开。土生金，金生水，难怪适才姬兄弟能冲入这翻天印中！是了，倘若我以潮汐流调集玄水真气，再借助定海珠之力，逆向发力呢？”心中一喜，精神大振。

当下意如日月，气如潮汐，定海神珠逆向飞旋，真气环绕周身，疾旋鼓舞。“哧”的一声轻响，果然如被强力所吸，急速飞旋，朝那翻天印冲去。他又惊又喜，大喝声中，无锋剑铿然出鞘，青光怒舞，疾刺西海老祖。

西海老祖嘿嘿笑道：“小子，你就是拓拔野吗？老夫今日送你去鬼界，和你兄弟蚩尤做伴！”

拓拔野大吃一惊，如遭重棒，心神震颤，难道楚宁所说竟是真的吗？当是时，西海老祖蓝眼光芒怒射，又是三声“海神笑”，轰鸣震响，气浪迸飞。

拓拔野眼前一黑，全身如被雷电劈着，痛得仿佛要裂散开来一般，闷哼一声，朝后飞去。但此时竟感觉不到身上那火烧火燎的剧痛，心中惊怒悲惧，犹自不住地想道：“难道……难道鱿鱼当真被这老妖杀了吗？”苍茫黑暗的森冷寒意笼罩全身，呼吸不得，剧烈地颤抖起来。

他转念又想：“是了！定是这老妖故意诓我，让我分神。”但隐隐之中，又觉得西海老祖再过卑劣，终究是大荒十神，实力远在自己之上，又何须用这等法子？迷乱惊怖，忽然感觉到全身上下那深入骨髓的裂痛，交缠着森寒恐惧，如万箭穿心……

迷糊之中，听见姑射仙子略带焦急的声音，在他耳旁说道：“心如古井，微波不惊！”但那悲痛狂怒如惊涛骇浪在心中翻腾欲沸，如何又能静得下来？滚烫的热泪汹涌而出，烧灼着他的脸庞，惊骇、悲伤、暴怒、痛苦……交涌成比那翻天印螺旋力还要强猛的涡流，让他卷溺其中，脱身不得。熊熊杀意如烈火般焚烧全身，眼中直欲喷出火来。

拓拔野蓦地大吼一声，喝道：“滚你奶奶的紫菜鱼皮！”硬生生顿住身形，气如汹涌潮汐，逆转飞舞，再度疾冲而去。断剑龙吟不绝，剑气纵横，青光怒舞，朝着西海老祖狂风暴雨般地攻去。

西海老祖“哈哈”狂笑，气浪飞舞，魔眼蓝光如电，摄魂夺魄。两人身处眩光气旋中，顺着那螺旋轨道飞舞，每一次错身，必定光芒爆舞，气浪如炸，转瞬间便已激战了三十余回合。

那老妖真气惊人，堪与赤松子相比。拓拔野虽然竭尽全力，亦不能将他奈何，心中狂怒渐渐消减，凝神聚意，寻觅良机。

西海老祖虽仅以魔眼和“海神笑”便抵挡住拓拔野风暴似的狂攻，但同时还

要逼退土木两大圣女的炼神鼎，不啻与当世三大高手同时对抗，亦渐感吃力，一时无暇解开翻天印。

老祖又惊又怒，对这少年的蔑视也逐渐转为妒恨之意，心中暗道：“这小子今日不除，日后必成大患。”杀机登起。

姑射仙子见拓拔野暴怒渐消，逐渐平定下来，也不由得舒了一口气。忽然发觉一件奇事：无论西海老祖怎生与自己四人激斗，那六大凶兽始终摆作奇怪的阵势，团团飞转，不加援手。

心中一动，凝神观望那六只凶兽的阵势，又俯身观望六兽所发的光芒在冰潭上的投影。看了片刻，越发觉得有些像北斗七星，只是中间尚少了一个勺柄。她已失忆，许多事情想不起来，许多事情亦记得朦朦胧胧，此刻瞧见这北斗图阵，心中隐隐似乎想到什么，却怎么也记不起来。

她正自苦苦沉吟，忽然看见那冰潭上竟多了一个银白的光点，恰巧填入那缺省的北斗勺柄中！七点光芒倏然闪亮，组成炫目至极的北斗七星。“轰”的一声，七道各色眩光从冰潭反射冲起，闪闪照耀着翻天印。

“星移斗转！”姑射仙子突然脱口而出。

突然想起这阵法赫然是“西海冥天妖法”中至为厉害的一种，又名“月耀七星”。即以七大高手组成北斗七星阵，积聚念力，再由另一个念力至为厉害的高手，将七人念力合为一体，发挥出至为强大的精神念力。

西海老妖“哈哈”狂笑道：“不错，正是星移斗转！”右手突然往后一抽，一道白芒从掌心怒射而出，轰雷滚动，刹那间化为一柄一丈八尺长的气芒长刀，迎风怒舞。

姑射仙子失声道：“斩妖刀！公子小心！”话音未落，西海老祖长声狂笑，银光轰然迸爆，朝着拓拔野一刀斩落！

“呼”的一声巨响，连那螺旋眩光似乎都被斩妖刀劈为两半，彩光破碎纷摇。雪光气芒如海啸山崩，瞬间倾盖扑到。

拓拔野心中一凛，汗毛直乍，突然升起凛冽的惧意。想起蚩尤，恐惧一闪而逝，热血上涌，哈哈大笑道：“既是斩妖刀，便留给老妖你自己吧！”真气瞬息激涌，定海珠倏然旋转，奋起周身之力，握剑怒斩。

“哐啷！”碧绿色的剑光突然粉碎，那雪亮的气芒轰然膨胀，奔雷怒舞。

拓拔野叫也未叫，仰天翻飞，衣裳倏然裂开，一股血箭从胸膛激射喷涌。被翻天印森冷眩光压迫，登时凝结为弯曲的血柱。当他重撞冰壁上时，那道冰冻血柱方才铿然碎裂，四下飞溅。

姑射仙子眉尖微蹙，俏脸倏然雪白。

西海老祖狂笑声中，斩妖刀闪电般反旋上撩，以迅雷不及掩耳之势，卷起耀眼光弧，轰然横扫在炼神鼎上。

“当啷！”炼神鼎铿然长鸣，朝后上方倒撞而出。姑射仙子与武罗仙子周身一震，气血翻涌，嘴角登时沁出血丝。

当是时，西海老祖震天大吼，斩妖刀白光波荡，倏然化入掌心，两道强猛的黑光破掌飞舞，再次重重撞在翻天印上。额上魔眼亮起炫目的蓝光，倏然投射于五彩巨石上，与那北斗七星阵相互辉映，光芒暴涨。

轰然巨响，翻天印剧烈震动，彩光四射，朝上电冲而去。

“砰！”的连声爆响，山腹持续狂猛震荡，顶壁四下迸裂，冰石乱舞，雪雾滚滚，道道阳光从缝隙间笔直射落。

拓拔野迷糊之中，看见下方冰潭陡然炸裂，无数淡绿色的冰块冲天飞射，撞在山腹内壁，碎为粉末。冰潭中接连传来剧烈的震响，继而听见“轰轰”巨响声，似乎有滚滚水流正澎湃冲卷而来。

接着又是一阵地动山摇，山腹四壁齐齐迸裂，爆炸飞射！那翻天印急速飞旋，瞬间冲天怒舞，直破云层。

阳光耀眼，狂风呼啸。

山顶隆隆狂震，万千冰块缤纷乱舞，一道碧绿的水浪冲涌喷飞，继而第二道、第三道……偌大的密山峰顶蓦地炸飞开来！

乱石四舞，巨大的水柱笔直地冲向蓝天，在百丈高空如巨大莲花一般喷涌开来，化为漫漫暴雨，洒落向方圆数十里的寒荒大地。

又听一声凄厉愤怒的咆哮，如晴空惊雷，裂天劈地。但见山顶那滔滔水柱突然变形，四面乱舞，磅礴水花中，一条身长六十余丈的独角冰甲巨龙曲弹电舞，高高冲起，穿云透雾。

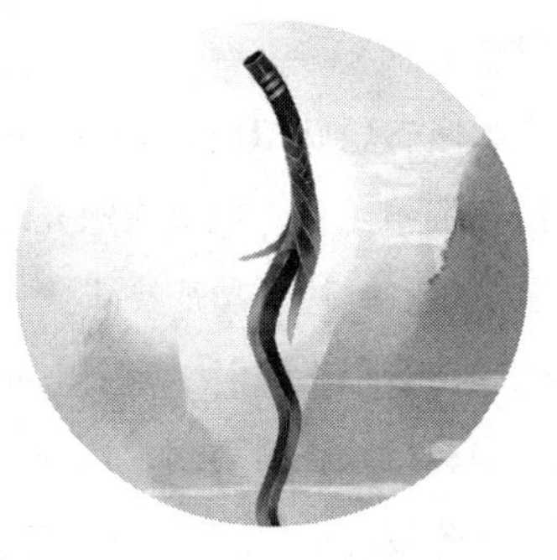

第二十三章 天崩地裂

一轮红日，千缕霞光，镀照着万里荒寒冰雪。

轰声爆响，密山坍塌近半，那道洪流滚滚冲天怒舞，遥遥望去，如巨鲸喷水，玉柱擎天。

地动峰摇，千山崩雪，万壑冰河碎裂喷舞。一时之间，密山方圆数百里内尽是漫漫雪雾、滚滚波涛。

那冰甲角魔龙在半空嘶声咆哮，翻腾甩舞，蓦地当头撞在一座高山的侧崖。独角白光怒爆，轰然巨响，峭陡的崖面应声龟裂，瞬间崩爆为累累块石，抛飞滚落。妖龙怒吼肆虐，转眼间便击倒了数座山峰。

拓拔野凝神忍痛，在漫天纵横的冰石之间穿掠闪避，停驻在一处冰崖的凸出巨石上，调息愈伤。

姑射仙子白衣鼓舞，在万千冰晶玉屑中驭风飞掠，映衬着霞光雪色，飘飘若仙，转瞬间便到了他身旁，妙目凝视，低声道："公子，你没事吧？"

见她目光中满是关切的神色，拓拔野精神大振，那点疼痛登时感觉不到了，笑道："那老妖行将就木，手脚酸软，能奈我何？"但想到蚩尤被这老妖所杀，心中悲怒又起，欢喜之意转瞬荡然全无。

忽听空中惊雷暴响，震耳欲聋。两人抬头望去，只见翻天印在风中"呜呜"旋转，眩光飞舞，将四周乱石粉碎如齑粉飞扬。

西海老祖哈哈大笑道："拓拔小子，你倒和那蚩尤小子一样的嘴硬，老夫这就送你去鬼界和他团聚！"在高空中盘膝而坐，身下气旋飞舞，如团垫一般将他凌空托住。双手捏诀，口唇翕动，周身光芒闪耀，夺魂眼冲起幽蓝电光，笔直地照射在翻天印上。

寒荒梼杌、血蝙蝠、金角铜兕、神罗鸟、寒荒蜘蛛、雪角暴牛六大凶兽与那冰甲角魔龙组成北斗七星阵，围绕着西海老祖，遥遥飞转。七道眩光从七大妖兽体内灵珠射出，在翻天印底部映射出北斗图案。

拓拔野悲怒已极，“哈哈”笑道：“臭老鬼吃了大蒜吗？好大的口气。拓拔爷爷将你打出五界之外，让你连老鬼也做不得！”断剑长吟，便欲踏风冲去。

姑射仙子将他轻轻拉住，蹙眉道：“公子且慢。这人念力好生厉害，又有七只灵兽相助，我们谁也敌他不住。”

拓拔野心里何尝不知？只是想到蚩尤，悲愤郁怒，恨不能生啖老妖之肉，一时冲动难抑。

当是时，武罗仙子与姬远玄也驭风而来，凌空凝身，与拓拔野二人并立戒备。姬远玄面色苍白，显是受伤不轻，神色却依旧从容镇定，殊无害怕之意，低声道：“拓拔兄弟，蚩尤兄弟天生木灵，非同常人，决计不会这般轻易出事，必是这老妖的诈唬诡计。”

拓拔野心绪凌乱，脑海中浮光掠影，不住地闪过蚩尤的脸庞身影，又是悲伤又是愤怒，热泪险些夺眶而出，勉力笑道：“姬兄说得是！”但心中忐忑难过，却是丝毫未减。

姑射仙子轻轻握住他的手掌，一股清凉真气如冷泉漱石，直贯全身。

拓拔野躁乱之心登时平静，一阵平和安宁，耳旁听见姑射仙子淡淡地说道：“花开花落，有生有死，再也寻常不过。倘若你的朋友已死，你又有什么可担忧的？倘若他没有死，你又有什么可难过的？”

拓拔野微微一震，心道：“不错。倘若鱿鱼当真遇难，我伤心又有何用？倘若尚在人世，我担心又岂非多余？眼下最为紧要的，就是齐心协力将这老妖打败！”当下凝神聚气，不再多想。

炼神鼎在四人头顶急速飞旋，黄光笼罩，如蚕茧般紧紧绕织。四人真气鼓舞交缠，与青铜鼎浑然一体，不断地发出铿然清鸣。

西海老祖大喝一声，七只凶兽昂首狂吼，八道眩光如七星耀月，璀璨夺目。翻天印被那八道光芒缠绕卷舞，轰然翻转，朝着拓拔野四人闪电般撞来！

石印彩光飞旋，如旋涡绞扭，将万千冰石卷溺其中，瞬间便形成光芒绚丽的龙卷风，发出惊神泣鬼的狂啸，浩荡攻至。

拓拔野四人齐声叱呵，炼神鼎陡然变大，黄光螺旋怒放，发出风雷霹雳的激响。这四人俱是当今大荒顶尖高手，念力真气叠加一处，再经由这神鼎激发，登时爆放出惊天动地的力量。

“轰！”

巨响声中，眩光爆鼓，那冰雪旋舞的龙卷风应声崩炸开来，巨石冲天乱飞。

炼神鼎嗡然长吟，陡然朝下方急速坠落。拓拔野四人只觉眼前一黑，周身如被万钧山岳怒撞倾轧，骨骼如碎，气血欲爆，仰天喷出一股鲜血，朝着四方摇曳跌落。刹那之间，四人心中均闪过一个念头：这翻天印好生厉害！

西海老祖大笑道：“星移斗转，天下无敌！你们这几个丫头小子，竟想与老夫争锋！”声音浩荡，千山震响，得意已极。

他以九百九十九名纯阴童女的真元，修炼成第九重冥天大法，真元远超姑射仙子等人。再与七只寒荒凶兽的灵珠响应相激，御使翻天神印，力量之强，可谓通天彻地。以姑射仙子、拓拔野等四人合力，竟也不能抵受一击！

西海老祖志得意满，“哈哈”狂笑道：“可惜可惜，两个标致的美人儿，就要变成肉泥。”夺魂眼蓝光怒舞，御使翻天印，朝着拓拔野等人再度呼啸冲撞而去。

四人在风中跌宕飘摇如苇秆，周身如被冰封，丝毫动弹不得，一旦被击中则必死无疑。

眼见那五彩巨石旋转冲来，拓拔野心中微起恐惧之意，霍然忖想：“难道我竟要死在此地？”转头朝姑射仙子望去，正好撞见她的目光，清澈澄明。

拓拔野微微一笑，暗想：“人生短暂，仿佛刹那芳华。能与仙女姐姐共登仙界，也不枉此生了。”心下陡然大松，再无半点忧惧。

当下低喝一声，奋力冲开小半经脉，在半空转侧踏步，挡在姑射仙子身前，真气鼓舞，心道：“纵使我不能挡住翻天印，也不能让这神印打伤了仙女姐姐分毫。”

姑射仙子微微一怔，继而嫣然一笑，眼波如春江冰融，满是淡淡的温柔之意。

忽听冰甲角魔龙悲声狂吼，冲天飞起，从那北斗七星阵奋力甩脱而出，长身急剧绞扭，痛苦已极。

它既冲脱，缠绕着翻天印的八道眩光登时迸断了一道。翻天印旋转下冲之势极为狂猛，突遭变故，立即失去平衡，左侧一沉，从众人上方冲过，“呼呼”乱转着疾撞在一座高峰险崖上。

轰隆爆响，那高峰登时炸裂飞射，化为漫天石雨。

就在同时，另外六只凶兽惊吼悲鸣，灵珠彩光应声崩散。那翻天印神力极强，唯有西海老祖联合七大凶兽，施放“星移斗转”方能掌控，此时妖龙蓦然撤出，阵形登时失衡，六大凶兽抵受不住翻天印下坠摇摆之势，自然踉跄溃退。

西海老祖惊怒交集，双手掌心黑光电舞，将翻天印硬生生拉住，口中呼喝，令众妖兽立时回归阵位。

却见那妖龙绞扭咆哮，发疯似的摆舞曲弹，突然发出震天狂吼，独角光芒闪耀，不但不复归原位，巨尾反倒闪电似的朝着西海老祖横扫而去！

奇变陡生，众人又惊又喜，心亦猛地吊了上来，颇为诧异，不知那妖龙何以突然反噬？

西海老祖惧然变色，大喝一声，夺魂眼蓝光绽放，闪电似的射向妖龙巨尾。他念力真气都萦系于翻天印上，一时之间竟不能全数撤出，力图以魔眼妖力稍稍阻挡妖龙，再全力格挡。

妖龙怪吼，独角银光霹雳飞舞，将那夺魂眼蓝光击得粉碎，巨尾停也不停，狂飙怒扫。

西海老祖一时狼狈无措，眼中凶光怒放，大吼声中，掌心黑光突然消失，被迫放弃翻天印。白光炫目，从两掌中轰然迸爆，化为一丈八尺长的斩妖刀，卷舞起汹涌气芒，呼啸着斩向妖龙巨尾。

“轰隆！”光芒爆射，气浪四涌。拓拔野等人被那冲击波所撞，身不由己地朝后震飞。

半空中眩光缭乱，鲜血喷舞。西海老祖斩妖刀切入妖龙冰甲之中，卡在脊骨关节，进退不得。冰甲角魔龙的硬甲坚硬逾钢，以老祖之力，穿甲之后余势已衰弱，终不能断骨而出。

妖龙悲吼，以雷霆之势拧身甩头，独角银光瞬间绽爆，朝着西海老祖当胸冲去。

西海老祖气芒光刀被紧紧卡住，真气抽脱不得，惊怒欲狂，念力如沸，夺魂眼中闪起幽蓝眩光，急念法诀。

空中嗡然咒鸣，四周万千巨石冰垒忽然集聚绞扭，在半空组成一条巨大的石龙，飞扬腾舞，闪电似的横亘于西海老祖与冰甲角魔龙之间，接连怒撞在冰龙独角上。与此同时，六只凶兽如梦初醒，狂吼着朝着冰龙四面冲来。

又是一阵惊天震响，那巨大的石龙蓦地碎裂为万千细石，灰蒙蒙地纷扬洒舞。妖龙悲鸣声中，独角余势未消，依旧重撞在西海老祖胸口。

那老妖发出一声狂怒的痛吼，周身扭曲，白光爆射。在半空中顿了一顿，倏地高高飞起，鲜血从口中冲天激射，手中那道白芒闪耀的斩妖刀亦蓦然烟消云散，无影无形。

被六只妖兽合力猛攻，妖龙亦发出凄厉的惨嚎，冰甲迸裂，鲜血喷涌，悲吼声中巨尾纵横电扫，将六只凶兽打得痛吼溃退。

妖龙身若折断，嘶声哀号，朝下怆然摔落。轰然巨响，撞在断崖上，登时将那山崖打得坍塌迸碎。妖龙瘫软无力，沿着山崖朝下翻腾滚落。

六只妖兽惊吼声中，急速飞掠，将直线陨落的西海老祖堪堪接住，穿过漫漫石雨，朝着钟山逃之夭夭。

从妖龙突然发难，到西海老祖、七兽两败俱伤，不过是瞬间之事。众人眼花缭乱之间，局势便已迥然两异。拓拔野心中惊喜难言，恍然若梦，与姬远玄对望一眼，忍不住一齐“哈哈”长笑，快慰已极。

“轰隆隆！”

当是时，山壑谷底突然传来惊天动地的震响，地动山摇，无数的巨石断木炸射飞舞，烟尘滚滚腾空。

滔滔气浪狂飙似的冲天而起，将拓拔野等人往上空高高抛去。被那海啸似的巨力托撞，四人真气激窜，冰封的经脉登时解开。

拓拔野凌风踏步，高空下望，透过漫天翻腾的尘土，只见翻天印飞旋乱撞，无数道巨大的裂缝在壑谷中急速蔓延，所到之处，高山险崖轰然崩塌，巨石飞舞，水流冲天喷涌。

原来这天崩地裂的浩瀚巨变，竟是由那失控的翻天印冲撞大地引起。放眼望去，滚滚烟尘遮天蔽日，万里大地犹如海浪般飘摇震荡，四处山崩地裂，地河喷飞，蔚为壮观。

众人无不动容，心道：“翻天印之力竟至于此斯！”

姬远玄叹道：“我们竭尽全力，终究不能挽回大劫。寒荒八族又要吃尽苦头了。”众人心下黯然。

被翻天印冲撞，寒荒大地满目疮痍，纵能封住密山海流，也堵不住这千疮百孔的地河裂口。何况翻天印深嵌地底，合众人之力亦难以将它拔出，又能拿什么来封堵密山大水呢？

武罗仙子道：“那老妖受了重伤，走不久远，必是藏入钟山修养去了。眼下正是擒拿他的绝好时机。”

众人精神大振，拓拔野喜道：“不错，只要能抓住那老妖和楚宁、女丑，问出翻天印的封印诀，集合众人之力，或许可以将这局势重新控制住。”

当下姬远玄默念法诀，将炼神鼎从山壑中收回。众人各自解印灵禽神鸟，骑乘其上，便欲追去。忽听千山万壑滚滚轰响中，传出冰甲角魔龙的悲声狂吼，一道巨大狭长的白光银影从那尘烟云海中冲破而出。

妖龙在半空中曲转成巨大的弓形，突然朝着艳红的朝阳发出凄恻的悲号，“砰砰”连声，周身冰甲蓦地裂开无数的小洞，许多小人欢呼着从小洞中爬了出来。

姬远玄奇道：“寄居人！”众人正诧异，又听“砰”的一声轻响，妖龙两眼之间的软肉炸飞开来，一道青光蓬然怒舞，血花激射。

妖龙惨嚎声中，再也抵受不住，从半空颓然摔落。两个人影从妖龙两眼间的破洞高高跃出，在断崖上站定。

霞光照射在他们身上，历历清楚。左首少年魁伟傲岸，脸上刀疤斜长，狂野彪悍；右首紫衣女子妩媚俏丽，明艳动人。正是蚩尤与晏紫苏。

拓拔野陡然一震，心中惊讶狂喜，直欲炸裂开来，大笑道：“好鱿鱼！你果然没死！”说着从雪羽鹤上冲天跃起，驭风掠去。他激动难抑，泪水终于夺眶而出。

原来当日西海老祖令百里春秋等人，驾驭冰甲角魔龙前往西海，并非缉拿蚩尤与晏紫苏，却是为了里应外合，解开并御使翻天印。

当西海老祖在密山上逐步解封翻天印时，密山所镇住的西海通道内的坚冰亦逐渐解冻，距离密山越远处的海冰，解冻得越为彻底。

而冰甲角魔龙乃是寒荒妖兽中至为凶厉者，冰甲锐利，可以穿透极为坚硬之物。由这妖龙自西海寻到通往密山的秘密海道后，顺着涡流冲入海道，以冰甲穿透尚未化解的冰层，东西夹击，可以事半功倍，促使海道加速融化。

当妖龙突破到密山山腹时，老祖便可以利用七大凶兽的灵珠神力，施展“星移斗转”，以最小之功解开翻天印，打通西海通道，并将翻天印纳为己用。

同时，这妖龙从密山顶上冲天飞出，引发浩浩水灾，又契合冰龙教的预言，足可蛊惑人心，恫吓寒荒八族随着冰龙教反叛金族。

这计划原本颇为缜密完美，无甚纰漏。可惜水妖千算万算，偏偏算不到冰龙竟会在西海上遭遇蚩尤与晏紫苏。倘若单单遭遇这两人便也罢了，偏偏又遭遇了万千寄居人。

昨日在那妖龙体内，海梦割切龙珠，围魏救赵，使得蚩尤、晏紫苏二人得以逃脱。待到西海二真追来时，她又立时抛开龙珠逃之夭夭。二真所担心的不过是龙珠，既已得回，自然也不穷追。

当时妖龙已进入海道漩涡，百里春秋等人无暇追拿蚩尤，旋即以春秋镜作用于龙珠，驾驭妖龙一路冲破坚冰，朝密山而去。

蚩尤与晏紫苏被海流冲卷入妖龙胃中的神针石柱中。神针贯穿入妖龙脊柱，当妖龙进入海道涡流时，天旋地转，两人顺着神针石柱滚落到妖龙脊柱之内。

蚩尤沿着脊柱奔行，回到妖龙肝脏处，想要救出海梦，恰好听见百里春秋三人话语，零星拼凑，得其大概。

蚩尤大怒，但想到重伤初愈，不是百里春秋等人对手，再次贸然出手，必定徒然送命，而晏紫苏身上的蛊毒恶虫尽被西海二真搜去，亦无法以蛊制敌。

正苦无良策，竟又在妖龙脊骨内遭遇海梦等寄居人。原来他们寄居巨型龙兽体内时，素喜钻入鱼兽脊柱中，敲骨吸髓。此次进入妖龙体内，自然也不例外。

当下晏紫苏想出一条毒计，让寄居人以毒液蚀穿妖龙颅骨，吸食妖龙脑浆。趁其神识狂乱时，由蚩尤以念力控制其神识中枢，阻止妖龙穿透密山。

妖龙被寄居人吸食脑浆、骨髓，果然痛不可抑，癫狂乱舞，连百里春秋险些亦难以控制。但百里春秋号称天下三大驭兽神祝之一，自非寻常之辈，他以春秋镜施法龙珠，完全掌控妖龙元神。那妖龙虽然剧痛如狂，却依旧乖乖听其调遣。

眼见妖龙即将冲破密山冰层，晏紫苏一计不成，又生一计。既然不能控制妖龙元神，便退而求其次，控制妖龙身体。当下遣使众寄居人沿着妖龙脊柱排布，将触角没入妖龙脊骨神经之中，再由自己与蚩尤以摄魂法术控制众寄居人的元神，从而掌控妖龙行动。

这一招极是毒辣，妖龙周身骨骼都被众寄居人控制，听由蚩尤二人指挥摆布，妖龙自己的元神反倒徒呼奈何。

晏紫苏知道百里春秋念力了得，于是劝住蚩尤隐忍不发。当西海老祖在空中得意忘形，妄图以“七星耀月”再度御使翻天印，给予拓拔野等人致命一击时，蚩尤与晏紫苏这才突然发难，出其不意，终于给了西海老祖致命一击。蚩尤当日被老妖打得几乎丧命，今日借妖龙之手，报仇雪恨，心下大快。

妖龙形神两裂，几近疯狂，百里春秋等人竭尽全力，亦不能控制，眼见大势已去，唯有趁着妖龙摔落山壑中时溜之大吉。蚩尤等人则乘机从那妖龙最为脆弱的前额软肉破体冲出。

妖龙被西海老祖与六大凶兽轮番猛击，身受重伤；灵珠为百里春秋所夺，又遭寄居族人敲骨吸髓，早已奄奄一息，此刻再被蚩尤这般贯脑穿出，终于再难抵受，一命呜呼。

拓拔野与蚩尤此番重逢，恍若隔世，见双方无恙，心中俱是悲喜交集，肚中各有一大堆的疑问，却不知从何说起，只是彼此拥抱，相顾大笑。

姑射仙子等人骑鸟赶来，姬远玄笑道：“蚩尤兄弟，你平安无事真是太好了！大家都在为你担心呢。”

蚩尤哈哈一笑，傲然道：“蚩尤的命比玄冰铁还硬，就凭这些水妖又怎能杀得了我？”转身瞥见姑射仙子，微微一愣，心中震动：“天下竟有如此人物！”听说是姑射仙子，登时恍然，肃然躬身行礼。

乔家终究出自木族，听说这仙子乃是木族圣女，蚩尤那桀骜之态不由得也收敛了几分。姑射仙子淡淡一笑，翩然还礼。

蚩尤心中忽然又是一动：“是了，这仙子竟似颇为熟悉，仿佛在哪里见过听过一般……”灵光霍闪，蓦地觉得这女子的姿容形态，极像拓拔野当年描述的、令他梦萦魂牵的仙女姐姐，当下猛然向拓拔野望去。

拓拔野脸上微微一红，微笑传音道：“是了，就是她。”生怕被旁人瞧出端倪，转头朝晏紫苏笑道：“这位姑娘又是谁？”

晏紫苏嫣然一笑，正要说话，蚩尤却皱着眉头冷冷道：“素不相识，不过是在妖龙肚子里撞着的。”

晏紫苏眼中闪过一丝凄楚之色，微笑道：“是啊，我叫小苏儿，只是西海的渔女，与这位公子原本素昧平生，毫不相识。”转头凝视着蚩尤，柔声道：“但是在那妖龙肚里，公子见我孤单可怜，许诺答应要留我在身边，永不离弃。公子难道忘了吗？”

蚩尤一愣，神色古怪，“哼”了一声也不回答。

众人愕然，但虑及其时大荒，男子掳掠或收留孤身女子之事极为平常，也无疑心。唯有拓拔野忍不住笑了起来。

他聪明之至，又对蚩尤性情了如指掌，哪能看不出其中关窍？心下又是惊奇又是欢喜又是好笑，忖道：“他奶奶的紫菜鱼皮，想不到鱿鱼平时闷声不响，却原来也是极有桃花缘。”但见晏紫苏眉眼之间，隐隐带着一丝阴戾煞气，不由得暗觉凛然。

正自诧异，却听姑射仙子低咦一声，妙目凝视着晏紫苏，缓缓道：“姑娘，你……我们可曾见过面吗？”

晏紫苏摇头嫣然道：“我从未来过中土大荒，仙子一定是认错人啦。”拓拔野心中一凛，突然闪起一个不祥的预感，果听蚩尤冷冷地传音道：“这妖女便是九尾狐晏紫苏……”

拓拔野陡然一惊，那欢喜之意登时烟消云散，想起当日雷神爱妾宁姬惨死之状，想起纤纤所受的磨难，心中不由得怒火勃发。又听蚩尤沉声传音道：“乌贼，这妖女虽然作孽多端，对我却屡有救命之恩，我决计不能恩将仇报。”

拓拔野微微一愣，点头不语。心中更奇，不知这些日子以来，蚩尤与这妖女之间究竟发生了什么事？决计之后找个僻静所在，再与蚩尤问个水落石出。又想：“这妖女必定与仙女姐姐中计之事相关，即使不伤她性命，也得让她将此事的来龙去脉说个清楚。”

众人不及多说，匆匆告别了西海寄居人族，骑鸟向钟山飞去。临行之际，拓拔野想起密山的玄玉荣英或许对蚩尤经脉之伤有所裨益，遂潜入滚滚波涛中寻觅。但水势浩大湍急，遍寻山前山后，只找到些许。当下藏入怀中，冲出水面，与众人会合西行。

钟山距离密山不过两百里之遥，沿途山崩地裂，冰飞石舞，滔滔水流在万千残山断崖之间汹涌泛滥，一片狼藉景象。

鸟鹤高翔，众人远远地瞧见钟山崩缺了半壁山崖，顶上的天湖沸腾喷涌，瀑布倒挂，一如西皇山。

姬远玄忍不住笑道：“水妖机关算尽，竟将自己也一并算计了。”众人莞尔，拓拔野微笑道：“烛老妖若是知道自己的老巢变作这般光景，定然要气歪了嘴。”

众人绕着钟山徐徐盘旋，找到峭崖上的入口，封印了灵禽，凝神聚意，次第进入。西海老祖虽然重伤，但六兽犹在，高手众多，是以众人亦不敢丝毫掉以轻心。

山腹通道曲折缭绕，四通八达，宛如迷宫。拓拔野当日虽救了姑射仙子，从此处冲出，此时重返，亦有云里雾中之感。山腹中一片死寂，竟连一个人影也见不着。众人走了半晌，终于撞入一个极大的洞窟之中。

方甫进入，腥风扑面，众人“啊”地低呼，大吃一惊。山洞里横七竖八地躺了许多尸体，鲜血汩汩蜿蜒，四壁血点斑斑，竟似是刚刚进行了一场生死搏杀。蚩尤奇道：“他奶奶的紫菜鱼皮，难道谁抢在我们之前动手了吗？”

姬远玄摇头道：“这些人大多都是冰龙教装束，想必是水妖下的毒手。杀人灭口，死无对证。”众人凝神细看，果不其然。

忽然，一个白衣人微微动了动，发出细微的呻吟，颤抖伸出手肘，艰难地朝前方一个黑衣女子爬去。他双腿齐膝而断，在地上拖出两道血痕，状极凄惨。

而那黑衣女子衣裳破裂，血肉模糊，以袖遮面，竟似是被人玷辱而死。

姑射仙子、武罗仙子瞧见那黑衣女子惨状，眼中均闪过羞怒不豫的神色，转开头去。众人心想：“必是那老妖临行大发淫威，攫取这女子的真元修补自身。”拓拔野陡然瞥见白衣人的侧脸，大吃一惊，失声道：“楚宁！”

众人一凛，凝神望去，那白衣男子果然是冰龙教首领楚宁！这白衣人既是楚宁，那黑衣女子多半便是女丑了。

武罗仙子指风轻弹，将黑衣女子紧紧掩于脸上的大袖吹起，只见那冷艳的脸容如霜雪冰凝，额上红梅鲜艳如故。果然是那寒荒神女。

她美目圆睁，眼角泪痕未干，悲怒、惊惧、羞愤、伤心……诸般神情栩栩凝固。周身布满瘀紫血痕，左手纤指死死地抠入地底岩缝，指甲断裂，鲜血斑斑，似乎想要将什么捏碎一般。

众人对这冷傲极端的寒荒神女虽无好感，但见她如此惨状，心下不免恻然。

楚宁突然发出一声凄厉尖锐的嚎叫，像是怒吼，又像是哀哭，脸色惨白，灰眼中蓦地淌出两道血泪。全身震颤，奋尽全力，想要爬到女丑身旁，但却再无气力。

拓拔野心生怜悯，走上前去，双掌真气鼓舞，将他平平托起，稳稳地放在女丑身旁。

楚宁灰眼瞥望拓拔野，闪过感激的神色，转头凝视女丑，颤抖着将她的衣袖重新覆盖脸颜，抓住她的素手，发出痛彻心扉的号哭。那哭声凄凉悔痛，悲苦莫名。众人心想："原来这心狠手辣的男女，竟也是一对苦情鸳鸯。"微起同情之意。拓拔野忍不住叹道："早知如此，何必当初。明知彼等是蛇蝎之属，又为何与他们同伍！"

楚宁嘎声惨然大笑道："你说得不错，我的确是与蛇蝎同伍，咎由自取，死不足惜，只可惜……只可惜我醒悟得太迟了……"

他转头瞥望女丑，血泪倏然滑下，喃喃道："你跟我这些年，吃尽苦头，最后还要累你枉送豺狼之口！我当真对不起你啊！只怪我楚宁有眼无珠！有眼无珠！"声音突转凄厉，不知哪里来的气力，蓦地将右手双指狠狠插入自己双眼，硬生生将眼珠剜了出来！

众人骇然失声。楚宁"哈哈"狂笑，将自己的眼珠塞入口中，咬牙切齿地奋力嚼动，双眼变成血洞，滚滚血泪不住地流过脸庞，犹自狂笑不止，情状凄厉可怖。

姬远玄沉声道："楚神祝，你告诉我们那老妖逃往何处，我们替你报仇雪恨。"问了几声，楚宁只是悲声狂笑，毫不应答。

蚩尤不耐，喝道："到了此刻还执迷不悟！那老妖究竟去了哪里？苗刀现在何处？"

楚宁听若不闻，森然笑道："嘿嘿，十年砺兵磨剑，壮志不酬，末了却自割咽喉……老天爷，难道我楚宁所做之事当真是逆天背势吗？老子不服！老子不服……"声音渐转微弱，蓦地一颤，委顿伏于女丑身上，再不动弹。

众人始料未及，面面相觑。

武罗仙子蹙眉道："罢了，那老妖奸猾，多半已经逃回西海。咱们还是赶回寒荒国，看看那里的局势吧。"

话音未落，山腹突然剧烈地震动起来，轰然连响，山壁开裂，土石簌簌迸落。敢情这钟山亦已震塌将倾。

众人不敢停留，纷纷撤出。山腹石洞接二连三地崩塌，烟尘滚滚，爆响连连。当众人终于从断崖甬口乘鸟冲出时，钟山已轰然坍塌了小半。

众人乘鸟南归，朝皇人山飞去。

碧空澄净，红日高悬，万里寒荒山崩地裂，洪水滔滔奔流，冰峰残立，寥落东西。沿途所见，无不是如许悲壮场景，众人心情越发沉重，慨叹不已。

拓拔野与蚩尤传音交谈，将这些日子彼此的际遇尽数相告，听到惊心动魄处，仍不自禁地为对方捏了一把冷汗。

听蚩尤述说与晏紫苏的恩恩怨怨，拓拔野心中震动，对她的恶感逐渐淡薄，忖想："这妖女虽然心狠手辣，但甘愿为鱿鱼放弃一切，也是个情深义重的奇女子。比起八郡主，也是不遑多让了。只盼她与鱿鱼在一起之后，能渐消暴戾之气，改邪归正……"

隐隐之中，他心里又有着说不出的忧惧。蚩尤本身性情暴烈桀骜，狂怒之时与常时判若两人，杀机极重，若是今后果真与这妖女一道，说不定反受其影响也未可知。

正自沉吟，听见一阵金石激越的号乐声，从东边远远地传来。姬远玄喜道："是昆仑山的使者！他们总算来了！"

众人循声望去，只见东北天空彩旗飘飘，十余辆巨鸟飞车腾云驾雾，翩翩而来。那旗上除了"金"字之外，还有"开明"二字。武罗仙子微笑道："原来是九尾虎神来了。"

蚩尤、拓拔野俱是一凛，对望一眼，心道："是他！"

九尾虎神陆吾乃是金族仙级人物中的第一高手，其兽身"开明兽"乃是人面九尾虎，狂猛不可挡，威名远布天下。其时大荒，除了"十神"之称外，尚有"六小神"之说，即将五族中至强的六位仙级高手列为"大荒六小神"，其中便有火族战神刑天、金族陆吾。

当年曾有好事者列出"大荒帝女神仙榜"，将大荒五族帝、女、神、仙诸高手按其法力真气的高低，排定顺序。陆吾赫然位列第二十二。虽然不足凭信，但其身为天下顶级高手，却是毋庸置疑。

金族既以他为使者，足见对此次寒荒动乱之重视。但何以不遣大军，只派了区区十几辆飞车？难道昆仑山已知道寒荒大乱平息了吗？众人心中都有些惑然不解。

姬远玄朗声道："木族圣女姑射仙子、东海龙族拓拔太子、蚩尤、土族武罗仙子、姬远玄，幸会陆虎神！"

金石之声登时停止，飞车中传来一个雄浑爽朗的笑声：“原来是两位仙子和姬公子！难怪此处真气如此强沛。当真是幸会了。”一个白衣大汉从车中昂然而出，金发褐眼，虬髯满面，极是威武。

那白衣人朝着姬远玄恭敬行礼道：“白帝、西王母特令陆某代为转达圣意，多谢姬公子及时传信！”

姬远玄笑道：“白帝、王母太过客气了。是了，眼下寒荒国叛乱已经平定，陆虎神不必心急赶路了。”

陆吾一震：“什么？”几乎不敢相信自己双耳。目光电扫众人，登时明白大概，大喜道：“这……这可当真是天大喜讯！多谢了！多谢各位仗义相助！”喜不自胜，一再躬身拜谢。

众人纷纷微笑回礼。

姬远玄笑道：“金族、土族原是兄弟之邦，这点小忙岂能不帮？但此次若没有姑射仙子、拓拔太子和蚩尤兄弟相助，只怕麻烦不小呢。”

陆吾肃然道：“原来这两位少年英雄便是近来轰动大荒的龙神太子与蜃楼城少城主吗？”当下又行礼道谢。

蚩尤素来敬重英雄豪杰，对传说中威猛侠义的陆虎神颇有好感，连忙与拓拔野一起回礼。

陆吾哈哈大笑道：“妙极妙极！想不到金族因祸得福，结交了这么多好朋友！蒙各位相助，陆某奉旨出使，不过半路，竟已大功告成。”众人大笑。

当下陆吾驱车飞来，邀请众人入厢而坐。旌旗飘飘，金石齐奏，众飞车横空穿掠，朝着皇人山方向急速飞行。

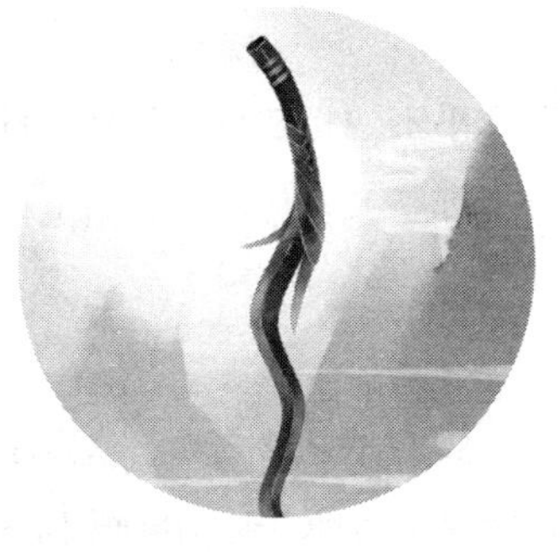

第二十四章 苗刀再现

金族飞车系由西荒奇肱国所制，构造极为细密精巧，在高空驭风飞行，殊无颠簸摇晃之感。这十几辆飞车虽无少昊当日的白金飞车那般奢华，但舒适平稳丝毫不在其下。

陆吾豪爽热情，拓拔野等人坐在车中，把酒相谈，很快便熟稔起来。

陆吾听闻姬远玄以幻影大军逼得叛贼阵脚大乱，又以幻术救出少昊太子，叹服不已；又听得拓拔野潜入天镜湖，假扮寒荒大神，令楚宁无所遁形，更不由得哈哈大笑，连称绝倒。

再听得群雄竭力阻挡西海老祖，蚩尤驾驭妖龙重创老妖，陆吾不由得肃然起敬，连连向众人拜谢，叹道："若非各位少年英雄智勇双全，仗义相助，这次大劫非得三五年才能平息。那时即使江山完璧，但元气大伤，民心离散，得不偿失。能兵不血刃，消弭战乱于无形，真是多亏了各位。"

姬远玄沉声道："可惜我们终究不能阻挡老妖，收回翻天印。眼下江山狼藉，洪水泛滥，实在……实在……"摇头叹息。

陆吾从窗口朝下眺望，"哈哈"笑道："姬公子，这大劫乃是天意，诸位鼎力相助，能化解如此，我们已是感激不尽了。江山断裂可以修复，人心离散可就不能愈合了。嘿嘿，这些水患虽然厉害，但只要上下一心，又何愁不能疏导利用？"

众人见陆吾目睹下方万里大地崩山裂土，洪水滔滔，依旧面不改色，如沐春风，不由得既诧且佩，心想："大荒都说金族如铜山铁岳，不可撼动，今日观之，果不其然。"

姬远玄微笑道："陆虎神，远玄有些疑惑不知可问不可问？"陆吾笑道：

“姬公子只管说，陆某有问必答。”

姬远玄道：“此次虎神前来，只带了这十几辆飞车吗？难道白帝已经算出寒荒叛乱定可平息？”

众人心中都有这疑问，当下凝神倾听。

陆吾嘿然苦笑，沉吟道：“罢了，此事再过几日，天下尽知，也无甚可隐瞒的。诸位都是本族的朋友，说出无妨。”众人听他语气凝重，心中都是一紧，隐隐觉得又有什么重要的事情发生。

陆吾沉声道：“这几日昆仑山上发生了几件极为棘手之事，眼下白帝已无大军可供调遣，只好让我带了两百余人到寒荒城斡旋调解……”

众人大奇，心道：“究竟发生了什么大事，竟比安定寒荒国、救出少昊太子还要重要？”

陆吾道：“四日之前，本族‘如意双仙’槐鬼、离仑伉俪在昆仑山下巡查之时，发现了三具尸体，其中一人竟然是水族烛真神的独子烛鼓之……”

“什么？”众人大惊失声。

蚩尤惊诧稍逝，捧腹狂笑道：“妙极妙极！这老妖丧尽天良，活该他断子绝孙！”众人愕然，晏紫苏对着蚩尤大使眼色，他却视而不见。

拓拔野惊喜快慰，瞥了姑射仙子一眼，心道：“这淫贼在钟山上对仙女姐姐图谋不轨，总算报应不爽……”心中蓦地又是一沉，忖道：“烛老妖只此一子，突然丧生昆仑，大荒中只怕又有祸乱横生，无怪金族要头疼了。”当下偷偷拉了一把蚩尤衣袖，歉然道：“陆虎神，我们兄弟与那烛鼓之有些过节，所以失态忘形，还望虎神勿怪。”

陆吾叹道：“那烛公子为人荒唐，在大荒中口碑素来不好，难怪蚩尤公子要拍手称快。”摇头苦笑道：“只是此次他是死在昆仑山下，纵然不是金族中人所为，也与我金族干系极大。若是烛真神一口咬住不放，那就大大不妙。”

蚩尤冷笑道：“他奶奶的紫菜鱼皮，这烛小妖树敌甚多，也不知惹了何方煞神。难道只因死在昆仑山下，便要赖到金族头上吗？天下哪有这等道理？”

陆吾摇头道：“话也不能这么说，烛公子既是死在昆仑山下，我们身为地主，自然逃脱不了干系。无论如何，总得将此事查个水落石出，还烛真神一个公道才是。”

蚩尤道：“烛老妖勾结冰龙教，挑唆八族叛乱，又解开翻天印，引来大水，罪行累累，你们不找他算账已是客气了，还要还他什么公道？”

陆吾叹道：“眼下冰龙教众既已死绝，烛真神大可将黑锅扣在他们身上，推得一干二净，大不了再将西海老祖作为替死鬼。但烛公子之死若不能查出前因后果，烛真神多半会说我们盲目报复，蓄意谋害烛鼓之，正好可以以此为借口，大肆兴兵问罪。”

众人都知水妖素来狡赖，当下点头不语。

陆吾又道：“那日槐鬼、离仑将烛公子三人悄悄地带回昆仑山上，白帝、西王母想方设法相救，找来了金族巫阳、巫履、巫凡、巫相四大神医，用尽仙药，也不能妙手回春。不得已之下，西王母亲自赶往中土，请来灵山十巫……”

拓拔野低咦一声，与蚩尤对望一眼，想起那十个古灵精怪的小人儿，忍俊不禁。

陆吾道：“灵山十巫医术果然高明，终于救活了三人中的钦呲……”蚩尤哼了一声，皱眉心想：“原来是他！”

陆吾道：“听那钦呲转述，原来两日之前，他与烛公子、青碧龟真三人带着从贼人手中夺得的苗刀，前往木族日华城献给木神……”

“苗刀！”蚩尤与拓拔野霍然一震，蚩尤怒道：“贼人？他奶奶的紫菜鱼皮，那些奸贼从我手中抢去苗刀，竟敢反诬我是贼人？”

陆吾点头道：“原来那苗刀果真是从蚩尤公子手中得到的。这些日子，大荒中一直传闻蚩尤公子是苗青帝转世，携带这柄木族失踪了六百年的第一神兵器。我们听那钦呲说时，心中也有些疑惑，但非我族事，不好相问。钦呲说他们路经昆仑山下时，突然闯出一个头戴苍狮颅骨、身高十二尺的怪人，闪电之间将他们尽数擒杀，抢了苗刀逃之夭夭。”

众人大奇，姬远玄皱眉道：“这三人乃是西海三真，加在一处也有仙位高手的实力，普天之下，又有几人能在刹那间将他们一并制住？”

陆吾道：“不错，能在瞬间制住西海三真的人物，至少当是‘小神位’的顶级高手，放眼大荒，绝对超不出三十人。我们将这些人一一列出，但据钦呲描述，这些人的身高、体态特征、武功路数无一与那狮面怪人吻合……”

晏紫苏忍不住笑道：“人的外貌可以千变万化，这可不足取信呢。”

陆吾看了她一眼，点头沉声道：“这位姑娘所说极是，倘若当真是‘小神位’以上的高手，要想以真气、念力暂时改变自己的身体结构，亦非难事。所以当日我们越想越是头痛，一筹莫展。偏生那钦䲹强撑了一日之后，终于神识散灭，任灵山十巫有通天之能，也救之不得。”

众人“啊”的一声，心想：“这钦䲹一死，可谓死无对证。要想让烛老妖相信金族所言，就更加艰难了。”

陆吾道：“西王母尽遣侦骑，四处打探这几日路经昆仑的可疑人物，但却了无结果。谁知正当我们无计可施之时，偏偏又发生了一件极为古怪之事。那凶手竟自动送上门来。”

众人大奇，脱口道：“那凶手是谁？”

陆吾苦笑道：“说来惭愧，昆仑山全山上下，竟无一人识得那凶手路数。”众人闻言更加诧异，昆仑山卧虎藏龙，高手数不胜数，竟无一人看出凶手身份。难道那凶手竟是从天上掉下来的吗？

拓拔野奇道：“既是如此，陆虎神又何以断定他就是凶手？”

陆吾道：“这个……只因那厮身高正好是十二尺上下，手中又攥了苗刀。”众人点头道：“那可当真巧了。”

陆吾道：“那日清晨，这厮突然从昆仑山下杀了上来，口中胡乱叫喊着要见白帝。手中苗刀砍柴般胡乱挥舞，姿势颇为可笑。但说也奇怪，他的招式看似粗陋滑稽，威力却是极大，从山脚正门直到半山‘留云楼’，本族三十八名高手竟谁也抵挡不住，眼睁睁看着他颠三倒四地闯了过去……”

众人凛然，昆仑山正门直至“留云楼”，乃是昆仑的主峰迎客道，其间高手众多，单单真人级高手，便不下九人。此人从正门而上，如入无人之境，忒也匪夷所思。拓拔野心道：“却不知此人为何要见白帝？难道与白帝有什么过节？所以抢了苗刀来与白帝决战吗？”

陆吾道：“那时我和槐鬼、离仑正好在中天门，瞧见那厮提着苗刀疯疯癫癫地冲将上来，速度极快，身形打扮，都与钦䲹所说的凶手极为相似。我们心中又惊又喜，都想当真是踏破铁鞋无觅处，得来全不费工夫。这贼人竟然大摇大摆地送上门来了！当下我和槐鬼、离仑夫妇一齐动手，竭尽全力，务求将这厮一举拿下。”

姬远玄舒了口气，笑道：“妙极，既然这贼人已经擒住，这场祸事也就烟消云散了。”

陆吾摇头苦笑道：“哪有这般简单！那厮看起来疯癫滑稽，但形如鬼魅，竟然刹那间从我们三人夹击之下冲了出去，风也似的朝山上冲去。”

众人大惊，陆吾乃是“小神位”高手，槐鬼、离仑又是金族中素以驭风术闻名的“如意双仙”，以三人之真元修为，竟能让他轻而易举地脱身离去！

武罗仙子亦耸然动容，蹙眉道：“竟有这等奇事！此人究竟是何方神圣？”

陆吾叹道：“当时我们心中之惊异，远比各位为甚。眼见他腾云驾雾般，转眼就要冲上峰顶，我们不敢迟疑，奋力疾追。在昆仑丘顶，那厮被万千‘钦原鸟’困住，破口大骂，狼狈逃避。转眼间被蜇了数十口，身上肿了许多大包，但竟丝毫无恙，叫骂得更加起劲。”

众人骇然，昆仑“钦原鸟”乃是一种剧毒奇鸟，身如鸳鸯大小，巨刺似钢管，飞行如闪电，无论多大的鸟兽、树木被它一蜇，必定血肉干枯而死。那人被钦原鸟蜇了数十口竟然若无其事，实在令人震惊。

陆吾道：“长乘神和神牛勃皇等数十名高手闻得声讯，都从槐江山、嬴母山赶了过来，将这厮团团围住。”

昆仑山脉极为雄伟高峻，东西绵延五千里，南北宽达三百余里，其中又以玉山、昆仑丘、嬴母山、长留山等九山十六峰为中心，金族显贵都居住于这些山峰之上。长乘神与神牛勃皇乃是金族中极为著名的两位仙级高手。

陆吾道：“我们近百人在昆仑丘顶困住那厮，其中仙位高手便有五人，真人级高手至少十四人，加上钦原鸟、土蝼兽等仙禽神兽，极是壮观。那厮也不害怕，只是疯疯癫癫地大喊大叫，说白帝耍赖，将他骗倒，非要白帝出来磕头认错不可。我们听了又是生气又是好笑，白帝陛下淡泊超脱，直如神仙，又怎会与这么一个疯子夹杂不清？”

众人越听越奇，拓拔野听到“淡泊超脱，直如神仙”，心中一动，忍不住朝姑射仙子瞥去，却见她蹙眉不语，满脸迷茫，似乎想到什么，却又说不出来。

拓拔野心旌激荡，目不转睛地凝望着她那清丽绝世的脸容，一时间连陆吾的话语都听不真切。

陆吾道：“勃皇脾气暴躁，听他辱骂白帝，登时来气，抢先动手。我们怕他吃亏，也纷纷攻了上去。”对众人苦笑道：“以多攻少，实是惭愧。只是那厮也忒古怪，神鬼莫测，而且事关重大，总是小心为好。”

姬远玄点头道：“对付这等邪魔外道，不必拘泥细节。不知最终那贼人被擒住了没有？”

陆吾摇头叹道："那厮实在太过厉害，以我们百人之力，竟始终擒他不住。但他似乎并未痛下杀手，手中苗刀只是扛在肩上，单以左手格挡，在众人夹击中幽灵似的飘荡，我奋尽全力，终于伤了他的肩膀。那厮'哇哇'乱叫，说我们金族卑鄙无耻，以多欺少，他不玩了云云。又叫嚷着让白帝出来见他，不然他就放火烧了昆仑山。"

众人凛然，武罗仙子道："陆虎神，那人的真气、招式究竟是五族中的什么路数，你们打了那么久，瞧出什么端倪了吗？"

陆吾道："那厮真气像是碧木真气，但所使的招式全是稀奇古怪，像是木族招式，却又不尽相同，见所未见……"

姑射仙子低咦一声，忽然站了起来，众人吃了一惊，纷纷望她，她视若不见，满脸尽是迷惘之色。

拓拔野心中一动，道："仙子，难道你识得那人吗？"姑射仙子怔然片刻，摇头道："我想不起来啦。"又徐徐坐下。

众人微微失望，武罗仙子道："既然那人要寻找白帝，何不请白帝出来将他擒住？"

陆吾摇头道："我们何尝不想请出圣驾？只是那日一早，白帝和西王母恰好出行，不知行踪。那厮打了半晌，突然烦躁起来，叫嚷着忒没意思，他要下山玩儿去了。说话之间，便将勃皇和长乘神一掌击退，又将槐鬼、离仑抓在手里，远远地抛了出去。我惊怒之下，变作兽身相阻，他突然大喜，连称有趣，与我激斗起来，但不过三百回合，就将我打得大溃……"

众人听得瞠目结舌，心道："能将金族五仙打得狼狈如此，这厮岂不是神级高手吗？"但放眼大荒十神，又哪有如此疯癫的人物？众人如堕疑云迷雾，心中森然，背上凉津津的全是冷汗。

陆吾道："那厮见我不是他的对手，登时又意兴阑珊，胡言乱语一通，打开重围，飞跑下山。我们穷尽气力，骑鸟驱兽，也追他不回，眼睁睁地看着他消失得无影无踪。"

晏紫苏奇道："既然他只是徒步奔跑，难道连昆仑的灵鸟也追他不上吗？"陆吾叹道："不错，那厮明明只是在奔跑，但却比驭风飞行还要快捷。而且步法奇特，在山壑忽左忽右，转眼间不见踪影。"

晏紫苏素以变化术、蛊毒和驭风术自负，听说那人仅仅奔跑，便可甩脱飞鸟，心中又惊又奇又疑。

蚩尤道：“这么说来，苗刀还在那怪人手上？”

陆吾道：“不错。那怪人走后，我们越想越觉得那厮必定便是杀死烛鼓之等人的凶手，想到以百人之力，竟让他从容逃离，都是羞愧欲死。当夜陛下与王母回到昆仑山，听得这个消息，极为震动，连夜召开长老会，决计不惜一切代价，务必将那厮抓回，绑了送到北海请烛真神发落。一夜之间，我们便派遣了数万大军，在昆仑各山四处搜寻，族中真人级以上的高手，也几乎倾巢而出。”

摇头苦笑道：“嘿嘿，这般大规模地全族出动，已是数百年未有之事。而且竟仅仅是为了缉拿一人而已，说出去只怕都无人相信。”

众人骇异无已，均想：“不知怪人从何处蹦出？何以从前竟会闻所未闻？”

陆吾道：“就在翌日清晨，风后带来了姬公子的要讯，长老会大惊。但其时主力大军都已出发，昆仑山上剩下的，只有镇守诸峰的三万精锐。这些精兵乃是昆仑根本，不能随意征调，以免昆仑空虚，被奸人所趁。但若要去境内各番国、城邦抽调兵力，至少要三日时间；即便能以最快速度组成大军，赶往寒荒国，也是九日、十日之后的事情了。那时少昊太子多半已横遭不测，叛军大势一成，想要镇压便极为困难。

“无奈之下，西王母命我挑选了两百余名精锐，火速赶往寒荒国，若能说服八族放弃叛乱自是最佳，倘若不能，便将太子救出，退回昆仑。等到大军调集齐备之后，再做打算。”

众人恍然。正说话间，隐隐听见下方传来欢呼之声，驾车的金族汉子大声道：“虎神，我们已经到皇人山了！”众人隔窗下眺，只见一片巍峨山脉上，人如蚁群，正朝着他们欢呼雀跃。

当下陆吾指挥众飞车，在山顶盘旋了几大圈，徐徐落地。方甫降落，倪长老、芙丽叶公主就带着纤纤、拔祀汉及众长老围了上来。

倪岱、笥思长邪、安维等长老齐齐拜伏在地，颤声道：“臣等糊涂，听从妖人魅惑，险些做出弑杀太子、叛族作乱等大逆不道之事，实在罪该万死，恳请使者治罪。”

陆吾从车上跳下，肃然道：“诸位长老都是八族百姓赖以相倚的栋梁，一言一行，无不关系八族百姓的安危幸福。今后还请冷静处事，有什么难以定夺之

事，扪心自问便是。只要时时刻刻想着百姓，便不会做出偏颇之事。”

众长老惭愧无已，拜伏不起。

陆吾微微一笑，将众人一一扶起，朗声道：“陛下要我传旨，金族、八族都是一家，兄弟姐妹，不分彼此。哪有兄弟姐妹拌嘴，便要打架分家的道理？”众人忍不住笑了起来，惴惴不安的心情稍稍缓解。

陆吾又道：“陛下说，只要我们一家人团结一致，不管什么难关都闯得过去。发大水，不要紧，不是给我们送来鱼虾了吗？山崩了，不要紧，不是正好可以夷为平地种田吗……”

他善于挑动众人情绪，每说一句，众人的欢呼声浪便高过一倍，说到后来，漫山遍野都是欢呼之声，这水灾天祸倒像是成了值得庆幸的好事一般。

拓拔野与蚩尤等人从车上跳下，纤纤大喜，狂奔而来，拉着两人的手，笑道：“臭鱿鱼，听那病痨鬼说你死了，我可担心坏啦！你这些天跑到哪里去了……”仿佛方甫发现蚩尤脸上的疤痕，“啊”的一声，怒道：“这是哪个浑蛋干的？”

蚩尤从未见过她这般关心自己，面红耳赤，心中乱跳，一时倒有些局促不安起来，嘿嘿笑道：“说来话长……”

突听晏紫苏笑道：“蚩尤大哥，这便是你说的纤纤妹子吗？当真可爱得紧。”款款上前，笑吟吟地朝纤纤盈盈行礼。

蚩尤见她当日害得纤纤吃了那么多苦头，今日竟若无其事，浑不相识一般，心中恼怒，重重地“哼”了一声。

纤纤丝毫不识得九尾狐真身，但她慧心灵性，登时猜出这俏丽女子必与蚩尤有着颇深的渊源，心中大觉有趣，忖道：“想不到这木头木脑的鱿鱼，竟也有人钟情喜欢。”扮了个鬼脸，笑道：“既然话长，那就以后再慢慢说吧。”

她瞧见姑射仙子与武罗仙子从车上翩然而下，小脸立时又阴沉下来，故意把臂缠着拓拔野，温言软语，极是亲密。别人瞧在眼中，直如金童玉女一般，暗暗称羡。

拓拔野微觉尴尬，偷偷瞥望姑射仙子，见她凝望着陆吾与众长老等人，殊不注意自己，心下一阵失望，酸苦难言。当下强振精神，移念他想。

说话间，拔祀汉、天箭、黑涯等人与拓拔野、蚩尤一一相见，极是欢喜。众人共经患难，这份交情更显深厚。就连那冷傲寡言的天箭，也不禁脸露微笑，稍稍健谈起来。

漫山突然响起雷鸣般的欢呼，原来陆吾传达白帝谕旨，赦免涉嫌谋叛的众长老罪责，既往不咎；并将于此后数月之内，陆续运来衣粮物资，派遣诸多工匠，与寒荒军民一起重建家园，疏治大水。

拓拔野等人相视而笑，均觉心中大石安然落地，喜乐快慰。

当夜，八族在皇人山上欢庆，酒水虽然不足，但众人情绪高昂，尽兴而散。

星辰漫天，篝火寥落，众人都已各回山洞歇息。拓拔野将玄玉荣英送与蚩尤喂服，又助他调整真气，修复经脉。调息既毕，已是深夜，两人听着山下滔滔洪流的轰声巨响，心潮澎湃，转侧难眠，遂又如从前在东海岛上一样，悄悄起身，一齐坐在山崖边，仰望苍穹，谈心聊天。

两人自离开东海，西赴大荒以来，聚少离多，各自经历之事也都应接不暇，很少如此倾谈，此次重逢，都觉得有一肚子的话要和对方倾诉。山崖无人，唯有涛声滚滚，两人迎风而谈，天南地北，极是快意。

拓拔野叹道：“咱们来大荒这些时日，当真发生了好些事情。好在昆仑山在望，纤纤总算平安无事。”

蚩尤心下怅惘，喃喃道：“昆仑山，昆仑山！总算是离此不远了。纤纤妹子也快要见到她娘亲了。嘿嘿，人们都说‘昆仑山深九万重’，也不知今后咱们还有与她相见的机会吗？”

两人心中登起难过不舍之意。拓拔野强笑道：“昆仑山离东海也不过几万里，咱们骑着太阳乌，最多半月光景也可到了。想要见她也不是难事。”

蚩尤听到“太阳乌”，突然一凛，脱口道：“是了，苗刀！他奶奶的紫菜鱼皮，离开昆仑，我需得尽快将苗刀找回。决计不能落入句芒老妖的手中！”

拓拔野点头道：“咱们到了昆仑，可以先打听那抢走苗刀的怪人的下落。”想起日间陆吾所说，对那怪人俱觉凛然。

两人猜测一通，始终想不出那怪人的身份来历。但他既然杀了烛鼓之，多半是友非敌。

拓拔野又道：“鱿鱼，对那晏紫苏，你究竟要如何处置？难道果真要带在身旁，不离不弃吗？”

蚩尤微微一愣，目中露出痛楚难决的神色，沉声道：“那妖女对我有救命大恩。若不是她杀了白石岛上的几百个无辜百姓，我蚩尤即便是背负天下人的骂名，也要舍命相护，永不离弃，但是……但是那几百个冤魂……”胸膛起伏，浓眉竖起，蓦地一掌击在身边巨石上，摇头怒道：“一想到那些人惨死之状，我便恨不能将她碎尸万段！”

这一掌击下，力势万钧，巨石登时迸裂四射。

拓拔野沉吟道：“她对你情深义重，为了你叛族背亲，今后必受水妖嫉恨追杀。如果弃之不顾，实在不通情理，但若是当真与她相守不离，她这狠辣的性子，多半……”摇头道：“此事委实难以决绝，鱿鱼，你要好好考虑才是。”

蚩尤想到白石岛百姓，余怒未消，恨恨道：“罢了，我已经考虑好了，这种蛇蝎妖女，还是敬而远之的好……”

忽听一个女子“咯咯”笑道：“原来堂堂蜃楼城少城主竟是一个薄情寡义、反复无常的小人！”

两人一凛，起身循声望去，却见晏紫苏背负双手，翩然而来。两人适才聊得全神贯注，竟没有察觉到她的脚步和呼吸。

蚩尤大怒，冷冷道：“谁说我薄情寡义、反复无常了？”

晏紫苏笑道：“我三番五次救你性命，你却要将我碎尸万段，这不是薄情寡义又是什么？”

蚩尤“哼”了一声，正待说话，晏紫苏又抢道：“你当日明明已发誓，今生今世对我永不离弃，现在又反悔动摇，这不是反复无常又是什么？”蚩尤素重信诺，被她这般抢白诘问，一时无话应对，满脸通红。

晏紫苏笑道：“没话说了吧？”见蚩尤愤然不答，她的脸上倏地闪过一丝凄惘哀伤的神色，惨然笑道：“既然你是这等薄情寡义、反复无常的小人，我又何苦死乞白赖地缠着你？”

蚩尤一震，冷冷道：“你说什么？”

晏紫苏眼圈微微一红，笑道：“在那白石岛上，你不是说从今往后与我恩断情绝吗？只要你为我做成一件事，你我之间便算是两不相欠，再无瓜葛了。”转头瞟了拓拔野一眼，笑道：“而你的这位好兄弟，也不必担心我这妖女会连累你啦。”

拓拔野微笑不语，暗觉尴尬。

蚩尤听她言下之意，竟是决定与己分离，心中忽然大痛，呼吸不畅，仰头哈哈大笑道：“妙极妙极！你要我做什么事，且说来听听。”

晏紫苏面色苍白，微笑道：“我要你帮我取得本真丹。烛真神必定会参加半个月后昆仑山的蟠桃会，只要你能从他那儿取得本真丹，让我还复人身，我便永不再纠缠你了。”

蚩尤道：“好，我答应你！当日你为了救我，舍弃了本真丹，今日要我还你本真丹，再也公道不过。”

晏紫苏笑道：“那就多谢你啦！不过我可先说明了，在没有得到本真丹之前，我依然会如影随形，缠着你不放。”眼波一转，嫣然道：“倘若你这一辈子都取不得本真丹，那就别怪我阴魂不散啦。”

蚩尤心中一跳，冷笑道：“你放心，不会太久的。”

晏紫苏脸颊晕红，妙目凝视着蚩尤，突然滢光泫然，强忍住即将流下的眼泪，转身急走。

自在妖龙体内与蚩尤重逢以来，蚩尤对她始终冷漠厌恶，令她伤心已极。在这皇人山上，见蚩尤与拓拔野、纤纤等人说笑，殊不理睬自己，心中更加悲苦悔痛。原想今夜找他好好倾谈，甚至准备放下尊严，软语哀求，答应他从此再不滥杀无辜。岂料竟听见蚩尤拍碎巨石，声称恨不能将她碎尸万段，从此敬而远之，心中凄苦悲痛无以形容。

当下反语试探，想要让蚩尤触动悔悟，岂料他竟似求之不得，一时间万念俱灰，恨不得就此死了。

拓拔野瞧在眼中，心中不由得起了怜悯之意。这两人明明彼此牵肠挂肚，却偏偏一个愤激逞强，一个伤心失望，越说越不对路，势成骑虎。想要为之圆场，但又觉得这妖女若当真与蚩尤从此恩断情绝，又未尝不是好事，终于屡次欲言又止，叹了口气，道：“晏姑娘请留步。拓拔野有些疑问，恳请晏姑娘赐教。”

晏紫苏淡淡道：“是问姑射仙子之事吗？”

拓拔野道：“正是。”

晏紫苏叹了口气道：“罢了，反正我叛族投敌，早已是水族上下的眼中钉、肉中刺，也不在乎多这一条泄密通敌的罪状啦。”微微一笑道：“只是我说了出来，拓拔太子可别怪罪我。”

拓拔野早已猜到她与姑射仙子之事必有关联，当下微笑道：“晏姑娘坦诚相告，拓拔感激不尽，岂敢怪罪？”

晏紫苏转头四顾，传音道：“烛真神要帮助句芒登上青帝之位，你们都已经知道了吧？”见二人点头，又道：“既然雷神已经被扳倒，接着要对付的自然

便是姑射仙子啦。句芒知道烛鼓之对姑射仙子垂涎素久，因此便定了一石二鸟之计，做个顺水人情。”

晏紫苏道：“那日我从雷泽城出来后，便奉命继续乔装你们的纤纤妹子，骑着一只白鹤朝空桑山飞去。姑射仙子的姑姑是当年流放汤谷的空桑仙子……”拓拔野与蚩尤齐齐一震，惊讶失声。

拓拔野突然明白，何以当年在玉屏峰上，姑射仙子听他说到神农物化、临终吟唱《刹那芳华曲》时，她会有那等古怪的反应。

晏紫苏继续道：“……姑射仙子对她又极是尊重。句芒料定她听说空桑转世的消息必定按捺不住。于是故意遣人散布传言，说瞧见空桑转世朝空桑山飞去。姑射仙子闻讯，果然便追来啦。”

拓拔野心道：“是了！难怪那日在空桑山听见仙女姐姐的箫声。原来她竟是被这妖女诓骗到那儿去的。”

晏紫苏道：“我等她快追来了，又绕道西行，朝西荒飞去。姑射仙子心机单纯得很，不疑有诈，一路跟来。我知道她以鲜花蜜冻为食，就在沿途她最喜欢的花树上投下蛊卵……”

拓拔野变色道：“什么！”晏紫苏嫣然道：“你放心，那些蛊卵都只是极微量的，并不致命。否则以她的念力还不觉察吗？”

晏紫苏又道：“到了西荒，我将她引入西海九真等人布下的‘寒金冰石阵’中，然后诱活她体内的蛊毒。金阵克木，蛊毒发作，又受几十名高手的围攻，她虽然厉害，也只有乖乖就擒。”

蚩尤怒极，咬牙道：“卑鄙无耻。”

晏紫苏只当没听见，道：“百里春秋以春秋镜念力辅助九毒童子的‘散气丹’，将她周身真气全部化散，这样她即便醒转，也不足为患。然后那西海鹿女又给她下了九十九种烈性春毒，再灌入忘川水，送入钟山洞穴。一切准备妥当后，我就赶往寒荒城装扮女戚。以后发生的事情，拓拔太子便比我更清楚啦。”

拓拔野至此完全明白，低声道：“姑射仙子一旦失去圣贞，自然便不能再做圣女，对句芒老妖也就没有任何威胁。而她喝了忘川水，记不起从前之事，无处喊冤，不得昭雪，只能任由烛鼓之、句芒双双得偿所愿。嘿嘿，果然是一石二鸟的奸计。”

蚩尤又气又怒，这妖女屡屡助恶为虐，此番又险些害了自己兄弟的梦中仙子，隐隐之中竟觉得自己愧对拓拔野，当下怒视晏紫苏，厉声道：“妖女！你和姑射仙子同是女子，竟以这般下流卑劣的毒计相害，不觉得愧疚吗？”

晏紫苏淡淡道：“我原本就是十恶不赦的妖女，你今日才知道吗？”

拓拔野摇头道：“鱿鱼，晏姑娘当初仍是水族中人，各为其主，也没有什么可指责的。眼下最为紧要的，便是尽快帮姑射仙子恢复记忆，拆穿句芒老妖的面具。”一言及此，一个念头在脑中电闪而过：“倘若姑射仙子当真恢复了记忆，她便要回复为木族圣女，自己与她，更将永无可能……”心中顿起茫然惴惴之感。

蚩尤强忍怒气，道：“不错，句芒老妖处心积虑想要登上青帝之位，我们决计不能让他得逞！”

当是时，忽然听见寒角悲鸣，有人哭叫道：“国主……国主驾崩啦！”拓拔野与蚩尤大吃一惊，对望一眼，立即朝山顶奔去。

等他们跑得远了，晏紫苏方才缓缓蹲下身子，以袖掩脸，无声地抽泣着，放任悲伤的泪水汹汹滚落。

漫山火炬纷乱，人流汹涌。山顶临时凿建的“王宫”前早已人山人海，哭声一片。原来寒荒国主楚宗书伤势过重，一路又饱受颠簸风寒之苦，既知和平安定，心无牵挂，终于过世。

芙丽叶公主止不住悲伤，哭得犹如泪人一般。拓拔野等人在一旁看着也不禁有些伤感。楚宗书和蔼慈祥，深得民心。他此时过世，对于风雨飘摇的寒荒八族更是重大打击。

翌日凌晨，众人将楚国主安葬在皇人山顶。八族悲恸，哭声响彻群山。

中午时分，寒荒八族在皇人山上召开长老会，推选新的国主。倪长老以“英明慈爱，独识大局，处变不惊，镇定斡旋，坚强表率，指挥若定”为由，推举芙丽叶公主继任国主之位。

众长老纷纷同意。芙丽叶推辞再三，终于在众人的欢呼声中，登基国主之位，成为寒荒八族有史以来独一无二的女国主。

长老会又推选倪长老为大长老，但倪长老坚持推辞，众长老最终只得改推笱思长邪为八族大长老，掌管长老会日常会务。

长老会论功行赏，拔擢拔祀汉、天箭等人为将军。拓拔野、蚩尤、姬远玄等人，也被长老会授以“寒荒长老”之称，外族人任长老，开寒荒八族千年来从未

有过之先例。

寒荒局势既定，陆吾记挂昆仑态势，不敢久留，留下百名壮士象征性地驻扎在皇人山，自己亲自护送少昊太子返回。姬远玄等人也纷纷告辞，随陆吾飞车同往昆仑，参加半个月后的蟠桃盛会。

少昊、陆吾盛情邀请拓拔野等人同行。拓拔野、蚩尤私下决定先将纤纤送往昆仑山，然后再与姑射仙子前往方山禺渊，当下欣然同意。

这日午后，众人在皇人山上依依惜别，人潮漫漫，场面极是壮观。拔祀汉、天箭、黑涯等人洒血入酒，与拓拔野、蚩尤一齐喝过，方才挥泪而别。黑涯心下难过，竟忍不住大声哭了起来。

临将登车之际，芙丽叶国主翩然走到拓拔野身边，盈盈行礼，说道："多谢拓拔太子相助，此恩此德，芙丽叶今生永志不望。"

拓拔野微笑回礼。芙丽叶国主娇靥微红，低声道："前路茫茫，太子保重。"衣袖飘舞，悄悄递了一个铁盒给他。

拓拔野还未接过，纤纤眼尖，早已一把将铁盒抢过，笑道："什么稀罕宝贝？这般掩掩塞塞的，怕被太阳蒸发了吗？"

芙丽叶国主脸上更红，缓缓退后。号角长吹，金石并奏，拓拔野等人纷纷上车，挥手作别。

众飞车徐徐腾空，盘旋北去。

纤纤急不可待地将那铁盒拆了开来，"咦"了一声，颇为失望，提起一对犀牛角，丢给拓拔野，笑道："我道是什么宝物呢。原来这位美人国主骂你是个不开窍的大笨牛。"

少昊笑道："纤纤姑娘有所不知，这是寒荒罕见的'相思犀'，一人取一只犀角，即使相隔千里，也能清清楚楚地说话儿呢。"

拓拔野与蚩尤登时想起当日在阳虚城内，土族大长老白驼便曾出示这"相思犀"，声称与姬远玄的侍从石三郎以此联系，洞悉姬远玄计划与行踪。

众人大奇，纷纷索取了仔细把玩。

纤纤大喜，心想："有了这犀角，今后无论拓拔大哥在哪儿，我都能和他说话啦！"突然想起昆仑将至，自己与母亲重逢之后，拓拔野多半要返回东海，那时天涯海角，相隔万里，当真唯有以这犀角说话了，心中的欢喜欣悦登时暗淡了下来。